Alle Rechte, einschließlich das des vollständigen oder auszugsweisen Nachdrucks in jeglicher Form, sind vorbehalten.

Sämtliche Personen dieser Ausgabe sind frei erfunden. Ähnlichkeiten mit lebenden oder verstorbenen Personen sind rein zufällig.

Der Preis dieses Bandes versteht sich einschließlich der gesetzlichen Mehrwertsteuer.

*Umwelthinweis:*
Dieses Buch wurde auf chlor- und säurefreiem Papier gedruckt.

# Nora Roberts
## *Passion & Love*

## Spiel um Sieg und Liebe

**Seite 7**

---

●

## Ruheloses Herz

**Seite 189**

MIRA® TASCHENBUCH
Band 25807
1. Auflage: Januar 2015


MIRA® TASCHENBÜCHER
erscheinen in der Harlequin Enterprises GmbH,
Valentinskamp 24, 20354 Hamburg
Geschäftsführer: Thomas Beckmann

Copyright © 2015 by MIRA Taschenbuch
in der Harlequin Enterprises GmbH

Titel der nordamerikanischen Originalausgaben:

Opposites Attract
Copyright © 1984 by Nora Roberts
erschienen bei: Silhouette Books, Toronto

Irish Rebel
Copyright © 2000 by Nora Roberts
erschienen bei: Silhouette Books, Toronto

Published by arrangement with
Harlequin Enterprises II B.V./S.àr.l
•
Leseprobe:
„Wilder Wacholder"
Copyright © 2014 by Susanne Graupner / Interpill Media GmbH, Hamburg
erschienen bei: MIRA Taschenbuch
in der Harlequin Enterprises GmbH, Hamburg

Konzeption / Reihengestaltung: fredebold&partner GmbH, Köln
Umschlaggestaltung: pecher und soiron, Köln
Redaktion: Mareike Müller
Titelabbildung: Harlequin Enterprises II B.V./S.àr.l
Autorenfoto: © Bruce Wilder
Satz: GGP Media GmbH, Pößneck
Druck und Bindearbeiten: CPI books GmbH, Leck – Germany
Printed in Germany
Dieses Buch wurde auf FSC®-zertifiziertem Papier gedruckt.
ISBN 978-3-95649-098-9

www.mira-taschenbuch.de

Werden Sie Fan von MIRA Taschenbuch auf Facebook!

*Nora Roberts*

# Spiel um Sieg und Liebe

Roman

Aus dem Amerikanischen von
M. R. Heinze

*V*orteil Starbuck." Es hat sich nichts geändert, dachte Amy. Als der Applaus verklungen war, trat für einen Augenblick Stille ein. Die große Halle war bis auf den letzten Platz gefüllt, und die Zuschauer warteten auf den nächsten Aufschlag.

Amy saß genau auf Höhe des Netzes und beobachtete Tad Starbuck – den Tennis-Champion und früheren Geliebten, mit dem sie eine unvergessene Zeit verbracht hatte. Seit beinahe zwei Stunden sah sie ihm jetzt schon zu, und immer wieder fiel ihr auf, dass Tad sich überhaupt nicht verändert hatte, weder in seiner Spielweise noch in seinem Aussehen. Mehr als drei Jahre waren vergangen, seit Amy ihm zum letzten Mal gegenübergestanden hatte, und doch hatte sie nichts vergessen, nicht die geringste Kleinigkeit.

Während dieser Jahre hatte sie ihn höchstens einmal im Fernsehen während einer Übertragung gesehen, aber selbst das hatte sie meist vermieden. Nicht nur, dass es sie zu sehr schmerzte, sein Gesicht auf dem Bildschirm zu sehen, sie hatte es auch nicht ertragen können, wenn sie die vielen anderen aus dem „Tenniszirkus" erkannte, zu dem sie auch einmal gehört hatte und bald wieder gehören würde.

Die Entscheidung war ihr nicht leicht gefallen. Lange hatte Amy alle Vorteile und Nachteile gegeneinander abgewogen und sich dann schließlich doch entschlossen, zu den amerikanischen Hallenmeisterschaften zu fahren und sich damit zum ersten Mal wieder ein Turnier live anzusehen. Es war unvermeidlich, dass sie Tad wieder begegnen würde, wenn sie ihre Karriere erneut aufnahm, darüber war Amy sich im Klaren. Und je schneller sie dieses erste Wiedersehen nach drei Jahren hinter sich gebracht hatte, umso besser.

Sie würde sich so benehmen, dass die Presse, ihre Tenniskollegen und ihre Fans sofort merken würden, dass zwischen ihr und Tad nichts mehr war. Nur zögernd gestand Amy sich ein, dass sie nicht so zuversichtlich war, dass auch Tad das einsehen würde – und sie selbst.

Tad stand hinter der Grundlinie und machte sich bereit zum Aufschlag. Nur zu gut kannte Amy die Bewegung, den abschätzenden Blick hinüber zu seinem Gegner und dann das kraftvolle Ausholen mit dem Tennisschläger in der linken Hand.

Als er den Ball voll traf, hörte Amy das charakteristische Geräusch, das er dabei machte – halb Stöhnen, halb triumphierender Aufschrei. Jeder weniger talentierte Gegner hätte keine Chance gehabt, an den pfeilschnellen Ball heranzukommen. Der Franzose Grimalier jedoch war Tad zumindest in dieser Phase des Spiels beinahe ebenbürtig. Er retournierte den Ball gekonnt – und damit war der entscheidende Satz eröffnet.

Das Publikum ging lautstark mit, feuerte beide Spieler an und applaudierte begeistert, wenn ihnen ein besonders spektakulärer Ballwechsel gelungen war.

Amy konnte nicht ausmachen, wer von beiden die größere Fangemeinde hinter sich hatte. Was Tad betraf, so war es immer schon so gewesen, dass die Zuschauer sich in zwei Lager spalteten. Die einen verehrten ihn abgöttisch, die anderen konnten ihn nicht ausstehen. Nur eines war unmöglich: dass Tad Starbuck einen Tennisfan völlig kaltließ.

Beide Spieler waren sehr beweglich, gingen häufig ans Netz und machten das Spiel dadurch abwechslungsreich und spannend. Das wollte das Publikum sehen – keine langweiligen Grundlinienduelle, bei denen so wenig passierte.

Amy hatte sich vorgenommen, kühl und objektiv zuzuschauen, obwohl sie im Grunde geahnt hatte, dass das nicht möglich sein würde. Dazu war sie viel zu sehr mit Leib und Seele Tennis-Profi, und wenn dann auch noch Tad Starbuck auf dem Platz stand, war es ein Ding der Unmöglichkeit.

Wenn man ihm nur oberflächlich zusah, hätte man meinen können, er sei ein eleganter Spieler mit einer guten Technik. Erst wenn man näher hinsah – oder wenn man ihn so gut kannte wie Amy –, fiel auf, wie viel explosive Kraft in Tad steckte. Sein Spiel wirkte leicht und unverkrampft, aber erst seine ungeheure Kraft und sein nie erlahmender Siegeswille machten ihn zu dem

Weltklassespieler, der er war.

Auf den ersten Blick wirkte Tad nicht sonderlich athletisch. Er war groß und schlank, mit langen Beinen, einem immer gebräunten Gesicht und dunklen, krausen Haaren. Die auch jetzt wieder zu lang sind, dachte Amy und lächelte. Wenn auch drei Jahre vergangen waren, so konnte sie sich doch noch so genau an seinen Körper erinnern, dass sie ihn förmlich vor sich sah, wenn sie die Augen schloss.

Schnell schob sie den Gedanken daran beiseite. Das war Vergangenheit, und wenn die Erinnerung auch noch so sehr schmerzte, es gab kein Zurück mehr.

Tad hatte Vorteil, aber wie üblich bedeutete das bei ihm nicht, dass er es jetzt etwas ruhiger angehen ließ. Er kämpfte um jeden Punkt, als hinge sein Leben davon ab. Längst war sein Hemd schweißnass, und immer häufiger wischte er sich mit dem Schweißband am Handgelenk über das Gesicht.

Amy war so in das Spiel vertieft, als stünde sie selbst auf dem Platz. Ihre Handflächen waren feucht und ihre Muskeln so angespannt, als erwarte sie selbst den Aufschlag des Gegners.

Tad schlug den Ball diagonal. Der Franzose hechtete ihm entgegen, erreichte ihn aber nicht mehr.

„Aus!", rief der Linienrichter im selben Moment. Mit angehaltenem Atem beobachtete Amy Tad. Die Zuschauer waren mit diesem Urteil gar nicht einverstanden. Sie murrten laut, einige pfiffen.

Tad stand noch immer mitten auf dem Platz. Er atmete schwer, seinen Blick starr auf den Schiedsrichter gebannt. Das Publikum hatte sich immer noch nicht beruhigt, und Amy erwartete jeden Moment, dass Tad explodieren würde. Stattdessen hob er langsam den Arm, wischte sich mit dem Schweißband übers Gesicht und ging dann, ohne ein Wort zu sagen, zurück zur Grundlinie.

Unwillkürlich stieß Amy die Luft aus und schüttelte den Kopf. Das war neu an Tad. Früher hätte er sich in solchen Situationen mit dem Schiedsrichter angelegt, und wenn es ganz schlimm kam, hatte er auch schon mal seinen Schläger wütend auf den Platz geworfen. Mehr als einmal hatte er für sein unbeherrschtes Benehmen Strafen einstecken müssen, ohne dass das etwas geändert hätte.

Als es wieder ruhiger in der Halle geworden war, stand Tad noch für einen Moment hinter der Grundlinie. Dann hob er den Schläger, warf den Ball in die Luft und traf ihn mit voller Wucht. Ein Ass! Der Franzose hatte nicht den Hauch einer Chance, an diesen Aufschlag heranzukommen. Ruhig wartete Tad, bis sich der Applaus gelegt und der Schiedsrichter den neuen Spielstand genannt hatte. Dann kam sein nächster Aufschlag.

Grimalier parierte mit der Vorhand, und diesmal hatte Tad Mühe, den Volley zu erlaufen. Er retournierte geschickt, und die nächsten Minuten entwickelten sich zu einem offenen Schlagabtausch. Das Publikum ging begeistert mit, sprang auf und feuerte die Spieler an. Ohne dass sie sich dessen bewusst geworden war, stand auch Amy auf ihren Füßen und schrie aus Leibeskräften.

Mit letzter Anstrengung erreichte der Franzose den „Lob" und schlug den Ball zurück ins rechte Feld. Tad spurtete, bekam den Ball auf die Rückhand und drosch ihn genau in die andere Ecke, wo Grimalier ihn nicht mehr erwischen konnte. Das Spiel war aus. Tad hatte mit drei zu eins Sätzen gewonnen, und das nach zweieinhalb Stunden Spielzeit!

Tad Starbuck war US-Hallenmeister, und das Volk jubelte.

Amy sah zu, wie er auf das Netz zuging, seinem Gegner die Hand schüttelte und dann ins Publikum winkte. Das Spiel hatte sie mehr mitgenommen, als sie vorher gedacht hatte. Aber sicher lag das nur an Tads wirklich mitreißendem Spiel, nicht an ihm selbst.

Wenn sie an den Augenblick dachte, wo sie ihm zum ersten Mal wieder gegenüberstehen würde, spürte sie ihre Nervosität. Wie würde er reagieren? War er immer noch verletzt? Sein Stolz sicher, damit musste sie wohl rechnen. Aber sie war gewappnet. Sie würde ganz kühl und unnahbar bleiben. Schließlich hatte sie diese Haltung ihr ganzes Leben lang eingeübt, es würde ihr nicht schwerfallen.

Sie hatte über dieses erste Zusammentreffen mit Tad mindestens so lange nachgedacht, wie über die Entscheidung, ob sie wieder Profispielerin werden solle oder nicht. Und sie hatte sich fest vorgenommen, sowohl aus der Begegnung mit ihm als auch aus ihren ersten Spielen als Siegerin hervorzugehen.

Nachdem Tad geduscht und sich den Fragen der Presse gestellt hatte, wollte sie auf ihn zugehen und ihm gratulieren. Es wäre besser, hatte sie sich überlegt, wenn sie den ersten Schritt tat und das Überraschungsmoment auf ihrer Seite hatte. Amy sah, wie er auf den Schiedsrichter zuging, ihm die Hand gab und sich bedankte.

Dann drehte er sich um. Langsam und ohne Hast wandte er den Kopf. Selbst auf diese Entfernung wirkten seine Augen dunkel, und der Blick, zwingend, irrte nicht suchend durch die Reihen der Zuschauer, sondern heftete sich ganz gezielt auf sie. Amy spürte, wie ihr Herz plötzlich schneller schlug. Sie hörte nicht mehr die Zuschauer um sich herum, die immer wieder seinen Namen schrien, sie sah nur noch in seine Augen. Amy war unfähig, diesen Kontakt zu brechen.

Dann war es zu Ende, genauso plötzlich, wie es begonnen hatte. Tad wandte sich ab, ein Lächeln ging über sein Gesicht, er reckte beide Arme in die Luft und ließ sich feiern.

Er hat es gewusst, dachte Amy, während die Menschen um sie herum zum Ausgang drängten. Er hat die ganze Zeit gewusst, dass ich hier war. Sie spürte, wie Zorn in ihr aufstieg. Wie früher, so hatte er auch diesmal wieder gewonnen, hatte ihren so sorgfältig erstellten Plan einfach über den Haufen geworfen.

Amy stand immer noch wie festgewurzelt und sah hinunter auf den leeren Platz. Die Zuschauerränge waren schon fast verwaist, aber sie konnte sich einfach nicht dazu durchringen, ebenfalls zu gehen. Erinnerungen kamen zurück, und es gelang ihr nicht, sie einfach zu ignorieren. Tads Blick hatte einen solchen Aufruhr in ihr verursacht, dass sie all ihre Kraft brauchte, um wieder zur Ruhe zu kommen und ihm begegnen zu können.

Sie war so in Gedanken versunken, dass sie die interessierten Blicke der letzten Zuschauer, die an ihr vorbeigingen, überhaupt nicht bemerkte. Dabei hatten diese Blicke der Männer durchaus ihre Berechtigung. Amy hatte eine schlanke, makellose Figur und eine von den vielen Tennisstunden in der Sonne gebräunte Haut. Ihr Haar war immer noch so kurz geschnitten wie während ihrer aktiven Zeit. Ihr hübsches, ebenmäßiges Gesicht schien eher zu einem Mannequin zu passen als auf einen Tennisplatz, wo Profis verbissen und schweißtreibend um jeden Punkt rangen. Amys große Augen zeigten ein strahlendes Blau. Die dunkle Wimperntusche, die ihre langen Wimpern noch länger erscheinen ließ, war das einzige Make-up, das sie benutzte.

Als sie neunzehn war, hatte einer der Sportreporter, der sie interviewt hatte, für sie den Ausdruck „Das Gesicht" geprägt. Selbst als sie sich dann vom aktiven Sport zurückgezogen hatte, war dieser Name an ihr haften geblieben. Und auch jetzt, immerhin drei Jahre älter geworden, passte dieser Ausdruck noch genauso gut zu ihr.

So schön ihr Gesicht war, so ausdruckslos konnte es auch sein, wenn sie sich ganz unter Kontrolle hatte und nicht wollte, dass jemand in ihrer Umgebung ihre Gefühle davon ablesen sollte. Ihre Gegnerinnen auf dem Platz hatten häufig darüber geklagt, dass man bei Amy nie voraussehen könne, was sie als Nächstes tun werde, da aus ihrer Miene nichts abzulesen sei.

Tennis war so lange ihr Leben gewesen, dass es kaum noch einen Unterschied zwischen der Sportlerin und der privaten Amy gab. Immer wieder hatte ihr Vater ihr eingehämmert, so wenig wie möglich von sich selbst zu offenbaren, den bohrenden Fragen der Presseleute nicht nachzugeben. In ihrem Leben hatte es nur einen gegeben, der sie auch anders kannte – Tad.

Als Amy sich schließlich wieder stark genug fühlte, Tad gegenüberzutreten, machte sie sich auf den Weg in die Kabinen. In den Gängen hinter dem Platz begegneten ihr einige bekannte Gesichter. Eine Spielerin, die damals mit ihr zusammen Profi geworden war, ihre frühere Doppelpartnerin – und dann stand sie plötzlich Chuck Prince, Tads bestem Freund, gegenüber. Er schien sich zu freuen, sie zu sehen.

„Amy!" Er griff ihren Arm und hielt sie fest. „Schön, dich

wiederzusehen. Du siehst fantastisch aus."

Amy lachte erfreut. „Das Kompliment kann ich unbedenklich zurückgeben."

„Ich habe ja gar nicht gewusst, dass du kommen würdest." Chuck hielt immer noch ihren Arm fest und führte sie durch die Menschen, die sich in den engen Fluren angesammelt hatten. „Und ich hab dich auch nicht gesehen, bis …" Er brach ab, aber Amy wusste genau, dass er auf den Blick zwischen Tad und ihr anspielte. „Bis nach dem Spiel", schloss er. „Warum hast du nicht vorher angerufen?"

„Ich war mir bis zuletzt nicht sicher, ob ich wirklich kommen könnte", antwortete Amy. „Und dann habe ich mich erst einmal auf die Tribüne gesetzt und mir das Spiel angesehen."

„Ein besseres hättest du dir gar nicht aussuchen können", meinte Chuck. „Ich habe Tad nie besser gesehen als im letzten Satz. Drei Asse hat er geschlagen."

„Sein Aufschlag war immer seine stärkste Waffe", antwortete sie.

„Hast du ihn schon begrüßt?"

„Nein, noch nicht."

Chuck zögerte. „Amy …" Aber dann fasste er sich doch ein Herz. „Er hat sehr darunter gelitten, als du ihn verlassen hast."

„Ich bin sicher, er hat sich schnell erholt." Amy spürte, dass ihre Antwort zu kurz angebunden ausgefallen war. Schnell griff sie nach seinem Arm, lächelte und wechselte das Thema. „Chuck, wie ist es dir ergangen? Ich habe vor Kurzem eine Anzeige mit dir gesehen, in der du für die neuen Tennisschuhe wirbst."

„Und? Wie fandest du mich?"

Amy musste lachen. „So überzeugend, dass ich drauf und dran war, mir welche zu kaufen."

„Na bitte! Da soll doch noch mal einer sagen, ich wäre nicht für die Werbung geeignet", meinte er stolz. Dann jedoch wurde er wieder ernst und sah Amy an. „Wir alle haben dich sehr vermisst, weißt du das?"

„Oh, Chuck." Sie lehnte für einen Augenblick den Kopf gegen seine Schulter. „Ich euch auch. Erst als ich heute hier in die

Halle kam, ist mir klar geworden, wie sehr ich euch alle vermisst habe. Drei Jahre sind eine lange Zeit."

„Aber jetzt bist du ja wieder dabei."

Amy nickte. „Ja, bald. In zwei Wochen geht es wieder los."

„Das Foro Italico."

Amy nickte. „Ja, bisher habe ich noch nie dort gewonnen, aber diesmal werde ich gewinnen."

„Auf Sand warst du noch nie sonderlich gut."

Amy zuckte zusammen, als sie plötzlich Tads Stimme hinter sich hörte. Aber einen Augenblick später hatte sie sich wieder in der Gewalt und drehte sich langsam um. Tad sah sofort, dass sie auch aus der Nähe nichts von ihrer Schönheit eingebüßt hatte, und dass sie es auch noch nicht verlernt hatte, sich unter Kontrolle zu halten.

„Das hast du mir immer einzureden versucht", antwortete sie ruhig. „Du hast sehr gut gespielt, Tad ... nach dem ersten Satz."

Sie standen nur wenige Schritte voneinander entfernt. Beide stellten sie fest, dass die drei Jahre nichts verändert hatten. Und wenn es zwanzig wären, dachte Amy plötzlich, auch dann wäre es noch genauso. Ihr Herz würde immer noch schneller schlagen, der Kloß in ihrem Hals wäre da, und auch das seltsame Gefühl in der Magengegend.

Während sie noch damit beschäftigt war, solche Gedanken aus ihrem Kopf zu verbannen, hatten die Reporter sie in dem engen Gang aufgespürt. Sie drängten so nahe heran, dass Amy noch näher an Tad herangedrückt wurde, und stellten ununterbrochen Fragen.

Ohne ein Wort zu sagen, griff Tad plötzlich nach ihrem Arm und zog sie in ein angrenzendes Zimmer. Bevor die Presseleute noch reagieren konnten, hatte er die Tür von innen verschlossen.

Wie vorhin auf dem Platz, so nahm er sich auch jetzt wieder Zeit, sie ausgiebig zu betrachten.

„Du hast dich nicht verändert, seit wir uns das letzte Mal gesehen haben, Amy", sagte er schließlich.

„Oh, doch." Warum nur schlug ihr Herz so hart gegen ihre Brust, dass sie kaum Luft bekam?

„Wirklich?" Skeptisch zog er die Augenbrauen hoch. „Wir werden sehen."

Tad stand nur einen Schritt von ihr entfernt, aber er fasste sie nicht an. Normalerweise konnte er nicht sprechen, ohne seine Worte mit Gesten zu unterstreichen, und wenn er sich mit jemandem unterhielt, geschah es häufig, dass er seinen Gesprächspartner am Arm packte. Diesmal allerdings stand er ganz still, hielt seine Arme vor der Brust verschränkt und sah sie nur an.

„Bei dir habe ich allerdings eine Veränderung festgestellt", unterbrach Amy das Schweigen. „Du hast dich nicht mit dem Schiedsrichter angelegt, und als der Linienrichter dem Ball das ‚Aus' gab, hast du das schweigend hingenommen."

„Das habe ich mir abgewöhnt."

„Wirklich? Mir scheint, ich bin nicht mehr auf dem Laufenden."

„Das scheint mir auch so."

Amy fühlte sich unbehaglich unter seinem Blick. Sie hatte Angst, er könnte ihre gemeinsame Vergangenheit erwähnen, und war froh, dass das Gespräch sich bisher auf Tennis konzentrierte.

„Ich werde wieder spielen", sagte sie. Scheinbar unbeabsichtigt trat sie einen Schritt zurück. Sie konnte einfach seine Nähe nicht länger ertragen, ohne ihn auch berühren zu wollen.

Wie oft hatte Amy Tads Körper gespürt! Wie viele Stunden hatten sie miteinander verbracht, in denen er Gefühle in ihr geweckt hatte, von denen sie vorher nicht die leiseste Ahnung gehabt hatte. Nachts, morgens nach dem Training, nachmittags, wenn draußen der Regen gegen die Fenster prasselte – es gab keine Zeit, die sie nicht ausgenutzt hatten, um sich zu lieben.

Hoffentlich streckte er nicht die Hand aus und berührte sie! Sie wusste nicht, wie sie mit einer solchen Geste umgehen würde, was sie fühlen würde. Verzweifelt verschränkte sie ihre Hände hinter dem Rücken, ohne dass sie sich dessen bewusst war. Obwohl seine Augen ständig auf ihr Gesicht gerichtet waren, sah Tad diese Bewegung. Er lächelte.

„In Rom?"

Amy räusperte sich. „Ja, in Rom werde ich wieder anfangen. Natürlich als Ungesetzte. Schließlich sind drei Jahre vergangen."

„Wie steht's mit deiner Rückhand?"

„Gut." Ganz automatisch reckte sie das Kinn vor. „Besser als je zuvor."

Ganz langsam streckte er die Hand vor und griff nach ihrem Arm. Amy spürte, wie ihre Handflächen feucht wurden. „Das hab ich nie verstanden", sagte er, „dass in so schlanken Armen so viel Kraft stecken kann. Machst du immer noch Krafttraining?"

„Ja."

Seine Finger glitten weiter runter bis zu ihrem Ellbogen. „So, so", murmelte er. „Lady Wickerton kommt also zurück in den Tenniszirkus."

„Miss Wolfe", verbesserte Amy sofort. „Ich habe meinen Mädchennamen wieder angenommen."

Sein Blick suchte vergebens einen Ehering an ihrer Hand. „Dann ist die Scheidung also durch?"

„Ja, vor drei Monaten."

„Schade." Seine Augen waren ganz dunkel geworden, als er sie wieder ansah. „Der Titel hat gut zu dir gepasst. Vermutlich hast du dich in diesem englischen Schloss so perfekt benommen, als wärst du dort aufgewachsen."

„Die Reporter warten auf dich." Amy wollte sich aus seinem Griff befreien, aber er ließ sie nicht los.

„Warum, Amy?" Er hatte sich geschworen, niemals diese Frage zu stellen, wenn sie ihm noch einmal über den Weg laufen sollte. Aber jetzt konnte er nicht anders. „Warum hast du mich verlassen? Warum bist du ohne ein Wort weggelaufen und hast diesen verdammten englischen Lord geheiratet?"

Amy wehrte sich nicht mehr gegen seinen Griff. Sie stand ganz still. „Das geht nur mich etwas an."

„Nur dich?", wiederholte er wütend. „Wir waren bereits seit Monaten zusammen – die ganze Saison über. In der Nacht vorher warst du noch in meinem Bett, und am nächsten Tag bist du mit diesem Lord auf und davon." Seine Hände griffen noch fester zu, und er schüttelte sie hin und her. „Meine Schwester musste es mir sagen. Du hattest noch nicht einmal den Mut, dich von mir zu verabschieden."

Äußerlich blieb Amy ganz ruhig und hoffte, dass auch ihre Augen sie nicht verraten würden. „Ich hatte eben meine Entscheidung getroffen."

„Aber wir waren beinahe sechs Monate lang zusammen", erinnerte Tad sie.

„Ich war nicht die erste Frau in deinem Bett."

„Das wusstest du von Anfang an."

„Ja, das wusste ich." Sie kämpfte das Verlangen nieder, mit beiden Fäusten gegen seine Brust zu hämmern. Sie musste sich jetzt zusammenreißen, durfte keine Schwäche zeigen. „Wie ich schon sagte, ich hatte meine Entscheidung getroffen. So, und jetzt lass mich bitte gehen."

Ihre kühle Selbstdisziplin hatte Tad immer ebenso fasziniert wie wütend gemacht. Dabei kannte er Amy so viel besser als alle anderen – sogar besser als ihr Vater, und bestimmt auch besser als ihr Exmann. Er wusste, dass das nur der äußere Schutzwall war, den sie um sich herum aufgebaut hatte. In ihrem Inneren war sie ganz anders, weich und sensibel, wild und leidenschaftlich, wenn sie in seinen Armen lag.

Er wollte sie schütteln – nein, mehr noch wollte er sie spüren, sie küssen und sehen, wie sie die Kontrolle über sich verlor. Aber wenn er diesem Wunsch nachgab, würde er nicht mehr aufhören können.

„Wir sind noch nicht fertig miteinander, Amy", sagte er, und sein Griff lockerte sich etwas. „Du schuldest mir noch etwas."

„Nein." Sie riss sich los. „Nein, ich schulde dir nichts."

„Drei Jahre", antwortete er. „Du schuldest mir drei Jahre, Amy, und dafür wirst du bezahlen. Das schwöre ich dir."

Er öffnete die Tür und ließ Amy den Vortritt, sodass sie keine Möglichkeit hatte, den Reportern zu entkommen.

„Amy, was ist das für ein Gefühl, wieder in Amerika zu sein?"

„Ich bin sehr froh darüber."

„Was ist an den Gerüchten, dass Sie wieder Profi werden wollen?"

„Beim ersten europäischen Turnier in Rom werde ich wieder spielen."

Die Fragen überschlugen sich, und die Blitzlichter der Fotoreporter stachen in ihren Augen. Amy hatte sich nie wohlgefühlt, wenn sie von der Presse ausgefragt wurde, und auch jetzt wieder glaubte sie die Warnung ihres Vaters zu hören: Sag nie mehr, als unbedingt nötig. Zeig denen nie, was du fühlst, oder sie reißen dich in Stücke.

Äußerlich ruhig ließ sie alle Fragen über sich ergehen. Ja, sie lächelte sogar, während ihre Augen nach einem Fluchtweg suchten. Tad stand neben ihr an die Tür gelehnt, die Arme vor der Brust verschränkt.

„Wird Ihr Vater in Rom wieder bei Ihnen sein?"

„Vielleicht." Nur nicht zeigen, wie weh diese Frage tat! „Haben Sie sich von Lord Wickerton scheiden lassen, um wieder spielen zu können?"

„Meine Scheidung hat nichts mit meinem Beruf als Tennis-Profi zu tun."

„Haben Sie Angst davor, gegen die jungen Talente wie Kingston spielen zu müssen?"

„Nein, ich freue mich darauf."

„Werden Sie und Tad Starbuck wieder ein Paar?"

So hatte Amy sich nun doch nicht in der Gewalt, als dass man ihr ihren Zorn jetzt nicht angemerkt hätte. „Tad Starbuck spielt nur Einzel."

„Jungs, ihr werdet sehen, ob das so bleibt", mischte Tad sich mit einem breiten Lächeln ein und legte seinen Arm um Amys Schultern. „Man weiß ja nie, oder, Amy?"

„Nein, bei dir bestimmt nicht", zischte sie.

„Siehst du!" Immer noch lächelnd beugte er sich plötzlich vor und strich mit seinen Lippen über ihren Mund. Ihre Blicke begegneten sich, und er sah, wie wütend sie war. „Amy und ich haben noch einiges vor", wandte er sich wieder an die Reporter.

„In Rom?", fragte einer.

Tad zog Amy noch enger an sich. „Immerhin hat da alles begonnen."

## 2. KAPITEL

*R*om – die Ewige Stadt. Das Kolosseum, der Trevi-Brunnen, der Vatikan. Eine alte Stadt voller Geschichten, Tragödien und Triumphe. Im Foro Italico brannte die Sonne so auf die modernen Gladiatoren, wie sie es wohl in der Antike getan hatte, als Wagenrennen veranstaltet wurden oder starke, halb nackte Männer gegen wilde Tiere kämpften.

Die Zweige der Pinien wiegten sich leicht im Wind, die Statuen in dem weitläufigen Gelände ließen keinen Zweifel daran aufkommen, dass man sich auf historischem Boden befand, und das italienische Publikum machte seinem Ruf als eines der temperamentvollsten im internationalen Tennis alle Ehre.

Amys Erinnerungen an die unglaubliche, unverwechselbare Atmosphäre auf diesem Centre-Court waren noch genauso frisch wie die Erinnerungen daran, dass hier in Rom alles begonnen hatte. Hier hatte sie vor Jahren ihr erstes Spiel als Profi bestritten, und hier hatte ihre Liebe zu Tad ihren Anfang genommen.

Sieben Jahre war sie alt gewesen, als sie zum ersten Mal bewusst miterlebt hatte, wie ihr Vater ein großes, internationales Turnier gewonnen hatte. Jim Wolfe hatte seine ersten Erfolge als Tennis-Profi bereits vor Amys Geburt gehabt, und ihr Leben lang hatte sie versucht, ihm nachzueifern.

Mit drei Jahren hatte ihr Vater ihr den ersten Schläger in die Hand gedrückt. Da sie immer mit ihm durch die Welt gereist war, hatte es ihr an Trainingspartnern nie gefehlt. Die berühmten Kollegen ihres Vaters und auch er selbst hatten ihr das Einmaleins des Tennis so spielerisch beigebracht, dass sie diesen Sport erlernt hatte, ohne es sich wirklich bewusst zu sein.

Das niedliche kleine Mädchen war damals aus der großen Tennisszene nicht wegzudenken gewesen. Für die Profis war sie fast so etwas wie ein Maskottchen geworden, und sie hatte es genossen. Ihr Leben spielte sich zwischen Tennisplatz und Hotel ab. Geschlafen hatte sie auch schon mal auf dem hinteren Sitz eines Autos, während ihr Vater mit ihr zum nächsten Turnier fuhr. Und der heilige Rasen von Wimbledon, dem Tennis-Mekka überhaupt, hatte ihr als Spielwiese gedient.

Ein Jahr nach dem Tod ihrer Mutter hatte Amy ihrem Vater eröffnet, dass sie Tennisspielerin werden und nicht eher ruhen wolle, bis sie mindestens so erfolgreich sei wie er.

Ihr Vater hatte nicht widersprochen, und wenn Amy so zurückdachte, dann war er eigentlich von dem Tag an in die Rolle des Trainers, Beraters und Managers geschlüpft.

Vierzehn Jahre später, und nachdem sie selbst bereits im Viertelfinale ausgeschieden war, hatte Amy zugesehen, wie Tad Starbuck sein erstes Turnier gewann. Es gab keine Gemeinsamkeiten in der Spielweise ihres Vaters und der von Tad. War ihr Vater der elegante, immer leicht unterkühlte Spieler, so setzte Tad sein ganzes Temperament und seine Wildheit dagegen.

Monatelang hatte Tad versucht, an Amy heranzukommen, sie für sich zu gewinnen, aber immer wieder hatte sie ihn abgewiesen. Sein Ruf als Casanova war ihm vorausgeeilt, und sie hatte sich geschworen, sich nicht in die lange Liste der Frauen einzureihen, die ihm erlegen waren.

Es war für sie alles andere als leicht gewesen, ihm zu widerstehen. Sie hatte sich bereits Hals über Kopf in ihn verliebt, als er ihr zum ersten Mal über den Weg gelaufen war. Trotzdem hatte Amy es geschafft, weiterhin nur ihrem Verstand zu gehorchen und nicht ihrem Gefühl – bis zu jenem Tag im Mai.

Tad hatte fünf Sätze gebraucht, bis er seinen Gegner niedergerungen hatte. Die Italiener auf den Rängen hatten ihn zuerst erbarmungslos ausgepfiffen, aber als sie dann im Laufe des verbissen geführten Spiels merkten, dass er alles gab, sich nicht schonte und bis zum Umfallen kämpfte, hatte er schnell ihre Sympathie und lautstarke Begeisterung gewonnen.

In der Nacht nach diesem Spiel hatte Amy ihre Unschuld verloren. Zum ersten Mal in ihrem Leben hatte nicht der Verstand gesiegt, sondern sie hatte sich völlig ihren Gefühlen untergeordnet. War sie bis dahin so stolz darauf gewesen, sich beherrschen zu können, so lernte sie in jener Nacht, wie wundervoll es war, sich in Tads leidenschaftlicher Umarmung zu verlieren.

Während Amy frühmorgens auf dem Trainingsplatz stand, kamen die Erinnerungen zurück. An wilde, zärtliche Nächte, an Stunden voller Lachen und Neckereien. Die Erinnerungen waren bitter und doch so süß, dass sie sich nicht davon befreien konnte.

„Wenn du heute Nachmittag genauso unkonzentriert bist, wird die Kingston dich vom Platz fegen."

„Oh, es tut mir leid", schreckte Amy plötzlich auf.

„Das sollte es auch, wenn eine alte Frau morgens um sechs aufsteht, um mit dir zu trainieren, du aber mit deinen Gedanken ganz woanders bist."

Amy lachte. Auch mit dreiunddreißig war Madge Haverbeck auf der anderen Seite des Netzes immer noch eine Gegnerin, die ihr das Leben schwer machen konnte. Zweimal hatte sie im Laufe ihrer Karriere Wimbledon gewonnen – nicht zu zählen die anderen Siege bei Turnieren auf der ganzen Welt. Zwei Jahre lang hatten Madge und sie sehr erfolgreich Doppel gespielt, und Amy dachte gerne an diese Zeit zurück. Madges Mann war Professor für Soziologie an der Yale Universität, und wenn sie von ihm sprach, nannte sie ihn immer nur den „Professor".

„Nun, alte Frauen sollten auch nicht auf dem Tennisplatz stehen", neckte Amy sie lächelnd. „Geh lieber in die Cafeteria und trink einen Kaffee mit viel Milch."

Madge gab keine Antwort, aber stattdessen kam der nächste Ball mit einer solchen Wucht über das Netz, dass Amy alle Mühe hatte, ihn richtig zurückzubringen. Jetzt war ihr Ehrgeiz geweckt, die Gedanken an Tad waren in den Hintergrund gedrängt, für sie existierte nur noch Tennis.

Madge hatte nicht vor, ihr einen ruhigen Morgen zu gönnen. Sie gestaltete ihr Spiel so variantenreich, dass Amy gezwungen war, über den Platz zu hetzen. Zurück zur Grundlinie, auf die andere Seite, dann wieder ans Netz. Die Bälle flogen ihr nur so um die Ohren, und sie musste ihr ganzes Können einsetzen, um dem standzuhalten.

Der Boden auf den Plätzen hier in Rom behagte ihr überhaupt nicht. Für einen schnellen, aggressiven Spieler war der sandige

Untergrund viel zu langsam. Auf diesem Boden waren Kraft und Ausdauer mehr gefragt als Spritzigkeit und Schnelligkeit. Amy war froh, dass sie bei der Vorbereitung auf dieses Turnier sehr viel Wert auf Krafttraining gelegt hatte. Das kam ihr jetzt zugute.

Madge konnte einem hart geschlagenen Return von Amy nur noch bedauernd nachsehen.

„Auch nach drei Jahren Pause bist du noch verflixt gut", meinte Madge schwer atmend und mit anerkennendem Lächeln.

Amy holte tief Luft. „Danke, Madge, aber ich habe mich auch sehr intensiv vorbereitet."

Madge hätte gern gefragt, ob sie während ihrer Ehe nie gespielt habe, aber sie kannte Amy viel zu gut, um ihr eine solche Frage zu stellen, auf die sie mit Sicherheit keine oder nur eine ausweichende Antwort bekommen würde. „Die Kingston spielt nicht gern am Netz. Denk dran, Amy, da kannst du sie packen."

„Ich weiß." Amy sammelte die Bälle auf und steckte sie in ihre Tasche. „Ich hab mir angesehen, wie sie spielt. Und ich schwöre dir, heute wird sie gar nicht erst zu ihrem Spiel kommen."

„Aber sei vorsichtig, sie ist auf Sand besser als auf Gras."

Amy sah auf und lächelte. „Das macht nichts. Glaub mir, nächste Woche stehe ich auf dem Centre-Court."

Madge schlüpfte in ihre Trainingsjacke und lachte laut auf. „Mir scheint, dein Ehrgeiz ist noch der alte, oder?"

„Darauf kannst du dich verlassen." Amy griff nach ihrer Tasche und ging hinüber zu Madge. „Und was ist mit dir? Wie willst du gegen Fortini spielen?"

„Ich werde sie in Grund und Boden spielen."

„Oh, Madge, du hast dich auch nicht verändert."

„Wenn du mir vorher gesagt hättest, dass du wieder zurückkommst, hätten wir beide in dieser Saison schon wieder zusammen Doppel spielen können", meinte Madge. „Die Fischer ist zwar nicht schlecht als Partnerin, aber …"

„Madge, ich konnte diese Entscheidung erst treffen, als ich ganz sicher war, dass ich nichts verlernt hatte", unterbrach Amy sie. „Drei Jahre sind eine lange Zeit. Du kannst dir nicht vorstellen, was ich für einen Muskelkater hatte, nachdem ich das erste Training hinter mir hatte."

„Doch, das kann ich. Mir ist es nach meiner Operation auch nicht anders ergangen."

„Oh, ja, Madge. Entschuldige bitte." Amy griff nach ihrem Arm. „Ich habe dich noch gar nicht gefragt, wie es deinem Knie geht."

„Gut. Die Operation war die einzig richtige Lösung."

„Es tut mir leid, dass ich dich nicht besuchen konnte."

Madge legte einen Arm um ihre Taille. „Ich habe nicht von dir erwartet, dass du Tausende von Kilometern anreist, nur um mich zu besuchen, Amy."

„Ich wäre gekommen, aber …" Amy brach ab. Genau in der Zeit, als Madge im Krankenhaus lag, war ihre Ehe endgültig zerbrochen. Sie konnte auch jetzt noch nicht daran denken, ohne dass ihr ein Schauer über den Rücken lief.

„Es war auch gar nicht so schlimm, wie die Presse es hingestellt hat", riss Madge sie aus ihren Gedanken. „Als die Schmerzen weg waren, hab ich es sogar genossen. Stell dir vor, der Professor hat mir doch jeden Morgen das Frühstück ans Bett gebracht."

„Und dann hast du im ersten Spiel die Rayski in New York geschlagen."

„Ja." Madge lachte. „Das hat mir wieder Auftrieb gegeben."

Amy ließ ihren Blick über die schöne Anlage gleiten. Sanfte, bewaldete Hügel grenzten sie im Hintergrund ein, die Luft so früh am Morgen war lau und weich, die einzigen Geräusche kamen von den weiter entfernten Trainingsplätzen. „Ich muss dieses Turnier gewinnen, Madge", sagte sie leise. „Ich muss es allen beweisen, dass ich nichts verlernt habe."

„Wem willst du das beweisen?"

„Zuallererst einmal mir", antwortete Amy und nahm die Tasche in die andere Hand. „Und einigen anderen ebenfalls."

„Tad Starbuck?", fragte Madge ganz spontan. „Nein, sag nichts. Es tut mir leid, Amy, ich wollte eigentlich nicht davon anfangen."

„Was zwischen Tad und mir war, ist vor drei Jahren zu Ende gegangen", antwortete Amy ganz ruhig.

„Schade. Ich mag ihn nämlich."

„So?"

„Ja, Tad ist so unglaublich … wie soll ich sagen? So lebendig, so voller Energie. Selbst jetzt noch, nachdem er gelernt hat, sein Temperament auf dem Platz im Zaum zu halten, wirken die anderen neben ihm wie aufgezogene Puppen. Ein Spiel mit Starbuck ist nie langweilig, und das bewundere ich so an ihm."

„Ja", stimmte Amy zu. „Er reißt immer wieder alle mit – Zuschauer und Gegner."

„Vielleicht mag ich ihn auch deshalb so sehr, weil wir beide damals zur selben Zeit Profis geworden sind. Ich habe miterlebt, wie er sich von einem grünen Jungen, dem oftmals die Pferde durchgingen, zu einem Spieler der Weltklasse entwickelt hat, ohne dabei etwas von seiner Ausstrahlung zu verlieren. Das ist sehr selten in unserem Beruf."

Auf dem Weg von seinem Trainingsplatz zurück zu den Kabinen sah Tad plötzlich Madge und Amy den Weg entlangkommen. Die beiden Frauen hatten ihn noch nicht gesehen, und so blieb er stehen und ließ seinen Blick über Amy wandern. Ihre langen Beine, der schlanke Körper, die schmalen und doch so kräftigen Schultern.

Tad war froh, dass er sie jetzt mit einigem Abstand betrachten konnte. Vor zwei Wochen, als sie so unvermutet bei seinem Spiel aufgetaucht war und dann nachher im Kabinengang vor ihm gestanden hatte, war ihm zumute gewesen, als hätte ihm jemand mit voller Wucht einen Ball in den Magen geschlagen.

War er jetzt auch ruhiger, so gab er sich doch keinen Illusionen hin. Amy brachte es nach wie vor fertig, nur durch ihr bloßes Erscheinen sein Blut in Wallung zu bringen. Auch jetzt, auf diese Entfernung, spürte er das Verlangen, sie in die Arme zu reißen.

Er hatte sie schon haben wollen, als sie gerade siebzehn geworden war. Er war damals dreiundzwanzig gewesen und hatte es nicht für möglich gehalten, dass er sich je für einen unreifen

Teenager interessieren würde. Die ganze Saison über war er ihr möglichst aus dem Weg gegangen, weil er sich selbst nicht traute. Aber das alles hatte nichts geholfen. Er hatte andere Frauen in dieser Zeit gehabt – erfahrene, willige Geliebte, von denen er annahm, dass sie viel besser zu ihm passten. Aber keiner von ihnen war es gelungen, Amy aus seinen Gedanken zu verdrängen.

Als Amy einundzwanzig war, hatte Tad begonnen, sie zu umwerben. Je mehr sie versuchte, ihn abzuweisen, umso stärker war sein Verlangen geworden, sie zu besitzen. Selbst als er es endlich geschafft hatte, damals in Rom, hatte dieses Verlangen nicht nachgelassen – im Gegenteil!

Sein Leben, das sich bis dahin nur um Tennis gedreht hatte, bekam plötzlich auch noch einen anderen Sinn. Sehr schnell musste Tad feststellen, dass er beides brauchte – er konnte weder ohne Tennis noch ohne Amy leben.

Und doch war dann der Tag gekommen, wo sie ihn wegen eines anderen Mannes verließ. Er musste lernen, ohne sie auszukommen, und nur er allein wusste, wie sehr er darunter gelitten hatte. Aber jetzt war er am Zug. Amy Wolfe musste bezahlen für das, was sie ihm angetan hatte.

Tad nahm eine Abkürzung und tauchte plötzlich wie zufällig vor den beiden Frauen auf. „Hallo, Madge."

„Starbuck, wie geht's?" Madge sah von einem zum anderen und stellte fest, dass sie nur störte. „Ich muss mich beeilen", sagte sie und ging weiter. Weder Amy noch Tad hielten sie zurück.

Irgendwo in der Nähe hörte Amy einen Vogel. Auf den Blumen summten die Bienen, und von den Trainingsplätzen drang das Aufschlagen der Bälle zu ihnen herüber. Aber Amy war sich nur bewusst, dass Tad neben ihr stand.

„Fast wie in alten Zeiten", sagte er leise und begann zu lachen, als er den Ausdruck auf ihrem Gesicht sah. „Du und Madge, meine ich."

„Ja, sie war sofort bereit, heute Morgen mit mir zu trainieren", antwortete Amy erleichtert. „Ich hoffe nur, ich treffe während des Turniers nicht auf sie."

„Du spielst heute gegen die Kingston?"

„Ja."

Er trat einen Schritt näher auf sie zu. Amy konnte nicht ausweichen, hinter ihr war eine Hecke. Nervös verschränkte sie die Finger ineinander.

„Und du spielst gegen Devoroux."

Tad nickte. „Kommt dein Vater auch?"

„Nein." Die Antwort kam kurz und ohne eine weitere Erklärung. Aber so leicht ließ Tad sich nicht abspeisen.

„Warum nicht?"

„Er hat zu tun." Sie versuchte, an ihm vorbeizukommen, aber stattdessen hatte sie damit den Abstand zwischen ihnen nur noch verkleinert.

„Ich kann mich nicht erinnern, dass er früher einmal nicht dabei war, wenn du gespielt hast." Tad streckte seine Hand aus und griff nach ihrem Haar, so wie er es früher immer getan hatte. „Für ihn gab es nichts Wichtigeres als dich."

„Die Zeiten haben sich geändert", antwortete Amy steif.

„Es scheint so." Einen Moment zögerte Tad, aber dann fragte er doch: „Ist dein Mann hier?"

„Exmann", verbesserte sie sofort. „Nein, er ist nicht hier."

„Merkwürdig. Soweit ich mich erinnern kann, war er doch ganz verrückt auf Tennis. Hat sich das auch geändert?"

„Ich muss unter die Dusche." Amy war schon fast an ihm vorbei, aber seinem Arm, der sich um ihre Taille legte, konnte sie doch nicht mehr ausweichen.

„Wie wäre es mit einem kleinen Spiel – in Erinnerung an alte Zeiten?"

Seine Augen waren ihr jetzt ganz nahe. Diese dunklen Augen, die beinahe schwarz wurden, wenn er erregt war. Amy konnte sich nur zu gut daran erinnern. Sein Arm lag ganz locker um ihre Taille, aber seine Finger fassten fest zu.

„Ich habe keine Zeit." Amy versuchte, seinem Griff zu entkommen. Als ihre Finger dabei seinen Arm berührten, zuckte sie zurück, als hätte sie sich verbrannt.

„Angst?", fragte er herausfordernd und mit einer Stimme, die so rau klang, dass Amy kleine Schauer über den Rücken jagten.

„Ich habe nie Angst vor dir gehabt."

„Nicht?" Seine Finger bohrten sich noch etwas tiefer in ihr Fleisch. „Ich dachte, man läuft nur weg, wenn man Angst hat."

„Ich bin nicht weggelaufen", verbesserte Amy sofort. „Ich habe dich verlassen." Bevor du mich verlassen konntest, fügte sie noch in Gedanken hinzu.

„Du musst mir noch einige Fragen beantworten, Amy." Er legte auch den anderen Arm um ihre Taille, und sie konnte nichts dagegen tun. „Ich habe lange genug auf Antwort von dir gewartet."

„Dann kannst du ja auch noch länger warten."

„Auf einige schon", sagte er, „aber eine Frage musst du mir jetzt beantworten."

Amy wusste, was passieren würde, aber sie tat nichts, um es zu verhindern. Später haderte sie mit sich selbst, weil sie sich nicht gewehrt hatte. Aber als sein Mund langsam näherkam und sich schließlich auf ihren presste, ließ sie es geschehen.

Er küsste sie so, wie er es noch niemals vorher getan hatte. Sanft, zärtlich und mit einem Einfühlungsvermögen, wie man es bei einem so leidenschaftlichen Mann wie Tad niemals erwartet hätte. Selbst als er leise aufstöhnte und sie fester an sich zog, wurde der Kuss nicht fordernder.

Für Tad Starbuck waren Frauen keine Spielzeuge, wenn er sie auch früher noch so oft gewechselt hatte. Er hatte einen tief empfundenen Respekt vor dem weiblichen Wesen, und vielleicht war diese Einstellung das Geheimnis, warum er ein so guter Liebhaber war. Er wollte die Frau, mit der er zusammen war, befriedigen, und er setzte seine ganze Erfahrung ein, um sie glücklich zu machen.

Ihre Arme, die ihn eigentlich wegstoßen sollten, legten sich um seinen Hals, und ihr Körper schmiegte sich an ihn. Er war der einzige Mann, der die Leidenschaft in ihr wachrufen konnte, die Amy sonst so ängstlich unterdrückte. Nur ihm hatte sie alles gegeben – ihren Körper, ihre Seele. Nichts hatte sie vor Tad verborgen.

Wie schön wäre es, von ihm wieder geliebt zu werden, die schlimmen Jahre und die bösen Erfahrungen dieser Zeit zu vergessen. All ihre guten Vorsätze, sich vor ihm in Acht zu nehmen, nicht wieder eine Affäre mit Tad Starbuck anzufangen, waren vergessen. Sie lag in seinen Armen und wünschte, er würde sie nie wieder loslassen.

Eigentlich war sein Kuss als Strafe für Amy gedacht gewesen. Aber schon in dem Moment, als Tads Lippen ihren Mund berührt hatten, war dieser Zweck vergessen. Die Leidenschaft, die diese nach außen hin so kühle und beherrschte Frau in seinen Armen zeigte, ließ ihn alles andere vergessen. Er sehnte sich nach ihr, brauchte sie immer noch – genau wie früher. Wenn sie allein gewesen wären, irgendwo, wo nicht jeden Augenblick jemand um die Ecke kommen konnte, Tad hätte sie auf der Stelle genommen und sich nicht um die Konsequenzen gekümmert.

Aber sie waren nicht allein, und ein letzter Rest von Vernunft brachte Tad schließlich dazu, sich langsam von ihr zu lösen. Dieser Kuss hatte ihm mehr gezeigt, als sie es mit Worten hätte ausdrücken können.

Er schob Amy etwas von sich und sah in ihr Gesicht. Tad kannte diesen Ausdruck in ihren Augen, die geröteten Wangen und den weichen, noch leicht geöffneten Mund, als warte sie nur darauf, seine Lippen wieder zu spüren.

Tad musste seine Hände von ihr nehmen, durfte ihre Haut nicht mehr spüren, sonst würde er vor Erregung die Beherrschung verlieren. „Die Zeiten mögen sich ändern", sagte er leise, „aber manches ändert sich nie." Damit drehte er sich um und ging zu den Kabinen.

Amy atmete noch einmal tief durch, bevor sie sich für ihren ersten Aufschlag zurechtstellte. Es waren nicht die Tausende von Augenpaaren, die sie nervös machten. Es war vielmehr der Blick aus den braunen Augen ihrer Gegnerin. Stacie Kingston, zwanzig Jahre alt, in dieser Saison kometenhaft nach oben gekommen. Diesem Mädchen sah man an, dass sie gewinnen wollte, und dass sie alles daransetzen würde, Amy ihr Comeback so schwer wie möglich zu machen.

Amy versuchte, ihre flatternden Nerven zu beruhigen. Sie nahm sich sehr viel Zeit für ihren Aufschlag. Wenn sie hier in Rom, wo sie noch nie gewonnen hatte, es diesmal schaffen würde, drei Jahre nach ihrem Rücktritt vom aktiven Sport, dann hatte sie den Test bestanden. Es schien, dass die Ewige Stadt in ihrem Leben eine entscheidende Rolle spielte.

Jetzt kam es zuerst einmal darauf an, die Erinnerungen auszuschalten und sich ganz auf das Spiel zu konzentrieren. Noch ein letzter Atemzug, dann warf sie den Ball hoch, zog den Arm voll durch und traf ihn.

Stacie Kingston machte ein gutes Spiel. Sie verstand es geschickt, die Vorteile des Sandplatzes, der ihr wesentlich besser lag als Amy, für sich auszunutzen. Immer wieder trieb sie Amy an die Grundlinie zurück. Als Amy dann auch noch einen Doppelfehler machte, durchbrach Kingston ihr Aufschlagspiel, gewann das erste Spiel und ließ Amy nur einen Punkt.

Das Publikum witterte die Sensation und war entsprechend unruhig. Die Sonne brannte auf den Platz herab, und aus einiger Entfernung hörte Amy Kinderlachen. Am liebsten hätte sie ihren Schläger hingeworfen und wäre zurück in die Kabine gelaufen. Es war ein Fehler, ein Fehler, ging es ihr immer wieder durch den Kopf. Warum war sie zurückgekehrt? Es konnte nicht gut gehen.

Keiner auf dem Platz wäre auf die Idee gekommen, dass ihr solche Gedanken durch den Kopf gingen. Ihr Gesicht wirkte wie immer ruhig und gelassen. Mit neuem Mut fasste sie den Schläger fester und kämpfte gegen das Schwächegefühl an. Sie hatte schlecht gespielt, das wusste sie. Sie hatte sich von ihrer Gegnerin ein Spiel aufzwingen lassen, das ihr nicht lag. Hatte Stacie Kingston erlaubt, das Tempo zu diktieren. Noch nicht einmal sechs Minuten waren von ihrem ersten Aufschlag bis zum Spielverlust vergangen. Nein, so einfach durfte sie sich nicht geschlagen geben!

Langsam ging Amy zurück zur Grundlinie und erwartete den Aufschlag ihrer Gegnerin. Diesmal würde sie das Spiel machen. Keiner sollte sagen können, dass sie nicht mehr gut genug als Profispielerin sei.

Sie retournierte den Aufschlag von Stacie Kingston so platziert, dass diese nicht mehr an den Ball kam. Die Zuschauer applaudierten, und der Balljunge jagte über den Platz.

„Null : fünfzehn." Amy hörte die Ansage des Schiedsrichters und wusste, dass sie jetzt auf dem richtigen Weg war. Sie musste einen kühlen Kopf bewahren und durfte sich nicht noch einmal so überfahren lassen wie im ersten Spiel.

Amy gelang es, ihre Gegnerin zum Netz zu zwingen und damit ihre Schwäche zu offenbaren. Die Zuschauer waren jetzt voll auf ihrer Seite. Keiner dachte mehr daran, dass Amys erstes Spiel nach so langer Pause misslingen könnte.

Die Geräusche aus dem Publikum, die Anfeuerungsrufe und das Klatschen rauschten nur an Amys Ohren vorbei. Sie war voll auf das Spiel konzentriert und nur damit beschäftigt, ihrer Gegnerin keine Chance zu lassen. Der Ballwechsel endete mit einem Volley von Amy, der knapp vor der Grundlinie aufschlug.

Der Sieg war in greifbare Nähe gerückt. Ruhig ging sie zurück auf ihre Position. Ihr Gesicht war jetzt schweißnass, und das Tennishemd klebte an ihrem Körper. Automatisch wischte sie mit dem Schweißband an ihrem Handgelenk über ihr Gesicht, nahm den Schläger in beide Hände, beugte sich etwas vor und erwartete den Aufschlag von Stacie Kingston.

Nach zweiunddreißig Minuten Spielzeit spürte Amy den Schweiß an ihrem Körper entlanglaufen, aber es machte ihr nichts aus. Sie hatte den ersten Satz mit sechs zu drei gewonnen.

Wieder einmal spürte sie, dass nichts so sehr Auftrieb gab wie der Erfolg. Ob Tad wohl unter den Zuschauern war, schoss es Amy durch den Kopf. Aber auch das spielte jetzt keine Rolle, sie wollte gewinnen, nichts anderes war wichtig.

Als Stacie Kingston den Aufschlag flach zurückbrachte, erwischte Amy den Ball mit der Rückhand und schlug ihn knapp über die Netzkante. Sie sah die Reaktion ihrer Gegnerin früh genug, spurtete zum Netz und brachte den Ball mit einem kraftvollen „Lob" zurück.

Die Sportjournalisten würden in ihren Artikeln wohl schreiben, dass Amy das Spiel in dem Moment gewonnen hatte, als die beiden Gegnerinnen sich Auge in Auge am Netz gegenüberstanden. Es dauerte nur einen Sekundenbruchteil, aber tatsächlich diktierte Amy danach das Spiel nach Belieben. Wenn sie wirklich einmal einen Punkt abgab, dann heimste sie dafür die beiden nächsten ein. Die aggressive, kaltblütige Amy Wolfe war wieder da, und jede Gegnerin in der internationalen Tennisszene tat gut daran, sich darauf einzustellen.

Wo Tad Starbuck sein ganzes Temperament in die Waagschale warf, war sie kühl und beherrscht. Nicht ein Mal hatte Amy im Laufe ihrer Karriere die Kontrolle über sich verloren. Die Sportreporter hatten damals schon Wetten darüber abgeschlossen, ob sie das noch einmal erleben würden oder nicht.

Nur zweimal während des ganzen Spiels fiel es ihr wirklich schwer, Ruhe zu bewahren. Einmal wurde ein Ball „Aus" gegeben, den sie noch im Feld gesehen hatte, und beim zweiten Mal ärgerte sie sich darüber, dass sie einen Ball völlig falsch eingeschätzt hatte. Beide Male hatte sie ihren Schläger genommen, scheinbar ruhig die Saiten wieder zurechtgeschoben, und als sie dann wieder an der Grundlinie stand, hätte keiner ihr den gerade nur mühsam unterdrückten Zorn ansehen können.

Amy gewann das Match mit sechs zu drei, sechs zu zwei nach einer Stunde und neunundvierzig Minuten. Zweimal hatte sie ihrer Gegnerin den Aufschlag abgenommen, und im zweiten Satz hatte sie drei Asse geschlagen. Amy hatte es geschafft!

Madge legte ihr ein Handtuch um die Schultern, als sie sich auf ihren Stuhl am Spielfeldrand fallen ließ. „Amy, du warst fantastisch." Amy gab keine Antwort, bedeckte ihr schweißnasses Gesicht mit dem Handtuch. „Du warst besser als früher."

„Sie wollte gewinnen", murmelte Amy und nahm das Handtuch vom Gesicht. „Aber ich wusste, dass ich gewinnen musste."

„Das hat man gemerkt", nickte Madge. „Es ist kaum zu glauben, dass du drei Jahre lang nicht mehr gespielt hast."

Langsam sah Amy ihre frühere Doppelpartnerin an. „Aber ich bin doch noch nicht so ganz wieder in Form, Madge. Meine Waden sind so hart. Ich glaube, ich kann gar nicht mehr aufstehen."

Madge bückte sich, hob Amys Trainingsjacke auf und legte sie ihr fürsorglich um die Schultern. „Komm, ich helf dir, damit du unter die Dusche kommst und anschließend sofort zur Massage."

Amy wollte schon zustimmen, aber dann fiel ihr Blick auf Tad. Sein breites Lächeln hätte auch bedeuten können, dass er ihr zu ihrem Sieg gratulierte. Aber Amy kannte ihn besser. Sie wusste, dass er sie durchschaut hatte, dass er wusste, wie müde und elend sie sich fühlte.

„Nein danke, Madge. Ich schaff das schon." Sie stand auf, als wäre sie vollkommen frisch, und steckte den Schläger in die Hülle. „Wir sehen uns, nachdem du Fortini geschlagen hast."

„Amy …"

„Nein, wirklich Madge. Es ist alles in Ordnung." Mit hoch erhobenem Kopf ging Amy so leichtfüßig in die Kabinen, als hätte sie sich nie in ihrem Leben besser gefühlt.

Als sie endlich unter der Dusche stand, fiel alle Anspannung von ihr ab, und sie begann zu weinen. Dabei wusste Amy noch nicht einmal, warum sie weinte.

## 3. KAPITEL

In der Nacht nach ihrem Gewinn des Halbfinales begegnete Amy Tad erneut. Die letzten Tage waren angefüllt gewesen mit Trainingsstunden, Massagen, Pressekonferenzen. Amy war kaum zur Besinnung gekommen, und das hatte ihr die Möglichkeit gegeben, die Gedanken an Tad zu verdrängen.

Training musste sein, das hatte ihr Vater ihr schon eingehämmert. Gewichtheben, Gymnastik, Waldläufe. Und wenn sie das alles hinter sich hatte, stand die Verbesserung der Technik auf dem Programm.

Die Presse war allgegenwärtig. Amy bemühte sich, freundlich und aufgeschlossen die Fragen zu beantworten. Sie stand im Mittelpunkt und genoss es. Die Frau, die auch nach drei Jahren Pause ihre Gegnerinnen beherrschte. Für die Leute von der Presse Stoff für mehr als einen Artikel.

Aber Rom brachte ihr nicht nur die erneute Bestätigung als Weltklasse-Spielerin. Rom brachte ihr auch die Leidenschaft zurück, die sie zum ersten Mal hier gespürt hatte. Amy konnte ihre Begegnung mit Tad an jenem Morgen nicht vergessen. Rom war eine Stadt für Verliebte, aber daran durfte sie jetzt nicht denken. Sie durfte sich nicht ablenken lassen, sondern musste ihr Ziel verfolgen, wieder ganz Amy Wolfe zu werden. Lady Wickerton gehörte der Vergangenheit an. Doch wie sollte sie zu sich selbst zurückfinden, wenn sie sich jetzt wieder in Tad Starbucks Arme warf?

In einer kleinen Trattoria in der Via Sistina saß Amy mit einigen ihrer Kollegen dicht gedrängt um einen kleinen Tisch. Das Turnier stand kurz vor seiner entscheidenden Phase, und die Spieler genossen es, einmal einige Stunden in einer anderen Umgebung verbringen zu können.

Rom war eine Stadt voller Leben, Getöse und lautem Verkehr. Rom war auch die Stadt der Kirchen, der antiken Stätten, die alte Hauptstadt eines Imperiums. Für die Tennisspieler jedoch war sie nur die Stadt des Turniers. Das nächste Match hing wie ein Damoklesschwert über allen.

Während der Wein serviert wurde und die Musik viel zu laut durch das kleine Restaurant plärrte, diskutierten sie jeden Ball, jeden Aufschlag, jeden Fehler.

„Aus! Dass ich nicht lache." Ein langer Australier schlug immer noch wütend mit der Faust auf den Tisch, dass die Gläser hüpften. „Der Ball war noch vor der Linie – mindestens einen Zentimeter."

„Immerhin hast du das Spiel gewonnen, Michael", erinnerte Madge ihn. „Und im zweiten Spiel des fünften Satzes hat der Linienrichter einen Ball durchgehen lassen, der wirklich im Aus war."

Der Australier zuckte grinsend mit den Schultern. „Nicht aus", meinte er, „höchstens auf der Linie." Dann hob er sein Glas und prostete Amy zu. „Lasst uns auf sie trinken. Sie hat eine Italienerin geschlagen, und trotzdem hat das Volk ihr zugejubelt." Amy hob auch ihr Glas und lächelte ihm zu. „Die Zuschauer wissen eben, wer es verdient hat, dass man ihm zujubelt."

Amy trank einen Schluck Wein. Das Spiel gegen die junge Italienerin hatte länger gedauert als das gegen Stacie Kingston, und doch hatte sie sich nachher besser gefühlt. Es war, als hätte sie einen doppelten Sieg errungen – über die Gegnerin und über ihren Körper.

„Aber gegen Tia Conway wird dir das alles nichts nutzen, Amy", meinte Michael, sah hinüber zum Nachbartisch und rief seine Landsmännin. „Tia, wie ist es, wirst du es dieser verflixten Amerikanerin zeigen?"

Ein junges Mädchen mit dunklen Haaren blickte herüber. Für einen Moment sah sie in Amys Augen, dann hob sie ihr Glas und prostete Amy zu.

„Tia ist eine sehr nette Frau", meinte Michael, „allerdings nur außerhalb des Tennisplatzes. Hat sie erst einmal den Schläger in der Hand, dann reitet sie buchstäblich der Teufel. Ihr Mann verkauft übrigens Swimmingpools."

Madge kicherte. „Du sagst das gerade so, als wäre das etwas Unanständiges."

„Nein, aber mir hat er einen angedreht." Michael verdrehte die Augen und sah dann wieder Amy an. „Aber wenn ich Mixed spielen würde, möchte ich doch lieber dich als Partnerin haben", meinte er. „Tia spielt zwar wie der Teufel, aber du hast ein besseres Spielverständnis – und außerdem schönere Beine."

„Und was ist mit mir?", fuhr Madge in gespielter Eifersucht auf und boxte gegen seine Schulter.

„Du hast bestimmt ein genauso gutes Spielverständnis wie Amy", gab Michael zu, „aber leider sind deine Beine etwas krumm."

Am Tisch erscholl lautes Gelächter nach dieser Bemerkung. Madge nahm das nicht weiter tragisch und stimmte in das allgemeine Lachen ein. Amy fühlte sich wohl in dieser harmonischen Runde. Sie nahm ihr Glas, lehnte sich zurück und trank noch einen Schluck. In dem Moment begegnete sie Tads Blick. Sofort verstummte ihr Lachen.

Er war allein. Sein dichtes dunkles Haar war zerzaust, als wäre er mehrfach mit den Händen durchgefahren, seine Hände steckten in den Taschen seiner Jeans, und sein Gesicht wirkte in dem diffusen Licht noch geheimnisvoller.

Amy saß ganz still: Ihr Blick schien wie durch eine geheime Kraft festgehalten zu sein. Beinahe schmerzlich wurde ihr bewusst, wie sehr sie sich nach ihm sehnte. Aber auch jetzt blieb ihr nichts anderes übrig, als dieses Gefühl zu unterdrücken – wie sie es drei Jahre lang getan hatte.

Ohne sie aus den Augen zu lassen, kam Tad quer durch das Lokal auf sie zu, griff nach ihrem Arm und zog sie hoch.

„Lass uns tanzen." Es war mehr ein Befehl als eine Bitte. Bevor die anderen am Tisch noch Zeit hatten, Tad zu begrüßen, führte er Amy bereits zu der kleinen Tanzfläche.

Die Band spielte ein langsames Stück, und der Sänger versuchte, seine mäßige Stimme durch besondere Lautstärke aufzuwerten. Irgendwo fiel ein Glas auf den Boden und zersplitterte. Und an einem der Tische stritten sich zwei Tennisspieler darüber, wie man denn wohl am besten gegen einen reinen Grundlinienspieler gewinnen könne.

Tad nahm Amy in die Arme, als hätten sie erst vor einigen Tagen zum letzten Mal miteinander getanzt. „Erinnerst du dich noch, als wir beide mal allein hier waren?", fragte er nah an ihrem Ohr. „Wir haben da hinten in der Ecke gesessen und eine Flasche Valpolicella getrunken."

„Ja."

„Damals hast du schon dasselbe Parfüm benutzt wie heute."

Er zog sie noch etwas enger an sich, und seine Lippen streiften ihre Wangen. Amy spürte, wie ihre Knie weich wurden, und sie brauchte all ihre Kraft, um sich nicht einfach an ihn zu schmiegen und die drei Jahre zu vergessen, die hinter ihr lagen.

„Weißt du noch, was wir nachher getan haben?", hörte sie seine dunkle Stimme wie durch eine dichte Nebelwand.

„Wir sind spazieren gegangen", erwiderte sie lächelnd.

Tads Lippen berührten immer wieder ihr Gesicht, als könnte er nicht genug von dem Duft ihrer Haut bekommen. „Ja, bis zum Sonnenaufgang", sagte er leise. „Die Stadt funkelte wie Gold in den ersten Strahlen der Sonne, und ich habe mich so nach dir gesehnt. Aber du hast mich abgewiesen."

„Tad, ich will nicht mehr darüber sprechen."

Amy versuchte, sich mit beiden Händen gegen seine Brust zu stemmen, aber er ließ ihr keine Chance.

„Warum nicht? Weil du dann auch daran denken müsstest, wie gut wir beide zueinandergepasst haben?"

„Tad, hör auf!"

Sie warf den Kopf zurück, aber er nutzte diese Gelegenheit, mit seinen Lippen ganz kurz über ihren Mund zu streichen.

„Wir werden wieder zusammen schlafen, Amy." Seine Stimme klang so bestimmt, als dulde er keinen Widerspruch. „Und wenn es nur für ein Mal ist … als Erinnerung an alte Zeiten."

„Es ist vorbei, Tad." Sie hätte sich gewünscht, dass ihre Stimme genauso fest geklungen hätte, aber stattdessen kam nur ein beinahe unverständliches Wispern.

„Wirklich?" Seine dunklen Augen wurden noch eine Spur dunkler, als er sie noch fester an sich presste. „Denk daran, Amy, keiner kennt dich so gut wie ich. Hat dein Mann jemals herausgefunden, wie du wirklich bist? Hat er gewusst, wie er dich zum Lachen bringen kann? Oder zum Stöhnen?", fügte er rau hinzu.

Amy wurde ganz steif in seinen Armen. Die Musik war jetzt beinahe noch lauter geworden, und unwillkürlich hob sie die Stimme. „Ich habe nicht die Absicht, mit dir über meine Ehe zu reden."

„Ich will auch gar nichts über diese verdammte Ehe wissen." Plötzlich war Zorn in ihm. Zorn darüber, dass sie damals weggelaufen war, aber auch darüber, dass Amy es immer noch schaffte, ihn aus der Reserve zu locken, und dass er nicht dagegen ankam. „Warum bist du zurückgekommen?"

Seine Finger bohrten sich schmerzhaft in ihren Arm. „Warum, zum Teufel, bist du zurückgekommen?"

„Um Tennis zu spielen." Mit aller Kraft stemmte sie sich gegen ihn. „Und um zu gewinnen." Sie spürte, dass auch in ihr Wut hochstieg. Immer noch war Tad der einzige Mann, bei dem sie die Kontrolle über sich verlieren konnte. „Ich habe das Recht, hier zu sein und das zu tun, was ich gelernt habe. Ich bin dir keine Rechenschaft schuldig."

„Du bist mir noch viel mehr schuldig." Tad sah den Zorn in ihren Augen, und es bereitete ihm ein grimmiges Vergnügen, sie noch mehr zu reizen. „Du wirst für die drei Jahre bezahlen, in denen du die Lady gespielt hast."

„Was weißt du denn schon davon?" Ihre Augen waren nur noch Schlitze, und ihr Atem ging schnell. „Ich habe bezahlt, Starbuck, das kannst du mir glauben. Mehr, als du dir vorstellen kannst. Aber jetzt ist Schluss damit. Hast du verstanden?" Zu Tads Überraschung war plötzlich ein Schluchzen in ihrer Stimme. Schnell schüttelte sie den Kopf und unterdrückte die aufsteigenden Tränen. „Ich habe genug für meine Fehler bezahlt."

„Welche Fehler?" Seine Wut war verraucht. Er griff nach ihren Schultern und schüttelte sie leicht. „Welche Fehler, Amy?"

„Das fragst du auch noch? Ich meine dich – ja, dich!"

Als er für einen Moment den festen Griff lockerte, riss sie sich los und bahnte sich den Weg durch all die Menschen hinaus ins Freie. Die Tür war noch nicht wieder ins Schloss gefallen, da hatte Tad sie schon eingeholt.

„Lass mich in Ruhe!" Sie wehrte sich gegen seine Hände, aber er hatte ihre Handgelenke bereits gefasst und ließ sie nicht wieder los.

„Noch einmal läufst du mir nicht weg." Seine Stimme war jetzt gefährlich ruhig. „Nicht noch einmal."

„Hat das deinen Stolz verletzt, Tad? Dass eine Frau es tatsächlich fertiggebracht hat, dich zu verlassen und einen anderen zu heiraten?"

Der ganze Schmerz, den er damals empfunden hatte, schien zurückzukommen. „Ich hatte niemals deine Art von Stolz, Amy."

Er zog sie fest an sich, als müsse er sich beweisen, dass er immer noch Macht über sie hatte, und wenn es auch nur eine rein körperliche war. „Deine Selbstdisziplin, die so ängstlich darauf bedacht war, nur ja keine Gefühle zu zeigen. Bist du darum weggelaufen, Amy? Weil ich hinter die Fassade geschaut hatte? Weil ich genau wusste, dass du in meinem Bett nicht mehr die perfekte Lady bist?"

„Ich habe dich verlassen, weil ich dich einfach nicht mehr wollte." Wütend versuchte sie, sich gegen seine Kraft durchzusetzen. „Ich wollte dich …"

Tad presste so überraschend seine Lippen auf ihren Mund, dass ihr keine Möglichkeit der Gegenwehr blieb. Und dann war es zu spät. Sie küssten sich so rau und leidenschaftlich, als wollten sie mit diesem einen Kuss alles nachholen, was sie in den drei Jahren versäumt hatten. Es war nicht anders als früher. Von Anfang an waren sie wehrlos ihren Gefühlen füreinander ausgeliefert gewesen, sobald sie allein in einem Raum waren. Nichts hatte sich geändert.

Amy war sich gar nicht bewusst, dass sie sich jetzt ungehemmt an Tad presste, die Hände in seinem Nacken verschränkt. Jetzt war sie wieder zu Hause. Nie hatte sie sich in ihrem Leben lebendiger gefühlt, als wenn sie mit Tad zusammen war. In seiner Gegenwart schien ihr die Zeit ihrer Ehe wie ein schlechter Traum, in dem eine andere Frau an ihrer Stelle gestanden hatte.

Es hatte ihr nie genügt, nur Tads Lippen zu spüren, und so war sie nicht erstaunt, als es auch jetzt nicht anders war. Die Band drinnen im Lokal spielte einen solch ohrenbetäubenden Trommelwirbel, dass die Fensterscheiben klirrten. Aber Amy hörte nur Tads leises Stöhnen, als sie ihren Körper fester an ihn schmiegte.

Für einen Moment löste er sich von ihr. Seine Hände legten sich um ihr Gesicht, und mit den Daumen streichelte er ihre Wangen. Aber je zärtlicher und sanfter er sie berührte, umso mehr sehnte Amy sich danach, seine starken Hände auf ihrem ganzen Körper zu spüren.

Rom, schoss es Amy plötzlich durch den Kopf, warum begann alles Wichtige in ihrem Leben immer in dieser Stadt? Der Gedanke schreckte sie auf. Begann es wirklich wieder mit Tad? Hatte sie sich nicht fest vorgenommen, dass es nie wieder dazu kommen dürfte?

„Bitte, Tad!" Amy löste sich etwas von ihm und lehnte ihren Kopf gegen seine Schulter. „Bitte, hör auf."

Etwas in ihrer Stimme hielt ihn davon ab, sie wieder in die Arme zu nehmen. Es war dieselbe Verletzlichkeit, die ihn damals hatte warten lassen, als sie noch ein Teenager war. Er würde es auch diesmal fertigbringen, zu warten – allerdings nicht so lange.

„Du hast immer gewusst, wie du mich in Schach halten konntest, nicht wahr, Amy?"

Sie seufzte auf. „Reiner Selbstschutz."

Tad lachte auf und steckte die Hände in die Taschen seiner Jeans.

„Es wäre leichter, wenn du in den drei Jahren dick und unansehnlich geworden wärst. Ich wünschte, es wäre so."

Ein kleines Lächeln umspielte Amys Mundwinkel. Auch das hatte sich nicht geändert. Tads Stimmungen änderten sich immer noch so schnell wie früher. „Soll ich mich etwa dafür entschuldigen, dass ich nicht deinen Vorstellungen entspreche?"

„Nein, wahrscheinlich hätte das auch nichts genutzt." Er sah sie an, und seine Augen nahmen jede Einzelheit wahr. Die Hände in den Hosentaschen waren zu Fäusten geballt. „Du hast dich überhaupt nicht verändert. Sogar deine Frisur ist noch dieselbe."

Amy lächelte. „Das kann ich zurückgeben. Wie früher, könnte dir auch jetzt ein Haarschnitt nichts schaden."

„Du bist eben zu konservativ", meinte er und lächelte nun ebenfalls.

„Und du zu unkonventionell."

„Nicht mehr. Schließlich bin ich keine zwanzig mehr."

„Oh je! Tad Starbuck, der alte Mann", neckte sie ihn. „Im Halbfinale gegen Bigelow hattest du aber keine Schwierigkeiten. Wie alt ist er? Vierundzwanzig?"

Tad zog die Schultern hoch. „Immerhin ging das Spiel über fünf Sätze." Langsam nahm er die Hände aus den Taschen und strich vorsichtig mit den Fingern über ihr Gesicht.

„Komm mit mir, Amy", sagte er leise. „Jetzt." Nur er selbst wusste, wie viel Überwindung es ihn kostete, diese Bitte auszusprechen.

„Ich kann nicht."

„Du willst nicht."

Eine Gruppe junger Italiener kam laut lachend und singend die Straße herauf. Drinnen im Lokal hatte die Band wieder lautstark zu spielen begonnen. Nur ein Wort! Ein Wort würde genügen, und sie könnte in dieser Nacht noch all das wieder erleben, wonach sie sich so gesehnt hatte.

„Tad …" Zögernd griff Amy nach seiner Hand und hielt sie fest. „Bitte sei vernünftig. Glaub mir, es ist für uns beide besser. Schließlich müssen wir beide noch Spiele bestreiten und …"

„Okay", unterbrach er sie. „Dann eben in Paris."

„Tad, ich habe damit nicht gemeint …"

„Rom oder Paris – du kannst es dir aussuchen. Aber entkommen wirst du mir nicht."

„Tad, du bist starrköpfig wie immer."

Er lachte. „Natürlich. Wäre ich sonst die Nummer eins?" Dann wurde er wieder ernst. „Aber eine Frage musst du mir jetzt schon beantworten, Amy."

„Welche?"

„Warst du glücklich?"

Sie schlug die Augen nieder und schwieg. „Du hast kein Recht …", sagte sie leise und brach ab.

„Und ob ich ein Recht habe. Amy, sag mir die Wahrheit."

Sie starrte ihn verstört an, suchte verzweifelt nach einem Ausweg, aber schließlich gab sie auf. „Nein", flüsterte sie, und dann noch einmal: „Nein."

Eigentlich hätte er jetzt triumphieren müssen, aber stattdessen spürte Tad nur Mitleid. Er ließ ihre Hand los und trat einen Schritt zurück. „Ich rufe dir ein Taxi."

„Nein, ich laufe. Ein Spaziergang wird mir jetzt guttun."

Tad sah ihr nach, bis sie zwischen den Menschen verschwand.

Auch jetzt, mitten in der Nacht, waren die Straßen der Ewigen Stadt voller Menschen und Autos. Die laue Luft, der Sternenhimmel, die fröhlichen Nachtschwärmer – diese südliche Atmosphäre war mit nichts zu vergleichen.

Obwohl der Lärm beinahe unvermindert anhielt, glaubte Tad auf seinem Weg durch die nächtlichen Straßen das Geräusch seiner Schritte zu hören. Vielleicht liegt es daran, dass schon seit so vielen Jahrhunderten Menschen über diese Straßen gehen, dachte er plötzlich und wunderte sich über sich selbst.

Normalerweise hatte Tad keinen Sinn für Geschichte – es sei denn, es handelte sich um Tennisgeschichte. Gonzales, Gibson, Perry, das waren Namen, die ihm etwas sagten. Caesar, Cicero oder Augustus dagegen waren Gestalten, an die er sich nur undeutlich aus dem Geschichtsunterricht erinnerte. Er dachte sogar wenig an seine eigene Vergangenheit – geschweige denn an die Welt der Antike. Bis Amy in sein Leben getreten war, hatte er immer nur von einem Tag zum anderen gelebt, hatte nicht über das nachgedacht, was vorbei war, und auch nicht über das, was die Zukunft ihm noch bescheren würde.

Als kleiner Junge allerdings war ihm die Zukunft wichtig gewesen. Ständig hatte er sich ausgemalt, was er tun würde, wenn … Aber dann, als er sein Ziel erreicht hatte, war nur noch die Gegenwart wichtig gewesen. Bis … ja, bis Amy aufgetaucht war. Da hatte er den nächsten Tag nicht erwarten können, an dem er sie endlich wiedersah.

Geboren und aufgewachsen war Tad Starbuck im rauen Arbeiterviertel von Chicago. Er hatte schnell gelernt, sich mit allen Mitteln durchzuboxen und alle Tricks und Kniffe anzuwenden, um auf den Straßen dieses Viertels zu überleben. Manchmal war es ihm nur mit viel Glück gelungen, nicht mit den Gesetzen in Konflikt zu geraten, und eigentlich hatte er es nur seiner ausgeprägten Abneigung gegen organisierte Gruppen zu verdanken, dass er nicht kriminell geworden war.

Tad hatte sich von klein auf sehr schlecht unterordnen können, andererseits hatte er aber auch nie das Verlangen verspürt, andere um sich zu scharen und den großen Boss zu markieren. Es war ihm daher leicht gefallen, allen Anwerbungsversuchen der verschiedenen Straßenbanden zu widerstehen, auch wenn diese Versuche manchmal recht massiv wurden.

Aber nicht nur dieser Wesenszug hatte ihn vor einem schlimmen Schicksal bewahrt, da war auch noch die Liebe zu seiner Familie. Seine Mutter, eine ruhige, sehr charakterstarke Frau, hatte abends spät noch Büros putzen müssen, um ihre beiden Kinder großziehen zu können. Seiner vier Jahre jüngeren Schwester gegenüber hatte Tad sich immer als der große Beschützer und Vaterersatz gefühlt. Die Erinnerungen an seinen Vater waren bei Tad schon verblasst, als er noch ein kleiner Junge war.

Schon sehr früh hatte er sich als Familienoberhaupt gefühlt und ganz selbstverständlich auch die damit zusammenhängenden Pflichten übernommen. Schon damals hatte Tad sich geschworen, eines Tages so viel Geld zu verdienen, dass er Mutter und Schwester ein Haus kaufen und sie aus dieser Gegend wegholen könnte. Damals war ihm noch nicht klar, wie er das je schaffen sollte, und auch als er die Antwort zum ersten Mal in Form eines Schlägers in der Hand hielt, war ihm das noch nicht klar geworden.

Ada Starbuck hatte ihrem Sohn zum zehnten Geburtstag einen billigen Tennisschläger mit Nylonbespannung gekauft. Später hatte sie selbst nicht mehr sagen können, wie sie auf diese

Idee gekommen war. Sie wollte ihm etwas anderes schenken zu diesem runden Geburtstag als immer nur die Socken und Unterwäsche, die er sowieso brauchte. Sie hatte ihm etwas schenken wollen, womit er sich beschäftigen konnte, damit er nicht eines Tages doch auf die schiefe Bahn geriet, wie so viele Jungens aus der Nachbarschaft.

Sie kannte ihren Sohn sehr gut und wusste, dass ein Mannschaftssport wie Fußball oder Baseball ihn nie würde reizen können. Er war ein Einzelgänger, und wenn sie ihn überhaupt für Sport interessieren konnte, dann kam nur etwas in Betracht, das er auch allein spielen konnte. Ihn in einen Tennisclub zu schicken, dafür fehlte das Geld, aber den Ball gegen eine Wand zu spielen, das war möglich.

Und sie hatte Erfolg. Tad nahm sich gerade noch Zeit für die Schule, Essen und Schlafen. Ansonsten verbrachte er seine freien Stunden damit, mal mit Wucht, dann wieder überlegt und platziert, den Ball an eine Hauswand zu schlagen.

Er merkte selbst, dass seine Schläge immer besser wurden, dass er die Stärke seiner Schläge von Mal zu Mal besser variieren konnte. Schließlich war ihm das nicht mehr genug. Er ging zu einem Tennisclub, sammelte für ein paar Cents Stundenlohn die Bälle auf und beobachtete dabei die Spieler sehr genau.

Eines Tages kam er zu der Überzeugung, dass er genauso gut spielen könne wie die Leute in dem Club. Er überredete einen Jungen seines Alters, auf einem gerade nicht benutzten Platz ein Spiel mit ihm zu machen.

Diese erste Erfahrung auf dem Tennisplatz war bitter für Tad. Einen Ball an die Wand zu schlagen, war eine Sache, aber die Bälle von einem Gegenspieler zu parieren, eine ganz andere. Plötzlich flogen Bälle über seinen Kopf, der Gegner zwang ihn zu Spurts, trickste ihn aufgrund seiner größeren Erfahrung immer wieder aus – stachelte damit aber auch Tads Ehrgeiz an. Er lernte schnell, sich auf sein Gegenüber einzustellen, und als das Spiel zu Ende war, hatte er zwar haushoch verloren, aber auch die Erfahrung gewonnen, dass sportlicher Wettstreit ihm Spaß machte.

Von dem Tag an spielte er nicht mehr gegen eine Wand. Immer häufiger ging er in den Club, die Mitglieder gewöhnten sich an ihn, gaben ihm Antwort auf seine Fragen und erklärten sich sogar mit der Zeit immer häufiger bereit, ein Spiel mit ihm zu machen.

Tad hielt sich von Anfang an nur an die Spieler, die in seinen Augen das Spiel auch ernst nahmen, die ehrgeizig waren und kein Match verloren gaben.

Ganz allmählich entwickelte er seinen eigenen Stil. Ungeschliffen und eckig zwar, aber doch in Ansätzen schon zu erkennen. Seine Grundschnelligkeit verbesserte sich, seine Aufschläge kamen mit ungeheurer Wucht und wurden mit der Zeit immer präziser. Schliffen sich auch die Ecken seines Stils nach und nach ab, eines blieb immer erhalten – sein unbändiger Siegeswille.

Als sein billiger Schläger schließlich so abgenutzt war, dass man nicht mehr damit spielen konnte, sparte Ada vom Haushaltsgeld so viel ab, dass sie ihrem Sohn einen neuen kaufen konnte. Im Laufe der Jahre hatte Tad so viele Schläger gehabt, von denen einige mehr gekostet hatten, als seine Mutter in der ganzen Woche damals verdient hatte, aber diesen ersten Tennisschläger seines Lebens hatte er immer noch. Er hatte ihn damals zur Erinnerung behalten, als seine Mutter ihm den zweiten gekauft hatte, und auch jetzt noch lag er daheim bei Ada Starbuck im Schrank.

Als Tad dreizehn war, gab es kaum noch einen Erwachsenen in dem Club, der ihn schlagen konnte. Er spielte nicht nur gut, er wusste auch alles über diesen Sport. Geld für Bücher hatte Tad nicht, also hatte er sich alles, was je über Tennis geschrieben worden war, aus der Leihbücherei geholt und es zu Hause studiert. Als er das erste Finale in Wimbledon auf dem kleinen Schwarz-Weiß-Fernseher sah, stand für ihn fest, dass er eines Tages auch da spielen – und gewinnen – würde!

Wieder war es seine Mutter, die ihm half. Eines der Büros, die sie putzte, gehörte einem Martin Derick, Rechtsanwalt und Tennisfan, der einen privaten Tennisclub mitfinanzierte. Wenn er abends Überstunden machte und Ada Starbuck in sein Büro kam, wechselten sie meist einige Worte miteinander. Geschickt verstand sie es, bei solchen Gelegenheiten zu erwähnen, dass ihr Sohn Tennis spiele, und dass die Leute im Club sagten, er werde immer besser.

Es dauerte nicht lange, da hatten ihre Bemühungen Erfolg. Martin Derick bekundete sein Interesse, woraufhin sie ihm sofort sagte, dass für den nächsten Samstag ein kleines Turnier angesetzt sei, wo Tad spielen würde. Und Martin kam tatsächlich.

Tads Stil war immer noch nicht ausgereift, aber ein Kenner dieses Sports sah auf Anhieb, was in dem Jungen steckte. Sein überschäumendes Temperament, die Schnelligkeit, die Begeisterung, mit der Tad bei der Sache war – das alles sah Martin Derick, und als das Spiel vorbei war, hatte er die beiden aufregendsten Stunden auf einem Tennisplatz verbracht, die er je erlebt hatte.

Er ging auf den Platz und stellte sich Tad in den Weg. „Willst du Profi werden?", fragte er ohne Umschweife.

Tad beschäftigte sich scheinbar uninteressiert mit der Bespannung seines Schlägers, aber er spürte doch, wie sein Puls plötzlich schneller ging. „Ja, schon."

Martin Derick grinste. Irgendwie gefiel ihm der Junge. „Okay, du brauchst Trainerstunden und …", er warf einen Blick auf den Schläger, „und eine vernünftige Ausrüstung. Mit dieser Plastikbespannung kommst du nicht weit."

Als Antwort holte Tad einen Ball aus seiner Tasche, warf ihn hoch und schmetterte ihn mit aller Kraft quer über den Platz.

„Nicht schlecht", gab Martin zu. „Aber mit einer guten Darmbespannung spielst du noch besser."

„Haben Sie noch mehr so gute Ratschläge?"

Martin ließ sich durch die etwas rüde Art des Jungen nicht aus der Fassung bringen. Er griff in seine Tasche, holte eine Packung Zigaretten heraus und bot Tad eine an. Der schüttelte nur den Kopf. Martin steckte sich eine Zigarette an und sog den Rauch tief ein.

„Das ist nicht gut für Ihre Lungen", meinte Tad.

„Hast du noch mehr so gute Ratschläge?", konterte der Rechtsanwalt. „Meinst du, du könntest auf Gras spielen?"

„Natürlich."

„Nun, an Selbstbewusstsein fehlt es dir nicht."

„Ich werde eines Tages in Wimbledon spielen", sagte Tad wie selbstverständlich. „Und ich werde gewinnen."

Martin blieb ganz ernst. Er zog eine Visitenkarte aus der Tasche und gab sie Tad. „Ruf mich Montag an", sagte er und ging.

Tad Starbuck hatte seinen Mäzen gefunden.

Die Verbindung zwischen den beiden war nicht immer ganz einfach. Während der nächsten sieben Jahre gerieten sie sich häufig in die Haare, ohne dass jedoch jemals einer von beiden daran gedacht hätte, sich von dem anderen zu trennen.

Tad ging weiterhin brav zur Schule. Allerdings blieb ihm auch gar nichts anderes übrig, da seine Mutter und Martin ausgemacht hatten, dass die Unterstützung des Rechtsanwalts enden würde, wenn er die Schule vor dem Abschluss abbrechen sollte.

Er fügte sich widerstrebend, verbrachte aber jede freie Minute auf dem Tennisplatz. Die Trainerstunden zeigten Wirkung, und die besseren Schläger trugen dazu bei, dass sein Spiel immer ausgereifter wurde.

Als er sechzehn war, gab es bereits genügend Mädchen, die seinen Spielen nicht zuschauten, weil sie sich für Tennis interessierten. Tad ließ sich die gebotenen Chancen nicht entgehen und entdeckte dabei ein Betätigungsfeld, auf dem er genauso schnell lernte wie auf dem Tennisplatz.

Nur ein Mal in all den Jahren musste er eine Pause einlegen. Er war seiner kleinen Schwester gegen einen wesentlich älteren Jungen zur Hilfe geeilt. Das war ihm die zwei Wochen Zwangspause vom Tennis wert. Der Junge hatte ein gebrochenes Nasenbein davongetragen, während Tad sich nur die Hand verstaucht hatte.

Zu seinem ersten Turnier fuhr er als völlig Unbekannter und natürlich auch ungesetzt. Gleich das erste Spiel war den Sportreportern am nächsten Tag längere Berichte wert. Tad hatte es in seiner unnachahmlichen Manier geschafft, ein Spiel herumzureißen, bei dem er schon wie der sichere Verlierer ausgesehen hatte.

Die Presse kam allerdings sehr schnell dahinter, dass dieser Tad Starbuck ein sehr unbequemer Sportler war. Sie tolerierten sein Temperament, weil er noch jung war, aber auch damit schafften sie es nicht, ihn gefügig zu machen. Die Reporter merkten allerdings ebenso schnell, dass sie nicht an ihm vorbeikamen – ob sie den Spieler Starbuck nun mochten oder nicht.

Noch vor seinem neunzehnten Geburtstag leistete Tad die erste Anzahlung für ein Haus mit drei Schlafzimmern in einem der besseren Vororte von Chicago. Als er zwanzig war, gewann er zum ersten Mal Wimbledon. Der Traum war Wirklichkeit geworden, aber das stachelte ihn nur zu immer neuen Leistungen an.

Jetzt wanderte Tad durch die nächtlichen Straßen von Rom und dachte über sein bisheriges Leben nach. Es war Amy, die ihn dazu angeregt hatte, weil ihr Leben so ganz anders verlaufen war als seines. In ihrer Kindheit hatte es keine Straßenbanden gegeben, sie war behütet und ohne jegliche Sorgen aufgewachsen.

Mit Jim Wolfe als Vater hatten ihr alle Türen zur Tenniswelt weit offen gestanden. Schon mit vier Jahren hatte sie ihren ersten Schläger gehabt, der speziell für sie hergestellt worden war.

Tad fragte sich, ob es wohl dieser Unterschied war, der sie zueinander geführt hatte. Nein, das allein konnte es auch nicht sein. Wenn sie in seinen Armen gelegen hatte, dann war dieser Unterschied so unwichtig geworden, als würde er überhaupt nicht existieren. Es hatte eher etwas zu tun mit ihrer kühlen Beherrschtheit, die ihn fasziniert hatte, weil ihm von Anfang an klar gewesen war, dass unter der kühlen Oberfläche ein Vulkan zum Vorschein kommen konnte.

Das war für ihn eine Herausforderung gewesen, der er nicht hatte widerstehen können. Selbst als Amy noch ein Teenager gewesen war, hatte er das schon gespürt und sich geschworen, zu warten. Das Warten hatte sich auch gelohnt – bis zu dem Tag vor drei Jahren, an dem sie ohne irgendeine Erklärung weggelaufen war.

Ohne zu wissen, wohin er ging, bog Tad um eine Hausecke und stand vor einem der vielen römischen Brunnen. Das Wasser glitzerte im Mondlicht, und er blieb stehen, um den kleinen Fontänen zuzusehen, die sich in das Becken ergossen.

Amy! Er sehnte sich so sehr nach ihr, dass dabei sein verletzter Stolz, wie sie es nannte, ganz unwichtig wurde. Wenn sie gewollt hätte, er hätte sie heute Nacht mit in sein Hotelzimmer genommen und sich nicht daran gestört, dass sie einen anderen Mann geheiratet und mit ihm geschlafen hatte. Warum war sie mit diesem verdammten Engländer auf und davon gegangen? Diese Frage hatte er sich in den letzten drei Jahren schon unzählige Male gestellt, ohne je eine Antwort darauf gefunden zu haben.

In den ersten Monaten nach ihrer Trennung war Tad immer wieder in Gedanken jede Minute der letzten Tage durchgegangen, die sie zusammen verbracht hatten. Mit selbstquälerischer Eindringlichkeit hatte er sich jedes Wort, jede Geste in die Erinnerung zurückgerufen, ohne zu einer Lösung zu kommen.

Es hatte lange gedauert, bis Tad die Kraft fand, solche nutzlosen Überlegungen zu unterdrücken. Er hatte versucht, sich mit anderen Frauen zu trösten. Mit mehr als einer war er ins Bett gegangen, weil ihre Haare fast die Farbe von Amys hatten, und weil ihre Stimme ihn an sie erinnerte. Am anderen Morgen spätestens war die Illusion dann verschwunden und die alte Wunde wieder aufgebrochen.

Und jetzt war Amy zurückgekehrt. Geschieden und damit wieder frei. Aber spielte das wirklich eine Rolle? Tad strich sich mit beiden Händen durch die Haare. Nein, wenn er ehrlich mit sich selbst war, musste er eingestehen, dass es keinen Unterschied machte, ob sie verheiratet oder geschieden war. Er musste sie einfach haben.

Vom Tennisplatz und auch von den ersten Jahren her, in denen Amy beinahe noch ein Kind gewesen war, war Tad es gewohnt, geschickt zu taktieren, Strategien aufzustellen und einzuhalten. Damit war es jetzt vorbei. Er griff in die Hosentasche, holte eine Münze hervor und warf sie in den Brunnen, als wollte er sein Glück herbeizwingen. Die Münze fiel auf den Grund, wo schon viele lagen – jede mit einem bestimmten Wunsch verbunden.

Tad drehte dem Brunnen den Rücken zu und sah sich um, bis er eine Bar entdeckt hatte. Er brauchte jetzt dringend einen starken Drink.

## 4. KAPITEL

Auf dem Flug von Rom nach Paris hatte Amy Zeit genug, sich an dem Titel einer internationalen italienischen Tennismeisterin zu erfreuen. Nach dem Spiel, das immerhin über zwei Stunden gedauert hatte, war Amy so erschöpft, dass sie sich kaum freuen konnte. Sie erinnerte sich nur noch daran, wie Madge sie umarmt hatte, dann das Klicken der Kameras, die Überreichung der Trophäe und der lang anhaltende Applaus des Publikums.

Jetzt erst wurde es Amy so richtig bewusst, dass sie es geschafft hatte. Zum ersten Mal Rom gewonnen und damit auch das erste Turnier nach drei Jahren Unterbrechung. Ihr Comeback war gelungen, sie hatte sich selbst bestätigt! Das entschädigte für all die Stunden Training, für schweißtreibende Arbeit mit Hanteln und Gewichten – für alles. Rom hatte gezeigt, dass ihre Entscheidung richtig gewesen war, wieder mit dem Profitennis anzufangen.

Dieser Entschluss war ihr nicht leicht gefallen, zumal ihr Selbstbewusstsein so kurz nach der gescheiterten Ehe mit Eric noch ziemlich anfällig gewesen war. Überhaupt, diese Ehe! Wenn sie jemals in ihrem Leben einen Fehler begangen hatte, dann den, Lord Eric Wickerton zu heiraten.

Amy lehnte sich in ihren Sitz zurück und schloss die Augen. Nie würde sie sich verzeihen, den ersten Schritt zu dieser Ehe getan zu haben. Eric hatte von Anfang an gewusst, dass sie ihn nicht liebte, aber das war ihm gleichgültig gewesen. Eric Wickerton hatte in ihr nur die Frau gesehen, die an seiner Seite repräsentieren, mit der er sich sehen lassen konnte.

Auch Amy hatte das gewusst, aber damals war ihr das als einzige Möglichkeit erschienen, Tad zu entkommen. Sie hatte die Rolle gespielt, die Eric von ihr verlangt hatte, aber sie hatte nicht vorausgesehen, wie unglücklich sie dabei sein würde.

Wenn sie angenommen hatte, dass er ihr im Ausgleich dafür wenigstens etwas Liebe und Zuneigung entgegenbringen würde, so musste sie schnell einsehen, dass sie sich getäuscht hatte.

Nein, sie wollte nicht mehr daran zurückdenken. Selbst jetzt noch waren die Erinnerungen zu schmerzlich. Sie wollte lieber an ihren großen Triumph denken.

Michael hatte recht gehabt mit dem, was er über Tia gesagt hatte. Tia spielte wirklich wie der Teufel, gab sich nie geschlagen und zeigte auch nach einem langen Match keine Anzeichen von Ermüdung. Jeden Fehler ihrer Gegnerin nutzte sie erbarmungslos aus und verstand es immer wieder, sie zu weiteren Fehlern zu animieren.

Diese Tia hatte Amy wirklich alles abverlangt und dabei überdeutlich bewiesen, dass ein Tennisspiel wirklich erst mit dem letzten Punkt gewonnen ist. Wenn Amy jetzt daran zurückdachte, war sie froh, ein solch hart umkämpftes Spiel gewonnen zu haben. Es gab ihr mehr Befriedigung, als wenn sie auf eine schwächere Gegnerin getroffen wäre, mit der sie leichtes Spiel gehabt hätte. Jetzt hatten die Reporter wenigstens genug zu berichten und würden mit ihren Artikeln dafür sorgen, dass ihr Sieg genügend beachtet wurde.

Rom lag hinter ihr. Jetzt galt es, sich auf das Turnier in Paris zu konzentrieren. Damals, in ihrem Jahr mit Tad, hatte sie Paris gewonnen. Tad! Da waren ihre Gedanken wieder bei ihm. Amy versuchte, sie genauso auszuschalten wie vorher die Erinnerungen an Eric. Nur wollte ihr das diesmal nicht gelingen.

Okay, dann eben in Paris.

Amy hatte die Worte nicht vergessen – halb Drohung, halb Versprechen. Sie kannte Tad gut genug. Es gab keine Möglichkeit, ihm zu entkommen. Aber sie war auch nicht mehr so naiv und unschuldig wie damals, als er sie zum ersten Mal erobert hatte. Mittlerweile hatte das Leben sie gelehrt, dass Märchen höchst selten wahr werden. Damals hatte sie noch geglaubt, ihre Liebe zu Tad wäre ein solches Märchen und würde auch genauso glücklich enden. Sie waren älter geworden, waren nicht mehr der Prinz und die Prinzessin auf dem Tennisplatz – aber waren sie auch weiser geworden?

Amy war sicher, dass Tad versuchen würde, seinen Stolz

wiederzugewinnen, indem er sie zurückeroberte – und sei es nur ihren Körper. Sie kannte seine Verführungskünste und wusste, dass es schwer werden würde, ihm zu widerstehen. Wenn sie eine Möglichkeit gesehen hätte, ihm nachzugeben, ohne dabei zu riskieren, sich wieder in ihn zu verlieben – Amy hätte ohne Zögern Ja gesagt. Nach drei Jahren ohne Leidenschaft, ohne das Gefühl, begehrt zu werden, sehnte sie sich so sehr danach.

Aber diese Möglichkeit war nicht gegeben. Seufzend öffnete Amy die Augen und sah hinaus in die sonnenbeschienenen Wolken. Es half nichts, sie musste ehrlich zu sich selbst sein. Ja, dachte Amy und nickte dabei unwillkürlich, ich liebe ihn immer noch, habe im Grunde nie aufgehört, Tad zu lieben.

Was wäre gewesen, wenn er das gewusst hätte? Wie üblich, geriet Amy bei dieser Frage in Panik. Hätte er ihr geglaubt? Und, was noch wichtiger war, hätte er es akzeptiert? Langsam schüttelte Amy den Kopf. Er durfte nie erfahren, dass sie einen anderen Mann geheiratet hatte, während sie sein Baby in sich trug. Und er durfte auch nie erfahren, dass sie vor lauter Kummer und Verzweiflung sein Baby verloren hatte.

Amy lehnte sich wieder in ihren Sessel zurück, schloss die Augen und versuchte, wenigstens noch etwas zu schlafen, bevor die Maschine in der französischen Hauptstadt landete. Paris war schon sehr nah, und sie wusste nicht, was diese Stadt ihr bringen würde – weder auf dem Tennisplatz noch in der gefährlichen Nähe von Tad Starbuck.

„Tad! Tad!"

Er war gerade damit beschäftigt, seinen Tennisschläger in die Hülle zu stecken, als er jemanden seinen Namen rufen hörte. Tad drehte sich um, dann ließ er den Schläger fallen, breitete beide Arme aus und fing die Frau auf, die ihm entgegenstürzte. Er hob sie hoch und drehte sich einige Mal mit ihr im Kreis.

„Hilfe, mir wird schwindlig", rief sie lachend und hielt sich an ihm fest.

Tad stellte sie wieder auf die Füße und hielt sie ein Stück von sich ab. Sie war klein und zart, mit einem hübschen Gesicht, blitzenden Augen und einem verschmitzten Lächeln.

„Jess, wie kommst du hierher?", fragte er und drückte sie noch einmal an sich.

„Ich wollte meinen Bruder wiedersehen, und was bleibt mir da anderes übrig, als ihn auf einem Tennisplatz zu suchen", antwortete Jess lachend.

Tad legte ihr einen Arm um die Schulter. Jetzt erst fiel sein Blick auf den Mann, der einige Schritte hinter ihnen stand. „Mac." Ohne Jess loszulassen, streckte er seinem Schwager die Hand hin.

„Tad, wie geht es dir?"

„Gut. Sehr gut sogar."

Mac schüttelte ihm die Hand und sah dabei lächelnd auf die beiden. Er wusste, wie sehr Bruder und Schwester aneinander hingen, und dass Tad sich auch heute noch für Jess verantwortlich fühlte, obwohl sie mittlerweile siebenundzwanzig und Mutter eines Sohnes war. Am Anfang hatte er sehr gegen Tads Vorurteile zu kämpfen gehabt. Kein Mann war Tad recht, der in die Nähe seiner Schwester kam, und da hatte Mac keine Ausnahme gemacht. Erst nach und nach hatte Tad ihn akzeptiert und sich schließlich zähneknirschend auch damit einverstanden erklärt, dass Jess mit ihm zur Westküste nach Kalifornien zog. Mac betrieb dort ein sehr gut gehendes Baugeschäft.

So erfolgreich er als Geschäftsmann war, so wenig verstand er von Tennis. Diese Tatsache hatte natürlich auch nicht dazu beigetragen, dass Tad ihn mit offenen Armen aufgenommen hätte. Mac war sich durchaus darüber im Klaren, dass er niemals in Jess' Nähe gekommen wäre, wäre er nicht der Neffe von Martin Derick.

„Wo ist Pete?", unterbrach Tad die Gedanken seines Schwagers.

„Bei seiner Großmutter. Die beiden sind froh, wenn sie mal einige Zeit zusammen sein können", antwortete Mac mit einem Lächeln.

„Sie wird ganz schön mit ihm zu tun haben", warf Jess ein. „Pete ist zwar gerade erst etwas mehr als ein Jahr alt, aber er läuft schon wie der Teufel und wird unsere Mutter entsprechend auf Trab halten. Sie lässt dir übrigens viele Grüße bestellen. Du kennst sie ja, Tad, sie mag keine langen Flugreisen, sonst wäre sie sicherlich mitgekommen."

Tad griff nach seiner Trainingstasche. „Ich habe gestern Abend noch mit ihr telefoniert. Kein Wort hat sie davon gesagt, dass ihr beiden kommen würdet."

„Wir wollten dich ja auch überraschen." Jess griff nach der Hand ihres Mannes und drückte sie. „Mac hat gemeint, Paris sei gerade die richtige Stadt für zweite Flitterwochen."

„Irgendwie musste ich es ja schließlich anstellen, sie für zwei Wochen von Pete loszueisen", sagte Mac und zog seine Frau schmunzelnd an sich. „Allerdings hat sich dann herausgestellt, dass du mehr gezogen hast als Paris." Er gab ihr einen Kuss auf die Stirn und sah sie liebevoll an. „Deine Schwester und ihr Sohn", wandte er sich dann an Tad, „die beiden sind unzertrennlich."

„Wenn man den hübschesten Sohn der Welt hat, ist es ja wohl ganz natürlich, dass man sich nicht von ihm trennen will", protestierte Jess.

Mac zog eine Pfeife aus der Tasche und begann sie zu stopfen. „Ich schwöre dir, Tad, es wird nicht mehr lange dauern, und deine Schwester lässt unseren Sohn bereits in Harvard einschreiben."

„Nächstes Jahr", antwortete Jess scheinbar ganz ernst. Ihr Blick lag auf ihrem Bruder. Täuschte sie sich, oder waren seine Augen wirklich nicht so strahlend wie sonst? „Martin lässt dir übrigens bestellen, dass er sehr stolz auf dich ist."

„Ich hatte schon gehofft, er würde zu diesem Turnier kommen", sagte Tad. „Merkwürdig, ich habe es mir immer noch nicht abgewöhnt, vor einem Spiel nach ihm Ausschau zu halten."

„Er wollte ja auch kommen", sagte Jess, „aber er konnte seine Verhandlung nicht verschieben. Jetzt musst du also mit uns vorliebnehmen."

Tad schwang sich die Tasche über die Schulter. „Damit bin ich mehr als zufrieden. Wo wohnt ihr?"

„Im Hotel …" Jess brach abrupt ab, als sie in einiger Entfernung eine schlanke blonde Frau über den Platz gehen sah. „Amy", murmelte sie.

Tad sah ebenfalls hinüber. „Ja", sagte er, „Amy." Jess bemerkte, dass er die Frau nicht aus den Augen ließ. „Wusstest du nicht, dass sie wieder spielt?"

„Doch. Aber …" Wieder brach Jess ab. Wie sollte sie ihrem Bruder den Widerstreit von Gefühlen erklären, den Amys Auftauchen in ihr ausgelöst hatte?

Es war, als wären die letzten Jahre in ihrem Gedächtnis ausgelöscht. Immer noch hatte Jess die kühlen blauen Augen vor sich, hörte ihre beherrschte Stimme. Damals war sie so überzeugt gewesen, für Tad das Richtige zu tun, nicht ein Mal waren Jess darüber Zweifel gekommen. Jetzt war Amy geschieden und zurückgekehrt in den Tenniszirkus. Und Jess war sich längst nicht mehr sicher, ob sie damals wirklich richtig gehandelt hatte.

Verstohlen warf sie einen Blick auf ihren Bruder. Er beobachtete Amy immer noch, als könnte er die Augen nicht von ihr abwenden. Hatte er sie geliebt? Liebte er sie vielleicht immer noch? Was würde er tun, wenn er jemals erfuhr, wie seine Schwester sich in sein Leben gedrängt und ihm eine Entscheidung abgenommen hatte? „Tad …"

Als er sie ansah, verstärkte sich das ungute Gefühl in Jess noch. Sie hoffte nur, dass sie ihm nie erzählen musste, was sie damals getan hatte.

„Sie ist noch so hübsch wie früher, findest du nicht?", fragte Tad seine Schwester. „Was hast du gesagt, wo seid ihr abgestiegen?"

„Nur weil er gerade erst achtzehn ist und in der Vorrunde wie ein Champion gespielt hat, ist er für alle der Favorit." Chuck warf einen Tennisball in die Höhe und fing ihn wieder auf.

„Du wirst es schon schaffen", meinte Amy. „Immerhin hast du deine Erfahrung gegen seine Jugend zu setzen", fügte sie noch hinzu.

„Ich werde ihn vom Platz fegen", prophezeite Chuck und reckte seinen rechten Arm in die Luft. „Und sollte mir das wirklich nicht gelingen, überlasse ich es eben Tad, ihn aus dem Wettbewerb zu werfen."

Amy schnappte sich den Ball, als Chuck ihn erneut in die Luft warf. „Bist du sicher, dass Tad ins Endspiel kommt?"

„Das ist so sicher wie das Amen in der Kirche", antwortete Chuck. „Das ist sein Jahr, ich glaube, ich habe ihn noch nie besser spielen sehen als in dieser Saison."

Amy gab keine Antwort. Sie blickte hinunter auf ihre Füße. Der Wind hatte Blütenblätter über den Platz geweht, und sie berührte sie ganz vorsichtig mit ihrer Schuhspitze. Es war noch früh am Morgen, und das große Stadion lag leer und verlassen da. In einigen Stunden würden sich die Ränge füllen. Vierzehntausend Zuschauer passten in das Tennisstadion der französischen Hauptstadt, und sicherlich würden auch heute wieder alle Plätze besetzt sein. Wenn das Publikum sich ruhig verhielt, konnte man die Geräusche der Autos auf der angrenzenden Straße hören, die die Anlage vom Bois de Boulogne trennte.

In der ersten Woche des Turniers wurde täglich etwa elf Stunden lang ununterbrochen Tennis gespielt. Selbst diejenigen, die nach dieser Woche ausgeschieden waren, konnten sich nicht beklagen, zu selten auf dem Platz gewesen zu sein. Nicht umsonst hatte das Turnier in Paris unter den Profis den Ruf, das schwierigste überhaupt zu sein. Tad und Amy hatten beide schon einmal hier gewonnen und wollten den Sieg in diesem Jahr wiederholen.

Paris und Tad! Es gab nichts, was in Amy mehr Erinnerungen wachrief, als diese Kombination. In dieser Stadt hatten sie einen Abend im Kino verbracht, ohne von dem Ingmar-Bergman-Film auch nur eine Szene zu sehen. In Paris hatte Tad es geschafft, sie kurz vor einem Spiel so geschickt zu massieren, dass die schlimme Muskelverhärtung sie nachher auf dem Platz nicht mehr um den Sieg bringen konnte. In Paris hatten sie sich geliebt – immer wieder und so lange, bis sie beide völlig erschöpft eingeschlafen waren. In der Stadt der Liebe hatte Amy noch daran geglaubt, dass ihre Romanze mit Tad glücklich enden würde.

Amys Gedanken wurden jäh unterbrochen, als sie ihren Blick durch das Stadion schweifen ließ und plötzlich Jess sah. Auf die Entfernung starrten beide Frauen sich an – unfähig, sich zu rühren und aufeinander zuzugehen.

„Da ist ja Jess!" Chuck winkte hinüber und griff dann nach Amys Arm. „Komm, lass uns zu ihr gehen."

Plötzlich kam wieder Leben in Amy. „Nein, ich … ich muss weg", protestierte sie, als Chuck sie mit sich ziehen wollte. „Geh du nur zu ihr. Bis später." Damit riss sie sich los und stürmte davon.

Wie von Furien gehetzt, rannte Amy vom Platz und hielt erst wieder inne, als das Stadion bereits weit hinter ihr lag. Sie atmete tief durch und schalt sich selbst, dass sie davongelaufen war. Aber es war ihr einfach nicht möglich gewesen, Tads Schwester gegenüberzutreten – dem einzigen Menschen, der den Grund kannte, warum sie sich damals von Tad getrennt hatte.

Sie musste sich jetzt erst wieder beruhigen, vielleicht war es ihr dann möglich, Jess zu begrüßen. Amy war viel zu sehr mit sich selbst beschäftigt, als dass ihr aufgefallen wäre, dass auch Jess recht schockiert reagiert hatte. Sie kam gar nicht auf die Idee, sich zu fragen, wieso.

Amy wollte nicht mehr an den Sommernachmittag denken, als sie Jess Starbuck zum letzten Mal gesehen hatte. In diesem unordentlichen Hotelzimmer, das sie mit Tad geteilt hatte, und in dem ihr dann Jess gegenübergestanden hatte. Keines der Worte, die damals gefallen waren, hatte sie vergessen – und auch nicht den unendlichen Schmerz, den sie in ihr ausgelöst hatten.

Ja, Tad hatte recht, sie war wirklich davongelaufen, aber sie hatte ihm nicht für immer entgehen können. Eigentlich hatte sich alles in diesen drei Jahren verändert – und doch wieder gar nichts, wenn es um Tad und sie ging. Seufzend gestand Amy sich ein, dass sie ihrem Herzen keine Befehle geben konnte. Tad war der erste Mann in ihrem Leben gewesen, und er würde immer der Einzige bleiben, den sie geliebt hatte.

Sie hatte ein Kind von ihm getragen und es dann verloren, bevor es noch geboren wurde. Niemals würde Amy es sich verzeihen können, dass es zu diesem Unfall gekommen war. Noch mehr als der Mangel an Liebe und Verständnis von Seiten ihres Mannes hatte der Verlust von Tads Baby ihr alle Hoffnung für eine glückliche Ehe mit Eric genommen.

Und wenn sie das Kind geboren hätte? Hätte sie es vor Tad verbergen können? Und vor allem, hätte sie mit einem anderen Mann verheiratet bleiben können, während sie ein Kind von Tad großzog? Amy schüttelte den Kopf. Zu häufig schon hatte sie über diese Fragen nachgedacht, ohne je eine Antwort darauf zu finden. Das alles war vorbei. Sie hatte Tad verloren, sein Kind und außerdem noch die Liebe und Unterstützung ihres Vaters. Mehr konnte ein Mensch wohl kaum ertragen.

Als sich eine Hand auf ihre Schulter legte, drehte Amy sich erschrocken um. Vor ihr stand Tad. Schweigend sahen sie sich an.

Amy war es, als summten die Bienen plötzlich lauter, als könnte sie das Rauschen der Bäume in dem sanften Wind besser hören. Er griff nach ihren Armen und ließ seine Hände daran entlanggleiten, bis sie an ihren Handgelenken angekommen waren.

„Angst vor dem nächsten Spiel?"

„Angst nicht", antwortete Amy und brachte sogar ein Lächeln zustande. „Aber die Rayski ist schon gut."

„Du hast sie aber schon einmal geschlagen."

„Und sie mich." Amy kam es gar nicht in den Sinn, ihm ihre Hände zu entziehen. Sie standen voreinander, ohne dass ihre Körper sich berührten, und sie dachten beide zurück an den Tag, damals, als sie ebenfalls nach einem Spiel hierher geflohen waren, um allein zu sein.

„Du musst gegen sie so spielen wie gegen die Conway", meinte Tad. „Die beiden haben fast den gleichen Stil."

„Meinst du wirklich, das wäre eine Beruhigung?", fragte Amy mit einem kurzen Auflachen.

„Du bist besser als sie", sagte Tad ganz ruhig, woraufhin sie ihn erstaunt ansah. Lächelnd löste er eine Hand und strich mit seinen Fingerspitzen ganz sanft über ihre Wange. „Sie ist schneller, aber du spielst besser. Das gibt dir einen Vorteil, wenn du auch nicht besonders gern auf diesem Boden hier spielst."

„Ja, das stimmt", gab Amy zu.

„Du bist inzwischen besser geworden." Tad hielt ihre Hand fest, und sie gingen nebeneinander über die Wiese. „Deine Rückhand ist zwar noch nicht so stark, wie sie eigentlich sein könnte, aber ..."

„Bei der Conway hat es aber gelangt", unterbrach Amy ihn.

„Hätte trotzdem besser sein können."

„Ich habe noch nie eine so gute Rückhand gespielt", fuhr sie ihn ärgerlich an und merkte zu spät, dass sie hereingefallen war. Er lächelte spöttisch, als sie in sein Gesicht sah. „Ich hätte es mir ja denken können", murmelte Amy mehr zu sich selbst. „Du spielst gegen Kilroy", fuhr sie dann schnell fort, damit er keine Gelegenheit hatte, das Gespräch auf privatere Themen zu bringen. „Nie von ihm gehört."

„Er ist erst seit zwei Jahren Profi, und den großen Durchbruch schaffte er im vorigen Jahr in Melbourne." Wie selbstverständlich legte Tad einen Arm um ihre Schulter. Dann blieb er plötzlich stehen und zeigte auf eine Blüte. „Was ist das denn für eine Blume?"

„Frauenschuh."

„Komischer Name", meinte Tad und zuckte mit den Schultern. „Rosen gefallen mir besser."

„Aber nur deshalb, weil das die einzige Blume ist, von der du den Namen kennst", antwortete Amy. Ohne darüber nachzudenken, lehnte sie ihren Kopf gegen seine Schulter. „Erinnerst du dich noch, als ich eines Tages ein Bad nehmen wollte und feststellte, dass du die ganze Wanne mit Rosen gefüllt hattest? Es müssen Dutzende gewesen sein."

„Ja, wir haben fast eine Stunde gebraucht, um die Wanne zu leeren", sagte er und lehnte seinen Kopf gegen ihren.

„Es war wundervoll", meinte Amy verträumt. „Du hattest häufig so herrliche Einfälle, die mich immer völlig überraschten." In Erinnerung daran lachte sie leise auf. Ihr Kopf lag immer noch an seiner Schulter. „Weißt du noch, wir haben alle Gefäße genommen, die wir finden konnten, um die Rosen unterzubringen. Manchmal, wenn ich …" Mitten im Satz verstummte Amy plötzlich. Im letzten Moment war ihr klar geworden, dass sie drauf und dran war, zu viel zu sagen.

„Wenn du was?", drängte Tad, fasste nach ihren Schultern und drehte sie zu sich. Als Amy den Kopf schüttelte, wurde sein Griff fester. „Bist du manchmal mitten in der Nacht wach geworden, weil die Erinnerungen dich quälten? Konntest du nicht vergessen?"

Amy stemmte beide Hände gegen seine Brust. „Tad, bitte!"

„Mir ist es so ergangen, Amy." Er ließ sie nicht los. „Ich weiß gar nicht mehr, wie oft. Selbst wenn ich dachte, ich könnte dich hassen, habe ich mich immer noch nach dir gesehnt. Kannst du dir eigentlich vorstellen, wie das ist, um drei Uhr morgens wach zu werden und sich nach einer Frau zu sehnen, die im Bett eines anderen Mannes liegt?"

„Bitte, hör auf, bitte!"

„Womit?" Er hatte jetzt beide Hände um ihr Gesicht gelegt und zwang sie, ihn anzusehen. „Dich zu hassen? Mich nach dir zu sehnen? Ich kann nicht anders, Amy."

Seine Augen waren ganz dunkel. Sie sah darin den Schmerz, den er verspürt hatte, aber sie sah auch die Leidenschaft. Ohne sich Rechenschaft über ihr Tun abzulegen, presste Amy ihre Lippen auf seinen Mund.

Für einen Moment stand Tad ganz still. Erst als Amy sich an ihn schmiegte, stöhnte er leise auf und riss sie in die Arme. Wie hatte er nur je glauben können, es für immer ohne sie auszuhalten? Er wollte sie – nichts auf der Welt wollte er so sehr wie diese Frau. Er musste sie einfach wieder besitzen, ihr zeigen, dass auch sie ohne ihn verloren war.

Nur für einen Augenblick ließ er sie los, griff nach ihrer Hand und zog sie mit sich unter die tief herabhängenden Zweige einer Trauerweide, die sie vor allen neugierigen Blicken verbarg. In dem kühlen Halbdunkel des alten Baumes zog Tad sie wieder an sich und küsste sie. Diesmal war er es, dessen Kuss voller Leidenschaft mehr forderte.

Er musste einfach wissen, ob ihr Körper sich noch genauso anfühlte wie damals. Ungeduldig zog er den Reißverschluss ihrer Trainingsjacke herunter, und die Hände schlüpften unter das dünne T-Shirt. Zielstrebig glitten sie Amys Körper empor, bis sie an ihren Brüsten angekommen waren. Seinen Mund immer noch auf ihren gepresst, stöhnte Tad leise auf. Ihre Haut war so weich und glatt, dass er wieder – wie früher – das Gefühl hatte, seine schwieligen Hände wären viel zu rau für diese samtweiche Haut.

Amy zitterte am ganzen Körper. Mit beiden Händen griff sie in seine dichten Haare und schmiegte sich noch enger an ihn. Es war wie in einem Traum. Von Weitem drangen lachende Stimmen an ihr Ohr, aber Amy dachte gar nicht daran, sich von Tad zu lösen, als diese Stimmen immer näherkamen. Es gab nur noch sie beide auf dieser Welt, nichts anderes war mehr wichtig.

Als Tad sie schließlich losließ, taumelte Amy, und er griff schnell zu, damit sie nicht das Gleichgewicht verlor. Ihr Blick war verschwommen, ihre Lippen schienen geschwollen von seinen leidenschaftlichen Küssen.

Noch einmal zog er sie an sich und küsste sie. Diesmal aber sanft und zärtlich, als wollte er, dass sie die Erinnerung daran niemals vergaß.

Wie lange hatten sie unter der alten Trauerweide gestanden? Waren es nur Minuten, eine halbe Stunde oder gar noch länger? Amy wusste es nicht. Sie hatte jegliches Zeitgefühl verloren. Nur eines wusste sie ganz genau – sie fühlte sich so lebendig und so durch und durch als Frau, wie schon seit Jahren nicht mehr. Ihr Herz schlug schmerzhaft hart gegen ihre Brust, und sie glaubte, das Blut in ihren Adern zu spüren.

„Heute Nacht", murmelte Tad, zog ihre Hände an seine Lippen und küsste sie.

Die Berührung seiner Lippen jagte ihr kleine Schauer über den Rücken. „Tad …" Amy versuchte, ihm ihre Hände zu entziehen, aber er hielt sie fest.

„Heute Nacht", wiederholte er noch einmal.

„Ich kann nicht." Amy sah, wie es in seinen Augen ärgerlich aufblitzte. „Tad, ich habe Angst."

Ihr freimütiges Eingeständnis ließ seinen Ärger so schnell wieder verfliegen, wie er gekommen war. „Amy, warum?"

Sie gab keine Antwort, legte ihre Arme um seine Taille und schmiegte ihren Kopf an seine breite Brust. „Es tut mir leid", flüsterte sie. „Ich habe schon einmal Angst vor dir gehabt, und jetzt ist diese Angst wieder da." Und ich liebe dich, fügte sie in Gedanken hinzu. So wie früher – nein, noch mehr als vor drei Jahren.

„Amy." Er griff nach ihren Schultern und hielt sie ein Stück von sich ab. „Ich kann dir diesmal nicht versprechen, dass ich auf dich warten werde. Ich kann dir auch nicht versprechen, dass ich sanft und zärtlich mit dir umgehen werde. Diesmal ist es anders."

„Ja, es ist anders", stimmte sie leise zu und sah ihn dabei nicht an. „Vieles hat sich geändert, Tad. Wahrscheinlich wäre es besser, viel besser für uns beide, wenn wir nicht wieder von vorn anfangen würden."

Tad lachte leise auf. „Wir haben gar keine Wahl."

„Doch, wir können es versuchen, uns aus dem Weg zu gehen."

„Nein."

Amy seufzte tief auf. „Tad, bitte dräng mich nicht so."

Völlig übergangslos riss er sie wieder an sich. Seine Stimme klang rau. „Ich kann nicht anders, Amy. Kannst du das nicht verstehen? Jedes Mal, wenn ich dich ansehe, kommen die Fragen wieder, die ich mir all die Jahre hindurch gestellt habe. Warum hast du mich verlassen? Warum bist du einfach davongelaufen mit einem anderen Mann?"

Amy löste sich aus seiner Umarmung und griff nach seinen Händen. Sehr ernst sah sie ihn an, und was sie sagte, klang sehr eindringlich. „Tad, was auch immer mit uns geschieht, das geschieht jetzt. Hast du verstanden? Wenn überhaupt, dann fangen wir wieder ganz von vorn an. Die Vergangenheit ist passé, keine Fragen, keine Erklärungen. Glaub mir, ich meine es ernst, Tad. Ich werde dir keine Erklärungen abgeben, und ich weigere mich, in der Vergangenheit herumzuwühlen."

„Das heißt also, ich werde nie eine Antwort auf meine Fragen bekommen?"

„Es geht nicht anders. Ich werde dir auch keine Fragen stellen."

„Amy, du verlangst verdammt viel."

Sie stand vor ihm, wagte nicht, ihn anzufassen. Dabei hätte sie sich so gern an ihn gelehnt und ihm geholfen, die Vergangenheit zu vergessen. Es musste doch möglich sein, dass sie nur noch für die Gegenwart und die Zukunft lebten. „Ja, ich weiß", sagte sie leise. „Warum müssen wir uns nur immer wieder gegenseitig wehtun?"

„Ich wollte dir nie wehtun, Amy."

Plötzlich glaubte sie, wieder Jess' Stimme an jenem Nachmittag im Hotel zu hören. Er will dir nicht wehtun. Ja, genau das hatte sie gesagt. „Das wollten wir beide nicht", sagte Amy leise. „Und doch haben wir es getan. Ich habe Angst davor, dass es wieder passiert."

„Amy, sieh mich an." Mit beiden Händen griff er nach ihren Armen und hielt sie fest, bis sie langsam ihren Kopf hob und ihm in die Augen sah. „So, und jetzt sag mir noch einmal, dass du Angst hast."

„Oh, Tad!" Seufzend lehnte Amy für einen Moment ihren Kopf gegen seine Brust. Dann hob sie den Blick wieder und sah ihn an. „Ich war mir so sicher, dass ich dir diesmal widerstehen könnte", sagte sie leise.

„Und jetzt?"

„Ich weiß es nicht. Ich weiß gar nichts mehr." Sie schüttelte den Kopf. „Gib mir etwas Zeit, Tad."

Er öffnete schon den Mund, um zu widersprechen, aber dann überlegte er es sich doch anders. Er hatte drei Jahre gewartet, kam es da wirklich auf einen Tag mehr oder weniger an? „Okay, ich lasse dir etwas Zeit. Aber denk dran, Amy, beim nächsten Mal frage ich gar nicht erst."

Als Amy nickte, legte er einen Arm um ihre Schulter und hielt mit dem anderen die tief hängenden Zweige der Trauerweide zur Seite. „Komm", sagte er leise, „ich bring dich zurück."

## 5. KAPITEL

*E*s war das siebte Spiel im vierten Satz. Tad stand an der Grundlinie und erwartete Michaels Aufschlag. Die Luft war schwül, und am Himmel zogen dunkle Gewitterwolken auf. Aber Tad bemerkte das alles nicht. Nur zu Beginn des Spiels hatte er gesehen, dass das Stadion voller Leute war. Jetzt hörte er zwar noch ihre Anfeuerungsrufe, aber es war ihm gleichgültig, ob sie ihm oder seinem Gegner galten. Für ihn gab es jetzt nur noch das Spiel, das er gewinnen wollte.

Tennis – das Spiel für Einzelkämpfer. Und genau das war es, was Tad so zu diesem Sport hinzog. Wenn man verlor, konnte man nur sich selbst dafür verantwortlich machen, und wenn man siegte, gehörte einem der Triumph ganz allein.

Tad hatte sich darauf gefreut, im Halbfinale auf Michael zu treffen. Der Australier spielte mit sehr viel Gefühl und Temperament, gab keinen Ball verloren und verausgabte sich völlig, wenn es darum ging, das Spiel doch noch für sich zu entscheiden. Es gab so vier oder fünf Tenniskollegen, die Tad respektierte, und Michael gehörte ohne Zweifel dazu. Sein Sieg gegen ihn zählte für Tad doppelt.

In diesem Stadium des Spiels setzte Tad sein ganzes Können ein, um Michael den Aufschlag abzunehmen. Bisher hatte er noch keine Schwäche bei seinem Gegenüber erkennen können. Wie ein Boxer, der den anderen im Ring belauert und darauf wartet, dass er für einen Sekundenbruchteil einmal nicht voll konzentriert ist, so beobachtete auch Tad seinen Gegner – immer bereit, jeden noch so kleinen Fehler sofort für sich auszunutzen.

Tad hörte das Geräusch, als Michaels Schläger den Ball traf und ihn genau in die Ecke des Aufschlagfeldes setzte. Beinahe automatisch reagierte Tad. Seine enorme Schnelligkeit kam ihm dabei zugute, als er losspurtete und den Ball retournierte.

Beide Männer schenkten sich nichts in diesem Spiel. Ihre Laufarbeit war ausgezeichnet, die Gesichter glänzten vom Schweiß, und die Haare klebten ihnen auf der Stirn. Das Publikum ging begeistert mit, und seine Aufschreie vermischten sich mit dem fernen Donnergrollen.

Der lange Ballwechsel endete damit, dass Tad diesen Ball diagonal schlug, sodass er genau vor der Grundlinie aufschlug. Unerreichbar für Michael. Null : fünfzehn.

Tad strich sich mit seinem Schweißband am Handgelenk übers Gesicht und ging zurück zur Grundlinie. Michael schlug auf, Tad brachte den Ball zurück und spurtete dann sofort in die Mitte des Feldes. Jeder versuchte den anderen auszutricksen. Ohne Erfolg! Bis Michael den Fehler beging, einen „Lob" über Tad hinwegheben zu wollen. Tads Körper schnellte empor, er traf den Ball voll und schmetterte ihn so zurück, dass er kurz hinter dem Netz aufkam. Null : dreißig.

Für seinen nächsten Aufschlag nahm sich Michael viel Zeit. Immer wieder blickte er hinüber zu seinem Gegner, tippte den Ball noch einmal auf und wartete offenbar darauf, dass Tad nervös wurde. Der aber hatte sich in der Gewalt und stand scheinbar ganz ruhig. Als der Aufschlag dann endlich bei ihm ankam, entwickelte sich wieder ein langer Ballwechsel mit Grundlinienschlägen. Beide lauerten darauf, den anderen überlisten zu können.

Mit der Rückhand schlug Tad den Ball zurück. Michael hatte keine Mühe, ihn zu erlaufen, aber dann setzte er ihn ins Netz. Null : vierzig.

Es war Michael anzusehen, wie sehr er sich über diesen Fehler ärgerte. Wütend drosch er auch seinen ersten Aufschlag ins Netz. Beim zweiten hatte er sich dann wieder gefangen und platzierte ihn genau. Tad erreichte den Ball – und schlug ihn dann seinerseits ins Netz.

Die Spannung auf dem Platz war beinahe körperlich zu spüren. Das Publikum ging mit, unterstützte lautstark seinen jeweiligen Favoriten und wurde immer unruhiger, als keiner der beiden Spieler einen wirklichen Vorteil für sich herausarbeiten konnte.

Beiden klebten mittlerweile die Tennishemden am Körper. Jeder scheuchte den anderen über den Platz, um dann seinerseits wieder nach einem Ball hechten zu müssen. Für einen Laien unverständlich, wie perfekt Geist und Körper bei beiden zusammenarbeiteten. In Sekundenbruchteilen mussten sie entscheiden, wie sie den Ball zurückschlagen wollten, und durften dabei auch den Gegner nicht aus den Augen lassen, um ihn womöglich auf dem falschen Fuß zu erwischen und so das Spiel zu gewinnen.

Beide suchten die Entscheidung, aber es war Tad, der schließlich das Risiko einging und einen Ball so kurz spielte, dass er gerade noch über die Netzkante ging – unerreichbar für Michael. Spiel und Satzgewinn für Tad!

„Oh, Mac!" Jess lehnte sich in ihren Sitz zurück und schloss für einen Moment die Augen. „Ich hatte fast vergessen, wie aufregend es ist, Tad zuzuschauen."

„So lange ist das noch gar nicht her. Du hast ihn vor einigen Wochen noch gesehen." Mac zog ein Taschentuch hervor und wischte sich damit über das Gesicht.

„Aber nur im Fernsehen", widersprach Jess. „Das ist etwas ganz anderes. Da hat man nicht die Atmosphäre, diese Spannung. Das musst du doch auch spüren, oder?"

„Eigentlich spüre ich im Moment nur die drückende Schwüle."

Jess schüttelte lachend den Kopf. „Du stehst eben immer mit beiden Füßen auf der Erde, Mac." Sie lehnte sich zu ihm und gab ihm einen Kuss. „Aber das ist es ja gerade, was ich so an dir liebe."

Mac zog die Hände seiner Frau an die Lippen und küsste sie. Plötzlich spürte er, wie sie erstarrte. Er folgte ihrem Blick und sah, dass er auf Amy Wolfe gerichtet war.

„Ist das nicht die frühere Lady Wickerton?", fragte er. „Sie sieht sehr gut aus."

„Ja." Ihre Stimme klang ruhig, aber ihre Hände waren immer noch um die ihres Mannes gekrampft. „Ja, sie sieht wirklich sehr gut aus."

„Sie hat das Spiel heute Morgen gewonnen. Damit haben wir eine Amerikanerin im Endspiel." Es war so, als hätte Jess gar nicht gehört, was ihr Mann gesagt hatte. „Sie hat eine Zeit lang nicht gespielt, nicht wahr?", versuchte Mac noch einmal, die Aufmerksamkeit seiner Frau wieder auf sich zu lenken.

„Ja."

Mit hochgezogenen Brauen sah Mac sie an. Irgendetwas stimmte nicht mit Jess. „Hatte Tad nicht eine Affäre mit ihr?"

„Nicht direkt." Jess musste sich räuspern, bevor sie weitersprechen konnte. „Außerdem ist das lange vorbei. Sie ist gar nicht Tads Typ. Amy ist sehr kühl und beherrscht, sie passt wohl eher zu einem Lord als zu meinem Bruder. Eine Weile hatte er eine Schwäche für sie, das ist alles." Jess fuhr sich mit der Zunge über die Lippen und vermied es, ihren Mann anzusehen. „Und sie hat es wohl auch nicht ernst gemeint, sonst hätte sie ja wohl kaum so schnell diesen Wickerton geheiratet. Diese Amy hat Tad unglücklich gemacht, sehr unglücklich sogar."

„So, so", murmelte Mac und ließ Jess dabei nicht aus den Augen. Es war sonst gar nicht ihre Art, eine solch vorgefasste Meinung über einen Menschen zu haben. Außerdem hatten ihre Worte so geklungen, als müsste sie sich verteidigen. Mac erschien die Sache immer seltsamer. „Ich nehme an, Tad ist viel zu sehr mit seiner Karriere beschäftigt, als dass er sich wirklich ernsthaft nach einer Frau umsehen würde, oder?"

„Ja." Wieder kam ihm diese Zustimmung eine Spur zu schnell. „Ja, Tad hätte Amy niemals gehen lassen, wenn er sie tatsächlich geliebt hätte. Dafür ist er viel zu besitzergreifend."

„Und stolz", fügte Mac ruhig an. „Ich bin sicher, dass er niemals einer Frau nachlaufen würde – ganz gleichgültig, wie sehr er sie mag."

Jess wandte sich etwas ab und sah starr geradeaus. Das Stadion Roland Garros war nicht mehr da, in ihren Gedanken war sie wieder auf dem beinahe leeren Rasenplatz von Forest Hills; Tad hatte sich auf das Gitter gestützt und sah hinunter auf den Centre-Court.

Jess kam er vor wie ein Kapitän auf der Brücke seines Schiffes. Sie liebte ihren Bruder sehr, und in solchen ruhigen Augenblicken war sie sich dieser Liebe ganz besonders bewusst. Er war alles für sie – Bruder, Vater, Held. Er hatte es ermöglicht, dass sie jetzt in einem schönen Haus lebte, er hatte für ihre Ausbildung gesorgt – und doch hatte Tad weder sie noch ihre Mutter jemals spüren lassen, dass er es war, der das alles ermöglicht hatte.

Jess ging zu ihm, legte einen Arm um seine Taille und lehnte ihren Kopf gegen seine Schulter.

„Denkst du an das Spiel heute Nachmittag?", fragte sie leise. Tad musste gegen Chuck Prince im Finale antreten.

„Hm?" Tad war mit seinen Gedanken ganz weit weg gewesen. „Nein, eigentlich nicht", antwortete er.

„Ist es nicht ein seltsames Gefühl, ausgerechnet gegen deinen besten Freund spielen zu müssen?"

„Daran darf man während des Spiels nicht denken."

Jess spürte, dass er sich nicht wohlfühlte. Er war unruhig, und irgendetwas schien ihm Sorgen zu bereiten. Sie legte ihren Arm etwas fester um seine Taille. „Tad, was ist los?"

„Nichts, ich bin nur etwas unruhig."

„Hattest du Krach mit Amy?"

„Nein, wie kommst du darauf?", meinte er kurz.

Danach verfiel er wieder in Schweigen, und das trug nicht gerade dazu bei, dass Jess beruhigt gewesen wäre. Außerdem beobachtete sie seine Affäre mit Amy schon einige Zeit. Noch nie hatte ihr Bruder es so lange mit einer Frau ausgehalten. Das war ganz ungewöhnlich für ihn.

Für Jess war Amy eine Frau, die sie nicht einordnen konnte. Ihre kühle Beherrschtheit, die sie auch ihr gegenüber nie aufgegeben hatte, deutete Jess als Arroganz. Diese Frau hing nicht so an ihrem Bruder wie all die anderen Frauen vorher. Sie nahm nicht jedes Wort von Tad für bare Münze, und sie himmelte ihn nicht an.

„Denkst du eigentlich jemals an die Vergangenheit, Jess?", unterbrach Tad ganz unerwartet ihre Gedanken.

„An die Vergangenheit?"

„Ja, als wir beide noch Kinder waren." Sein Blick ging über den Platz, aber er schien nichts davon zu sehen. „Diese kleine, schäbige Wohnung, die wir damals hatten. Kannst du dich noch an die erinnern? Und an die De Marcos nebenan, die sich ständig so laut stritten, dass wir alles mithören konnten? Im Flur roch es nach billigen Kohlgerichten und manchmal auch nach Alkohol."

Der Klang seiner Stimme beunruhigte Jess. Irgendetwas bedrückte ihn. Wenn sie ihm doch nur helfen könnte! „Nein, nicht oft", flüsterte sie. „Ich kann mich auch nicht mehr an alle Einzelheiten erinnern. Als du uns da herausgeholt hast, war ich ja noch nicht einmal fünfzehn."

„Ich zweifle manchmal daran, dass man seine Vergangenheit je abstreifen kann." Sein Blick war starr geradeaus gerichtet. „Die Wohnung, der Geruch. Ich kann das einfach nicht vergessen. Ich habe Amy einmal gefragt, an welchen Geruch sie sich erinnert, wenn sie an ihre Kindheit zurückdenkt. Sie sagte, an den Duft der Blumen, der an lauen Sommerabenden durch ihr geöffnetes Kinderzimmerfenster drang."

„Tad, ich versteh das alles nicht."

Er seufzte und wandte sich dann wieder seiner Schwester zu. „Ich auch nicht."

„Das alles liegt doch weit zurück."

„Ja, das stimmt. Aber vergessen kann ich es trotzdem nicht. Gestern Abend waren wir zum Essen aus. Plötzlich kam dieser Lord Wickerton an unserem Tisch vorbei. Er blieb stehen und begann mit Amy ein Gespräch über französische Impressionisten, die er gerade vorher in einer Ausstellung gesehen hatte. Es waren noch keine fünf Minuten vergangen, da wusste ich gar nicht mehr, über was die beiden sich überhaupt unterhielten."

Schuldbewusst dachte Jess, dass sie das sehr wohl gewusst hätte. Aber warum? Nur deshalb, weil Tad es ihr ermöglicht hatte, zum College zu gehen. Er selbst hatte diese Möglichkeit nie gehabt. „Du hättest ihm sagen können, er solle verschwinden."

Tad lachte und gab ihr einen Kuss auf die Wange. „Daran hab ich auch gedacht." Plötzlich wurde er ganz ernst. „Aber dann habe ich die beiden beobachtet. Sie verstanden sich, sprachen die gleiche Sprache. Ich glaube, in dem Moment habe ich eingesehen, dass es unüberwindbare Hindernisse für Leute wie mich gibt."

„Das ist nicht wahr, Tad. So etwas kann man nachholen."

„Vielleicht." Er zuckte mit den Schultern, und von einer Sekunde zur anderen wurde er wütend. „Ach was! Was kümmern mich die französischen Impressionisten? Was kümmert es mich, dass Amy und dieser Wickerton gemeinsame Freunde haben, die um einige Ecken mit der englischen Königin verwandt sind? Oder wer das letzte Rennen in Ascot gewonnen hat?"

Jess spürte, dass der Grund für seinen Zorn Hilflosigkeit war, und unwillkürlich gab sie dafür Amy die Schuld. „Amy sollte sich schämen, diesen englischen Lord auch noch zu ermutigen. Seit Paris ist er ständig hinter ihr her."

Tad lachte grimmig. „Sie ermutigt ihn nicht, Jess. Die beiden haben nur die Art Unterhaltung gepflegt, die in diesen Kreisen üblich ist. Davon verstehen wir beide nichts, kleine Schwester. Amy ist anders als wir. Das habe ich von Anfang an gewusst."

„Trotzdem hätte sie ihm sagen müssen, er soll verschwinden."

„Nein, Jess. Das konnte sie nicht."

„Amy ist eine kalte Frau."

„Nein, sie ist nur anders als wir." Tad nahm das schmale Gesicht seiner Schwester in beide Hände. „Du und ich, Jess, wir sind gleich. Wenn uns danach zumute ist, dann schreien wir und werfen voller Wut etwas gegen die Wand. Es gibt aber Menschen, die das nicht können."

„Dann sind sie selbst schuld."

Tad lachte laut auf und gab seiner Schwester einen Kuss auf die Stirn. „Jess, meine kleine Schwester, ich liebe dich."

Sie schlang beide Arme um ihn und schmiegte ihren Kopf an seine Brust. „Ich dich auch, Tad. Und ich kann es nicht ertragen, wenn du unglücklich bist. Warum lässt du es zu, dass sie dir so weh tut?"

Tad zog die Brauen hoch und strich ihr übers Haar. „Das habe ich mir auch schon überlegt", sagte er nach einer Weile nachdenklich. „Vielleicht … nun, vielleicht fehlt mir nur noch der Anstoß in die richtige Richtung."

Jess hielt ihn fest und dachte nach, wie sie ihm helfen könnte …

Fünfter Satz, zehntes Spiel. Der Schiedsrichter brachte es kaum noch fertig, das Publikum ruhig zu halten. Chuck, der zwischen Amy und Madge auf der Tribüne saß, lehnte sich vor. Seine Muskeln waren angespannt, als stände er selbst auf dem Platz, und auf seiner Stirn glänzten Schweißtropfen.

„Das ist das beste Spiel, das ich seit mindestens zwei Jahren gesehen habe", sagte er, ohne den Blick auch nur ein Mal vom Platz zu nehmen.

Amy gab ihm keine Antwort. Auch ihre Augen waren nur auf das Spielfeld gerichtet. Der kleine gelbe Ball erreichte Geschwindigkeiten, dass sie manchmal Mühe hatte, ihm überhaupt mit den Augen zu folgen.

Sie bewunderte Michaels wirklich ausgezeichnetes Spiel, aber dieses Kribbeln im Magen, die ungeheure Spannung – das war nur auf Tad zurückzuführen. Ob wohl jemals in ihrem Leben eine Zeit kommen würde, wo er keine Macht mehr über sie hatte? Amy konnte es sich nicht vorstellen. Nur er brachte es fertig, dass sie ihre kühle Beherrschtheit verlor. Wie war das möglich? Stimmte das alte Sprichwort doch, dass Gegensätze sich anziehen? Nein, so einfach konnte die Antwort nicht sein.

Amy saß mitten unter den Leuten in dem vollen Stadion, und doch war ihre Sehnsucht nach Tad so groß, als läge sie nackt in seinen Armen. Es kam ihr gar nicht in den Sinn, sich deswegen zu schämen. Es war nur natürlich. Viel zu lange hatte sie ohne ihn auskommen müssen. Welch eine verlorene Zeit, dachte sie plötzlich. „Heute Nacht …" Wenn sie daran dachte, rieselten ihr kleine Schauer über den Rücken, und sie hatte keine Angst mehr. Heute Nacht würden sie wieder zusammen sein – und wenn es nur für ein Mal wäre, wenn er gar nicht mehr wollte, als noch ein Mal über sie zu triumphieren – es war ihr egal!

Erst als Chuck sie erstaunt ansah, merkte Amy, dass sie laut aufgelacht hatte. „Er gewinnt", sagte sie und lehnte sich nach vorn. „Oh, ja! Er wird gewinnen."

Sein rechter Arm schmerzte, aber Tad achtete nicht darauf. Seine Beinmuskeln waren so angespannt, dass er wohl nicht mehr würde aufstehen können, wenn er sich jetzt hinsetzte. Aber das alles nahm er nur im Unterbewusstsein wahr. Sein Siegeswille war ungebrochen und noch genauso stark wie damals als kleiner Junge.

Nur noch ein Punkt fehlte ihm zum Sieg, und trotzdem spielte er noch mit dem gleichen Risiko wie im ersten Satz. Tad jagte den Australier über den Platz, schonte sich selbst aber genauso wenig. Dreimal sagte der Schiedsrichter Einstand an. Das Publikum feuerte beide Akteure frenetisch an. Tad schlug ein Ass. Vorteil. Der Ball von Michael kam, Tad erwischte ihn etwa in Hüfthöhe mit der Vorhand – und Michael wusste, dass er verloren hatte.

Spiel, Satz und Sieg für Tad.

In seiner ersten, überschäumenden Freude wollte Tad sich auf die Knie sinken lassen, aber plötzlich spürte er die Schmerzen in seinen Beinen. Jetzt, wo das Spiel vorüber war, meldete sich sein Körper. Er ging auf das Netz zu und streckte Michael die Hand entgegen.

Michael legte ihm einen Arm um die Schulter, als sie gemeinsam zum Schiedsrichter gingen. „Verdammt, Starbuck. Du hast mich beinahe umgebracht."

Tad lachte. „Du mich auch."

Nachdem sie dem Schiedsrichter die Hand geschüttelt hatten, sah sich Tad den klickenden Kameras der Reporter gegenüber. Er bahnte sich eine Gasse zu seinem Stuhl, nahm sein Handtuch und hielt es für einige Sekunden vor sein Gesicht. Jetzt fiel die ganze Anspannung von ihm ab, und er spürte, wie sehr ihm dieses Spiel in die Knochen gegangen war. Als er das Handtuch wieder wegnahm, sah er in Amys Gesicht.

Wie blau ihre Augen sind, dachte er. Blau und unergründlich tief.

„Herzlichen Glückwunsch." Sie lächelte ihm zu.

„Danke." Tad nahm ihr die Tasche aus der Hand, die sie schon für ihn aufgehoben hatte, und für einen Augenblick berührten sich ihre Finger.

„Die Presse wird wohl drinnen schon auf dich warten." Als Amy sah, wie er die Augen verdrehte, trat sie lächelnd noch einen Schritt näher. „Darf ich dich zum Essen einladen?"

Überrascht blickte er sie an. „Gerne."

„Dann treffen wir uns um sieben in der Hotelhalle. Okay?"

„Okay."

„Starbuck, was glauben Sie, wann ist das Spiel zu Ihren Gunsten umgekippt?"

„Mit welcher Taktik werden Sie gegen Prince im Endspiel antreten?"

Tad hörte die Fragen der Reporter, aber er gab keine Antwort. Seine Augen folgten Amy, die sich einen Weg durch die Menge am Spielfeldrand bahnte.

Erleichtert seufzte Tad auf, als er endlich unter der Dusche stand. Jetzt störten ihn auch die Fragen der Reporter nicht mehr, von denen einer sich bis in den Duschraum vorgewagt hatte. Tad beantwortete ihm seine Fragen, prustete zwischendurch, wenn er das kühle Wasser über seinen Kopf laufen ließ, und gab sich keine Mühe, über seine Antworten lange nachzudenken. Im Grunde war es ihm gleichgültig, was die Presse über ihn schrieb, er las die Artikel sowieso nie.

Jemand von den Betreuern kam und reichte ihm ein Glas Saft. Tad beugte sich vor, ließ das Wasser über seinen Rücken rinnen und trank das Glas leer. Als er sich abgetrocknet hatte, spürte er die schmerzenden Muskeln wieder. Es fiel Tad schwer, den Weg bis zum Massage-Raum zurückzulegen. Seufzend ließ er sich auf die Pritsche fallen und schloss die Augen.

Die starken Hände des Masseurs leisteten ganze Arbeit. Tad musste die Zähne zusammenbeißen, um nicht zu schreien. Mit geschlossenen Augen, die Hände in das Laken gekrampft, ließ er die Tortur über sich ergehen. Er versuchte, sich auf seinen Sieg zu konzentrieren, um den er so verbissen gekämpft hatte. Aber immer wieder schoben sich vor seine geschlossenen Augen zwei andere – blau und unergründlich.

Der Boden der Hotelhalle war aus Marmor – hellem, glänzendem Marmor. Was Madge zu dem Ausspruch veranlasst hatte, dass sie den lieber nicht sauber halten wolle. Worauf ihr Mann ganz trocken erwiderte, dass sie doch noch nicht einmal einen

Besen von einem Mopp unterscheiden könnte.

Amy hörte die Unterhaltung der beiden, ohne sich daran zu beteiligen. Immer wieder sah sie auf ihre Armbanduhr. Es war zehn Minuten vor sieben.

Sehr sorgfältig hatte Amy an diesem Abend ihre Garderobe ausgesucht. Sie trug ein pfirsichfarbenes Seidenkleid, hochhackige Pumps und als einzigen Schmuck Ohrclips mit kleinen, sanft schimmernden Perlen.

„Wohin geht ihr zum Essen?"

„In ein kleines Restaurant auf der linken Seite der Seine", antwortete sie Madge.

Erinnerungen an den Abend damals mit Tad in diesem verschwiegenen Lokal stiegen in ihr hoch. Einer der Musiker war so lange immer wieder um ihren Tisch gestrichen, bis Tad ihm schließlich eine Dollarnote zusteckte und ihm begreiflich machte, er solle verschwinden.

Ein Blitz erhellte die Hotelhalle, und gleich darauf gab es einen krachenden Donner. „Es wird schwierig, bei dem Wetter ein Taxi zu bekommen", meinte Madge und lehnte sich in ihren Sessel zurück. „Hast du Tad nach dem Spiel schon gesehen?"

„Nein."

„Chuck hat erzählt, dass sowohl Tad als auch Michael auf den Massagepritschen eingeschlafen seien." Madge kicherte und schlug ihre Beine übereinander. „Ein französischer Fotoreporter hat dabei wohl die Fotos seines Lebens gemacht – zwei müde Helden nach dem Kampf."

„Tennisspieler sind eben auch nur Menschen", meint ihr Mann trocken.

„Aber solche Fotos werden ihrem Ruf als gestandene Athleten nicht gerade förderlich sein."

Amy lächelte und dachte daran, wie jung und verletzlich Tad aussah, wenn er schlief. Wenn die geschlossenen Lider das Feuer in seinen Augen verbargen, erinnerte er sie immer an einen kleinen Jungen, der erschöpft vom Spiel auf der Straße eingeschlafen war.

„Sieh mal, ist das nicht Tads Schwester?"

Amy drehte hastig den Kopf. Sie sah Jess und Mac durch die Hotelhalle gehen. „Ja." Jess hatte sie ebenfalls gesehen, und nach einem kurzen Zögern griff sie den Arm ihres Mannes und führte ihn zu der kleinen Gruppe.

„Hallo, Amy."

„Jess." Es war Jess anzumerken, dass sie sich nicht ganz wohl in ihrer Haut fühlte. „Ich glaube, du kennst meinen Mann noch gar nicht. Mackenzie Derick, Lady Wickerton."

„Amy Wolfe", verbesserte Amy und nahm Macs Hand. „Sind Sie mit Martin verwandt?"

„Ja, er ist mein Onkel. Kennen Sie ihn?"

Amy lächelte. „Ja, sehr gut sogar." Sie stellte Mac den anderen vor, und er beobachtete sie dabei sehr genau. Kühl hatte seine Frau Amy genannt. Ja, oberflächlich betrachtet war sie das wohl, aber Mac spürte, dass darunter ein Vulkan brannte, der jederzeit ausbrechen konnte. Zum ersten Mal fragte er sich, ob Jess die Gefühle ihres Bruders wohl richtig eingeschätzt habe.

„Sind Sie auch ein Tennis-Fan, Mr Derick?", wollte Amy wissen.

„Nennen Sie mich doch bitte Mac", bot er mit einem freundlichen Lächeln an. „Und was Ihre Frage betrifft – nein, ich bin kein Tennis-Fan. Sehr zum Leidwesen meines Onkels übrigens."

Amy lachte. „Martin soll sich damit zufriedengeben, dass er Tad hat." Dann wandte sie sich Jess zu, die steif neben Madge Platz genommen hatte. „Wie geht es deiner Mutter?"

„Danke, gut." Sie wich Amys Blick nicht aus, aber ihre Finger spielten nervös mit dem Stoff ihres Kleides. „Pete ist bei ihr."

„Pete?"

„Unser Sohn."

Amy zuckte zusammen. Mac sah, dass die Knöchel ihrer Finger plötzlich weiß wurden, so fest umklammerte sie die Armlehne des Sessels. „Ich wusste gar nicht, dass du ein Baby bekommen hast. Ada ist bestimmt wahnsinnig stolz. Wie alt ist er?"

„Vierzehn Monate." Als Jess von ihrem Sohn sprechen konnte, überwand sie ihre anfängliche Nervosität sehr schnell. Sie griff in ihre Tasche. „Mom sagt, dass er Tad sehr ähnlich sehe." Damit zog sie ein Foto hervor und reichte es Amy. Es blieb Amy nichts anderes übrig, als es auch zu nehmen.

Das Baby hatte dichtes dunkles Haar, wie das seiner Mutter – und das von Tad. „Ein sehr hübsches Baby", hörte Amy sich sagen und wunderte sich, wieso ihre Stimme so ruhig klang, während in ihr alles in Aufruhr war. „Du musst sehr stolz auf deinen Sohn sein."

„Jess meint, er solle wenigstens zwölf sein, wenn er sich zum ersten Mal um das Amt des Präsidenten bewirbt."

Amy lächelte, aber Mac stellte sofort fest, dass das Lächeln diesmal ihre Augen nicht erreichte. „Hat Tad ihm schon einen Tennisschläger gekauft?"

„Sie scheinen ihn aber gut zu kennen", meinte Mac.

„Ja." Amys Augen richteten sich starr auf Jess. „Tennis und seine Familie – das spielt bei Tad immer die erste Rolle."

„Ich kann mich noch gut erinnern", mischte Madge sich in die Unterhaltung ein, „wie Jess immer ihre Fingernägel abgekaut hat, während sie Tad beim Spiel zusah. Und jetzt ist sie selbst schon Mutter. Wie schnell doch die Zeit vergeht."

Jess streckte lachend ihre Hände vor. „Aber einige Dinge ändern sich nie. Ich kaue mir immer noch die Fingernägel ab, wenn ich meinem Bruder beim Spielen zusehe."

Amy sah ihn zuerst. Tad trat aus dem Aufzug. Er trug schmal geschnittene schwarze Hosen und ein hellgraues Hemd. Sicher hatte er nicht bewusst dieses Hemd ausgewählt, weil es so gut zur Farbe seiner Augen passte, sondern es war einfach das erste gewesen, das ihm in die Finger gekommen war. Amy wusste, dass er nie viel Wert auf seine Kleidung gelegt hatte. Aber glücklicherweise gehörte er zu den wenigen Menschen, die anziehen konnten, was sie wollten, und trotzdem immer gut aussahen.

„Da kommt Tad!" Jess sprang auf und lief auf ihn zu. „Ich habe dir noch gar nicht gratuliert. Du hast wundervoll gespielt."

Tad nahm seine Schwester in die Arme, aber über ihren Kopf hinweg sah er Amy an. Sie saß ganz still und sagte kein Wort.

„Nun, Starbuck, heute hast du dir dein Preisgeld wirklich verdient", sagte Madge. „Der Professor und ich gehen mit Michael ins ‚Lido', um ihn etwas abzulenken."

„Dann bestell ihm, dass ich während des Spiels drei Pfund abgenommen habe", sagte Tad.

„Ich glaube kaum, dass er sich besser fühlt, wenn wir ihm das sagen", antwortete Madge und stand auf. „So, wir werden jetzt versuchen, ein Taxi zu bekommen. Will jemand mit uns fahren?"

Mac begriff sofort. „Jess und ich wollen auch in die Stadt."

„Tad, was ist mit dir? Kommst du mit?" Madges Mann konnte nur mit Mühe einen Aufschrei unterdrücken, als seine Frau ihm daraufhin ihren Absatz auf den Fuß drückte. Verblüfft sah er sich um, und allmählich dämmerte es auch ihm, dass da etwas im Gange war, von dem er keine Ahnung hatte. „Wohl nicht, hm?", fragte er grinsend.

„Manchmal bist du wirklich unglaublich schnell", murmelte seine Frau und wandte sich dann strahlend an den Rest der Gruppe. „Okay, wir sind so weit. Dann mal los."

Als alle zur Tür gingen, stand Amy langsam auf und streckte Tad beide Hände entgegen. Sie sahen sich nur an, sprachen kein Wort und drehten sich dann wie auf ein geheimes Kommando um. Tad legte einen Arm um ihre Schultern, als sie zum Aufzug gingen.

## 6. KAPITEL

Tad ließ sie auch im Aufzug nicht los. Er drückte den Knopf, und als die Tür sich öffnete, führte er Amy den langen Flur entlang.

Tad zog seinen Zimmerschlüssel aus der Tasche. Dann ließ er sie los, schloss die Tür auf und sah sie an. Noch hatte sie die Wahl. Sie ging hinein in das dunkle Zimmer.

Der Raum duftete nach ihm. Das war das Erste, was sie denken konnte. Plötzlich war die Nervosität wieder da. Sie ging durch den Raum und suchte verzweifelt nach den richtigen Worten, um eine Unterhaltung zu beginnen.

Nur schemenhaft nahm sie wahr, dass die gleiche Unordnung herrschte, die sie von ihm noch so gut kannte. Hier lag ein Hemd, dort ein Schuh. Und wenn sie den Kleiderschrank öffnen würde, wäre das einzig wirklich Ordentliche die Ansammlung von Tennisschlägern, die Tad immer sauber gestapelt auf dem Boden des Kleiderschranks aufbewahrte.

„Das Unwetter wird wohl die ganze Nacht anhalten."

Als wollte der Wettergott ihre Worte unterstreichen, blitzte es im selben Augenblick durch die schweren Vorhänge. Amy zog sie etwas beiseite und sah hinaus in den Regen. Wenn Tad doch nur etwas sagen würde!

Sie hörte das Trommeln des Regens, der gegen das Fenster klatschte. Der Straßenlärm drang nur gedämpft herauf und wurde von dem einsetzenden Donner übertönt. Schließlich konnte sie das Schweigen nicht mehr ertragen. Sie drehte sich um und sah ihn an.

Tad stand immer noch an der Tür und blickte zu ihr herüber. Er hatte die kleine Nachttischlampe angeknipst, die in dem großen Zimmer nur schwaches Licht verbreitete.

Amy wusste, dass es kein Zurück mehr gab. Er hatte ihr noch eine Chance vorhin an der Tür gelassen. Jetzt würde er sie nicht mehr gehen lassen. Aber sie hatte keine Angst – im Gegenteil, sie war erleichtert, dass die Entscheidung gefallen war. Ihre Finger zitterten leicht, als sie an die Schnalle ihres

Gürtels griff und ihn öffnete.

Mit wenigen Schritten war er bei ihr und hielt ihre Hände fest. Amy sah ihn verblüfft an. Sie war nicht weniger nervös als damals, beim ersten Mal. Ohne ein Wort zu sagen, nahm er ihr Gesicht in beide Hände und sah sie an.

Seine Augen waren eine Spur dunkler als sonst. Hatte sie immer noch Angst? Ihre Arme hingen an ihrem Körper herab, als hätte sie sich ergeben. Aber gerade das wollte Tad nicht. Wusste sie das nicht mehr?

Als er langsam seinen Kopf beugte, schlossen sich ihre Augenlider, und ihre Lippen öffneten sich leicht. Zärtlich küsste er ihre Stirn, dann ihre Wangen. Er hatte keine Eile. Wenn seine Lippen in die Nähe ihres Mundes kamen, versuchte Amy, ihn zu einem Kuss zu zwingen. Aber er wich ihr immer wieder aus.

Seine Daumen strichen über ihre Wangen, und als er ganz zart und beinahe spielerisch ihre Mundwinkel küsste, stöhnte sie auf und griff nach seinen Armen. Das war es, was er wollte. Sie sollte zeigen, dass sie mehr wollte, und sich nicht nur seiner größeren Kraft ergeben.

Wieder berührten seine Lippen nur ganz sanft ihren Mund. Diesmal jedoch warf Amy besitzergreifend ihre Arme um seinen Nacken, zog ihn fester zu sich und presste ihre Lippen auf seinen Mund.

Tad stöhnte auf, als sie endlich die Reaktion zeigte, auf die er gewartet hatte. Fest umschlang er sie mit den Armen und spürte ihren Körper.

„Zieh mich aus", murmelte Amy zwischen zwei Küssen mit rauer Stimme. „Ich möchte, dass du mich ausziehst."

Immer noch ohne Eile kam er ihrem Wunsch nach. Während er langsam den Reißverschluss herunterzog, ließ er seine Fingerspitzen über ihre Haut gleiten.

Ungeduldig nahm Amy die Hände von seinem Nacken und begann, sein Hemd aufzuknöpfen. Sie spürte die Muskeln und konnte es nicht erwarten, bis sie den Stoff zur Seite schieben und ihre Finger in den krausen Haaren auf seiner Brust vergraben konnte.

Aber auch das genügte ihr nicht: Sie griff nach seiner Gürtelschnalle, als seine Hände sie erneut stoppten. „Nicht so hastig", murmelte er und küsste sie. „Komm ins Bett."

Amy ließ sich von ihm zum Bett führen. „Das Licht", flüsterte sie, als sie nebeneinanderlagen.

Tads Hand strich zart über ihren Hals, während seine Augen ihren Blick nicht losließen. „Ich will dich sehen", antwortete er und presste seinen Mund auf ihre Lippen, als ein Blitz das Zimmer erhellte und gleich darauf der grollende Donner ertönte.

Amy versuchte noch mehrmals, ihn ungeduldig zu drängen. Aber jedes Mal widerstand er ihr. Es schien, als wäre Tad damit zufrieden, sie zu küssen und mit seinen Lippen ihr so lange entbehrtes Gesicht zu erkunden. Amys Körper schmiegte sich an ihn, und ihre Bewegungen zeigten unmissverständlich, dass sie mehr wollte.

Ihr Verlangen erregte ihn, aber noch behielt Tad die Kontrolle. Seine Hand strich jetzt langsam über ihren ganzen Körper. Er spürte, wie ihre Brustspitzen hart wurden. Er beugte sich vor, fasste den Träger des Kleides mit seinen Zähnen und zog ihn von ihren Schultern.

„Du bist wunderschön", murmelte er, während er den zweiten Träger mit der Hand ebenfalls herunterschob.

Als Amy bis zur Taille nackt vor ihm lag, begann er seine Erkundungen sehr zärtlich mit den Fingerspitzen, ließ aber dann bald seine Lippen folgen. Als er die zarten Knospen ihrer Brüste mit seiner Zunge umspielte, stöhnte Amy auf. Sie konnte in diesem Augenblick nicht mehr länger warten.

Mit ungeahnter Kraft zog sie Tad auf sich und begann nun ihrerseits, ihn auszuziehen. Sie schob das Hemd von seinen Schultern und presste seinen nackten Oberkörper an ihren. Endlich spürte sie seine Haut wieder an ihrer. Wie lange hatte sie sich danach gesehnt!

Es hatte ihn immer schon unglaublich erregt, wenn Amy die Maske der Lady fallen ließ und nur noch eine wilde, leidenschaftliche Frau in seinen Armen war. Und auch diesmal war es nicht anders. Er gab jeden Versuch auf, zärtlich und sanft zu ihr zu sein. Er wusste, dass es nicht das war, wonach sie verlangte.

Sein Atem kam rau, als er mit einigen schnellen Bewegungen ihr auch noch die restlichen Kleidungsstücke auszog. Amy ließ ihm keine Gelegenheit, ihren nackten Körper zu bewundern. Ihre Finger zitterten, als sie den Gürtel seiner Hose öffnete.

Ihre Bewegungen wurden immer unkontrollierter, während sie eng umschlungen über das Bett rollten, bis endlich auch das letzte Teil auf dem Boden landete. Sie konnten beide nicht länger warten.

Amy schrie auf, als er zu ihr kam, und für einen Moment dachte Tad zurück an den Tag, als er ihr die Unschuld genommen hatte. Mit Armen und Beinen klammerte sie sich an ihn, als könnte sie nach diesen drei einsamen Jahren nicht genug von ihm bekommen.

Seine Hand lag auf ihrer Brust. Amy seufzte wohlig auf. Sie konnte sich nicht erinnern, dass es jemals so schön gewesen war. Ein Zittern lief durch ihren Körper, als sie an die Zeit ohne Tad dachte. Sie rückte näher zu ihm.

„Ist dir kalt?" Tad zog sie enger an sich, bis ihr Kopf an seiner Schulter ruhte.

„Ein bisschen." Sie kuschelte sich an seinen Körper.

Ich bin frei, dachte sie immer wieder und hätte vor Freude darüber am liebsten laut gejubelt. Frei, Tad zu lieben, mit ihm zu lachen, das gemeinsame Leben zu genießen.

Amy stützte sich auf ihren Ellenbogen und sah ihm ins Gesicht. „Ich habe mich so sehr nach dir gesehnt, Tad", gestand sie leise und verbarg ihr Gesicht an seinem Hals.

„Amy …"

„Nein, Tad. Keine Fragen, bitte!" Verzweifelt, als könnte sie ihn damit zum Schweigen bringen, verteilte sie Küsse über sein Gesicht. „Lass mich bei dir bleiben. Ich möchte diese Nacht mit dir verbringen, möchte mit dir lachen – so wie früher, bitte!"

Tad nahm ihr Gesicht zwischen seine Hände und zwang sie, ihn anzusehen. Ihre Augen waren flehentlich auf ihn gerichtet. Nein, heute Nacht wollte er nicht, dass sie verzweifelt war. Er zwang sich dazu, die quälenden Fragen zu unterdrücken und lächelte sie an.

„Ich dachte, du wolltest mich zum Essen einladen."

Erleichtert lachte Amy leise auf. „Ich weiß überhaupt nicht, wovon du sprichst."

„Du hast dich mit mir dazu verabredet."

„Ich mich mit dir?" Ungläubig zog sie die Brauen hoch. „Ich glaube, du warst heute zu lange in der Sonne, Tad Starbuck."

Lachend griff er nach ihr, rollte sich auf den Rücken und zog sie mit. „Ich habe aber Hunger."

„Tatsächlich? Sollte ich deinen Hunger immer noch nicht gestillt haben?"

Immer noch lachend, begann Tad, an ihrem Ohr zu knabbern. Sie wehrte sich, aber er ließ sie nicht los. „Ich muss etwas essen", grollte er. „Und wenn ich nicht bald etwas zwischen die Zähne bekomme, muss dein Ohr daran glauben."

Amy kannte ihn zu gut, um nicht doch noch einen Trick zu finden, wie sie ihm entkommen konnte. Sie griff mit beiden Händen in seine Seite und kitzelte ihn. Er schrie auf und lockerte genau so lange seinen Griff, dass sie sich ihm entwinden konnte. „Was würde wohl die Presse dazu sagen, wenn sie herausbekäme, dass der große Tad Starbuck kitzlig wie ein kleiner Junge ist?", fragte sie lachend.

„Und was würde sie sagen, wenn ich ihr erzählte, dass Amy Wolfe ein herzförmiges Muttermal an einer sehr delikaten Stelle ihres Körpers hat?"

Amy dachte einen Moment nach. „Okay, okay", sagte sie schließlich und hob beschwichtigend die Arme. „Willst du wirklich essen gehen?"

Sie lag auf dem Rücken, verschränkte die Arme wieder hinter dem Kopf. Verlangen stieg in ihm hoch, als er ihren nackten Körper sah. „Schließlich gibt es ja auch einen Zimmerservice", murmelte er und nahm den Blick nicht von ihr. Dann beugte er sich langsam über sie, hielt ihre Arme mit einer Hand fest und begann, die zarte Haut an ihrem Hals zu küssen.

„Tad." Ihr Stimme klang rau. Er nahm sie in die Arme, zog sie enger zu sich und schob sein Knie zwischen ihre Beine, die sie bereitwillig öffnete. Sie hatte die Augen geschlossen und murmelte leise immer wieder seinen Namen.

Erst als er mit einer Hand über sie hinweg nach dem Telefonhörer griff, fuhr sie erschrocken auf. „Abendessen", erinnerte er sie, als er ihren fragenden Blick sah.

Amy begann zu lachen. „Das hätte ich mir ja denken können", sagte sie und ließ sich zurückfallen. „Wenn du Hunger hast, ist mit dir nichts anzufangen."

Er saß jetzt neben ihr. Mit einer Hand hielt er den Hörer ans Ohr, mit der anderen strich er aufreizend über die Stellen an Amys Körper, die er nur zu gut kannte.

„Champagner", sagte er in den Hörer und nannte die Zimmernummer. „Und Kaviar." Er warf Amy einen fragenden Blick zu, aber sie reagierte nicht, schien kaum gehört zu haben, was er bestellte. Ihr Körper bewegte sich unter dem gekonnten Spiel seiner Finger hin und her. Ihre Beine hatten sich um seine geschlungen, und ihre Hand hatte mittlerweile ihr Ziel gefunden, sodass Tad kaum noch verständlich seine Bestellung zu Ende bringen konnte. „Und einen Shrimps-Cocktail", sagte er. „Ja, alles für zwei Personen." Dann hatte er es sehr eilig, den Hörer zurückzulegen.

Er verschloss ihre Lippen mit einem Kuss. „Ich will dich", murmelte Amy. „Ich will dich jetzt."

„Sch …" Er stoppte das Spiel ihrer Hand. „Nachher. Wir haben Zeit genug. Ich möchte dich zuerst einmal anschauen." Er rückte ein Stück von ihr weg. „Nur anschauen."

Sie lag vor ihm und wurde unter seinem Blick leicht rot. Lange hielt Amy das nicht aus. Sie griff nach ihm, aber Tad fing ihre Hand, drehte sie herum und küsste die weiche Innenseite.

„Du bist noch schöner geworden", sagte er leise. „Wie oft habe ich dich angesehen, ohne dich berühren zu dürfen."

„Nein, Tad." Amy zog ihn zu sich, bis sie eng voreinander lagen. „Ich glaube manchmal, ich bin nur dann wirklich lebendig, wenn du mich berührst", flüsterte sie.

Tad stöhnte auf. Er rutschte etwas tiefer, bis sein Kopf zwischen ihren Brüsten lag. Mit beiden Händen spielte Amy mit seinem Haar. „Als ich dich heute gegen Michael spielen sah, hatte ich solche Sehnsucht nach dir. Ich saß zwischen Tausenden von Menschen und habe mir nur gewünscht, dich so nahe zu spüren wie jetzt." Plötzlich lachte sie auf. „Kannst du dir so etwas vorstellen?"

„Dann hast du also mit deiner Einladung zum Abendessen ein ganz anderes Ziel verfolgt."

„Du warst so erschöpft nach dem Match, dass ich wusste, ich würde leichtes Spiel mit dir haben", gab sie lächelnd zu.

„Und wenn ich nun abgelehnt hätte?"

„Dann wäre mir schon etwas anderes eingefallen."

Er hob den Kopf und sah sie schmunzelnd an. „Und was?"

Amy zuckte mit den Schultern. „Nun, vielleicht wäre ich hierher in dein Zimmer gekommen und hätte dich verführt."

„Hmm ... Mach ruhig weiter so. Nachher wünschte ich noch, ich hätte wirklich abgelehnt."

„Zu spät, Tad Starbuck. Jetzt habe ich dich."

„Und wenn ich mich wehre?"

„Ich kenne deine Schwachpunkte ganz genau", erwiderte Amy und strich mit ihren Fingerspitzen ganz gezielt über seinen Nacken. Er konnte ein Zittern nicht unterdrücken, und sie lächelte triumphierend.

Bevor sie sich noch wehren konnte, hatte Tad sie an sich gerissen und küsste sie. Sein plötzliches Verlangen hatte ihn so überwältigt, dass er das Klopfen an der Tür gar nicht hörte.

„Es hat geklopft", stöhnte Amy auf. „Der Zimmerservice."

„Was?"

„Dein Essen."

Tad lehnte seine Stirn gegen ihre und atmete einige Mal tief durch. „Die sind aber verdammt schnell", murmelte er. Er spürte, dass sein Körper zitterte. Hatte er wirklich vergessen, dass sie ihn so weit bringen konnte?

Tad stand auf und ging zur Tür, während Amy die Bettdecke bis ans Kinn zog. Er hat einen herrlichen Körper, schoss es ihr durch den Kopf, während sie zusah, wie er in dem üblichen Durcheinander nach seinem Morgenmantel suchte. Breite

Schultern, einen sehr muskulösen Oberkörper, eine schlanke Taille, schmale Hüften und lange Beine. Der Körper eines Athleten – eines Sportlers, der wie geschaffen für den Wettkampf war.

Endlich hatte er den Mantel gefunden und zog ihn über. Sein Blick fiel dabei auf Amy, und er spürte, dass sie ihn beobachtet hatte. „Hab' ich dir eigentlich schon gesagt, dass du einen wundervollen Körper hast?"

Seine Augen weiteten sich vor Erstaunen. Hin- und hergerissen zwischen Schmunzeln und männlichem Stolz ging er zur Tür. „Gütiger Himmel", murmelte er dabei und hörte, wie Amy anfing zu kichern.

Sie sah, wie Tad an der Tür die Rechnung unterschrieb. Manchmal ist er wie ein kleiner Junge, dachte sie lächelnd. Das Wort wundervoll passte für ihn nur zu einer Frau – oder zu einem Ass natürlich. Aber das störte sie nicht weiter. Sie sah ihn wirklich so und bezog das auch nicht nur auf seinen Körper. Er war rundherum ein wundervoller Mann. Mit der Fähigkeit, zärtlich zu sein, sich nicht seiner Gefühle zu schämen, und mit der seltenen Gabe, seinen Egoismus zurückzustellen, wenn es darum ging, seine Geliebte zu befriedigen.

Sein Temperament, das ihn während eines Tennisspiels manchmal zu unbedachten Äußerungen hinriss, wirkte sich außerhalb des Spielfeldes nur positiv aus – und ganz besonders im Bett. Da stehen wir uns wohl beide nicht nach, dachte Amy plötzlich und lächelte. Und doch! Obwohl sie sich beide schon so oft geliebt hatten, niemals hatte er die drei Worte über die Lippen gebracht, auf die sie so sehnlichst gewartet hatte.

„Amy, wach auf."

Erschrocken blickte sie zur Seite und sah, dass Tad neben dem Bett stand, eine Flasche Champagner in der Hand. „Sollen wir das etwa alles trinken?", fragte sie und wies auf die Flasche.

Tad setzte sich auf die Bettkante. „Hier, halt bitte das Glas", sagte er. Der Korken kam mit einem lauten Knall heraus, und Tad musste sich beeilen, die Flasche über das Glas zu halten, damit nichts von dem kostbaren Getränk verloren ging. „Das andere auch noch", meinte er und drückte Amy auch das zweite Glas in die Hand.

„Sei vorsichtig, sonst wird das Bett noch nass."

Sie saß da mit untergeschlagenen Beinen, in beiden Händen die Gläser, während sie mit ihren Armen die Bettdecke an ihren Körper presste. „Nimm mir doch endlich ein Glas ab."

„Soll ich?" Langsam hob er die Hand, fasste die Bettdecke vor ihrer Brust mit einem Finger und zog sie behutsam hinunter.

„Tad, hör auf! Ich verschütte gleich alles."

„Besser nicht, sonst müssen wir in einem nassen Bett schlafen."

Er zog die Decke noch weiter herunter. Amy sah von einem Glas zum anderen. Der Champagner schwappte bedenklich nah an den Rand.

„Starbuck, das ist unfair!"

„Aber mir macht es Spaß."

Amys Augenbrauen zogen sich zusammen. „Tad … Wenn du jetzt nicht aufhörst, werde ich die Gläser über deinem Kopf ausgießen."

„Das wäre Verschwendung." Er beugte sich vor und gab ihr einen Kuss. „Ich kann mich erinnern, dass wir schon einmal Champagner getrunken haben", meinte er und machte keine Anstalten, ihr die Gläser abzunehmen. „Nach drei Gläsern warst du herrlich beschwipst. Ich mag es, wenn du beschwipst bist."

„Das ist Unsinn", widersprach Amy. „Ich war überhaupt nicht beschwipst." Damit setzte sie ein Glas an die Lippen und trank es aus. „Jetzt das nächste." Aber diesmal kam Tad ihr zuvor und nahm ihr das Glas aus der Hand.

„Lass uns noch etwas damit warten", meinte er amüsiert, trank einen Schluck und nahm das Tablett vom Servierwagen. „Ich kann mich erinnern, dass du Kaviar immer besonders gern mochtest." Er stellte das Tablett aufs Bett.

„Mmm." Jetzt erst merkte Amy, dass auch sie hungrig war. Sie nahm eine Scheibe Toast, häufte eine ordentliche Portion Kaviar darauf und begann zu essen. Tad nahm sich das Glas mit dem Shrimps-Cocktail.

„Hier, probier einmal." Amy hielt ihm den Kaviartoast hin, und Tad biss ab. „Nein, mir sind die Shrimps lieber." Damit steckte er ihr eine Krabbe in den Mund, und Amy verdrehte begeistert die Augen.

„Köstlich! Ich wusste gar nicht, dass ich so hungrig bin." Tad füllte die Gläser nach. Ob sich wohl irgendjemand vorstellen kann, schoss es ihm durch den Kopf, dass Amy Wolfe im Schneidersitz auf dem Bett sitzt, nackt von Kopf bis Fuß, und sich genüsslich Cocktailsoße von den Fingern leckt? Bestimmt nicht. Keiner würde vermuten, dass sie sich jemals so gehen lassen könnte.

Während Amy aß, erzählte sie von ihrem Match. Tad hörte ihr zu und unterbrach sie kaum. Mit ihrem Aufschlag war sie zufrieden, aber der Rückhand-Volley hatte ihr Sorgen gemacht.

Der Presse gegenüber überlegte sich Amy ihre Antworten immer sehr sorgfältig. Wäre jetzt ein Reporter hier gewesen, er hätte wohl gar nicht so schnell schreiben können, wie sie redete – vorausgesetzt, er wäre bei ihrem Anblick überhaupt dazu gekommen.

Als sie das ganze Spiel noch einmal durchgegangen war, war auch ihr zweites Glas Champagner leer. Völlig gelöst, im Einklang mit sich selbst, saß sie da. Offenbar war ihr gar nicht bewusst, wie selten solche Augenblicke in ihrem Leben waren.

„Machst du dir Sorgen wegen des Endspiels gegen Chuck?"

Tad nahm noch etwas von seinem Cocktail. „Warum sollte ich?"

„Chuck ist immerhin nicht zu unterschätzen", meinte Amy. „Er hat sich in den letzten Jahren enorm verbessert."

Amüsiert schenkte er ihr noch einmal nach. „Meinst du, ich werde gegen ihn verlieren?"

Nachdenklich sah Amy ihn an. „Immerhin bist du mindestens genauso gut wie er – wenn nicht besser."

„Vielen Dank." Er nahm das Tablett, stellte es auf den Boden und legte sich zurück aufs Bett.

„Chucks Spiel erinnert mich ein wenig an das meines Vaters", sagte Amy. „Er spielt sehr sauber, sehr platziert. Sein Stil ist sehr elegant."

„Im Gegensatz zu meinem."

„Ja. Es ist immer schwieriger, einen athletischen Spieler wie dich richtig einzuschätzen. Mein Vater hat immer gesagt, dass du ein Naturtalent seist, wie er noch keines vorher erlebt habe." Über den Rand ihres Glases hinweg lächelte sie ihm zu. „Und trotzdem hat er immer versucht, deine wilde Spielweise in geordnete Bahnen zu lenken. Und dann dein … nun ja, dein Benehmen auf dem Platz."

Tad lachte. „Ich weiß, das hat ihm nie gefallen."

„Heute würdest du ihm besser gefallen."

„Und wenn er dich jetzt sehen würde?", fragte Tad und ließ sie nicht aus den Augen. „Wie würde ihm dein Spiel gefallen?"

Amy drehte das Glas zwischen ihren Fingern. „Er sieht mich ja nicht."

„Warum nicht?"

Sie sah ihn an, und in ihren Augen war wieder diese beinah verzweifelte Bitte. „Tad, du wolltest doch nicht fragen."

„Amy." Er griff nach ihrer Hand und hielt sie fest. „Warum?"

Sie wollte es nicht sagen, aber die Worte waren plötzlich ausgesprochen. „Ich habe ihn enttäuscht. Er wird mir nie verzeihen."

„Aber er ist dein Vater."

„Und er war mein Trainer." Verständnislos schüttelte Tad den Kopf. „Sicher. Aber was macht das für einen Unterschied?"

„Bitte, Tad, ich möchte nicht darüber sprechen. Nicht heute. Ich will nicht, dass diese Nacht durch irgendetwas verdorben wird."

Tad führte ihre Hand an seinen Mund und küsste ihre Fingerspitzen. „Das wird sie auch nicht", flüsterte er und sah sie an. „Ich habe dich nie vergessen können, Amy", gestand Tad ein. „Es gab zu viel, was mich immer wieder an dich erinnerte – ein

Lied, ein Lachen, irgendein Wort. Es gab Nächte, da bin ich wach geworden und hätte schwören können, deinen Atem neben mir gespürt zu haben."

Es tat ihr weh, das zu hören. „Tad, das ist Vergangenheit. Lass uns neu beginnen und alles vergessen, was gewesen ist."

„Ja, wir werden neu beginnen", stimmte er zu. „Aber früher oder später müssen wir uns auch mit der Vergangenheit auseinandersetzen."

„Dann bitte später. Jetzt möchte ich an nichts anderes denken, als dass ich wieder bei dir bin."

Tad lächelte. „Es ist schwierig, dir einen solchen Wunsch abzuschlagen."

Amy nahm ihr Glas und trank es in einem Zug aus. „So, das war Nummer drei – und ich bin nicht im Mindesten beschwipst."

Tad lächelte nur. Er wusste, dass das nicht stimmte. Die Anzeichen waren unübersehbar – ihre Wangen waren gerötet, und ihre Augen hatten diesen verschwommenen, geheimnisvollen Ausdruck, den nur der Alkohol hervorzaubern konnte. Er wusste, dass sie jetzt noch wilder, noch leidenschaftlicher reagieren würde, wenn sie miteinander schliefen. Aber für den Augenblick wollte er sie nicht anfassen, das Feuer noch nicht wieder entstehen lassen. Er wollte sie einfach nur anschauen. Viel zu lange hatte er das vermisst.

„Möchtest du noch Champagner?"

„Natürlich. Oder möchtest du etwa den Rest alleine trinken?"

Tad füllte das Glas vorsichtshalber nur halb und stellte die Flasche dann wieder in den Kühler zurück. „Ich habe heute das Interview mit dir im Fernsehen gesehen", sagte er.

„So? Und wie war ich?"

„Schwer zu sagen. Ich habe kaum etwas verstanden. Mein Französisch ist noch nicht so gut."

Amy lachte und nahm einen Schluck. „Oh ja, das hatte ich ja ganz vergessen."

„Verrätst du mir, was der Reporter dich gefragt hat?"

„Dieselben Fragen, die alle stellen – Mademoiselle Wolfe, finden Sie, dass sich Ihr Stil nach der langen Pause verändert hat? Und ich habe ihm darauf gesagt, dass ich fände, mein Aufschlag sei besser geworden." Wieder nahm Amy das Glas an die Lippen und kicherte. „Ich hab ihm nicht verraten, dass meine Muskeln nach zwei Sätzen so höllisch wehtaten, dass ich am liebsten aufgegeben hätte. Dann fragte er, wie es denn gewesen wäre, gegen die blutjunge Miss Kingston zu spielen. Ich musste mich beherrschen, sonst hätte ich ihm eine Ohrfeige verpasst."

„Sehr diplomatisch", lobte Tad und nahm ihr das Glas aus der Hand.

„Diplomatie war noch nie meine Stärke." Amy rollte sich auf den Rücken und musste ihren Kopf fast verrenken, um Tad ansehen zu können. „Du hast mir mein Glas gestohlen."

„Ja, habe ich." Tad stellte es auf den Servierwagen und schob ihn ein Stück vom Bett weg.

„Ist unser Abendessen beendet?" Amy reckte die Arme über ihren Kopf und fasste nach ihm.

„Ich denke schon." Er ließ es zu, dass sie nach seinem Kopf griff und ihn herunterzog, bis seine Lippen ihren Mund fast berührten.

„Hast du einen Vorschlag, was wir jetzt tun sollen?"

„Nein. Du?"

„Kartenspielen vielleicht?"

Tad schüttelte nur den Kopf.

„Nun, ich fürchte, dann werden wir wohl wieder miteinander schlafen müssen." Lachend kam sie mit ihrem Mund immer näher an seinen. „Die ganze Nacht lang – nur um die Zeit totzuschlagen."

Sie lächelte immer noch, aber als sich sein Mund auf ihren presste, öffnete sie die Lippen und erwiderte seinen Kuss. Es war ein seltsames Gefühl, seinen Mund verkehrt herum auf ihrem zu spüren. Spielerisch berührte sie seine Zunge mit den Zähnen und biss leicht zu. Erst als Tad daraufhin mit beiden Händen begann, die zarten Knospen ihrer Brüste zu streicheln, stöhnte sie auf und gab seine Zunge frei.

„Mir wird ganz schwindlig, wenn ich dich so auf dem Kopf sehe", murmelte sie und schloss für einen Moment die Augen.

Tad beugte sich etwas weiter über sie und hauchte viele kleine, zarte Küsse auf die weiche Haut an ihrem Hals und dann weiter hinunter bis zum Brustansatz. Amy hatte beide Hände in seinem Nacken verschränkt und hielt ihn fest.

Es dauerte eine Weile, bis es Amy gelang, ihn zu überlisten und sich mit einer schnellen Bewegung aufs Bett zu knien. Sie zog ihm den Morgenmantel aus und schmiegte sich gegen seinen nackten Körper. Tads Arme umfingen sie, und seine Lippen suchten ihren Mund.

Diesmal ließen sie sich beide mehr Zeit. Sie hielten die Leidenschaft unter Kontrolle, waren beide bemüht, den anderen zu entschädigen für die langen Jahre, in denen sie sich nacheinander gesehnt hatten.

In Amys Kopf drehte sich alles. Es war nicht nur der Champagner; seine Nähe, die Berührung seines männlichen, muskulösen Körpers trug genauso viel dazu bei, dass sie alles andere vergaß.

Ruhelos glitten ihre Hände über seinen Körper. Hatte sie wirklich vergessen, dass sie diesen starken, athletischen Mann dazu bringen konnte, unter ihren Händen zu erzittern?

Sie genoss es, eine solche Macht über ihn zu haben, und setzte ihr Spiel fort. Erst als Tad sie an ihrer empfindlichsten Stelle berührte, vergaß sie ihren Triumph. Jetzt war sie ihm hilflos ausgeliefert. Ihr Kopf bewegte sich auf dem Kissen hin und her, immer wieder murmelte sie seinen Namen, hob ihre Hüften ihm entgegen, während ihre Hände sich in das Laken krampften.

Als er dann endlich ganz zu ihr kam, stöhnte sie laut auf und schlang ihre Arme um seinen Körper. Die Erregung trug sie beide davon.

Später, als sie wieder zu Atem gekommen waren, löschte Tad das Licht. Er nahm sie in die Arme und bettete ihren Kopf an seine Schulter.

„Du ziehst morgen zu mir, ja?", fragte er leise.

Amy hob den Kopf und versuchte, sein Gesicht zu erkennen. „Ja, wenn du willst."

„Ich habe dich immer gewollt."

Es war zu dunkel, als dass Tad die Zweifel in ihren Augen hätte erkennen können.

*A*my hatte Angst vor London. Hier hatte sie als Lady Wickerton gelebt, hatte Partys gegeben in dem eleganten Haus der Familie am Grosvenor Square, hatte Theater besucht, ihre Einkäufe im vornehmen West End getätigt …

Vielleicht hätte sie sich mit diesem Leben abfinden können, wenn es da nicht vorher einen Tad Starbuck gegeben hätte. Sie hatte sich bemüht, hatte darum gekämpft, ihre Ehe nicht zerbrechen zu lassen, aber irgendwann war ihr klar geworden, dass es nicht mehr weiterging.

Trotzdem jetzt wieder in dieser Stadt zu sein fiel Amy schwer. Alles war noch so frisch in ihrer Erinnerung, dass selbst die Vorfreude auf das Turnier in Wimbledon ihr nicht darüber hinweghelfen könnte. Hier war sie immer noch Lady Wickerton. Man würde ihr Fragen stellen, und sie hatte Angst vor den Antworten.

Sie musste vorsichtig sein, was sie den Reportern sagen durfte und was nicht. Trotz allem war sie es Eric schuldig, seinen Ruf zu wahren.

Sie würde Fragen über ihre Ehe und vor allem über die Scheidung einfach abblocken. Es gab dazu nichts zu sagen. Auch ein bekannter Sportler hatte Anrecht auf ein Privatleben, das nicht vor der Presse ausgebreitet werden musste. Immerhin hatte Amy Erfahrung auf diesem Gebiet aus den Jahren mit ihrem Vater. Jetzt würde es ihr zugutekommen, dass sie bei ihm gelernt hatte, sich nicht von den neugierigen Reportern ausfragen zu lassen.

Die Engländer würden sich damit begnügen müssen, über ihre Auftritte auf dem Tennisplatz zu berichten. Immerhin hatte Amy jetzt zwei große Turniere hintereinander gewonnen und würde allein dadurch schon im Rampenlicht stehen. Sie würde der Presse genügend Stoff für ihre Artikel liefern – allerdings nur für die Sportseite ihrer Zeitungen.

Wenn Fragen nach Tad kamen, würde sie denen ebenso ausweichen. Die Sache zwischen ihr und ihm war noch zu neu, zu wenig gefestigt, als dass sie darüber hätte sprechen können.

Für die wenigen Leute, die Amy sehr gut kannten, war es allerdings auch gar nicht nötig, mit ihr darüber zu sprechen. Sie sahen ihr die Veränderung ohnehin an. Ja, sie war glücklich. Glücklich und ausgeglichen, wie schon lange nicht mehr. Sie hatte beinahe vergessen, wie wunderschön es war, mit Tad zusammenzuleben. Mit ihm zu schlafen, zu reden, zu lachen – oder ganz einfach auch nur zu schweigen. In seine Arme geschmiegt an die Zimmerdecke zu schauen und zu träumen.

Lange vorbei war die Zeit, wo sie geglaubt hatte, das Leben bestehe nur aus Verpflichtungen, und es sei wichtig, Ordnung einzuhalten. Jetzt teilte sie sein Zigeunerleben, erfreute sich an seinen spontanen Einfällen und war glücklich.

„Bist du noch nicht angezogen?"

Amy wollte gerade ihre Tennisschuhe zubinden, als sie die Frage hörte. Sie schaute auf und sah Tad in der kleinen Diele vor ihrem Hotelzimmer stehen. Seine Haare hingen ihm ins Gesicht; die Stirn war gerunzelt. Ungeduldig sah er sie an.

„Doch, fast", antwortete Amy. „Ich bin nun einmal kein Morgenmensch – und schon erst recht nicht nach nur sechs Stunden Schlaf."

Tad lachte. „Konntest du nicht schlafen?" Geschickt griff er nach dem Schuh, den sie ihm hatte an den Kopf werfen wollen, und fing ihn auf. Dabei ließ er den Blick nicht von ihr. Ihm schienen die wenigen Stunden Schlaf überhaupt nichts ausgemacht zu haben. Er wirkte frisch und voller Energie wie immer. „Du kannst dich ja nach dem ersten Training wieder hinlegen."

„Wie kann man nur frühmorgens schon so wach sein. Schrecklich!"

Immer noch lachend kam er auf sie zu, den Schuh noch in der Hand. „Vielleicht liegt das daran, dass ich diesen englischen Knaben gestern vom Platz gefegt habe."

„So?" Amy zog erstaunt die Brauen hoch. „Sonst hast du keinen Grund?"

„Welchen sollte ich haben?"

„Gib mir den Schuh her, damit ich ihn dir an den Kopf werfen kann."

„Hat dir schon einmal jemand gesagt, dass du ein Morgenmuffel bist?", wollte Tad wissen. Übermut blitzte in seinen Augen.

„Und hat dir schon jemand gesagt, dass du unausstehlich bist, seit du in Paris auch noch gewonnen hast?", gab sie geistesgegenwärtig zurück. „Du bist davon überzeugt, dass du der absolut Größte bist. Aber denk dran, noch liegen drei Grand-Slam-Turniere vor dir, die du erst einmal gewinnen musst."

Tad hielt den Schuh so hoch über seinen Kopf, dass Amy nicht herankommen konnte. „Für dich ebenfalls."

„Gib mir jetzt endlich meinen Schuh!"

Sosehr sie sich auch reckte, sie kam einfach nicht heran. Plötzlich packte Tad sie, und ehe Amy noch protestieren konnte, hatte er sie auf das breite Bett geworfen und lag auf ihr.

„Tad! Hör auf!" Lachend versuchte sie, sich gegen ihn zu wehren. „Wir kommen zu spät zum Training."

Schnell gab er ihr noch einen Kuss. „Ja, du hast recht", meinte er und rollte sich zur Seite.

Etwas enttäuscht setzte Amy sich auf. „Dich kann man aber schnell umstimmen", maulte sie und brachte ihre Frisur wieder in Ordnung. Da wurde sie von starken Armen ergriffen, und seine Lippen verschlossen ihren Mund.

Für einen Moment genoss Tad seine totale Macht über sie. Amy lag in seinen Armen, überrascht von dem plötzlichen Angriff, und ihre Lippen öffneten sich seinem Kuss. Er wusste, dass es nicht lange dauern würde, bis sie ihre eigenen Ansprüche anmeldete. Der Gedanke daran erregte ihn. Trotzdem zog er sich zurück. Sie hatten Zeit. Ein Leben lang.

„Bist du jetzt wach?", fragte er lächelnd und ließ eine Hand über ihre Brust gleiten.

„Mmm …"

„Gut. Dann komm." Tad zog sie hoch und gab ihr einen Klaps auf den Po.

„Warte nur. Das zahl ich dir heim!" Amy hatte ihr Verlangen immer noch nicht ganz unter Kontrolle, und es fiel ihr schwer, nicht dem Wunsch nachzugeben, sich wieder an ihn zu schmiegen.

Tad legte ihr einen Arm um die Schulter und führte sie zur Tür. „Du musst heute an der Rückhand arbeiten."

Amy sah ihn von der Seite an. „Und wieso?"

„Wenn du mit etwas weniger Schwung ausholen würdest …"

„Das merk du dir einmal lieber selbst", schoss sie zurück. „Und da wir gerade dabei sind: Deine Schnelligkeit gestern ließ auch zu wünschen übrig."

„Ich muss mich schonen fürs Endspiel."

Amy drückte auf den Aufzugknopf und verdrehte die Augen. „Tad, unter mangelndem Selbstbewusstsein leidest du wirklich nicht."

Tad schmunzelte nur. Er liebte sie beinahe noch mehr, wenn sie so entspannt war – jederzeit bereit, zu lachen oder auch ein Wortduell mit ihm aufzunehmen, wobei sie ihm an Schlagfertigkeit in keiner Weise nachstand. Ob sie eigentlich wusste, dass sie noch schöner, noch verführerischer war, wenn sie ihre sonst übliche Vorsicht vergaß? „Was ist mit Frühstück?"

„Was soll damit sein?"

„Möchtest du Eier mit Schinken nach dem Training?"

„Etwas Besseres hast du nicht anzubieten?", fragte Amy herausfordernd zurück und trat in den Aufzug.

Tad folgte ihr und sah, wie Amy einem älteren Ehepaar freundlich zulächelte, das schon im Aufzug stand. „Möchtest du vielleicht lieber da weitermachen, wo wir diese Nacht aufgehört haben?", fragte er und lehnte sich lässig gegen die Wand. Amy sah ihn warnend an, aber er schien das gar nicht zu bemerken. „Wie, sagtest du noch, war dein Name?"

Aus den Augenwinkeln bemerkte Amy den entsetzten Blick der beiden anderen Fahrgäste. „Teufel", murmelte sie beinahe unverständlich, nur um dann umso klarer zu fragen: „Lassen Sie denn auch wieder eine Flasche Champagner springen, Mr Starbuck? Der war wirklich ausgezeichnet."

„Du warst aber auch nicht schlecht, Süße."

Als sich die Aufzugstür öffnete, konnte das Paar gar nicht

schnell genug herauskommen. In der Hotelhalle sahen sie sich noch einmal um, bevor sie kopfschüttelnd durch die Drehtür verschwanden. Amy konnte kaum ihr Lachen zurückhalten, während Tad besitzergreifend einen Arm um sie legte.

Eine Stunde später waren sie beide ganz konzentriert auf ihr Training. Es war eine Umstellung, wieder auf Rasen zu spielen. Der Ball sprang ganz anders, und nun galt es, sich bis zum nächsten Spiel daran zu gewöhnen und eine gewisse Sicherheit zu erlangen.

Amy war zufrieden mit ihrer Leistung bisher. Madge servierte ihr die Bälle sehr konzentriert, variierte ihre Schläge sehr geschickt, brachte es aber trotzdem nicht fertig, Amy in Verlegenheit zu bringen. Amy spürte, dass sie in Form war, und nahm sich vor, die Tatsache einfach zu ignorieren, dass sie sich in London befand.

Sie hatte immer gern in Wimbledon gespielt. Nicht nur, weil ein Gewinn bei diesem Turnier einer inoffiziellen Weltmeisterschaft gleichkam, sondern auch, weil sie die ganze Atmosphäre mochte. Nirgendwo sonst auf der Welt wurde so viel Wert auf Tradition gelegt, nirgendwo sonst war das Publikum disziplinierter als hier. Während der Ballwechsel brauchte der Schiedsrichter kaum jemals um Ruhe zu bitten. Die Zuschauer beschränkten ihren Applaus und ihre Begeisterung von sich aus auf die Unterbrechungen nach einem Punktgewinn.

Wimbledon – das war so britisch wie die roten Doppeldeckerbusse in der City von London, wie die Wachposten mit ihren Bärenfellmützen und das Glockenspiel des Big Ben.

Amy erinnerte sich daran, wie Tad ihr einmal erzählt hatte, dass er sich als kleiner Junge vor dem Fernseher vorgenommen habe, wenigstens einmal in seinem Leben Wimbledon zu gewinnen. Viermal hatte er es bisher geschafft, und sie wünschte sich nichts sehnlicher, als diesmal mit ihm zusammen den traditionellen Tanz am Abend nach dem Herrenendspiel zu eröffnen. Dazu allerdings musste Amy erst einmal den Titel bei den Damen gewinnen, und bis dahin war noch ein weiter Weg.

Amy stand hinter der Grundlinie und machte keine Anstalten, ihren Aufschlag auszuführen.

„Sollen wir Schluss machen?", rief Madge über den Platz.

„Hm …" Aus ihren Gedanken gerissen sah Amy hinüber zu ihrer Partnerin, die breitbeinig dastand, die Hände in die Hüften gestützt. „Oh, entschuldige bitte, Madge. Ich glaube, ich habe gerade ein wenig geträumt."

„Komm, wir machen Schluss", meinte Madge und ging hinüber zur Bank, wo ihre Sachen lagen. „Ich brauch dich wohl gar nicht erst zu fragen, ob du glücklich bist", sagte sie, als Amy neben ihr stand und den Schläger einpackte. „Man sieht es dir an der Nasenspitze an."

„Wirklich?"

„Meinst du, ich wäre blind?", fragte Madge lächelnd zurück. „Ich freue mich für dich – für euch beide. Ihr passt wirklich sehr gut zusammen, das habe ich ja immer schon gesagt. Wollt ihr das offiziell bekannt geben?"

„Ich … Nein, wir wollen es ganz langsam angehen lassen." Amy vermied es, ihrer Partnerin in die Augen zu sehen, als sie das sagte. „Was ist schon eine Hochzeit? Nicht mehr als ein Stück Papier."

Madge warf ihr einen prüfenden Blick zu. „Das kannst du anderen erzählen, Amy, die dich nicht so gut kennen wie ich. Es mag Menschen geben, die so denken, aber zu denen hast du noch nie gehört." Sie hob eine Hand und wehrte ab, als Amy sie unterbrechen wollte. „Warum hast du sonst drei Jahre lang eine unglückliche Ehe aufrechterhalten? Weil für dich die Ehe ein Versprechen ist, und weil du deine Versprechen einhältst."

„Ich habe schon einmal versagt …"

„Ach, nur du?", unterbrach Madge sie sofort. „Du kannst mir nicht erzählen, dass nur du die Schuld daran trägst, dass die Ehe nicht gehalten hat. Und jetzt willst du dein Glück verspielen, nur weil du einmal einen Fehler gemacht hast?"

„Ich bin ja glücklich", versicherte Amy ihr und legte eine Hand auf die Schulter ihrer Freundin. „Tad ist alles, was ich jemals gewollt habe, Madge. Ich will ihn nicht verlieren."

Überrascht zog Madge die Brauen hoch. „Aber Amy, du hast ihn damals verlassen – nicht umgekehrt."

„Ich bin ihm nur zuvorgekommen."

„Amy, ich verstehe nicht …"

„Lass nur, Madge, das ist alles lange her und spielt überhaupt keine Rolle mehr. Wir fangen wieder ganz von vorn an. Ich weiß, welche Fehler ich gemacht habe, und ich werde mich hüten, sie noch einmal zu wiederholen. Es gab Zeiten in meinem Leben, da habe ich gedacht, ich sei wichtiger als das hier." Sie nahm einen Tennisball in die Hand und warf ihn hoch. Dann fing sie ihn wieder auf und sah nachdenklich darauf. „Wichtiger als alles andere. Selbst seine Familie habe ich als Rivalen angesehen. Ich war sogar eifersüchtig auf seine Tennis-Leidenschaft. Heute weiß ich, dass das sehr albern war."

„Seltsam." Madge schüttelte den Kopf. „Und ich habe früher immer gedacht, dass an erster Stelle die Arbeit des Professors stehe. Nachher stellte sich heraus, dass für ihn meine Arbeit auf dem Tennisplatz am wichtigsten war. Und heute wissen wir, dass beides nicht stimmte."

Lächelnd nahm Amy ihre Tasche über die Schulter. „Tad wird niemals vergessen, dass Tennis ihn zu dem gemacht hat, was er heute ist. Vielleicht ist das auch gut so. Wenn man seine Herkunft nicht kennt, dann kann man auch das Feuer nicht verstehen, das er ins Spiel bringt."

Sie kennt ihn in manchen Belangen so gut, dachte Madge, aber in anderen wiederum überhaupt nicht. „Und was bringt dann die Kälte in dein Spiel?"

„Angst." Amy hatte geantwortet, wie sie es sonst nie tat – spontan und unüberlegt. Jetzt hätte sie das Wort am liebsten wieder zurückgenommen. Sie zuckte mit den Schultern und zwang sich zu einem Lächeln. „Ja, Angst." Mit der Tasche auf der Schulter setzte sie sich in Bewegung. „Ein Glück, dass du kein Reporter bist!"

Der Kies knirschte unter ihr. Selbst mit geschlossenen Augen hätte Amy gewusst, wo sie war. Auch dieser Kies war typisch für die Anlage in Wimbledon. „Erinnere mich daran, dass ich dir irgendwann einmal erzähle, was mir fünf Minuten vor einem Spiel durch den Kopf geht."

Amy schlief tief. Die Vorhänge waren vorgezogen und ließen nur wenig von der strahlenden Nachmittagssonne in das Zimmer dringen. Sie trug nur einen Slip und ein etwas längeres T-Shirt. Tad wollte sie später wecken, und dann wollten sie durch die Stadt bummeln. Morgen mussten beide spielen, so durfte es abends nicht zu spät werden.

Ein Klopfen an der Zimmertür weckte sie auf. Amy setzte sich und strich sich mit beiden Händen durch das Haar. Sicher hatte Tad seinen Schlüssel vergessen. Seufzend stand sie auf und ging zur Tür. Die Augen noch halb zu, griff Amy zur Klinke und öffnete.

„Eric!" Mit einem Schlag war sie hellwach.

„Amy." Er nickte nur und ging an ihr vorbei ins Zimmer. „Habe ich dich aufgeweckt?"

„Ja, ich hatte mich hingelegt." Völlig verwirrt schloss Amy die Tür wieder. Er sieht noch genauso aus, schoss es ihr durch den Kopf. Aber warum auch nicht! Eric war nicht der Mann, der Veränderungen liebte. Groß und schlank, wirkte er mit seinem kurzen Haarschnitt und dem gerade durchgedrückten Rücken wie ein Offizier.

Als er sich ihr wieder zuwandte, blickte sie in seine Augen. Sie waren blau in einem blassen Gesicht, intelligent und kalt. Seine schmalen Lippen konnten sich zu einem Strich zusammenziehen, wenn er wütend war. Amy kannte das nur zu gut. Als er noch um sie geworben hatte, war er charmant und freundlich gewesen, aber das hatte sich nachher schnell geändert.

Amy schob die Gedanken beiseite. Er war nicht mehr ihr Mann. Sie straffte die Schultern und dachte daran, dass sie nichts mehr mit ihm zu tun hatte. Es war vorbei. Endgültig!

„Ich habe nicht damit gerechnet, dich zu sehen, Eric."

„Wirklich nicht?" Er lächelte. „Hast du gedacht, ich würde dir noch nicht einmal Guten Tag sagen, wenn du schon in der Stadt bist? Du bist schlanker geworden, Amy."

„Das macht das Training." Sie wies auf einen Sessel. „Setz dich bitte. Ich hole dir einen Drink."

Während sie zu der Bar ging, sagte Amy sich, dass sie ihm

nichts mehr schuldig war. Sie war geschieden, und es musste doch möglich sein, sich auch nach einer Scheidung noch wie zivilisierte Menschen zu benehmen.

„Geht es dir gut?" Sie schenkte Whisky in zwei Gläser, gab für ihn Eiswürfel hinein und für sich selbst Selterswasser.

„Ja, danke. Und dir?"

„Auch. Und deine Familie?"

„Der geht es ebenfalls gut." Er nahm das Glas und sah sie über den Rand hinweg an, als er es zum Mund führte. „Was macht dein Vater?" Er sah den Schmerz in ihrem Gesicht und war zufrieden.

„Soviel ich weiß, geht es ihm auch gut." Amy hatte sich jetzt wieder in der Gewalt.

„Hat er dir immer noch nicht verziehen, dass du deine Karriere aufgegeben hattest?"

Sie sah ihn an, und ihr Blick war vollkommen ausdruckslos. „Ich bin sicher, dass du die Antwort kennst, Eric."

Er zog vorsichtig die Bügelfalte seiner Hose gerade, bevor er ein Bein über das andere legte. „Nun, ich dachte, nachdem du jetzt wieder spielst …"

Amy drehte ihr Glas zwischen den Händen, trank aber nicht. „Er will trotzdem nichts mehr von mir wissen", sagte sie leise. „Du siehst also, ich zahle immer noch, Eric." Sie sah ihn an. „Befriedigt dich das?"

Er blieb ganz ruhig und nahm noch einen Schluck. „Du hattest die Wahl, meine Liebe. Deine Karriere für meinen Namen."

„Für dein Schweigen", verbesserte Amy ihn. „Deinen Namen hatte ich ja bereits."

„Und das Kind eines anderen Mannes in deinem Bauch."

Amy musste das Glas abstellen. Sie spürte, wie ihre Finger zitterten. „Ich habe das Kind verloren. Meinst du nicht, das reicht? Bist du hierhergekommen, um mich daran zu erinnern?"

„Ich bin gekommen …", Eric lehnte sich in den Sessel zurück, „um zu sehen, wie es meiner Exfrau geht. Auf dem Tennisplatz hast du sehr viel Erfolg, wie ich gehört habe." Er ließ seinen Blick durch den Raum gehen. „Und wie ich sehe, hast du keine Zeit verloren, mit deinem früheren Geliebten wieder etwas anzufangen."

„Ich habe einen Fehler gemacht, als ich ihn verlassen habe, Eric", sagte Amy mit fester Stimme. „Ich glaube, das siehst du mittlerweile auch ein. Es tut mir leid."

Er warf ihr einen eisigen Blick zu. „Du hast einen Fehler gemacht, als du mir seinen Bastard unterschieben wolltest."

Wütend sprang Amy auf. Sie musste ihre Finger ineinander verschränken, sonst hätte er gesehen, wie ihre Hände zitterten. „Ich habe dich nie angelogen, Eric. Und bei Gott, ich werde mich nie wieder bei dir entschuldigen."

Eric schien immer noch die Ruhe selbst zu sein. Er führte sein Glas zum Mund, und seine Hand zitterte nicht. „Weiß er es mittlerweile?"

Für eine Sekunde weiteten sich Amys Augen vor Schreck. Eric hatte genug gesehen. „Also nicht. Wie interessant."

„Eric, ich habe mein Wort gehalten." Ihre Stimme klang wieder fester. „Solange ich deine Frau war, habe ich alles getan, was du von mir verlangt hast."

Er nickte zustimmend. „Aber du bist nicht mehr meine Frau."

„Wir haben uns beide zur Scheidung entschlossen. Vergiss das nicht! Weil wir eingesehen hatten, dass unsere Ehe für uns beide nicht mehr tragbar war."

„Warum sagst du es ihm nicht? Hast du Angst vor ihm? Wenn ich mich recht erinnere, ist er sehr unbeherrscht, mit einem ungezügelten, primitiven Temperament." Um seine Mundwinkel spielte ein sadistisches Lächeln. „Hast du Angst, er schlägt dich?"

Amy brachte es fertig, zu lachen. „Nein", sagte sie. „Das zeigt nur, dass du Tad Starbuck überhaupt nicht kennst."

„Du bist dir ja sehr sicher. Aber wovor hast du dann Angst?"

Amy ließ ihre Hände sinken und sah ihn an. „Er würde es mir nicht verzeihen, Eric. Ich habe das Kind verloren und meinen Vater, ja, sogar beinahe mein Selbstvertrauen. Aber ich werde niemals dieses Schuldgefühl verlieren. Aber was habe ich dir angetan? Nichts – außer deinen Stolz verletzt. Und meinst du nicht, dafür hätte ich mittlerweile genug gebüßt?"

„Vielleicht … vielleicht auch nicht." Er stellte das Glas ab und stand auf. „Die gerechte Strafe für dich wird wohl sein, dass du dir nie ganz sicher sein kannst, ob alles vorüber ist. Von mir kannst du keine Versprechungen erwarten, Amy."

„Ich habe dich falsch eingeschätzt, Eric", sagte sie ganz ruhig. „Wie konnte ich nur jemals glauben, du seist ein Gentleman – freundlich und fair?"

„Ich bin nur für Gerechtigkeit."

„Rache hat nichts mit Gerechtigkeit zu tun."

Er zuckte mit den Schultern. „Ich kann dir nicht verbieten, das so zu sehen. Das ist deine Sache."

Nein, sie würde ihm nicht die Genugtuung geben, jetzt auf die Knie zu fallen, ihn zu bitten, anzuflehen. „Wenn das alles war, was du mir hast sagen wollen, dann gehst du jetzt wohl besser. Ich glaube nicht, dass wir noch etwas zu besprechen haben."

„Ich bin dabei." Er drehte sich wieder zu ihr um und sah sie mit einem kalten Lächeln an. „Schlaf ruhig weiter, meine Liebe. Ich finde schon die Tür." Eric drückte die Klinke herunter, öffnete die Tür – und stand Tad gegenüber. Besser hätte er sich seinen Abgang gar nicht wünschen können.

Tad sah dieses kalte Lächeln, dann blickte er in den Raum hinein. Amy stand mitten im Zimmer, bewegungslos. Irrte er sich, oder stand wirklich Angst in ihrem Gesicht? Aber wovor sollte sie Angst haben? Dann erst sah Tad, dass sie kaum etwas anhatte. Ihre Haare waren zerzaust, das zerknitterte T-Shirt ließ viel zu viel von ihrem Körper sehen. Zorn stieg in ihm hoch.

Er blickte wieder auf Eric. „Verschwinden Sie, aber schnell."

„Ich bin gerade dabei", antwortete der ganz ruhig und überlegen. Dann allerdings beeilte er sich doch, die Tür von außen zu schließen. Noch einmal traf ihn ein wütender Blick aus Tads Augen. Mit diesem Zorn musste Amy jetzt allein fertig werden. Das allein war es schon wert gewesen, diesen Besuch bei seiner Exfrau zu machen.

Amy stand immer noch an derselben Stelle. Es war ihr, als wäre schon eine Ewigkeit vergangen, seit Eric die Tür geschlossen hatte, und immer noch starrte Tad sie nur an, sprach kein Wort.

„Was, zum Teufel, hat der hier gewollt?"

„Er ist nur vorbeigekommen, um mir Guten Tag zu sagen und um … um mir Glück zu wünschen."

„Reizend!" Mit wenigen Schritten war er bei ihr und fasste an den Saum ihres T-Shirts. „Empfängst du Besucher immer so? Oder ist das bei Exmännern üblich?"

„Tad, bitte!"

„Bitte was?" Im Unterbewusstsein war Tad sich klar darüber, dass er falsch reagierte, dass er zuerst einmal ihr Gelegenheit geben musste, die Sache zu erklären. Aber sosehr er sich auch bemühte, es gelang ihm nicht, Ruhe zu bewahren. „Wäre es nicht besser gewesen, ihr hättet euch irgendwo anders getroffen? Etwas stickig hier drin, findest du nicht?"

Sein Sarkasmus tat Amy weh, aber sie wusste auch, dass sie dem nicht wirkungsvoll begegnen konnte, solange sie so viel zu verbergen hatte. „Tad, du weißt ganz genau, dass zwischen Eric und mir nichts mehr ist. Du weißt …"

„Was zum Teufel weiß ich?", unterbrach er sie. „Du bist doch diejenige, die auf nichts eine Antwort geben will. Und dann komme ich ins Zimmer und finde dich mit dem Kerl, der damals der Grund war, warum du mich verlassen hast."

„Ich wusste nicht, dass er hierherkommen würde. Wenn er angerufen hätte, dann hätte ich ihm gesagt, er solle wegbleiben."

„Aber du hast ihn hereingelassen." Tad griff nach ihren Schultern und schüttelte sie. „Warum?"

Amy wehrte sich nicht. „Wäre es dir lieber gewesen, ich hätte ihm die Tür vor der Nase zugeschlagen?"

„Ja, verdammt noch mal!"

„Aber ich habe es nicht getan." Jetzt war auch ihre Geduld erschöpft. „Ich habe ihn hereingelassen und ihm sogar einen Drink angeboten. Wenn du das falsch deutest, dann ist das deine Sache."

„Wollte er dich zurückholen?" Tads Griff lockerte sich nicht. „Ist er darum gekommen?"

„Was spielt das für eine Rolle?" Wütend trommelte sie mit beiden Fäusten gegen seine Brust. „Ich will ihn aber nicht zurückhaben."

„Okay, dann erzähl mir jetzt endlich, warum du ihn geheiratet hast." Wieder versuchte sie, ihm zu entkommen, aber er hielt sie eisern fest. „Ich habe ein Recht darauf, das zu erfahren, Amy. Und ich will es jetzt erfahren."

„Weil ich dachte, er wäre der Richtige für mich", schrie sie ihn an, während in ihren Augen Tränen brannten.

„Und, war er das?" Tad griff nach ihren Handgelenken und umklammerte sie.

„Nein!" Sie kämpfte gegen seine Hände an, aber er war stärker. „Nein, es war furchtbar. Und ich habe dafür auf eine Art bezahlt, von der du keine Ahnung hast. Nicht einen Tag lang war ich glücklich. So, bist du jetzt zufrieden?"

Plötzlich tat sie etwas, was er nie zuvor bei ihr erlebt hatte. Amy weinte. Sein Griff lockerte sich, als er die Tränen über ihre Wangen rollen sah. Noch niemals hatte Tad sie so verzweifelt gesehen.

Amy entwand sich seinem Griff und warf sich über das breite Bett. Viel hatte nicht mehr gefehlt, dann hätte sie ihm von dem Baby erzählt. Jetzt war sie froh, dass die aufsteigenden Tränen ihr die Kehle zugeschnürt hatten.

Tad stand da und starrte auf sie hinab. Er hörte ihr Schluchzen und war hilflos. Das war eine Reaktion, die er nicht erwartet hatte, und er wusste nicht, was er tun sollte. Er fühlte sich im Recht, wenn er Erklärungen von ihr verlangte, und solange Amy darauf wütend reagierte, stand Wut gegen Wut. Aber gegen diese Verzweiflung war er machtlos.

Tad hatte Tränen bei seiner Schwester erlebt – ja, auch bei seiner Mutter. Aber in solchen Fällen hatte seine breite Schulter genügt, an der sie sich ausweinen konnten, und dann war alles wieder gut gewesen. Bei Amy war das anders. Das waren bittere, verzweifelte Tränen, deren Grund er nicht kannte.

Immer noch brannten ihm die Fragen auf der Zunge, und auch sein Zorn war noch nicht vollständig verraucht. Aber was war das alles gegen dieses Schluchzen, das da vom Bett zu ihm drang? Amy benutzte ihre Tränen nicht als Waffe. Sie war machtlos dagegen – so machtlos, dass ihr ganzer Körper wie in einem Krampf geschüttelt wurde.

Langsam ging Tad auf das Bett zu. Als er sie berührte, zuckte sie zusammen und rückte weg. Ohne ein Wort zu sagen, legte Tad sich neben sie. Sie versuchte, ihm auszuweichen, aber er nahm sie in die Arme und ließ sie nicht wieder los, sosehr sie sich auch wehrte. Seine Umarmung war stark und doch zärtlich. Nach einer Weile gab Amy ihren Widerstand auf.

„Ich lass dich nicht allein", murmelte er.

Es war schon beinahe dunkel, als ihr Körper endlich zur Ruhe kam. Die Tränen waren versiegt, schwach und elend lag Amy in Tads Armen. Sie spürte seinen Herzschlag an ihrer Brust, und dieses stetige, gleichbleibende Geräusch beruhigte sie.

Beinahe hätte sie es ihm gesagt. Dieser Gedanke ging Amy nicht aus dem Kopf. *Ich habe dein Baby verloren.* Würde Tad sie auch dann noch so zärtlich halten, wenn sie diesen Satz ausgesprochen hätte?

Wieder kam die Frage in ihr auf, die sie sich schon unzählige Male gestellt hatte. Sollte sie es ihm überhaupt jemals sagen? Welchen Sinn hatte es, wenn sie ihm Schmerzen zufügte für etwas, das so lange zurücklag? Und der Schmerz würde kommen, nachdem der erste Zorn sich gelegt hatte. Da war sich Amy ganz sicher. Er würde diesem Baby nachtrauern und doch nichts mehr ändern können. Hatte das Sinn?

Und wie sollte sie ihm die Sache mit Eric erklären, ohne alte Wunden wieder aufzureißen? Damals hatte Tad sie nicht mehr gewollt, das hatte Jess ihr unmissverständlich gesagt. Aber Eric hatte gewollt. Aus verletztem Stolz hatte sie sich ihm zugewandt, das war Amy heute ganz klar. Und ihr Pflichtbewusstsein war dann fast drei Jahre lang stärker gewesen als ihr Wunsch, diese Ehe zu beenden. Vielleicht, wenn sie damals nach dem Unfall nicht so schwach gewesen wäre … Ja, vielleicht hätte sie Eric dann niemals ein solches Versprechen gegeben.

Sie konnte sich noch so gut an den Tag erinnern: Sie hatten sich gestritten, laute Stimmen, dann der Sturz. Alles um sie herum war dunkel geworden. Das Baby … Tads Baby!

Als sie wieder zu Bewusstsein gekommen war, hatte ihr erster Gedanke dem Baby gegolten. Noch bevor sie die Augen wieder geöffnet hatte, glitt ihre Hand zu ihrem Bauch.

„Das Baby." Als sie die schweren Augenlider hob, sah sie Eric neben dem Bett.

„Tot."

Nie in ihrem Leben würde sie diesen Schmerz vergessen. Sie hatte die Augen wieder geschlossen. „Nein, nein", hatte sie immer wieder gemurmelt. „Mein Baby, Tads Baby …"

„Hör mir zu, Amy." Erics Stimme klang kalt und überlegt. Drei Tage lang hatte er darauf gewartet, dass Amy aus ihrer Bewusstlosigkeit erwachen würde. Sie hatte viel Blut verloren bei der Fehlgeburt, und die Ärzte hatten ihn auf das Schlimmste vorbereitet. Aber sie durfte nicht sterben. Sie würde bezahlen für das, was sie ihm angetan hatte.

Als Eric sie kennengelernt und umworben hatte, war er sich sicher, sie zu lieben. Aber jetzt hatten sich seine Gefühle für Amy gewandelt. Sie grenzten an Hass. Diese Frau hatte es nicht verdient, mit ihm verheiratet zu sein. Sie hatte einen Narren aus ihm gemacht – aus ihm, Lord Wickerton! Und dafür würde sie büßen.

„Mein Baby …"

„Das Baby ist tot", sagte er noch einmal brutal. Dann griff er nach ihrer Hand. „Sieh mich an, Amy." Erst als sie seiner Aufforderung folgte, sprach er weiter. „Du bist hier in einer Privatklinik. Und der Grund, warum du hier bist, wird niemals an die Öffentlichkeit dringen. Allerdings nur dann, wenn du tust, was ich dir sage."

„Eric …" Amy hatte gar nicht richtig zugehört. Mit beiden Händen hielt sie seine Hand fest. „Eric, ist es wirklich wahr? Kann es nicht sein, dass die Ärzte sich geirrt haben?"

„Du hattest eine Fehlgeburt. Die Diener im Haus sind verschwiegen. Und allen anderen habe ich gesagt, dass wir für einige Tage verreist sind."

„Ich verstehe nicht …" Sie ließ seine Hand los und presste ihre Fingerspitzen auf den Bauch. „Der Sturz … Ich bin die Treppe hinuntergestürzt. Aber …"

„Ein Unfall", unterbrach Eric sie, und es klang so, als wäre gar nichts dabei, ein Baby zu verlieren.

Amy schlug beide Hände vors Gesicht. „Tad, Tad …", murmelte sie immer wieder.

„Du bist meine Frau", sagte Eric kalt. „Und das bleibt auch so, bis ich dich nicht mehr will." Amy nahm die Hände vom Gesicht und sah ihn verständnislos an. „Oder soll ich deinen Liebhaber anrufen und ihm sagen, dass du mich geheiratet hast, während du ein Kind von ihm im Bauch hattest?"

„Nein." Amys Antwort war nur ein Flüstern. Tad! Wie sehr sie sich nach ihm sehnte. Aber er war für sie genauso verloren wie sein Kind, das sie getragen hatte.

„Gut, dann wirst du tun, was ich dir sage", hörte sie wieder Erics Stimme. „Du wirst dich sofort vom professionellen Tennis zurückziehen. Ich will nicht, dass die Presse Vermutungen über dich und deinen Geliebten anstellt und dabei meinen guten Namen durch den Schmutz zieht. Du wirst dich benehmen, wie es einer Lady Wickerton ansteht. Ich werde dich nicht anrühren", fuhr er fort, ohne auch nur einmal seine Stimme zu heben. „Jegliche körperliche Anziehungskraft, die du auf mich ausgeübt hast, ist verschwunden. Du wirst genau das tun, was ich von dir verlange – oder dein Geliebter wird von mir erfahren, was für ein mieses Spiel du getrieben hast. Ist das klar?"

Was spielte das jetzt noch für eine Rolle? War sie nicht bereits so gut wie tot – tot wie ihr Baby? „Ja, ich werde tun, was du von mir verlangst. Und jetzt lass mich bitte allein."

„Wie du willst." Eric stand auf. „Wenn es dir wieder besser geht, werden wir eine offizielle Nachricht an die Presse geben, dass du dich vom Tennissport zurückziehst. Als Grund wirst du angeben, dass du keine Zeit mehr für diesen Sport hast, weil du deinen Mann nicht allein lassen willst, und weil du in deiner Position genügend andere Pflichten hast."

„Geh jetzt bitte, Eric."

„Gibst du mir dein Wort darauf?", meinte er abschließend.

Sie sah ihn lange an, dann schloss sie die Augen und nickte. „Ja, Eric, ich gebe dir mein Wort darauf."

Und sie hatte ihr Wort gehalten. Sie hatte zusehen müssen, mit welcher Genugtuung Eric zur Kenntnis nahm, dass ihr Vater sich von ihr abgewandt hatte. Sie hatte über seine diskreten, aber immer häufigeren Affären hinweggesehen und war im Laufe der Zeit immer schwermütiger geworden.

Es hatte sehr lange gedauert, bis Amys Lebensgeister wenigstens teilweise wieder erwachten. Abgeschnitten von ihrem bisherigen Leben, ohne alte Freunde und Bekannte, die sie hätte um Rat fragen können, ohne den Beistand ihres Vaters, hatte es lange Zeit so ausgesehen, als hätte Eric sie für immer in der Hand.

Erst als der Schmerz über den Verlust des Babys, der sie so lange betäubt hatte, etwas nachließ, konnte sie wieder klar denken. Sie musste von diesem Mann weg, oder ihr ganzes weiteres Leben wäre zerstört. Immer deutlicher sah Amy, dass es keinen anderen Ausweg gab.

Sie wusste, dass für Eric Wickerton nichts wichtiger war als sein guter Ruf und der seiner Familie. Nur hier lag eine Chance für Amy, dass er in eine Scheidung einwilligte. Sie wusste von seinen zahlreichen Affären mit anderen Frauen – er wusste von Tads Baby, das sie getragen hatte, als sie ihn heiratete. Das war die Grundlage für ein Abkommen, an dessen Ende die Scheidung stand.

Und jetzt war Eric zurückgekommen. Vielleicht liegt es daran, dass er mir meinen Erfolg auf dem Tennisplatz nicht gönnt, überlegte Amy. Trotzdem glaubte sie nicht, dass er seinen Teil der Vereinbarung brechen würde. Schon allein deshalb nicht, weil er sie mit seinem Wissen immer noch in der Hand hatte. Und diesen Vorteil würde er gewiss nicht aufgeben.

Sollte sie ihm den Wind aus den Segeln nehmen und Tad doch alles erzählen? Amy dachte wieder zurück an Tads Gesichtsausdruck, als er Eric an der Tür begegnet war. Nein, Tad würde ihr nicht verzeihen. Vielleicht später einmal, wenn ihre

Beziehung zueinander sich gefestigt hatte – vielleicht würde sie es ihm dann sagen.

Amy atmete so ruhig und gleichmäßig, dass man hätte meinen können, sie schliefe. Aber Tad wusste, dass sie wach war und nachdachte.

Welche Geheimnisse hielt sie vor ihm verborgen? Und wie lange würde es noch dauern, bis sie endlich bereit war, darüber zu sprechen? Er wollte sie drängen, wollte fragen, aber sie schien so verletzbar und schutzbedürftig, dass er es nicht fertigbrachte. Wenn er jetzt versuchte, ihr Antworten zu entlocken, dann würde er vermutlich genau das Gegenteil erreichen. Amy würde sich zurückziehen in ihr Schneckenhaus, und dann konnte er gar nicht mehr an sie herankommen.

„Besser?", fragte Tad leise.

Sie seufzte, und dann spürte er an der Bewegung ihres Kopfes an seiner Brust, dass sie nickte.

Etwas gab es, das sie bereinigen konnte und das vielleicht auch schon helfen würde, die Atmosphäre zwischen ihnen wieder zu verbessern. „Tad, er bedeutet mir überhaupt nichts mehr. Glaubst du mir das?"

Als er mit der Antwort zögerte, fasste sie noch einmal nach. „Bitte, glaub mir. Ich empfinde überhaupt nichts mehr für Eric – noch nicht einmal Hass. Unsere Ehe war ein Fehler, von Anfang an."

„Aber warum …"

„Es hat immer nur dich gegeben", unterbrach Amy ihn. „Nur dich, Tad." Sie küsste ihn, hielt seinen Kopf zwischen den Händen und bedeckte sein ganzes Gesicht mit Küssen. „Es ist, als hätte ich in den Jahren gar nicht richtig gelebt." Wieder fanden ihre Lippen seinen Mund. „Ich brauche dich, Tad. Nur dich!"

Die Erregung packte sie beide so schnell, dass keine Zeit mehr blieb für Fragen. Amys Hände zerrten an seinen Sachen. Sie konnte es nicht erwarten, seinen nackten Körper zu spüren, sich an ihn zu pressen und die schlimmen Gedanken zu vergessen.

Mit einer Wildheit, wie er sie bei ihr noch nicht erlebt hatte, übernahm sie es, seine Erregung zu steigern. Ihre Hände waren in Bewegung, ihre Lippen berührten immer wieder seinen Körper und hinterließen heiße Spuren auf seiner Haut.

Sie ließ sich keine Zeit, ihn mit zärtlichem, sanftem Spiel zu verwöhnen. Ihre Bewegungen waren leidenschaftlich, ihre Haut bald schweißnass.

Tad spürte, dass es nicht mehr lange dauern konnte, bis er die Kontrolle über seinen Körper verlor. Sie rollten auf dem Bett hin und her. Er riss ihr das T-Shirt vom Körper, und keiner von beiden hörte, wie der Stoff bei dieser ungestümen Bewegung zerriss.

„Amy, jetzt. Bitte." Seine Stimme klang rau.

„Nein, nein." Sie lachte, und dieser Klang steigerte sein Begehren noch. Sie spürte, wie sehr sich ihr Körper nach Erfüllung sehnte. Trotzdem zögerte Amy es noch hinaus. Seine Hände glitten über ihren Körper, und sie bog sich ihnen entgegen.

Zu ihm gehörte sie, zu dem einzigen Mann, der ein solches Feuer in ihr entfachen konnte. Zu ihm würde sie immer gehören. Alle Gedanken an früher waren verbannt. Es gab nur noch den Augenblick. Dieses halbdunkle Zimmer, sein starker Körper auf ihrem.

Diesmal protestierte sie nicht, als Tad mit beiden Händen ihre Hüften umfasste und sie festhielt. Sie legte ihren Kopf zurück, ihre Augen waren geschlossen, und sie bog sich ihm entgegen, als er zu ihr kam. Sie wusste nicht mehr, ob sie sein Stöhnen hörte oder ihr eigenes, als sie beide dem Höhepunkt zustrebten und sich aneinander festklammerten, als wollten sie sich nie mehr loslassen.

## 8. KAPITEL

Autos hatten immer zu Amys Leben gehört. Als sie noch ein Kind war, hatte ihr Vater einen Chauffeur namens George eingestellt. Sie konnte sich sogar noch an den Wagen erinnern, den sie damals gehabt hatten. Eine schwere Limousine mit getönten Scheiben und einer eingebauten Bar.

Lady Wickertons Fahrer hieß Peter. Der Wagen war ein eleganter, unauffällig grauer Daimler. Sie trauerte weder ihm noch dem Chauffeur nach, als sie durch die Vororte nach Wimbledon fuhr.

In einigen Stunden würde sie auf dem Centre-Court stehen. Die Gedanken nur noch auf das Spiel gerichtet, in sich den unbändigen Willen zu gewinnen.

Ein Mal, in dem Jahr ihrer Liebe zu Tad, hatten sie beide Wimbledon gewonnen. Diesmal musste Amy gegen Maria Rayski spielen. Hatte sie damals nach dem ersten Sieg in Wimbledon geglaubt, nun würde ihr Leben erst wirklich beginnen, so wusste sie heute, dass das nicht gestimmt hatte.

Heute war der Tag, an dem sich alles entscheiden würde. Sie spielte auf dem Boden, der ihr am besten lag, und sie würde ihr Bestes geben in einem Land, wo sie sich so lange in ihrer Ehe wie eine Gefangene vorgekommen war. Wenn es ihr gelang, dieses Spiel zu gewinnen, dann würde sich auch privat eine Möglichkeit finden, ihr Leben wieder auf eine feste Basis zu stellen.

Sie dachte an Tad, der als Junge den Schwur getan hatte, eines Tages Wimbledon zu gewinnen. Jetzt, in dieser Limousine, auf der Fahrt zum Centre-Court, tat Amy einen ähnlichen Schwur. Sie wollte gewinnen, wollte aller Welt zeigen, dass Amy Wolfe wieder da war, dass ihre bisherigen Erfolge kein Zufall gewesen waren. Das würde ihr die Kraft geben, allen Problemen die Stirn zu bieten.

Für diese frühe Tageszeit waren schon erstaunlich viele Zuschauer da. Amy fühlte sich seltsam beschwingt und locker, als sie aus dem Wagen stieg. Freundlich erfüllte sie die Autogrammwünsche. Das war ihr Tag, sie spürte es ganz deutlich. Ein sonniger Tag im Juli – was konnte da schon schiefgehen?

Eigentlich hatte sich nicht viel verändert seit den Zeiten, als ihr Vater hier gespielt hatte. Im Bereich hinter der Tribüne, der nur den Aktiven, Offiziellen und einigen bekannten Persönlichkeiten vorbehalten war, flogen Wortfetzen hin und her, es wurde gelacht und gescherzt – und doch spürte man unterschwellig die Nervosität, die die Spieler erfasst hatte, ihre Betreuer und diejenigen, die um sie zitterten.

Amy sah einige bekannte Gesichter von früheren Wimbledon-Siegern. Für sie war es einmal im Jahr zur Zeit des Turniers wie ein großes Familienfest, auf dem sie sich alle wiedersahen, von vergangenen Zeiten erzählten und die betrauerten, die nicht mehr dabei sein konnten.

Aber dann gab es auch solche, die Amy in ihrer Zeit als Lady Wickerton am Grosvenor Square empfangen hatte. Für die war Wimbledon mehr ein gesellschaftliches als ein sportliches Ereignis. Eines, auf dem man sich unbedingt sehen lassen musste – so wie in Ascot zu den berühmten Pferderennen.

Amy hatte gewusst, dass ihr das bevorstand, und so hatte sie sich völlig in der Gewalt, als es sich nicht umgehen ließ, die Bekannten aus ihrer Zeit mit Eric zu begrüßen.

„Amy, wie schön, dich wiederzusehen …"

„Ich hätte dich beinahe nicht erkannt im Tennisdress …"

„Schade, dass wir uns nicht mehr bei den Partys treffen …"

Genauso nichtssagende Äußerungen, wie sie sie während ihrer Ehe immer wieder gehört und entsprechend freundlich und nichtssagend beantwortet hatte. Diese Leute spielten ihre Rollen viel zu perfekt, als dass einer auch nur auf die Idee gekommen wäre, ehrlich zu sagen, was er dachte.

„Wo ist dein alter Herr?"

Amy fuhr herum, und plötzlich strahlte sie. „Stretch McBride, du hast dich überhaupt nicht verändert."

Natürlich hatte er sich verändert. Beide wussten es, aber es störte sie nicht. Als Amy ihm als kleines Mädchen zum ersten Mal auf einem Tennisplatz begegnet war, war Stretch so um die dreißig gewesen. Er hatte alles gewonnen, was es damals zu gewinnen gab. Er war immer noch sehr schlank, aber die zwanzig Jahre hatten ihre Spuren hinterlassen.

„Du hast immer schon entzückend lügen können", brummte er und gab ihr einen Kuss auf die Wange. „Wo ist Jim?"

„In den Staaten", antwortete Amy und lächelte immer noch. „Wie geht es dir, Stretch?"

„Gut, ich kann nicht klagen. Mittlerweile habe ich fünf Enkelkinder und mehrere Geschäfte für Sportartikel an der Ostküste." Er nahm ihre Hand zwischen seine. „Du willst mir doch nicht sagen, dass Jim nicht nach Wimbledon kommt, oder? Ich kann mich nicht erinnern, dass er in den letzten vierzig Jahren ein Turnier hier verpasst hat."

Amy versuchte, sich nicht anmerken zu lassen, wie weh ihr dieses Gespräch über ihren Vater tat. „Soviel ich weiß, wird er nicht kommen. Ich freue mich so, dich wiederzusehen, Stretch. Ich habe übrigens nicht vergessen, dass du mir die unterschnittene Rückhand beigebracht hast."

Er lachte geschmeichelt. „Dann setz sie auch heute gegen Maria ein", sagte er. „Ich mag es nun einmal, wenn Amerikaner hier in Wimbledon gewinnen. Bestell deinem Vater einen schönen Gruß von mir."

„Pass auf dich auf, Stretch." Sie gab ihm noch einen Kuss auf die Wange, und dann ging er weiter.

Amy drehte sich um und wollte sich auf den Weg zu ihrer Kabine machen, als sie plötzlich Lady Daphne Evans gegenüberstand. Mit ihr hatte Eric eine nicht so diskrete Affäre gehabt. Das Lächeln verschwand aus Amys Gesicht, aber ihre Stimme klang gleichbleibend freundlich.

„Daphne, Sie sehen fantastisch aus."

„Amy." Daphne ließ ihren Blick über Amys kurzen Tennisrock gehen, die schlanken Beine entlang bis hinunter zu den Schuhen. „Sie sehen ganz anders aus, als ich Sie in Erinnerung hatte. Wie seltsam, Ihnen als Sportlerin wieder zu begegnen."

„Seltsam? Ich bin immer Sportlerin gewesen. Wie geht es Ihrem Mann?"

Die Spitze wurde mit einem etwas zu schrillen Lachen erwidert. „Miles ist geschäftlich in Spanien. Es hat sich so ergeben, dass Eric mich heute hierher begleitet hat."

Nichts in Amys Gesicht zeigte, wie unvermutet sie das traf. „So, Eric ist also hier?"

„Ja, natürlich." Daphne griff an den Rand ihres großen Hutes. „Sie glauben doch nicht, dass er sich Wimbledon entgehen lässt." Noch einmal ging ihr Blick über Amys Figur. „Wir werden Sie doch auf dem Ball sehen, nicht wahr?"

„Sicher. Die Teilnahme ist für mich als Profi doch Pflicht."

„Nun, dann toi, toi, toi! Oder wie sagt man in Ihren Kreisen?" Bevor Amy noch eine Antwort geben konnte, war sie davongerauscht.

Amy atmete tief durch. Wenn ihr jetzt nur niemand mehr begegnete, bis sie die Kabine erreicht hatte. Das Spiel würde schon schwer genug werden, ohne dass sie auch noch gegen die Geister ihrer Vergangenheit kämpfen musste. Was sie jetzt dringend brauchte, waren einige Minuten Ruhe, damit sie sich entspannen und auf das Spiel vorbereiten konnte.

Sie kannte Eric gut genug, um zu wissen, dass er Daphne losgeschickt und ihr gesagt hatte, sie solle Amy ausfindig machen. Er wollte, dass sie wusste, dass er unter den Zuschauern saß. Wahrscheinlich würde es ihm Spaß machen, zu sehen, dass sie nervös war und schließlich das Spiel verlor.

Als Amy den Platz betrat, war sie äußerlich völlig ruhig. Nur sie selbst wusste, wie ängstlich sie es vermied, auch nur einen Blick auf die Zuschauerränge zu werfen. Sie hielt die Augen gesenkt, beschäftigte sich mit den Vorbereitungen und ging dann zur Grundlinie.

Maria Rayski auf der anderen Seite des Netzes machte noch einige Lockerungsübungen, winkte fröhlich ins Publikum und schien völlig gelöst und siegesgewiss.

Amy sah die Fernsehkameras. Die Technik machte es möglich, dass die Spiele aus Wimbledon auch nach Amerika übertragen wurden. Ob ihr Vater wohl vor dem Fernsehgerät saß und zuschaute?

In den ersten Spielen tasteten die beiden Gegnerinnen sich zuerst einmal vorsichtig ab. Es schien, dass Maria Rayski auf dem Rasen des Centre-Court schneller spielte als Amy. Dafür stellte sich aber schnell heraus, dass Amy die überlegtere Spielerin mit der besseren Taktik war. Es dauerte eine Weile, bis beide sich eingespielt hatten und die Bälle besser einschätzen konnten, die auf diesem Untergrund ganz anders sprangen als beispielsweise auf einem Hartplatz oder auf Sand.

Das Spiel war ausgeglichen, und die vierzehntausend Zuschauer kamen bei einigen interessanten Ballwechseln voll auf ihre Kosten. Beide spielten voll konzentriert und gaben keinen Ball verloren. Das war es, was das Publikum sehen wollte.

Amys Aufschläge kamen sehr sicher und platziert, ohne dass sie damit ihre Gegnerin allerdings hätte überraschen können. Sie parierte die Schläge geschickt und lockte Amy mehr als einmal mit überraschenden Stopps ans Netz.

Amy fühlte sich sicher, hatte während des ganzen Spiels nicht ein Mal das Gefühl, dass die Rayski ihr überlegen wäre. Sie spielte ruhig und mit einer Sicherheit, die nach der langen Wettkampfpause erstaunlich war.

Das alles änderte sich schlagartig, als die Spielerinnen sich vor dem dritten Satz auf ihre Stühle setzten, einen Schluck tranken und sich den Schweiß von den Gesichtern wischten. Amy nahm das Handtuch vom Gesicht, atmete tief aus und legte den Kopf dann etwas zurück. Ihr Blick traf genau Erics Augen, der ihr gegenüber auf der Zuschauertribüne saß und sie mit einem kühlen Lächeln ansah. Fast unmerklich hob er die Hand. War das ein Gruß – oder vielleicht eine Warnung?

Tad rutschte nervös auf seinem Stuhl hin und her. Was war los mit Amy? Sie hatte zwei Spiele hintereinander verloren. Die Doppelfehler häuften sich. Sicher, die Rayski spielte hervorragend, aber bis zum Beginn des dritten Satzes war das Spiel völlig ausgeglichen gewesen. Jetzt allerdings war Amy ihrer Gegnerin unterlegen. Sie spielte mechanisch, ohne Druck, nicht konzentriert genug, so wie während der ersten beiden Sätze. Sie gab Spiele verloren durch Leichtsinnsfehler, die er noch nie bei ihr beobachtet hatte.

Wenn er Amy nicht so gut kennen würde, hätte Tad geschworen, dass sie das Spiel bereits aufgegeben hatte. Aber das konnte nicht sein – nicht bei Amy. Sie kämpfte normalerweise um jeden Ball, um jeden Punkt.

Tad beobachtete sie sehr genau, ob er ein Anzeichen für eine Verletzung bei ihr feststellen konnte. Aber da schien alles in Ordnung zu sein. Auch nicht der leiseste Anschein einer Verletzung war zu erkennen. Ihr Gesicht war ruhig und ohne jeglichen Ausdruck, wie eine Maske.

Als es im dritten Spiel fünfzehn zu null gegen Amy stand, war sich Tad sicher, dass die Ursache irgendwo anders zu suchen sei. Er sah sich unter den Zuschauern um. Konnte es sein, dass jemand auf der Tribüne saß, dessen Erscheinen sie so durcheinandergebracht hatte?

Viele der Gesichter auf den Rängen waren ihm bekannt. Von einigen kannte Tad nur den Namen, andere hatte er auch persönlich kennengelernt. Da war ein Tennis spielender Schauspieler, gegen den er einmal in einem Schaukampf angetreten war. Die Primaballerina, die Amy ihm nach einer Ballettaufführung vorgestellt hatte. Neben ihr saß ein bekannter Sänger von Country- und Western-Liedern.

Tads Blick ging über sie alle hinweg auf der Suche nach einer Antwort. Er fand sie in der Nähe der königlichen Loge. Auf Erics Gesicht lag ein kaltes, sehr selbstzufriedenes Lächeln, während er seiner Exfrau zusah.

Unbändiger Zorn stieg in Tad auf, als er in dieses Gesicht blickte. Im ersten Impuls wollte er aufspringen und mit seiner Faust dieses selbstgefällige Grinsen aus seinem Gesicht schlagen.

„Dieser verdammte Kerl", murmelte Tad und stand auf. Im selben Moment griff eine Hand nach seinem Arm und hielt ihn fest.

„Was willst du tun?", fragte Madge.

„Etwas, das ich schon vor drei Jahren hätte tun sollen."

Madge hielt seinen Arm immer noch fest, als sie der Richtung folgte, in die Tad sah. „Oh, je!" Für einen Moment überlegte sie, ob er nicht recht hatte mit dem, was er tun wollte, aber dann siegte doch ihre Vernunft. „Bitte, Tad, wenn du ihn jetzt aus dem Anzug haust, hilfst du damit Amy überhaupt nicht."

„Und ob ich ihr helfe", widersprach er. „Dieser Kerl ist doch nur hier, um Amy aus dem Konzept zu bringen."

„Ich weiß. Und offensichtlich hat er damit auch Erfolg", gab Madge zu. „Geh lieber zu ihr und sprich mit ihr." Der Blick, den Tad ihr zuwarf, hätte jeden anderen den Kopf einziehen lassen. Nicht so Madge. Sie begegnete diesem Blick ganz ruhig und hielt ihm stand. „Ich weiß, dass du dich jetzt am liebsten schlagen würdest, Starbuck. Aber spar dir das auf bis nach dem Spiel. Dann mach ich sogar den Schiedsrichter. Jetzt ist es besser, wenn du deinen Kopf anstelle deiner Fäuste gebrauchst."

Es dauerte einen Augenblick, bis Tad über sich selbst gesiegt und eingesehen hatte, dass Madge recht hatte. „Aber wenn es nicht hilft", stieß er zwischen den Zähnen hervor, „dann brech ich ihm alle Knochen."

„Und ich werde dich anfeuern", versprach Madge, während Tad sich schon abwandte und hinunter zum Spielfeld ging.

Er wusste, dass seine Chance gering war, zumal ihm nur ganz wenig Zeit zwischen den Spielen zur Verfügung stand. Also musste er seine Worte sehr sorgfältig wählen. Es durften nur wenige sein – aber sie mussten dafür umso besser treffen.

Amy ließ sich nach dem Spiel erschöpft auf ihren Stuhl fallen.

„Kannst du mir sagen, was mit dir los ist?"

Sie zuckte zusammen, als sie seine Stimme hinter sich hörte. „Nichts", sagte sie leise und ohne sich umzudrehen.

„Die Rayski spielt mit dir Katz und Maus."

„Lass mich in Ruhe, Tad."

„Willst du ihm wirklich die Genugtuung geben, dich hier vor vierzehntausend Leuten und all den Fernsehkameras untergehen zu sehen?" Seine Stimme klang hart und voller Sarkasmus.

Das schien gesessen zu haben. Sie wandte den Kopf, sah ihn an, und in ihren Augen brannte Zorn. Genau das hatte er erreichen wollen, sie aufzurütteln, ihren Widerstand wachzurufen.

Aber es reichte noch nicht, er musste noch schwerere Geschütze auffahren, um sie wirklich zu packen.

„Ich hätte niemals gedacht, dass du so leicht aufgibst."

„Scher dich zum Teufel!" Der Schiedsrichter hatte die Pause noch nicht beendet. Trotzdem sprang Amy auf und ging mit langen Schritten zurück zur Grundlinie. Ihre Gegnerin sah verblüfft auf und fragte sich, warum Amy die Pause nicht voll ausnutzte.

Während sie auf Maria Rayski wartete, brodelte es in Amy. Keiner sollte jemals von ihr behaupten können, dass sie aufgab. Das hatte sie noch niemals getan, und das würde sie auch niemals tun. Wie konnte Tad es wagen, so mit ihr zu reden?

Die Rayski hatte ihre Position eingenommen. Amy ließ den Ball einige Mal auf dem Boden aufspringen, warf ihn dann in die Luft und traf ihn voll und mit solcher Wucht, dass selbst die Zuschauer in den letzten Reihen noch hörten, wie sie dabei den Atem ausstieß. Der feine Staub auf der Grundlinie wurde aufgewirbelt. Ein Ass. Nur im Unterbewusstsein hörte Amy den Applaus. Sie bereitete sich bereits auf ihren nächsten Aufschlag vor.

Plötzlich hatte ihr Spiel wieder Biss. Man spürte förmlich die Energie, die die Wut in ihr freigesetzt hatte. Amy rannte über den Platz, erlief sich jeden auch noch so aussichtslosen Ball und hämmerte ihn mit einer Wucht zurück, als wäre er ihr Feind, den sie zerstören wollte.

Nur Tad wusste, dass sie mit jedem Schlag eigentlich ihn treffen wollte. Mit einem zufriedenen Lächeln lehnte er sich in seinen Sitz zurück. Jetzt war ihm nicht mehr bange. Er wusste, dass keine Gegnerin gegen eine so wütend aufspielende Amy auch nur den Hauch einer Chance hatte.

Es war ein Genuss, ihr zuzuschauen. Die langen Beine, die starken Schultern, die in so krassem Gegensatz zu ihrer schmalen Taille standen. Und nur er wusste, dass sie im Grunde genauso war, wie sie jetzt spielte. Alle hielten sie für die kühle Lady, aber in seinen Armen wurde sie zu einem Vulkan. Und sie gehörte ihm – ganz allein ihm, sagte Tad sich, während er ihr zusah und sich nach ihr sehnte.

Nachdem Amy einen Rückhandvolley an der Rayski vorbei in die äußerste Ecke gesetzt hatte, sah Tad hinüber zu Eric. Sein Lächeln war verschwunden. Er schien zu merken, dass er beobachtet wurde. Plötzlich drehte er den Kopf, und über die Entfernung hinweg sahen die beiden Männer sich an. Tad lachte triumphierend, und sofort wandte Eric sich ab.

Und dann war das Spiel vorüber. Amy hatte den Wimbledontitel der Damen gewonnen, und Maria Rayski erwies sich als faire Verliererin. Sie gratulierte als Erste, und als Amy nachher die Schale in Empfang nahm und vor der Herzogin von Kent einen Hofknicks machte, lächelte sie freundlich, obwohl sie innerlich kochte.

Selbst der so heiß ersehnte Titel konnte ihren Zorn auf Tad nicht mindern. Ganz mechanisch hielt sie die Schale für die Fotografen in die Höhe, lächelte ins Publikum und ließ die Fragen der Reporter über sich ergehen. Sie spürte keine Müdigkeit, selbst der Schmerz in ihrem Arm war unwichtig.

Endlich gelang es ihr, der Presse und all den Gratulanten zu entgehen und unter die Dusche zu verschwinden. Die ganze Zeit über kämpfte sie mit sich, ob sie zum Herrenendspiel im Stadion bleiben sollte oder nicht. Schließlich siegte aber doch ihre Neugier, und sie blieb.

Tad musste über fünf hart umkämpfte Sätze gehen, bevor er den Titel gewonnen hatte. Beinahe dreieinhalb Stunden lang war er voll konzentriert, bevor es ihm schließlich gelang, seinen Gegner zu bezwingen. Amy verließ das Stadion, bevor der Jubel abgeklungen war.

Tad wusste genau, dass sie auf ihn wartete. Schon bevor er den Schlüssel ins Türschloss steckte, freute er sich darauf. Keine Spur von Müdigkeit war in ihm. Wie üblich nach einem Sieg in Wimbledon, hatten auch eine ausgiebige Dusche und die Massage ihn nicht abkühlen können.

Er fühlte sich wie ein Ritter nach gewonnener Schlacht. Jetzt kam er nach Hause, und die Frau seines Herzens wartete auf ihn. Aber sie würde sich nicht voller Begeisterung in seine Arme stürzen. Dafür kannte Tad Amy viel zu gut. Er wusste genau, dass sie ihm jetzt am liebsten die Augen auskratzen würde. Und er freute sich darauf.

Lächelnd drehte Tad den Schlüssel und öffnete die Tür. Er hatte sie noch nicht wieder hinter sich geschlossen, als Amy bereits aus dem Schlafzimmer gestürzt kam.

„Herzlichen Glückwunsch, mein Schatz!", sagte er. „Darf ich heute Abend zum ersten Tanz bitten?"

„Wie kannst du es wagen, mitten in einem Match mir so etwas zu sagen?", fuhr sie ihn an. „Wie kannst du es wagen, mir zu unterstellen, ich würde aufgeben?"

Tad stellte ganz ruhig seine Tasche auf einen Stuhl. „Wie würdest du es denn nennen, was du getan hast?"

„Ich war dabei zu verlieren. Das kann jedem einmal passieren."

„Nein, du hattest aufgegeben", widersprach Tad. „Genauso gut hättest du eine weiße Fahne hissen können."

„Ich habe niemals aufgegeben."

Er zog die Brauen hoch. „Doch, vor drei Jahren schon einmal."

„Wie kannst du so etwas sagen?" Mit beiden Fäusten hämmerte sie außer sich vor Wut gegen seine Brust.

Aber Tad lachte nur. „Immerhin hat es geholfen", erinnerte er sie. „Danach hast du sehr gut gespielt." Wieder begann Tad zu lächeln. „Ich wollte eben nicht mit Maria den Ball eröffnen."

„Du unverschämter Kerl! Ich wünschte, Grimalier hätte dir endlich einmal eine Lektion erteilt", schrie sie ihn an. „Vielleicht wärst du dann von deinem hohen Ross heruntergekommen."

Sie drehte sich abrupt um und wollte zurück ins Schlafzimmer stürmen, aber Tad war schneller, griff nach ihren Handgelenken und hielt sie fest.

„Willst du mir nicht gratulieren?"

„Nein!"

„Oh komm, Amy", lachte er. „Gib dem Sieger einen Kuss."

Amy ballte ihre Hände zu Fäusten und wollte ihn schlagen. Tad griff sie, und mit einer schnellen Bewegung warf er sie sich über die Schulter. „Ich mag es, wenn du so wütend bist", sagte er und zerzauste mit der freien Hand ihr Haar.

Amy wehrte sich, aber er hatte sie schon hinüber ins Schlafzimmer getragen und warf sie aufs Bett. Sie wollte sich wegrollen, aber Tad war schneller. Er lag auf ihr und drückte sie mit seinem ganzen Gewicht in die Matratze.

„Lass mich los! Nimm deine Hände weg." Sosehr sie sich auch mühte, es gab kein Entrinnen.

Seine Hand glitt in den Ausschnitt ihrer Bluse, und obwohl er ihren Augen ansah, dass er damit den gewünschten Effekt erreichte, wollte sie es immer noch nicht zugeben. „Du sollst mich nicht anfassen", zischte sie.

„Aber ich muss dich anfassen, wenn ich mit dir schlafen will." Lächelnd sah er in ihr wütendes Gesicht. „Anders kann ich es nicht."

Ich darf nicht lachen, nur nicht lachen, sagte Amy sich immer wieder, obwohl sie ihr Gesicht kaum noch unter Kontrolle halten konnte.

„Deine Augen werden ganz dunkel, wenn du zornig bist", sagte er leise und gab ihr einen Kuss. „Was ist los? Warum schreist du nicht mehr?"

„Ich habe dir nichts mehr zu sagen", brachte Amy zwischen zusammengepressten Zähnen hervor. „Geh jetzt."

„Aber wir haben noch nicht miteinander geschlafen", protestierte er.

„Das werden wir auch nicht." Sie drehte ihren Kopf zur Seite, als sein Mund wieder gefährlich nahekam.

„Wollen wir wetten?" Mit einem schnellen Griff riss er ihre Bluse auf.

„Tad!"

„Das wollte ich schon heute Mittag, als ich dir auf dem Centre-Court zuschaute", sagte er. „Du solltest froh sein, dass ich so lange gewartet habe." Er drehte sich etwas zur Seite, fasste ihre Shorts mit beiden Händen und riss sie ebenfalls entzwei. Amy blieb ganz ruhig liegen. Er musste verrückt geworden sein!

„Etwas nicht in Ordnung?", fragte Tad und umschloss ihre Brust mit beiden Händen.

„Tad, würdest du bitte aufhören, mein Zeug zu zerreißen."

„Ist ja nichts mehr da, was ich noch zerreißen könnte", stellte er fest. „Möchtest du dich jetzt revanchieren?"

„Nein."

„Ich hab dich wütend gemacht, nicht wahr?"

Sie sah ihn an und kämpfte gegen das Verlangen, das er geweckt hatte. „Ja, und ..."

„Wütend genug, um das Spiel doch noch zu gewinnen", murmelte er und strich mit seinen Lippen über ihren Hals. „Und während ich dir zugeschaut habe, wollte ich dich. Ich wollte dich so sehr, Amy, dass ich fast auf den Platz gestürmt wäre. Ich weiß, wie es ist, wenn der Vulkan ausbricht, der unter deinem kühlen Äußeren verborgen ist."

Sie stöhnte leise auf, als seine Fingerspitzen über ihre Brustspitzen glitten. Es fiel ihr schwer, sich nicht einfach dem Gefühl hinzugeben. Aber noch war ein Rest von Zorn in ihr.

„Du hattest nicht das geringste Recht, zu sagen, ich würde aufgeben. Was hast du dir bloß dabei gedacht, mich so zu provozieren?"

„Ich habe nur gesagt, dass du nahe daran warst, aufzugeben", sagte er und sah sie ernst an. „Meinst du, ich würde ruhig zusehen, wie er dich durch seine bloße Anwesenheit fertigmacht? Kein Mann hat das Recht, dich so durcheinanderzubringen – kein Mann, Amy, außer mir!"

Tad presste seine Lippen auf ihren Mund. Der Zorn war verraucht, Eric vergessen, es gab nur noch sie beide.

Immer wieder verblüffte es Amy, dass auch der eleganteste Anzug Tads wilde, beinahe animalische Ausstrahlung nicht verbergen konnte. Dunkel gekleidet, mit weißem Hemd und Fliege, sah er fantastisch aus, und doch wirkte er nicht so wie die anderen Männer auf dem Ball. Seine Kraft, seine Stärke, sein Temperament – das alles war beinahe körperlich spürbar.

Der Abschlussball in Wimbledon hatte mindestens ebenso viel Tradition wie das Turnier selbst. Die Offiziellen des Clubs verstanden es immer wieder, diesen Abend für alle Teilnehmer zu einem unvergesslichen Erlebnis werden zu lassen.

Wahrscheinlich war Amy die Einzige, die sich danach sehnte, dass endlich alles vorüber war. Sie musste sich zwingen, der Unterhaltung zu folgen, die ihr Tanzpartner begonnen hatte. Dabei wünschte sie sich nichts sehnlicher, als endlich mit Tad allein im Hotel zu sein und eine Flasche Wein auf ihren gemeinsamen Erfolg zu trinken.

Über die Schulter ihres Tanzpartners hinweg suchten ihre Augen Tad. Für einen Moment begegneten sich ihre Blicke, und Amy wusste, dass er genauso dachte wie sie.

„Sie sind eine sehr gute Tänzerin, Miss Wolfe."

Als die Musik endete, lächelte Amy dem Mann zu. „Vielen Dank." Jetzt erst fiel ihr auf, dass sie seinen Namen total vergessen hatte.

„Ich war ein großer Fan Ihres Vaters, müssen Sie wissen", sagte der Mann und führte sie zurück zum Tisch. „Er war ein hervorragender Spieler."

„Ja, das stimmt. Und er liebte dieses Turnier in Wimbledon. All den Pomp, die Tradition."

„Schön, dass die Amerikaner hier immer noch gewinnen können." Er zog ihre Hand an die Lippen. „Alles Gute, Miss Wolfe."

„Jerry, wie geht es dir?"

Eine nicht mehr ganz junge Dame in einem silberfarbenen Brokatkleid stand plötzlich vor ihnen und reichte dem Mann ihre Hand zum Kuss. Lady Mallow, Eric Wickertons Schwester.

„Lucy, welch ein Freude, dich zu sehen."

„Jerry, Brian sucht dich. Er steht da drüben an der Säule."

„Nun, wenn die Damen mich bitte entschuldigen würden."

Als er gegangen war, wandte Lucy sich an ihre frühere Schwägerin. „Amy, du siehst gut aus."

„Danke, Lucy."

Erics Schwester betrachtete sie ausgiebig. „Und wie geht es dir?"

Etwas erstaunt hob Amy die Brauen. „Gut, danke. Und dir?"

„Meine Frage war ehrlich gemeint, nicht nur eine Floskel." Lucy zögerte und sah sich um, als wollte sie sicherstellen, dass auch keiner sie hören konnte. „Es gibt da etwas, Amy, das ich dir schon lange sagen wollte. Weißt du, ich liebe meinen Bruder", begann Lucy leise. „Und ich weiß auch, dass du ihn nie geliebt hast. Trotzdem hast du dir während eurer Ehe nie etwas zuschulden kommen lassen. Leider ganz im Gegensatz zu Eric."

Amy glaubte, sich verhört zu haben. War es wirklich möglich, dass seine Schwester so etwas sagte? „Lucy …"

„Die Tatsache, dass ich Eric liebe, hat mich nicht blind gemacht, Amy", unterbrach sie. „Natürlich verhalte ich mich jedoch ihm gegenüber loyal."

„Ja, das verstehe ich."

Lucy sah Amy einen Moment lang schweigend an. „Amy, ich habe dir während deiner Ehe mit Eric nie geholfen, und dafür wollte ich mich bei dir entschuldigen."

Bewegt ergriff Amy die dargebotene Hand. „Das brauchst du nicht, Lucy. Eric und ich passten einfach nicht zueinander."

„Ich habe mich oft gefragt, warum du ihn überhaupt geheiratet hast", sagte Lucy. „Zuerst dachte ich, es sei nur der Titel, der dich gereizt hatte. Aber ich merkte sehr schnell, dass das nicht stimmte. Zu Anfang dachte ich, eure Ehe sei glücklich, aber kurz nach der Hochzeit schien mir irgendetwas verändert zu sein."

Über Amys Gesicht fiel ein Schatten, den Lucy sehr wohl wahrnahm. „Ich dachte schon, du hättest dir einen Geliebten genommen", fuhr sie fort. „Aber schnell fand ich heraus, dass nicht du, sondern Eric … Nun, immerhin weiß ich heute, dass es in deinem Leben immer nur einen Mann gegeben hat." Amy brauchte ihrem Blick gar nicht zu folgen, um zu wissen, wen Lucy bei diesen Worten ansah.

„Ja, und das hat Eric sehr verletzt", sagte Amy leise.

„Ach, Unsinn", widersprach Lucy resolut. „Er hätte dich nie heiraten dürfen. Aber so war mein Bruder immer schon. Ihn hat immer nur das interessiert, was anderen gehörte. Das alles hätte ich dir schon viel früher sagen sollen, Amy. Es tut mir leid, dass ich es nicht getan habe. Ich wünsche dir Glück."

Impulsiv legte Amy einen Arm um ihre frühere Schwägerin und gab ihr einen Kuss auf die Wange. „Danke, Lucy."

„Du hast einen sehr guten Geschmack, meine Liebe. Dieser Tad Starbuck ist ein ausgesprochen gut aussehender Mann."

Sie wollte sich schon abwenden, als Amy noch einmal nach ihrer Hand griff. „Wenn ich dir einmal schreiben würde, würdest du mir antworten?"

„Aber natürlich! Gern sogar." Sie winkte Amy noch einmal zu und war bald in der Menge der Ballgäste verschwunden.

Amy atmete tief durch. Wieder war etwas von dem Schuldgefühl abgebröckelt, das ihre gescheiterte Ehe in ihr hinterlassen hatte.

„Wer war das?" Tad stand neben ihr und legte eine Hand auf ihren Arm.

„Eine alte Freundin." Sie nahm seine Hand und schmiegte ihre Wange dagegen. „Willst du mit mir tanzen? Leider gibt es hier keine andere Möglichkeit, dich nah bei mir zu spüren."

# 9. KAPITEL

Amy hatte große Fortschritte gemacht, was ihr Verhältnis zur Presse anging. Sie hatte ihre Furcht überwunden, zu viel zu sagen oder sich private Dinge entlocken zu lassen. Die Reporter wunderten sich, wie locker Amy Wolfe plötzlich in Pressekonferenzen ging und sich befragen ließ.

Sicher hielt sie auch jetzt noch private Dinge zurück, aber das tat sie mit so viel Charme und Witz, wie ihr das früher niemals möglich gewesen wäre.

Bevor sie zum Turnier nach Australien gekommen war, hatte Amy sich dazu durchgerungen, alle Entscheidungen erst einmal zurückzustellen. Im Augenblick wollte sie ihr Glück genießen und sich nicht mit Problemen beschäftigen. Ihr Glück, das waren Tad und Tennis.

Die Atmosphäre in Australien beim Grand-Slam-Turnier war wie üblich gut. Die Tennisfans hier bereiteten der zurückgekehrten Amy einen freundlichen Empfang, der ihr nach der Anspannung von Wimbledon ganz besonders gut tat. Sie ging dieses Turnier so locker an wie noch keines zuvor. Zum ersten Mal hatte sie das Gefühl, dass ihr selbst eine Niederlage hier nicht so viel ausmachen würde.

Wer sie genau beobachtete, konnte die Veränderung bei Amy während der ersten Runden des Turniers feststellen. Sie lächelte viel häufiger als früher, und obwohl sie immer noch mit vollem Einsatz spielte, hatte man doch nicht mehr das Gefühl, dass sie so verbissen kämpfte wie in Wimbledon, Paris und Rom.

Tad saß in der ersten Reihe der leeren Zuschauertribüne und sah ihr beim Training zu. Er selbst hatte bereits zwei Stunden Training hinter sich. Jetzt sah er ihr zu, die Augen hinter dunklen Gläsern verborgen.

Sie ist besser geworden, dachte er, während er ihr Spiel studierte. Athletischer und kraftvoller als früher. Tad wusste, dass sie immer darauf hingearbeitet hatte, nicht nur schön zu spielen, sondern auch kraftvoll und athletisch. Vielleicht hatte ihre dreijährige Abstinenz dazu beigetragen.

Nein, an die Zeit wollte er jetzt nicht denken – und auch nicht an die Fragen, auf die er noch keine Antworten bekommen hatte. Tad hatte sich vorgenommen, bis zum Ende der Saison zu warten. Dann allerdings würde er darauf bestehen, mehr von ihr zu erfahren.

Als er ihr Lachen hörte, schob er die Gedanken beiseite. Viel zu selten war sie so gelöst, dass sie herzlich lachen konnte. Vielleicht würde sich das auch ändern, wenn sie sich erst einmal ausgesprochen hatten. Tad lehnte sich zurück und sah sich um.

War Wimbledon das Stadion, in dem er sich am wohlsten fühlte, so war das Gras hier in Kooyong der Boden, auf dem er am liebsten spielte. Er war schneller als der Rasen in England, und das kam seinem Spiel zugute. Selbst jetzt noch, beinahe zum Ende der Saison, hatte der Boden nicht gelitten.

Als Amy ihr Training beendet hatte, sprang Tad auf und ging hinunter auf den Platz. „Wie wäre es mit einem Spielchen?"

Madge sah nur kurz auf und packte dann weiter ihre Tasche. „Das könnte dir so passen."

Tad nahm ihr den Schläger aus der Hand. „Ich geb dir auch zwei Punkte vor."

„Nimm ihn dir vor, Amy", meinte sie. „Mir scheint, er braucht eine Lektion."

Amy legte den Kopf schief und sah ihn abschätzend an. „Okay, Starbuck. Aber ohne Vorgabe."

„Du schlägst auf."

Amy stand an der Grundlinie und wartete, bis Tad seine Position eingenommen hatte. „Ziemlich lange her, seit wir zuletzt gegeneinander gespielt haben", rief sie ihm zu.

„Ja, und damals hast du nicht einen Punkt gemacht. Willst du wirklich keine Vorgabe?"

Er hatte seine Frage kaum ausgesprochen, da hatte Amy ihm schon ein Ass vor die Füße gesetzt. Überrascht sah Tad dem Ball hinterher. „Nicht schlecht, Miss Wolfe."

Bei ihrem zweiten Aufschlag ließ er sich nicht übertölpeln. Er traf den Ball genau und schlug ihn in die entgegengesetzte Ecke, sodass Amy über den Platz spurten musste. Ihre Rückhand war zwar nicht so kraftvoll, aber dafür setzte sie den Ball sehr platziert. Tad musste sich strecken, um ihn noch zu erreichen.

Diesmal schlug sie die Rückhand beidhändig. Tad nahm den Ball auf und retournierte ihn so kurz, dass er knapp hinter dem Netz aufkam.

„Fünfzehn beide", rief er und ging zurück an die Grundlinie.

Amy wusste, dass sie aufgrund ihrer geringen Kraft keine Chance gegen ihn hatte. Noch spielte er sehr verhalten, aber wenn er erst einmal voll aufdrehen würde, musste sie sich geschlagen geben. Was ihr blieb, war allerdings die Möglichkeit, ihn auszutricksen.

Geduldig wartete sie ab, bis er sich zu sicher fühlte. Der Augenblick war gekommen, nachdem Tad sie mehrfach quer über den Platz gehetzt hatte und sicher war, dass sie an den nächsten Ball nicht mehr herankommen würde. Mit letzter Kraft bekam sie den Schläger noch unter den Ball und platzierte ihn so geschickt, dass er nicht mehr die Möglichkeit hatte, ihn zu erreichen.

„Du bist verdammt gut heute", hörte sie ihn sagen.

„Und du verdammt langsam."

Ihren nächsten Aufschlag hämmerte er mit einer solchen Kraft zurück, dass sie keine Chance hatte.

„Hast du was gesagt?", rief er scheinheilig.

„Kein Wort." Jetzt hatte sie der Ehrgeiz gepackt. Als sie zu ihm hinübersah, merkte sie sofort, dass er nicht auf den Ball sah, sondern ganz offensichtlich auf den etwas tiefen Ausschnitt ihres T-Shirts.

Scheinbar unabsichtlich beugte sie sich noch weiter vor, als sie den Ball einige Mal auf den Boden tippte, bevor sie den Schläger hob und den Ball in die Luft warf.

Für einen Sekundenbruchteil reagierte Tad zu spät. Er kam zwar noch heran, aber Amy hatte keine Mühe, den nächsten Schlag außerhalb seiner Reichweite in die äußerste Ecke zu setzen.

Sie ließ sich Zeit, als sie einen Ball vom Boden aufhob und ihm dabei den Rücken zukehrte. Sein Blick war förmlich auf ihren langen Beinen und dem hochgerutschten Rock zu spüren. Sie strich sich mit der Hand über die Hüfte, tippte den Ball mehrmals auf und sah dann zu ihm hinüber. „Fertig?"

Er nickte, die Augen schon wieder auf ihren Ausschnitt gerichtet. Amy wartete, bis ihre Blicke sich begegneten. Er sah das Lächeln auf ihrem Gesicht.

Amy gewann den ersten Punkt mit Leichtigkeit. Lachend ging sie zum Netz. „Wohl etwas von der Rolle, Starbuck, hm?"

„Satan", murmelte er und kam zu ihr ans Netz.

Unschuldig zog sie die Brauen hoch und sah ihn mit großen Augen an. „Ich weiß gar nicht, wovon du redest." Sie hatte die Worte kaum ausgesprochen, als er den Schläger fallen ließ und sie an sich riss.

„Am liebsten würde ich dich jetzt auf der Stelle nehmen", murmelte er nah an ihrem Mund.

Amy lachte. „Denk dran, das Netz ist noch zwischen uns." Wie war es nur möglich, dass er sie schon mit einem Kuss völlig durcheinanderbringen konnte?

Tad lockerte seine Umarmung etwas und sah hinunter auf das Netz. „Sei vorsichtig, Amy. Reiz mich nicht."

„Tu ich das?"

„Verdammt, Amy. Das weißt du ganz genau."

Sie lehnte ihren Kopf gegen seine Brust. „Nein, manchmal nicht", sagte sie so leise, dass er sie kaum verstehen konnte.

Es fiel ihm schwer, sie loszulassen. Aber das war weder der Zeitpunkt noch der Ort, seinen Wünschen nachzugeben. Er fasste ihre Schultern und hielt sie etwas von sich ab. „Weißt du eigentlich, dass es beim Tennis auch unerlaubte Tricks gibt?"

„Tricks?" Amy lächelte. „Welche Tricks?"

„Lässt du dir immer so viel Zeit, einen Ball aufzuheben?"

„Nein, normalerweise tun das die Balljungen", gab sie geistesgegenwärtig zurück.

„Wart nur ab, noch einmal gelingt dir das nicht", entgegnete er. „Und wenn du nackt spielen würdest, ich würde nicht einmal hinschauen."

Ihre Augen blitzten amüsiert. „Wollen wir wetten?"

Tad nahm seinen Schläger, aber bevor er damit noch ihren Po treffen konnte, war sie schon lachend davongelaufen.

Die Kabinengänge waren leerer als zu Anfang des Turniers. Man merkte, dass schon einige ausgeschieden waren und sich die Reihen allmählich lichteten.

Amy freute sich auf ihr Spiel gegen ein junges Mädchen, das in dieser Saison von einem Platz über hundert in der Weltrangliste auf Position dreiundvierzig vorgeprescht war. Sie war sich sicher, dass auch diese Gegnerin sie nicht aufhalten konnte. Noch nie war Amy so nah daran gewesen, den Grand-Slam-Titel zu gewinnen, wie in diesem Jahr.

Als sie in den Umkleideraum kam, grüßte sie Tia Conway. Die Australierin kam gerade aus der Dusche. Beide wussten, dass sie sich im Laufe des Turniers noch gegenüberstehen würden.

Amy hatte sich ihre Trainingsjacke ausgezogen, als sie plötzlich Madge ganz still in einer Ecke sitzen sah. Sie hatte sich gegen die Wand gelehnt, die Augen waren geschlossen, und ihr Gesicht war bleich.

„Madge!" Amy fasste nach den Händen der Freundin und setzte sich vor sie in die Hocke.

Langsam öffnete Madge die Augen. „Wer hat gewonnen?"

Zuerst wusste Amy nicht, was sie meinte. „Oh, ich. Ich hab ihm den Punkt abgenommen."

„Sehr gut."

„Madge, was ist los? Deine Hände sind ja eiskalt."

„Nichts. Wirklich nicht." Seufzend entzog sie Amy ihre Hände und lehnte sich nach vorn.

„Madge, du bist krank. Ich werde …"

„Nein, nein, mach dir keine Sorgen." Sie wischte sich mit einer Hand den Schweiß von der Stirn und lächelte sogar ein wenig. „Ich bin gleich wieder okay."

„Du bist ganz bleich, Madge. Ich werde einen Doktor holen."

Madge fasste nach ihrer Hand und hielt sie fest. „Ich war ja schon beim Doktor."

Amys Augen weiteten sich. „Madge, um Himmels willen! Ist es schlimm?"

„Ich hab noch sieben Monate." Als Madge sah, wie die Freundin plötzlich bleich wurde, musste sie lachen. „Amy, nein … Du hast mich falsch verstanden. Ich bin nicht todkrank – nur schwanger."

Mit einem tiefen Seufzer der Erleichterung ließ Amy sich auf den Boden fallen. „Schwanger!"

„Scht." Schnell sah Madge sich um. „Das braucht noch nicht jeder zu wissen. Morgens ist mir jetzt immer übel, aber der Doktor hat gesagt, das gibt sich bald wieder."

„Madge, ich … ich weiß gar nicht, was ich sagen soll."

„Wie wäre es mit ‚Herzlichen Glückwunsch'?"

Immer noch verblüfft schüttelte Amy den Kopf und griff nach den Händen der Freundin. „Madge, freust du dich denn?"

„Fragst du das ernsthaft? Amy, ich mag zwar im Moment nicht sonderlich glücklich aussehen, aber es gibt keine Nachricht, die mich mehr gefreut hätte. Nichts habe ich mir so sehr gewünscht wie ein Baby."

Einen Augenblick schwieg sie, ihre Hände immer noch in Amys. „Weißt du, bis vor einigen Jahren noch war mir nichts wichtiger, als die Nummer eins im Damentennis zu werden. Ich war achtundzwanzig, als ich den Professor kennenlernte. Eigentlich wollte ich gar nicht heiraten, weil ich dachte, das würde mich nur vom Tennis ablenken. Aber ohne ihn leben wollte ich auch nicht, also heirateten wir. Wenn ich an Kinder dachte, habe ich das immer weit weggeschoben. Dafür war ja noch Zeit." Madge seufzte, bevor sie mit ihrer Erzählung fortfuhr: „Dann wachte ich nach der Operation im Krankenhaus auf. Mein Bein tat furchtbar weh, und plötzlich wurde mir bewusst, dass ich schon zweiunddreißig war. Ich hatte alles gewonnen, was ich jemals hatte gewinnen wollen – und doch wusste ich, dass mir etwas fehlte. Fast mein ganzes Leben lang war ich durch die Welt geflogen, von einem Tennisplatz zum nächsten, von einem Hotel ins andere. Selbst nach meiner Hochzeit war Tennis zumindest das Zweitwichtigste in meinem Leben geblieben – nach dem Professor."

„Aber du hast dein Ziel erreicht, die Nummer eins zu werden", sagte Amy leise.

„Ja, das habe ich. Und ich habe es genossen", gab Madge zu. „Aber weißt du, Amy, als Jess uns das Foto von ihrem Sohn zeigte, da wusste ich plötzlich, was mir fehlte. Ich wollte ein Baby. Und ich spürte, dass ich mir noch nie etwas so sehr gewünscht hatte – noch nicht einmal den Sieg in Wimbledon. Ist das nicht verrückt?"

Beide schwiegen für einen Augenblick. Amy schob den Gedanken an ihr Baby mit Gewalt beiseite. Gerade jetzt schmerzte es zu sehr, daran zu denken.

„Dieses hier ist mein letztes Turnier", sagte Madge. „Etwas traurig bin ich schon, aber andererseits kann ich kaum erwarten, dass ich nach Hause fahren und endlich anfangen kann, Babysachen zu stricken."

„Du kannst doch gar nicht stricken."

„Nun, das werde ich schon lernen. Und ansonsten werde ich zu Hause sitzen und zusehen, wie ich langsam dick werde." Sie wandte den Kopf und sah Tränen in Amys Augen.

„Hey, Amy, was ist los?"

„Ich freue mich so für dich", murmelte Amy. Eigentlich war es ja keine Lüge. Sie freute sich wirklich für die langjährige Trainingspartnerin, wenn auch die Tränen eine ganz andere Ursache hatten.

Madge wischte ihr die Tränen ab. Sie wusste, dass Amy nicht nur ihretwegen weinte, aber sie drang nicht weiter in sie. Wenn Amy nicht von selbst bereit war, darüber zu sprechen, dann wollte sie sie auch nicht dazu drängen.

„Madge, du musst jetzt sehr vorsichtig sein. Du darfst dich nicht übernehmen, hörst du?"

„Natürlich. Mach dir keine Sorgen, Amy. Ich pass schon auf."

„Und was sagt der Professor dazu?"

„Er möchte am liebsten eine Pressekonferenz geben und es allen erzählen. Aber ich habe ihn davon überzeugt, dass es besser sei, bis zum Ende des Turniers zu warten und dann erst meinen Rücktritt bekannt zu geben."

„Du brauchst doch gar nicht zurückzutreten, Madge. Leg einfach eine Pause von zwei oder drei Jahren ein."

„Nein, Amy. Dafür bin ich schon zu alt. Ich bleib schön zu Hause und lerne, wie man mit einem Staubsauger umgeht anstatt eines Tennisschlägers."

„Das kann ich mir bei dir gar nicht vorstellen."

„Weißt du was, Amy? Ich werde dich und Tad zu meinem ersten selbst gekochten Essen einladen. Was hältst du davon?"

„Wunderbar." Amy gab ihr einen Kuss auf die Wange. „Wir werden vorsichtshalber einen Magenbitter mitbringen."

„Das ist nicht sehr nett von dir", protestierte Madge. „Aber vielleicht doch angebracht. Wenn ich an all die Veränderungen denke, die da auf mich zukommen, dann hab ich doch etwas Angst. Bis das Baby da ist, bin ich fast vierunddreißig. Aber trotzdem weiß ich immer noch nicht, wie man eine Windel wechselt."

„Das lernst du schon noch, Madge. Ganz bestimmt."

„Meinst du? Und was ist, wenn unser Kind krank wird? Windpocken vielleicht. Kinder bekommen doch Windpocken, oder?"

Amy musste lachen. „Madge, nun lass dein Kind doch erst einmal zur Welt kommen und zerbrich dir darüber nicht vorher schon den Kopf."

„Ja, vielleicht hast du recht. Ich werde das schon schaffen." Ihr Gesicht strahlte, als sie aufstand.

„Komm, lass uns unter die Dusche gehen." Amy griff nach dem Arm der Freundin. „Schließlich musst du heute noch ein Doppel spielen."

Die Sache mit Madge und ihrem Baby ging Amy immer noch durch den Kopf, als sie spät an diesem Nachmittag in den Aufzug stieg, um hinauf zu ihrem Hotelzimmer zu fahren.

Hätte Tad wohl auch so reagiert wie der Professor? Hätte er auch am liebsten aller Welt sofort davon berichtet? Oder hätte er ihr vielleicht Vorwürfe gemacht? Wie hatte noch Jess damals zu ihr gesagt? Tad ist wie ein Zigeuner und wird immer einer bleiben. Keine Frau sollte jemals glauben, ihn halten zu können.

Ja, sie hatte versucht, ihn zu halten, und sie war drauf und dran, das wieder zu versuchen. Es nutzte nichts, sich etwas vorzumachen. Ihre Liebe für Tad Starbuck war niemals gestorben, und Amy wünschte sich nichts sehnlicher, als mit ihm zusammenzubleiben und ein Baby von ihm zu bekommen.

Aber konnte sie ihn auch halten? Tad war nun einmal nicht der Märchenprinz, der es sich auf seinem Thron bequem machte, wenn er die Frau fürs Leben gefunden hatte. Er würde immer ruhelos bleiben, sich jeder Herausforderung stellen und bereits nach der nächsten suchen. Auch nach der nächsten Frau? fragte Amy sich und dachte daran, was Jess über ihren Bruder gesagt hatte.

Langsam schüttelte Amy den Kopf, als der Aufzug angekommen war. Es brachte nichts, sich darüber jetzt bereits Gedanken zu machen. Noch waren sie und Tad zusammen, und sie genoss diese gemeinsamen Tage in vollen Zügen … Nur ein Mensch, der so wie Amy durch die Hölle gegangen war, konnte auch für den Augenblick leben, sich Tag für Tag neu an dem erfreuen, was das Leben für sie bereithielt.

Sie schloss die Tür auf und war enttäuscht, als sie ins Zimmer kam und Tad nicht vorfand. Ein Blick ins Schlafzimmer zeigte ihr, dass er auch dort nicht war. Amy stellte ihre Tasche ab und ging hinüber zum Fenster. Die Sonne sandte ihre letzten Strahlen, und über der Stadt lag bereits der Beginn der Dämmerung. Der Abend versprach warm zu werden. Vielleicht sollten sie ausgehen und in einem der kleinen Lokale in Melbourne zu Abend essen.

Amy wandte sich vom Fenster ab und tanzte einige Schritte mit ausgebreiteten Armen durch das Zimmer. Ja, heute hatte sie Lust, zu tanzen und zu feiern. Es galt, Madges Schwangerschaft zu begießen – und ihr eigenes Glück. Das Glück, mit dem Mann zusammen zu sein, den sie liebte.

Ein Bad. Ja, sie wollte ein Bad nehmen und sich dann für den Abend chic machen. Als Amy die Tür zum Badezimmer öffnete, blieb sie wie erstarrt stehen.

Der Raum war über und über angefüllt mit Ballons! Rote, grüne, blaue – Dutzende schwebten durch das Bad, hingen an der Decke und über der Badewanne. Amy griff nach einem und zog ihn zu sich heran.

Plötzlich begann sie zu lachen. Gab es wohl noch einen Menschen auf der Welt, der auf einen solch verrückten Einfall gekommen wäre? Tad schenkte keine Blumen oder gar Brillanten – er füllte lieber ein ganzes Badezimmer mit Ballons. Sie war so glücklich, dass sie am liebsten mit den bunten Ballons an die Decke geschwebt wäre.

„Hallo."

Tad stand strahlend in der Tür, als Amy sich umdrehte. Immer noch lachend, flog sie ihm um den Hals, den einen Ballon noch in der Hand. „Oh, Tad, du bist verrückt."

Sie bedeckte sein Gesicht mit Küssen und schlang ihre Arme um ihn. „Völlig verrückt."

„Ich?", tat er erstaunt. „Du stehst hier inmitten einer Ladung Luftballons und sagst, ich sei verrückt?"

„Das ist die schönste Überraschung, die ich je in meinem Leben erlebt habe."

„Noch besser als die Rosen in der Badewanne?"

Sie warf ihren Kopf zurück und lachte. „Ja, sogar noch besser als die Rosen."

„Eigentlich wollte ich dir Brillanten kaufen, aber dann habe ich gedacht, die machen nicht so viel Spaß." Er hielt sie in seinen Armen und trug sie hinüber zum Bett.

„Und sie fliegen nicht", sagte Amy und gab ihm noch einen Kuss. „Richtig." Gemeinsam mit ihr legte er sich auf das Bett, legte den Arm um sie und zog sie dicht an seinen Körper. „Hast du eine Idee, wie wir den Abend verbringen könnten?"

„Lass mich nachdenken." Amy ließ den Ballon los, und er schwebte an die Decke.

„Das dauert aber lange", beschwerte Tad sich. „Oh, Amy, den ganzen Tag habe ich darauf gewartet, endlich mit dir allein zu sein", murmelte er. „Wenn die Saison vorüber ist, dann gehen wir irgendwohin, wo uns keiner findet – auf eine einsame Insel oder einen anderen Planeten. Hauptsache, wir sind allein."

„Ja, nur wir beide", flüsterte Amy, und ihre Finger öffneten voller Ungeduld seine Hemdknöpfe.

Ihre Leidenschaft stand seiner in nichts nach, und Tad spürte, wie ihn das noch mehr erregte. Sie konnten es kaum abwarten, sich endlich ganz zu spüren. Amys Bluse flog achtlos auf den Boden, sein Hemd folgte wenig später.

Als endlich kein hemmendes Kleidungsstück mehr zwischen ihnen war, schmiegten ihre Körper sich aneinander. Seine Hände glitten über ihre warme, glatte Haut, und sie bog sich ihm entgegen, als seine Finger all die Stellen fanden, wo ihre Berührung sie ganz besonders erregte.

Er wusste, dass sie nur ihm gehörte, nur in seinen Armen die Erfüllung fand, nach der sie sich so sehnte. Triumph kam in ihm auf, und er fühlte sich so stark, als könnte er die ganze Welt aus den Angeln heben. Beinahe hatte Tad Angst, sie zu verletzen. Aber ihr Körper verlangte danach, ihn in sich zu spüren, und seine Erregung war zu groß, als dass er dem hätte widerstehen können.

Nachher lag er neben ihr, den Kopf an ihre Brust geschmiegt. Amys Blick ging hinauf an die Decke, wo zwei Ballons jetzt ganz ruhig nebeneinander hingen. Wie war es nur möglich, überlegte sie verträumt, dass es immer wieder anders war, wenn sie miteinander schliefen? Manchmal waren sie verspielt wie die Kinder, dann wieder so wild und leidenschaftlich, dass sie sich beinahe wehtaten. Heute dagegen hatten sie sich so verzweifelt geliebt als sei es das letzte Mal.

„Woran denkst du?", fragte Tad plötzlich leise, ohne dabei seinen Kopf von ihrer Brust zu nehmen.

„Ich habe mir gerade überlegt, warum es jedes Mal wieder anders ist, wenn wir beide zusammen sind."

Er lachte. „Das weißt du nicht? Nun, es liegt daran, dass ich etwas ganz Besonderes bin. Liest du etwa keine Sportberichte?"

Amy griff mit ihrer Hand in seine dichten Haare und zerzauste sie. „Tad Starbuck, werde nicht übermütig! Noch liegen einige Spiele vor dir bis zum Gewinn des Grand Slam."

Er strich zärtlich mit den Fingerspitzen über die Innenseite ihrer Schenkel. „Das gilt auch für dich."

„Ich denke immer nur an das nächste Spiel", antwortete Amy und fügte dann ganz impulsiv hinzu: „Madge ist schwanger."

„Was?" Tad hob ruckartig den Kopf.

„Madge ist schwanger", wiederholte Amy noch einmal. „Sie will das aber nicht vor Ende des Turniers hier bekannt geben."

„Das gibt's doch gar nicht! Unsere gute alte Madge."

„Na, hör mal! Schließlich ist sie nur ein Jahr älter als du", verteidigte Amy ihre Freundin.

Tad lachte. „Und wie fühlt sie sich?"

„Etwas unsicher noch, hab ich den Eindruck. Aber sie ist sehr glücklich. Mit dem Tennis will sie übrigens endgültig aufhören."

„Dann werden wir ihr eine rauschende Abschiedsparty geben", sagte Tad, rollte sich auf den Rücken und zog Amy mit sich.

Sie zögerte noch, aber dann stellte sie doch die Frage, die ihr schon seit Stunden im Kopf herumging. „Möchtest du eigentlich jemals Kinder haben? Ich meine, es wäre doch schwierig, eine Familie und Profitennis miteinander in Einklang zu bringen, oder nicht?"

„Das würde schon gehen, wenn man es richtig anstellt."

„Ja, aber diese ewigen Reisen von Turnier zu Turnier."

Tad dachte an Amys Kindheit, die sie zum größten Teil mit ihrem Vater so verbracht hatte, indem sie von einem Tennisplatz zum anderen mit ihm gereist war. Würde sie es heute als Hindernis für ihre Karriere ansehen, wenn sie ein Baby bekäme? Zumindest einige Zeit würde sie dann aussetzen müssen – und sie hatte ja bereits drei Jahre verloren. Nein, jetzt war nicht die Zeit, an Kinder zu denken. Schließlich waren sie beide noch jung genug, um dieses Thema aufschieben zu können.

„Lass uns lieber jetzt erst einmal an unsere nächsten Spiele denken", sagte er leichthin. „Damit haben wir wohl im Moment genug zu tun, findest du nicht?"

Nur zögernd nickte Amy und murmelte etwas, das wie Zustimmung klang. Seine Antwort war enttäuschend für sie.

Die Morgendämmerung zog herauf, als eine leichte Berührung an ihrem Gesicht Amy aufweckte. Ohne die Augen zu öffnen, strich sie schlaftrunken mit einer Hand über ihre Wange.

Da war es wieder, diesmal auf ihrem Arm. Unwillig öffnete Amy die Augen. Überall im Zimmer sah sie Schatten, die sie sich nicht erklären konnte. Erst als einer der Ballons direkt vor ihrem Gesicht vorbeischwebte, wusste sie, was sie geweckt hatte.

Jetzt erst sah sie, dass Tad von Ballons beinahe vollständig bedeckt war. Sie musste lachen und hielt sich eine Hand vor den Mund, um ihn nicht aufzuwecken. Dann beugte sie sich hinüber und begann, mit ihren Lippen ganz sacht an seinem Ohr zu knappern.

Tad murmelte etwas im Schlaf und rückte von ihr ab. Lächelnd folgte Amy ihm, beugte sich wieder über sein Ohr und flüsterte: „Tad, wir sind nicht allein."

Seine Augen waren immer noch geschlossen, aber diesmal klang sein Murmeln schon viel freundlicher. Er drehte sich auf die Seite und wollte nach ihr greifen.

Aber anstatt ihrer weichen, warmen Haut, hatte er plötzlich etwas Kaltes, Glattes zwischen den Händen. Entsetzt riss er die Augen auf. „Was zum Teufel ist das?"

Lachend ließ Amy sich zurückfallen. „Wir sind von Luftballons eingeschlossen."

„Oh nein!" Tad warf sich wieder in die Kissen und schloss die Augen.

Amy fasste nach seinen Schultern und schüttelte ihn. „Tad, aufwachen, es ist schon Morgen, und um neun Uhr muss ich im Studio sein für diese Talkshow."

Er gähnte. „Viel Glück."

Aber so leicht gab Amy nicht auf. Sie beugte sich über ihn und bedeckte sein Gesicht mit kleinen zarten Küssen. „Ich hab noch zwei Stunden Zeit", sagte sie leise.

„Okay, dann lass mich noch schlafen."

„Wirklich?" Ganz langsam ließ Amy ihre Fingerspitzen über seine Schenkel gleiten.

„Hm …"

„Ich stör dich doch nicht, oder?"

Sie rückte näher an ihn heran, sodass ihre Brust seinen Körper berührte. „Ganz kalt", murmelte sie, schob ein Bein zwischen seine und begann, seine Schenkel zu massieren.

„Dann stell doch die Klimaanlage ab."

Überrascht hob Amy den Kopf. Jetzt erst sah sie, dass er mittlerweile ganz wach war, und dass es in seinen Augen amüsiert blitzte. „Ohh!" Scheinbar wütend ließ sie von ihm ab, drehte sich abrupt um und wandte ihm den Rücken zu.

Leise lachend schlang Tad seine Arme um sie. „Wie wäre es damit?", fragte er und zog sie fester zu sich. „Wärmer?" Seine Hände umfassten ihre Brust, und er spürte, wie die Spitzen hart wurden.

„Die Klimaanlage ist wirklich zu kalt", beschwerte Amy sich und murrte dann leise, als er wirklich aufstand und die Anlage abstellte.

Im fahlen ersten Licht des Tages lag Amy nackt auf dem Bett. Die bunten Ballons waren im ganzen Raum verteilt. Ihre Augen blickten ihm halb verschlafen entgegen, ihr Haar war zerzaust, und ihre Haut schimmerte im Halbdunkel wie Seide.

Als er zum Bett ging, streckte sie ihm die Arme entgegen.

## 10. KAPITEL

A my, sagen Sie, wie fühlt man sich, wenn man auf dem besten Weg ist, Grand-Slam-Siegerin zu werden?"

„Ich versuche, daran noch gar nicht zu denken."

„Sie haben Stacie Kingston ganz klar geschlagen im Viertelfinale. Ihre Bilanz gegen diese Gegnerin ist eindeutig – fünf zu null für Sie. Stärkt das Ihr Selbstbewusstsein?"

„Stacie ist eine sehr gute Spielerin. Es kann genauso gut sein, dass sie beim nächsten Mal gewinnt."

Amy saß ganz ruhig hinter dem großen Tisch und sprach mit beherrschter Stimme in die Mikrofone, die vor ihr aufgebaut waren. Sie trug Tenniskleidung, und ihr Haar war noch feucht. Die Reporter hatten ihr kaum Zeit für eine Dusche gelassen, so versessen waren sie darauf, sie nach ihrem Sieg in Forest Hills vor ihre Kameras und Mikrofone zu bekommen.

„Haben Sie damit gerechnet, dass Ihr Comeback derartig erfolgreich verlaufen würde?"

Amy lächelte, und die Reporter beeilten sich, diese seltene Gefühlsregung in ihren Stenoblocks zu vermerken. „Ich habe hart trainiert", antwortete sie.

„Machen Sie immer noch Gewichtheben?"

„Ja, jeden Tag."

„Glauben Sie, dass sich Ihr Stil gegenüber früher verändert hat?"

„Nicht direkt. Einiges hat sich allerdings geändert." Vor allem mein Verhalten euch gegenüber, dachte Amy, hütete sich aber, ihre Gedanken laut auszusprechen. Sie spürte selbst, wie viel lockerer sie heute in derartige Pressekonferenzen ging. Der Kloß in der Kehle war verschwunden und auch die beinahe panische Angst, zu viel von sich zu verraten, wenn sie vor die Mikrofone trat. „Vor allem hat sich mein Aufschlag verbessert", fuhr sie fort. „Ich schlage heute mehr Asse und bringe mein Aufschlagspiel wesentlich häufiger durch als früher."

„Wie oft haben Sie Tennis gespielt in den Jahren, als Sie nicht aktiv waren?"

„Nicht sehr häufig."

„Wird Ihr Vater Sie wieder trainieren?"

Amy zögerte nur kurz. „Nicht offiziell", antwortete sie ausweichend.

„Haben Sie das Angebot des Modemagazins angenommen, eine Fotoserie von Ihnen zu machen?"

Wieder lächelte sie und strich sich eine Haarsträhne hinters Ohr. „Oh, hat sich das schon herumgesprochen?", fragte Amy zurück. „Ich habe mich noch nicht entschieden. Im Augenblick denke ich mehr an die offenen US-Meisterschaften als an diese Fotoserie."

„Gegen wen würden Sie am liebsten im Endspiel antreten?"

„So weit ist es noch lange nicht. Zuerst einmal muss ich die Vorrunde überstehen."

„Dann lassen Sie mich anders fragen – wer, glauben Sie, wird Ihre stärkste Konkurrentin sein?"

„Tia Conway", antwortete Amy spontan. Das Match gegen sie in Kooyong war noch sehr frisch in ihrer Erinnerung. Drei lange Sätze hatte sie gebraucht und davon zwei erst im Tie-Break für sich entscheiden können.

„Wieso gerade Tia Conway?"

„Tia hat sehr viel Spielverständnis, ist schnell, macht eine sehr gute Beinarbeit und hat einen enormen Aufschlag."

„Aber Sie haben sie in dieser Saison schon mehrfach geschlagen."

„Ja, aber die Siege gegen Tia waren die schwersten."

„Und wie schätzen Sie den Wettbewerb bei den Männern ein? Glauben Sie, dass die Amerikaner in diesem Jahr beide Grand-Slam-Gewinner stellen werden – bei den Damen und bei den Herren?"

Amy sah lächelnd in die Runde. „Es stehen noch einige Spiele aus, bis es so weit ist. Aber wenn Starbuck weiterhin so spielt wie bisher in dieser Saison, dann wird ihn wohl kaum einer schlagen können – vor allem nicht auf Gras."

„Spielen bei Ihrer Einschätzung auch persönliche Gefühle eine Rolle?"

„Statistiken haben keine Gefühle", parierte Amy schlagfertig und stand auf. Es wurden noch einige Fragen von den Reportern gestellt, aber sie beugte sich zum Mikrofon und bat lächelnd um Verständnis dafür, dass sie diese Pressekonferenz jetzt abbrechen müsse.

„Gut gebrüllt, Löwe."

Amy stieß die Luft aus und verdrehte die Augen. „Jetzt war es aber auch genug. Was tust du hier?"

„Ich wollte ein wachsames Auge auf die Herzdame meines besten Freundes haben." Chuck lachte und legte ihr einen Arm um die Schulter. „Tad meinte, es sei besser, wenn er sich bei deinem Rendezvous mit der Presse nicht sehen lasse."

„Oh, Chuck! Meint ihr beide etwa wirklich, dass ich einen Aufpasser brauche?"

„Was weiß ich." Chuck grinste und drückte sie leicht an sich. „Tad meinte wohl, die Presseleute würden dich auseinandernehmen."

Amy blieb stehen und sah ihn an. „Und was hättest du getan, wenn sie das wirklich versucht hätten?"

„Hier, das hätte wohl genügt." Stolz ließ er seine Armmuskeln spielen. „Obwohl ich sagen muss, dass ich drauf und dran war, zu gehen, als ich hörte, dass nach deiner Meinung niemand Starbuck schlagen kann. Und was ist mit mir? Weißt du etwa nicht, dass man vor Kurzem sogar einen Schläger nach mir benannt hat?"

Lachend legte Amy einen Arm um seine Taille. „Chuck, entschuldige bitte. Wie konnte ich dich vergessen?"

Er legte ihr beide Hände auf die Schultern und wurde plötzlich ganz ernst. „Amy, weißt du eigentlich, dass ich dich lange nicht so strahlend erlebt habe?"

„Danke, Chuck. Ich fühle mich auch sehr gut, und ich bin glücklich."

„Das sieht man." Er zögerte, aber dann sprach er doch weiter. „Hör mal, Amy, ich weiß nicht, was damals zwischen Tad und dir vorgefallen ist, aber …"

„Chuck …" Amy fasste nach seinen Armen. Sie wollte nicht, dass er weitersprach.

„Aber ich hoffe sehr, dass es diesmal klappt mit euch beiden", fuhr Chuck fort.

Für einen Moment schloss Amy die Augen. „Ich auch", sagte sie leise und sah ihn dann wieder an. „Ich auch, Chuck."

„Ich hab dich nur gebeten, ein Auge auf sie zu haben", sagte Tad plötzlich. „Von Anfassen hab ich nichts gesagt."

„Oh, verflixt!" Chuck blickte sich um, und über sein Gesicht ging ein breites Lächeln. „Sei nicht so selbstsüchtig, Tad. Noch hab ich Amy ja gar nicht gefragt, ob sie heute Abend mit mir essen geht. Wie wär's mit Hummer und Champagner, Amy?"

Lachend gab sie ihm einen Kuss auf die Nasenspitze. „Tut mir leid, Chuck, aber ich habe bereits ein Angebot für Pizza und billigen Landwein."

„Ich hab einfach kein Glück", seufzte Chuck und ließ sie los. „Ich brauch morgen einen Trainingspartner", wandte er sich an Tad.

„Okay."

„Um sechs auf Platz drei?"

„Wenn du mich anschließend zum Kaffee einlädst."

„Das muss ich mir noch überlegen." Chuck lachte und verschwand.

Für einen Augenblick standen Tad und Amy schweigend voreinander. Das geschah häufiger in den letzten Tagen, seit sie wieder zurück in den Staaten waren. Sie merkten es beide, aber keiner sprach darüber. Die Saison ging bald zu Ende, und damit kam der Zeitpunkt immer näher, wo sie über die Vergangenheit sprechen mussten.

„Wie ist es gelaufen?", unterbrach Tad schließlich das Schweigen.

„Gut." Amy beugte sich zu ihm und gab ihm einen Kuss auf die Wange. „Der Leibwächter wäre nicht nötig gewesen."

„Ich weiß doch, wie du dich bei Pressekonferenzen fühlst."

„So? Wie denn?"

„Nun …" Tad strich sich mit beiden Händen durch die Haare. „Unsicher wäre vielleicht das richtige Wort."

Lachend nahm Amy seine Hand und zog ihn mit sich. „Das war einmal, Tad. Ich bin froh, dass ich die Sache heute lockerer angehen kann. Ein Problem gab es allerdings."

„Welches?"

„Ich hatte Angst, dass mein Magen zu laut knurren würde", meinte sie und sah ihn lächelnd an. „Hat da nicht jemand was von Pizza gesagt?"

„Ja – und von billigem Landwein."

„Na dann … auf zu Pizza und Wein."

Zwanzig Minuten später saßen sie an einem kleinen Tisch. Es roch nach Gewürzen und frisch gebackenen Pizzas. Aus der altmodischen Musikbox in der Ecke dröhnten die neuesten Songs mit einer solchen Lautstärke, dass Amy sich über den Tisch beugen musste, damit Tad sie verstehen konnte.

„Ich muss sagen, du verstehst es, eine Frau zu verwöhnen."

„Wart nur ab, das ist erst der Anfang. Morgen Abend führe ich dich in einen Schnellimbiss mit köstlichen Hamburgern und einem kleinen Päckchen Ketchup – ganz für dich allein."

Um ihre Mundwinkel zuckte es verdächtig. Tad beugte sich zu ihr und gab ihr einen Kuss.

„Möchten Sie bestellen?", unterbrach sie die Serviererin.

„Pizza und eine Flasche Chianti", sagte Tad, ohne sie dabei anzusehen. Dann küsste er Amy wieder.

„Klein, mittel oder groß?"

„Klein, mittel oder groß was?"

„Die Pizza", wiederholte die Serviererin ungeduldig.

„Mittel genügt." Diesmal wandte er den Kopf und sah die junge Frau mit einem strahlenden Lächeln an, das seine Wirkung nicht verfehlte.

„Danke", sagte sie, und diesmal klang ihre Stimme nicht mehr ungeduldig.

Tad beugte sich wieder zu Amy, um die Musik zu übertönen. „Welche Fragen haben sie dir denn gestellt?"

„Nur die üblichen. Übrigens wussten sie die Sache mit dem Modemagazin schon."

„Wirst du es tun?"

„Ich weiß noch nicht. Spaß würde es sicherlich machen, und ich kann mir auch nicht vorstellen, dass es dem Ruf des Damentennis schaden würde, wenn von mir eine Fotoserie in einem Modemagazin erschiene."

„Bestimmt nicht", stimmte Tad zu. „Außerdem hat es das bereits gegeben."

„So?", fragte Amy lächelnd. „Seit wann liest du Modemagazine?"

„Immer schon. Schließlich sehe ich gern schöne Frauen."

„Ich dachte immer, dafür gäbe es eine andere Art von Magazinen."

„Wirklich?", fragte Tad ganz unschuldig. „Welche denn?"

Amy beschloss, die Frage einfach zu überhören. „Und natürlich wollten sie wissen, wer in diesem Jahr den Grand Slam gewinnt."

„Macht dich das nervös?" Tad nahm ihre schmale Hand zwischen seine. Wie war es nur möglich, dass sie mit so kleinen, beinahe zierlichen Händen eine solche Kraft auf den Schläger übertragen konnte?

„Etwas", gab Amy zu. „Es ist schon ein Unterschied, ob man in ein Spiel geht und eben nur das eine gewinnen will, oder ob der Sieg gleichzeitig bedeutet, dass man damit die vier wichtigsten Turniere einer Saison gewonnen hat – eben Grand-Slam-Sieger ist. Oder ist das bei dir anders?"

Die Serviererin brachte den Wein, und als sie Tads Glas füllte, lächelte sie ihm zu. Amy sah, dass er dieses Lächeln erwiderte. Er ist ein Teufel, dachte sie schmunzelnd.

Und er weiß das auch. „Jedes Spiel muss erst einmal gewonnen werden", sagte Tad und prostete ihr zu. „Da macht es nicht viel Unterschied, ob es das erste oder das letzte der vier Turniere ist."

„Aber du willst schon den Grand Slam gewinnen, oder?"

Tad lachte laut. „Worauf du dich verlassen kannst. Martin hat schon Wetten darauf abgeschlossen."

„Wieso ist er eigentlich nicht hier? Ich hatte fest damit gerechnet, dass er jeden deiner Bälle verfolgen würde."

„Er kommt morgen – zusammen mit meiner Familie."

Amy fasste ihr Glas unwillkürlich fester. „Mit deiner Familie?"

„Ja, Mom und Jess auf jeden Fall. Ob Mac und Pete auch mitkommen, steht noch nicht fest." Tad hob sein Glas und trank noch einen Schluck. „Pete wird dir gefallen. Er ist ein nettes Kerlchen."

Amy vermied es, seinem Blick zu begegnen. Dann ist ja alles so wie vor drei Jahren, dachte sie entsetzt. Auch damals waren Martin und die Familie da gewesen. Auch damals waren sie und Tad als die Favoriten in ihre Endspiele bei den offenen amerikanischen Meisterschaften gegangen. Die Presse war hinter ihnen her, genau wie heute. Und sie hatten gemeinsam gegessen und geschlafen – alles wiederholte sich beinahe auf gespenstische Weise.

Und doch war so viel inzwischen geschehen. Vor drei Jahren hatte es noch keinen kleinen Jungen gegeben, der Amy so sehr an Tad erinnerte und was sie verloren hatte. Wie immer bei dem Gedanken daran, kam der Schmerz zurück, und sie hatte Mühe, es sich nicht anmerken zu lassen.

Tad spürte, dass etwas nicht in Ordnung war, aber er deutete ihr Schweigen falsch. „Amy, hast du immer noch nicht mit deinem Vater gesprochen?", fragte er und nahm ihre Hand wieder zwischen seine.

„Bitte?" Aus ihren Gedanken gerissen, sah sie ihn für einen Moment irritiert an. „Nein, nein … Seit meinem Rücktritt haben wir nichts mehr voneinander gehört."

„Warum rufst du ihn nicht einfach an?"

„Ich kann nicht."

„Aber Amy, das ist doch unsinnig. Schließlich ist er dein Vater."

Amy seufzte. Wenn es doch so leicht wäre, wie Tad sich das vorstellte. „Du kennst meinen Vater, Tad. Er hat seine Prinzipien, und von denen weicht er nicht ab. Als ich mit dem Tennis aufhörte, habe ich ihn furchtbar enttäuscht. Für ihn hab ich das aufgegeben, was er mir beigebracht hat."

Tad schüttelte unwillig den Kopf.

„Doch, glaub mir, Tad, ich kenne ihn besser als du. Als Jim Wolfes Tochter hatte ich in seinen Augen eine ganz bestimmte Verantwortung. Als ich Eric heiratete und meine Karriere aufgab, habe ich diese Verantwortung mit Füßen getreten. Das wird er mir niemals verzeihen."

„Aber woher weißt du das?", wollte Tad wissen. „Wenn du nicht mit ihm gesprochen hast, kannst du doch auch nicht wissen, wie er darüber denkt und was er fühlt."

„Tad, wenn sich seine Einstellung geändert hätte, wäre er dann nicht hier?", fragte sie. „Zuerst habe ich gedacht, es würde sich alles ändern, wenn ich meine Karriere wieder aufnähme. Aber leider hat das nicht gestimmt."

„Amy, du vermisst ihn aber doch so sehr."

Sie schwieg und sah traurig in ihr Glas. Selbst das war nicht so einfach, wie Tad es sich vorstellte. Für ihn bedeutete die Familie alles. Er würde es nicht verstehen, dass sie sich gar nicht so sehr nach der Anwesenheit oder der Liebe ihres Vaters sehnte, sondern vielmehr danach, dass er ihr endlich vergeben würde.

„Ich hätte es gern, wenn er hier wäre", sagte sie leise. „Aber ich verstehe auch seine Gründe, warum er nicht kommt." Sie nahm ihr Glas und trank einen Schluck. „Weißt du", meinte sie plötzlich nachdenklich, „früher habe ich für ihn gespielt. Ich wollte ihm mit meinem Spiel für all das danken, was er mir gegeben hatte. Heute spiele ich nur noch für mich selbst."

„Und du spielst besser als früher", fügte Tad hinzu. „Vielleicht ist das einer der Gründe."

„Ja, vielleicht."

„Hier ist Ihre Pizza." Die Serviererin stellte die dampfende Platte auf den Tisch.

Der Käse zog lange Fäden, und Tad lachte, als Amy damit zu kämpfen hatte. Sie aßen langsam, tranken dazu den Wein und unterhielten sich über alles, was ihnen in den Sinn kam. Eine

Gruppe junger Leute kam lachend in das Lokal und fütterte die Musikbox mit weiteren Münzen.

Amy spürte, dass sie sich trotz der lauten Atmosphäre völlig entspannte. Selbst der Gedanke an ihr nächstes Spiel konnte ihre Stimmung nicht trüben. Die Pizza war mittlerweile abgekühlt, der Wein dafür umso wärmer geworden – und doch schmeckte es ihr nicht weniger gut als der Kaviar und Champagner vor einigen Wochen in Paris.

Es lag nicht am Essen, dass sie sich wohlfühlte, es lag an Tad. Solange sie bei ihm war, spielte die Umgebung überhaupt keine Rolle. Seine Nähe allein war das, was wirklich zählte. Ja, dachte sie, Tads Nähe und die Tatsache, dass ich nur bei ihm wirklich ich selbst sein kann. Er war der einzige Mann, der nicht mehr von ihr verlangte, als völlig sie selbst zu sein.

Für ihren Vater hatte sie immer die perfekte Prinzessin sein müssen. Perfekt auf dem Tennisplatz, kühl und reserviert im Umgang mit der Presse. Und in all den Jahren hatte sie alles getan, um seinen Ansprüchen gerecht zu werden.

In ihrer Ehe mit Eric hatte er von ihr verlangt, voll und ganz dem Bild zu entsprechen, dass sich die Welt von einer englischen Adligen machte. Wohlerzogen, zurückhaltend – eben ganz und gar eine Lady.

Bei Tad war das anders. Er wollte nur, dass sie Amy Wolfe war. Bei ihm brauchte sie sich nicht zu verstellen oder Angst zu haben, dass sie nicht dem Bild entsprach, das er sich von ihr machte. Sie konnte ganz sie selbst sein – und genau das war es, was sie so glücklich machte.

Spontan nahm Amy seine Hand, zog sie an ihre Wange und küsste seine Fingerspitzen.

„Womit hab ich das verdient?", fragte er erstaunt.

„Das ist dafür, dass du keine Puppe willst."

Verblüfft zog er die Brauen hoch. „Muss ich das verstehen?"

„Nein." Amy beugte sich lachend vor. „Hast du so viel Wein getrunken, dass du dich nicht wehrst, wenn ich dich verführen will?"

Er strahlte sie an. „Mehr als genug."

„Okay, dann komm! Lass mich nicht unnötig warten!"

Es war schon spät, als Tad noch wach neben der schlafenden Amy lag. Sie hatte sich eng an ihn geschmiegt und atmete ganz gleichmäßig. Ihr Haar war zerzaust, und ihre Hand ruhte auf seiner Brust. Im Zimmer war es still, nur das leise Ticken des Weckers auf dem Nachttisch neben Tad war zu hören.

Er war müde, aber er konnte nicht einschlafen. Immer wieder gingen ihm dieselben Gedanken im Kopf herum. Die Zeit ihrer Idylle war fast vorüber. Es konnte nicht mehr lange dauern, bis Amy sich nicht mehr sperren konnte, ihm die Fragen zu beantworten, die ihm keine Ruhe ließen.

Tad wusste, dass auch Amy sich darüber im Klaren war. Aber im Gegensatz zu ihr freute er sich auf das Ende der Saison und darauf, endlich Klarheit zu bekommen. Er hatte versprochen, sie bis dahin nicht zu drängen, und er hatte sein Wort gehalten. Aber Tad spürte, dass seine Geduld bald erschöpft war, und dass er nicht bereit sein würde, ihr über diesen Termin hinaus eine Gnadenfrist einzuräumen.

Und dann ist da noch die Sache mit ihrem Vater, dachte Tad und stopfte sich das Kissen bequemer hinter den Kopf. Amy litt mehr unter dieser Trennung, als sie zugeben wollte, da war er sich ganz sicher. Er kannte sie gut genug, um das einschätzen zu können, und er liebte seine eigene Familie viel zu sehr, als dass er nicht gewusst hätte, wie schwer ihr diese Trennung fiel.

Seine Mutter und Jess. Es gab nichts, was er diesen beiden nicht vergeben würde. Seine Liebe zu ihnen war so groß, dass er für alles Verständnis aufbringen konnte. Umso unverständlicher war ihm die Reaktion von Amys Vater. Er kannte ihn und wusste, wie sehr er an seiner Tochter gehangen hatte.

Wie oft hatte Tad neben Jim Wolfe gesessen und mit ihm zusammen Amys Spiel zugesehen. Hatte er jemals einen Vater gesehen, der stolzer auf seine Tochter gewesen wäre? Nein. Tad schüttelte unwillkürlich den Kopf. Selbst im privaten Bereich, außerhalb des Tennisplatzes, hatte er oft genug miterlebt, mit welchem Stolz, welcher Liebe Jim seine Tochter behandelt hatte.

Er konnte sich einfach nicht vorstellen, dass das alles nur der Sportlerin und nicht genauso der Tochter gegolten hatte.

Erstaunlicherweise hatte Jim Wolfe nie etwas an der Beziehung seiner Tochter zu Tad auszusetzen gehabt. Im Gegenteil – er hatte sie sogar unterstützt. Tad konnte sich noch gut erinnern, dass Jim sogar eines Tages mit ihm darüber gesprochen hatte, wie seine und Amys gemeinsame Zukunft aussehen könnte.

Damals hatte ihn diese väterliche Fürsorge amüsiert und auch etwas überrascht, da er selbst und Amy bis dahin noch nicht darüber gesprochen hatten, für immer zusammenzubleiben. Ja, und dann, als er es wollte, war es bereits zu spät. In Erinnerung daran zog Tad unwillig die Brauen zusammen und blickte hinunter auf die schlafende Amy.

In dem fahlen Mondlicht wirkte ihr Gesicht noch zarter als in Wirklichkeit. Völlig entspannt und seltsam verletzlich erschien sie ihm, wie sie da so an ihn geschmiegt schlief. Verlangen stieg in ihm auf, und er musste mit aller Kraft dagegen ankämpfen, sie aufzuwecken und sich selbst zu bestätigen, dass sie zu ihm gehörte – zu ihm und niemandem sonst.

Noch niemals in seinem Leben hatte es eine Frau gegeben, die ähnliche Gefühle in ihm geweckt hatte. Wenn er sie liebte, war sie ihm ein gleichwertiger Partner. Aber jetzt, wenn sie so hilflos neben ihm lag, hatte er das Bedürfnis, sie zu beschützen und vor jedem Kummer zu bewahren.

Wie viele Hindernisse würden sie wohl noch überwinden müssen, bevor sie endgültig zusammenbleiben konnten, fragte Tad sich. Und plötzlich fiel ihm ein, dass es ein Problem gab, das er vielleicht für sie aus der Welt schaffen könnte. Kaum war ihm der Gedanke gekommen, als er vorsichtig aufstand und hinüber in das angrenzende Wohnzimmer ging.

Er wählte die Nummer, hörte das Rauschen in der Leitung, als die Verbindung von einer Küste des riesigen Kontinents zur anderen hergestellt wurde, und dann ging der Ruf durch.

„Hier bei Wolfe."

„Ich möchte mit Jim Wolfe sprechen. Hier ist Tad Starbuck."

„Einen Moment bitte."

„Danke, ich warte."

Tad lehnte sich zurück und wartete. Er hörte das Klicken in der Leitung, als an einem anderen Apparat der Hörer aufgenommen wurde.

„Starbuck?" Die ruhige, beinahe leise Stimme von Amys Vater kannte er noch zu gut. „Jim, wie geht es dir?"

„Gut." Etwas überrascht von dem Anruf so spät in der Nacht, setzte Jim sich hinter seinen Schreibtisch. „Ich habe in letzter Zeit viel über dich gelesen."

„Ja, ich hatte eine ganz gute Saison. Wir haben dich in Wimbledon vermisst."

„Du warst gut im Endspiel", antwortete Jim, ohne darauf einzugehen.

„Und Amy ebenfalls. Fandest du nicht?"

Für einige Sekunden herrschte Schweigen. „Deine Rückhand ist besser geworden, Tad."

„Jim, ich habe dich angerufen, um über Amy mit dir zu sprechen."

„Dazu habe ich nichts zu sagen", antwortete Jim kalt.

Für einen Augenblick war Tad sprachlos, aber dann spürte er, wie Zorn in ihm hochstieg. „Jim, so viel Zeit wirst du ja noch haben, um dir wenigstens einige Sätze über deine Tochter anzuhören. Sie hat sich den Weg zurück an die Spitze im Profitennis erkämpft, und zwar diesmal ohne deine Hilfe."

„Ich weiß. Sonst noch was?"

„Ich habe noch nie jemanden gesehen, der so hart daran gearbeitet hat wie deine Tochter in den letzten Monaten", sagte Tad. „Und glaub mir, sie hat es nicht leicht gehabt, der Presse und allen Bekannten immer wieder auszuweichen, wenn sie danach gefragt wurde, warum ihr Vater nicht da sei."

„Amy weiß, warum", antwortete Jim ganz ruhig. „Und wenn sie es dir nicht erzählt, dann geht es dich auch nichts an."

„Was Amy angeht, geht auch mich etwas an."

„So?" Es war mehr eine Feststellung als eine Frage. „Dann ist also wieder alles beim Alten?"

„Ja, ist es."

„Wenn du dich entschieden hast, wieder mit Amy zusammen zu sein, Tad, dann ist das deine Entscheidung. Und es ist meine, wenn ich das nicht will."

„Zum Teufel, Jim", fuhr Tad ihn wütend an. „Sie ist deine Tochter. Du kannst doch nicht einfach so tun, als gäbe es sie nicht mehr."

„Ich tu nur das Gleiche, was sie auch getan hat", murmelte Jim, und seine Stimme war dabei so leise, dass Tad ihn kaum verstand.

„Was soll das heißen?", fragte er.

„Amy hat ihr Kind nicht haben wollen, und genauso will ich sie jetzt nicht mehr."

Tad war plötzlich wie versteinert. Seine Hand umspannte den Hörer so fest, dass seine Knöchel weiß hervortraten. „Welches Kind?"

„Sie hat einfach alles vergessen, was ich ihr je beigebracht habe", sagte Jim, als hätte er Tads Frage gar nicht gehört. „Niemals hätte ich geglaubt, dass sie mir das antun könnte." Seine Stimme wurde jetzt lauter. All die Enttäuschung, die sich in den Jahren in ihm aufgestaut hatte, brach sich mit einem Mal Bahn. „Ich habe versucht, mich damit abzufinden, dass sie diesen Mann geheiratet hat. Ich habe sogar versucht, Verständnis dafür aufzubringen, dass sie ihre Karriere aufgeben wollte. Aber es gibt Dinge, die ich nicht einfach hinnehmen und entschuldigen kann. Wenn das Leben, das sie sich ausgesucht hatte, es wert war, dafür mein Enkelkind zu opfern, dann kann ich das nicht mehr verstehen."

Die letzten Worte waren kaum verklungen, als Jim den Hörer auf die Gabel warf.

Tad hatte gar nicht gemerkt, dass er aufgesprungen war. Jetzt stand er mitten im Zimmer, den Hörer noch in der Hand. Langsam nahm er ihn vom Ohr und starrte darauf, ohne ihn wirklich zu sehen. Fragen wirbelten in seinem Kopf umher. Antworten drängten sich auf, wurden aber sofort wieder verworfen, als er merkte, dass er keine Beweise dafür hatte.

Zeit. Er brauchte Zeit, um über alles nachzudenken. Leise ging Tad ins Schlafzimmer und zog sich an. Am liebsten hätte er sie bei den Schultern gepackt und wachgerüttelt. Sie lag so friedlich in dem großen Bett, eine Hand unter dem Kopf, die andere noch ausgestreckt, wie sie vorhin auf seiner Brust gelegen hatte.

Ein Baby? Amys Baby? Aber aus ihrer Ehe war kein Kind hervorgegangen. Wenn Lord und Lady Wickerton ein Baby bekommen hätten, hätte das groß in den Zeitungen gestanden. Schließlich machte man aus einem Erben nie ein Geheimnis – schon gar nicht in diesen adligen Kreisen, wo einiges zu vererben war.

Und wenn Amy wirklich ein Kind hatte, wo war es dann? Aufgewühlt strich Tad mit beiden Händen durch seine Haare. Eifersucht stieg in ihm hoch, wenn er daran dachte, dass Amy das Kind eines anderen Mannes ausgetragen hatte.

Wie hatte Jim gesagt? Amy hat das Kind nicht haben wollen. Also Abtreibung? War es wirklich möglich, dass Amy so etwas tat? Er kannte sie so gut, aber niemals wäre er auf die Idee gekommen, dass sie einer solchen Tat fähig wäre. Und aus welchem Grund sollte sie es getan haben?

Nein, das ergab alles keinen Sinn. Jim musste sich geirrt haben. Vielleicht hatte er in seiner Enttäuschung etwas missverstanden.

Während Tad noch dastand und auf die schlafende Amy starrte, bewegte sie sich plötzlich. Ihre Hand strich über das Bett – da, wo er vorhin noch gelegen hatte. Halb im Schlaf spürte sie, dass er nicht mehr da war. Unruhig flatterten ihre Augenlider.

„Tad?"

Er schwieg und hoffte, dass sie weiterschlafen würde. Es war jetzt wichtig, dass er zuerst einmal nachdachte, bevor er mit ihr sprach. Im Augenblick waren seine Gefühle noch so aufgewühlt, dass er sich nicht unter Kontrolle hatte.

Aber Amy schlief nicht wieder ein. Es war, als spürte sie, dass etwas nicht in Ordnung war. „Tad?" Ihre Stimme klang ängstlich. Sie öffnete die Augen und kam hoch, bevor sie ihn noch gesehen hatte. „Kannst du nicht schlafen?" Instinktiv spürte sie, dass es mehr war als das, aber sie hoffte, dass sie sich irrte und Tad wirklich nur deshalb mitten im Raum stand, weil er nicht hatte schlafen können.

„Nein."

Sie musste sich räuspern, bevor sie weitersprechen konnte. „Warum hast du mich nicht geweckt?"

„Wieso sollte ich?"

„Wir … wir hätten miteinander reden können."

„Wirklich?" Zorn stieg in ihm hoch. „Oh ja, wir hätten miteinander reden können. Aber nur so lange, wie ich keine Fragen stelle, nicht wahr?"

Sie hatte gewusst, dass es eines Tages dazu kommen würde, aber sie hatte nicht erwartet, dass er dabei so böse werden würde. „Tad, wenn du Antworten haben willst, dann bin ich bereit, sie dir zu geben."

„Ach ja? Auf einmal – und einfach so?" Er schnippte mit den Fingern. „Ich brauche nur zu fragen, und du antwortest mir? Hast du nichts mehr zu verbergen, Amy?"

Ihr Herz schlug bis zum Hals. Sie hatte Angst, aber weniger vor den Antworten, die sie ihm geben musste, als vielmehr vor seiner kalten Wut, die aus jedem Wort, aus jeder Geste sprach. „Ich wollte nichts verbergen, Tad", versuchte sie zu erklären. „Nicht wirklich zumindest. Ich brauchte Zeit, Tad – wir beide brauchten Zeit."

„Und warum? Warum war das so wichtig?"

„Weil es da Dinge gibt … Nun ja, ich war mir nicht sicher, ob du das verstehen würdest."

„Wie die Sache mit dem Baby?"

Amy war, als hätte er ihr eine Ohrfeige verpasst. Ihr Gesicht wurde weiß, und für einen Moment glaubte sie, nicht mehr atmen zu können. Ihre Augen waren weit aufgerissen und sahen voller Angst auf Tad. „Wieso …" Sie konnte nicht weitersprechen. Wie hatte er das herausgefunden, und wie lange wusste er schon davon? Die Fragen wirbelten ihr durch den Kopf.

„Eric", flüsterte sie schließlich. „Eric hat es dir erzählt."

Die Enttäuschung tat Tad beinahe körperlich weh. Jim hatte also recht gehabt, und dabei hatte er doch so gehofft, dass sich alles als ein Irrtum herausstellen würde.

„Dann stimmt es also?", stellte er fest. Abrupt drehte Tad sich herum und sah aus dem Fenster.

„Tad …" Amy brach ab. Wenn sie doch nur die richtigen Worte finden könnte. Sie hatte gewusst, dass es schwierig werden würde, ihm das zu erklären. Aber wenn er es nicht vorher erfahren hätte, wenn sie es ihm mit ihren eigenen Worten hätte klarmachen können …

„Tad, ich wollte es dir selbst sagen, glaub mir bitte. Zuerst konnte ich es nicht. Und dann …" Wieder brach ihre Stimme ab. „Und dann habe ich immer wieder Entschuldigungen gesucht, um es hinausschieben zu können."

„Ich nehme an, du hast gedacht, es geht mich nichts an."

Entsetzt hob sie den Kopf. „Wie kannst du so etwas sagen?"

„Was du mit deinem Leben anstellst, wenn du mit einem Mann verheiratet bist, geht den anderen nichts an, nicht wahr? Selbst dann nicht, wenn dieser andere dich liebt."

Wie sehr hatte sie sich danach gesehnt, dass er diese Worte einmal aussprach. Aber jetzt überwog der Schmerz die Freude darüber. „Hast du nicht", flüsterte sie beinahe unhörbar.

„Was habe ich nicht?"

„Du hast mich nicht geliebt."

Er lachte kurz auf, drehte sich aber nicht wieder zu ihr herum. „Nein, natürlich nicht. Und warum wollte ich dich dann immer bei mir haben? Warum habe ich jede Minute an dich gedacht?"

Amy verbarg ihr Gesicht in beiden Händen und hatte Mühe, die Tränen zurückzuhalten, die in ihren Augen brannten. „Du hast es mir nie gesagt." Jetzt drehte er sich doch zu ihr herum. „Und ob, ich habe es dir gesagt!"

Verzweifelt nahm Amy die Hände vom Gesicht und schüttelte den Kopf. „Nein, du hast es mir nie gesagt. Dabei habe ich so sehr darauf gewartet. Nicht ein einziges Mal hast du es gesagt."

Tad erwiderte nichts. Seine Brauen waren zusammengezogen, und er sah nachdenklich vor sich hin. Sie hatte recht. Wirklich ausgesprochen hatte er diese drei Worte nie, aber dafür hatte er es ihr mit jeder Geste gezeigt. „Du auch nicht", versuchte er sich zu verteidigen und sprach damit aus, was er oft gedacht hatte.

Ihr Seufzer glich einem Schluchzen. „Ich hatte Angst."

„Verdammt, Amy, ich auch. Kannst du dir das nicht vorstellen?"

Schweigend sahen sie sich an. War ich wirklich so blind, überlegte Amy. Waren ihr Worte tatsächlich so wichtig gewesen, dass sie nicht gesehen und gespürt hatte, dass er sie liebte?

Sie holte tief Luft, und plötzlich hatte sie keine Angst mehr, die Worte auszusprechen. „Ich liebe dich, Tad. Ich habe dich immer geliebt." Sie streckte eine Hand nach ihm aus, aber er bewegte sich nicht. „Bitte, lass mich jetzt nicht allein." Sie dachte an das Kind, das sie verloren hatte. „Tad, bitte hasse mich nicht für das, was ich getan habe."

Er wusste nicht, was sie damit meinte, aber er vertraute seinen Gefühlen für sie. Langsam ging Tad auf das Bett zu und griff nach ihrer Hand. „Es ist besser, wenn wir jetzt über alles reden, Amy. Dann können wir wieder ganz von vorn anfangen."

„Ja." Sie schob ihre Hand zwischen seine. „Es ist wirklich besser so. Oh, Tad! Es tut mir so leid wegen des Babys." Sie hatte sich hingekniet, und jetzt legte sie einen Arm um seine Taille und lehnte ihren Kopf gegen seine Brust. Es tat gut, endlich darüber zu sprechen. Sie fühlte sich erleichtert und befreit. „Ich wollte dir das nicht früher sagen, weil ich nicht wusste, wie du reagieren würdest."

Tad schwieg und stand ganz still. „Ich habe mich so schuldig gefühlt", hörte er sie leise sagen. „Als Jess mir das Foto von deinem Neffen zeigte, hatte ich für einen Augenblick das Gefühl, ich sähe unser Kind vor mir. Es hätte bestimmt auch deine Haare und deine Augen geerbt."

„Meine was?" Für einen Moment schien alles in Tad durcheinander zu sein. Hatte er sie richtig verstanden? Nein, das konnte doch gar nicht sein. „Meine was?", wiederholte er noch einmal, und dann griff er nach Amys Oberarmen. Er fasste so fest zu, dass sie leise aufschrie. Er schüttelte sie, und seine Augen waren kalt und starr. „Es war mein Baby?"

Sie öffnete den Mund, aber sie konnte nicht sprechen. Widerstandslos ließ Amy es sich gefallen, dass er sie immer noch schüttelte und ihr wehtat. Aber er hat es doch gewusst, dachte sie immer wieder. Und dann plötzlich kannte sie den Grund. Tad hatte angenommen, es wäre das Kind von Eric gewesen. Nicht seins!

„Antworte mir!" Seine Finger drangen tief in ihr Fleisch ein, aber über ihre Lippen kam kein Laut der Klage. „War es mein Baby?"

Amy nickte nur.

Im ersten Augenblick wollte er sie schlagen. Eine Hand hatte er bereits erhoben, und ein Blick in ihre Augen zeigte ihm, dass Amy genau wusste, was er tun wollte. Er ließ die Hand sinken, griff dann wieder nach ihrem Arm und warf sie rückwärts aufs Bett.

Sie lag ganz still. Tad stand vor dem Bett, den Rücken ihr zugewandt.

„Ich kann es nicht glauben", hörte sie ihn murmeln. „Du warst schwanger mit meinem Kind und hast trotzdem diesen Kerl geheiratet." Mit einer eckigen Bewegung drehte er sich herum und starrte sie an. „Hat er gesagt, dass du es abtreiben sollst? Oder hast du es von dir aus getan, damit du die Rolle der Lady auch perfekt spielen konntest?"

Amy war sich nicht bewusst, dass sie am ganzen Körper zitterte. Die Augen starr auf Tad gerichtet, verkrampften sich ihre Finger im Bettlaken. „Ich wusste es nicht", sagte sie leise, ohne überhaupt alles verstanden zu haben, was er sagte. „Ich wusste nicht, dass ich schwanger war, als ich ihn heiratete."

„Du hattest kein Recht, das vor mir geheim zu halten", schrie Tad sie an, griff nach ihr und riss sie hoch, bis sie auf dem Bett vor ihm kniete. „Du hattest kein Recht, eine solche Entscheidung zu treffen. Es war auch mein Kind."

„Tad …"

„Halt den Mund, verdammt noch mal!" Wieder warf er sie zurück in die Kissen und ging dann zur Tür. Er durfte nicht länger mit ihr zusammen in einem Zimmer bleiben. Er wusste, dass es nicht mehr lange dauern könnte, bis er völlig die Kontrolle über sich verlor.

„Wir haben uns nichts mehr zu sagen. Ich will dich nicht mehr wiedersehen."

Ohne sich noch einmal nach ihr umzudrehen, verließ er wutentbrannt das Zimmer. Die Tür flog mit einem solchen Knall zu, dass Amy erschrocken zusammenzuckte und vor Schreck aufschrie.

## 11. KAPITEL

Im Viertelfinale verlor Tad nicht einen Satz. Die Zuschauer und die Reporter waren überzeugt, dass er niemals zuvor besser gespielt hatte. Nur er selbst wusste, dass es im Grunde nichts mit Tennisspielen zu tun hatte, was er tat. Er kämpfte mit dem Schläger gegen Ball und Gegner, als befände er sich im Krieg und es ginge um sein Leben.

Sein Gesicht war wie eine böse Maske. Seine Augen waren so dunkel, dass sie beinahe schwarz wirkten, und seine Lippen waren zu einem Strich zusammengepresst. Mit jedem Schlag versuchte er etwas von der Spannung abzubauen, die sich seit der letzten Nacht in ihm aufgestaut hatte. Seine Schläge waren brutal, und jedes Mal, wenn er den Ball mit voller Wucht traf, stieß er einen Laut aus, der sich wie ein Keuchen anhörte.

Sein Gegenspieler an diesem Tag konnte einem leidtun. Im Gegensatz zu Tad war er froh, als das Match klar und eindeutig entschieden war. Tad dagegen hätte lieber noch weitergespielt. Er spürte, dass ihm diese drei klar gewonnenen Sätze immer noch nicht die Aggressionen genommen hatten.

„Ada, ich sage dir, noch nie habe ich ihn besser spielen sehen." Martin Derick platzte fast vor Stolz, als sein Schützling den Platz verließ. „Hast du gesehen, wie er diesen Italiener in Grund und Boden gespielt hat?"

„Ja."

„Noch zwei Spiele! Zwei Spiele noch, Ada, und dann hat er den Grand Slam." Martin hatte nach Adas Händen gegriffen und hielt sie jetzt zwischen seinen. „Nichts kann ihn mehr aufhalten. Glaub mir, nichts mehr!"

In ihrer ruhigen, bedachten Art schaute Tads Mutter hinunter auf den Platz. Sie konnte Martins Begeisterung nicht teilen, denn sie hatte mehr hinter dem Sieg ihres Sohnes gesehen. Wut, Enttäuschung – vielleicht sogar Verzweiflung. Genauso hatte er sich damals als kleiner Junge benommen, wenn die anderen ihn in der Schule gehänselt hatten, weil er keinen Vater hatte. Damals

hatte er dann zugeschlagen, heute benutzte er seinen Schläger –
das war der einzige Unterschied.

„Mom." Jess beugte sich näher zu ihrer Mutter hinüber, sodass Martin nicht hören konnte, was sie sagte. „Mit Tad ist etwas
nicht in Ordnung, nicht wahr?"

„Ja, irgendetwas ist da absolut nicht in Ordnung. Ich frage
mich nur, was."

Jess hielt ihren kleinen Sohn fest an sich gedrückt. Jetzt rieb
sie ihre Wange an seiner, als könne sie dadurch die Schuldgefühle
auslöschen, die in ihr immer stärker wurden. Pete wand sich lachend aus ihren Armen und kletterte auf den Schoß seines Vaters.

„Ich habe Amy noch nirgendwo gesehen", sagte Jess leise.

Ada sah ihre Tochter an. Jess hatte ihr eher beiläufig erzählt,
dass Tad und Amy sich wieder häufiger sehen würden. Aber eigentlich hatte sie diese Bestätigung gar nicht gebraucht. Als Ada
gehört hatte, dass Amy wieder Tennis spielte, hatte sie gewusst,
dass die beiden erneut zusammenkommen würden.

Sie hatte ihren Sohn nur einmal völlig verzweifelt gesehen.
Und das war, als Amy diesen englischen Lord geheiratet hatte.
Sie hatte gewusst, dass ihm das nahegehen würde, aber niemals
hätte sie mit einer solch wütenden und dabei doch so verzweifelten Reaktion von Tad gerechnet.

„Ich habe sie auch noch nicht gesehen", antwortete Ada. „Sie
muss ja heute auch noch spielen."

„Ja, aber erst in einer halben Stunde." Jess ließ ihren Blick
über die Zuschauerränge gehen. „Normalerweise hätte sie doch
erst Tad zugesehen."

„Nun, sie wird schon ihre Gründe haben."

Jess kämpfte mit sich. „Mom, ich muss mit dir reden – allein.
Wollen wir eine Tasse Kaffee trinken gehen?"

Ohne weitere Fragen zu stellen, stand Ada auf. „Pass gut auf
Pete auf", sagte sie zu ihrem Schwiegersohn und strich ihrem En-
kel liebevoll durchs Haar. „Jess und ich kommen gleich zurück."

„Willst du es ihr sagen?" Macs Stimme war ganz leise, sodass
Ada ihn nicht hören konnte. Besorgt griff er nach der Hand
seiner Frau.

„Ja. Ja, es muss sein."

Mac hielt seinen Sohn auf dem Schoß fest und sah den beiden Frauen nach, die bald in der Menge der Zuschauer verschwunden waren.

Nachdem sie einen kleinen Tisch gefunden hatten, wartete Ada darauf, dass ihre Tochter anfangen würde zu reden. Sie wusste, dass Jess sich absichtlich so viel Zeit ließ, Kaffee und Kuchen zu bestellen, und sie wartete auch noch geduldig ab, bis alles vor ihnen stand und Jess begann, ihren Kaffee umzurühren.

„Mom, kannst du dich noch daran erinnern, als wir vor drei Jahren hier waren?"

Wie könnte ich das jemals vergessen? dachte Ada und lächelte. Ihr Sohn hatte damals zum ersten Mal die offenen amerikanischen Meisterschaften gewonnen. Kurz darauf allerdings hatte das für ihn alles keine Rolle mehr gespielt. Eine Welt war für ihn zusammengebrochen, als Amy ihn verließ. „Ja, ich erinnere mich."

„Amy hat damals Tad verlassen und Eric Wickerton geheiratet."

Als Ada schwieg, nahm Jess einen Schluck von ihrem Kaffee. Langsam stellte sie die Tasse zurück und sah ihre Mutter an. „Mom, das war alles meine Schuld."

Erstaunt sah Ada ihre Tochter an. „Deine Schuld? Aber wieso denn?"

„Ich bin zu ihr gegangen." Nervös begann Jess, ihre Serviette zu zerreißen. Nachdem sie Mac alles erzählt hatte, hatte sie gedacht, es würde einfacher sein, auch ihrer Mutter die Wahrheit zu sagen. Aber mit dem erstaunten Blick ihrer Mutter auf sich gerichtet, kam Jess sich wieder vor wie ein kleines Mädchen, das etwas angestellt hatte. „Ich bin in ihr Hotelzimmer gegangen, als ich sicher sein konnte, dass Tad nicht da war. Ich habe ihr gesagt, Tad habe genug von ihr." Jetzt war es endlich heraus!

„Und was hat sie gesagt? Hat sie dir nicht ins Gesicht gelacht?"

Jess schüttelte den Kopf. „Nein, ich war wohl sehr überzeugend." Sie senkte den Kopf. „Vielleicht weil ich sicher war, die

Wahrheit zu sagen. Oh, Mom! Wenn ich daran denke, was ich ihr alles gesagt habe …" Jess sah ihrer Mutter in die Augen, und ihr Blick war schuldbewusst und verzweifelt. „Ich habe ihr gesagt, Tad meinte, sie und Eric würden sehr gut zueinanderpassen. Das stimmte zwar im Grunde, aber ich habe es so gedreht, als wenn Tad froh wäre, wenn sie zu Eric ginge. Dann habe ich Tad verteidigt und gesagt, er wolle ihr nicht wehtun. Ich … ich habe so getan, als hätte er mich vorgeschickt, um es ihr beizubringen."

„Jess!" Ada griff über den Tisch und hielt die Hände ihrer Tochter fest. „Jess, warum hast du das nur getan?"

„Weil ich glaubte, dass Tad unglücklich war. Ich hatte am Abend zuvor mit ihm gesprochen. Er wirkte so unsicher, als wüsste er nicht, was er tun sollte. So habe ich meinen Bruder niemals vorher gesehen." Ihre Hände legten sich um die ihrer Mutter und drückten sie. „Damals war ich fest davon überzeugt, dass Amy nicht zu ihm passte, dass sie ihm wehtat. Und ich wollte Tad helfen."

Ada lehnte sich zurück und ließ ihren Blick über die weitläufige Tennisanlage schweifen, ohne allerdings wirklich etwas davon zu sehen. Ihre Gedanken waren bei ihren Kindern, und sie überlegte fieberhaft, wie sie ihnen helfen konnte. Wieder einmal fiel ihr auf, dass die Pflichten einer Mutter noch lange nicht endeten, wenn die Kinder erwachsen waren. Vermutlich endeten sie niemals.

„Tad hat Amy geliebt, Jess."

„Ich weiß." Jess sah hinunter auf die zerrissene Serviette, die vor ihr auf dem Tisch lag. „Aber damals wusste ich das nicht. Ich habe gedacht, wenn er sie liebt, könnte er nicht so unglücklich sein. Und wenn Amy ihn geliebt hätte … Sie hat so anders reagiert, als ich es erwartet hatte, Mom. Alle früheren Freundinnen von Tad hätten sich anders benommen, wenn ich ihnen so etwas gesagt hätte. Sie hätten mir nicht geglaubt, mich hinausgeworfen, oder sie hätten zumindest geweint …"

„Meinst du denn, Tad hätte Amy geliebt, wenn sie so gewesen wäre wie die Frauen, die er vorher hatte?", unterbrach ihre Mutter sie. Überrascht sah Jess ihre Mutter an. Wie viele andere

164

Kinder auch hatte sie den Fehler gemacht, zu glauben, ihre zierliche weißhaarige Mutter und Großmutter ihres Sohnes würde sich auf dem Gebiet der Leidenschaft nicht auskennen. Sie sah das amüsierte Lächeln auf dem Gesicht ihrer Mutter und wusste, dass sie ihre Gedanken erraten hatte.

„Erst nachdem ich Mac kennengelernt hatte, habe ich erfahren, dass Liebe nicht immer etwas mit Lachen und Glücklichsein zu tun hat", sagte sie leise und vermied es, Ada dabei anzusehen. „Plötzlich gab es auch für mich Tage, wo ich mich unsicher fühlte und an meinen Gefühlen für Mac zweifelte. Dabei fiel mir dann ein, wie Tad sich an dem Abend benommen hatte, bevor ich zu Amy gegangen war. Wir beide sind uns sehr ähnlich, Tad und ich, und mit einem Mal konnte ich mich in ihn hineinversetzen."

Jess seufzte tief auf und sah ihre Mutter an. „Ich hab dann versucht, mir einzureden, dass Amy Tad nicht verlassen hätte, wenn ihre Liebe zu ihm wirklich so groß gewesen wäre. Und dass Tad sie auch nicht hätte gehen lassen, wenn ihm so viel an ihr gelegen hätte."

„Du vergisst, dass Stolz manchmal ein genauso starkes Gefühl sein kann wie Liebe", antwortete ihre Mutter leise. „Und Amys Stolz war verletzt nach dem, was du ihr gesagt hast. Sie fühlte sich abgeschoben und war in ihrem Stolz gekränkt, weil Tad es ihr nicht selbst gesagt, sondern dich vorgeschoben hatte."

„Aber ich an ihrer Stelle hätte um mich geschlagen und der Frau die Augen ausgekratzt, die mir so etwas gesagt hätte."

Ada lachte. „Ja, das kann ich mir vorstellen. Schließlich kenne ich ja meine Tochter. Aber Amy ist anders, Jess."

„Ja, da hast du wohl recht." Jess schob ihre Tasse weg. „Mom, du kannst dir nicht vorstellen, wie mir zumute war, als ich hörte, dass die beiden wieder zusammen sind. Ich fühlte mich so schuldig und hatte Angst, dass Amy es ihm erzählen könnte. Als dann während der ganzen Saison nichts passierte, habe ich mich wieder beruhigt. Aber jetzt ist die Angst erneut da. Irgendetwas stimmt nicht mit Tad." Flehentlich sah sie ihre Mutter an und griff nach ihren Händen. „Mom, was soll ich tun?"

Adas Blick ruhte nachdenklich auf ihrer Tochter. „Jess, dir bleibt keine andere Wahl. Du musst die Wahrheit sagen, musst mit beiden sprechen. Dann allerdings kannst du nichts mehr tun, das müssen die beiden dann unter sich ausmachen. Vielleicht gelingt es dir, das wiedergutzumachen, was du vor drei Jahren zerstört hast. Aber was jetzt zwischen ihnen nicht in Ordnung ist, daran kannst du nichts ändern."

„Wenn sie sich lieben …"

„Jess, du hast einmal für Amy und Tad eine Entscheidung getroffen, die dir nicht zustand", sagte Ada und sah ihre Tochter eindringlich an. „Mach den gleichen Fehler nicht noch einmal."

Sie hatte weder schlafen noch essen können, und nur die Tatsache, dass sie sich geschworen hatte, nicht noch einmal aufzugeben, gab Amy die Kraft, auf den Platz zu gehen.

Bis zum letzten Augenblick blieb sie in den Kabinen, um dann nur noch auf dem direkten Weg zum Platz gehen zu können, ohne noch allzu viele Fragen beantworten und Autogramme geben zu müssen.

Als sie schließlich ins Freie trat, traf Amy die feuchtwarme Luft wie ein Schlag. Sie ging zu ihrem Stuhl, traf die üblichen Vorbereitungen und versuchte, die lautstarken Zurufe des Publikums einfach zu ignorieren. Ihr größtes Problem würde sein, sich während des ganzen Spiels voll zu konzentrieren.

Ihre Arme taten weh, und sie spürte jeden Muskel in ihrem Körper. Mit Schmerzen konnte sie fertig werden. Sie wusste, wenn sie erst einmal auf dem Platz stand, waren sie vergessen. Aber dieses Gefühl der Schwäche, die Verzweiflung und innere Leere – konnte sie das auch alles einfach vergessen, wenn das Match erst einmal begonnen hatte?

„Amy." Sie drehte sich um und sah direkt in Chucks Augen. „Was ist los? Du siehst schlecht aus. Bist du krank?", fragte er besorgt.

„Nein, alles in Ordnung."

Aber so leicht konnte sie einen alten Freund nicht täuschen. „Ich glaube dir kein Wort. Amy, kann ich dir helfen?"

„Nein, Chuck. Wenn ich auf den Platz komme, dann kann ich auch spielen." Sie griff nach ihrem Schläger und stand auf. „Ich muss mich jetzt einspielen."

Chuck sah ihr nach. Es konnte gar kein Zweifel daran bestehen, dass Amy überhaupt nicht in Ordnung war. Er drehte sich um und machte sich auf die Suche nach Tad.

Chuck fand ihn unter der Dusche. Er hatte die Augen geschlossen und ließ das Wasser über sein Gesicht laufen. Der Presse hatte er nur einige Worte gegönnt, und selbst seine Kollegen waren kaum dazu gekommen, ihm zu gratulieren.

„Tad, was ist los mit Amy? Irgendetwas stimmt nicht mit ihr."

Tad trat einen Schritt zurück, ließ das Wasser über seine Brust rinnen und öffnete langsam die Augen. „So?"

„So?" Verblüfft sah Chuck den Freund an. „Ist das alles, was du dazu zu sagen hast? Mit Amy stimmt etwas nicht!"

„Ich hab dich verstanden."

„Sie sieht krank aus", versuchte Chuck es noch einmal. „Sie sollte heute nicht spielen. Ich hab einen Schrecken bekommen, als ich sie sah."

Es fiel Tad schwer, gegen das Bedürfnis anzukämpfen, auf der Stelle zu ihr zu gehen. Die Szene der vergangenen Nacht war noch zu frisch in seiner Erinnerung. „Amy weiß, was sie tut. Sie trifft ihre eigenen Entscheidungen."

Chuck starrte ihn an. War es wirklich möglich, dass das Tad war, mit dem er da sprach? Noch nie hatte er ihn so kalt und gefühllos erlebt. „Was zum Teufel geht hier eigentlich vor?", fuhr er seinen Freund an. „Ich habe dir gesagt, dass Amy bestimmt krank ist, und du reagierst überhaupt nicht."

Er folgte Tad in die Kabine. Seit er heute Morgen mit ihm trainiert hatte, war Chuck schon klar, dass irgendetwas nicht stimmen konnte. Aber was steckte nur dahinter? Zuerst hatte er gedacht, Tad und Amy hätten eine der üblichen Meinungsverschiedenheiten gehabt, wie sie im Zusammenleben immer einmal wieder vorkamen. Aber wenn Tad sich noch nicht einmal mehr Sorgen um Amys Gesundheit machte, dann konnte das nicht alles sein.

„Tad", versuchte er es noch einmal, „wenn ihr beide euch gestritten habt, dann ist das doch nicht weiter schlimm. Das kommt doch vor zwischen zwei Leuten, die sich lieben."

„Wir lieben uns nicht", antwortete Tad und trocknete sich völlig ungerührt weiter ab.

Jetzt war Chuck mit seiner Geduld am Ende. „Nun, wenn das so ist … Gut, dass ich das weiß, dann kann ich ja einmal mein Glück versuchen." Damit drehte er sich um und ging zur Tür.

Mit einigen langen Schritten holte Tad ihn ein, griff nach seinem Arm und riss ihn herum. Spöttisch sah Chuck in die wütenden Augen seines Freundes. „So, ihr liebt euch nicht, hm?" Er griff nach Tads Händen und befreite sich von ihnen. „Das kannst du jemandem erzählen, der dich nicht so gut kennt wie ich."

Tad stand so drohend vor ihm, dass Chuck jeden Augenblick erwartete, er würde zuschlagen. Offensichtlich hatte es auch das Spiel nicht vermocht, ihn abzureagieren. Schließlich drehte er sich abrupt um und griff nach seinem T-Shirt.

„Gehst du jetzt raus?", fragte Chuck. „Irgendjemand muss Amy vom Platz holen. Glaub mir, Tad, sie kann in diesem Zustand nicht spielen. Und du weißt ganz genau, dass sie auf mich nicht hören wird."

„Hör auf, mich zu drängen", entgegnete Tad und zog sich weiter an. Diesmal wartete Chuck ruhig ab. Es war ihm klar geworden, dass nicht nur Wut hinter Tads Benehmen steckte. Da war mehr – Verzweiflung, Unsicherheit. Schon einmal hatte er den Freund ähnlich erlebt – damals, vor drei Jahren. Und er war sicher, dass auch diesmal wieder Amy der Grund war.

„Okay, willst du darüber reden?", bot er an.

„Nein." Tad ballte die Fäuste und atmete tief durch. „Nein. Geh du nach draußen und … und behalte sie im Auge, ja?"

Amy kämpfte, aber sie spürte ganz genau, dass sie nicht gewinnen konnte. Es hatte sie alle Kraft gekostet, die noch in ihr steckte, um den ersten Satz bis zum Tiebreak zu bringen.

Ihre Gegnerin merkte sehr schnell, dass sie heute leichtes Spiel mit Amy Wolfe haben würde, und sie nutzte ihre Chance gnadenlos aus. Amys Spiel war immer noch sehr präzise, aber es steckte keine Kraft mehr dahinter, und darum war es leicht für die Kingston, sie auszuspielen.

Tad hatte lange mit sich gekämpft, aber schließlich konnte er nicht anders. Er ging zum Ende des Tunnels, der von den Kabinen aufs Spielfeld führte, und warf einen Blick auf den Platz.

Er sah sofort, dass Chuck nicht übertrieben hatte. Amys Gesicht war blass, ihre Bewegungen wirkten verkrampft, und an ihren Füßen schienen Bleigewichte zu hängen. Keine Spur mehr von ihrer sonstigen Schnelligkeit.

Sie hatte es mit einem letzten Aufbäumen geschafft, den zweiten Satz nicht kampflos zu verlieren. Es stand drei zu drei. Aber Amy machte sich keine Illusionen. Ihre Kraft reichte einfach nicht aus, die Gegnerin in Schach zu halten und für sich Vorteile herauszuspielen.

Sie machte sich bereit zum Aufschlag. Wenn sie ihr Aufschlagspiel durchbringen konnte, hatte sie noch eine Chance. Sollte die Kingston es ihr jedoch abnehmen, dann war das Match so gut wie verloren.

Konzentrier dich, befahl sie sich, während sie den Ball einige Male auftippen ließ und dann den Schläger hob. Tads böse Worte gingen ihr immer noch im Kopf herum, und während sie den Ball hochwarf, glaubte sie sein wütendes Gesicht vor sich zu sehen.

„Fehler."

Amy schloss die Augen. Wo war ihre viel gerühmte Selbstbeherrschung? Jetzt, wo sie sie so dringend brauchte, drohte sie die Kontrolle über sich zu verlieren. Plötzlich hörte sie wieder die Zurufe des Publikums, die sie anfeuern und ihr neuen Mut geben sollten. Sie riss den Schläger hoch und legte den Rest Energie, der ihr noch verblieben war, in diesen Aufschlag. Ein Ass! Das Publikum jubelte. Noch war sie nicht geschlagen.

Der nächste Aufschlag war schwach. Stacie Kingston hatte keine Mühe, heranzukommen. Offenbar suchte sie jetzt die Entscheidung. Sie drosch die Bälle zurück, jagte Amy über den Platz und versuchte, die Schwäche ihrer Gegnerin auszunutzen.

Amy reagierte nur noch automatisch. Die ersten Bälle konnte sie noch erlaufen. In ihrem Kopf drehte sich alles, der Platz verschwamm vor ihren Augen, und als sie versuchte, nach einem Ball zu hechten, brach sie plötzlich zusammen. Sie fiel auf die Knie, der Schläger flog weg, und dann lag sie wie ein Häufchen Elend zusammengekrümmt auf dem Platz.

Jemand fasste unter ihre Arme und zog sie behutsam hoch. Beinahe willenlos ließ sie sich zu ihrem Platz führen. „Komm, Amy", hörte sie Chucks besorgte Stimme. Er nahm ein Handtuch und wischte über ihr schweißnasses Gesicht. „Du kannst nicht weiterspielen, Amy", redete er leise auf sie ein. „Ich bring dich in die Kabine."

„Nein." Mit ungeahnter Kraft schob sie seine Hand beiseite. „Nein, ich gebe niemals auf." Sie nahm das Handtuch und warf es auf den Boden. „Ich spiele das Match zu Ende."

Hilflos musste Chuck mit ansehen, wie sie zurück auf den Platz ging, um das Spiel dann endgültig zu verlieren.

Amy schlief beinahe vierundzwanzig Stunden durch. In ihrem Zimmer angekommen, ließ sie sich nur noch auf das Bett fallen. Der Verlust des Spiels und damit auch des Titels als Grand-Slam-Siegerin bedeutete ihr wenig. Wenigstens hatte sie nicht aufgegeben, ihr Stolz war ungebrochen. Selbst den Reportern hatte sie nach dem Match noch Rede und Antwort gestanden, und sie hatte sich selbst gewundert, wie ruhig und besonnen ihre Erklärung für die Niederlage geklungen hatte.

Irgendwie hatte Amy es dann noch geschafft, sich bis auf die Unterwäsche auszuziehen. Dann hatte sie sich quer auf das breite Bett fallen lassen, das sie so oft mit Tad geteilt hatte, und war fest eingeschlafen.

Sie hörte auch nicht, als Stunden später Tad leise hereinkam. Er sah, dass sie sich noch nicht einmal zugedeckt hatte. Ein sicheres Zeichen dafür, dass Amy total erschöpft gewesen war. Die Hände in seinen Taschen ballten sich zu Fäusten, als er so dastand und auf sie hinabsah.

Leise ging er hinüber zum Fenster. Lange stand er so da, sah hinaus und hörte ihren gleichmäßigen Atem. Dann zog er die Vorhänge zu und ging.

Als Amy erwachte, spürte sie den Schmerz im ganzen Körper. Nur mit größter Kraftanstrengung konnte sie sich aufraffen, um hinüber ins Bad zu gehen. Sie ließ heißes Wasser in die Wanne laufen und legte sich völlig erschöpft hinein. Das Klopfen an der Tür überhörte sie ebenso wie das Telefon, das drüben im Wohnzimmer unentwegt läutete.

Jess legte den Hörer wieder auf. Wo konnte Amy nur stecken? Sie hatte sich an der Rezeption des Hotels erkundigt und wusste, dass sie noch nicht abgereist war. Aber wieso ging sie dann seit Stunden nicht ans Telefon? Es drängte Jess, endlich ihre Schuldgefühle loszuwerden und zu versuchen, alles wiedergutzumachen. Aber auch Tad wollte nicht mit ihr reden, es war einfach nicht an ihn heranzukommen.

Jess sah auf die Uhr. Jetzt würde Tad sich auf sein nächstes Spiel vorbereiten. Sie stellte sich selbst noch eine Frist. Wenn dieses Match vorüber war – gleichgültig, ob Tad gewonnen hätte oder nicht –, dann würde sie ihn dazu bringen, ihr zuzuhören.

Sie ging hinaus auf den Centre-Court und sah ihrem Bruder zu. Er spielte mit der gleichen Verbissenheit wie bereits im letzten Spiel – und genauso erfolgreich.

In den Stolz auf ihren Bruder mischte sich die Angst, dass er sich von ihr lossagen könnte, wenn sie ihm alles erzählt hatte. Trotzdem harrte sie aus, wartete die Siegerehrung und dann auch noch die anschließende Pressekonferenz ab. Als Tad endlich geduscht und umgezogen aus der Kabine kam, wartete sie auf ihn.

„Tad, ich muss mit dir reden."

„Jetzt nicht, Jess." Er nahm ihre Hand, tätschelte sie wie bei einem Kind und ließ sie dann los. „Ich will hier weg, bevor der nächste Reporter mir auflauert."

„Okay, dann steig in meinen Wagen. Ich fahre, und du hörst mir zu."

„Jess, ich ..."

„Tad, bitte!"

Er seufzte tief auf, folgte ihr aber dann doch zu ihrem Auto. Zum ersten Mal in seinem Leben wünschte er sich, seine Familie wäre diesmal nicht zum Turnier gekommen. Bisher hatte er Training oder irgendwelche Verabredungen mit der Presse vorgeschoben, um sie nicht sehen zu müssen. Aber im Grunde wusste Tad ganz genau, dass das nichts genutzt hatte. Die Blicke seiner Mutter hatten ihm gezeigt, dass sie Bescheid wusste und sich um ihn sorgte. Sie kannte ihn gut genug, um zu wissen, dass etwas ganz und gar nicht in Ordnung war.

Am schlimmsten aber war es für ihn, den kleinen Pete zu sehen. Der Gedanke daran, dass er vielleicht auch einen Sohn wie ihn gehabt hätte, brachte ihn fast um den Verstand.

„Bitte, Jess, ich bin müde und …"

„Steig ein", unterbrach sie ihn. „Ich hätte schon längst mit dir reden müssen. Es muss sein, glaub mir."

Tad stieg ein, und Jess startete. Als sie sich in den Verkehr eingereiht hatte, begann sie zu sprechen. „Tad, ich muss dir einiges sagen, und ich möchte dich bitten, mich nicht zu unterbrechen, okay?"

„Ich habe ja wohl keine andere Wahl, wenn ich nicht zurücklaufen will."

Jess begann in dem ersten Sommer, den er mit Amy verbrachte. Nach einigen Sätzen wollte Tad sie unterbrechen, da er nicht daran erinnert werden wollte, aber Jess bat ihn zu schweigen und sprach weiter.

Als sie ihm erzählte, dass sie zu Amy gegangen sei, sah er sie überrascht von der Seite an. Jetzt hatte sie seine volle Aufmerksamkeit. Seine Brauen zogen sich zusammen, als er Sätze hörte wie: Tad weiß nicht, wie er sich von dir trennen soll, ohne dir wehzutun … Tad meint, dass Eric sehr gut zu dir passt …

„Sie hat überhaupt nicht darauf reagiert, Tad", fuhr Jess schnell fort, damit er sie nicht unterbrechen konnte. „Sie war völlig kühl und beherrscht. Das bestärkte mich noch in meiner Meinung. Damals wusste ich noch nicht, dass man auch sehr starke Gefühle unterdrücken kann, wenn man verletzt wird. Erst als ich Mac kennengelernt hatte …" Sie trat auf die Bremse, als die Ampel vor ihr rotes Licht zeigte. Tad saß schweigend neben ihr.

„Wenn ich heute daran zurückdenke, dann fällt mir wieder ein, wie blass sie war und wie ruhig. Sie hörte sich alles an, was ich ihr zu sagen hatte. Ihre Stimme war leise, aber sie weinte keine einzige Träne. Oh, Tad, ich muss ihr furchtbar wehgetan haben."

Jess warf einen Blick auf ihren Bruder. Er sah starr geradeaus und sprach kein Wort. „Ich hatte kein Recht dazu, Tad", begann sie wieder. „Heute weiß ich das. Ich wollte … wollte dir helfen, dir etwas von dem wiedergutmachen, was du für mich getan hast. Damals habe ich gedacht, ich würde ihr genau das sagen, was du nicht sagen konntest. Ich wollte … Ach, ich weiß auch nicht."

Jess brach hilflos ab und wartete darauf, dass er endlich etwas sagen würde. „Vielleicht war ich auch eifersüchtig – und trotzdem habe ich gedacht, du würdest sie nicht lieben, genauso wenig wie sie dich. Vor allem, als sie dann so schnell danach heiratete."

Sie spürte, wie ihr Tränen in die Augen stiegen. Schnell lenkte sie den Wagen an den Straßenrand und stellte den Motor ab. „Tad, ich weiß, es genügt nicht, wenn ich dir sage, wie leid mir das alles tut. Aber ich weiß nicht, was ich sonst sagen soll."

Langsam drehte er den Kopf und sah ihr in die Augen. „Wie bist du nur auf die Idee gekommen, du müsstest mir eine Entscheidung abnehmen?" Seine Stimme klang ganz ruhig, aber dann schrie er sie plötzlich an. „Wer, zum Teufel, hat dich damit beauftragt?"

Jess zwang sich, seinem Blick standzuhalten. „Du kannst mir nichts sagen, was ich mir nicht bereits selbst gesagt hätte, Tad. Und du hast ein Recht darauf, wütend auf mich zu sein."

„Weißt du überhaupt, was du da angestellt hast?"

Sie musste sich räuspern, bevor sie sprechen konnte. „Ja", antwortete Jess dann ganz leise.

„Ich wollte Amy an dem Abend fragen, ob sie mich heiraten wollte. Als ich dann in unser Zimmer kam, fand ich nur dich vor. Und dann hast du mir erzählt, dass sie mit Wickerton auf und davon sei."

„Oh, Tad!" Tränen rollten über ihre Wangen. „Tad, ich hatte doch keine Ahnung, dass Amy dir so viel bedeutete."

„Sie bedeutete mir alles, Jess. Alles! Ich war halb verrückt vor Angst, sie könnte mich nicht heiraten wollen." Er hämmerte mit beiden Fäusten verzweifelt auf das Armaturenbrett. „Und ich habe immer noch Angst, bin mir immer noch nicht sicher."

„Tad, wenn du zu ihr gehst, vielleicht …"

„Nein." Er musste wieder an das Baby denken. Sein Baby. „Nein, jetzt gibt es noch andere Gründe."

„Dann gehe ich zu ihr", sagte Jess. „Ich kann …"

„Nein!" Seine Stimme überschlug sich fast. „Du gehst nicht zu ihr. Hast du gehört?"

„Wenn du nicht willst …"

„Ich will es nicht, Jess."

„Liebst du sie immer noch?", fragte sie leise.

Tad drehte den Kopf und sah seine Schwester verzweifelt an. „Ja, ich liebe sie immer noch. Aber da gibt es etwas, das ich nicht vergessen und ihr nie verzeihen kann."

„Verzeihen?"

„Ja, sie hat mir etwas genommen …" Seine Stimme brach ab. Er öffnete die Tür und stieg aus.

„Tad." Jess griff nach seinem Arm und hielt ihn zurück. „Willst du, dass ich abreise? Mir wird schon eine Ausrede für die Familie einfallen."

„Tu, was du willst", antwortete er kurz angebunden. Er wollte schon die Tür zuschlagen, als er ihren Blick sah. Sein ganzes Leben lang hatte er sie beschützt, und er würde es auch weiterhin tun.

„Es ist vorbei, Jess", sagte er leise. „Vergiss es."

Dann drehte er sich um und ging. Dabei war er sich nicht sicher, ob er seinen eigenen Worten glaubte.

## 12. KAPITEL

Amy saß auf dem Bett und sah das Endspiel der Herren im Fernsehen. Es wäre ihr unmöglich gewesen, ins Stadion zu gehen. Aber es war ihr ebenso unmöglich, ein Spiel von Tad zu verpassen.

Er spielte sehr konzentriert und präzise. Amy nahm den Blick nicht für einen Augenblick vom Bildschirm, wenn einer seiner besonders gelungenen Schläge in Zeitlupe gezeigt wurde. Die Haare hingen ihm wie üblich wirr über das Schweißband, und seine dunklen Augen sprühten vor Energie. War es nur sein unbändiger Siegeswille? fragte Amy sich. Oder trieb ihn diesmal ein anderes Gefühl noch viel mehr an?

Sein Topspin kam auf Chucks Rückhand, und er schlug ihn kraftvoll zurück. Tad spielte entlang der Linie, erwischte seinen Gegner auf dem falschen Fuß und wollte sich schon befriedigt abdrehen, als sehr spät erst der Ruf vom Linienrichter kam. Der Ball war „aus".

Die Kamera war auf ihn gerichtet. Seine Augen sprühten Blitze, und er machte schon einen Schritt auf den Schiedsrichter zu. Amy hielt unwillkürlich die Luft an. Sie kannte ihn nur zu gut. Er war drauf und dran, die Kontrolle zu verlieren und so zu reagieren wie früher. Mitten in der Bewegung hielt er inne. Noch ein Blick auf den Schiedsrichter, dann drehte er sich um und ging zurück zur Grundlinie. Geduckt wie eine Katze erwartete er Chucks Aufschlag. Amy atmete auf.

Chuck schenkte ihm nichts, aber schon sehr früh war klar, dass er gegen einen so kraftvoll aufspielenden Tad keine Chance hatte. Er wehrte sich mit all seiner Erfahrung, versuchte Tad auszutricksen, aber am Ende war es immer wieder er, der einem Ball nachsehen musste.

Amy spürte einen körperlichen Schmerz, wenn sie daran dachte, dass er für sie verloren war. Tad hatte sie aus seinem Leben verbannt, und es gab keine Anzeichen, dass er seine Meinung ändern würde.

Sie seufzte und bedeckte ihr Gesicht mit beiden Händen.

Plötzlich hob sie den Kopf. Sie starrte auf den Bildschirm, wo die Kamera jetzt nahe an Tad heranfuhr und sein Gesicht aufnahm. War sie nicht dabei, wieder den gleichen Fehler zu machen? Sie sah in seine dunklen Augen, die jetzt kalt und voll konzentriert blickten.

Nein, so einfach würde sie diesmal nicht aufgeben. Amy reckte die Schultern und sprang auf. Sie wollte nicht kampflos aus Tads Leben verschwinden. War sie nicht immer stolz darauf gewesen, niemals aufzugeben? Und jetzt, wo es um ihre Liebe ging, um ihr ganzes weiteres Leben, das ohne Tad öd und leer vor ihr lag, wollte sie auch nicht damit anfangen.

Sie schaltete den Fernseher aus. Genau in diesem Augenblick klopfte jemand an die Tür. Amy machte auf – und erstarrte.

„Dad!"

„Amy." Jim streckte ihr nicht die Hand entgegen, sein Gesicht war ausdruckslos. „Darf ich hereinkommen?"

Er hat sich überhaupt nicht verändert, dachte Amy. Immer noch sehr schlank, fast wie zu seiner Wettkampfzeit, mit hoch erhobenem Kopf und gestrafften Schultern stand er vor ihr. „Oh, Dad, ich freue mich so, dich zu sehen." Amy griff nach seiner Hand und zog ihn ins Zimmer. „Setz dich bitte. Soll ich dir etwas zu trinken bestellen? Einen Kaffee vielleicht?"

„Nein." Jim setzte sich in den Sessel und sah seine Tochter an. Sie war schlanker geworden, und sie wirkte sehr nervös. Fast so nervös, wie er selbst es war. Seit Tads Anruf hatte er an nichts anderes mehr denken können. „Amy …", begann er zögernd. „Ich wollte dir sagen, dass ich stolz auf dich bin. Du hast in dieser Saison sehr gut gespielt."

„Danke."

„Bei deinem letzten Spiel, da war ich ganz besonders stolz auf dich", sagte er leise.

Amy lächelte traurig. Wie typisch für ihn, dass er als Erstes von Tennis sprach. „Ich habe verloren, Dad."

„Aber du hast gekämpft", widersprach er. „Bis zum letzten Punkt hast du gekämpft. Ich glaube, es ist nur sehr wenigen aufgefallen, wie schlecht du dich gefühlt hast."

„Als ich erst einmal auf dem Platz stand …"

„Hast du dich nicht mehr schlecht gefühlt", unterbrach er sie. „Ich weiß. Das ist das, was ich dir jahrelang eingehämmert habe, nicht wahr?"

„Ja, Stolz und sportliches Verhalten", antwortete sie und wiederholte damit die Worte, die sie unzählige Male von ihrem Vater gehört hatte.

Jim schwieg und sah sie an. Amy war immer meine Prinzessin, dachte er, meine hübsche, erfolgreiche Prinzessin.

„Ich habe nicht damit gerechnet, dass du kommen würdest", unterbrach sie seine Gedanken.

„Ich hatte eigentlich auch nicht vor zu kommen."

Wenn sie diese Antwort verletzte, so zeigte sie es nicht. „Und warum hast du deine Meinung geändert?"

„Da gibt es mehrere Gründe – vor allem aber dein letztes Spiel."

Amy stand auf und ging hinüber zum Fenster. „Dann habe ich also erst verlieren müssen, damit du wieder mit mir sprichst." Aus ihrer Stimme klang Bitterkeit, und sie gab sich auch keine Mühe, sie zu unterdrücken. „All die Jahre habe ich dich so nötig gebraucht, Dad. Ich habe so sehr darauf gehofft, dass du mir verzeihen würdest."

„Es war schwer für mich, Amy." Jim stand auf und machte einige Schritte auf sie zu.

„Es war auch schwer für mich, zu verstehen, dass meinem Vater die Sportlerin wichtiger war als das Kind", sagte sie leise.

„Das ist nicht wahr."

„Wirklich nicht?" Amy drehte sich herum und sah ihn an. „Du wolltest nichts mehr mit mir zu tun haben, weil ich meine Karriere aufgegeben hatte. Und obwohl ich niemanden außer dir hatte, hast du nicht die Hand ausgestreckt."

„Ich habe versucht, damit fertig zu werden, Amy, mich damit abzufinden, dass du diesen Mann geheiratet hast. Du weißt, dass ich ihn von Anfang an nicht mochte."

„Ich hatte keine andere Wahl."

„Keine andere Wahl?", wiederholte er mit scharfer Stimme.

„Du hast deine eigene Entscheidung getroffen, Amy – deine Karriere für einen Adelstitel. Und genauso hast du deine eigene Entscheidung getroffen, als es um mein Enkelkind ging."

„Dad, bitte!" Sie hob beide Hände. „Hast du eine Ahnung, wie sehr ich für diesen kleinen Augenblick der Unachtsamkeit in den letzten Jahren bezahlt habe?"

„Unachtsamkeit?" Mit aufgerissenen Augen starrte Jim seine Tochter an. „Du nennst den Beginn einer Schwangerschaft Unachtsamkeit?"

„Nein, nein!" Mit Tränen in den Augen sah Amy ihn an. „Ich meine den Augenblick, als ich mein Baby verloren habe. Wenn ich mich nicht in den Streit mit ihm eingelassen hätte, wenn ich aufgepasst hätte an der Treppe … Ich wäre nicht gefallen und hätte Tads Baby nicht verloren."

„Wie bitte?" Alle Farbe war aus seinem Gesicht gewichen. Ohne den Blick von Amy zu nehmen, ließ Jim sich wieder in den Sessel fallen. „Du bist gestürzt? Und es war Tads Baby?" Er schüttelte den Kopf und strich sich mit einer Hand übers Gesicht. Er verstand noch nicht ganz die Zusammenhänge, aber plötzlich fühlte er sich alt und schwach. „Amy, willst du damit sagen, dass du eine Fehlgeburt hattest?"

„Ja. Aber das habe ich dir doch alles geschrieben damals."

„Ich habe nie einen Brief von dir bekommen." Er streckte beide Hände seiner Tochter entgegen, und Amy zögerte nur kurz, bevor sie danach griff. „Amy, Eric hat mir erzählt, du hättest das Baby abtreiben lassen – sein Baby." Er sah, wie sie blass wurde und den Mund öffnete, aber es kam kein Wort heraus. „Er hat mir gesagt, dass du das ohne sein Wissen getan habest, und er klang so verzweifelt, dass ich ihm geglaubt habe."

Jim zog sie zu sich, und sie setzte sich wie als kleines Kind auf seinen Schoß. „Ich habe ihm geglaubt, Amy."

„Oh nein!" Der Schock stand ihr ins Gesicht geschrieben, und ihre Augen füllten sich mit Tränen.

„Eric rief mich an und sagte mir, dass er erst davon erfahren habe, als es schon zu spät gewesen sei. Du hättest ihm gesagt, du wollest keine Kinder, weil du dein Leben als Lady Wickerton genießen wolltest."

Amy schüttelte den Kopf. Sie konnte noch nicht einmal Zorn empfinden. Zu viel war in letzter Zeit auf sie eingestürmt. „Ich hätte nie geglaubt, dass Eric so hinterhältig und gemein sein könnte."

Allmählich bekam alles einen Sinn. Ihr Vater hatte ihre Briefe nie beantworten können, weil Eric sie abgefangen hatte. Darum auch die seltsam kalte Reaktion ihres Vaters, als sie ihn schließlich angerufen hatte. Am Telefon hatte Jim ihr gesagt, dass er sich mit ihrer Entscheidung niemals abfinden könne. Und sie hatte geglaubt, er meinte damit ihre Entscheidung, nicht mehr Tennis zu spielen.

„Er will mich bestrafen", sagte Amy leise.

Jim nahm das Gesicht seiner Tochter zwischen beide Hände. „Amy, erzähl mir alles, von Anfang an. Ich hätte dir schon längst dazu Gelegenheit geben müssen."

Sie begann mit dem Besuch von Jess in ihrem und Tads Hotelzimmer, und sie verschwieg auch nicht, wie es jetzt um sie und ihn stand.

„Und jetzt glaubt Tad ..." Plötzlich brach Amy ab, als ihr klar wurde, was Tad glauben musste. „Eric muss ihm auch die Geschichte mit der Abtreibung erzählt haben."

„Nein, das habe ich getan", erwiderte ihr Vater leise.

„Du?" Verwirrt presste Amy ihre Fingerspitzen an den schmerzenden Kopf. „Aber wieso ..."

„Er hat mich vor einigen Tagen spät abends angerufen. Tad wollte mich dazu bringen, wieder Kontakt mit dir aufzunehmen. Ich erwähnte die Abtreibung, und er hat mir genauso geglaubt wie ich Eric."

„Das war die Nacht, in der ich wach geworden bin", sagte Amy leise. „Und als er dann erfuhr, dass es sein Baby war ... Kein Wunder, dass er mich hasst."

Plötzlich kam wieder Farbe in ihr Gesicht. „Ich muss zu ihm, muss ihm alles erzählen." Sie sprang auf. „Er muss mir glauben.

Ich gehe zum Tennisplatz."

„Das Spiel müsste eigentlich schon vorüber sein." Jim fühlte sich entsetzlich. Seine Tochter war durch die Hölle gegangen, und er hatte ihr nicht geholfen. „Du triffst Tad dort bestimmt nicht mehr an."

Amy sah auf die Uhr. „Aber ich weiß nicht, wo er jetzt wohnt." Sie ging zur Tür. „Ich muss an der Rezeption fragen. Die wissen das sicherlich."

„Amy ..." Er ging auf seine Tochter zu und streckte ihr die Hand hin. „Amy, bitte verzeih mir."

Sie sah ihn an. Dann ließ sie die Türklinke los, übersah die ausgestreckte Hand und warf sich in seine Arme.

Es war schon fast Mitternacht, als Tad die Tür zu seinem Zimmer aufschließen wollte. Die letzten beiden Stunden hatte er damit verbracht, einen Drink nach dem anderen in sich hineinzuschütten.

Schließlich gewinnt man auch nicht jeden Tag den Grand-Slam-Titel, sagte er sich und suchte in der Tasche nach seinem Schlüssel. Und man bekommt auch nicht jeden Tag von mindestens einem halben Dutzend schöner Frauen eindeutige Angebote, dachte er und lachte plötzlich. Und warum zum Teufel hatte er keines davon angenommen?

Weil sie alle nicht wie Amy waren, sagte eine Stimme in ihm. Unsinn! Er war einfach zu müde, darum hatte er keine mit hinauf in sein Zimmer genommen. Amy – das war vorbei!

Das Zimmer war dunkel, als er endlich die Tür aufgeschlossen hatte und hineinstolperte. Er hatte getrunken, weil er etwas zu feiern hatte, sagte er sich – nicht etwa, weil er vergessen wollte.

Tad warf die Schlüssel auf den Boden, griff nach seinem T-Shirt und zog es sich über den Kopf. Jetzt brauchte er nur noch den Weg zum Bett zu finden, ohne Licht zu machen. Heute Nacht würde er schlafen können, dafür hatte er genügend Alkohol im Körper.

Als er sich seinen Weg zum Schlafzimmer bahnte, ging plötzlich das Licht an und blendete ihn. Er legte seine Hand vor die

Augen und lehnte sich gegen die Wand, um nicht das Gleichgewicht zu verlieren.

„Knips das verdammte Licht aus."

„So sieht also ein Sieger aus."

Die leise Stimme ließ ihn zusammenzucken. Er nahm die Hand von den Augen und starrte Amy an. Sie saß im Sessel und lächelte ihn an.

„Was, zum Teufel, tust du hier?"

„Triumphierend und betrunken", fuhr sie fort, als hätte sie seine Frage gar nicht gehört. „Soll ich meine Glückwünsche auch noch anbringen, wie die vielen anderen schon vor mir?"

„Geh!" Er trat einen Schritt von der Wand weg und schwankte leicht. „Ich will dich nicht sehen."

„Ich werde dir einen Kaffee bestellen", gab sie ungerührt zur Antwort. „Und dann werden wir reden."

„Ich habe gesagt, du sollst gehen." Er griff nach ihrem Handgelenk, als sie den Telefonhörer abnehmen wollte und wirbelte sie herum. „Geh – oder ich kann für nichts garantieren."

Amy stand ganz still vor ihm. „Ich werde gehen, nachdem wir beide uns unterhalten haben."

„Weißt du, was ich jetzt am liebsten mit dir machen möchte?" Er riss sie herum und drängte sie gegen die Wand. „Ich möchte dich schlagen, bis ich keine Kraft mehr habe."

Amy zeigte keine Spur von Angst. „Tad, hör mir bitte zu …"

„Ich will dir aber nicht zuhören." In seiner Fantasie sah Tad sie nackt auf dem zerwühlten Bett liegen. „Geh, bevor ich dir wehtun werde."

„Nein." Sie streckte eine Hand aus und berührte ihn leicht an der Wange. „Tad …"

Sie brach ab, als er sie plötzlich mit aller Kraft gegen die Wand presste. Für einen Augenblick dachte sie, er würde sie wirklich schlagen. Aber dann war plötzlich sein Mund auf ihren Lippen. Hart, beinahe brutal, drängte er ihre Lippen auseinander. Sie spürte seine Zähne und roch den Alkohol. Als sie versuchte, ihren Kopf zur Seite zu drehen, griff er mit beiden Händen zu und hielt ihn fest.

Amy versuchte, sich zu wehren. Er stöhnte auf, aber dann erlahmte ihr Widerstand.

Ohne sich dessen bewusst zu sein, lockerte sich sein Griff. Seine Hände strichen über ihren Körper, sein Kuss wurde liebevoll und zärtlich. Immer wieder murmelte er ihren Namen, während er ihr Gesicht mit Küssen bedeckte.

„Ich kann nicht ohne dich leben", flüsterte er und zog sie mit sich hinunter auf den Boden.

Er spürte ihre Hände auf seinem Körper und überließ sich den leidenschaftlichen, wilden Gefühlen, die ihre Berührung in ihm auslöste. Er hörte ihr Stöhnen und fühlte ihren Körper, der sich fest gegen seinen presste.

Längst hatte Tad die Kontrolle über sich verloren. Er war in ihr, bevor er sich dessen überhaupt bewusst wurde, und ihre Körper fanden den gemeinsamen Rhythmus, den sie beide so schmerzlich vermisst hatten.

Erst als alles vorüber war, Tad sich von ihr rollte und an die Decke starrte, kam er wieder zur Besinnung. Wie war es möglich, dass Amy immer noch eine solche Macht über ihn hatte – nach allem, was er ihr vorwerfen konnte? Wie hatte es passieren können, dass er sie wollte, obwohl er sie doch eigentlich hassen müsste?

„Tad." Amy drehte sich zur Seite und berührte seine Schulter.

„Lass mich." Ohne sie anzusehen, stand er auf. „Zieh dich an", murmelte er und zog seine Jeans hoch. „Bist du mit dem Wagen hier?"

Amy setzte sich auf und strich sich die Haare aus dem Gesicht. „Nein."

„Ich ruf dir ein Taxi."

„Das ist nicht nötig." Schweigend zog sie sich an. „Tut es dir leid, dass das passiert ist?"

„Glaub nur nicht, dass ich mich entschuldige", fuhr Tad sie an. „Darauf kannst du lange warten."

„Ich habe auch keine Entschuldigung von dir verlangt", sagte Amy ruhig. „Ich wollte dir nur sagen, dass es mir nicht leidtut. Ich liebe dich, Tad, und wenn wir zusammen schlafen, so ist das ein Ausdruck meiner Liebe."

Tad stand am Fenster und hatte ihr den Rücken zugewandt. Sie knöpfte die Bluse zu und stand auf. „Ich bin gekommen, um dir etwas zu sagen, das du unbedingt wissen musst, Tad. Danach werde ich gehen und dir Zeit lassen, darüber nachzudenken."

Er drehte sich um und sah sie an. „Okay", sagte er schließlich und strich sich mit beiden Händen übers Gesicht. „Vielleicht sollte ich dir zuerst sagen, dass das, was Jess dir da vor drei Jahren erzählt hat, ihrer eigenen Fantasie entsprungen ist", sagte er schnell. „Ich habe erst gestern überhaupt davon erfahren. Auf ihre Art hat sie damals versucht, mich zu beschützen."

„Ich weiß gar nicht, wovon du redest."

„Hast du wirklich geglaubt, dass ich dich nicht mehr wollte? Dass ich nach einem Weg gesucht habe, dich loszuwerden?"

Amy öffnete den Mund, aber dann schloss sie ihn wieder und schwieg. Seltsam, dass die Worte selbst jetzt noch weh taten.

„Also hast du es tatsächlich geglaubt", stellte Tad resigniert fest.

„Und warum sollte ich nicht?", gab sie zurück. „Alles, was Jess sagte, klang völlig glaubhaft. Du hattest nie von Liebe gesprochen, und wir hatten auch keine Pläne für eine gemeinsame Zukunft gemacht."

„Warst du dir denn deiner eigenen Gefühle so wenig sicher?", fragte Tad. „Vielleicht ist dir der Auftritt von Jess gerade recht gekommen. Schließlich bist du daraufhin mit Wickerton auf und davon – obwohl du von mir schwanger warst."

„Ich wusste nicht, dass ich schwanger war, als ich Eric heiratete." Amy sah, wie er mit den Schultern zuckte. Wütend griff sie nach seinen Armen und hielt ihn fest. „Ich versichere dir, ich wusste es wirklich nicht! Hätte ich es gewusst, dann hätte ich dich verlassen und wäre nicht zu Eric gegangen. Ich hatte vorher schon so eine Ahnung, dass du mich nicht mehr wolltest, bevor Jess es mir bestätigte."

„Und wieso?"

„Du warst damals so in dich gekehrt, häufig mit deinen Gedanken ganz woanders. Es ergab alles einen Sinn, was Jess sagte."

„Ich war in mich gekehrt, weil ich mir den besten Weg überlegte, wie ich die große Amy Wolfe, Miss Tennis schlechthin, dazu bringen könnte, den Starbuck aus den Slums von Chicago zu heiraten."

Überrascht sah Amy Tad an. „Du wolltest mich heiraten?"

„Den Ring habe ich immer noch, den ich dir damals gekauft habe."

„Einen Ring?", wiederholte sie. „Du hast mir einen Ring gekauft?"

„Ja, ich wollte dich ganz offiziell um deine Hand bitten. Und wenn das nicht geklappt hätte – nun, dann hätte ich dich eben entführt."

Sie versuchte zu lachen, während ihr die Tränen in die Augen traten. „Ich hätte mich gern entführen lassen, aber das wäre nicht nötig gewesen."

„Wenn du mir gesagt hättest, dass du schwanger …"

„Tad, ich wusste es nicht!", unterbrach sie ihn und hämmerte mit ihren Fäusten gegen seine Brust. „Meinst du wirklich, ich hätte Eric geheiratet, wenn ich es gewusst hätte? Wochen später stellte sich erst heraus, dass ich schwanger war."

„Und warum zum Teufel bist du dann nicht zu mir gekommen?"

„Auf diese Weise wollte ich dich nicht zurückholen, Tad", sagte sie und reckte stolz ihr Kinn empor. „Außerdem war ich da bereits mit einem anderen Mann verheiratet und an ihn gebunden."

„Ja, so sehr an ihn gebunden, dass du in eine Klinik gegangen bist und mein Kind hast abtreiben lassen", antwortete er bitter.

„Das ist nicht wahr! Ich habe das Baby nicht abtreiben lassen. Ich hatte eine Fehlgeburt, an der ich fast gestorben wäre. Würdest du dich jetzt besser fühlen, wenn es dazu gekommen wäre?"

„Fehlgeburt?" Er ließ ihre Hände los und packte sie hart an den Schultern. „Wovon redest du?"

„Als ich Eric sagte, dass ich von dir schwanger sei, hat er sofort angenommen, ich hätte ihn hereingelegt, hätte nur einen Vater für mein Baby gesucht, nachdem du mich nicht mehr gewollt hast. Ich konnte sagen, was ich wollte, er glaubte mir nicht. Wir stritten miteinander und gingen dabei auf die Treppe zu. Ich wollte nichts anderes als weg von ihm, allein sein." Sie schlug die Hände vors Gesicht, als die Erinnerung daran zurückkam. „Ich habe nicht mehr aufgepasst, bin einfach nur vor ihm geflohen. Dann bin ich gefallen. Alles drehte sich um mich. Danach kann ich mich an nichts mehr erinnern. Erst in der Klinik kam ich nach einigen Tagen wieder zu mir. Ich hatte das Baby verloren."

„Oh, Amy!" Tad versuchte, sie in seine Arme zu ziehen, aber sie wich ihm aus.

„Ich habe mich so nach dir gesehnt, aber ich wusste, dass du mir niemals verzeihen würdest. Es gab keinen anderen Ausweg, und so habe ich getan, was Eric wollte."

Langsam ließ Amy die Arme sinken und sah ihn an. „Ich hätte es nicht ertragen, wenn du mich nur aus Mitleid wiedergenommen hättest, und so habe ich auch nicht versucht, Kontakt zu dir aufzunehmen. Ich habe dafür bezahlt, Tad. Mit drei Jahren meines Lebens, in denen ich nicht eine Minute glücklich war."

Er ging hinüber zum Fenster und riss es auf. Er brauchte Luft, hatte das Gefühl zu ersticken. „Warst du schwer verletzt?"

„Wie bitte?" Amy glaubte, ihn nicht richtig verstanden zu haben.

„Warst du schwer verletzt?" Als sie schwieg, drehte Tad sich herum. „Bei dem Sturz, meine ich."

„Ich ... ich habe das Baby verloren."

„Ich habe nach dir gefragt."

Keiner hatte sie danach gefragt, noch nicht einmal ihr Vater. Amy schüttelte nur den Kopf.

„Verdammt, Amy. Du hast vorhin gesagt, du seist beinahe daran gestorben."

„Aber das Baby ist gestorben", wiederholte sie noch einmal leise. „Ich meine dich", schrie er sie an. „Weißt du immer noch nicht, dass du das Wichtigste für mich bist? Wir können noch viele Babys haben, wenn du willst. Ich will wissen, was dir passiert ist."

„Ich kann mich gar nicht mehr an alles erinnern. Ich habe Transfusionen …" Jetzt erst ging ihr der Sinn seiner Worte auf. Die Besorgnis in seinem Blick galt ihr. „Tad!" Amy lehnte ihren Kopf gegen seine Brust. „Es ist alles vorbei."

„Ich hätte bei dir sein müssen." Er zog sie näher zu sich. „Es wäre leichter für dich gewesen, wenn wir beide zusammen gewesen wären."

„Sag mir, dass du mich liebst", bat sie leise.

„Du weißt es doch." Er legte eine Hand leicht unter ihr Kinn und hob ihr Gesicht hoch. Eine Träne rollte über ihre Wange, und er küsste sie weg. „Nicht mehr weinen", bat er sanft. „Du darfst nicht mehr weinen."

„Beinahe wäre alles noch einmal passiert, Tad."

„Ja, es hat nicht viel gefehlt. Ab jetzt gibt es keine Geheimnisse mehr, Liebes. Versprichst du mir das?"

„Ja, ich verspreche es dir. Und jetzt lass uns feiern."

„Ich habe meinen Teil schon hinter mir." Er lachte.

„Aber nicht mit mir. Wir könnten in mein Hotel fahren und unterwegs eine Flasche Champagner kaufen."

„Wir können auch hier bleiben und den Champagner auf morgen verschieben."

„Es ist bereits morgen", erinnerte sie ihn und zeigte auf ihre Uhr.

„Umso besser. Dann haben wir den ganzen Tag für uns." Er fasste ihre Hände und zog sie zum Schlafzimmer.

„Moment." Sie entzog sich seinem Griff. „Ich möchte, dass du jetzt das tust, was du vor drei Jahren tun wolltest."

„Oh, Amy, doch nicht jetzt." Wieder wollte er nach ihr greifen, aber sie war schneller.

„Oh, doch, Tad."

Er seufzte und vergrub die Hände in den Taschen seiner Jeans. „Ich hab dir ja gesagt, dass ich dich heiraten will."

„Oh nein, so nicht! Du wolltest es ganz offiziell machen. So etwa wie: Amy …"

„Ich weiß, was ich sagen muss", unterbrach Tad sie. „Aber ich glaube, ich versuch's doch lieber mit der Entführung."

Lachend ging sie auf ihn zu und schlang die Arme um seinen Hals. „Frag mich", flüsterte sie nahe an seinem Mund, „bitte!"

„Willst du mich heiraten, Amy?" Er bedeckte ihr Gesicht mit Küssen. Dann hielt er inne und sah sie an. „Nun?"

„Ich werde es mir überlegen", antwortete sie und bemühte sich, ernst zu bleiben. „Eigentlich hatte ich mir das ja viel romantischer vorgestellt, viel …" Mitten im Satz packte Tad sie und warf sie über seine Schulter. „Ja, so ist es auch gut", gab Amy sich zufrieden. „In einigen Tagen gebe ich dir dann meine Antwort."

Ohne sich zu bücken, ließ er sie auf das Bett fallen.

„Oder auch schon früher", lenkte sie ein, während Tad begann, ihre Bluse aufzuknöpfen.

„Sei still."

Überrascht zog sie eine Braue hoch. „Willst du meine Antwort etwa gar nicht?"

„Morgen bestellen wir das Aufgebot."

„Aber ich habe noch nicht …"

„Und verschicken die Einladungen."

„Ich habe noch nicht Ja gesagt und …"

Er verschloss ihren Mund mit einem Kuss.

„Nun gut", seufzte Amy, „du hast mich überzeugt."

– ENDE –

*Nora Roberts*

# Ruheloses Herz

Roman

Aus dem Amerikanischen von
Emma Luxx

Für Brian Donnelly stand fest, dass die Krawatte die Erfindung einer rachsüchtigen Frau war, ein Folterinstrument, mit dem man einen Mann so lange würgen konnte, bis er genug geschwächt war, dass man das Ende packen und ihn hinter sich herzerren konnte. Eine Krawatte zu tragen bedeutete für Brian, dass er ständig das Gefühl hatte zu ersticken, dass er nervös war und sich irgendwie albern vorkam.

Aber in vornehmen Countryclubs mit ihren glatten, auf Hochglanz polierten Fußböden, den Kristalllüstern an der Decke und den Blumenvasen, deren Inhalt aussah, als ob er von der Venus stammte, kam man um eine Krawatte, geputzte Schuhe und ein wichtigtuerisches Gehabe nicht herum.

Er wäre viel lieber im Reitstall gewesen, auf der Rennbahn oder in einem gemütlichen Pub, wo man eine Zigarre rauchen und reden konnte, wie es einem beliebte. Das waren, zumindest in Brians Augen, wesentlich geeignetere Orte, um geschäftliche Angelegenheiten zu besprechen.

Aber Travis Grant hatte ihm immerhin den Flug bezahlt, und der war von Kildare nach Amerika nicht gerade billig gewesen.

Rennpferde zu trainieren hieß, dass man sich in sie hineinversetzen musste, wenn man wirklich gut mit ihnen arbeiten wollte. Menschen brauchte man natürlich auch irgendwie, aber eher am Rande. Countryclubs waren für Reitstallbesitzer und Leute, die sich zum Vergnügen und aus Prestige- oder Profitgründen auf der Rennbahn herumtrieben.

Ein einziger Blick durch den Raum genügte, um Brian zu verraten, dass die meisten der hier Anwesenden noch nie in ihrem Leben einen Stall ausgemistet hatten.

Dennoch, wenn Grant herausfinden wollte, ob er, Brian, sich in einer so feinen Umgebung anständig benehmen konnte, war er verdammt gut beraten, es auch zu tun. Bis jetzt hatte er den Job nämlich noch nicht. Und er wollte ihn.

Royal Meadows war eine der besten Vollblutpferdefarmen nicht nur in dieser Gegend. Sie hatte sich in den letzten zehn

Jahren beständig weiterentwickelt, sodass sie mittlerweile zu den besten der Welt gehörte. Brian hatte die amerikanischen Pferde, von denen jedes einzelne eine Augenweide war, in Curragh laufen sehen. Das letzte hatte er erst vor einigen Wochen beobachtet, als das Fohlen, das er trainiert hatte, das Pferd aus Maryland um eine halbe Kopfeslänge geschlagen hatte.

Aber eine halbe Kopfeslänge genügte, um die Siegerprämie einstreichen zu können, von der ihm als Trainer ein Anteil zustand. Darüber hinaus hatte es offenbar auch gereicht, die Aufmerksamkeit des berühmten Mr Grant auf sich zu ziehen.

Und jetzt war er auf dessen Einladung hin in Amerika in einem eleganten Countryclub, dessen Mitglieder aus den besten Kreisen stammten.

Die Musik fand er öde. Sie machte ihn einfach nicht an. Aber wenigstens hatte er ein Bier vor sich und eine gute Aussicht auf das bunte Treiben. Das Essen war reichlich und genauso übertrieben hergerichtet wie die Leute, die sich am Buffet bedienten. Diejenigen, die tanzten, taten es mit mehr Würde als Begeisterung, was seiner Meinung nach eine Schande war, obwohl man schlecht etwas dagegen sagen konnte, solange die Band nicht mehr Leben in sich hatte als eine Tüte durchweichter Chips.

Trotzdem war es ein Erlebnis, den Schmuck glitzern und das Kristall funkeln zu sehen. Sein letzter Arbeitgeber in Kildare hatte seine Angestellten jedenfalls nicht in den Countryclub eingeladen.

Obwohl der alte Mahan eigentlich ganz in Ordnung gewesen war. Und seine Pferde hatte er weiß Gott geliebt – zumindest solange sie sich am Ende auf dem Siegerpodest stolz aufbäumten. Trotzdem hatte Brian keine Sekunde überlegt und gekündigt, als sich ihm diese Chance hier geboten hatte.

Und wenn er den Job nicht bekam, würde er einen anderen kriegen. Auf jeden Fall würde er eine Weile in Amerika bleiben, und wenn sie ihn bei Royal Meadows nicht nahmen, fand er bestimmt etwas anderes.

Er kam gern viel herum, und er mochte das Gefühl, jederzeit seine Tasche packen und woanders hingehen zu können. Und weil er so viel herumkam, hatte er schon in einigen der besten Reitställe Irlands gearbeitet.

Es gab keinen Grund, anzunehmen, dass er in Amerika weniger Glück haben würde. Im Gegenteil. Amerika war ein großes Land.

Er trank einen Schluck Bier, und als er wenig später Travis Grant hereinkommen sah, zog er eine Augenbraue hoch. Er erkannte Grant sofort, ebenso wie seine Frau, die aus Irland stammte und wahrscheinlich ihren Teil dazu beigetragen hatte, dass man ihm dieses Angebot gemacht hatte.

Grant war groß und stattlich gebaut, mit breiten Schultern und dichtem schwarzen, von silbernen Strähnen durchzogenem Haar. Sein markantes Gesicht war von der Sonne gebräunt. Seine Frau, die volles kastanienbraunes Haar hatte, wirkte neben ihm so klein und zierlich, wie er sich eine Fee vorstellte.

Sie hielten sich an den Händen.

Das fand er überraschend, wahrscheinlich, weil er eine so öffentlich zur Schau gestellte Zuneigung von seinen eigenen Eltern nicht kannte.

Hinter ihnen erschien ein junger Mann. Die Ähnlichkeit mit Travis Grant war unverkennbar, und Brian wusste, dass es einer seiner Söhne war, weil er ihn von der Rennbahn in Kildare kannte. Brendon Grant, der offensichtlich auserkoren war, in die Fußstapfen des Vaters zu treten. Und er schien sich in dieser Rolle wohlzufühlen – genauso wie die schlanke Blondine an seinem Arm.

Die Grants hatten fünf Kinder, wie er in Erfahrung gebracht hatte. Eine Tochter, nach Brendon noch einen Sohn und dann ein Zwillingspärchen. Brian nahm nicht an, dass jemand, der so privilegiert aufgewachsen war wie sie, sich mit dem täglichen Kleinkram, der auf einer Pferdefarm anfiel, befasste. Er ging nicht davon aus, dass sich ihre Wege oft kreuzen würden.

Dann kam sie hereingerauscht … lachend.

Ein seltsames Gefühl erfasste ihn. Einen Augenblick lang sah er nur sie. Sie war zierlich, und sie strahlte übers ganze Gesicht. Selbst aus der Entfernung erkannte er, dass ihre Augen so blau waren wie die Seen in seiner Heimat. Das leuchtend rote Haar, das aussah, als stünde es in Flammen, fiel ihr in großen weichen Wellen über die Schultern.

Sein Herz hämmerte dreimal hintereinander hart und schnell, dann schien es kurz stillzustehen.

Sie trug ein langes, fließendes blaues Kleid, das einige Farbtöne dunkler war als ihre Augen. Und an ihren Ohren funkelten Brillanten.

Er hatte noch nie in seinem Leben etwas so Schönes, etwas so Perfektes gesehen. Etwas so Unerreichbares.

Weil sich seine Kehle plötzlich staubtrocken anfühlte, hob er sein Bierglas und trank einen Schluck, wobei er verärgert registrierte, dass seine Hand ganz leicht zitterte.

Davon lässt du die Finger, Donnelly, ermahnte er sich. Erlaub dir nicht mal im Traum, daran zu denken. Das musste die älteste Tochter des Meisters sein. Und die Prinzessin des Hauses.

Sobald sie den Raum betreten hatte, gesellte sich ein elegant gekleideter Mann mit vornehmer Sonnenbräune zu ihr. Als Brian sah, wie sie ihm kühl und hochnäsig die Hand reichte, entfuhr ihm ein verächtlicher Ton.

Ah ja, sie war in der Tat eine Prinzessin. Und wusste es auch.

Jetzt kam der Rest der Familie herein, unübersehbar die Zwillinge Patrick und Sarah. Brian wusste, dass sie erst kürzlich achtzehn geworden waren. Die beiden waren ein hübsches Paar, groß und schlank, mit kastanienbraunem Haar. Das Mädchen lachte und gestikulierte lebhaft.

Jetzt drehte sich die ganze Familie zu der Prinzessin um, wodurch – vielleicht absichtlich – der Mann, der gekommen war, um ihr seine Aufwartung zu machen, an den Rand gedrängt wurde. Aber er ließ sich nicht beirren, sondern legte ihr eine Hand auf die Schulter. Sie warf ihm einen Blick zu, lächelte und nickte.

Gleich darauf jedoch trat er – auf ihr Geheiß hin, wie Brian vermutete – einen Schritt beiseite. Eine Frau wie sie war es wahrscheinlich gewohnt, einen Mann mit einem Fingerschnippen wegzuschicken oder herbeizuwinken. Und hatte bestimmt keine Schwierigkeiten, ihn dazu zu bringen, dass er selbst für das beiläufigste Tätscheln mindestens so dankbar war wie der Hund der Familie.

Nach diesen Überlegungen fühlte er sich schon wesentlich sicherer. Er trank noch einen Schluck Bier und stellte daraufhin sein Glas ab. Und entschied, dass jetzt ein ebenso günstiger Zeitpunkt war wie jeder andere, um sich den vornehmen, berühmten Grants zu nähern.

„Und dann hat sie ihm mit ihrem Spazierstock einen Schlag in die Kniekehlen versetzt", fuhr Sarah lachend fort. „Und er ist mit dem Gesicht voraus in den Ginster geflogen."

„Bei so einer Großmutter würde ich sofort nach Australien ziehen", warf Patrick ein.

„Aber Will Cunningham braucht gelegentlich einen Dämpfer. Ich war selbst schon manchmal versucht, ihm einen zu geben." Adelias funkelnde Augen begegneten Brians. „Oh, Sie haben es ja geschafft!"

Zu Brians Überraschung ergriff sie herzlich seine Hände, drückte sie und zog ihn dann mit sich in den Kreis ihrer Familie.

„Erfreut, Sie wiederzusehen, Mrs Grant."

„Ich hoffe, Sie hatten eine angenehme Reise."

„Ohne Zwischenfälle, was dasselbe ist." Da Konversation nicht unbedingt zu seinen Stärken gehörte, wandte er sich jetzt Travis zu und begrüßte ihn mit einer knappen Verbeugung: „Mr Grant."

„Brian. Ich habe gehofft, dass Sie es heute Abend noch schaffen. Brendon haben Sie ja bereits kennengelernt."

„Ja. Haben Sie auf das Fohlen gesetzt, von dem ich Ihnen erzählt habe?"

„Sicher. Und da es fünf zu eins war, schulde ich Ihnen zumindest einen Drink. Was möchten Sie?"

„Ich nehme noch ein Bier, danke."

„Aus welchem Teil Irlands kommen Sie denn?", fragte Sarah. Sie hatte die Augen von ihrer Mutter. Ein warmes Grün und neugierig dreinblickend.

„Aus Kerry. Und Sie sind Sarah, richtig?"

„Richtig." Sie strahlte ihn an. „Und das ist mein Bruder Patrick und das meine Schwester Keeley. Brady ist schon wieder an der Uni, deshalb sind wir heute Abend nicht ganz vollzählig."

„Nett, Sie kennenzulernen, Patrick." Mit einer wohlerwogenen Kopfbewegung wandte er sich Keeley zu. „Miss Grant."

Sie hob – nicht weniger wohlerwogen – eine dünne Augenbraue. „Mr Donnelly. Oh, vielen Dank, Chad." Sie nahm das Champagnerglas entgegen, wobei sie mit der Hand ganz kurz den Arm des Mannes streifte, der es ihr gebracht hatte. „Chad Stuart, Brian Donnelly aus Kerry. Das ist in Irland", fügte sie trocken hinzu.

„Oh. Sind Sie mit Mrs Grant verwandt?"

„Nein, diese Ehre habe ich leider nicht. Es gibt immer noch einige, die nicht mit ihr verwandt sind."

Patrick lachte schallend, was ihm einen tadelnden Blick seiner Mutter eintrug. „Oje, wir stehen wie üblich wieder mal mitten im Weg herum! Wir sollten diese Herde an unseren Tisch treiben. Ich hoffe, Sie leisten uns Gesellschaft, Brian", sagte Mrs Grant.

„Möchtest du tanzen, Keeley?", fragte Chad artig, der mit vorschriftsmäßig angewinkelten Ellbogen vor ihr stand.

„Sehr gern", sagte sie in Gedanken und trat einen Schritt vor. „Etwas später."

„Passen Sie gut auf, dass Sie nicht auf den Scherben des Herzens ausrutschen, das Sie eben zerbrochen haben", sagte Brian, während sie zusammen an den Tisch der Grants gingen.

Sie schaute zu Chad und wieder zurück. „Oh, ich stehe ziemlich fest auf meinen Füßen", versicherte sie ihm, dann entschied sie sich, zwischen ihren beiden Brüdern Platz zu nehmen.

Weil ihm ihr betörender Duft in die Nase gestiegen war, legte er Wert darauf, sich ihr gegenüber zu setzen. Er lächelte ihr kurz zu, dann begnügte er sich damit, Sarah zuzuhören, die ihn bereits in ein Gespräch über Pferde verwickelt hatte.

Keeley, die an ihrem Champagner nippte, gelangte zu dem Schluss, dass sie sein Aussehen nicht mochte. Er hatte von allem ein bisschen zu viel. Seine Augen waren zu grün, noch grüner als die ihrer Mutter. Man konnte sich gut vorstellen, dass er einen Gegner mit einem einzigen scharfen Blick in die Knie zwingen konnte. Und es war ihm zuzutrauen, dass er sich auch noch daran ergötzte. Sein Haar war dunkelbraun, doch die vielen helleren Strähnen darin verhinderten, dass es ein ruhiger Ton war, außerdem war es so lang, dass es sich über dem Kragen und an den Schläfen kräuselte.

Seine Gesichtszüge wirkten genauso scharf wie seine Augen, mit einer kleinen Einkerbung am Kinn und einem schön geformten Mund, der für ihren Geschmack ein bisschen zu viel Sinnlichkeit ausstrahlte.

Sie fand, dass er eine Statur wie ein Cowboy hatte, langbeinig, hager und muskulös, und dass er für den Anzug und die Krawatte viel zu ungeschliffen wirkte.

Es störte sie nicht, dass er sie ständig ansah. Und auch wenn er es nicht tat, fühlte es sich so an, als ob er es täte. Jetzt begegneten sich zufällig ihre Blicke. Sein Lächeln war so unverschämt, dass sie ihn am liebsten wütend angefaucht hätte.

Weil sie ihm diese Genugtuung nicht geben wollte, stand Keeley auf und schlenderte langsam in Richtung Damenlounge.

Sie hatte die Tür noch nicht ganz geschlossen, als Sarah hinter ihr auftauchte. „Gott! Sieht er nicht umwerfend gut aus?"

„Wer?"

„Also wirklich, Keeley." Sarah verdrehte die Augen und ließ sich auf einen der gepolsterten Hocker vor dem großen Schminkspiegel sinken. „Wer wohl? Brian natürlich. Ich meine, er sieht doch wirklich toll aus, oder? Diese Augen! Und dieser Mund …! Und dann hat er auch noch so einen knackigen Po! Ich bin nämlich extra hinter ihm hergegangen. Also los, sag schon, was meinst du?"

Lachend setzte sich Keeley auf den Hocker neben sie. „Ich finde dich erstens einfach unmöglich. Und zweitens denke ich, würde Dad ihn postwendend ins nächste Flugzeug nach Irland setzen, wenn er dich so reden hörte. Und drittens meine ich, dass mir bis jetzt weder sein angeblich so knackiger Po noch sonst etwas besonders an ihm aufgefallen ist."

„Lügnerin." Sarah überprüfte ihr Aussehen im Spiegel, während ihre Schwester einen Lippenstift aus ihrer Tasche kramte. „Ich habe bemerkt, wie du ihn mit diesem typischen Keeley-Grant-Blick gemustert hast."

Belustigt gab Keeley, nachdem sie sich die Lippen nachgezogen hatte, den Lippenstift an Sarah weiter. „Na schön, dann sagen wir eben, dass mir das, was ich gesehen habe, nicht besonders gefallen hat. Er ist einfach nicht mein Typ."

„Meiner schon. Wenn ich nicht nächste Woche aufs College müsste, würde ich glatt …"

„Aber du musst", sagte Keeley, die plötzlich wegen der bevorstehenden Trennung eine leise Wehmut verspürte. „Außerdem ist er viel zu alt für dich."

„Ein kleiner Flirt kann nie schaden."

„Und deswegen flirtest du ständig."

„Das mache ich nur als Ausgleich, weil du immer die Nummer mit der Eisprinzessin abziehst. Oh, hallo, Chad", äffte Sarah ihre Schwester nach, wobei sie eine distanzierte Miene aufsetzte und würdevoll mit der Hand wedelte.

Sarahs unflätiger Kommentar brachte Keeley zum Kichern. „Würde ist sicher kein Makel", meinte Keeley, obwohl ihre Mundwinkel zuckten. „Du könntest auch eine Portion davon vertragen."

„Deine reicht für uns beide." Sarah sprang auf. „Ich gehe. Vielleicht schaffe ich es ja, diesen süßen Typ auf die Tanzfläche zu locken. Ich wette, er bewegt sich irre aufregend."

„Oh ja", erwiderte Keeley, während ihre Schwester zur Tür hinausschlüpfte. „Das wette ich auch."

Obwohl es sie natürlich nicht im Mindesten interessierte.

Männer interessierten sie eben einfach nicht besonders. Punkt. Zurzeit jedenfalls nicht. Sie hatte ihre Arbeit, die Farm und ihre Familie. Sie war voll beschäftigt und glücklich. Ab und zu mal unter die Leute zu gehen ist okay, überlegte sie. *Ein Abendessen mit einem anregenden Gesprächspartner, toll. Hin und wieder eine Verabredung fürs Theater oder zu irgendeiner Veranstaltung, prima.*

Doch alles, was darüber hinausging … nun, um sich darüber den Kopf zu zerbrechen, fehlte ihr einfach die Zeit. Und wenn dies eine Eisprinzessin aus ihr machte, na und? Das Dahinschmelzen überließ sie lieber Sarah. Aber falls Vater Donnelly wirklich einstellen sollte, werde ich ihn und meine Schwester während der kommenden Woche trotzdem gut im Auge behalten, nahm sie sich beim Aufstehen vor.

Sie hatte die Damenlounge kaum verlassen, als auch schon wieder Chad auftauchte und sie um einen Tanz bat. Weil sie immer noch an Sarahs Stichelei mit der Eisprinzessin denken musste, schenkte sie ihm ein so strahlendes Lächeln, dass er sie verblüfft anschaute, bevor er ihr seinen Arm bot.

Brian hatte nichts dagegen, mit Sarah zu tanzen. Welchem Mann würde es keinen Spaß machen, einige Minuten lang ein hübsches junges Mädchen im Arm zu halten und ihrem Geplapper zuzuhören?

Er fand sie irgendwie niedlich. Komischerweise erschien sie ihm gar nicht verwöhnt und war zutraulich wie ein junger Hund. Nach zehn Minuten wusste er, dass sie vorhatte, Tiermedizin zu studieren, irische Musik liebte, sich mit acht den Arm gebrochen hatte, als sie von einem Baum gefallen war, und dass sie ein offenbar angeborenes Talent zum Flirten hatte.

Anschließend tanzte er mit Adelia Grant, und es war ein echtes Vergnügen, den vertrauten Klang des irischen Akzents in ihrer Stimme zu hören und den herzlichen Empfang zu spüren.

Er hatte gehört, dass sie vor vielen Jahren nach Amerika und Royal Meadows gekommen war, wo ihr Onkel Padrick Cunnane als Pferdetrainer bei Travis Grant gearbeitet hatte. Und weil sie ebenso wie ihr Onkel ein Talent im Umgang mit Pferden hatte, hatte man sie angeblich als Pferdepflegerin eingestellt.

Doch als sich Brian jetzt mit der zierlichen, eleganten Frau auf der Tanzfläche drehte, tat er diese Geschichten als Märchen ab. Er konnte sich beim besten Willen nicht vorstellen, wie diese Frau einen Stall ausmistete – genauso wenig wie ihre hübschen Töchter.

Der Club war eigentlich gar nicht mal so übel, und gegen das Essen ließ sich auch kaum etwas einwenden, obwohl ein Mann mit einem großen saftigen Steak natürlich besser bedient gewesen wäre. Trotzdem schmeckte es gut und machte satt, auch wenn man sich erst durch alle möglichen exotischen Sachen hindurchstochern musste, bevor man auf irgendetwas Bekanntes stieß.

Obwohl sich der Abend am Ende als nicht so schlimm wie befürchtet herausstellte, war Brian doch froh, als Travis vorschlug, ein bisschen an die frische Luft zu gehen.

„Ihre Familie ist wirklich sehr nett, Mr Grant."

„Ja, das kann man wohl sagen. Und sehr laut. Ich hoffe nur, Ihr Gehör hat nicht gelitten, nachdem Sie mit Sarah getanzt haben."

Brian grinste, aber er war vorsichtig. „Sie ist charmant … und ehrgeizig. Tiermedizin ist eine Herausforderung, besonders wenn man sich auf Pferde spezialisiert."

„Im Grunde genommen wollte sie schon immer Tierärztin werden. Obwohl sie natürlich ihre Phasen hatte", fuhr Travis fort, während sie einen breiten, mit weißem Kies bestreuten Weg hinuntergingen. „Balletttänzerin, Astronautin, Rockstar. Irgendwie landete sie dann allerdings doch immer wieder bei Tierärztin. Sie wird mir fehlen, wenn sie nächste Woche aufs College geht. Aber wenn Sie hier in Amerika bleiben, wird Ihre Familie Sie bestimmt auch vermissen."

„Ich bin schon seit Jahren von zu Hause fort. Falls ich mich hier niederlassen sollte, wird das kein Problem sein."

„Meine Frau hat Heimweh nach Irland", erzählte Travis. „Ein Teil von ihr ist immer noch dort, auch wenn sie hier noch so tief verwurzelt ist. Das kann ich gut verstehen. Aber …" Er sprach nicht weiter und musterte Brian eingehend in dem Licht, das aus dem Haus auf den Weg fiel. „Wenn ich einen Trainer einstelle, erwarte ich von ihm, dass er mit dem Kopf und dem Herzen hier in Royal Meadows ist."

„Selbstverständlich, Mr Grant."

„Sie wechseln ziemlich häufig die Stellung, Brian", fügte Travis hinzu. „Zwei Jahre, manchmal auch drei, dann kündigen Sie."

„Richtig", bestätigte Brian ruhig und nickte. „Länger hat es mich bis jetzt einfach noch nirgends gehalten. Aber solange ich in einer Stellung bin, bin ich voll bei der Sache."

„Das habe ich gehört. Paddy Cunnane will endlich in den Ruhestand gehen, und bis jetzt ist es mir noch nicht gelungen, einen geeigneten Nachfolger für ihn zu finden. Die Idee, Sie zu einem Gespräch einzuladen, stammt von Paddy."

„Ich fühle mich geschmeichelt."

„Das sollten Sie auch." Zu Travis' Zufriedenheit spiegelte sich auf Brians Gesicht nicht mehr als höfliches Interesse. Er mochte Männer, die ihre Gedanken für sich behalten konnten. „Sobald Sie sich ein bisschen ausgeruht haben, möchte ich Sie bitten, auf die Farm rauszukommen."

„Ich bin ausgeruht genug. Und ich bin gern in Bewegung."

„Verstehe."

„Schön. Dann komme ich also gleich morgen früh bei Ihnen vorbei und schaue mir an, wie Sie die Dinge handhaben, Mr Grant. Und anschließend können wir uns unterhalten und sehen, ob wir in unseren Vorstellungen übereinstimmen. Sind Sie einverstanden?"

Ganz schön großspurig, der Bursche, dachte Travis und verkniff sich ein Lächeln. Er konnte seine Gedanken ebenfalls für sich behalten. „Ja, keine Einwände. Kommen Sie, gehen wir wieder rein. Ich spendiere Ihnen noch ein Bier."

„Danke, aber ich glaube, ich verabschiede mich jetzt lieber. Die Nacht ist schnell um."

„Na schön, dann bis morgen." Travis gab Brian die Hand und schüttelte sie herzlich. „Ich freue mich."

„Gleichfalls."

Sobald er allein war, zog Brian eine schlanke Zigarre aus seiner Brusttasche und zündete sie an, dann stieß er eine dicke Rauchwolke aus.

Paddy Cunnane hatte ihn empfohlen? Dieser Gedanke erfüllte ihn mit Stolz und Nervosität gleichermaßen. Die Behauptung, dass er sich geschmeichelt fühlte, war stark untertrieben gewesen. In Wahrheit hatte es ihn fast umgehauen. Paddy Cunnane war in der Welt der Reitställe eine Legende.

Der Mann trainierte Champions so wie andere Leute frühstückten – mit schöner Regelmäßigkeit.

Brian hatte ihn im Laufe der Jahre einige Male gesehen und nur ein einziges Mal mit ihm gesprochen. Deshalb war er so erstaunt, dass Paddy Cunnane überhaupt Notiz von ihm genommen hatte, auch wenn er nicht gerade an einem Minderwertigkeitskomplex litt.

Travis Grant suchte einen geeigneten Nachfolger für Paddy. Nun, dieses Ziel strebte Brian nicht an, da er nicht vorhatte, über längere Zeit an einem Ort zu bleiben. Obwohl er fest entschlossen war, seine Duftmarken zu hinterlassen, falls Grant ihn einstellte.

Na schön, morgen würde man weitersehen.

Während er den Weg wieder hinaufzugehen begann, registrierte er, dass sich vor ihm Licht und Schatten kurz verlagerten. Gleich darauf sah er Keeley Grant durch eine Glastür auf eine mit Steinplatten belegte Terrasse treten.

Schau sie dir an, dachte Brian. So kühl und einzigartig und perfekt. Sie wirkte, als wäre sie für das Mondlicht gemacht. Oder vielleicht war das Mondlicht ja auch für sie gemacht. In den Falten ihres weich fallenden, langen blauen Kleides spielte der Wind, während sie die Terrasse überquerte. Sie schnupperte an den rost- und butterfarbenen Blumen, die am Rand in einem großen Steinkrug blühten.

Ohne nachzudenken, pflückte er von dem Rosenstrauch neben sich eine Knospe ab und schlenderte damit auf die Terrasse. Als sie Schritte hörte, drehte sie sich um. Über ihr Gesicht huschte ein Ausdruck von Verwirrung, der jedoch so schnell kühler Höflichkeit wich, dass er ihm entgangen wäre, wenn er sie nicht die ganze Zeit angesehen hätte.

„Mr Donnelly."

„Miss Grant", sagte er in demselben förmlichen Ton, dann hielt er ihr die Rose hin. „Diese Blumen da sind ein bisschen zu schlicht für Sie. Die hier passt besser zu Ihnen."

„Finden Sie?" Sie nahm die Rose entgegen, wahrscheinlich weil alles andere unhöflich gewesen wäre, aber sie schaute sie weder an, noch roch sie daran. „Ich mag schlichte Blumen. Trotzdem danke. Amüsieren Sie sich gut?"

„Es hat mich gefreut, Ihre Familie kennenzulernen."

Sie taute genug auf, um ihn anzulächeln. „Sie haben noch nicht alle Mitglieder kennengelernt."

„Wie ich gehört habe, haben Sie noch einen weiteren Bruder, der schon wieder auf dem College ist."

„Brady, ja, und außerdem sind da noch meine Tante und mein Onkel, Cathleen und Keith Logan, und ihre drei Kinder von der benachbarten Three Aces-Farm."

„Ach ja, ich habe von ihnen gehört. Ich glaube mich zu erinnern, dass sie einige Male bei Pferderennen in Irland waren. Kommen sie nicht in den Club?"

„Doch, normalerweise schon, aber im Moment sind sie verreist. Wenn Sie hierbleiben, werden Sie sie noch ziemlich häufig zu sehen bekommen."

„Und Sie? Wohnen Sie noch daheim?"

„Ja." Sie schaute zu dem beleuchteten Clubhaus hinüber und sehnte sich danach, zu Hause zu sein. Die Vorstellung, in diesen heißen, überfüllten Raum zurückzugehen, erschien ihr plötzlich fast unerträglich.

„Die Musik hört sich aus der Ferne besser an."

„Hm?" Sie machte sich gar nicht erst die Mühe, ihn anzusehen, und wünschte sich nur, er möge sie endlich allein lassen.

„Die Musik", wiederholte Brian. „Wenn sie nicht so laut ist, ist es besser."

Weil sie seine Meinung uneingeschränkt teilte, lachte sie. „Und wenn man sie überhaupt nicht hört, ist es am besten."

Überrascht lauschte er ihrem Lachen. Da schwang Wärme mit. Wie warmer Rauch, der einem die Sinne benebelt. Ohne darüber nachzudenken, was er tat, legte er ihr die Hände um die Taille und versuchte, Keeley näher an sich zu ziehen. „Davon verstehe ich nichts."

Sie erstarrte. Obwohl sie nicht zusammenzuckte, wie es viele andere Frauen in einer derartigen Situation wahrscheinlich getan hätten. Sie stand einfach nur angespannt da.

„Was soll das denn?"

Die eisigen Worte ließen ihm keine andere Wahl, als seinen Griff um ihre Taille zu verstärken. Sein Stolz verbot es ihm, nachzugeben. „Tanzen. Ich habe vorhin gesehen, dass Sie tanzen. Und hier draußen ist es besser als in dem Gewühl da drinnen."

Vielleicht war sie einverstanden. Vielleicht war sie sogar belustigt. Trotzdem war sie daran gewöhnt, gefragt und nicht einfach gepackt zu werden. „Ich bin extra nach draußen gegangen, um nicht mehr tanzen zu müssen."

„Das stimmt doch gar nicht. Sie wollten nur dem Trubel entkommen."

Sie bewegte sich mit ihm im Takt der Musik, weil es sonst wie eine Umarmung ausgesehen hätte. Und Sarah hatte recht, er bewegte sich wirklich ziemlich aufregend. Da sie hohe Schuhe trug, war sie auf Augenhöhe mit seinem Mund. Und ich selbst habe ebenfalls recht gehabt, entschied sie. Dieser Mund war viel zu sinnlich. Langsam legte sie ihren Kopf zurück, bis ihre Blicke sich trafen.

„Wie lange arbeiten Sie schon mit Pferden?" Sie fand, dass dies ein unverfängliches Gesprächsthema war.

„Irgendwie schon mein ganzes Leben. Und Sie? Reiten Sie selbst auch, oder betrachten Sie die Pferde nur aus der Ferne?"

„Ich kann reiten." Seine Frage ärgerte sie so, dass sie ihm am liebsten ihre Siegermedaillen und Pokale ins Gesicht geschleudert hätte. „Falls Sie hierbleiben, würde das eine große Umstellung für Sie bedeuten. Ein neuer Job, ein fremdes Land, eine andere Kultur."

„Ich liebe Herausforderungen." Irgendetwas an seinem Tonfall, irgendetwas an der Art, wie er seine Hand auf ihrem Rücken spreizte, veranlasste sie, ihn wachsam zu betrachten.

„So jemand zieht nach einer bestandenen Herausforderung oft weiter, schon wieder auf der Suche nach der nächsten. Es ist das Spiel eines Menschen, dem es an Ernst und Verantwortungsgefühl mangelt. Mir sind Leute lieber, die sich dort, wo sie leben, etwas Lohnenswertes aufbauen."

Das war zweifellos richtig, deshalb hätten ihm ihre Worte eigentlich nicht so einen Stich versetzen dürfen. „So wie Ihre Eltern."

„Ja."

„Das ist leicht gesagt, wenn man sich nie etwas mit eigenen Händen aufbauen musste."

„Mag sein, ich ziehe trotzdem diejenigen vor, die sich mit langem Atem etwas erarbeiten, als die, die ständig nur irgendeine Gelegenheit oder Herausforderung beim Schopf ergreifen."

„Und Sie glauben, dass ich aus diesem Grund hier bin?"

„Das weiß ich nicht." Gleichmütig zuckte sie die Schultern. „Ich kenne Sie nicht."

„Richtig. Aber Sie glauben, mich zu kennen. Der Stallbursche, der dauernd nur nach dem nächsten Pokal schielt, mit Dreck unter den Fingernägeln, der nicht weggeht, egal, wie oft er sich auch die Hände schrubbt. Und viel zu weit unter Ihnen stehend, als dass Sie auch nur Notiz von ihm zu nehmen bräuchten."

Überrascht, nicht nur von den Worten, sondern auch von der Vehemenz, mit der sie vorgebracht worden waren, versuchte sie, einen Schritt zurückzuweichen, aber er hielt sie fest. Ganz so, als hätte er ein Recht dazu.

„Das ist lächerlich. Es ist unfair und unwahr."

„Es spielt keine Rolle, für keinen von uns beiden." Er würde es nicht zulassen, dass es eine Rolle für ihn spielte, obwohl sie zu halten in ihm eine völlig irrwitzige Sehnsucht hervorrief, die er unter keinen Umständen dulden durfte.

„Weil ich nicht davon ausgehe, dass wir uns oft über den Weg laufen werden, selbst wenn mir Ihr Vater diesen Job anbieten und ich ihn annehmen sollte."

Sie sah, dass seine grünen Augen vor Zorn loderten. „Sie irren sich, Mr Donnelly. Und zwar sowohl in mir und meiner Familie als auch darin, wie meine Eltern ihre Farm führen. Ihre Schlussfolgerungen sind falsch und beleidigend."

Er musterte sie mit hochgezogenen Augenbrauen. „Frieren Sie, oder sind Sie wütend?"

„Was soll das heißen?"

„Sie zittern."

„Mir ist kalt", stieß sie hervor, zornig darüber, dass sie sich so von ihm hatte provozieren lassen. „Ich gehe wieder hinein."

„Wie Sie möchten." Er trat einen Schritt beiseite, allerdings ohne ihre Hand loszulassen, und als sie sie ihm entziehen wollte, sagte er mit zur Seite geneigtem Kopf: „Sogar der Stallbursche lernt einige Manieren." Damit brachte er sie zur Terrassentür. „Danke für den Tanz, Miss Grant. Ich wünsche Ihnen noch einen unterhaltsamen Abend."

Er wusste, dass es ihn den Job kosten konnte, aber er musste einfach herausfinden, ob hinter dieser Wand aus Eis nicht wenigstens ein kleines Feuer brannte. Deshalb zog er ihre Hand an seinen Mund und streifte mit den Lippen ihre Knöchel. Provozierend langsam, vor und zurück, wobei er ihr tief in die Augen schaute.

Das Feuer loderte ganz kurz auf. Und glomm immer noch tief in ihr, als sie sich von ihm losriss, um sich wieder unter die sogenannte feine Gesellschaft zu mischen.

## 2. KAPITEL

Es hatte etwas Magisches, wenn das bleiche Licht der Morgendämmerung über den Reitställen heraufzog und sich der Nebel über den Weiden erhob. Das Klirren der Pferdegeschirre und das dumpfe Stampfen der Hufe klang wie Musik, sobald sich Stallburschen, Trainer und Pferde an die Arbeit machten. Es duftete nach Pferden, Heu und Spätsommer.

Brian stellte sich vor, dass die Anhänger wahrscheinlich bereits beladen waren. Bestimmt hatte der Verantwortliche die Pferde bereits ausgesucht, die zu ihrem täglichen Training zur Rennbahn gebracht oder für ein Rennen hergerichtet wurden. Aber auf der Farm gab es andere Arbeit.

Hier mussten verstauchte Knöchel behandelt, Medikamente verabreicht und Ställe ausgemistet werden. Helfer würden im Oval Hürden errichten oder umstellen.

Er entdeckte nichts, das auf etwas anderes als beste Qualität hingedeutet hätte. Da war diese gewisse adrette Ausstrahlung, auf die nicht alle Reitstallbesitzer Wert legten – vor allem nicht, wenn sie Geld kostete. Reitställe, Scheunen, Schuppen, alles war fein säuberlich gestrichen, in einem glänzenden Weiß, mit dunkelgrünen Verzierungen. Die Zäune waren ebenfalls weiß und in perfektem Zustand. Die Weiden, Pferche und Koppeln wirkten so gepflegt wie die Empfangshalle einer renommierten Firma.

Darüber hinaus gab es auch noch Atmosphäre. Wer sich so etwas leistete, war entweder geschäftstüchtig oder reich oder beides. Auf den grünen Hügeln standen wie hingetupft wirkende dicht belaubte Bäume. Inmitten einer von einem weißen Zaun umgebenen Koppel erspähte Brian eine riesige alte Eiche. Die Reitställe weiter hinten wurden durch eine fein säuberlich gestutzte grüne Hecke von der Rennbahn abgegrenzt.

Derartige Bemühungen verdienten Brians Ansicht nach Anerkennung. Sie nutzten den Pferden ebenso wie den Menschen. Sowohl Mensch als auch Tier hatten seiner Erfahrung nach in einer angenehmen Umgebung mehr Spaß an der Arbeit. Bestimmt war die hübsche Pferdefarm der Grants schon in Hochglanzmagazinen abgebildet gewesen.

Und das Wohnhaus sicher auch, überlegte er. Weil es ein beeindruckender Anblick war. Obwohl es vorhin, als er daran vorbeigefahren war, fast noch dunkel gewesen war, hatte er das elegante Steinhaus mit seinen Balkonen und den schmiedeeisernen Verzierungen gesehen. Und mit den schönen großen Fenstern, vor denen sich ein weitläufiges Land ausbreitete.

Über einer großen Garage gab es ein zweites Gebäude, das eine Miniaturausgabe des Haupthauses war. Und dort waren, wie er gesehen hatte, ebenfalls Blumenbeete und Sträucher angepflanzt worden. Und große Schatten spendende Bäume.

Aber ihn interessierten nur die Pferde. Wie sie untergebracht waren, wie sie behandelt wurden. Die Reitställe und alles, was damit zusammenhing, würden in seinen Verantwortungsbereich fallen – wenn man ihm den Job anbot und er ihn annahm. Der Besitzer war einfach nur der Besitzer.

„Bestimmt möchten Sie sich die Ställe anschauen", sagte Travis, während er mit Brian darauf zuging. „Paddy muss jeden Moment hier sein. Dann sollten wir eigentlich in der Lage sein, Ihre Fragen zu beantworten."

Brian hatte bereits alle Antworten, die er brauchte, ihm reichte, was er sah. Die Ställe waren von innen ebenso gepflegt wie von außen, mit leicht schräg abfallenden, sauber geschrubbten Zementfußböden. Die Türen der Boxen waren aus massivem Holz, und jede trug ein diskretes Namensschild aus Messing. Stallburschen waren dabei, das alte Stroh auf Schubkarren zu verfrachten und die Boxen mit frischem auszulegen. In der Luft hing ein starker süßer Geruch nach Pferden, Hafer und Einreibemittel.

Travis blieb vor einer Box stehen, in der eine junge Frau sorgfältig den Vorderfuß eines braunen Pferdes bandagierte. „Wie geht es ihr, Linda?"

„Schon viel besser. In einigen Tagen wird sie aus dem Gröbsten raus sein."

„Eine Verstauchung?" Brian betrat die Box und fuhr dem Jährling mit den Händen über Beine und Bauch. Linda warf ihm einen forschenden Blick zu, dann schaute sie Travis an, der nickte.

„Das ist Bad Betty", informierte Linda Brian. „Sie rebelliert gern. Sie hat eine leichte Verstauchung, aber das wird sie nicht lange hindern, wieder irgendeine Dummheit anzustellen."

„Na, du? Bist du eine Unruhestifterin?" Brian nahm Bettys Kopf zwischen seine Hände und schaute ihr tief in die Augen. Und war wie elektrisiert von dem, was er dort entdeckte. Von dem, was er spürte. Hier ist Magie, dachte er. Magie, die sich entfaltete, sobald man die Zauberformel fand.

„Zufälligerweise mag ich Unruhestifter", flüsterte er.

„Passen Sie auf, sie wird Sie beißen", warnte Linda ihn. „Besonders wenn Sie ihr den Rücken zudrehen."

„Du wirst mich doch nicht beißen, Süße?"

Wie um ihn zu provozieren, legte Betty die Ohren flach, und Brian grinste. „Alles klar, verstanden. Wir werden miteinander auskommen, solange ich nicht vergesse, dass du der Boss bist." Als er ihr mit einer Fingerspitze über den Hals fuhr, schnaubte sie ihn an. „Du bist hübscher, als gut für dich ist."

Während Linda ihren Vorderfuß fertig bandagierte, redete er weiterhin leise auf Betty ein, wobei er unbewusst ins Gälische verfiel. Das Pferd stellte die Ohren auf und beobachtete ihn jetzt eher interessiert als boshaft.

„Sie möchte laufen." Brian trat einen Schritt zurück und taxierte die Stute. „Sie ist dazu geboren. Um zu laufen und um zu siegen."

„Das sehen Sie auf einen Blick?", fragte Travis.

„Das lese ich in ihren Augen. Sie wollen sie doch bestimmt nicht gleich decken lassen, Mr Grant. Sie muss erst Rennen gewinnen. Unbedingt."

Jetzt drehte er Betty absichtlich den Rücken zu, und als die Stute den Kopf hob, schaute er sie über die Schulter hinweg an. „Ich glaube nicht, dass du mich beißen wirst", sagte er ruhig. Sie maßen sich noch einen Moment mit Blicken, dann warf Betty den Kopf zurück, was man als ein Schulterzucken interpretieren konnte.

Travis ging belustigt einen Schritt zur Seite, um Brian durchzulassen. „Sie terrorisiert die Stallburschen."

„Weil sie es zulassen, und sie ist wahrscheinlich intelligenter als die meisten von ihnen." Er deutete auf die gegenüberliegende Box. „Und wer ist dieser würdevolle alte Herr hier?"

„Das ist Prince, ein Sohn von Majesty."

„Von Majesty von Royal Meadows?", fragte Brian, während er die Box betrat. In seiner Stimme schwang Hochachtung mit. „Na, Sir, deine beste Zeit ist vorüber, stimmt's?" Brian fuhr dem betagten Kastanienbraunen sanft über den Kopf. „Seinen Vater habe ich vor vielen Jahren in Curragh laufen sehen, da war ich noch ein Stalljunge. So etwas wie ihn hatte ich bis dahin noch nie gesehen und später auch nie wieder. Mit einem seiner Söhne habe ich später gearbeitet. Er braucht sich seiner Nachkommenschaft nicht zu schämen."

„Ja, ich weiß."

Travis führte ihn herum und zeigte ihm die Sattelkammer, den Besamungsstall und die Geburtsställe, die hinter einer Koppel lagen, in der ein Einjähriger an einer langen Leine auf Herz und Nieren geprüft wurde, und dann das Oval, wo gerade ein bildschöner Hengst in Gesellschaft eines wohlerzogenen Wallachs seine Runden drehte.

Bei ihrem Herankommen schaute sich ein drahtiger kleiner Mann mit einer blauen Kappe auf dem Kopf um. Aus einer seiner Taschen baumelte eine Stoppuhr, und auf seinem faltigen Koboldgesicht lag ein fröhliches Grinsen.

„Dann haben Sie die Tour also schon hinter sich? Und wie finden Sie unsere kleine Farm hier?"

„Sehr nett." Brian streckte eine Hand aus. „Freut mich, Sie wieder mal zu sehen, Mr Cunnane."

„Die Freude ist ganz auf meiner Seite, junger Brian aus Kerry." Paddy erwiderte Brians Händedruck. „Ich habe ihnen gesagt, dass sie Zeus noch nicht laufen lassen sollen, Travis. Ich dachte mir, dass ihr euch das vielleicht ansehen wollt."

„King Zeus, Sohn von Prince", erklärte Travis. „Er läuft gut für uns."

„Er hat Ihnen letztes Jahr den Belmont Stakes geholt", erinnerte sich Brian.

„Richtig. Zeus läuft gern lange Strecken. Keith' Fohlen hat ihm zwar das Derby weggeschnappt, aber beim Breeder's Cup war er wieder da. Er ist ein starker Konkurrent und wird Champions zeugen."

Paddy winkte einen Jockey auf einem prachtvollen Kastanienbraunen heran. Das Fell des Pferdes glänzte dunkelrot in der aufgehenden Sonne, die schneeweiße Blesse auf seiner Stirn hatte die Form eines Blitzes. Er tänzelte zur Seite und bäumte sich auf.

Brian erkannte mit einem Blick, was er für ein Prachtexemplar vor sich hatte.

„Na? Was halten Sie von ihm?", fragte Paddy.

„Herrliche Form", war alles, was Brian sagte.

Zweihundert Pfund reines Muskelfleisch auf unwahrscheinlich langen, eleganten Beinen. Ein breiter Rücken, ein schlanker Rumpf, ein prächtiger Kopf. Und Augen, aus denen unbändiger Stolz leuchtete.

„Okay, Bobbie", sagte Paddy zu dem Jungen. „Es geht los. Und halt ihn nicht zurück. Er kann sich heute ruhig mal ein bisschen ins Zeug legen." Eine kleine Melodie pfeifend, lehnte sich Paddy gegen den Zaun und zog seine Stoppuhr aus der Tasche.

Die Daumen in die Hosentaschen gehakt, schaute Brian Zeus nach, der auf die Rennbahn zurücktrabte, wo er sich wieder tänzelnd aufbäumte, bis ihn der Junge zur Ordnung rief. Dann stellte sich der Reiter in den Steigbügeln auf und beugte sich über diesen langen, kraftvollen Hals. Einen Moment später schoss Zeus wie ein schimmernder Pfeil vorwärts. Diese langen Beine hoben, streckten, senkten sich, und als er die erste Kurve nahm, flogen sie so, dass die Erdklumpen unter seinen Hufen wegspritzten wie Kugeln.

Der Donner der Hufe hallte in der Luft wider.

Brians Herz hämmerte im selben Rhythmus in seiner Brust. Als Pferd und Reiter kehrtmachten, flog die Mütze des Burschen in hohem Bogen durch die Luft. Paddy brummte zufrieden vor sich hin, als er auf die Stoppuhr drückte.

„Nicht übel", sagte er trocken und hielt sie hoch.

Brian brauchte keinen Blick darauf zu werfen. Er hatte eine im Kopf und wusste, dass er gerade einen zukünftigen Champion beobachtet hatte.

„So etwas sieht man nicht oft, Mr Grant."

„Und er weiß es."

„Wollen Sie ihn in die Finger bekommen, Junge?", fragte Paddy.

Man musste wissen, wann man sich nicht in die Karten schauen lassen durfte und wann es klüger war, sie offen auf den Tisch zu legen, und Brian wusste es. „Ja." Er musste sich zurückhalten. Vor Ungeduld hätte er am liebsten wie ein Pferd getänzelt, als er sich wieder an Travis wandte: „Wenn Sie mir den Job anbieten, nehme ich ihn, Mr Grant."

Travis nickte und streckte eine Hand aus. „Gut. Willkommen auf Royal Meadows. Gehen wir einen Kaffee trinken."

Brian schaute Travis verblüfft nach, während der bereits wegging. „Einfach so?", murmelte er.

„Er hatte sich schon vorher entschieden", sagte Paddy. „Sonst wären Sie jetzt gar nicht hier. Travis verschwendet nicht gern Zeit, und zwar weder seine eigene noch die von anderen Leuten. Nach dem Kaffee können Sie zu mir rüberkommen, ich wohne über der Garage. Dann erzähle ich Ihnen ein bisschen mehr über Ihre Arbeit."

„Ja, gut, bis dann. Und danke." Leicht benommen beeilte sich Brian, Travis einzuholen.

Als er ihn erreicht hatte, stellte er zu seiner Überraschung und zu seiner leichten Beschämung fest, dass seine Handflächen feucht waren. Ein Job ist nur ein Job, erinnerte er sich. „Ich bin Ihnen dankbar, dass Sie mir diese Chance geben, Mr Grant."

„Travis. Sie werden dafür arbeiten. Wir haben auf Royal Meadows hohe Maßstäbe, und ich erwarte, dass Sie ihnen gerecht werden. Außerdem möchte ich, dass Sie so bald wie möglich anfangen."

„Ich werde gleich heute anfangen."

Travis streifte ihn schnell mit einem kurzen Blick. „In Ordnung."

Brian schaute sich um, dann deutete er auf eine Koppel vor einem kleinen Gebäude, in der Hürden errichtet waren. „Trainieren Sie auch Springturnierpferde?"

„Das ist ein separates Unternehmen." Travis lächelte leicht. „Sie arbeiten mit den Rennpferden. Wenn Sie möchten, können Sie Ihre Sachen schon in die Trainerunterkunft bringen." Travis schaute auf das Haus über der Garage.

Brian wollte etwas einwenden, besann sich dann aber anders. Ihm war nicht klar gewesen, dass man ihm auch die Unterkunft besorgen würde, aber er hatte nicht die Absicht, sich zu beschweren. Falls ihm das nicht passen sollte, konnten sie sich später immer noch auf etwas anderes einigen.

„Sie haben wirklich ein schönes Zuhause. Irgendjemand liebt hier Blumen."

„Meine Frau." Travis bog auf einen mit Schieferplatten belegten Weg ein. „Meine Frau ganz besonders."

Und wahrscheinlich haben sie Gärtner und Landschaftsarchitekten und weiß der Himmel was noch, um das alles zu pflegen, dachte Brian. „Die Pferde wissen die schöne Umgebung zu schätzen."

Travis, der gerade eine Terrasse betrat, drehte sich um. „Glauben Sie?"

„Ja."

„Hat Betty Ihnen das vorhin ins Ohr geflüstert?"

Brian begegnete gelassen Travis' belustigtem Blick. „Sie hat mich darauf hingewiesen, dass sie eine Königin ist und dementsprechend behandelt werden möchte."

„Und werden Sie das tun?"

„Sofern sie dieses Privileg nicht missbraucht, ja. Aber selbst königliche Hoheiten brauchen ab und an einen kleinen Dämpfer."

Damit trat er durch die Tür, die Travis ihm aufhielt.

Brian wusste nicht, was er vom Innern des Hauses erwartet hatte. Irgendetwas Glattes und Raffiniertes wahrscheinlich. Auf jeden Fall etwas Eindrucksvolles.

Er hatte nicht damit gerechnet, in die Küche der Grants zu kommen, die groß und unaufgeräumt war und trotz der hypermodernen Ausstattung und den auserlesenen Kacheln urgemütlich wirkte.

Und ganz bestimmt hatte er nicht damit gerechnet, die Dame des Hauses in einer alten Jeans und einem ausgewaschenen T-Shirt barfuß am Herd stehen und mit einer Pfanne herumhantieren zu sehen, während sie ihrem jüngsten Sohn eine Standpauke erteilte.

„Und ich will dir noch etwas sagen, Patrick Michael Thomas Cunnane. Wenn du glaubst, du kannst hier kommen und gehen, wie es dir beliebt, nur weil du nächste Woche aufs College gehst, solltest du dir ganz schnell deinen Dickschädel untersuchen lassen. Am besten mache ich es, sobald ich hier fertig bin, gleich selbst mit der Pfanne."

„Ja, Ma." Patrick, der ziemlich kleinlaut hinter ihr am Tisch saß, zog den Kopf ein. „Aber da du sie im Moment noch benutzt, könntest du mir ja vielleicht noch einen französischen Toast geben. Den macht nämlich niemand so lecker wie du."

„Damit kommst du diesmal nicht durch."

„Vielleicht ja doch."

Diesen Blick, mit dem sie ihn daraufhin bedachte, konnte nur eine Mutter heraufbeschwören, die ein Kind dazu bringen wollte, sich vor Gewissensbissen zu winden, wie Brian sofort erkannte.

„Oder auch nicht", brummte Patrick, aber als er Brian an der Tür entdeckte, hellte sich seine Miene schlagartig auf. „Ma, wir haben Besuch. Setzen Sie sich, Brian. Haben Sie schon gefrühstückt? Meine Mutter macht weltberühmten französischen Toast."

„Zeugen werden dich auch nicht retten", sagte Adelia milde, ehe sie sich lächelnd zu Brian umwandte. „Treten Sie ein, und setzen Sie sich. Patrick, hol für Brian und deinen Vater Teller und Besteck."

„Lassen Sie. Machen Sie sich keine Mühe", wandte Brian ein, doch vergebens.

Gleich darauf flog die Tür auf, und Sarah stürmte in die Küche. „Ma, ich kann meine braunen Schuhe nicht finden! Hallo, Brian. Morgen, Dad."

„Na so was, wo ich sie doch wochenlang nicht aus den Augen gelassen habe", frotzelte Adelia. „Mir ist schleierhaft, wie sie so plötzlich spurlos verschwinden können."

Sarah verdrehte die Augen und öffnete den Kühlschrank. „Ich werde zu spät kommen."

„Warum ziehst du nicht einfach ein anderes deiner sechstausend Paar Schuhe an?", schlug ihr Bruder vor.

Sarah schlug ihm mit der flachen Hand auf den Rücken. „Ich kann nicht mehr frühstücken. Keine Zeit." Sie schenkte sich ein Glas Saft ein und stürzte es hinunter. „Um fünf bin ich wieder da."

„Nimm wenigstens einen Muffin mit", sagte Adelia.

„Es gibt aber keins mit Blaubeeren."

„Dann nimm, was da ist."

„Okay, okay." Sie schnappte sich von einem Teller einen Muffin, drückte ihrer Mutter einen Kuss auf die Wange, dann rannte sie um den Tisch herum und gab ihrem Vater auch einen, bevor sie ihrem Bruder einen kurzen Blick zuwarf und wieder hinausstürmte.

„Sarah arbeitet während der Sommerferien in der Tierklinik", erklärte Adelia. „Wenn ihr euch die Hände wascht, kann's losgehen."

Da er es nicht schaffte, dem Duft des gebratenen Brots zu widerstehen, ging Brian zur Spüle. Erst in diesem Moment entdeckte er den großen alten Hund, der es sich neben dem Herd bequem gemacht hatte. Der alte Bursche erinnerte ihn an einen schwarzen, schrecklich zerrupften Bettvorleger.

„Und wer ist das?" Brian beugte sich zu dem Hund hinunter.

„Das ist unser Sheamus. Er ist inzwischen ein alter Herr und mag es, praktisch zu meinen Füßen zu schlafen, während ich koche."

„Meine Frau liebt Hunde", erklärte Travis, der bereits am Spülbecken war und sich die Hände wusch.

„Und sie lieben mich. Inzwischen verschläft Sheamus den größten Teil des Tages", erzählte sie Brian. „Und interessiert sich außer für die Familie für fast niemanden mehr." Noch während sie es sagte, zog sie erstaunt die Augenbrauen hoch. Sheamus reagierte auf Brians Aufmerksamkeiten, indem er die Augen öffnete, mit dem Schwanz wedelte und sich dann mit einem wohligen Aufseufzen herumrollte, um sich den Bauch kraulen zu lassen.

„Ist das denn die Möglichkeit?", rief Adelia erstaunt aus. „Er mag Sie tatsächlich."

„Ich habe einen guten Draht zu Hunden. Ja, du bist ein ganz lieber alter Junge. Fett und glücklich."

„Fett, weil ihm immer irgendwer etwas unter den Tisch wirft." Adelia sah ihren Mann tadelnd an.

„Ich weiß nicht, wovon du sprichst", sagte Travis unschuldig, während er sich die Hände abtrocknete und Brian sich wieder aufrichtete.

„Ha", war alles, was sie daraufhin sagte, bevor sie fragte: „Möchten Sie Kaffee oder lieber Tee, Brian?"

„Tee, danke."

„Setzen Sie sich." Sie deutete auf einen Stuhl und dann auf ihren Sohn. „So, und mit dir rede ich später weiter."

„Ich werde in den Stall gehen und Buße tun." Patrick stand schwer seufzend auf, dann legte er seiner Mutter von hinten die Arme um die Taille, das Kinn auf ihrem Scheitel. „Entschuldige."

„Geh jetzt."

Aber Brian sah, dass sich ihre Hand über Patricks legte und kurz zudrückte. Patrick grinste, ehe er sich davonmachte.

„Dieser Junge ist an jeder weiteren Falte in meinem Gesicht schuld", meinte Adelia.

„Was denn für Falten?", fragte Travis, worüber sie lachen musste.

„Das ist die richtige Antwort", sagte sie, bevor sie sich an Brian wandte und fragte: „Nun, wie sieht es aus, Brian? Sind Sie mit Royal Meadows zufrieden?"

Brian ging durch die Küche und setzte sich an den Tisch. „Ja, Ma'am."

„Oh, wir sind hier nicht so förmlich. Sie müssen nicht Ma'am zu mir sagen, es sei denn, Sie möchten es." Sie schenkte ihm Tee ein und Travis Kaffee, dann blieb sie mit einer Hand auf Travis' Schulter stehen.

„Wie war Zeus heute Morgen?"

„Hat das Oval in schlappen hundertzehn Sekunden geschafft."

„Schade, dass ich es verpasst habe." Sie ging wieder zum Herd und häufte knusprig goldbraun gebratenen Toast auf einen großen Teller.

„Ich möchte Ihnen einen Vertrag über ein Jahr anbieten", sagte Travis zu Brian.

„Kannst du den jungen Mann nicht erst mal in Ruhe essen lassen, bevor du zum geschäftlichen Teil des Ganzen kommst?"

„Der junge Mann will wissen, woran er ist."

Brian nahm die Platte, die sie ihm hinhielt, entgegen und bugsierte sich drei Scheiben Toast auf seinen Teller. „Ja, das stimmt."

„Sie bekommen ein festes Jahresgehalt." Travis nannte eine Summe, bei der Brian vor Überraschung fast die Sirupflasche aus der Hand gerutscht wäre. „Und nach zwei Monaten von jeder Siegerprämie zwei Prozent zusätzlich. Nach sechs Monaten verhandeln wir diesen Prozentsatz neu."

„Wir werden ihn erhöhen." Brian hatte sich wieder gefangen und fing an zu essen. „Weil ich es verdient haben werde, das kann ich Ihnen jetzt schon sagen."

Sie redeten – und feilschten nur der Form halber ein bisschen – über Verantwortlichkeiten, Pflichten, Vergütungen und Bonusse.

Brian war gerade bei seiner zweiten Portion angelangt und Travis bei seinem letzten Schluck Kaffee, als Keeley hereinkam.

Sie trug eine elegante braune Reithose, die wie angegossen saß, und glänzende schwarze Stiefel. Die weiße hochgeschlossene Bluse mit dem großen Kragen war aus einem weichen Stoff.

Das schimmernde Haar hatte sie sich hochgesteckt, und an ihren Ohrläppchen glitzerten kleine Brillantohrringe.

Als ihr Blick auf Brian fiel, zog sie die Augenbrauen hoch, presste die Lippen zusammen, bevor sie sie zu einem kühlen routinierten Lächeln verzog. „Guten Morgen, Mr Donnelly."

„Miss Grant."

„Ich bin ziemlich in Eile heute Morgen." Sie ging zu ihrem Vater, beugte sich zu ihm hinunter und schmiegte ihre Wange kurz an seine.

„Du musst etwas essen", ermahnte ihre Mutter sie.

„Später." Keeley ging zum Kühlschrank und nahm eine Flasche heraus. „In zwei Stunden bin ich fertig." Nachdem sie Sheamus den Kopf gekrault hatte, rieb sie flüchtig ihre Wange an der ihrer Mutter, bevor sie eilig durch die Hintertür verschwand.

„Ich komme nachher vorbei", rief Adelia ihr nach. „Ich möchte ein bisschen zusehen."

Zwanzig Minuten später machte sich Brian auf den Weg zur Trainerunterkunft. Als er an der Koppel vorbeikam, die zu dem kleinen Gebäude gehörte, das er heute Morgen entdeckt hatte, sah er Keeley auf einem schwarzen Wallach reiten. Dabei wurde sie von einem Mann aus den verschiedensten Blickwinkeln fotografiert.

Brian blieb stehen, um einen Moment zuzuschauen. Wahrscheinlich ließ sie sich für irgendein schickes Hochglanzmagazin ablichten. Die Prinzessin von Royal Meadows. Edel und elegant genug sah sie zweifellos aus.

Sie ritt im Schritt, verfiel dann in einen leichten Galopp und drehte ab, um über eine Hürde zu springen. Brian verzog die Lippen. Eine gute Figur machte sie ja, das musste er neidlos anerkennen. Als sie diesen Sprung für die Kamera noch einmal wiederholte und dann ein drittes Mal die Hürde nahm, schallte ihr Lachen zu ihm hinüber.

Er wandte sich ab, verbannte sie aus seinen Gedanken. Versuchte es zumindest.

Nun stieg er die Treppe zu der Trainerunterkunft hinauf und klopfte an die Tür.

„Hallo, nur herein mit Ihnen, ich bin hier!", rief Paddy von drinnen.

Als Brian die Tür öffnete, sah er Paddy in einem Raum, der wie ein Büro eingerichtet war, an einem Schreibtisch sitzen. An einer Wand standen Aktenschränke, und überall hingen Fotos von Pferden. Das Fenster war geöffnet, und auf einem Beistelltisch stand ein Computer. Aus der dicken Staubschicht darauf ließ sich schließen, dass er nur selten, falls überhaupt, benutzt wurde.

Paddy, der sich die Brille so weit nach unten geschoben hatte, dass sie auf seiner Nasenspitze balancierte, deutete auf einen Stuhl. „Nun, haben Sie mit Travis alle Einzelheiten geklärt?"

„Ja. Er ist ein fairer Mann."

„Haben Sie etwas anderes erwartet?"

„Ich erwarte nie etwas von meinen Vorgesetzten, und bis jetzt hat man mich noch nicht oft eines Besseren belehrt."

Paddy schob sich mit einem heiseren Auflachen die Brille hoch und kratzte sich an der Nase. „Der hier vielleicht schon."

„Vielleicht sollte ich mich erst mal bei Ihnen bedanken, dass Sie Mr Grant auf mich aufmerksam gemacht haben."

„Keine Ursache. Auch wenn ich inzwischen im Ruhestand bin, halte ich trotzdem immer noch die Augen offen. Na ja, zum zweiten Mal im Ruhestand, um es genau zu sagen, weil es mit Ihren Vorgängern nicht richtig geklappt hat. Aber diesmal will ich, dass es klappt. Ich möchte, dass Sie bleiben, Junge."

Als seine Brille wieder nach unten rutschte, brummte Paddy ungehalten und nahm sie ab. „Wenn Sie nichts dagegen haben, werden wir hier für die nächste Woche zusammen wohnen. Danach bin ich weg, und das Haus gehört Ihnen allein."

„Wohin gehen Sie denn?"

„Nach Hause. Zurück nach Irland."

„Nach all diesen Jahren?"

„Ich bin dort geboren, und ich habe vor, auch dort zu sterben – obwohl ich nicht glaube, dass es schon so weit ist. Aber ich sehne mich danach, meine letzten Jahre in der Heimat zu verbringen."

„Und was werden Sie dort machen?"

„Na, was wohl? Ins Pub gehen und Lügen erzählen, natürlich", sagte Paddy mit einem Zwinkern. „Und ein anständiges Guinness trinken. Das wird Ihnen hier fehlen, das kann ich Ihnen jetzt schon sagen. Ein Guinness von einem Yankee-Zapfhahn ist eben einfach nicht dasselbe."

Brian musste lachen. „Das ist aber ein weiter Weg für ein Bier, sogar für ein Guinness."

„Ja, nun, es gibt da im Süden von Cork, nicht weit entfernt von Skibbereen, eine kleine Farm. Kennen Sie Skibbereen, Brian?"

„Ja, klar. Ein hübscher Ort."

„Mit steilen Straßen und bemalten Haustüren", sagte Paddy fast verträumt. „Obwohl die Farm ein bisschen außerhalb von Skibbereen liegt. Dort ist meine Adelia aufgewachsen – meine Schwester hat sie nach dem Tod ihrer Eltern zu sich genommen. Und als meine Schwester krank wurde, wurde es für Adelia hart, weil sie versuchte, die Farm weiterzuführen und gleichzeitig ihre Tante Lettie zu pflegen. Am Ende starb Lettie, und Adelia hatte keine andere Wahl, als die Farm zu verkaufen, und dann kam sie hierher zu mir. Als die Farm vor einigen Jahren wieder zum Verkauf stand, kaufte Travis sie. Er kennt auch ihre geheimsten Wünsche."

„Und dorthin gehen Sie jetzt?", fragte Brian, obwohl er nicht verstand, warum Paddy ihm das alles erzählte. „Um Farmer zu werden?"

„Na ja, ein besonders guter Farmer werde ich wohl nicht mehr werden, aber das macht nichts. Ich werde mir einige Pferde kaufen, damit ich ein bisschen Gesellschaft habe."

Er drehte sich zum Fenster um und ließ den Blick über die Hügel schweifen, auf denen in der Spätmorgensonne Pferde weideten.

„Meine kleine Adelia und Travis und die Kinder werden mir mächtig fehlen. Und auch die Freunde, die ich hier gefunden habe. Aber ich muss einfach gehen. Es hat mich gepackt, wenn Sie verstehen, was ich meine."

„Ja, das verstehe ich." Es gab kaum etwas, das Brian besser verstehen konnte.

„Und ab und zu werde ich dann über den Teich fliegen … außerdem kommen sie mich ja auch besuchen. Ich habe alles dafür getan, dass Adelia einen Mann heiratet, den ich liebe und achte wie meinen eigenen Sohn. Die Kinder der beiden habe ich zu feinen Menschen heranwachsen sehen. So was ist selten. Und ich habe im Laufe der Jahre ein Talent dafür entwickelt, zukünftige Champions zu erkennen. Ein Mann, der in seinem Leben mit einem Vollblutpferd gearbeitet hat, kann sich glücklich schätzen."

„Wünschen Sie sich nicht, Ihre eigenen Champions zu trainieren?"

„Ich habe mit dem Gedanken gespielt, aber am Ende … nein, das ist nichts für mich. Und Sie?"

„Auch nein. Wenn man eine eigene Pferdefarm hat, ist man an einen Ort gebunden. Dann kann man nicht einfach wieder losziehen, wenn es einen packt. Außerdem überlassen die meisten Reitstallbesitzer die Arbeit und die Entscheidungen sowieso dem Trainer, deshalb braucht man nichts zu besitzen, um Entscheidungen treffen zu können."

„Travis Grant versteht etwas von seiner Arbeit." Paddy neigte den Kopf. „Er kennt seine Pferde. Und er liebt sie. Wenn Sie sich sein Vertrauen verdienen, werden Sie es bekommen, aber er wird erwarten, dass Sie ihn über alle wichtigen Schritte informieren. Er gehört nicht zu den Leuten, die den Pokal entgegennehmen, nachdem andere die ganze Arbeit für ihn gemacht haben. Er wird immer mitarbeiten, egal, ob Ihnen das passt oder nicht. Und Adelia auch."

„Seine Frau arbeitet auch mit?", fragte Brian erstaunt.

Paddy lehnte sich belustigt zurück. „Na ja, gestern Abend hat sie sich richtig schick gemacht. Ich sehe sie gern so. Aber Sie werden sie viel öfter im Stall erleben, wenn sie einen Abszess öffnet oder eine Stute, die eine Kolik hat, beruhigt. Sie ist kein zartes Pflänzchen, oh nein, meine Adelia ist wie ein Vollblutpferd. Und sie ist durch und durch echt. Keins ihrer Kinder würde vor harter Arbeit zurückschrecken. Sie werden selbst sehen, wie es hier läuft, und Sie werden sehr schnell merken, dass es hier vom Haupthaus zu den Ställen nicht so ein weiter Weg ist wie anderswo."

„Normalerweise ist es aber ganz gut so, wie es ist", brummte Brian, und Paddy lachte.

„Recht haben Sie, Bursche, in den meisten Fällen ist es wirklich gut so. Es gibt zweifellos Vorgesetzte, die in jeder Suppe ein Haar finden können. Aber über diese Farm und ihre Besitzer werden Sie sich Ihre eigene Meinung bilden. Und ich hoffe, dass Sie mir nach einigen Tagen sagen, was Sie denken. So, und jetzt lassen Sie uns über das reden, was an Arbeit auf Sie zukommt."

Als Brian Paddy verließ, war er mit der Welt im Allgemeinen im Reinen. Oder zumindest mit dem, was bald seine Welt sein würde. Er würde auf Royal Meadows seine Spuren hinterlassen und gut dabei leben. Seine Unterkunft ließ nichts zu wünschen übrig. Dabei wäre er für die Chance, für Travis Grant arbeiten zu dürfen, sogar bereit gewesen, im Hotel zu leben.

Alles, was er sich je gewünscht hatte, war in greifbare Nähe gerückt. Und er hatte nicht die Absicht, es sich entgleiten zu lassen.

Er ging zu den Ställen, wo er seinen Mietwagen abgestellt hatte. Paddy hatte ihm seinen kleinen roten Lastwagen zum Kauf angeboten, der ebenfalls dort stand, und sofern das Ding einigermaßen lief, würde Brian es nehmen. Er brauchte nur ein ganz einfaches Fortbewegungsmittel. Und Zeit, um sich daran zu gewöhnen, auf dieser verdammten falschen Straßenseite zu fahren.

Er war so in seine Gedanken vertieft, dass er Keeley übersah und fast mit ihr zusammengestoßen wäre.

Sie wirkte noch genauso frisch und perfekt wie am Morgen. Aus ihrer kunstvollen Frisur war keine einzige Strähne entwischt, und auf ihren Reitstiefeln war kein Staubkörnchen zu entdecken.

Er fragte sich erstaunt, wie, zum Teufel, sie das wohl angestellt hatte.

„Guten Tag, Miss Grant. Ich habe Sie vorhin auf der Koppel gesehen. Das ist wirklich ein schönes Pferd."

Ihr war heiß, sie war gereizt und kurz davor zu explodieren, weil der Fotograf sie so genervt hatte. Das Fotoshooting war notwendig gewesen. Sie brauchte die öffentliche Aufmerksamkeit, aber den damit verbundenen Ärger benötigte sie bestimmt nicht.

„Ja, das stimmt." Als sie ohne ein weiteres Wort weitergehen wollte, verstellte Brian ihr den Weg.

„Ich bitte vielmals um Verzeihung, Prinzessin. Habe ich es versäumt, meine Stirnlocke zu kämmen?"

Sie hob eine Hand. In ihrem Zorn konnte sie furchtbar sein, und das Hämmern in ihrem Kopf deutete daraufhin, dass sie gleich explodieren würde.

„Verärgert bin ich bereits. Es fehlt nicht mehr viel, und ich raste aus." Dennoch atmete sie tief durch, um sich zu beruhigen. Dem Eindruck nach, den sie heute Morgen in der Küche gehabt hatte, gehörte Brian Donnelly jetzt zu Royal Meadows. Und sie hatte nicht die Angewohnheit, aus dem Hinterhalt auf ein Teammitglied zu schießen.

„Das ist Sam, er ist neun. Ein Jagdpferd. Vollblut. Irish Draught. Ich habe ihn seit fünf Jahren." Sie trank einen Schluck von ihrem Softdrink.

„Ist das alles, was Sie in sich hineinfüllen?" Er tippte mit einem Finger gegen die Flasche. „Das ist reine Chemie."

„Sie klingen wie meine Mutter."

„Vielleicht haben Sie ja deshalb Kopfschmerzen."

Keeley ließ die Hand sinken, die sie an ihre Schläfe gepresst hatte. Er sah entschieden zu viel. „Mir geht es gut."

„Drehen Sie sich um."

„Wie bitte?"

Brian trat hinter sie und legte ihr eine Hand in den Nacken. Ihre ohnehin verspannten Schultern spannten sich noch mehr an. „Seien Sie locker. Ich habe nicht vor, Sie in einem Anfall von glühender Leidenschaft an mich zu reißen, solange die Gefahr besteht, dass ein Mitglied Ihrer Familie vorbeikommen könnte. Ich würde nämlich ganz gern wenigstens einen Tag hier arbeiten, bevor man mich hinauswirft."

Während er sprach, knetete er ihr den Nacken. Er konnte es nicht mit ansehen, wenn ein Lebewesen Schmerzen litt. „Atmen Sie tief aus", befahl er, als sie weiterhin stocksteif dastand. „Los, seien Sie doch nicht so stur. Atmen Sie für mich wenigstens ein einziges Mal schön lang und tief aus."

Aus reiner Neugier gehorchte sie und versuchte zu ignorieren, wie herrlich sich seine Hände auf ihrer Haut anfühlten.

„So, und jetzt das Ganze noch einmal."

Der Singsang, mit dem er sprach, lullte sie ein. Er massierte sie weiter und murmelte leise vor sich hin, während ihr die Lider schwer wurden. Ihre Muskeln entspannten sich auf wunderbare Weise. Das Hämmern in ihrem Kopf ließ nach. Sie hatte das Gefühl, jeden Moment in Trance zu fallen.

Sie wölbte sich seinen Händen entgegen, nur ein bisschen. Stöhnte wohlig, so angenehm fühlte es sich an. Nur ganz leise. Er achtete darauf, dass seine Hände weiterhin fest und zupackend waren, obwohl er sich ausmalte, wie es wohl sein mochte, wenn sie ein bisschen tiefer glitten und unter diese weiche weiße Bluse schlüpften. Er wollte seine Lippen auf ihren Nacken pressen, genau dahin, wo sein Daumen gerade war. Um sie dort zu schmecken.

Und das würde, wie er wusste, dazu führen, dass es endete, bevor es überhaupt begonnen hatte. Eine Frau zu begehren war absolut normal. Sich an einer zu vergreifen, die so viele Risiken barg, war glatter Selbstmord.

Deshalb ließ er seine Hände jetzt sinken und trat einen Schritt zurück. Sie schwankte ein bisschen, dann fing sie sich wieder. Als sie sich von ihm abwandte, hatte sie fast das Gefühl zu schweben. „Danke. Das können Sie wirklich gut."

Magische Hände, dachte sie. Der Mann hatte magische Hände.

„Das habe ich schon öfter gehört." Er lächelte anmaßend. „Sie sollten regelmäßig Entspannungsübungen machen." Er nahm ihr die Flasche aus der Hand. „Trinken Sie Wasser, und ziehen Sie sich um. Sie tragen für diese Hitze viel zu warme Kleidung."

Leicht verärgert musterte sie ihn eingehend mit zur Seite geneigtem Kopf. Seine braune, von helleren Strähnen durchzogene Mähne war vom Wind zerzaust. Dieser wundervoll geformte Mund bog sich in den Winkeln ganz leicht nach oben.

„Haben Sie sonst noch irgendwelche Befehle auf Lager?"

„Nein, aber eine Beobachtung."

„Ich bin gespannt."

„Stimmt nicht, Sie sind gar nicht gespannt, sondern schon wieder verstimmt, aber ich sage es Ihnen trotzdem. Ihr Mund ist so ungeschminkt wie jetzt viel aufregender als heute Morgen, als Sie ihn angemalt hatten."

„Dann haben Sie also etwas gegen Lippenstift?"

„Überhaupt nicht. Manche Frauen brauchen Lippenstift. Sie allerdings nicht, bei Ihnen lenkt er nur ab."

Verblüfft, fast belustigt schüttelte sie den Kopf. „Vielen Dank für den guten Rat." Sie begann, auf das Haus zuzugehen – um sich als Erstes etwas Leichteres anzuziehen.

„Keeley."

Sie blieb stehen, drehte sich jedoch nicht um, sondern wandte nur leicht den Kopf, um dorthin zu schauen, wo er, die Daumen in die Taschen seiner uralten Jeans gehakt, stand. „Was ist?"

„Nichts. Ich wollte einfach nur Ihren Namen aussprechen. Er gefällt mir."

„Mir auch. Trifft sich das nicht gut?"

Diesmal war er es, der tief ausatmete, als sie davonging – mit ihren langen Beinen, die in hautengen Reithosen und bis zum Knie reichenden Reitstiefeln steckten. Er setzte ihre Softdrink-flasche an die Lippen und trank einen langen Schluck. Das ist ein Spiel mit dem Feuer, Donnelly, warnte er sich. Und da er verdammt sicher war, dass er sich mehr als nur die Finger verbrennen würde, wenn er es riskierte, sie anzufassen, war es das Beste, Abstand zu halten, bevor er sich von ihr noch mehr angezogen fühlte.

# 3. KAPITEL

*A*bsätze nach unten, Lynn. Ja, so ist es gut. Auf die Hände achten, Shelly. Willy, pass auf." Keeley musterte jeden ihrer Schüler eingehend, um sich davon zu überzeugen, dass alle auch wirklich richtig im Sattel saßen. Sie machten unübersehbar Fortschritte.

Sechs Pferde, auf denen sechs Kinder saßen, drehten gemächlich auf der Koppel ihre Runden. Bis vor zwei Monaten hatten diese Kinder noch nie etwas mit einem Pferd zu tun gehabt, geschweige denn, dass sie jemals geritten wären. Seit sie die Royal Meadows Riding Academy besuchten, hatte sich das geändert.

„Gut so. Und jetzt in den Trab wechseln. Köpfe hoch", befahl sie, während sie, die Hände in die Hüften gestützt, beobachtete, wie ihre Schüler mit mehr oder weniger Erfolg ihre Pferde veranlassten, die Gangart zu wechseln. „Absätze nach unten. Auf die Knie achten, Joey. Ja, so. Vergiss nie, dass ihr ein Team seid. Gut so. Das sieht schon viel besser aus."

Sie ritt näher an den einen der beiden Jungen heran und tippte an einen Absatz. Er grinste und drückte ihn nach unten. Oh ja, das ist doch wirklich schon viel besser, dachte sie. Vor einem Monat noch war Willy jedes Mal, wenn sie ihn berührt hatte, erschrocken zusammengezuckt.

Das Wichtigste war Vertrauen.

Sie wies die Kinder an, zu überholen, kehrtzumachen, eine weite Acht zu reiten.

Dabei entstand ein kleines Durcheinander, aber sie ließ sie kichern, während sie versuchten, ihre Reihen wieder zu ordnen.

Weil es auch darum ging, Spaß zu haben.

Brian beobachtete sie aus der Ferne. Seit zwei Tagen hatte er sie nicht gesehen. Er war fast die ganze Zeit in den Reitställen oder auf der Rennbahn gewesen, wo die Grantpferde trainiert wurden. Keeley hatte sich bis jetzt nicht wieder blicken lassen.

Er hatte nach ihr Ausschau gehalten.

Und angenommen, dass sie unterwegs war, um in irgendwelchen schicken Restaurants zu Mittag zu essen oder überflüssigen

Krimskrams einzukaufen, sich beim Friseur die Zeit zu vertreiben oder bei der Maniküre. Was Leute mit Geld eben so machten.

Dabei war sie hier und drehte mit einigen Kindern, denen sie offensichtlich Reitstunden gab, ihre Runden auf der Koppel. Vermutlich war es eine Art Hobby, den verwöhnten Sprösslingen betuchter Eltern beizubringen, wie man korrekt im Sattel saß.

Doch egal, ob Hobby oder nicht, auf jeden Fall sah sie gut dabei aus. Sie war leger mit Jeans und einem blaubeerfarbenen Hemd bekleidet. Das Haar hatte sie sich mit einem Band zusammengebunden, sodass es ihr in einem wild gelockten Pferdeschwanz über den Rücken fiel. Ihre Stiefel waren ziemlich ramponiert, aber praktisch.

Was sie tat, schien ihr richtig Spaß zu machen. Er konnte sich nicht erinnern, dieses Lächeln, das so schnell aufblitzte und so offen und warm war, vorher schon jemals bei ihr gesehen zu haben. So unwiderstehlich. Er ging näher heran, während sie einer Schülerin etwas erklärte, wobei sie dem Pferd den Hals streichelte.

Als er den Zaun erreichte, hatten sich Keeleys Schüler alle in einer Reihe aufgestellt, nur das Mädchen, mit dem sie gesprochen hatte, stand abseits. Wahrscheinlich hatte sie die übrigen Kinder aufgefordert, ihre Pferde im Zaum zu halten.

Die Schülerin ritt jetzt langsam im Kreis, wobei Keeley ihr mit Blicken folgte. Und während sie sich drehte, sah sie Brian am Zaun lehnen.

Das Lächeln erlosch, was wirklich schade war, wie Brian fand. Obwohl dieser kühle, argwöhnische Blick, mit dem sie ihn bedachte, fast ebenso aufregend war. Brian quittierte ihn mit einem Grinsen und beschloss, seinen Beobachterposten bis zum Ende der Reitstunde nicht aufzugeben.

Keeley war an Zuschauer gewöhnt. Ihre Eltern, Geschwister oder auch die Angestellten blieben, wenn sie zufällig vorbeikamen, oft stehen, um eine Weile zuzuschauen. Und noch öfter waren die Eltern ihrer Schüler anwesend, um sich über die Fortschritte ihrer Sprösslinge ein Bild zu machen. Deshalb kümmerte sie sich auch um diesen besonderen Zuschauer nicht weiter.

Jetzt musste jeder Schüler das an diesem Tag Gelernte allein vorführen. Sie korrigierte die Körperhaltung, ermutigte und drängte darauf, falls nötig, sich noch ein bisschen mehr Mühe zu geben oder sich besser zu konzentrieren. Als sie die Kinder zum Absteigen aufforderte, stöhnten alle enttäuscht.

„Nur noch fünf Minuten, Miss Keeley, bitte! Noch eine Runde!"

„Ich habe sowieso schon fünf Minuten überzogen." Sie tätschelte Shellys Knie. „Nächste Woche üben wir den Handgalopp."

„Ich bekomme zu Weihnachten ein Pferd", verkündete Lynn. „Und nächstes Frühjahr sind wir alle schon beim Turnierreiten dabei, hat meine Mutter gesagt."

„Bis dahin werdet ihr aber noch ganz schön hart arbeiten müssen. Los jetzt, absteigen und Pferde trocken reiben."

„Das ist aber eine reizende Gruppe, die Sie da haben, Miss Keeley."

Ihre guten Manieren verboten es ihr, Brian, der vom Zaun herüberkam, noch länger zu ignorieren, auch wenn sie ihn nicht ansah, als sie erwiderte: „Das finde ich auch."

„Der Junge da drüben." Er deutete mit dem Kopf auf den dunkeläugigen Willy mit dem schmalen Gesicht. „Er liebt dieses Pferd. Nachts träumt er bestimmt davon, auf ihm über Felder und Hügel zu galoppieren und wilde Abenteuer zu erleben."

Seine Worte entlockten ihr ein Lächeln. „Und Teddy erwidert seine Liebe. Teddy Bear", erklärte sie. „Er ist ein Schatz."

„Diese Kinder können sich glücklich schätzen, dass ihre Eltern genug Geld haben, um sich eine gute Reitlehrerin und intelligente Pferde leisten zu können. Was sind das eigentlich für Pferde? Ich habe sie bis jetzt noch nicht gesehen. Befinden sie sich auch drüben in den Ställen?"

„Nein, sie gehören mir. Sie stehen hier." Ihre Pferde, ihre Reitschule, ihre Verantwortung. „Entschuldigen Sie mich. Der Unterricht ist erst vorbei, wenn die Pferde versorgt sind."

Eine glatte Abfuhr, dachte Brian trocken. Nun, er hatte auch zu tun. Aber das hieß nicht, dass er nicht später zurückkommen konnte.

Er störte sie. Obwohl sie nicht genau wusste, warum. Es war einfach so. Es passte ihr nicht, wie er sie ansah. Dieser durchdringende Blick! Warum merkten die anderen das nicht?

Außerdem passte es ihr nicht, wie er mit ihr redete. Und wieder schien sie die Einzige zu sein, die diesen leicht singenden Tonfall wahrnahm, immer wenn er ihren Namen aussprach.

Alle außer mir finden Brian Donnelly ganz prima, überlegte sie, während sie ihrem Wallach über die Beine fuhr, um zu überprüfen, ob sie heiß waren. Für ihre Eltern war er der perfekte Ersatz für Onkel Paddy – und Onkel Paddy hielt große Stücke auf ihn.

Sarah fand ihn heiß, Patrick cool. Und Brendon hielt ihn für intelligent.

„Ausgezählt", murmelte sie und hob das Vorderbein des Pferdes, um unter den Huf zu schauen.

Vielleicht war es ja irgendeine chemische Reaktion. Irgendetwas, das ihr die Nackenhaare zu Berge stehen ließ, sobald er in der Nähe war. Na, wenigstens von seiner Arbeit schien er etwas zu verstehen. Und nach allem, was sie gehört hatte, sogar ziemlich viel, wie sie zugeben musste. Und da sie beide genug zu tun hatten, bestand kaum Gefahr, dass sie sich allzu oft über den Weg laufen würden. Von daher konnte es ihr eigentlich egal sein.

Obwohl es ihr nicht passte, dass sie die Reitställe weitgehend mied. Dass sie es sich verkniff, diesen Weg hinunterzuspazieren, um den Leuten bei der Arbeit zuzusehen oder sogar selbst mit anzupacken. So wie es früher ganz selbstverständlich gewesen war. Diese Erkenntnis behagte ihr nicht.

Auch wenn es sie garantiert nicht störte, dass er es ebenfalls wissen könnte. Im umgekehrten Fall würde sie ihm eine viel zu große Bedeutung beimessen.

Was sie allerdings schon allein dadurch tat, dass sie jetzt an ihn dachte, wie sie zugeben musste.

Als das Pferd wieherte, spannten sich Keeleys Nackenmuskeln an.

„Sie haben ein gutes Auge für Pferde", vernahm sie gleich darauf Brians ruhige Stimme.

Sie war nicht überrascht, dass sie ihn nicht hatte hereinkommen hören. Die Atmosphäre veränderte sich, sobald er in der Nähe war.

„Scheine ich wohl irgendwie mitbekommen zu haben."

„Bestimmt. Teddy Bear." Als sie das Murmeln hörte, hob sie den Blick und ließ das Bein sinken. Er schaute auf das Tier, während seine erfahrenen, geschickten Hände ihm über Kopf und Hals fuhren. Teddy Bear schnaubte leise. Vor Wohlbehagen.

„Ja, du bist freundlich und geduldig." Weiterhin leise auf das Pferd einredend, betrat Brian die Box, während er fortfuhr, zu streifen, zu streicheln, zu überprüfen. „Und du hast einen schönen breiten Rücken, um verträumte kleine Jungs zu tragen. Wie lange haben Sie ihn schon?"

Sie blinzelte verwirrt und spürte, wie ihr die Röte in die Wangen stieg. Diese Hände, diese Stimme hatten etwas Hypnotisches. „Knapp zwei Jahre."

Brian strich ihm über die Flanken. Plötzlich hielt er mitten in der Bewegung inne. Er kniff die Augen zusammen, während er näher trat und die Stelle, wo eben noch seine Hand gelegen hatte, genauer betrachtete. „Was ist das?" Aber er wusste es bereits und fuhr so schnell herum, dass Keeley unwillkürlich bis zur Wand zurückwich. „Dieses Pferd ist geschlagen worden."

„Sein früherer Besitzer hat gern die Peitsche geschwungen", erwiderte sie eisig, um dieses plötzliche Aufflackern von Beunruhigung abzuwehren. „Dafür ist Teddy dann vor den Hürden zurückgescheut. Das war seine Art, sich zu wehren."

„Verfluchter Dreckskerl." Obwohl seine Augen gefährlich glitzerten, wurde seine Stimme jetzt wieder sanft: „Dafür hast du es nun gut getroffen, alter Junge. Jetzt hast du ein Zuhause, in dem du dich wohlfühlen kannst, und wirst von einer schönen Frau versorgt. Haben Sie ihn gerettet?"

„So weit würde ich nicht gehen. Es gibt verschiedene Methoden, einem Pferd seinen Willen aufzuzwingen. Ich habe nicht …"

„Ich würde einem Pferd niemals meinen Willen aufzwingen." Brian ging geduckt unter dem Tier durch, dann schaute er Keeley über den breiten Pferderücken hinweg an. „Ich versuche es mit sanfter Überredung. Die Peitsche schwingen kann jeder Narr. Man braucht viel Einfühlungsvermögen und Geduld und eine sanfte Hand, um aus einem Pferd einen Champion oder auch nur einen Freund zu machen."

Sie schwieg einen Moment, verwirrt darüber, dass ihre Knie zitterten. „Warum erwarten Sie, dass ich Ihnen widerspreche?", fragte sie schließlich, während sie die Box verließ und in die nächste ging.

Die betagte Stute dort begrüßte sie mit einem erfreuten Schnauben und stupste sie mit der Schnauze an der Schulter. Keeley griff zu einer Striegelbürste, um die eher oberflächliche Arbeit ihrer Schüler zu vollenden.

„Ich finde es unerträglich, wenn ein Lebewesen misshandelt wird", sagte Brian ruhig hinter ihr. Keeley drehte sich nicht um und antwortete auch nicht. „Besonders, wenn es kaum Möglichkeiten hat, sich zu wehren. So etwas mit ansehen zu müssen macht mich ganz krank und wütend."

„Und jetzt soll ich Ihnen widersprechen?"

„Tut mir leid, dass ich eben so ungehalten war." Er legte ihr eine Hand auf die Schulter und nahm sie auch nicht fort, als er spürte, dass sie sich versteifte, aber bei einem nervösen Pferd hätte er es nicht anders gemacht. „Man schaut in Augen wie in seine da drüben und sieht dieses unendlich weite Herz. Und dann entdeckt man die Narben, für die jemand verantwortlich ist, nur weil er die Möglichkeit dazu hatte. So etwas macht mich wahnsinnig."

Sie gab sich alle Mühe, sich zu entspannen. „Er hat drei Monate gebraucht, um nicht bei jeder Handbewegung zusammenzuzucken. Und dann streckte er irgendwann doch den Kopf heraus und begrüßte mich, als ich in den Stall kam. Da habe ich ihn mit Mohrrüben gefüttert und wie ein Kind geweint. Also erzählen Sie mir nichts von Misshandlung und nicht, wie wahnsinnig einen das macht."

Beschämung war ein Gefühl, das leicht zu erkennen war, auch wenn er es nur selten fühlte. Er atmete tief durch und wünschte sich, noch einmal von vorn anfangen zu können. „Und was hat diese hübsche Stute hier für eine Geschichte?"

„Was soll sie denn für eine Geschichte haben? Sie ist ein Pferd. Man reitet auf ihr."

„Keeley." Er legte eine Hand über ihre, die die Bürste hielt. „Bitte, entschuldigen Sie. Es tut mir leid."

Sie versuchte, ihre Hand wegzuziehen, aber dann gab sie auf und lehnte ihren Kopf gegen den Hals der Stute. Rieb ihre Wange daran, wie Brian sah. So wie sie ihre Wange an der Wange ihres Vaters und der ihrer Mutter gerieben hatte.

„Ihr Verbrechen war es, alt zu werden. Sie ist fast zwanzig. Man hat sie einfach im Stall stehen lassen und sich nicht um sie gekümmert. Sie hatte Flöhe und Nesselfieber. Ihre Besitzer hatten sie wohl über."

In einer unwillkürlichen Geste fuhr er ihr übers Haar. Mit seinen Händen teilte er sich ebenso mit wie mit seiner Stimme. „Wie viele Pferde haben Sie insgesamt?"

„Mit Sam sind es acht, aber er ist für die Schüler in diesem Stadium noch zu ungestüm."

„Und die haben Sie alle gerettet?"

„Sam war ein Geburtstagsgeschenk zu meinem einundzwanzigsten Geburtstag. Und die anderen … nun ja, wenn sich das ganze Leben um Pferde dreht, hört man eben so allerhand. Davon abgesehen, brauchte ich sie ja für meine Reitschule."

„Obwohl man eigentlich davon ausgehen könnte, dass Sie dafür Vollblutpferde nehmen."

„Na ja." Unbehaglich verlagerte sie ihr Gewicht. „Könnte man. Bitte entschuldigen Sie mich jetzt. Ich muss noch die Pferde füttern, und dann werde ich mich an meinen Schreibtisch setzen."

„Ich helfe Ihnen beim Füttern."

„Das ist nicht nötig."

„Ich mache es aber trotzdem."

Während Keeley aus der Box trat, beschloss sie, dass Ehrlichkeit wahrscheinlich die beste Vorgehensweise war, deshalb sagte sie: „Brian, Sie arbeiten an sehr verantwortlicher Stelle für meine Eltern, deshalb finde ich, dass ich offen zu Ihnen sein sollte."

„Auf jeden Fall." Sein ernster Tonfall passte nicht zu dem belustigten Funkeln in seinen Augen.

„Sie stören mich", erklärte sie. „Irgendwie stören Sie mich einfach. Vielleicht liegt es ja daran, dass ich nichts für großspurige Männer, die mich blöd angrinsen, übrighabe, aber es spielt auch keine Rolle."

„Ich finde schon, dass es eine Rolle spielt. Was für Männer bevorzugen Sie denn?"

„Sehen Sie, das ist genau die Art, die mich ärgert."

„Ich weiß. Und interessant daran ist, dass ich mich ständig herausgefordert fühle, genau das zu tun, von dem ich weiß, dass es Sie ärgert. Vielleicht liegt es ja daran, dass ich nichts für Frauen übrighabe, die über ihre hübsche Nasenspitze auf mich herabschauen. Aber so wie die Dinge liegen, sollten wir vielleicht trotzdem versuchen, irgendwie miteinander auszukommen."

„Ich sehe weder auf Sie noch auf sonst wen herab."

„Kommt ganz drauf an, von welchem Standpunkt aus man es betrachtet, oder?"

Sie wirbelte wortlos auf dem Absatz herum und schritt davon, um sich einen Moment später darauf zu konzentrieren, Getreide für die Futtermischung abzumessen.

„Vielleicht sollten wir es mit einem unverfänglicheren Gesprächsthema versuchen", schlug er vor. „Fragen Sie mich doch zum Beispiel einfach, wie ich es auf Royal Meadows finde. Ich arbeite seit meinem zehnten Lebensjahr auf Rennbahnen und Pferdefarmen. In zwanzig Jahren habe ich alle Seiten der Pferdezucht und des Pferdesports kennengelernt. Die hellen und die dunklen. Und ich habe noch nie etwas Helleres gesehen als Royal Meadows."

Sie hielt inne und streifte ihn mit einem kurzen Blick, bevor sie anfing, Zusatznahrung unter das Getreide zu mischen.

„Meiner Meinung nach gibt es nur wenige Menschen, die so viel wert sind wie ein gutes Pferd. Ihre Eltern sind bewundernswert. Nicht nur, weil sie es zu etwas gebracht haben, sondern vielmehr wegen der Art, wie sie mit ihrem Besitz umgehen. Ich fühle mich geehrt, für sie arbeiten zu dürfen. Und sie können sich glücklich schätzen, dass ich es tue", schloss er, als sie sich zu ihm umdrehte.

Sie lachte. „Zumindest in diesem Punkt scheinen sie mit Ihnen einer Meinung zu sein." Kopfschüttelnd ging sie an ihm vorbei, um die Pferde zu füttern, und er atmete dabei den Duft ihres Haares, ihrer Haut ein.

„Nur Sie sind sich da offenbar nicht so sicher. Obwohl Sie außer Ihrer Reitschule nicht viel zu interessieren scheint."

„Meinen Sie?"

Er überflog die ordentlich getippte Liste an der Wand, auf der die jeweiligen Futtermischungen für jedes einzelne Pferd vermerkt waren. „Ihren Bruder und Ihre Schwester sehe ich jeden Tag", fuhr er fort, während er das Futter für Teddy abzumessen begann. „Allen begegne ich ständig irgendwo, nur Ihnen nicht."

Sie hätte ihm auswendig herunterbeten können, wie schnell jedes Pferd während dieser Woche gelaufen und auf welchem Platz es gelandet war. Welches Pferd Medikamente bekam, welche Stuten trächtig waren. Doch ihr Stolz hielt sie zurück. Sie zog es vor, es Stolz zu nennen und nicht Sturheit.

„Aber vermutlich haben Sie mit Ihrer kleinen Reitschule genug zu tun."

Sie kochte vor Wut. „Oh ja, meine kleine Reitschule hält mich ganz schön auf Trab", erwiderte sie mühsam beherrscht.

„Sie sind eine gute Lehrerin." Er ging zu Teddys Box.

„Oh, besten Dank."

„Kein Grund, gleich verschnupft zu sein. Sie sind wirklich eine gute Lehrerin. Und vielleicht bleibt ja eins dieser privilegierten Kinder sogar bei der Stange."

„Eins meiner privilegierten Kinder", murmelte sie.

„Man braucht Können, Ausdauer und ziemlich viel Geld, um an Turnieren teilzunehmen. Obwohl ich selbst nie das Vergnügen hatte, hat es mir doch immer Spaß gemacht, zuzusehen. Aber Sie könnten für Wettkämpfe trainieren. Für den Royal International oder den Dublin Grand Prix. Vielleicht sogar für die Olympiade."

„Moment, lassen Sie mich kurz zusammenfassen, damit ich mir auch wirklich sicher sein kann, Sie nicht missverstanden zu haben. Kinder aus reichem Elternhaus nehmen also an Turnieren teil und heimsen Siegermedaillen ein, während die weniger Privilegierten höchstens Stallburschen werden können?"

„Na ja, so läuft es doch, oder etwa nicht?"

„Aber nur, weil man es so laufen lässt. Sie sind ein Snob, Brian."

Er schaute verblüfft auf. „Was?"

„Ja, und zwar einer von der übelsten Sorte, der Sorte nämlich, die sich auf ihre Toleranz etwas einbildet. Aber nachdem ich das jetzt weiß, können Sie mich überhaupt nicht mehr ärgern."

Das Stalltelefon klingelte, was ihr nur recht war. Wer auch immer am anderen Ende der Leitung sein mochte, er hatte nicht nur den richtigen Zeitpunkt gewählt, sondern sie war ihm auch noch dankbar. Als sie zum Telefon ging und sah, wie schockiert Brian dreinschaute, verspürte sie Genugtuung.

„Royal Meadows Riding Academy. Einen Moment bitte." Sie legte die Hand über die Sprechmuschel und sagte mit einem Lächeln: „Wirklich, ich kann das hier allein fertig machen. Ich halte Sie nur von Ihrer Arbeit ab."

„Ich bin kein Snob", brachte er schließlich heraus.

„Es war mir klar, dass Sie das so sehen. Aber könnten wir darüber vielleicht ein andermal diskutieren? Ich muss jetzt wirklich diesen Anruf entgegennehmen."

Verärgert schob er die Schaufel in das Getreide zurück. „Ich trage jedenfalls keine verdammten Brillantknöpfe im Ohr", brummte er, während er den Stall verließ.

Es verdarb ihm für den Rest des Tages die Laune. Es steckte ihm im Hals und krallte sich dort fest. Ein hässliches kleines Krebsgeschwür, das an seinem Ego fraß.

Ein Snob? Er? Woher nahm die Frau eigentlich die Unverschämtheit, ihn als Snob zu bezeichnen? Und das, nachdem er sich alle Mühe gegeben hatte, freundlich zu ihr zu sein, und ihr wegen ihrer kleinen Reitschule sogar ein Kompliment gemacht hatte!

Den Abendrundgang machte er wie gewöhnlich selbst und verbrachte beträchtliche Zeit bei dem Fohlen, das auserwählt war, an dem Rennen in Hialeah Park teilzunehmen. Travis hatte ihn gebeten mitzufahren, was ihm in Anbetracht der jüngsten Umstände äußerst gelegen kam.

Er war heilfroh, tausend und mehr Meilen zwischen sich und Keeley legen zu können.

Du solltest wirklich nicht in diese Richtung schielen, nicht einmal für eine Sekunde, ermahnte er sich, während er das Fohlen streichelte und laut sagte: „Vor allem nicht, wenn ich hier so eine Süße wie dich habe. Wir beide machen uns eine schöne Zeit in Florida, oder was meinst du?"

„Heute Abend wird gepokert", rief ihm einer der Stallburschen nach, als Brian den Stall gerade verlassen wollte.

„Alles klar, bis dahin bin ich zurück", erwiderte er. „Es wird mir ein Vergnügen sein, euch alle nackt auszuziehen." Aber vorher musste er erst noch ein bisschen arbeiten.

Wenn er aus Florida zurückkam, würden sie die Fohlen von ihren Müttern trennen. Die Entwöhnung würde am ersten Tag für Unruhe sorgen, aber dann würde das Jährlingstraining richtig anfangen. Er musste sich Tabellen und Zeitpläne machen und alle möglichen Überlegungen anstellen.

Außerdem hatte er vor, einen Großteil seiner Freizeit Bad Betty zu widmen.

Er machte einen Umweg, der ihn an Keeleys Stall vorbeiführte. Nun, er hatte vor, der Frau tüchtig die Meinung zu sagen.

Doch statt Keeley lief ihm unterwegs ihre Schwester Sarah, die es eilig zu haben schien, in die Arme. Sie blieb stehen. „Hi.

Ist das nicht ein herrlicher Abend heute? Ich will ihn ausnutzen und vor Sonnenuntergang noch ein bisschen ausreiten. Haben Sie nicht Lust, mitzukommen?"

Es war eine Versuchung. Sarahs Gesellschaft war äußerst angenehm, und er hatte seit Wochen kein Pferd mehr unter sich gespürt. Aber er hatte sich vorgenommen, zu arbeiten. „Heute nicht, aber ein andermal gern. Nehmen Sie eins von Keeleys Pferden?"

„Ja. Sie sucht ständig händeringend Leute, die einem ihrer Lieblinge ein bisschen Bewegung verschaffen. Die Kinder sind für die Pferde keine allzu große Herausforderung, deshalb kann es passieren, dass sie sich langweilen. Die Samstagsklasse ist zwar schon etwas fortgeschrittener, aber trotzdem."

Er ging neben ihr her. „Ich glaube kaum, dass den Pferden eine Stunde Reitunterricht viel bringt."

„Oh, sie lässt sie natürlich auch raus auf die Weide und reitet sie, wann immer sie kann. Obwohl das längst nicht so oft ist, wie sie es gern hätte, aber die Kinder gehen vor. Und für die Pferde ist diese eine Stunde schon ziemlich viel."

Er murmelte irgendetwas Unverbindliches, während sie um das Gebäude, das er für eine Art Büro hielt, herumgingen. Er hoffte, dass Keeley immer noch da drinnen war. Plötzlich war es ihm wichtig, mit ihr zu reden. „Ich habe heute eine Klasse gesehen."

„Und? Sind sie nicht süß? Heute ist … oh ja, heute muss Willy da gewesen sein, ist er Ihnen aufgefallen? Der Junge mit dem dunklen Haar und den riesigen Augen? Er reitet Teddy."

„Ja. Er hat eine gute Haltung, und das Reiten scheint ihm viel Spaß zu machen."

„Ja, jetzt schon. Obwohl er am Anfang ein echter Angsthase war." Sarah betrat den Stall und ging direkt in die Sattelkammer.

„Hatte er Angst vor den Pferden?"

„Nicht nur. Ich werde es nie begreifen, wie man einem Kind so etwas antun kann."

„Antun? Was denn antun?"

Sie suchte sich Zaumzeug aus und bedankte sich, als Brian ihr den Sattel abnahm. „Wie man ein Kind schlagen kann." Sie drehte sich zu ihm um. „Oh, da Sie eine Klasse gesehen haben, nahm ich an, Keeley hätte Ihnen gesagt, was es mit der Reitschule auf sich hat."

„Nein." Er nahm ihr die Satteldecke auch noch ab. „So weit sind wir noch nicht gekommen. Erzählen Sie es mir?"

„Sicher." Sie ging zu der betagten Stute hinüber und redete leise auf sie ein: „Na, altes Mädchen? Was hältst du davon, dich ein bisschen zu bewegen? Dazu hast du doch bestimmt Lust …" Sie legte der Stute Zaumzeug an und führte sie nach draußen. „Ich kann mich gar nicht mehr erinnern, ob es mit den Pferden oder mit den Kindern angefangen hat. Es schien alles gleichzeitig zu passieren. Auf jeden Fall hat sie Eastern Star als Erstes gekauft. Ein Vollblut, das es nicht geschafft hatte, sein Potenzial auszuschöpfen. Behauptete jedenfalls sein Halter. Sie haben ihn vor jedem Rennen aufgepumpt."

„Mit Drogen."

„Amphetaminen." Ihr hübsches Gesicht nahm einen harten Zug an. „Sie wurden erwischt, doch Stars Herz und seine Nieren hatten einen schlimmen Knacks weg. Keeley kaufte ihn. Wir haben alles Menschenmögliche für ihn getan, aber er hat es kein Jahr mehr gemacht. Es nimmt mich immer noch mit, wenn ich daran denke", schloss Sarah leise.

Sie schüttelte den Kopf und begann, ihr Pferd zu satteln. „Nach Stars Tod wurde es für Keeley zu einer Art Mission. Deshalb hat es wahrscheinlich mit den Pferden angefangen. Sie hat sich das alles hier aufgebaut, und dann hat sie die Reitschule aufgemacht. Die Eltern, die es sich leisten können, zahlen eine anständige Summe Geld dafür, dass sie ihren Kindern Reitstunden gibt – und das ist es auch wert. Mit diesem Geld werden dann die anderen gefördert."

„Was denn für andere?"

„Schüler wie Willy." Sarah schnallte den Sattelgurt fest, überprüfte die Länge der Steigbügel. „Unterprivilegierte, misshandelte oder abgeschobene Kinder. Für sie sind die Reitstunden kostenlos, und außerdem arbeitet Keeley mit einer Kinderpsychologin zusammen. Aus diesem Grund kommt sie nicht mehr so viel zum Reiten wie früher. Unsere Keeley macht nämlich keine halben Sachen. Sie würde gern noch mehr Kinder annehmen, aber sie hätte lieber kleinere Gruppen, damit jedes Kind auch wirklich genug Aufmerksamkeit bekommt. Deshalb versucht sie, andere Reitställe für die Idee zu gewinnen, ähnliche Projekte aufzuziehen."

Sarah tätschelte den Hals der Stute. „Ich bin überrascht, dass sie es nicht erwähnt hat. Normalerweise lässt sie nämlich keine Gelegenheit aus, andere für ihre Sache zu begeistern."

Fröhlich lächelnd schwang sie sich in den Sattel. „Was ist, haben Sie nicht Lust, heute zum Abendessen raufzukommen? Soweit ich weiß, hat Dad vor, ein Hähnchen zu grillen."

„Nochmals vielen Dank, aber ich habe schon andere Pläne. Viel Spaß beim Reiten."

Ganz recht, ich habe andere Pläne, überlegte er grimmig, als Sarah davonritt. Zu Kreuze zu kriechen nämlich. Er war sich zwar nicht sicher, wie es ausgehen würde, aber dass es ihm keinen Spaß machen würde, wusste er bereits jetzt.

Er ging um das Gebäude herum und klopfte. Wenn er einen Hut aufgehabt hätte, hätte er ihn jetzt wahrscheinlich in der Hand gehalten. Als von drinnen keine Antwort kam, drückte er die Klinke nach unten und öffnete die Tür.

In dem Raum herrschte wie erwartet mustergültige Ordnung. In der Luft hing ihr Duft – nicht mehr als ein Hauch. Sonst war alles ganz geschäftsmäßig. Ein Schreibtisch – mit einem Computer, der wahrscheinlich wesentlich öfter benutzt wurde als der von Paddy –, ein Telefon mit zwei Leitungen und ein Faxgerät. Aktenschränke, zwei Sessel und ein kleiner Kühlschrank. Neugierig ging er hin und öffnete ihn. Als er die Softdrinkflaschen sah, die sich dort stapelten, musste er grinsen. Offenbar ernährte sie sich von nichts anderem.

Doch als sein Blick über die Wände glitt, wurde er ernst. Dort hingen Siegermedaillen am Band und fein säuberlich gerahmte Siegerurkunden. Es gab Fotos, die sie in förmlicher Reitkleidung lächelnd im Sattel sitzend oder auf einem Pferderücken über eine Hürde fliegend zeigten oder neben einem Pferd, die Wange an seinen Hals reibend.

Und in einem Rahmen prangte eine Olympiamedaille. Eine Silbermedaille.

„Verdammter Mist", brummte er. „Das bedeutet, dass ich doppelt zu Kreuze kriechen muss."

*E*s war alles nur seine Schuld. Wenn Brian Donnelly nicht so unerträglich wäre – wenn er nicht dermaßen unerträglich *gewesen* wäre, bevor Chad angerufen hatte, hätte sie Chads Einladung zum Essen überhaupt nicht angenommen. Und dann hätte sie nicht vier Stunden damit vergeudet, sich tödlich zu langweilen, obwohl sie doch weiß Gott Sinnvolleres zu tun hatte.

Dies hier war ungefähr so sinnvoll, wie dem Trocknen von Farbe zuzusehen.

Obwohl an Chad eigentlich nichts verkehrt war. Wenn man nicht allzu viel Verstand im Kopf hatte, sich für kaum etwas anderes interessierte als dafür, wie in dieser Saison die Designerjacketts geschnitten waren oder wie man den besten dreifachen Amaretto Latte zubereitete, war er der ideale Begleiter.

Leider war sie für alle drei Disziplinen nicht qualifiziert.

Im Augenblick ließ er sich über irgendein Bild aus, das er sich kürzlich gekauft hatte. Nein, nicht über das Bild, dachte Keeley erschöpft. Eine Unterhaltung über dieses spezielle Gemälde oder über Kunst im Allgemeinen wäre das Wundermittel gewesen, das sie davor bewahrt hätte, ins Koma zu fallen. Aber Chad dozierte – ein anderes Wort gab es dafür nicht – über die *Investition*, die er mit dem Kauf getätigt hatte.

Er hielt die Fenster geschlossen und hatte die Klimaanlage aufgedreht, während sie fuhren. Dabei war es eine herrliche Nacht, aber die Scheiben herunterzukurbeln hätte bedeutet, dass Chads Frisur in Unordnung geraten wäre. Das durfte nicht sein.

Wenigstens brauchte sie sich keine Mühe zu geben, das Gespräch in Gang zu halten. Chad liebte Monologe.

Was er wollte, war eine attraktive Begleiterin mit dem richtigen Familienhintergrund und der richtigen Einkommensklasse, eine Frau, die wusste, wie man sich anzog, und sich sonst in ehrfürchtiges Schweigen hüllte, während er in allen Einzelheiten seine Schmalspurinteressen vor ihr ausbreitete.

Keeley war sich völlig im Klaren darüber, dass sie in seinen Augen eine geeignete Kandidatin war, und jetzt hatte sie ihn dadurch, dass sie seine Einladung angenommen hatte, auch noch ermutigt.

„Der Galerist war fest davon überzeugt, dass das Ding in drei Jahren fünfmal so viel wert ist. Normalerweise hätte ich gezögert, weil der Künstler noch so jung und ziemlich unbekannt ist, aber die Ausstellung war wirklich ein Riesenerfolg. Außerdem habe ich mitbekommen, dass T. D. Giles mit dem Gedanken spielt, sich auch zwei Bilder von ihm zu kaufen. Und du weißt ja, wie ausgefuchst T. D. in solchen Dingen ist. Habe ich dir eigentlich schon erzählt, dass ich vorgestern seine Frau getroffen habe? Sie sah wirklich umwerfend aus. Die Lidfaltenoperation hat wahre Wunder bewirkt, außerdem hat sie mir erzählt, dass sie einen wahnsinnig tollen neuen Stylisten hat."

Oh Gott, war alles, was Keeley denken konnte. *Lieber Gott, mach, dass ich bald hier rauskomme.*

Als sie durch die steinernen Torpfeiler von Royal Meadows fuhren, hätte sie am liebsten ganz laut *Hurra* geschrien.

„Du kannst dir gar nicht vorstellen, wie ich mich freue, dass es mit uns beiden jetzt endlich mal geklappt hat. Das Leben ist wirklich ziemlich anstrengend, findest du nicht auch? Es gibt eben nichts Entspannenderes als ein gemütliches Abendessen zu zweit."

Noch ein bisschen mehr Entspannung, und ich wäre weg gewesen, dachte Keeley. „Danke für die Einladung, Chad. Es war nett." Sie versuchte, sich seinen Gesichtsausdruck vorzustellen, wenn sie, noch bevor das Auto ganz zum Stillstand gekommen war, hinausspringen, zum Haus eilen und auf der Veranda einen kleinen Freudentanz aufführen würde.

*Aber das wäre ziemlich unhöflich. Gut, dann also kein Freudentanz.*

„Drake und Pamela – die Larkens kennst du ja – geben nächsten Samstagabend eine kleine Soiree. Was hältst du davon, wenn ich dich so gegen acht abhole?"

Sie brauchte einen Moment, um zu verkraften, dass er doch tatsächlich das Wort Soiree benutzt hatte. „Ich kann wirklich nicht, Chad. Ich gebe am Samstag den ganzen Tag Reitstunden.

Da bin ich hinterher nicht mehr fit genug, um noch auszugehen. Trotzdem danke für die Einladung." Sie legte ihre Hand auf den Türgriff, erpicht darauf, endlich zu entkommen.

„Wirklich, Keeley, du darfst es nicht zulassen, dass deine kleine Reitschule dein ganzes Leben auffrisst."

Sie umklammerte den Türgriff, und obwohl sie bereits die Lichter ihres Zuhauses leuchten sah, drehte sie sich noch einmal zu ihm um und ließ den Blick über sein perfektes Profil schweifen. Dem Nächsten, der in diesem überheblichen Ton von ihrer Reitschule sprach, würde sie den Hals umdrehen. „Ach nein?"

„Obwohl ich mir sicher bin, dass du viel Spaß daran hast. Das haben Hobbys ja so an sich."

„Hobbys." Sie konnte sich nur mühsam beherrschen.

„Na ja, wir brauchen alle ab und zu eine kleine Abwechslung." Er hob eine Hand vom Lenkrad und machte eine elegante Handbewegung, so als wischte er zwei Jahre harter Arbeit weg. „Trotzdem musst du dir auch Zeit für dich nehmen. Erst kürzlich hat sich Renny beschwert, dass sie dich schon seit einer halben Ewigkeit nicht mehr zu Gesicht bekommen hat. Und wenn der Reiz des Neuen erst mal verflogen ist, wirst du dich fragen, wo all die Zeit geblieben ist."

„Meine Reitschule ist weder ein Hobby noch eine Abwechslung, und es gibt auch keinen Reiz des Neuen, der verfliegen könnte. Davon abgesehen ist sie ganz allein meine Angelegenheit."

„Aber ja. Selbstverständlich." Er tätschelte ihr gönnerhaft das Knie, während er das Auto zum Stehen brachte und dann ein bisschen weiter zu ihr herüberrutschte. „Gib doch wenigstens zu, dass sie zu viel von deiner Zeit beansprucht. Sonst hätte es nämlich nicht sechs Monate gedauert, bis wir endlich einen gemeinsamen Termin finden konnten."

„Ist das alles?"

Er interpretierte die ruhige Frage und das Glitzern in ihren Augen falsch. Und beugte sich zu ihr hinüber.

Sie schlug ihm mit der Hand auf die Brust. „Daran solltest du nicht mal im Traum denken! Hör zu, Kumpel, ich arbeite in meiner Reitschule an einem einzigen Tag mehr als du zwischen all deinen Maniküren und Amaretto Lattes und Soireen in diesem Büro, das dir dein Großvater vererbt hat, in einer ganzen Woche. Und der einzige Grund dafür, dass es erst nach sechs Monaten zu dieser Verabredung gekommen ist, besteht darin, dass ich Männer wie dich sterbenslangweilig finde. Mit dir gehe ich höchstens noch mal aus, um in der Hölle ein Eis am Stiel zu schlürfen. Deshalb verzieh dich jetzt endlich mit deiner französischen Krawatte und deinen italienischen Schuhen und lass mich in Ruhe."

Er starrte sie völlig entgeistert an, während sie die Tür aufstieß. Als er die Beleidigung endlich erfasste, kniff er die Augen zusammen. „Die Zeit, die du im Stall verbringst, scheint deinen Umgangsformen nicht zu bekommen."

„Das stimmt, Chad." Sie war inzwischen ausgestiegen und beugte sich noch einmal durch die offene Tür herein. „Du bist einfach zu gut für mich. Ich werde in mich gehen und heute Nacht in mein Kissen weinen."

„Die Leute tuscheln, dass du kalt bist", sagte er in ruhigem verletzendem Ton. „Aber ich musste es ja unbedingt selbst herausfinden."

Obwohl es wehtat, verzog sie keine Miene. „Die Leute tuscheln auch, dass du ein Trottel bist. Damit wäre bewiesen, dass es sich bei beiden Bemerkungen nicht um Klatsch, sondern um die Wahrheit handelt."

Wütend ließ er den Motor aufheulen, und sie glaubte schwören zu können, dass seine Hände zitterten. „Es ist übrigens eine englische Krawatte."

Sie knallte die Tür zu, dann beobachtete sie spöttisch, wie er davonfuhr. „Aha. Eine englische also." Sie spürte ein unbändiges Lachen in sich aufsteigen, und als es aus ihr heraussprudelte, musste sie stehen bleiben und sich den Bauch halten. „Oh Gott! Das hätte ich mir eigentlich gleich denken können."

Mit einem tiefen Aufseufzen legte sie den Kopf zurück und schaute zu dem Sternenmeer hinauf. „So ein Narr", murmelte sie.

Als sie ein leises Klicken hörte, wirbelte sie herum und sah Brian, der sich gerade mit seinem Feuerzeug ein Zigarillo anzündete. „Na, gibt's Ärger mit dem Lover?"

„Ja, klar." Ihre Wut kehrte zurück. „Er möchte mit mir nach Antigua fahren, aber ich will unbedingt nach Mozambique. Antigua ist doch total out."

Nachdenklich zog Brian an seinem Zigarillo. Sie sah so verdammt schön aus, wie sie da in diesem Hauch von einem Kleid im Mondlicht stand, mit dem Haar, das aussah wie Flammen, die an schwarzer Seide leckten. Als er ihr Lachen gehört hatte, war es gewesen, als hätte er einen Schatz entdeckt. Und jetzt blitzte sie ihn wieder wütend an.

Es fühlte sich fast genauso gut an.

Lässig nahm er noch einen Zug aus seinem Zigarillo und stieß dann eine dicke Rauchwolke aus. „Sie versuchen, mich aufzuziehen, Keeley."

„Ja, am liebsten so lange, bis Sie in lauter kleine Stücke zerbröseln, damit ich Sie in eine Schachtel packen und nach Irland zurückschicken kann."

„Das kann ich mir vorstellen." Er warf das Zigarillo weg und ging auf sie zu. Anders als Chad interpretierte er das Glitzern in ihren Augen nicht falsch. „Sie haben Lust, auf jemand loszugehen." Er schloss seine Hand über ihrer, die sie zur Faust geballt hatte, zog sie hoch und tippte sich damit gegen sein Kinn. „Na los, schlagen Sie zu."

„Obwohl die Einladung verlockend ist, pflege ich meine Konflikte normalerweise anders zu lösen." Als sie sich zum Weitergehen anschickte, verstärkte er seinen Griff. „Allerdings", fuhr sie langsam fort, „könnte es passieren, dass ich diesmal eine Ausnahme mache."

„Ich entschuldige mich nicht gern und würde es auch nicht – noch einmal – tun müssen, wenn Sie mich mit einem Schlag k. o. schlagen."

Sie zog die Augenbrauen hoch. Der Versuch, sich dem unnachgiebigen Griff dieser großen Hand zu entziehen, wäre nur würdelos gewesen. „Spielen Sie damit auf meine kleine Reitschule an?"

„Ja. Was Sie da machen, ist eine prima Sache. Bewundernswert und überhaupt nicht klein. Ich würde Ihnen gern helfen."

„Wie bitte?"

„Ich würde Ihnen gern dabei helfen, wenn ich kann. Ihnen ein bisschen von meiner Zeit schenken."

Völlig aus dem Konzept gebracht, schüttelte sie den Kopf. „Ich brauche keine Hilfe."

„Das habe ich auch nicht angenommen. Aber schaden könnte es trotzdem nicht, oder?"

Sie musterte ihn misstrauisch, aber auch neugierig. „Warum wollen Sie mir helfen?"

„Warum nicht? Dass ich mich mit Pferden auskenne, werden Sie zugeben. Außerdem kann ich zupacken. Und ich glaube an das, was Sie tun."

Es war der letzte Punkt, der ihre Abwehrmechanismen lahmlegte. Niemand außer ihrer Familie hatte das je in dieser Form zu ihr gesagt. Sie spannte ihre Hand in seiner an, und als er sie losließ, trat sie einen Schritt zurück. „Sagen Sie das jetzt nur, weil Sie ein schlechtes Gewissen haben?"

„Ich sage es, weil ich Ihnen gern helfen möchte. Entschuldigt habe ich mich ja schon."

„Ach ja? Ist mir gar nicht aufgefallen." Trotzdem lächelte sie, als sie sich anschickte weiterzugehen. „Aber das macht nichts. Ab und zu könnte ich vielleicht wirklich Unterstützung brauchen."

Er schloss sich ihr an, während sie mit einem kurzen Blick sein schlichtes weißes T-Shirt und die strapazierfähige Jeans streifte.

Ein starker, gesunder Körper, geschickte Hände und ein angeborenes Geschick im Umgang mit Pferden. Besser hätte sie es kaum treffen können. „Können Sie reiten?"

„Na, hören Sie mal, selbstverständlich kann ich reiten", begann er, dann sah er ihr spöttisches Lächeln, was ihn daran erinnerte, dass er ihr bei ihrer ersten Begegnung dieselbe Frage gestellt hatte. „Versuchen Sie schon wieder, mich aufzuziehen?"

„Diesmal war es leicht durchschaubar." Sie bog auf einen Weg ab, der sich zwischen blühenden Büschen hindurchschlängelte. „Aber bezahlen kann ich Ihnen nichts."

„Ich habe schon einen Job, danke."

„Die Kinder übernehmen auch viele Stallarbeiten", berichtete sie. „Das gehört zum Kurs dazu. Es geht nicht nur darum, zu lernen, wie man im Sattel sitzt und ein Pferd dazu bringt, die Gangart zu wechseln. Genauso wichtig ist es, dass sich die Kinder mit ihrem Pferd verbunden fühlen. Beim Stallausmisten entsteht ein starkes Band."

Er grinste. „Da kann ich nicht widersprechen."

„Trotzdem sind sie noch Kinder, deshalb ist es auch wichtig, dass sie ihren Spaß haben. Und weil sie noch lernen, kann es gelegentlich vorkommen, dass ihre Arbeit hier und da noch etwas zu wünschen übrig lässt. Außerdem reicht die Zeit oft nicht mehr, um die Sättel einzufetten und zu polieren."

„Ich habe meine illustre Karriere selbst mit einer Mistgabel in der Hand und Sattelfett in der Tasche begonnen."

Müßig riss er eine weiße Blüte ab und steckte sie ihr ins Haar. Der lässige Charme dieser Geste brachte sie durcheinander und erinnerte sie daran, dass sie im Mondschein, umgeben von blühenden Sträuchern, dahinspazierten.

Keine besonders gute Idee, ermahnte sie sich selbst.

„Na gut dann. Falls Sie also irgendwann ein bisschen Zeit übrig haben, werde ich bestimmt noch irgendwo eine Mistgabel finden."

Als sie auf das Haus zusteuerte, ergriff er wieder ihre Hand und bat: „Gehen Sie noch nicht rein. Die Nacht ist zu schön, um sie zu verschlafen."

Er hatte eine schöne Stimme, mit einem beruhigenden singenden Unterton. Sie verstand nicht, warum sie sogleich erschauerte. „Wir müssen morgen beide früh raus."

„Das stimmt, aber wir sind schließlich noch jung, oder? Ich habe Ihre Medaille gesehen."

Sie war so abgelenkt, dass sie vergaß, ihm ihre Hand zu entziehen. „Meine Medaille?"

„Die Silbermedaille von den Olympischen Spielen. Ich war in Ihrem Büro, weil ich Sie gesucht habe."

„Mit der Medaille lassen sich Eltern ködern, die es sich leisten können, für die Reitstunden gutes Geld zu bezahlen."

„Sie ist etwas, worauf man stolz sein kann."

„Das bin ich auch." Mit ihrer freien Hand strich sie sich eine Haarsträhne aus dem Gesicht. Dabei streiften ihre Fingerspitzen die samtweiche Blüte in ihrem Haar. „Aber sie sagt nicht alles über mich aus."

„Anders als zum Beispiel … warten Sie … eine englische Krawatte?"

Das Auflachen entschlüpfte ihr ganz unversehens und linderte die seltsame Anspannung in ihr. „Ich habe eine Überraschung für Sie. Mit viel Zeit und einiger Anstrengung könnte ich Sie vielleicht sogar irgendwie mögen."

„Ich habe viel Zeit." Er ließ ihre Hand los und berührte sacht ihre Haarspitzen. Sie schrak sofort zurück. „Sie sind ganz schön nervös", murmelte er.

„Nein, eigentlich nicht besonders." Normalerweise jedenfalls nicht, dachte sie. *Bei den meisten Leuten.*

„Es ist nur, weil ich Sie gern berühre", sagte er und fuhr ihr absichtlich wieder mit den Fingerspitzen übers Haar. „Es hat etwas mit dieser … Verbindung zu tun. Sie entsteht durch Berührung."

„Ich …" Sie sprach nicht weiter, als er mit den Fingern sanft über ihren Nacken strich.

„Ich habe herausgefunden, dass Sie Ihre Probleme direkt hier unten an Ihrer Halswurzel mit sich herumtragen. Mehr Probleme, als sich auf Ihrem Gesicht widerspiegeln. Und Sie haben wirklich ein wunderschönes Gesicht, Keeley. Es haut einen glatt um."

Die Anspannung löste sich dort, wo seine Hände sie berührten, und baute sich an anderer Stelle wieder auf. An einer Art Sammelpunkt, wo sich die Hitze konzentrierte. Plötzlich verspürte sie so einen Druck in der Brust, dass sie kaum noch Luft bekam. Ihr Magen krampfte sich zusammen. Schmerzte.

„Mein Gesicht hat nichts damit zu tun, wie ich bin."

„Vielleicht nicht, aber es ist trotzdem ein reines Vergnügen, es anzusehen."

Wenn sie nicht erschauert wäre, hätte er vielleicht widerstehen können. Natürlich wusste er, dass es ein Fehler war. Aber er hatte schon früher Fehler gemacht und würde immer wieder welche machen. Das Mondlicht schien, und die Luft war erfüllt von Rosenduft. Konnte man von einem Mann wirklich verlangen, dass er es übersah, wenn eine schöne Frau unter seiner Berührung erbebte?

Von mir nicht, entschied er.

„Die Nacht ist zu schön, um sie zu verschlafen", wiederholte er und beugte sich zu ihr hinunter.

Sie schrak erst zurück, als sein Mund ihrem schon ganz nahe war. Mit den Fingern streichelte er weiter ihren Nacken, hielt sie fest. Sein Blick schweifte zu ihren Lippen, verweilte dort kurz, ehe er ihr wieder in die Augen schaute.

Und er lächelte. „*Cushla machree*", murmelte er, und sie fühlte sich von den Worten so in Bann gezogen, als wären sie eine Zauberformel.

Seine Lippen streiften ihre so sanft wie Schmetterlingsflügel. Daraufhin begann sie erneut zu erbeben. Er zog sie noch ein bisschen enger an sich, lockte ihren Körper, lud ihn ein, sich anzuschmiegen, während sich seine Hand auf ihrem Rücken rhythmisch auf und ab bewegte.

Ganz langsam öffnete sie ihre Lippen.

Es war himmlisch, sich so weich, so weiblich, so offen zu fühlen. Sie legte ihm die Hände auf die Schultern, während sie sich dem atemberaubenden Gefühl seines Kusses hingab.

Er konnte zärtlich sein, er hatte für das Zerbrechliche schon immer eine große Zärtlichkeit verspürt. Aber ihre überraschende Hingabe entfachte in ihm ein heißes Verlangen, sie zu packen und sie zu nehmen. Nur mit Mühe konnte er sich beherrschen. Er hatte mit Widerstand gerechnet. Alles, angefangen von eisiger Verachtung bis hin zu heftiger Leidenschaft, hätte er verstanden. Aber diese völlige Hingabe machte ihn fertig.

„Mehr", murmelte er unter ihrem Mund. „Nur noch ein bisschen mehr." Und er vertiefte den Kuss.

Aus ihrer Kehle stieg ein Laut auf, ein tiefes Stöhnen, das ihm durch und durch ging. Sein Herz raste, ihm wurde heiß, und sein Atem ging stoßweise.

Darüber erschrak er so, dass er den Kuss unvermittelt beendete, sich unsanft von ihr löste und sie mit der nervösen Wachsamkeit eines Mannes musterte, der plötzlich begreift, dass er kein Kätzchen, sondern einen Tiger im Arm hält.

Hatte er tatsächlich geglaubt, dass er nur einen Fehler machte? Nur einen ganz normalen, alltäglichen Fehler? Was für ein Irrtum. Er hatte ihr die Macht gegeben, ihn zu zermalmen.

„Verdammt."

Verwirrt blinzelte sie ihn an und versuchte, sich einen Reim auf die plötzliche Veränderung zu machen, die mit ihm vorgegangen war. Auf seinem Gesicht spiegelte sich Wut, und der Druck der Hände, die ihre Oberarme umspannten, war nicht mehr sanft. Sie hatte das Gefühl, jeden Moment erneut erschauern zu müssen, aber noch so eine Blöße würde sie sich nicht geben.

„Lassen Sie mich los!"

„Ich habe Sie zu nichts gezwungen."

„Das habe ich auch nicht gesagt."

Ihre Lippen waren von dem Kuss ein wenig geschwollen, und ihr Magen zog sich schmerzhaft zusammen. Dabei bist du doch angeblich kalt, dachte sie benommen. Und sie hatte es selbst geglaubt. Herauszufinden, dass das Gegenteil stimmte, war kein Grund zum Jubeln. Aber zur Panik.

„Ich will das nicht." Diese Verletzlichkeit, die in ihrem Ton mitschwang!

„Ich auch nicht." Er ließ sie los und stieß seine Hände in die Hosentaschen. „Das ist ja eine schöne Sache."

„Das ist es nur, wenn wir es zulassen." Sie wünschte sich, ihre Hand auf ihr Herz pressen zu können, damit es aufhörte, so wild zu hämmern. Erstaunlich, dass er es nicht hören konnte. „Wir sind beide erwachsene Menschen und imstande, für das, was wir tun, die Verantwortung zu übernehmen. Das war eine beidseitige Entgleisung. Es wird nicht wieder vorkommen."

„Und wenn doch?"

„Ganz bestimmt nicht, weil jeder von uns seine Prioritäten hat und so eine … Sache alles nur verkomplizieren würde. Deshalb vergessen wir es einfach. Gute Nacht."

Damit wandte sie sich ab und ging zum Haus. Sie rannte nicht, obwohl sie es einerseits am liebsten getan hätte. Andererseits jedoch wünschte sie sich, er möge sie aufhalten. Und auf Letzteres war sie nun wirklich nicht stolz.

Brian hatte gehofft, dass ihm die Zeit in Florida und die Arbeit, um die sich sein ganzes Leben drehte, helfen würden, zu tun, was sie vorgeschlagen hatte. Zu vergessen.

Aber er hatte nicht vergessen und konnte es auch nicht, und am Ende wurde ihm klar, dass es naiv gewesen war, das zu erwarten. Und weil er litt, sah er keinen Grund, sie so verdammt leicht davonkommen zu lassen.

Du weißt, wie man Frauen behandelt, erinnerte er sich. Und egal, ob Prinzessin oder nicht, zuerst einmal war Keeley eine Frau. Sie würde schon begreifen, dass man Brian Donnelly nicht wie eine lästige Fliege verscheuchen konnte.

Die Reisetasche über der Schulter, ging er an den Ställen vorbei zu seinem Quartier. Die Rückfahrt von Hialeah war anstrengend gewesen, und er hatte nur wenig geschlafen. Natürlich hätte er auch fliegen können, aber er hatte beschlossen, mit den Tieren zurückzufahren.

Seine Pferde hatten ihm jeden Wunsch erfüllt, sie hatten ihn stolz gemacht und ihm zusätzliches Geld eingebracht. Dafür zu sorgen, dass sie gut zurückkamen, war das Mindeste, was er für sie tun konnte.

Doch alles, was er im Augenblick für sich selbst ersehnte, waren eine schöne heiße Dusche, eine Rasur und eine gute Tasse Tee.

Obwohl er sofort bereit gewesen wäre, auf all das zu verzichten, wenn er dafür nur noch ein einziges Mal Keeley hätte schmecken können.

Dieser Gedanke ärgerte ihn und veranlasste ihn, einen finsteren Blick in die Richtung, in der ihre Koppel lag, zu werfen. Sobald er sich geduscht und rasiert hatte, würde er kurz bei ihr vorbeischauen. Sehr kurz, entschied er. Bevor er in Versuchung kam, sie wieder in die Arme zu ziehen. Um sie dann, nachdem er sie lange geküsst hatte …

Die erotischen Bilder, die ihm seine Fantasie vorgaukelte, zerplatzten wie Seifenblasen, als er um die Hausecke kam und Keeleys Mutter vor einem Blumenbeet knien sah.

Es war nicht gerade angenehm, der Mutter der Frau über den Weg zu laufen, die man sich eben nackt vorstellte. Als Adelia sich halb umwandte und zu ihm hinüberschaute, sah er, dass ihre Wangen tränenüberströmt waren.

„Mrs Grant."

„Brian." Sie schniefte und wischte sich mit dem Handrücken das Gesicht ab. „Ich zupfe nur ein bisschen Unkraut. Damit die Beete hier wieder ordentlich aussehen." Sie nestelte verlegen an ihrer Schirmmütze herum, dann ließ sie die Hände sinken und setzte sich auf ihre Fersen. „Bitte, entschuldigen Sie."

„Mrs Grant." Das hast du bereits gesagt, dachte er. *Lass dir was anderes einfallen.* Wenn er eine Frau weinen sah, fühlte er sich immer wie gelähmt.

„Onkel Paddy ist erst gestern abgereist, aber er fehlt mir jetzt schon." Sie schaffte es nicht ganz, ihr Aufschluchzen zu unterdrücken. „Ich hatte gehofft, dass ich mich besser fühle, wenn ich mich hier ein bisschen nützlich mache, aber ich kann an nichts anderes denken. Ich weiß ja, dass er gehen musste. Weil er es so wollte. Aber …"

„Mrs Grant." Verdammt, ihm fiel wirklich nichts ein. Hektisch wühlte Brian in seinen Taschen nach einem Taschentuch. „Vielleicht sollten Sie … hier."

„Danke." Sie nahm das Halstuch, das er ihr in Ermangelung eines sauberen Taschentuchs hinhielt, während er neben ihr in die Hocke ging. „Sie wissen ja, wie es ist, wenn man von der Familie getrennt ist."

„Na ja, meine steht mir nicht so nah, sozusagen."

„Familie bleibt Familie." Sie trocknete sich die Tränen, dann atmete sie laut aus.

Wie jung sie ausschaut, dachte er. Und in ihrer Baseballkappe, die ihr ein bisschen schief auf dem Kopf saß, und den verweinten Augen sah sie so gar nicht wie eine Mutter aus. Er tat, was für ihn nur natürlich war – er nahm ihre Hand.

Einen Moment lehnte sie ihren Kopf an seine Schulter und seufzte. „Paddy hat mein ganzes Leben verändert, indem er mich hierherholte. Sie können sich gar nicht vorstellen, wie aufgeregt ich damals beim Flug war. Ein neues Zuhause, neue Menschen, ein fremdes Land, all das erwartete mich. Außerdem hatte ich Paddy viele Jahre lang nicht gesehen, doch sobald ich vor ihm stand, war alles gut. Ich weiß nicht, was ich ohne ihn getan hätte."

Beim Reden wurde ihr wieder etwas leichter ums Herz. Dass er ihr schweigend zuhörte, hatte etwas Beruhigendes.

„Ich wollte nicht vor Travis und den Kindern weinen, weil er ihnen ja genauso fehlt. Und eigentlich habe ich mich bis eben auch ganz gut verhalten. Aber hier habe ich gewohnt, als ich nach Royal Meadows kam. In einem hübschen Zimmer mit grünen Wänden und weißen Vorhängen. Gott, wie jung ich damals war."

„Und jetzt sind Sie alt und klapprig", scherzte Brian und war froh, als sie lachte.

„Na ja, klapprig vielleicht nicht gerade, aber damals war ich wirklich sehr jung und unerfahren. Ich hatte noch nie im Leben so eine Farm gesehen und sollte doch jetzt dank Paddys Intervention dort leben. Wenn er nicht gewesen wäre, glaube ich nicht, dass Travis es mit mir als Pferdepflegerin versucht hätte."

„Als Pferdepflegerin? Stimmt das wirklich?" Brian zog überrascht die Augenbrauen hoch. „Das habe ich eigentlich für eine erfundene Geschichte gehalten."

„Aber nein, das ist sie ganz und gar nicht", widersprach sie vehement und mit unübersehbarem Stolz. „Ich habe mir hier meinen Lebensunterhalt verdient. Ich war sogar eine sehr gute Pferdepflegerin. Und Majesty war mir besonders ans Herz gewachsen."

„Sie haben Majesty betreut?"

„Ja, und ich war dabei, als er das Derby geholt hat. Oh, ich habe dieses Pferd geliebt. Na ja, Sie wissen ja, wie das ist."

„Oh ja."

„Wir haben ihn erst letztes Jahr verloren, aber er hatte ein schönes langes Leben. Ich glaube, das war der Zeitpunkt, an dem Paddy beschlossen hat, wieder zurück nach Irland zu gehen. Jetzt ist er schon dort, und ich weiß ganz genau, was er sieht, wenn er vor dem Haus steht. Zumindest das ist ein Trost. Genauso wie Sie mir ein Trost waren, Brian. Danke."

„Ich habe doch gar nichts gemacht. Wenn ich jemand weinen sehe, bin ich immer völlig hilflos."

„Sie haben zugehört." Sie gab ihm sein Halstuch zurück.

„Aber wahrscheinlich nur, weil ich in so einem Fall nie weiß, was ich sagen soll. Warten Sie, Sie haben da ein bisschen Erde."

In dem Moment, in dem Brian sich anschickte, ihrer Mutter mit einem blauen Tuch das Gesicht abzuwischen, kam Keeley den Weg herauf. Als sie sah, dass Adelia geweint hatte, schoss sie wie eine Furie auf Brian zu.

„Was ist los? Was haben Sie gemacht?", fauchte sie ihn an, wobei sie ihrer Mutter einen Arm um die Schultern legte.

„Nichts. Ich habe Ihre Mutter nur niedergeschlagen und ihr dann noch einen Fußtritt verpasst."

„Wirklich, Keeley." Adelia tätschelte besänftigend die Hand ihrer Tochter. „Brian hat mir nur sein Halstuch geliehen und mir gestattet, mich an seiner Schulter auszuweinen, weil mir Onkel Paddy fehlt."

„Oh Ma." Keeley schmiegte ihre Wange an Adelias. „Sei nicht traurig."

„Ich bin aber traurig, zumindest ein bisschen. Obwohl es mir jetzt schon wieder viel besser geht." Sie beugte sich vor und überraschte Brian damit, dass sie ihm einen flüchtigen Kuss auf die Wange gab. „Sie sind so ein netter junger Mann und dazu auch noch so geduldig."

Jetzt richtete er sich wieder auf und half ihr beim Aufstehen. „Meines Wissens nach bin ich weder für das eine noch für das andere bekannt, Mrs Grant."

„Das ist nur, weil die meisten Leute nicht richtig hinsehen. Aber nachdem ich an Ihrer Schulter geweint habe, sollten Sie es wirklich langsam schaffen, Adelia zu mir zu sagen. Ich gehe jetzt in den Stall und mache mich dort ein bisschen nützlich."

„Sie weint fast nie", murmelte Keeley, nachdem ihre Mutter sie und Brian allein gelassen hatte. „Außer wenn sie sehr glücklich oder sehr traurig ist. Tut mir leid, dass ich so auf Sie losgegangen bin, aber als ich ihre Tränen sah, konnte ich nicht mehr klar denken."

„Macht nichts, auf mich haben Tränen eine sehr ähnliche Wirkung."

Sie nickte, dann suchte sie verzweifelt nach einem Gesprächsthema, um das verlegene Schweigen, das zwischen ihnen entstanden war, zu brechen. Dabei war sie sich so sicher gewesen, dass sie ihm beim nächsten Mal gefasst gegenübertreten würde. „Wie ich gehört habe, waren Sie in Hialeah sehr erfolgreich."

„Wir. Ihr Hero läuft sehr gut, besonders in der Menge."

„Ja, ich weiß. Er lebt nur, um zu laufen." Ihr Blick fiel auf seine Reisetasche, die er auf dem Boden abgestellt hatte. „Und Sie sind noch nicht einmal richtig da und haben schon eine weinende Frau am Hals und eine zweite, die Sie anfaucht. Es tut mir wirklich leid."

„Leid genug, um mir eine Kanne Tee zu machen, während ich kurz im Bad verschwinde?"

„Ich ... also ... na gut, aber ich habe nur eine knappe Stunde Zeit."

„Eine Kanne Tee zu machen dauert längst nicht so lange." Zufrieden begann er, die Treppe hinaufzusteigen. „Dann haben Sie heute Nachmittag noch Unterricht?"

„Ja." Obwohl sie das Gefühl hatte, in eine Falle zu gehen, folgte Keeley ihm ins Haus. Er war zu ihrer Mutter freundlich gewesen, und sie war verpflichtet, sich dafür bei ihm zu revanchieren. „Um halb vier. Aber vorher habe ich noch einiges zu erledigen."

„Gut, ich brauche nicht lange. Wo die Küche ist, wissen Sie ja sicher."

Sie schaute ihm mit gerunzelter Stirn nach, als er im Schlafzimmer verschwand.

Die Situation dadurch in den Griff zu bekommen, dass sie ihm Tee machte, war nicht unbedingt das, was sie sich vorgenommen hatte. Sie hatte viel darüber nachgedacht und am Ende beschlossen, dass es am besten sein würde, wenn sie ihm mit freundlicher Höflichkeit, aber distanziert begegnete. Der Vorfall an diesem Abend vor einigen Tagen war nur eine vorübergehende Torheit gewesen. Harmlos.

Unglaublich.

Entschlossen ging sie in die Küche, um den alten Teekessel mit Wasser aufzusetzen, an dem Paddy so gehangen hatte. Nein, es gab absolut nichts, worüber sie sich Sorgen machen müsste. In gewisser Hinsicht sollte sie Brian sogar dankbar sein. Durch ihn hatte sie erfahren, dass sie Männern doch nicht so gleichgültig gegenüberstand, wie sie immer geglaubt hatte. Tatsächlich hatte es sie manchmal ein bisschen beunruhigt, dass es – anders als bei ihren Freundinnen – bei ihr und einem Mann noch nie richtig gefunkt hatte.

Nun, bei ihm waren die Funken geflogen, eine ganze Feuersbrunst hatte sie gespürt. Und das war gut so, es war nur gesund. Irgendjemand hatte sie schließlich doch noch zur richtigen Zeit, am richtigen Ort und in der richtigen Stimmung erwischt. Und wenn es einmal passiert war, konnte es jederzeit wieder passieren.

Mit jemand anders natürlich. Wenn sie beschloss, dass es an der Zeit war.

Sie ließ den Tee ziehen, dann öffnete sie einen Hängeschrank und streckte sich nach einer Tasse.

„Ich hole sie." Er trat hinter sie und klemmte sie zwischen sich und dem Tresen ein. Schloss seine Hand über ihrer, die die Tasse hielt.

Sie konnte die Seife, mit der er sich gewaschen hatte, riechen und die Hitze, die er ausstrahlte, spüren. Und ihr Mund wurde trocken.

„Ich bin zu der Erkenntnis gelangt, dass ich es nicht vergessen will."

Sie versuchte, ganz bewusst zu atmen. „Wie bitte?"

„Und dass ich es dich auch nicht vergessen lasse."

Sie schluckte. „Wir haben uns geeinigt, dass ..."

„Wir haben uns auf gar nichts festgelegt." Er nahm ihr die Tasse aus der Hand, stellte sie ab. Ihr Haar, das sie sich zu einem Pferdeschwanz hochgebunden hatte, ließ ihren schön geschwungenen Nacken frei. Er streichelte ihn. „Trotzdem behaupte ich, dass zwischen uns eine unausgesprochene Einigkeit darüber besteht, dass wir uns wollen."

Das Begehren stieg heiß in ihr hoch. „Wir wissen nichts voneinander."

„Ich weiß, wie du schmeckst." Er knabberte zärtlich an ihrem Hals. „Und wie du duftest und wie du dich anfühlst. Ich sehe dein Gesicht vor mir, ob ich es will oder nicht." Er drehte sie zu sich herum und musterte sie aus dunklen Augen. „Warum solltest du eine Wahl haben, wenn ich keine habe?"

Gleich darauf presste er seinen Mund auf ihren – aufreizend, gefährlich, prickelnd. Er durchwühlte ihr Haar und drängte sich an sie.

Und diesmal spürte sie in der Umarmung Wut und Leidenschaft gleichermaßen. Jetzt empfand sie unter dem Beben auch eine Spur Angst. Diese Mischung war unerträglich erregend.

„Dafür bin ich noch nicht bereit." Sie versuchte, sich aus seinem Griff zu befreien. „Ich bin einfach nicht bereit. Begreifst du das?"

„Nein." Aber er verstand, was er in ihren Augen sah. Er hatte ihr Angst eingejagt, und dazu hatte er kein Recht. „Ich sage es noch einmal: Ich will es nicht verstehen." Damit ließ er sie los und trat einen Schritt zurück. „Deine Mutter findet, dass ich ein geduldiger Mensch bin. Und das bin ich unter gewissen Umständen tatsächlich. Ich werde also warten, weil ich mir sicher bin, dass du irgendwann kommst. Irgendetwas ist zwischen uns, deshalb wirst du mir signalisieren, wenn du bereit bist."

„Zwischen Selbstbewusstsein und Arroganz ist nur ein schmaler Grat, Brian. Pass auf, wo du hintrittst", warnte sie ihn, während sie zur Tür ging.

„Du hast mir gefehlt."

Ihre Hand schloss sich über dem Türknopf, aber sie schaffte es nicht, ihn zu drehen. „Du kennst aber auch wirklich alle Tricks", flüsterte sie.

„Kann sein. Trotzdem hast du mir gefehlt. Danke für den Tee."

Sie seufzte. „Keine Ursache", sagte sie und verließ ihn.

Bad Betty hatte sich ihren Namen redlich verdient. Sie machte nicht einfach nur Probleme, sondern suchte geradezu nach ihnen. Es schien ihr nur noch Spaß zu machen, die Stallburschen zu beißen. Und die Exerciseboys zu treten. Draußen auf der Weide jagte sie die anderen Jährlinge, und wenn es Zeit war, in den Stall zu traben, bäumte sie sich auf, schlug aus und schnaubte empört.

Aus all diesen Gründen vergötterte Brian sie.

Nachdem er beschlossen hatte, sich persönlich um sie zu kümmern, ging durch die Reitställe ein kollektives Aufseufzen. Sie stellte ihn auf die Probe, aber obwohl sie es nur selten schaffte, ihn auszutricksen, hatte Brian doch eindrucksvolle, in allen Regenbogenfarben schillernde Blutergüsse.

Viele hielten sie für eine Bestie, aber Brian wusste es besser. Sie war eine Rebellin. Und eine geborene Siegerin. Man musste ihr nur beibringen, wie man gewann, ohne dieser wilden Seele Schaden zuzufügen.

Er führte sie an der Longierleine im Kreis herum, während sie vorgab, ihn zu ignorieren. Dennoch, sobald er leise auf sie einredete, zuckten ihre Ohren, und hin und wieder riskierte sie aus den Augenwinkeln einen Blick auf ihn. Und als er der Leine mehr Spiel ließ und Bad Betty in einen kurzen Galopp verfiel, wurde seine tagelange harte Arbeit schließlich belohnt.

„Ah ja, genau so. Wie schön du bist." Diesen Augenblick hätte er gern mit einer Kamera festgehalten – das prächtige Stutenfohlen, das anmutig galoppierend seine Kreise in der Koppel drehte, während sich dahinter unter einem strahlend blauen Himmel die grünen Hügel erstreckten.

Es wäre ein hübsches Foto geworden, und für manche hätte es wie ein ausgelassenes Herumtollen ausgesehen. Doch dies war nicht so. Ein Rennpferd lernte, durch die Signale, die ihm durch das Zaumzeug übermittelt wurden, Befehle entgegenzunehmen – ein weiterer wichtiger Schritt zum Ziel.

Und er bemerkte noch etwas, während er Betty anschaute, während er Form und Haltung und dieses unmissverständliche Glitzern in ihren Augen studierte.

Er sah seine eigene Bestimmung.

„Mit uns beiden wird es klappen", sagte er leise. „Wir sind füreinander bestimmt. Denn wir sind beide Rebellen, zumindest für die Leute, die nicht begreifen, wo wir hinwollen. Wir müssen gewinnen, oder was meinst du?"

Er verkürzte die Leine, und Bad Betty verfiel in Trab. Und dann noch ein Stück, bis sie im Schritt ging. Auf ihrem Fell glänzte Schweiß, und ihm liefen ebenfalls die Schweißtropfen über den Rücken. Nicht genug damit, dass der September sich weigerte, den Sommer loszulassen. Er klammerte sich auch noch an ihn und bearbeitete ihn mit Fäusten.

Sie verständigten sich mit Blicken, ohne auf die Hitze zu achten.

Während Bad Betty im Kreis lief, benutzte er immer wieder die Leine, um ihr etwas zu signalisieren, und die ganze Zeit über hörte er nicht auf, sie zu loben.

Keeley konnte nicht widerstehen. Sie musste einfach einen Moment lang zuschauen, obwohl sie alle Hände voll zu tun hatte. Aber warum sollte sie sich nicht an einem strahlenden Septembertag einige Minuten Zeit nehmen, um Zeuge eines kleinen Wunders zu werden?

Sie lehnte sich gegen den Zaun und beobachtete, wie Brian mit Betty die verschiedenen Gangarten einübte. Ihr Vater hatte gut daran getan, ihn einzustellen, so viel war sicher. Zwischen Mann und Pferd existierte ein inneres Band, das stärker war als die Leine zwischen ihnen. Sie spürte es ganz deutlich.

Diese Fähigkeit konnte man nicht erlernen. Man besaß sie einfach oder auch nicht.

Sie wusste, dass Brian sich für jeden einzelnen Jährling Zeit nahm. Das war auf einer so großen Farm wie Royal Meadows keine leichte Sache, doch entscheidend war die Art, wie man ein Pferd behandelte. Ein kluger Züchter wusste, dass die Aufmerksamkeit, die man einem Pferd in den ersten Lebensmonaten zukommen ließ, viel damit zu tun hatte, wie es sich später beim Training verhielt.

„Sieht gut aus, hm?", fragte Brian Keeley, während er Betty zu einem letzten Kurzgalopp aufforderte, indem er der Longierleine Spiel ließ.

„Sehr gut, du hast große Fortschritte gemacht."

„*Wir* haben große Fortschritte gemacht. Sie ist bereit, einen Reiter auf sich zu dulden."

Da Keeley Bettys Ruf kannte, fragte sie: „Und wen willst du bestechen – oder unter Androhung von Strafe zwingen –, sich auf sie zu setzen?"

Brian holte die Leine ein, und Betty verfiel in einen ruhigen Trab. „Was ist mit dir? Hast du nicht Lust?"

Sie lachte. „Nein, danke. Mir reicht meine Arbeit auch so." Obwohl es eine Versuchung war.

Brian wusste, dass ein Samen Zeit brauchte, um aufzugehen, nachdem man ihn gesät hat. „Nun, sie wird ihr erstes Gewicht morgen früh auf sich spüren." Jetzt holte er Betty mit der Leine zu sich heran und ging mit ihr an den Zaun, wo Keeley stand.

Sie sah schön aus, das Haar so schimmernd wie das Fell des Fohlens und die Augen genauso wachsam. „Sie wird zwar nie fügsam und sanft werden, aber sie wird es schaffen, richtig, *mavourneen*?"

Er tätschelte dem Fohlen den Hals, während Betty an dem Beutel schnüffelte, der an Brians Gürtel befestigt war, dann drehte sie den Kopf weg.

„Sie sagt mir, dass es sie nicht interessiert, dass ich da Äpfel drin habe. Jawohl, kein bisschen." Nachdem er die Leine um den Querbalken des Zauns geschlungen hatte, holte er einen Apfel und sein Taschenmesser heraus. Bedächtig zerteilte er ihn in zwei Hälften. „Dann sollte ich diese Belohnung vielleicht dieser anderen hübschen Lady hier anbieten."

Er streckte den Arm aus und hielt Keeley den Apfel hin, woraufhin Betty ihm so hart den Kopf in die Seite rammte, dass er gegen den Zaun taumelte. „Aha, jetzt versucht sie, meine Aufmerksamkeit zu bekommen. Heißt das, dass du doch ein Stück Apfel willst?"

Er ging auf sie zu und hielt ihr die eine Hälfte des Apfels hin. Betty pflückte ihn zart mit den Lippen von seiner Handfläche. „Sie liebt mich."

„Sie liebt deine Äpfel", widersprach Keeley.

„Oh, nicht nur. Pass auf." Bevor Keeley ausweichen – oder auch nur daran denken – konnte, legte er ihr eine Hand in den Nacken, zog sie zu sich heran und rieb seine Lippen provozierend an ihren.

Betty schnaubte empört und versetzte ihm mit dem Kopf einen derben Schubs.

„Siehst du?" Brian streifte leicht mit den Zähnen Keeleys Oberlippe, bevor er sie losließ. „Sie ist eifersüchtig. Es passt ihr nicht, wenn ich einer anderen Frau meine Aufmerksamkeit schenke."

„Dann solltest du nächstes Mal besser sie küssen. Auf diese Weise ersparst du dir einige blaue Flecken."

„Macht nichts. Hat sich trotzdem gelohnt. Für beide Seiten."

„Pferde lassen sich leichter einwickeln als Frauen, Donnelly." Sie nahm ihm die andere Apfelhälfte aus der Hand und biss hinein. „Ich mag einfach nur deine Äpfel", erklärte sie und schlenderte davon.

„Die ist genauso widerspenstig wie du." Er tätschelte Betty den Kopf, während er Keeley nachschaute, die zu ihrem Stall ging. „Ich frage mich bloß, was mich an widerspenstigen Frauen so anzieht."

Keeley hatte nicht vorgehabt, zu den Jährlingsställen zu gehen. Wirklich nicht. Sie hatte es nur getan, weil sie schon so früh auf war und ihre eigenen morgendlichen Pflichten bereits hinter sich gebracht hatte. Und weil sie neugierig war. Als sie aus der grauen Morgendämmerung in den Stall trat, hörte sie als Erstes Brians Stimme.

Sie musste lächeln. Über die Verzweiflung, die darin mitschwang.

„Los jetzt, Jim, du hast den Kürzeren gezogen, du kannst dich jetzt nicht drücken."

„Will ich ja auch gar nicht."

Der Exerciseboy presste die Kiefer aufeinander und rollte die Schultern, als Keeley vor der Box stehen blieb. „Guten Morgen. Wie ich höre, hat es Sie getroffen, Jim."

„Ja, mein Glück." Er warf Betty einen finsteren Blick zu. „Sie würde mich am liebsten auffressen."

„Du brauchst ihr jetzt nur noch einen Grund zu liefern, zum Beispiel, wenn du sie spüren lässt, dass du Angst vor ihr hast", sagte Brian. „Also los, Jim, du wirst heute in die Geschichte eingehen … als der erste Mensch, den die nächste Gewinnerin der Triple Crown auf sich geduldet hat."

Betty gab ein verächtliches Schnauben von sich und versuchte, sich aufzubäumen, als Brian die kurzen Zügel fester packte. Und Jims Augen in seinem bleichen Gesicht wurden riesengroß.

„Ich mache es." Keeley wusste nicht genau, ob sie die Herausforderung reizte oder ob es Mitleid mit dem verängstigten Jungen war. „Wenn es wirklich ein historischer Moment ist, sollte schon eine Grant auf dem Champion von Royal Meadows sitzen." Sie lächelte Jim bei ihren Worten an. „Geben Sie mir Ihre Jacke und die Mütze."

„Sind Sie sich wirklich sicher, dass Sie es machen wollen?" Jim schaute eher erleichtert als beschämt von Keeley zu Brian.

„Sie ist der Boss. In gewisser Weise", sagte Brian. „Pech gehabt, Jim."

„Ich werde es überleben." Ein bisschen zu eilig versuchte er, aus der Box zu kommen. Betty, die nur auf diese Gelegenheit gewartet zu haben schien, spannte alle Muskeln an und hob das Bein. Brian stieß Jim geistesgegenwärtig mit einem Fluch beiseite und bekam den Tritt in die Rippen.

Jeder weitere Fluch vergrößerte den Schmerz noch. Keeley schlüpfte, ohne eine Sekunde zu überlegen, in die Box und legte ihre Hände über seine, die die Zügel fest gepackt hielten, und half ihm, das Fohlen unter Kontrolle zu halten.

Tausend Pfund Pferd versuchten durchzugehen. Keeley spürte die Hitze, die der riesige Pferdekörper abstrahlte, und als sie mit Brian zusammenstieß, spürte sie seine Hitze ebenfalls.

„Wie schlimm hat sie dich erwischt?"

„Nicht so schlimm, wie sie wollte." Aber immerhin so schlimm, dass ihm die Luft weggeblieben war und er Sterne gesehen hatte.

Er schüttelte sich das Haar aus dem Gesicht, blinzelte sich den Schweiß aus den Augen und setzte alles daran, dem Fohlen seinen Willen aufzuzwingen.

„Mann, Brian, tut mir echt leid."

„Du solltest eigentlich wissen, dass man einem nervösen Fohlen nicht den Rücken zudreht", fuhr Brian den Jungen an. „Beim nächsten Mal rühre ich keinen Finger. Mach jetzt, dass du hier rauskommst. Sie weiß, dass sie es dir gezeigt hat. Geh einen Schritt zurück", befahl er Keeley genauso scharf, dann zog er die Zügel straff, um Betty zu veranlassen, den Kopf zu senken.

„Dann willst du es also so, ja? Nur deine Aufmüpfigkeit ausleben und keinen Ruhm? Verschwende ich bloß meine Zeit mit dir? Vielleicht bist du ja gar nicht scharf darauf, zu laufen. Schön, dann stellen wir dich eben auf die Weide, warten noch ein Weilchen und lassen dich dann decken. Obwohl du so nie wissen wirst, wie man sich fühlt, wenn man siegt."

Draußen vor der Box schlüpfte Keeley in die gepolsterte Jacke und setzte sich die Mütze auf. Und wartete. Brians Hemd war am Rücken schweißnass, sein Haar glich einer ungebändigten braunen, von blonden Strähnen durchzogenen Mähne. An seinen Armen traten die Muskeln hervor, und seine Stiefel waren abgestoßen und verdreckt.

Er sah genauso aus wie ein Mann, der mit Pferden arbeitete. Stark. Selbstbewusst. Und überheblich genug, um sich einzubilden, er könnte ein Pferd, das fünfmal stärker war als er selbst, bezwingen.

Er redete weiter, aber jetzt auf Gälisch. Der langsame Rhythmus ließ die Worte warm und weich klingen. Die Satzmelodie stieg an und fiel wieder ab wie bei einem Lied. Es war faszinierend.

Das Fohlen stand jetzt ganz ruhig da und schaute mit seinen braunen Augen in Brians grüne.

Verführt, dachte Keeley. Sie wohnte gerade einer Art Verführungsritual bei. Das Fohlen würde jetzt alles für ihn tun. Und wer würde das nicht, wenn er so gestreichelt, so angeschaut und so angesprochen würde?

„Du kannst jetzt reinkommen", forderte er Keeley auf. „Geh so nah an sie heran, dass sie dich riechen kann. Berühr sie, damit sie dich spürt."

„Ich weiß Bescheid", sagte sie leise. Obwohl sie so etwas wie eben noch nie erlebt hatte.

Keeley schlüpfte in die Box, fuhr mit den Händen sacht über Bettys Hals, die Flanke. Sie spürte, wie sie unter ihrer Hand zitterte, aber das Fohlen wandte seinen Blick nicht von Brian.

„Ich habe schon viele Menschen mit Pferden arbeiten sehen, aber so etwas wie dich habe ich noch nie erlebt", sagte Keeley leise, während sie Betty immer noch streichelte. Und wie das Pferd schaute auch sie jetzt Brian an. „Du hast eine Gabe."

Sein Blick begegnete ihrem, hielt ihn einen Moment lang fest. Ein Moment, der ihr wie eine Ewigkeit erschien. „Sie hat eine Gabe. Sprich mit ihr."

„Betty. Du bist gar nicht so böse, Betty. Du hast Jim Angst eingejagt, aber bei mir schaffst du das nicht. Ich finde dich wunderschön." Sie sah, wie das Pferd die Ohren anlegte, spürte die leichte Bewegung unter ihren Händen, redete jedoch weiter: „Du willst doch laufen, oder? Gut, doch allein kannst du das nicht. Ich verspreche dir, dass es nicht wehtut, obwohl ich weiß, dass dir das auch egal wäre. Es geht nur um deinen Stolz."

Wieder schaute sie zu Brian. „Es ist nur Stolz", wiederholte sie, wobei sie Pferd und Mann gleichermaßen meinte. „Wenn du diesen Schritt allerdings jetzt nicht machst, wirst du niemals stolz sein können, dass du gewonnen hast."

Als Brian den Sattelgurt festzurrte, schienen alle den Atem anzuhalten. Dann atmete Keeley aus und ließ sich von Brian in den Sattel helfen.

Während des Aufsteigens scheute Betty, und Keeley verhielt sich ganz still. Sie wusste sehr genau, was passieren konnte, wenn das Fohlen nicht richtig unter Kontrolle war. Eine einzige falsche Bewegung von irgendwem konnte leicht dazu führen, dass sie sich unter einem mehrere Hundert Pfund schweren scheuenden Pferd wiederfand.

Brian fuhr fort, dem Pferd sanfte Worte ins Ohr zu flüstern, während sich das von draußen hereinfallende Licht in ein warmes Orange verwandelte. Langsam zog Keeley sich hoch, bis sie fest im Sattel saß, dann schob sie die Füße in die Steigbügel.

Betty versuchte sich gegen das ungewohnte Gewicht zu wehren, indem sie den Kopf zurückwarf, sich aufbäumte und ausschlug. Keeley beugte sich vor und streichelte ihren Hals.

„Find dich damit ab!", befahl sie in einem Ton, der keinen Widerspruch duldete und in deutlichem Gegensatz zu Brians zärtlichen Beschwörungsformeln stand. „Du bist zum Laufen geboren."

„Ganz ruhig, *cushla*", redete Brian weiterhin beruhigend auf sie ein. „So schrecklich ist es doch gar nicht. Sie ist ja nur eine halbe Portion, und du hast so einen schönen breiten Rücken. Außerdem ist sie bloß eine Prinzessin, während du eine Königin bist, stimmt's?"

„Dann steht sie in der Rangordnung also höher als ich?" Keeley war sich nicht sicher, ob sie belustigt sein oder sich ärgern sollte.

Nach und nach hörten Bettys rastlose Bewegungen auf. Brian holte ein Stück Apfel aus dem Beutel an seinem Gürtel und verfütterte es an Betty, während er sie weiterhin lobte und beruhigte. „Sie macht ihre Sache gut."

„Obwohl sie mich am liebsten abwerfen würde."

„Stimmt, aber sie reißt sich zusammen. Und du machst deine Sache genauso gut." Er schaute auf und begegnete Keeleys Blick. „Mit genau derselben Selbstverständlichkeit wie sie. Ihr habt eben beide blaues Blut."

„Schreiben wir Geschichte, Brian?"

„Darauf kannst du dich verlassen", sagte er und strich über Bettys Nüstern.

An diesem Vormittag verbrachte Keeley viel Zeit mit Brian. Sie stieg ab und wieder auf und saß still, während er Betty in der Box herumführte. Betty bäumte sich zweimal auf, aber alle wussten, dass es nur Show war.

„Willst du es im Gehring mit ihr wagen?"

Keeley wollte ablehnen. Ihre Arbeit wartete, und sie hatte heute ohnehin schon Zeit vertrödelt. Es machte einfach zu viel Spaß, ein junges, unverbrauchtes Pferd unter sich zu spüren, die Herausforderung war zu groß, um sich ihr nicht zu stellen. Dann würde sie sich eben heute Abend einige Stunden mit ihrem Bürokram beschäftigen.

„Wenn du glaubst, dass sie schon bereit ist."

„Oh, sie ist bereit. Wir sind es, die aufholen müssen." Er öffnete die Tür der Box und ließ sie heraus.

Der Gehring war von einer hohen Mauer umgeben, die die Pferde vor neugierigen Blicken und Ablenkung schützen sollte, während sie unter der Anleitung eines Reiters trabten. Als Brian Betty mit Keeley im Sattel zum Ring führte, hielten mehrere Männer bei ihrer Arbeit inne und schauten neugierig herüber. Geld wechselte den Besitzer.

„Manche haben darauf gewettet, dass wir sie heute Vormittag nicht so weit bringen", sagte Brian beiläufig. „Du hast mir soeben zu fünf Dollar verholfen."

„Wenn ich gewusst hätte, dass es einen Wettpool gibt, hätte ich auch gesetzt."

Er warf ihr einen Blick zu. „Worauf?"

„Ich setze immer auf Sieg."

Er blieb innerhalb des Rings stehen und reichte Keeley die Zügel. „So, jetzt gehört sie dir."

Keeley neigte den Kopf zur Seite. „Sozusagen", erwiderte sie und veranlasste Betty, im Schritt zu gehen.

Was für ein schönes Bild sie abgeben, schoss es Brian durch den Kopf. *Ein atemberaubendes sogar.* Die langbeinige Vollblutstute mit dem stolzen Gang und dem glänzenden Fell, und die zierliche Frau im Sattel.

Wenn er sich je ein eigenes Pferd gewünscht hätte – und er

hatte nie weder eines gewollt noch besessen –, dann dieses.

Wenn er sich je eine Frau gewünscht …

Nun, hier war es dasselbe. Doch da er schon immer die Verantwortung abgelehnt hatte, die sich aus jeder Form von Besitz ergab, konnte er auch in diesem Fall weder das eine noch das andere ganz haben. Aber er würde von beidem ein bisschen bekommen, und das war noch viel besser.

Was das Pferd anging, so würde er sich hingebungsvoll um Betty kümmern. Und bei der Frau würde es nicht mehr lange dauern, bis er wusste, wie es sich anfühlte, sie eine ganze Nacht lang unter, auf und neben sich zu spüren. Vielleicht nur ein einziges Mal, aber das würde genügen.

Und die möglichen Risiken, die sich daraus ergaben, konnten ihn nicht aufhalten. Keeley und er kamen sich jedes Mal, wenn sie sich in die Augen sahen, ein bisschen näher. Und heute hatte er begriffen, dass ihr das ebenfalls klar war. Jetzt war es nur noch eine Frage von Zeitpunkt und Ort. Und diese Entscheidung überließ er ihr gern.

„Sie schauen gut aus."

Brian schrak kaum merklich zusammen. Es war verdammt unangenehm, gänzlich unerwartet dem Vater der Frau gegenüberzustehen, die ihn, Brian, zu wilden Fantasien gereizt hatte. Noch unangenehmer war es, wenn dieser Mann auch noch der eigene Arbeitgeber war.

„Ja, das stimmt. Betty braucht eine ruhige Hand, und Ihre Tochter hat eine."

„Hatte sie schon immer." Travis klopfte Brian wohlwollend auf die Schulter, was bewirkte, dass der sofort ein schlechtes Gewissen bekam. „Ich habe vorhin von Jim gehört, was passiert ist."

„Halb so schlimm." Obwohl die Befürchtung bestand, dass seine Rippen wochenlang schmerzten.

„Sie müssen sich röntgen lassen." Und das war ein Befehl, wenngleich es in beiläufigem Ton vorgebracht worden war.

„Ja, sobald ich Zeit habe. Jim hat Angst bekommen. Ich hätte ihn nicht drängen dürfen."

„Er ist noch sehr jung", stimmte Travis zu. „Trotzdem, es gehört zu seinem Job. Im Moment fühlt er sich jedenfalls so mies, dass er wahrscheinlich sogar bereit wäre, Betty auf sich aufsitzen zu lassen, wenn Sie ihn darum bäten. Das würde ich an Ihrer Stelle ausnützen."

„Das habe ich auch vor. Er macht seine Sache gut, Travis. Er ist nur noch ein bisschen unerfahren, das ist alles. Ich habe mir überlegt, dass ich ihn in Zukunft vielleicht öfter auf die Rennbahn mitnehmen sollte, damit er ein bisschen Patina ansetzt."

„Gute Idee. Davon haben Sie übrigens eine ganze Menge. Gute Ideen, meine ich."

„Dafür werde ich schließlich bezahlt." Brian zögerte einen Moment, ehe er einen Vorstoß wagte, indem er sagte: „Betty ist nicht nur Ihre erste Wahl für das Derby, sie wird auch gewinnen. Außerdem setze ich ein ganzes Jahresgehalt darauf, dass sie die Triple Crown holt."

„Das ist ein großer Sprung, Brian."

„Für sie nicht. Ich wette, dass sie alle Rekorde brechen wird. Und wenn es Zeit wird, sie decken zu lassen, sollte es Zeus sein. Ich habe einige Aufstellungen gemacht", fuhr Brian fort. „Ich weiß, dass für Zuchtfragen Sie und Brendon zuständig sind, aber …"

„Ich werde mir Ihre Aufstellungen ansehen, Brian."

Der nickte und reckte den Hals, um Betty besser sehen zu können. „Es geht nicht so sehr um die Tabellen, obwohl sie meine Ansicht bestätigen. Es ist eher, weil ich sie zu kennen glaube. Manchmal …" Er ertappte sich dabei, dass er Keeley anschaute. „Manchmal glaubt man einfach, alles wiederzuerkennen."

„Ja, ich weiß." Mit nachdenklich zusammengekniffenen Augen musterte Travis Betty. „Arbeiten Sie ein Trainingsprogramm aus, von dem Sie glauben, dass es funktioniert … eins, für das sie bereit ist. Dann unterhalten wir uns darüber."

Keeley lenkte Betty zu ihnen herüber und zügelte das Pferd. „Sie hat beschlossen, mich zu ertragen."

„Und? Was hältst du von ihr?" Travis streichelte den Hals der jungen Stute und ignorierte es, dass sie sich bemüßigt fühlte, so zu tun, als wolle sie gleich zubeißen.

„Sie ist etwas Besonderes", erwiderte Keeley, „obwohl sie einige Verhaltensprobleme hat, die korrigiert werden müssen. Sie ist intelligent und hat eine schnelle Auffassungsgabe. Und das bedeutet, dass man ihr immer einen Schritt voraus sein muss. Natürlich ist es noch zu früh, um etwas Endgültiges zu sagen, aber ich glaube, dass das kein Pferd ist, das gern faulenzt. Sie wird hart arbeiten, und mit der richtigen Betreuung wird sie schnell laufen. Wenn ich noch Turniere reiten würde, würde ich sie wollen."

„Sie ist nicht für den Showring gemacht." Brian holte noch ein Stück Apfel heraus. „Sie ist für die Rennbahn."

Betty nahm die Belohnung entgegen und stupste ihn dann leicht an der Schulter, als ob er der Einzige wäre, der wirklich zählte.

„Sie muss allerdings erst noch beweisen, dass sie in der Menge laufen kann", wandte Keeley ein. „Du wirst ihr vielleicht Scheuklappen anlegen wollen."

„Nein, ihr nicht. Die anderen Pferde werden keine Ablenkung für sie sein, sondern Konkurrenten."

„Wir werden sehen." Keeley stieg ab und wollte Brian die Zügel geben, doch ihr Vater nahm sie ihr aus der Hand.

„Ich bringe sie zurück."

Und das ist der Unterschied zwischen Trainer und Halter, dachte Brian, wobei er sich auf absurde Weise plötzlich beraubt fühlte.

„Es gibt keinen Grund, so missmutig dreinzuschauen." Keeley musterte Brian mit nachdenklich zur Seite geneigtem Kopf. „Sie hat ihre Sache wirklich gut gemacht. Besser, als ich erwartet hatte."

„Hm? Oh ja, das hat sie. Ich war eben in Gedanken woanders."

„Bei deinen Rippen? Tun sie noch sehr weh?" Als er nur abwehrend die Schultern zuckte, schüttelte sie den Kopf. „Lass mal sehen."

„Da gibt's nichts zu sehen. Sie hat mich ja kaum erwischt."

„Oh, um Himmels willen." Ungeduldig tat Keeley das, was sie bei ihren Brüdern auch getan hätte. Sie zog Brian das Hemd aus der Hose.

„Wirklich, Darling, wenn ich gewusst hätte, dass du so erpicht darauf bist, mich auszuziehen, wäre ich sofort einverstanden gewesen, wenn auch nicht an einem so öffentlichen Ort."

„Sei still. Oh Gott, Brian, und da sagst du, das ist nichts!"

„Nichts Außergewöhnliches, jedenfalls."

Seine Definition von nichts Außergewöhnlichem war ein tennisballgroßer, scheußlich rotschwarz schillernder Bluterguss. „Machos öden mich an, deshalb sei einfach still."

Er verzog die Lippen zu einem Grinsen, aber als sie anfing, den Bluterguss abzutasten, jammerte er. „Himmel, Keeley, wenn das deine Vorstellung von sanft ist, lass es lieber sein."

„Vielleicht hast du dir ja eine Rippe gebrochen. Du musst dich unbedingt röntgen lassen."

„Ich muss überhaupt nichts … Au! Hör sofort auf, mich zu piesacken!" Er versuchte, sein Hemd nach unten zu ziehen, aber sie schob es wieder hoch.

„Halt still und sei nicht so zimperlich."

„Vor einer Sekunde hieß es noch, sei nicht so ein Macho, und jetzt heißt es, sei nicht so zimperlich. Was willst du eigentlich?"

„Dass du vernünftig bist."

„Es ist schwer für einen Mann, Vernunft zu bewahren, wenn ihn eine Frau mitten am Tag in aller Öffentlichkeit auszieht. Wenn du vorhast, mir einen Kuss auf den Bluterguss zu drücken, kann ich dir mitteilen, dass auf meinem Po auch noch ein recht ansehnlicher ist."

„Sehr komisch, wirklich. Einer der Männer sollte dich ins Krankenhaus fahren."

„Mich fährt überhaupt niemand irgendwohin. Ich würde es wissen, wenn meine Rippen gebrochen wären, weil es nicht das erste Mal wäre. Es ist ein Bluterguss, und seitdem du daran herumgedrückt hast, pocht er wie verrückt."

Sie entdeckte eine weitere Schwellung auf seiner Hüfte und tastete sie behutsam ab. Diesmal stöhnte er auf.

„Keeley, du quälst mich."

„Ich versuche nur …" Sie sprach nicht weiter und hob den Kopf, um ihm in die Augen zu blicken. Doch was sie dort entdeckte, waren weder Schmerz noch Verärgerung, sondern Leidenschaft und Frustration zugleich. Was sie überraschenderweise als Genugtuung empfand. „Wirklich?"

Auch wenn es falsch und töricht war, konnte einem das Gefühl von Macht doch zu Kopf steigen. Sie fuhr ihm mit den Fingern über die Hüfte, an den Rippen hinauf und wieder hinunter, wobei sie spürte, wie er erbebte. „Und warum hältst du mich nicht davon ab?"

„Mir wird ganz schwindlig, wenn du so weitermachst. Und du weißt es."

„Mag sein. Und vielleicht macht es mir ja sogar Spaß." Sie hatte vorher noch nie einen Mann absichtlich provoziert. Hatte nie das Bedürfnis dazu verspürt. Und sie hatte noch nie erfahren, wie erregend es sein kann, über einen starken Mann Macht zu haben. „Womöglich habe ich ja an dich gedacht, Brian, so wie du es vorausgesagt hast."

„Da hast du dir ja genau den richtigen Zeitpunkt ausgesucht, um mir das zu sagen – hier unter den ganzen Leuten und dazu auch noch mit deinem Vater in der Nähe."

„Könnte ja Absicht gewesen sein. Vielleicht brauchte ich einen Puffer."

„Du bist eine Killerin, Keeley. Du bist imstande, einen Mann umzubringen."

Das war zwar nicht als Kompliment gemeint, aber für sie war es die reinste Offenbarung. „Das mache ich gerade eben zum ersten Mal, bisher bin ich in diese Versuchung noch nicht gekommen. Aber bei dir ist das anders, obwohl ich nicht mal weiß, warum."

Als sie ihre Hand sinken ließ, griff er nach ihrem Handgelenk. Und er spürte überrascht, dass ihr Puls raste, obwohl ihre Augen so kühl blickten und ihre Stimme so ruhig klang. „Dann lernst du ziemlich schnell."

„Schön wär's ja. Du wärst nämlich der Erste."

„Wie meinst du das?" Er spürte Verärgerung in sich aufsteigen, besonders als sie lachte. Dann wurde es ihm schlagartig klar, und die Bedeutung ihrer Worte traf ihn wie ein Blitz aus heiterem Himmel. Er umschloss ihr Handgelenk fester, und einen Moment später ließ er es so unvermittelt los, als hätte er sich verbrannt.

„Jetzt bist du sprachlos, stimmt's? Obwohl ich erstaunt bin, dass dich etwas sprachlos machen kann."

„Ich habe …" Er konnte keinen zusammenhängenden Gedanken fassen.

„Nein, bitte, hör auf, herumzustottern. Damit ruinierst du nur dein Image." Sie konnte sich nicht erklären, warum sie seinen Gesichtsausdruck so zum Lachen oder das Entsetzen, das sich in seinen Augen spiegelte, irgendwie liebenswert fand.

„Sagen wir einfach, dass wir unter den gegebenen Umständen beide äußerst vorsichtig sein müssen. Und jetzt wird es wirklich höchste Zeit, dass ich mich auf meinen Nachmittagskurs vorbereite."

Damit wandte sie sich ab und ließ ihn einfach stehen. So als wäre nichts geschehen. Als ob sie über irgendetwas ganz Alltägliches gesprochen hätten. Betäubt schüttelte er den Kopf.

Er hatte sich in eine Frau aus der Oberschicht verliebt, und diese Frau war die Tochter seines Arbeitgebers. Und sie war noch unschuldig.

Er müsste schon völlig verrückt sein, wenn er sie nun, nachdem er dies wusste, auch nur noch ein einziges Mal anfasste.

Fast begann er sich zu wünschen, Betty hätte ihn am Kopf erwischt, dann hätte er wenigstens alles hinter sich.


Geschieht mir recht, dachte Keeley. Nachdem sie den halben Vormittag ihren Spaß gehabt hatte, musste sie jetzt die halbe Nacht über ihrer Buchhaltung zubringen. Und sie hasste Buchhaltung.

Aufseufzend lehnte sie sich zurück und rieb sich müde die Augen. Nächstes oder vielleicht übernächstes Jahr würde die Reitschule hoffentlich so viel Gewinn abwerfen, dass sie jemand für die Buchhaltung einstellen konnte. Aber im Moment konnte sie es sich noch nicht leisten, das Geld für eine Arbeit zum Fenster hinauszuwerfen, die sie selbst machen konnte.

Nicht, solange sie das Geld dringender für andere Dinge brauchte.

Auch wenn sie, besonders in Zeiten wie diesen, durchaus versucht war, einen gewissen Teil ihres eigenen Geldes zuzuschießen. Aber es war eine Frage des Stolzes, dass sich die Reitschule so weit wie möglich selbst trug.

Die Büroarbeiten einschließlich der Buchhaltung erledigte sie allein. Sie brauchte diese Tätigkeit nicht zu lieben, sie musste sie nur machen.

Derzeit standen zwei Schüler auf ihrer Warteliste. Wenn noch einer dazukam oder besser zwei, war es vertretbar, noch einen zusätzlichen Kurs einzurichten. Am Sonntagvormittag.

Dann hätte sie achtzehn Schüler. Vor zwei Jahren waren es erst drei gewesen. Es lief wirklich gut.

Sie konzentrierte sich wieder auf die Tabelle auf ihrem Bildschirm. Gerade als vor ihren Augen alles zu verschwimmen begann, ging hinter ihr die Tür auf.

Als sie sich umdrehte, sah sie ihre Mutter mit einer Thermoskanne in der Hand auf der Schwelle stehen.

„Ma, was machst du hier? Es ist schon nach Mitternacht."

„Ich war noch auf und habe bei dir Licht gesehen. Da dachte ich mir, dieses Mädchen braucht dringend eine kleine Stärkung, wenn es noch länger durchhalten will." Adelia stellte die Thermoskanne und eine Tüte auf den Tisch. „Tee und Plätzchen."

„Oh, du bist wundervoll."

„Obwohl du wirklich langsam schlafen gehen solltest, Liebling. Dir fallen ja schon die Augen zu. Warum machst du nicht einfach für heute Schluss und gehst ins Bett?"

„Ich bin fast fertig, aber die Pause kann ich trotzdem gut vertragen – und die Stärkung auch." Sie nahm sich ein Plätzchen, bevor sie sich Tee einschenkte. „Das ist die Strafe dafür, dass ich heute fast den ganzen Vormittag verbummelt habe."

„Nach dem, was dein Vater erzählt, hast du überhaupt nicht gebummelt." Adelia schob einen Sessel näher an den Schreibtisch heran. „Er ist sehr zufrieden damit, wie Brian Betty voranbringt.

Soweit ich weiß, ist er mit Brian überhaupt sehr zufrieden, aber Betty ist eine ganz besondere Herausforderung."

„Hm." Und Brian auch, dachte Keeley. „Er macht die Dinge auf seine Art, aber irgendwie scheint es zu funktionieren." Nachdenklich trommelte sie mit den Fingern auf der Schreibtischplatte herum. Sie hatte vor ihrer Mutter nie Geheimnisse gehabt. Warum sollte sich das jetzt ändern?

„Irgendwie fühle ich mich von ihm angezogen."

„Ich würde mir Sorgen machen, wenn es anders wäre. Er ist ein attraktiver junger Mann."

„Ma." Keeley griff nach der Hand ihrer Mutter. „Ich fühle mich sehr angezogen von ihm."

Die Belustigung verschwand aus Adelias Augen. „Oh. Nun."

„Und er fühlt sich sehr von mir angezogen."

„Ich verstehe."

„Zu Dad wollte ich nichts davon sagen. Männer sehen das anders als wir."

„Liebling." Adelia stieß einen Seufzer aus. „Es ist ziemlich unwahrscheinlich, dass Mütter diese Sache genauso sehen wie ihre Töchter. Du bist eine erwachsene Frau, die sich ihre Fragen zuerst einmal selbst beantwortet. Aber deswegen bist du doch immer noch meine kleine Tochter."

„Ich war noch nie mit einem Mann zusammen."

„Ich weiß." Adelias Lächeln war sanft und fast ein bisschen wehmütig. „Glaubst du wirklich, ich würde nicht merken, wenn sich das für dich verändert hätte? Du hältst zu viel von dir, um dich dem Erstbesten hinzugeben. Das wirst du nur tun, wenn dir der Mann wirklich etwas bedeutet. Und das war bis jetzt offenbar nicht der Fall."

Das ist unsicheres Terrain, dachte Keeley. „Ich bin mir nicht im Klaren darüber, wie tief meine Gefühle für Brian gehen. Aber ich fühle mich anders, wenn ich in seiner Nähe bin. Ich begehre ihn. Zuvor habe ich noch nie einen Mann begehrt. Es ist aufregend und macht mir ein bisschen Angst."

Adelia stand auf und ging in dem kleinen Büro umher, wobei sie die Medaillen und Urkunden betrachtete. „Wir haben uns früher schon über diese Dinge unterhalten. Über ihre Bedeutung, die Vorsichtsmaßnahmen und die Konsequenzen."

„Ich bin verantwortungsbewusst und vernünftig."

„Das stimmt, Keeley, und obwohl das alles wichtig ist, weißt du nicht, wie es mit einem Mann ist. Da ist so eine Leidenschaft." Sie drehte sich wieder zu Keeley um. „So ein innerer Druck. Es ist nicht einfach nur ein körperlicher Akt, obwohl mir natürlich klar ist, dass es das für manche sein kann. Ich behaupte nicht, dass es ein Verlust ist, seine Unschuld zu verlieren, weil es keiner sein sollte und auch keiner zu sein braucht. Für mich war es ein Anfang. Dein Vater war mein erster Mann", erklärte sie und fügte leise hinzu: „Und mein einziger."

„Ma." Bewegt ergriff Keeley die Hände ihrer Mutter. Ihre Mutter war eine starke Persönlichkeit. „Du bist so lieb."

„Ich bitte dich nur, dir gut zu überlegen, ob du dir wirklich sicher bist, damit du dich später nicht nur an Leidenschaft, sondern auch an Wärme und Zuneigung erinnerst. Leidenschaft kann sich nach einer gewissen Zeit abkühlen."

„Ich bin mir ganz sicher." Jetzt lächelte Keeley und legte sich die Hand ihrer Mutter an die Wange. „Aber er nicht. Und das Komische daran ist, dass ich mir erst jetzt ganz sicher bin, nachdem er gewisse Zweifel hat, weil er inzwischen weiß, dass er mein erster Mann ist. Daran kannst du sehen, dass auch ich ihm etwas bedeute."

*E*s war wirklich erstaunlich, dass zwei Menschen praktisch an demselben Ort leben und arbeiten und sich trotzdem aus dem Weg gehen konnten. Man brauchte sich nur etwas Mühe zu geben.

Und Brian gab sich schon seit einigen Tagen mächtig Mühe. Er hatte viel zu tun und noch mehr Grund, sich so selten wie möglich in den Reitställen und so oft wie möglich auf der Rennbahn aufzuhalten. Es dauerte allerdings nicht lange, bis ihm klar wurde, dass dieses Ausweichen sich nicht mit seinem Stolz vertrug. Es grenzte ja schon fast an Feigheit.

Hinzu kam, dass er, obwohl er Keeley versprochen hatte, ihr zu helfen, bis jetzt noch keinen Finger dafür krumm gemacht hatte. Und er war ein Mann, der sein Wort hielt, egal, was es ihn kostete. Darüber hinaus war er ein Mann, der sich beherrschen konnte, erinnerte er sich, während er zum Stall schlenderte. Er hatte nicht die Absicht, sie zu verführen oder ihre Unerfahrenheit auszunutzen.

Ja, er hatte sich entschieden.

Dann ging er hinein und sah sie. Er schluckte, und ihm wurde heiß bei ihrem Anblick.

Sie trug wieder so eine schicke Kluft – schokoladenbraune Reithose und eine cremefarbene Bluse, unter der sich ihre festen Brüste abzeichneten. Das Haar fiel ihr wild über die Schultern. Und dann sah er, wie sie es zurückschüttelte, im Nacken zusammennahm und durch eine breite elastische Schlaufe zog.

Er entschied, dass es für seine Hände im ganzen Universum keinen besseren Platz gab als in seinen Hosentaschen.

„Sind die Reitstunden beendet?"

Sie wandte den Kopf, die Hände immer noch in ihrem Haar. Aha. Sie hatte sich schon gefragt, wie lange es wohl dauern mochte, bis er ihr wieder über den Weg lief. „Warum? Willst du eine?"

Er runzelte die Stirn und unterließ es im letzten Moment, sein Gewicht unbehaglich von einem Bein aufs andere zu verlagern. „Ich habe versprochen, dir zu helfen."

„Stimmt. Und zufälligerweise könnte ich gerade Hilfe ge-brauchen. Hast du nicht gesagt, du kannst reiten?"

„Ja, natürlich kann ich reiten."

„Prima." Sie deutete auf einen großen Kastanienbraunen. „Mule muss sich unbedingt bewegen. Wenn du ihn nimmst, nehme ich Sam. Sie hatten beide in den letzten Tagen nicht ge-nug Auslauf. Bestimmt findest du einen Sattel, der dir zusagt." Sie öffnete die Tür einer Box und führte den bereits gesattelten Sam heraus. „Wir warten auf der Koppel."

Während Sams Hufschläge verklangen, musterte Brian Mule und Mule Brian. „Sie kann einen ganz schön herumkommandie-ren, was?" Mit einem Schulterzucken ging Brian in die angren-zende Kammer, um sich einen passenden Sattel auszusuchen.

Als er aus dem Stall kam, galoppierte sie auf Sam über die Koppel, so eins mit dem Pferd, dass es aussah, als wäre sie mit ihm verschmolzen. Elegant setzte der Braune über drei Hür-den. Immer noch im Handgalopp lenkte sie ihn in den nächsten Kreis, dann entdeckte sie Brian. Das Pferd verlangsamte seine Schritte, blieb stehen.

„Bist du so weit?"

Statt zu antworten, schwang er sich in den Sattel. „Warum bist du heute mit deiner Arbeit schon fertig?"

„Es ist so herrliches Wetter. Wir haben Fotos gemacht, wo-rüber sich die Eltern genauso freuen wie die Kinder. Und jetzt will Mule sich richtig verausgaben, wenn du bereit bist."

„Okay, dann also los." Er drückte dem Pferd ganz leicht die Absätze in die Flanken, was das Pferd veranlasste, durch das of-fene Gatter gemächlich nach draußen zu traben.

„Wie geht's deinen Rippen?", erkundigte Keeley sich, nach-dem sie ihn eingeholt hatte.

„Alles in Ordnung." Sie machten ihn wahnsinnig, weil er sich jedes Mal, wenn sie ein bisschen zwickten, daran erinnerte, wie sich ihre Hände darauf angefühlt hatten.

„Ich habe mir sagen lassen, dass das Jährlingstraining gut vorangeht und dass sich Betty als eine deiner Starschülerinnen entpuppt."

„Sie brennt darauf, zu laufen. Das kann man selbst durch das beste Training nicht erreichen. Wir werden ihr demnächst einen kleinen Vorgeschmack auf ein Rennen geben, mal sehen, wie sie damit zurechtkommt."

Keeley ritt einen sanften Hügel hinauf, wo die Bäume trotz des nahenden Herbstes immer noch üppig grün waren. „Ich würde Foxfire dazunehmen", bemerkte sie beiläufig. „Er ist stabil und erfahren, und an der Startmaschine hat er mächtig viel Spaß. Wenn sie ihn erst einige Mal losstürmen sieht, wird sie nicht hinter ihm zurückstehen wollen."

Er hatte sich bereits für Foxfire als Bettys Lehrer für diesen Zweck entschieden, sagte jedoch schulterzuckend: „Ich werde darüber nachdenken. So … habe ich diese Probe hier bestanden, Miss Grant?"

Keeley zog die Augenbrauen hoch, und als sie ihn anschaute, huschte ein Lächeln über ihr Gesicht. Natürlich hatte sie seine Haltung überprüft. „Na, im Trab kannst du dich jedenfalls sehen lassen." Durch ein leichtes Antippen veranlasste sie Sam, in einen Kurzgalopp zu verfallen. Sobald Brian aufgeholt hatte, ging sie in einen Galopp über.

Oh, wie sehr sie das vermisst hatte. Jeder Tag, an dem sie nicht über Wiesen und Hügel jagen konnte, war ein Opfer. Es gab nichts, was mit diesem Gefühl vergleichbar war – dem Rausch der Geschwindigkeit, der vibrierenden Kraft, die sie unter sich spürte, dem Donnern der Hufe und dem Wind, der ihr die Haare ins Gesicht wehte.

Keeley lachte, als Brian neben ihr auftauchte. Sie hatte das kurze Aufblitzen in seinen Augen gesehen und reagierte darauf, indem sie Sam erlaubte, sich auszutoben.

Es ist, als sähe man zu, wie sich Magie entfaltet, dachte Brian. Das muskulöse, schlanke Pferd flog mit der Frau auf seinem Rücken dahin. Sie galoppierten über eine weitere Anhöhe, nach Westen, der untergehenden Sonne entgegen. Am Himmel zeigte sich eine Symphonie von Farben: leuchtende Rot- und Goldtöne. Es sah fast so aus, als ob Keeley hindurchritte.

Und er hatte keine andere Wahl, als ihr zu folgen.

Als sie schließlich ihr Pferd zum Stehen brachte und sich mit roten Wangen und blitzenden Augen nach ihm umdrehte, wusste er, dass er so etwas noch nie gesehen hatte.

Und sein Verlangen brachte ihn fast um.

„Mule ist schnell, aber an Sam kommt er trotzdem nicht ran." Sie beugte sich vor und tätschelte ihrem Pferd den Hals. Dann richtete sie sich wieder auf und schüttelte ihr Haar zurück. „Ist es nicht herrlich hier draußen?"

„Immer noch verdammt heiß", sagte Brian. „Wie lange dauert hier der Sommer?"

„Kommt ganz darauf an. Obwohl es jetzt morgens schon empfindlich kalt wird, und nach Sonnenuntergang kühlt es rasch ab. Ich liebe die Hitze. Dein irisches Blut ist nur nicht daran gewöhnt."

Sie wendete Sam, damit sie auf Royal Meadows hinunterschauen konnte. „Sieht es von hier oben nicht wunderschön aus?"

Unter ihnen lagen die gepflegten Außengebäude, die weiß eingezäunten Koppeln, das braune Oval, die Pferde, die in den Stall geführt wurden. Auf einer nahe gelegenen Weide tollten drei Jungtiere herum.

„Von unten auch. Es ist wirklich herrlich."

Das entlockte ihr ein Lächeln. „Wart's nur ab, bis du es erst im Winter siehst. Wenn sich über den schneebedeckten Bergen ein bedeckter Himmel wölbt, aus dem es bald noch mehr schneien wird – oder wenn er so strahlend blau ist, dass einem die Augen wehtun. Und wenn die Stuten fohlen und dann kleine Fohlen da sind, die zu stehen versuchen. Als Kind konnte ich es morgens kaum abwarten, in den Stall zu kommen."

Nach einer Weile ritten sie weiter, kameradschaftlich nebeneinander, während die Leuchtkraft des Lichts langsam abnahm. Sie hatte nicht damit gerechnet, dass sie sich mit ihm so wohlfühlen könnte. Dass sie sich seiner Nähe bewusst sein würde, aber dieser ruhige Ritt bei Sonnenuntergang war etwas anderes … ein stilles Vergnügen.

„Hattest du als Kind auch Pferde?"

„Nein. Aber es war nicht weit bis zur Rennbahn, und mein Vater hat schon immer leidenschaftlich gern gewettet."

„Du auch?"

Er wandte ihr das Gesicht zu. „Ich rechne mir meine Chancen aus, und zum Glück stelle ich mich dabei ein bisschen geschickter an als er. Er liebt Pferderennen, aber er hat es nie geschafft, ein echtes Verständnis für Pferde zu entwickeln."

„Du hast auch keins entwickelt", wandte Keeley ein, woraufhin er sie erstaunt ansah. „Es ist angeboren."

„Danke für das Kompliment."

„Nichts zu danken. Wenn sie angebracht sind, verteile ich gern Komplimente."

„Egal, ob angebracht oder nicht, auf jeden Fall nehmen Pferde schon seit jeher den größten Raum in meinem Leben ein. Ich erinnere mich noch gut, wie ich früher mit meinem Dad losgezogen bin. Wir gingen oft sehr früh los, um den Rennplatz auskundschaften und mit den Stallburschen reden zu können. Um ein Gefühl für die Pferde zu bekommen – sagte er zumindest. Obwohl er wesentlich öfter verlor als gewann. Er liebte einfach die Atmosphäre."

Die Atmosphäre und den Flachmann in seiner Tasche, dachte Brian ohne Groll. Sein Vater liebte Pferde und den Whiskey. Und seine Mutter hatte weder für das eine noch für das andere Verständnis.

„Als ich die Exerciseboys bei ihrer Arbeit beobachtete, wusste ich sofort, das ist es. Es war genau das, was ich machen wollte. Ich fand, dass man im Leben nichts Besseres tun konnte, um sich seinen Lebensunterhalt zu verdienen. Und dann schwänzte ich, so oft es ging, die Schule und trieb mich auf der Rennbahn herum, wo ich mit anpackte, wann immer man es mir erlaubte."

„Wie romantisch."

Brian ermahnte sich, sich etwas zurückzuhalten. Er hatte nicht vorgehabt, so viel zu erzählen, aber der Ritt und die Abendstimmung machten ihn irgendwie sentimental. Als er über ihre Bemerkung lachte, schüttelte sie den Kopf.

„Nein, das finde ich wirklich. Wer diese Welt nicht kennt, kann es nicht verstehen. Die harte Arbeit, das Auf und Ab von Enttäuschungen und Freude, der Schweiß und das Blut. Das Training im Morgengrauen, wenn es noch eiskalt ist, die blauen Flecken und Muskelzerrungen."

„Und das ist romantisch?"

„Du weißt genau, dass es so ist."

Diesmal lachte er, weil sie ihn durchschaut hatte. „Auf jeden Fall erschien es mir so, wenn ich als Junge bei den Reitställen herumhing und wartete, bis die vor Schweiß dampfenden Pferde im Morgennebel zurückkamen. Wobei man sie erst hörte, bevor sie sich wie Traumgestalten aus dem Nebel lösten. In diesen Momenten habe ich immer geglaubt, dass es nichts Romantischeres auf der Welt gibt."

„Und jetzt?"

„Jetzt weiß ich es."

Dann galoppierten sie weiter, bis die glitzernden Lichter von Royal Meadows in der Ferne auftauchten. Er hatte nicht damit gerechnet, eine entspannte Stunde in ihrer Gesellschaft zu verbringen, und fand es seltsam, dass sie, trotz der erotischen Spannung zwischen ihnen, offenbar imstande waren, eine Art Freundschaft zu entwickeln.

Es gab auch andere Frauen, mit denen er ganz normal befreundet war, und er war auf dem besten Weg, sich davon zu überzeugen, dass er gut daran tat, die Beziehung zu Keeley auf einer ebensolchen Ebene zu belassen. Da er schließlich derjenige gewesen war, der den Stein zwischen ihnen ins Rollen gebracht hatte, war es nur richtig und vernünftig, wenn er ihn jetzt auch aufhielt.

Die Vernunft, die sich in diesem Gedanken offenbarte, und der Ritt entspannten ihn. Als sie die Reitställe erreichten, wo sie die Pferde trocken reiben und striegeln mussten, überlegte er gut gelaunt, wie er seinen Abend verbringen wollte.

Auf Keeleys Nachfragen hin erzählte er ihr von den Trainingsfortschritten der Jährlinge und von der fünfjährigen Stute, die eine Kolik gehabt hatte.

Sie gaben den Pferden Wasser, und während Brian die Sättel und das Zaumzeug wegbrachte, legte Keeley die Striegelutensilien aus.

Anschließend arbeiteten sie eine Weile schweigend in gegenüberliegenden Boxen.

„Wie ich gehört habe, hast du vor, nächste Woche mit Brendon nach Saratoga zu fahren", sagte sie schließlich.

„Ja, Zeus wird laufen. Ich glaube, Red Duke ist ein echter Konkurrent für ihn, und dein Bruder stimmt mir zu. Obwohl ich diese Rennbahn bisher nur von Bildern her kenne. Und anschließend fahren wir auch gleich noch nach Louisville. Mit den Gegebenheiten dort will ich mich bis zum ersten Samstag im Mai möglichst gut vertraut machen."

„Du hast vor, Betty dort für das Kentucky-Derby starten zu lassen."

„Ja. Sie wird laufen. Und gewinnen." Er griff nach dem Striegelkamm und begann damit, die Bürste zu säubern. „Es ist bereits beschlossene Sache."

„Und was ist mit Brendon? Weiß er es auch schon?"

„Nein, bis jetzt weiß es nur Betty. Und dein Vater. Brendon wollte ich es auf der Fahrt erzählen."

„Und was hat Betty dazu gesagt?"

„Bringen wir's hinter uns." Als er ihr einen Blick zuwarf, sah er, dass sie mit den Fingerspitzen über Sams Fell strich, um nach Knötchen oder anderen Unebenheiten zu fahnden. „Warum nimmst du eigentlich nicht mehr an Turnieren teil? Mit Sam würdest du für deine Pokale einen ganzen Tresorraum brauchen."

„Ich interessiere mich nicht für Pokale."

„Warum nicht? Macht es dir keinen Spaß, zu gewinnen?"

„Oh doch, viel Spaß sogar." Sie lehnte sich zärtlich gegen Sam und hob seinen Vorderfuß, um den Huf auszukratzen, doch vorher warf sie Brian einen langen Blick zu, bei dem ihm ganz heiß wurde. „Aber ich habe schon oft gewonnen, es hat Spaß gemacht, und jetzt bin ich fertig damit. Wenn man nicht aufpasst, frisst es einen auf. Ich wollte unbedingt eine Olympiamedaille und habe sie bekommen."

Sie ging einige Schritte nach vorn und machte sich daran, den nächsten Huf zu säubern. „Aber nachdem ich sie schließlich hatte, wurde mir klar, dass ich ganz und gar auf dieses eine Ziel fixiert gewesen war. Und dann war es plötzlich vorbei. Ich wollte wissen, was es sonst noch gibt und was noch alles in mir steckt. Ich konkurriere gern, aber irgendwann wurde mir klar, dass man es nicht ständig tun muss und dass es nicht alles ist."

„Diese Art Reitschule, wie du sie hier aufgezogen hast, kann man nicht gut allein machen. Du solltest jemand haben, mit dem du zusammenarbeiten kannst."

Sie zuckte die Schultern und begann, den Huf mit Öl einzureiben. „Bis jetzt haben mir Sarah und Patrick ein bisschen geholfen. Und Ma springt auch ein, wenn sie Zeit hat, ebenso wie Dad und Brendon. Onkel Paddy hat auch nie Nein gesagt, wenn ich ihn gefragt habe. Außerdem gibt es auch noch meine Cousins von der Three Aces, die ich jederzeit fragen kann, wenn ich mal Unterstützung brauche."

„Ich habe hier außer dir aber noch nie jemand gesehen."

„Nun, dafür gibt es eine einfache Erklärung. Patrick und Sarah sind auf dem College – ebenso wie Brady, den ich, wenn er da ist, durchaus auch manchmal dazu überreden kann, eine Box auszumisten. Brendon ist wesentlich mehr unterwegs als früher. Onkel Paddy ist in Irland, und meine Cousins von der Three Aces sind gerade erst aus dem Urlaub zurückgekommen und müssen jetzt wieder zur Schule. Aber mindestens jeden zweiten Tag tauchen pünktlich bei Sonnenaufgang entweder meine Mutter oder mein Vater hier auf, und manchmal auch beide. Ohne dass ich sie darum bitten müsste."

Keeley richtete sich wieder auf. „Und jetzt hast du dich ja auch noch als Teilzeit-Stallbursche, Exerciseboy und Stallhelfer angeboten. Das ist schon ziemlich viel für so eine kleine Reitschule."

Sie verließ die Box, um das Futter zu mischen.

„Du könntest dir einen Schüler oder eine Schülerin suchen, die verrückt nach Pferden sind und vor und nach der Schule vorbeikommen – und sie bezahlen, indem du ihnen Reitstunden gibst."

„Auch Jungen und Mädchen, die verrückt nach Pferden sind, sollten vor der Schule frühstücken, und danach sollten sie mit Freunden spielen und Hausaufgaben machen."

„Das klingt sehr streng."

Sie kicherte und mischte einige Mohrrüben unters Futter. „Das sagen meine Schüler auch. Aber Kinder sollten so vielseitig wie möglich sein. Meine Eltern haben immer darauf geachtet, dass ich außer den Pferden auch noch andere Interessen und Freundschaften hatte. Das ist sehr wichtig."

Sie teilten sich die Pferde auf, und nachdem sie das Futter ausgeteilt hatten, füllte sich der Stall mit erfreutem Wiehern und zufriedenem Schnauben.

„Obwohl ich doch anmerken möchte, dass du selbst im Augenblick neben deiner Reitschule nicht viele andere Interessen zu haben scheinst."

„Na ja, so bin ich eben. Ich glaube, das nennt man zielorientiert. Sobald ich ein Ziel habe, renne ich los … und dann ist es irgendwie so, als hätte ich Scheuklappen auf. Ich sehe nur noch die Zielgerade."

Sie lehnte sich an einen Wallach und kraulte ihm die Mähne. „Genau aus diesem Grund haben mir meine Eltern als Kind nicht erlaubt, meine gesamte Freizeit mit Pferden zu verbringen. Deshalb habe ich dann unter anderem auch Klavierstunden genommen, aber schon nach ganz kurzer Zeit war ich entschlossen, die beste Klavierschülerin zu werden. Oder wenn ich nach dem Abendessen mit dem Abwasch an der Reihe war, war diese verdammte Küche anschließend so blitzblank, dass man sich bei einem späten Imbiss eine Sonnenbrille aufsetzen musste."

„Das klingt ja furchterregend."

Sie sah das humorvolle Funkeln in seinen Augen und nickte. „Ja, das kann es wirklich sein. Aber bei meiner Reitschule hier kann sich dieser Erfolgszwang auf vielen verschiedenen Ebenen austoben – an Kindern, den Pferden und der Einrichtung selbst –, auch wenn es nur um ein einziges Ziel geht. Und wenn die Schule erst auf wirklich sicheren Beinen steht, kann ich auch etwas mehr delegieren, aber vorher brauche ich eine solide Basis. Ich hasse es nämlich, Fehler zu machen. Deshalb war ich bis jetzt noch nie mit einem Mann zusammen."

Der unvermittelte Themenwechsel brachte ihn so schnell und vollständig aus dem Konzept, dass er ins Stammeln geriet. „Nun, das ist … das ist weise."

Er trat einen Schritt zurück, wie ein Schachspieler, der eine Figur zurücksetzt.

„Interessant, dass dich das so nervös macht", stellte sie fest.

„Ich bin überhaupt nicht nervös. Ich bin nur … fertig hier, wie es scheint."

„Ich finde es interessant", wiederholte sie ungerührt und konterte seinen Schritt spiegelverkehrt, „dass es dich nervös macht – oder verunsichert, wenn dir das lieber ist –, obwohl du doch ziemlich von Anfang an versucht hast, mich anzubaggern."

„Ich glaube nicht, dass man das so sagen kann." Da sie ihn in die Ecke gedrängt hatte, blieb ihm nichts anderes übrig, als sich zu behaupten. „Ich habe einfach nur ganz normal auf eine körperliche Anziehungskraft reagiert. Aber …"

„Und nachdem ich jetzt ebenfalls ganz normal reagiere, hast du das Gefühl, dass dir die Kontrolle entglitten ist, und bekommst Panik."

„Wer redet denn von Panik!" Er versuchte, die Angst zu ignorieren, die in ihm hochstieg, und konzentrierte sich darauf, verärgert zu sein. „Lass mich vorbei, Keeley."

„Nein." Den Blick auf ihn gerichtet, kam sie noch weiter auf ihn zu. Schachmatt.

Er spürte die harte Tür der Box in seinem Rücken, gegen die ihn eine Frau, die nur halb so schwer war wie er, gedrängt hatte. Es war demütigend. „Das bringt doch keinem was." Auch wenn es ihn einige Anstrengung kostete, weil sich sein Kopf plötzlich so leer anfühlte, schaffte er es, kühl und ruhig zu sprechen. „Es ist einfach so, dass ich es mir noch mal überlegt habe."

„Ach ja?"

„Ja, und dass … lass das", befahl er schroff, als sie ihm mit den Handflächen über die Brust fuhr.

„Dein Herz hämmert", murmelte sie. „Genauso wie meins. Soll ich dir erzählen, was sich in meinem Kopf, in meinem Körper abspielt, wenn du mich küsst?"

„Nein", sagte er rau. „Und es wird garantiert nicht mehr passieren."

„Wetten, dass doch?" Sie lachte, stellte sich auf die Zehenspitzen und biss ihn zärtlich ins Kinn. Woher hätte sie wissen sollen, wie viel Spaß es machen konnte, einen Mann in den Wahnsinn zu treiben? „Warum erzählst du mir nicht, wie es zu dieser Meinungsänderung gekommen ist?"

„Ich habe nicht vor, aus der Situation einen Vorteil zu ziehen."

Wie niedlich, dachte sie. „Im Augenblick scheine aber eher ich im Vorteil zu sein. Diesmal bist du nämlich derjenige, der zittert, Brian."

Verdammter Mist, er zitterte wirklich. Aber wie war das möglich, wo er nicht einmal mehr seine Beine spüren konnte? „Ich will nicht verantwortlich sein. Ich will deine Unerfahrenheit nicht ausnutzen. Ich will das nicht tun, und ich werde es auch nicht tun", sagte er mit einem verzweifelten Unterton in der Stimme.

„Brian, ich bin selbst für mich verantwortlich. Und ich glaube, ich habe uns beiden soeben bewiesen, dass du keine Chance hast, wenn ich zu dem Schluss komme, dass du dieser Mann sein wirst." Sie holte tief und voller Genugtuung Atem.

„Einen Mann zu erregen ist keine große Kunst, Keeley. Wir sind in dieser Hinsicht sehr kooperative Wesen."

Wenn er erwartet hatte, dass er sie damit in ihrem Stolz treffen und ihre Macht brechen könnte, sah er sich getäuscht. Sie lächelte nur wissend. „Wenn das alles wäre, was zwischen uns ist, lägen wir jetzt schon in der Sattelkammer nackt auf dem Boden."

Sie sah die Veränderung in seinen Augen und lachte entzückt. „Das hast du dir auch schon ausgemalt, stimmt's? Ich schlage vor, wir heben uns diese Idee für eine andere Gelegenheit auf."

Er fluchte, fuhr sich mit den Händen durchs Haar und versuchte, den exakten Moment zu bestimmen, in dem es ihr gelungen war, den Spieß umzudrehen, den Augenblick, in dem der Jäger zur Beute geworden war. „Ich mag keine dominanten Frauen."

Der Laut, den sie von sich gab, lag zwischen einem verächtlichen Schnauben und einem Kichern.

Es klang so mädchenhaft und vergnügt, dass Brian sich ein Grinsen verkneifen musste.

„Das ist eine Lüge, und du schwindelst nicht besonders gut. Mir ist überhaupt aufgefallen, dass du ein ziemlich wahrheitsliebender Mensch bist, Brian. Wenn du deine Gedanken für dich behalten willst, schweigst du – und das ist nicht sehr oft. Das gefällt mir an dir, obwohl es mich anfangs geärgert hat. Ich mag sogar deine anmaßende Art. Ich bewundere die Geduld und Hingabe, die du den Pferden entgegenbringst, dein Verständnis und deine Liebe für sie. Ich war noch nie mit einem Mann zusammen, mit dem mich so viel verbunden hat."

„Du warst überhaupt noch nie mit einem Mann zusammen."

„Richtig. Und zwar genau aus diesem Grund. Außerdem hat es mir gefallen, dass du so freundlich zu meiner Mutter warst, als sie traurig war, genauso wie ich es zu schätzen weiß, dass du in dem Moment zögerst zuzugreifen, in dem ich dir etwas anbiete, was ich zuvor noch nie jemandem angeboten habe."

Als sie die Verblüffung sah, die sich auf seinem Gesicht widerspiegelte, legte sie ihm eine Hand auf den Arm. „Wenn ich dich nicht so respektieren und mögen würde, hätten wir diese Unterhaltung jetzt nicht, Brian. Selbst wenn ich mich noch so sehr zu dir hingezogen fühlte."

„Sex verkompliziert die Dinge nur, Keeley."

„Ich weiß."

„Woher willst du das wissen? Du hattest noch nie welchen."

Sie drückte kurz seinen Arm. „Gut erkannt. Also, was ist, willst du es jetzt in der Sattelkammer ausprobieren?" Als er sie schockiert ansah, lachte sie, legte ihm die Arme um den Nacken und gab ihm einen Kuss auf die Wange. „Ich habe nur Spaß gemacht. Lass uns jetzt lieber ins Haus gehen und zu Abend essen."

„Ich muss noch arbeiten."

Sie lehnte sich ein bisschen zurück, um ihm in die Augen sehen zu können, aber jetzt vermochte sie den Ausdruck nicht zu deuten. „Brian, wir haben beide noch nichts gegessen. Und falls du dir Sorgen machst, dass etwas passieren könnte, versichere ich dir, dass wir im Haus nicht allein sein werden. Deshalb werde ich mich wohl oder übel zusammenreißen müssen. Vorübergehend."

„Aha." Er hielt es nicht durch. Wie auch? Sie hatte ihm mit so selbstverständlicher Zuneigung die Arme um den Nacken gelegt, dass es ihm ganz warm ums Herz geworden war. So sanft wie möglich schob er sie zur Seite. „Na ja, einen Bissen könnte ich schon vertragen."

„Gut."

Sie hätte seine Hand genommen, aber seine Hände waren bereits in seinen Taschen verschwunden. Es belustigte und rührte sie, wie entschlossen er war, sich zurückzuhalten. Und wenn das ihren angeborenen Siegeswillen anfeuerte, nun, dann war das doch nicht ihre Schuld, oder?

„Ich hoffe, dass ich nach Charles Town mitkommen kann, wenn du mit Betty und einigen anderen Jährlingen zum Training runterfährst."

„Es wird nicht mehr lange dauern." Die Erleichterung strich wie eine kühle Brise über ihn hinweg. Ein Gespräch über Pferde würde vieles vereinfachen. „Wenn du nicht schon auf ihr geritten wärst, würde ich sagen, dass sie dich überraschen wird, aber du weißt ja, aus welchem Stoff sie gemacht ist."

„Ja. Guter Stall, gute Erbanlagen, ein dicker Kopf und ein unbedingter Siegeswille." Sie warf ihm ein Lächeln zu, während sie auf die Hintertür zugingen. „Man hat mir gesagt, dass das auf mich ebenso zutrifft. Meine Mutter ist Irin, Brian. Mein Dickkopf ist also angeboren."

„Da kann ich dir nicht widersprechen. Es mag ja Menschen geben, die durch ihre Passivität in ihrer Umgebung Ruhe und Gelassenheit verbreiten, aber zu denen gehörst du ganz bestimmt nicht."

„Das zeigt wieder einmal, wie viele Gemeinsamkeiten wir haben. Und jetzt sag mir, ob du Spaghetti mit Fleischbällchen magst."

„Es gehört zufällig zu meinen Lieblingsgerichten."

„Wie praktisch. Zu meinen nämlich auch. Und wie ich gehört habe, gibt es das heute zum Abendessen." Sie streckte die Hand nach dem Türknauf aus, dann überrumpelte sie ihn, indem sie ihm einen Kuss auf den Mund gab. „Und da wir mit meinen Eltern essen, ist es vielleicht am besten, wenn du die nächsten zwei Stunden darauf verzichtest, mich dir nackt vorzustellen."

Damit eilte sie vor ihm ins Haus, und Brian folgte ihr hilflos und erregt zugleich.

Es gab doch nichts Besseres als Schuldgefühle, um das überhitzte Blut eines Mannes abzukühlen. Und es waren eben diese Schuldgefühle in Verbindung mit dem warmen Essen und dem guten Wein, die Brian halfen, den Abend in der Küche der Grants zu überstehen.

Adelia Grant begrüßte ihn so freundlich, als ob er jederzeit unangemeldet zum Abendessen kommen könnte, und Travis holte mit größter Selbstverständlichkeit einen zusätzlichen Teller für ihn heraus – so, als ob er fünfmal pro Woche Angestellte bewirtete – und erklärte, wie gut es sich träfe, weil Brendon sich zum Abendessen entschuldigt hätte.

Und noch ehe Brian so recht wusste, wie ihm geschah, saß er auch schon mit einem reichlich gefüllten Teller vor sich am Tisch und erzählte auf Nachfrage, wie sein Tag verlaufen war.

Brian war machtlos dagegen. Er mochte diese Leute einfach, er mochte sie wirklich. Und er begehrte ihre Tochter. Ein Straßenköter, der einer Rassehündin hinterherhechelte.

Und das Schlimmste an der ganzen Sache war, dass er diese Tochter ebenso sehr mochte. Am Anfang, als er einfach nur scharf auf sie gewesen war, war alles so einfach gewesen. Zumindest hatte er es geschafft, sich einzureden, dass das alles war. Für eine gewisse Zeit war es sogar möglich gewesen, den Gedanken zu ertragen, dass er sich in sie verliebt haben könnte – immerhin hatte er ja versucht, es sich auszureden. Doch wenn er sie jetzt wirklich mochte, machte das alles unendlich kompliziert.

Es erschien ihm durchaus plausibel, dass er in das *Bild*, das er sich von ihr gemacht hatte, verliebt war, aber keinesfalls in die Frau selbst. In ihre Schönheit, in ihre gesellschaftliche Stellung, ihre Unerreichbarkeit. Dies alles war eine Art Herausforderung gewesen, und es hatte ihm Vergnügen bereitet, sich ihr zu stellen. Aber sie hatte es weitergetrieben, indem sie sich ihm geöffnet hatte, und jedes Mal, wenn er in der Nähe gewesen war, hatte sie ihm mehr von sich gezeigt.

Er bewunderte ihre Freundlichkeit, ihren Humor, ihre Zielstrebigkeit und ihr ausgeprägtes Selbstwertgefühl.

Und jetzt trieben ihn ihre Neckereien, ihr Flirt langsam, aber sicher in den Wahnsinn. Und, Gott steh ihm bei, es machte ihm immer noch Spaß.

„Möchten Sie noch etwas, Brian?"

„Wenn ich noch etwas esse, werde ich es bereuen." Trotzdem nahm er die große Schüssel entgegen, die Adelia ihm hinhielt. „Aber noch mehr werde ich es bereuen, wenn ich nichts nehme. Sie sind wirklich eine großartige Köchin, Mrs Grant."

„Adelia. Und bis vor einigen Jahren hätte jeder, der mich kennt, schallend gelacht, wenn Sie mich als eine großartige Köchin bezeichnet hätten. Das hat sich erst geändert, nachdem Hannah, unsere Haushälterin, in Ruhestand gegangen war. Sie kannte Travis schon fast sein ganzes Leben lang, und nachdem sie weg war, wollte ich keine Fremde im Haus haben, wissen Sie. Und dann wurde mir klar, dass wir alle verhungern würden, wenn ich nicht lernte, etwas mehr als Fish and Chips zuzubereiten."

„Was in den ersten sechs Monaten dann auch um ein Haar passiert wäre", steuerte Travis trocken bei und handelte sich damit einen finsteren Blick von seiner Frau ein.

„Nun, immerhin hat diese Erfahrung bei dir bewirkt, dass du dich endlich aufgerafft hast, diesen schicken Grill da draußen anzuwerfen. Dieser Mann war unglaublich verwöhnt. Aber ich wette, Sie können sich auch etwas zu essen machen, Brian."

Brian streichelte Sheamus, der unter dem Tisch schnarchte, mit seiner Stiefelspitze. „Wenn ich keine Wahl habe, dann schon."

Er erhaschte den trägen Blick, mit dem Keeley ihn streifte, während sie einen Schluck vom Wein trank. In seiner Leistengegend staute sich die Hitze. Um sie abzuwehren, wandte er sich an Travis. „Wie ich gehört habe, spielen Sie gelegentlich ganz gern Poker."

„Richtig."

„Die Stallburschen haben etwas von einem Spiel morgen Abend gesagt."

„Vielleicht komme ich ja … ich habe gehört, dass Sie schwer zu schlagen sind."

„Irgendwann solltet ihr Keith dazuholen", warf Adelia ein. „Und vielleicht Keeley. Cathleen und ich werden mit Sicherheit etwas ebenso Törichtes finden, mit dem wir uns den Abend vertreiben können."

„Gute Idee. Noch einen Schluck Wein, Brian?" Keeley hob mit fragend hochgezogenen Augenbrauen die Flasche. Das Gurren in ihrer Stimme war unterschwellig, aber er hörte es. Und litt Folterqualen.

„Nein, danke. Ich muss noch arbeiten."

„Nachher komme ich noch kurz mit rüber", sagte Travis. „Ich möchte einen Blick auf die Stute mit der Kolik werfen."

„Geht ruhig schon, ihr beiden. Wir kümmern uns um den Abwasch", sagte Adelia.

Travis grinste wie ein Schuljunge. „Kein Spüldienst heute?"

„Es ist nicht viel, und du kannst dich morgen revanchieren." Adelia stand auf, um abzuräumen, und küsste ihn auf die Schläfe. „Geh schon. Ich weiß ja, dass du dir Sorgen um sie machst."

„Vielen Dank für das gute Essen, Adelia", sagte Brian.

„Nichts zu danken."

„Gute Nacht, Keeley."

„Gute Nacht, Brian. Vielen Dank für die Hilfe."

Adelia wartete, bis die Männer die Küche verlassen hatten, dann drehte sie sich zu ihrer Tochter um. „Das hätte ich wirklich nicht von dir gedacht, Keeley. Du quälst diesen armen Mann."

„An diesem Mann ist nichts, aber auch gar nichts arm." Zufrieden mit sich brach Keeley ein Stück Brot ab, schob es sich in den Mund und kaute. „Und ihn ein bisschen zu quälen ist ein echtes Vergnügen."

„Nun, da würde dir wahrscheinlich keine Frau widersprechen. Aber pass auf, dass du ihn nicht verletzt, Liebling."

„Ihn verletzen?" Aufrichtig schockiert erhob sich Keeley, um ihrer Mutter beim Abräumen zu helfen. „Das würde ich niemals tun. Ich könnte es gar nicht."

„Manchmal ahnt man nicht, was man anrichtet." Adelia fuhr ihrer Tochter liebevoll über die Wange. „Du musst noch viel lernen. Aber auch wenn du noch so viel lernst, wirst du doch nie ganz verstehen, was in einem Mann vorgeht."

„Bei diesem hier habe ich schon eine ganz gute Ahnung."

Adelia wollte etwas erwidern, besann sich dann aber anders. Manche Dinge konnte man nicht erklären. Man musste sie erleben.

## 7. KAPITEL

**B**rian kannte die Straßen von Maryland nach West Virginia inzwischen genauso gut wie die in der Grafschaft Kerry. Die Highways, auf denen Autos wie kleine Raketen vorbeischossen, und die kurvenreichen Nebenstraßen gehörten jetzt zu seinem Leben und fühlten sich schon fast irgendwie heimatlich an.

Es gab Momente, da erinnerten ihn die sanften grünen Hügel an Irland. Der leise Stich, den er dabei verspürte, überraschte ihn, weil er sich nicht für sentimental hielt. Manchmal jedoch, wenn er eine kurvenreiche Straße entlangfuhr, die einem sich dahinschlängelnden Fluss folgte, sah das Land mit seinen dichten Wäldern und den steil aufragenden Felswänden völlig anders aus. Fast exotisch. Dann überkam ihn ein Gefühl von tiefer Ruhe und Zufriedenheit, was ihn fast ebenso überraschte.

Er hatte nichts gegen Ruhe und Zufriedenheit. Es war nur nichts, wonach er sich sehnte.

Er liebte es, in Bewegung zu sein. Ständig von Ort zu Ort zu reisen. Von daher war es nur gut, dass ihm seine Stellung auf Royal Meadows diese Möglichkeit verschaffte. In zwei Jahren würde er wahrscheinlich einen Großteil Amerikas kennengelernt haben – selbst wenn immer die Rennbahn im Vordergrund stand.

Er betrachtete Irland nicht als sein Zuhause – ebenso wenig wie Maryland. Sein Zuhause waren die Reitställe, in welchem Teil der Welt auch immer.

Und dennoch, als er jetzt zwischen den steinernen Torpfeilern von Royal Meadows hindurchfuhr, hatte er das Gefühl, nach Hause zu kommen. Und beim Anblick von Keeley, die mit einer ihrer Reitklassen auf ihrer Koppel war, verspürte er Freude in sich aufsteigen. Er hielt seinen Wagen an, um zuzuschauen, wie die Gruppe vom Trab in den Kurzgalopp wechselte.

Es war ein schöner Anblick, nicht trotz der Unbeholfenheit und Ängstlichkeit mancher Kinder, sondern gerade deswegen. Hier handelte es sich um kein glattes, einstudiertes Showreiten, sondern um die ersten Schritte auf dem Weg in ein Abenteuer.

Die Kinder sollten auch Spaß haben, hatte Keeley gesagt, wie er sich erinnerte. Sie würden lernen, Verantwortung zu übernehmen, aber sie vergaß nie, dass sie noch Kinder waren.

Und manche von ihnen waren verletzt worden.

Diese Kinder hier zu beobachten, zu sehen, was Keeley sich allein aufgebaut hatte, obwohl sie ihre Tage ganz anders hätte verbringen können, nötigte ihm mehr als Respekt für sie ab. Er bewunderte sie – ein wenig zu viel, als dass er sich damit hätte wohlfühlen können.

Er konnte das aufgeregte Kreischen hören und Keeleys ruhige, entschiedene Stimme. Um besser sehen zu können, stieg er aus und schlenderte zur Koppel hinüber.

Er erblickte strahlende Gesichter und weit aufgerissene Augen. Er hörte Kichern und erschrockenes Luftholen. Soweit Brian es beurteilen konnte, wurde die ganze Gefühlsskala von blank liegenden Nerven bis zu schierem Übermut abgedeckt. Keeley erteilte Befehle, lobte und ermunterte, wobei sie jedes Kind beim Namen nannte.

Das lange leuchtend rote Haar hatte sie sich wieder zu einem Pferdeschwanz zusammengebunden. Ihre Jeans war ebenso ausgewaschen wie die Weste mit den vielen Taschen. Darunter trug sie einen eng anliegenden Pullover, der die Farbe von Osterglocken hatte. Offenbar liebte sie leuchtende Farben. Und ihre Brillis auch, überlegte Brian, während er beobachtete, wie sich das Licht in ihren kleinen Brillantohrringen brach.

Sie würde irgendein Parfüm aufgelegt haben. Jedes Mal war sie von einem immer raffinierten Duft umgeben. Manchmal, wenn er neben ihr herging, erhaschte er zufällig einen Hauch davon. Und manchmal war es wie ein Sirenenruf aus der Ferne.

Nie zu wissen, was es sein würde, reichte aus, um einen Mann in den Wahnsinn zu treiben.

Du musst dich von ihr fernhalten, ermahnte sich Brian. Bei Gott, das sollte er wirklich. Obwohl ihm klar war, dass seine Chancen dafür ungefähr genauso gut standen wie für eins ihrer Pferde, den Breeder's Cup zu gewinnen.

Sie wusste, dass er da war. Das heiße Kribbeln, das sie auf der Haut verspürte, verriet es ihr. Mit sechs Kindern, die ihre Aufmerksamkeit beanspruchten, konnte sie es sich nicht leisten, sich ablenken zu lassen.

Doch seine Anwesenheit zu spüren und ihre Reaktion darauf, dieses Jagen ihres Pulses und das wilde Schlagen ihres Herzens, war herrlich.

Langsam begann sie zu verstehen, warum Frauen sich wegen eines Mannes so oft zu Närrinnen machten.

Als sie die Klasse anwies, in den Trab zurückzukehren, murrten einige Kinder enttäuscht. Dann befahl sie den Schülern, kehrtzumachen, alle Gangarten zu wiederholen und schließlich wieder im Schritt zu reiten.

Nachdem die Pferde schließlich stillstanden, klatschte Brian Beifall.

„Gut gemacht", lobte er. „Wer irgendwann einen Job sucht, kann sich an mich wenden."

„Das ist Mr Donnelly", stellte Keeley ihn den Kindern vor. „Er ist der Cheftrainer auf Royal Meadows. Er trainiert die Rennpferde."

„Und ich bin immer auf der Suche nach einem neuen vielversprechenden Jockey."

„Er spricht so schön", flüsterte eins der Mädchen, doch Brian hatte es gehört. Er lächelte ihr zu, was sie dazu brachte, wie eine Rosenknospe zu erröten.

„Findest du?"

„Mr Donnelly kommt aus Irland", erklärte Keeley, während sie überlegte, was er wohl an sich haben mochte, dass ihn sogar zehnjährige Mädchen schon anhimmelten.

„Miss Keeleys Mutter kommt auch aus Irland. Sie spricht genauso schön."

Als Brian den Blick hob, sah er, dass ihn der Junge namens Willy eingehend musterte. „Niemand spricht schöner als wir Iren, Junge. Das kommt daher, weil uns Feen geküsst haben."

„Wenn man einen Zahn verliert, soll man eigentlich von der Zahnfee Geld kriegen, aber ich habe noch nie welches gekriegt."

„Das kommt doch von deiner Mutter." Das Mädchen hinter Willy verdrehte die Augen. „Feen gibt's ja gar nicht."

„Vielleicht in Amerika nicht, aber dort, wo ich herkomme, gibt es viele. Ich werde ein gutes Wort für dich einlegen, Willy. Für nächstes Mal, wenn du wieder einen Zahn verlierst."

Willy schaute Brian aus großen Augen an. „Woher wissen Sie meinen Namen?"

„Den muss mir eine Fee zugeflüstert haben."

Keeley verkniff sich ein Lächeln, als sie Willys ungläubigen Gesichtsausdruck sah. „So, Kinder. Absteigen. Und dann die Pferde abkühlen und tränken."

Beim Absteigen gab es viel Geplapper und Bewegung. Auch nachdem Willy vom Pferd geklettert war, stand er immer noch mit den Zügeln in der Hand da und musterte Brian. Ein zu wachsamer Blick für so einen kleinen Jungen, dachte Brian. Es ging ihm zu Herzen.

Willy holte tief Luft, schien den Atem anzuhalten. „Ich habe einen. Einen wackligen Zahn, meine ich."

„Wirklich?" Brian konnte nicht anders, als über den Zaun zu steigen und vor dem Jungen in die Hocke zu gehen. „Zeig mal her."

Willy schob die Zunge gegen einen lockeren Schneidezahn. „Das ist ein guter", sagte Brian. „In zwei Tagen wirst du durch die Lücke spucken können."

„Man soll aber nicht spucken." Willy warf Brian einen forschenden Blick zu, während sich dieser wieder aufrichtete.

„Wer sagt das?"

„Ladys", erwiderte Willy mit einem Schulterzucken. „Und rülpsen ist auch verboten."

„Ladys sind in mancher Beziehung ein bisschen komisch. Da ist es wohl am besten, wenn man gewisse Dinge nur unter Männern macht."

„Und wie ein angestochenes Tier soll man auch nicht durch die Gegend rennen." Willy überzeugte sich mit einem kurzen Blick, dass Keeley nicht in der Nähe war, dann schob er seinen Hemdsärmel hoch. „Das kommt davon, weil ich wie ein ange-

297

stochenes Tier über den Schulhof gerannt bin. Ich bin eine halbe
Ewigkeit über den Boden geschlittert und hab mir die ganze
Haut aufgeschürft, und es hat richtig geblutet."

Brian stieß einen bewundernden Pfiff aus und sagte: „Das ist
sehr beeindruckend, wirklich."

„Mein Knie sieht sogar noch schlimmer aus. Ist Ihnen so was
auch schon mal passiert?"

„Ich habe mir kürzlich einen schönen blauen Fleck geholt."
Um das Spiel auch wirklich richtig zu spielen, schaute Brian sich
erst um, bevor er sich das Hemd aus der Hose zog und Willy
seinen Bluterguss zeigte, der inzwischen eine gelbgrüne Farbe
angenommen hatte.

„Wow! Das muss ja echt wehgetan haben! Haben Sie geweint?"

„Ging nicht. Miss Keeley war dabei. Vorsicht, sie kommt",
flüsterte Brian, während er, unschuldig vor sich hin pfeifend,
sein Hemd wieder nach unten zog.

„Willy, du musst Teddy Wasser geben."

„Ja, Ma'am. Ich hab letzte Nacht von ihm geträumt."

„Das erzählst du mir nachher im Stall, wenn wir die Pferde
striegeln, einverstanden?"

„Einverstanden. Auf Wiedersehen, Mister."

„Was für ein niedliches Kerlchen", murmelte Brian, während Willy
Willy sein Pferd zur Tränke führte.

„Ja, das ist er wirklich. Worüber habt ihr euch unterhalten?"

„Männersachen." Brian hakte seine Daumen in seine Taschen.
„Ich muss jetzt kurz runter zu den Ställen, aber wenn du möchtest, helfe ich dir nachher."

„Danke, aber das ist nicht nötig."

„Melde dich einfach, falls du es dir doch noch anders über-
legst." Er musste jetzt wirklich gehen, sie hatten beide zu tun.
Aber es war so schön, hier neben ihr zu stehen und ihren betö-
renden Duft einzuatmen. „Die Kinder sahen beim Kurzgalopp
gut aus."

„In einigen Wochen werden sie noch viel besser aussehen."
Sie musste sich jetzt wirklich um die Pferde kümmern. Aber …

konnte eine Minute länger schaden? „Wie ich gehört habe, hattest du gestern Abend beim Pokern ziemliches Glück."

„Na ja, am Schluss hatte ich ungefähr einen Fünfziger mehr in der Tasche. Aber vor deinem Onkel Keith muss man sich wirklich in Acht nehmen. Grob geschätzt hat er ungefähr das Doppelte eingesackt."

„Und mein Vater?"

Brian grinste. „Ich habe ihm geraten, besser bei seinen Pferden zu bleiben."

Keeley zog die Augenbrauen hoch. „Und was hat er dazu gesagt?"

„Das möchte ich in Anwesenheit einer Dame lieber nicht wiederholen."

Sie lachte. „Das dachte ich mir. Ich muss mich jetzt um die Pferde kümmern. Die Eltern der Kinder werden bald auftauchen."

„Kommen sie nie, um zuzuschauen?"

„Die hier bis jetzt noch nicht. Ich habe sie gebeten, uns einige Wochen Zeit zu geben, damit die Kinder nicht abgelenkt werden oder anzugeben versuchen. Du warst ein gutes Testpublikum."

„Keeley." Er berührte sie am Arm, als sie sich abwandte. „Dieser kleine Junge da. Willy. Sein Schneidezahn wackelt. Es wäre nett, wenn irgendwer daran denken würde, ihm eine Münze unters Kopfkissen zu legen, wenn er ihn verliert."

Ihr Herz, das bei seiner Berührung heftig gepocht hatte, beruhigte sich wieder. „Er ist jetzt bei einer guten Pflegefamilie. Es sind sehr liebe, fürsorgliche Leute. Sie werden es bestimmt nicht vergessen."

„Das ist gut."

„Brian." Diesmal legte sie ihm eine Hand auf den Arm. Trotz der neugierigen Blicke ihrer Schüler stellte sie sich auf die Zehenspitzen und gab ihm einen flüchtigen Kuss auf den Mund. „Ich habe eine Schwäche für Männer, die an Feen glauben", flüsterte sie, dann wandte sie sich ab, um zu ihren Schülern zu gehen.

Eine sehr große Schwäche, dachte Keeley. *Für einen Mann mit einem großspurigen Grinsen und einem weichen Herzen.* Sie öffnete die Terrassentür ihres Zimmers und trat in die Nacht hinaus. Die Luft war frisch und der Himmel so klar, dass die Sterne wie ferne Fackeln leuchteten.

Die Blätter der Bäume raschelten im Wind, der den Duft der letzten Rosen des Sommers zu ihr herübertrug.

Der blassgoldene Dreiviertelmond tauchte die Gartenanlagen und Felder in silbriges Licht. Ihr kam es fast so vor, als könnte sie die Mondstrahlen in ihre zu einer Schale geformten Hände strömen lassen und wie Wein trinken.

War es nicht fast unmöglich, in einer so herrlichen Nacht zu schlafen?

Langsam trat sie einen Schritt vor und schaute zu Brians Quartier hinüber. Hinter seinen Fenstern brannte noch Licht. Und ihr Herz schlug heftig.

Wenn bei ihm alles dunkel gewesen wäre, wäre sie einfach wieder in ihr Zimmer zurückgegangen und hätte versucht, einzuschlafen. Aber seine Fenster leuchteten hell in der Dunkelheit, schienen sie zum Kommen einzuladen.

Ein erwartungsvoller Schauer, der ihr über den Rücken rieselte, veranlasste sie, die Augen zu schließen. Sie war auf diesen Schritt vorbereitet, auf diese Veränderung in ihrem Leben und ihrem Körper. Es war nicht spontan und auch nicht leichtsinnig. Aber es fühlte sich so an.

Sie war eine erwachsene Frau, und die Entscheidung lag bei ihr.

Leise ging sie wieder ins Zimmer zurück und schloss die Tür.


Brian klappte das Trainingsbuch zu und presste die Finger an seine müden Augen. Genau wie Paddy brachte auch er dem Computer Argwohn entgegen, aber er war immerhin bereit, ein bisschen daran herumzuspielen. An drei Abenden pro Woche verbrachte er jeweils eine Stunde mit dem Versuch, herauszufinden, wozu das verdammte Ding fähig war, in der Hoffnung, dass er eines Tages vielleicht doch damit seine Tabellen zusammenstellen konnte.

Zeitsparend und effizient sollten die Dinger angeblich sein, wenn man dem Werberummel glaubte, sinnierte er, während er den Computer mit einem misstrauischen Blick streifte. Na, bis jetzt hatte er davon noch nicht viel gemerkt.

Er hatte seit einer Woche nicht mehr richtig geschlafen. Was allerdings nichts mit seinem Job zu tun hatte, wie er sich eingestehen musste. Und alles mit der Tochter seines Brötchengebers.

Bloß gut, dass ich demnächst nach Saratoga fahre, überlegte er, während er mit dem Stuhl zurückrutschte und aufstand. Er brauchte dringend ein bisschen Abstand. Am besten, er ignorierte das Gefühl, auf schwankendem Boden zu stehen, und verdrängte diesen scheußlichen Schmerz in der Herzgegend.

Er war nicht der Typ, der sich wegen einer Frau graue Haare wachsen ließ. Oh ja, er hatte seinen Spaß mit Frauen und freute sich, wenn es umgekehrt genauso war, und hinterher ging jeder, ohne etwas zu bereuen, wieder seiner Wege.

Wichtig war nur, dass man immer in Bewegung blieb.

New York war von hier aus ziemlich weit weg. Wenn die Zeit reif war, müsste es eigentlich weit genug sein. Für heute würde er das Problem dadurch lösen, dass er sich einen ordentlichen Schuss Whiskey in den Tee tat. Und dann würde er schlafen, so wahr ihm Gott helfe, und wenn er sich dafür selbst eins über den Kopf geben musste.

Und er würde keinen einzigen Gedanken mehr an Keeley verschwenden.

Als es an der Tür klopfte, stieß er einen leisen Fluch aus. Sein erster Gedanke war, dass sich Lucys Zustand wieder verschlechtert hatte, obwohl sich die Stute mit der Bronchitis wieder aufgerappelt zu haben schien. Er langte nach seinen Stiefeln, die er bereits ausgezogen hatte, und rief: „Herein, es ist offen. Ist es Lucy?"

„Nein, Keeley. Aber wenn du Lucy erwartest, kann ich wieder gehen."

Der Stiefel, den er eben hatte anziehen wollen, rutschte ihm aus der Hand. Seine Fingerspitzen wurden taub. „Lucy ist ein Pferd", brachte er mühsam heraus. „Sie klopft nicht oft an meine Tür."

„Ach ja stimmt, die Bronchitis. Ich dachte, es geht ihr mittlerweile besser."

„Tut es auch." Keeley trug das Haar offen. Warum machte sie das? Es bewirkte, dass seine Hände wehtaten, richtig wehtaten, so sehr lechzten sie danach, die seidigen Strähnen zu berühren.

„Das ist gut." Sie trat ein, schloss die Tür hinter sich. Und da es sie in den Fingern juckte, legte sie mit einem hörbaren Geräusch den Riegel um. Allein der Anblick seiner mahlenden Kiefer war eine ungeheure Genugtuung.

Er war ein Ertrinkender und ging eben zum ersten Mal unter. „Keeley, ich hatte einen langen Tag. Ich wollte mir gerade …"

„… einen Schlaftrunk machen", beendete sie seinen Satz, als sie den Teekessel auf dem Herd und die Whiskeyflasche auf dem Küchentresen entdeckte. „Ich könnte auch einen vertragen." Sie glitt entschlossen an ihm vorbei und stellte die Herdplatte unter dem mittlerweile kochenden Wasser aus.

Sie hatte ein anderes Parfüm aufgelegt. Wahrscheinlich gerade eben erst, nur um ihn zu quälen.

„Ich habe nicht mit Besuch gerechnet."

„Als Besuch würde ich mich auch nicht unbedingt bezeichnen." Ruhig erwärmte sie die Teekanne, dann maß sie Tee ab und goss ihn auf. „Wenn wir ein Liebespaar wären, wäre ich bestimmt keiner."

Ohne eine Chance, nach Luft zu schnappen, ging er zum zweiten Mal unter. „Wir sind aber kein Liebespaar."

„Das wird sich bald ändern." Sie tat den Deckel auf die Kanne, drehte sich um. „Wie lange soll ich ihn ziehen lassen?"

„Ich trinke ihn gern stark, deshalb dauert es eine Weile. Du solltest jetzt nach Hause gehen."

„Ich trinke ihn auch gern stark." Erstaunlich, dass sie gar nicht nervös war. „Und wenn es eine Weile dauert, können wir ihn ja anschließend trinken."

„So geht das nicht." Er sagte es mehr zu sich selbst als zu ihr. „So geht das wirklich nicht. Nein, bleib, wo du bist, und lass mich kurz nachdenken."

Aber sie kam bereits mit einem Sirenenlächeln auf ihn zu. „Wenn du es vorziehst, mich zu verführen, dann nur zu."

„Genau das werde ich nicht tun." Obwohl die Nacht kühl war und seine Fenster offen waren, spürte er, dass ihm ein Schweißtropfen über den Rücken rann. „Wenn ich gewusst hätte, was daraus wird, hätte ich nie damit angefangen."

Dieser Mund, dachte sie. Diesen Mund musste sie unter allen Umständen erkunden. „Jetzt wissen wir beide, was daraus geworden ist, und ich habe die Absicht, den Weg bis zum Ende zu gehen."

Sein Blut war bereits in Wallung. „Du bist unberührt, und das ist ein Riesenproblem."

„Hast du Angst vor Jungfrauen?"

„Du sagst es."

„Aber du begehrst mich trotzdem. Leg deine Hände auf mich, Brian." Sie ergriff sein Handgelenk, presste seine Hand auf ihre Brust. „Ich will deine Hände auf mir spüren."

Die Stiefel fielen klappernd zu Boden, als er zum dritten Mal unterging. „Es ist ein Fehler."

„Das glaube ich nicht. Berühr mich."

Seine Hand schloss sich über ihrer. Sie war klein und zierlich, und wie durch ein Wunder gehörte sie für den Moment ihm. Er gab sich geschlagen. „Egal, wenn es ein Fehler ist", sagte er.

„Wir werden es nicht zulassen, dass es einer ist." Ihr Kopf sank zurück, als er sie zu streicheln begann.

„Egal. Aber ich werde behutsam mit dir sein."

Ihre blauen Augen glitzerten, als sie die Arme hob und ihre Finger durch sein Haar gleiten ließ. „Nicht zu behutsam, hoffentlich."

Als er sie von den Füßen riss und hochhob, atmete sie erschauernd aus. „Oh, ich habe gehofft, dass du das tust." Erregt presste sie ihre Lippen an seinen Hals. „Ich habe wirklich so gehofft, dass du das tust."

Er schmiegte sein Gesicht in ihr Haar, atmete den Duft tief ein und behielt ihn einen langen Moment in der Lunge. „Du musst mir nur sagen, was du magst."

Sie hob ihm das Gesicht entgegen, während er sie ins Schlafzimmer trug. „Woher soll ich das wissen? Zeig es mir."

Das Bett, auf das er sie legte, war von gleißendem Mondlicht überflutet, und durch die offenen Fenster wehte eine kühle Brise ins Zimmer. Als er sie zum ersten Mal geküsst hatte, hatten die sanften Strahlen des Mondes ihr Gesicht genauso gestreichelt wie jetzt. Diesen Anblick hatte Brian nie vergessen.

Er hatte nur wenige Erinnerungen, die ihm etwas bedeuteten, aber die Erinnerung an sie würde für immer in seinem Herzen bleiben, das wusste er. Sie war ein Geschenk, das er hüten würde wie einen wertvollen Schatz.

„Das zum Beispiel", murmelte er und saugte zärtlich an ihren Lippen.

Sie öffnete sie ihm bereitwillig, sie sehnte sich danach, dass er sie berührte, von ihr kostete und sie nahm. Obwohl er ihre Ungeduld spürte, führte er sie schrittweise in die Freuden der Liebe ein.

Er liebkoste sie so sanft, dass es sich fast anfühlte, als würde sie von einem zarten Windhauch gestreift. Wenig später verweilten seine Fingerspitzen an einem geheimen Ort, und ihr stockte der Atem, als sie ein Beben durchlief. Mit den Lippen zog er eine heiße Spur über ihren Hals, und Wärme breitete sich in ihr aus, dann kehrte er zu ihrem Mund zurück. Als er sie begehrlich in die Lippen biss, wurde sie von einer Hitzewelle überflutet.

Von Verlangen erfüllt, wölbte sie sich ihm entgegen.

Er flüsterte ihr leise, erregende Worte ins Ohr, von denen jedes einzelne ihre Seele berührte. Ihr wurde so leicht ums Herz.

Sie verspürte keine Scheu, keine Vorbehalte, als sie sich ihm entgegenwölbte, sich an ihn presste. Während er ihr das Hemd abstreifte, spürte sie zusammen mit seinen Fingerspitzen einen leisen Windhauch. Sie fühlte sich schön.

Ihre Haut war wie weiße Seide, ihr Haar wie ein Flammenmeer. Jedes Erschauern war ein Geschenk, jedes lustvolle Stöhnen ein Schatz. Noch nie in seinem Leben hatte er eine so schöne Frau in den Armen gehalten wie Keeley, die sich gerade selbst entdeckte.

Sie zeigte nicht die geringste Scheu, als er ihr die Kleider abstreifte, sondern genoss jeden Moment, begrüßte jede neue Empfindung. Neugierig ließ sie die Hände über seinen Körper gleiten, und mit seiner, Brians, Hilfe zog sie ihn aus. Erst jetzt wurde ihm klar, wie erregend es sein konnte, ihr erster Mann zu sein.

Ihr Herz hämmerte unter seinem Mund, und das Parfüm, das sie sich auf ihre zarte Haut getupft hatte, benebelte seine Sinne. Er liebkoste sie weiter, bis sie unter ihm anfing, sich unbewusst einladend zu bewegen.

Wundervoll. Das ist wundervoll, war alles, was sie denken konnte. Ihr Körper wurde von Empfindungen überflutet, unter denen sie hilflos erschauerte.

Sie konnte ihr eigenes lustvolles Stöhnen hören, ihre eigenen keuchenden Atemzüge, außerstande, sie unter Kontrolle zu bringen. Und dieser Kontrollverlust war schwindelerregend.

Er fühlte sich bis aufs Äußerste angespannt. Und voller Verzweiflung. Ihre Nägel bohrten sich in seinen Rücken, ihre Zähne in seine Schulter.

Sie stieß einen lauten Schrei des Entzückens aus, als er sie dort berührte, wo es am lustvollsten war. Dann brandete die Begierde wie eine Welle in ihr auf und schlug über ihr zusammen. Keeley erschauerte heftig. Sie bäumte sich auf und krallte ihre Finger stöhnend in sein Haar.

Dann war sein Mund wieder auf ihrem, jetzt noch heißer, und ließ ihr keine Zeit, Atem zu holen oder ihr Gleichgewicht wiederzufinden.

„Schenk dich mir", flüsterte er, und das Blut hämmerte in seinen Schläfen, während ihr verschleierter Blick seinem begegnete. „Nimm mich in dich auf."

Ohne den Blick von ihm zu wenden, spreizte sie einladend ihre Schenkel und gab sich ihm hin.

Es war, als würde sie sich in die Lüfte erheben, jede behutsame Bewegung war wie ein Flügelschlag. Ihre Lust, die sich immer noch steigerte, bis sich ihr Körper fast schwerelos fühlte, löschte jeden Gedanken aus. Alles, was sie sah, waren seine vor

Verlangen dunklen Augen, während er sich im selben Rhythmus wie sie bewegte.

Überwältigt von der Schönheit des Augenblicks, berührte sie seine Wange, flüsterte seinen Namen.

Da war er verloren. Liebe und Leidenschaft, Träume und Sehnsucht überfluteten sein Herz. Hilflos barg er sein Gesicht in ihrem Haar.

Mit geschlossenen Augen lag Keeley da und kostete das herrliche Gefühl, gut geliebt worden zu sein, aus. Ihr Körper fühlte sich köstlich bleiern an, alle Gedanken waren wundervoll gedämpft. Es bestand keine Veranlassung, sich bang zu fragen, ob sie Brian dieselbe Lust geschenkt hatte. Sie hatte es in seinem Gesicht gelesen und spürte es jetzt, während er mit immer noch hämmerndem Herzen auf ihr lag.

Keeley wusste, dass in ihr eine Veränderung vor sich gegangen war. Sie fühlte sich lebendiger, bewusster. Und sie empfand eine Art von Triumph.

In sich hineinlächelnd, fuhr sie ihm mit den Fingerspitzen über den Rücken. „Wie geht es deinen Rippen?"

„Was?"

Und war es nicht herrlich, diese schläfrig schleppende Stimme zu hören? „Wie es deinen Rippen geht. Du hast immer noch einen schlimmen Bluterguss."

„Ich spüre nichts." Ihm war immer noch ganz schwindlig. „Was ist das für ein Parfüm, das du aufgelegt hast? Es macht süchtig."

„Nur eins meiner vielen Geheimnisse."

Er hob den Kopf und verzog den Mund zu einem Lächeln, dann fühlte er sich erneut überwältigt. Was für einen wundervollen Anblick sie bot. Sie strahlte so viel Glück aus. Verzückt senkte er den Kopf und gab ihr einen langen, innigen Kuss.

Ihre Hand sank schlaff auf die Matratze. „Brian."

„Ich erdrücke dich", sagte er erschrocken.

Er zerstörte den Augenblick, indem er sich von ihr herunterrollte. „An dir ist nicht viel dran." Plötzlich merkte er, dass ein kalter Luftzug durch die offenen Fenster ins Zimmer wehte, deshalb zog er die Bettdecke hoch und deckte Keeley zu. „Und? Ist mit dir alles in Ordnung?"

„Mir geht es fabelhaft, danke." Lachend setzte sie sich auf, ohne die geringste Scheu, obwohl ihr die Decke bis zur Taille hinunterrutschte. Sie umfasste sein Gesicht und küsste ihn auf den Mund. „Und was ist mit dir? Auch alles in Ordnung?", fragte sie, wobei sie seinen irischen Akzent nachahmte.

„Ja, klar, aber ich habe in solchen Dingen ja auch schon ein bisschen Übung."

„Darauf wette ich. Aber fang jetzt bitte nicht an, alle deine Eroberungen aufzuzählen. Weil ich mich nämlich nicht gern genötigt fühlen würde, dir einen Kinnhaken zu verpassen."

„Dass es Eroberungen waren, würde ich nicht unbedingt behaupten. Aber belassen wir es dabei."

„Sehr weise."

„Bleib liegen, ich schließe nur schnell das Fenster, sonst frierst du womöglich noch."

Als er aufstand, musterte sie ihn mit forschend geneigtem Kopf. „In diesem geschundenen Körper steckt ja ein Kümmerer, Donnelly."

„Was sagst du da?", fragte er fast empört.

„Wahrscheinlich hat es etwas mit den Pferden zu tun." Sie spitzte nachdenklich die Lippen, während er mit finsterer Miene ein Fenster zuschlug. „Du machst Diät- und Trainingspläne für sie, du sorgst dafür, dass sie alles haben, was sie zum Leben brauchen, und dass sie sich wohlfühlen und … oh, und natürlich trainierst du sie. Und wenn du dann nicht gut aufpasst, kann es dir passieren, dass du anfängst, dich um Menschen genauso zu kümmern."

„Ich kümmere mich nicht um Menschen." Er fand die Vorstellung fast beleidigend. „Menschen können sich selbst um sich kümmern. Ich mag sie nicht einmal besonders."

Er ging zum zweiten Fenster hinüber und machte es ebenfalls zu. „Derzeit Anwesende ausgeschlossen, weil du nackt in meinem Bett sitzt und es unhöflich wäre, etwas anderes zu sagen."

„Du hast dich nicht ganz präzise ausgedrückt. Du magst viele Menschen nicht besonders. Hast du einen Bademantel?"

„Nein." Er wusste nicht genau, worüber er sich eigentlich so ärgerte.

„Das hier geht auch." Sie hatte ein Arbeitshemd erspäht, das er über einen Stuhl geworfen hatte, und obwohl es nach Pferden roch, schlüpfte sie hinein. „Der Tee ist inzwischen vermutlich so stark, dass man Nägel damit einschlagen kann. Willst du ihn noch?"

Sie sah … interessant aus in seinem Hemd. Interessant genug, um sein Blut erneut in Wallung zu bringen. „Was für Alternativen habe ich?"

„Wenn es nach mir geht, trinken wir jetzt eine Tasse Tee und plaudern ein bisschen, und bevor ich nach Hause gehe, lockst du mich noch einmal ins Bett und liebst mich."

„Das klingt nicht schlecht, obwohl ich einige Verbesserungsvorschläge anzubringen hätte."

„Oh, und welche wären das?"

„Wir lassen den Tee und das Plauderstündchen ausfallen."

Während er auf sie zukam, fuhr sie sich mit der Zungenspitze über ihre Oberlippe, an der immer noch sein Geschmack haftete. „Dann willst du also versuchen, mich sofort zu verführen?"

„Das ist mein Plan."

„Ich bin flexibel."

Er grinste. „Das würde ich gern ausprobieren."

Den Tee tranken sie gar nicht mehr.

Nachdem sie ihn verlassen hatte, stand er an der Tür und blickte ihr nach, wie sie den Weg hinunterging. Verliebter Trottel, beschimpfte er sich selbst. *Du kannst sie nicht behalten. Du hast in deinem Leben noch nie etwas behalten, das nicht in eine Reisetasche passt.*

Es war eben Pech, dass er gestolpert war und sich verliebt hatte, das war alles. Und es würde ziemlich wehtun, bis er darüber weg war. Aber natürlich würde er darüber hinwegkommen. Über sie und über diesen Schmerz in seinem Herzen. So verrückt, dass er glaubte, diese Art von Verrücktheit könnte andauern, war er auch wieder nicht.

Deshalb ist es wohl am besten, es zu genießen, solange es dauert, beschloss er, nachdem Keeley in der Dunkelheit verschwunden war.

Als er wieder im Bett lag, stieg ihm von seinem Kopfkissen ihr Duft in die Nase. Zum ersten Mal seit einer Woche schlief er tief und fest.

*K*eeley vermisste Brian. Das Seltsamste war, dass sie sich im Laufe des Tages immer wieder dabei ertappte, dass sie an ihn und ein Dutzend Dinge dachte, die sie ihm erzählen oder zeigen wollte, wenn er aus Saratoga zurückkam.

Aber sie war nicht die Einzige, die ihn vermisste.

Willy erkundigte sich nach ihm, weil er ihm seine Zahnlücke zeigen wollte. Der Mann schaffte es offensichtlich, Eindruck zu machen, und zwar in Windeseile.

Dabei war es weiß Gott nicht so, dass es nicht genug Dinge gegeben hätte, die ihre Zeit und ihre Gedanken in Anspruch nahmen. Sie hatte inzwischen genug Schüler für eine zusätzliche Klasse und kämpfte sich gerade durch den Bürokratiedschungel, um für drei weitere von ihr geförderte Schüler alles zu arrangieren.

Sie traf sich mit der Psychologin, dem Sozialarbeiter, den Pflegeeltern und den Kindern zu Gesprächen. Allein an dem Papierkram konnte man ersticken, wie sie zugeben musste. Aber am Ende würde sich die Mühe lohnen.

Mit leiser Belustigung blätterte sie das *Washingtonian Magazine* durch. Natürlich wusste sie, dass der Artikel ihre neuen zahlenden Schüler angelockt hatte. Die Fotos waren brillant, und der Text ließ nichts zu wünschen übrig.

Besonders zufrieden war sie darüber, dass ihre Reitschule gleich mehrmals erwähnt worden war.

Als das Telefon erneut klingelte, stieß sie einen Seufzer aus. Es hatte seit Erscheinen des Artikels nicht mehr stillgestanden. Jetzt würde es wahrscheinlich nicht mehr lange dauern, bis sie dem allgemeinen Drängen nachgeben und eine Assistentin einstellen musste.

Aber im Moment war sie noch für alles allein zuständig.

„Royal Meadows Riding Academy, guten Morgen." Ihre kühle professionelle Stimme klang wärmer, nachdem sich ihre Cousine Maureen gemeldet hatte.

Fünfzehn Minuten später legte Keeley kopfschüttelnd auf. Na gut, dann würde sie heute Abend also zum Pferderennen mit anschließendem Essen gehen. Obwohl sie mehrmals Nein gesagt hatte – fünf oder sechs Mal, soweit sie sich erinnerte. Aber gegen Mo kam niemand an. Sie überrollte die Leute einfach.

Keeleys Blick schweifte über die Stapel mit unerledigtem Papierkram. Als das Telefon erneut zu läuten begann, atmete sie ungehalten aus. Mach einfach alles der Reihe nach, bis du fertig bist, ermahnte sie sich.

Also erledigte sie die erste Sache, dann die zweite, und als ihr Vater hereinkam, saß sie gerade an der dritten.

Er blieb auf der Schwelle stehen und hielt eine Hand hoch. „Moment, sagen Sie jetzt nichts. Ihr Gesicht kommt mir irgendwie bekannt vor." Er kniff nachdenklich die Augen zusammen, während sie ihre verdrehte. „Ich bin mir sicher, dass wir uns schon mal irgendwo begegnet sind. War's in Tibet? Mazatlán? Ah, jetzt fällt es mir ein, es war vor zwei Jahren am Abendbrottisch!"

„Es liegt noch nicht länger zurück als eine Woche." Sie hob ihm das Gesicht entgegen, als er sich zu ihr hinunterbeugte, um sie zu küssen. „Aber du hast mir auch gefehlt. Ich stecke bis über beide Ohren in Arbeit."

„Das habe ich gehört." Er blätterte die Zeitschrift durch und hielt bei dem Artikel über sie inne. „Hübsches Mädchen. Ich wette, ihre Eltern sind stolz auf sie."

„Das hoffe ich." Als das Telefon klingelte, unterdrückte sie einen Aufschrei und wedelte abwehrend mit den Händen. „Diesmal soll der Anrufbeantworter übernehmen. Es klingelt schon seit Sonntag ununterbrochen. Dabei haben fünfzig Prozent der Eltern, die wegen Reitstunden anrufen, ihre Kinder noch nicht einmal gefragt, ob sie überhaupt Interesse haben."

Sie stieß sich mit den Füßen ab, sodass ihr Stuhl zu dem kleinen Kühlschrank rollte, aus dem sie zwei Softdrinks herausnahm. „Aber trotzdem danke."

„Wofür?", fragte Travis, während er eine Flasche entgegennahm.

„Dass du immer wieder fragst."

„Nichts zu danken. Wie ich gehört habe, gehe ich heute Abend mit zwei schönen Frauen aus."

„Hat Mo dich erwischt?"

Er lachte leise, bevor er einen Schluck aus der Flasche trank. „Wir hatten schon seit einer Ewigkeit kein Familientreffen mehr", ahmte er seine Nichte nach. „Liebst du mich denn überhaupt nicht mehr?"

„Sie weiß genau, welche Knöpfe sie drücken muss." Keeley musterte die abgestoßenen Spitzen ihrer Stiefel. „Äh … hast du eigentlich von Brendon irgendetwas gehört?"

„Gestern Abend. Sie wollten eigentlich heute zurückkommen."

„Das ist gut." Zumindest einmal hätte sie der Mann ruhig anrufen können. Mit finsterem Gesicht schaute sie auf ihre Stiefel. Oder wenigstens ein Telegramm schicken, irgendein verdammtes Rauchzeichen.

„Ich kann mir vorstellen, dass Brian es eilig hat, zurückzukommen."

Sie riss den Kopf hoch. „Ach ja? Wieso?"

„Betty macht Fortschritte – wie verschiedene andere Jährlinge auch. Aber sie macht ihre Sache auf der Rennbahn besonders gut. Brian kann sie jetzt voll übernehmen."

„Ich habe sie kürzlich beim Morgentraining beobachtet. Sie hat viel Kraft."

„Unser Nachwuchs auf Royal Meadows ist erstklassig." In seiner Stimme schwang ein fast wehmütiger Unterton mit, der Keeley veranlasste, erstaunt die Augenbrauen hochzuziehen.

„Was ist los?"

„Nichts." Travis zuckte die Schultern und stand auf. „Außer, dass ich langsam alt werde."

„Also wirklich."

„Erst gestern bist du noch auf meinen Schultern geritten", sagte er leise. „Im Haus war ein Heidenlärm. Fußgetrappel von Kindern, die ständig die Treppen rauf- und runterrannten, Türengeknalle. Dauernd stolperte man über irgendwelches Spielzeug. Ich weiß gar nicht, wie oft ich auf eins von Bradys verdammten kleinen Spielzeugautos getreten bin."

Er wandte sich ab und fuhr sich mit der Hand durchs Haar. „Das fehlt mir, ihr fehlt mir alle."

„Daddy." Geschmeidig erhob Keeley sich und legte die Arme um ihn.

„So ist das Leben eben. Drei von euch sind auf dem College, und Brendon ist ständig geschäftlich unterwegs. Ihm gefällt es, so wie es ist. Und du baust dir etwas Eigenes auf. Aber … ich vermisse einfach euren ständigen Krach."

„Ich verspreche dir, bei nächster Gelegenheit die Türen zu knallen."

„Vielleicht hilft das ja."

„Du bist sentimental. Und dafür liebe ich dich."

„Mein Glück." Er drückte sie kurz und fest, dann schaute er auf das Telefon, das schon wieder klingelte. „Aber eigentlich bin ich nicht gekommen, um dir etwas vorzujammern, sondern um dir einen beruflichen Rat zu geben." Er lehnte sich etwas zurück, um ihr in die Augen sehen zu können. „Du brauchst hier dringend Hilfe."

„Ich werde darüber nachdenken. Wirklich", fügte sie hinzu, als er sie skeptisch musterte. „Sobald ich in dieses Chaos hier ein bisschen Ordnung gebracht habe."

„Wenn ich mich recht entsinne, hast du dasselbe vor einem halben Jahr auch schon gesagt."

„Es war einfach noch nicht die richtige Zeit. Bis jetzt bin ich ganz gut allein klargekommen." In dem Moment, in dem sie es sagte, läutete das Telefon ein weiteres Mal.

„Keeley, ein bisschen Hilfe bedeutet nicht, dass du nicht mehr die alleinige Verantwortung trägst. Auch dann ist es immer noch deine Reitschule."

„Ich weiß, aber … es wird nicht mehr das Gleiche sein."

„Nichts bleibt immer gleich. Die Farm ist jetzt größer als damals, als ich sie übernahm, und wenn ihr sie eines Tages abgebt, wird sie noch größer sein. Doch ich habe meine Spuren hinterlassen. Daran wird sich nie etwas ändern."

„Wahrscheinlich will ich einfach nur nichts aus der Hand geben."

„Du hast doch schon bewiesen, dass du es kannst."

„Ja, sicher, du hast recht. Aber es ist nicht so leicht, die richtige Person zu finden. Es muss jemand sein, der mit Pferden und Kindern umgehen und im Büro einspringen kann und sich gleichzeitig aber nicht zu schade ist, gelegentlich den Stall auszumisten. Außerdem muss ich mich auf ihn verlassen können und mit ihm klarkommen. Darüber hinaus muss er auch noch den Eltern meiner Schüler gegenüber diplomatisch sein, was vielleicht das Schwierigste überhaupt ist."

Travis trank noch einen Schluck von seinem Softdrink. „Ich könnte dir vielleicht einen Tipp geben."

„Ach ja? Wirklich, Dad, ich weiß deinen Rat sehr zu schätzen, aber den Freund eines Freundes oder den Sohn oder die Tochter eines Bekannten einzustellen kann eine äußerst heikle Sache sein, wenn es nicht funktioniert."

„Eigentlich dachte ich eher an jemand, der etwas näher dran ist. Genau gesagt, an deine Mutter."

„Ma?" Mit einem verblüfften Auflachen ließ Keeley sich wieder auf ihren Stuhl fallen. „Ma will sich dieses Problem bestimmt nicht aufhalsen, selbst wenn sie Zeit dafür hätte."

„Das zeigt nur, wie wenig du von ihr weißt." Mit einem Gefühl der Genugtuung trank er noch einen Schluck. „Erwähn es einfach irgendwann mal ganz beiläufig. Ich werde kein Wort davon sagen."


Nachdem die letzte Reitstunde vorbei und das letzte Pferd versorgt war, schleppte sich Keeley erschöpft ins Haus. Sie sehnte sich nach einem langen Bad und einem ruhigen Abend. Aber wenn sie sich vor dem Familientreffen drückte, würde ihre Cousine Mo ihr die Hölle heißmachen. Da war es schon besser, den Abend irgendwie durchzustehen, als sich wochenlanges Genörgel anzuhören.

Während sie durch die Küche auf den Flur ging, wurde ihr klar, dass ihr Vater recht hatte. Wie sollte man sich an diese

Stille gewöhnen? Niemand schrie etwas von oben oder rannte zur Tür oder drehte die Musik so laut auf, dass einem fast das Trommelfell platzte.

Sie lief die Treppe hinauf und schaute nach rechts. Da war das Zimmer, das sich Brady und Patrick teilten.

Sie erinnerte sich noch gut daran, wie Brady irgendwann im Verlauf eines Streits mit seinem Bruder das Zimmer mit schwarzem Klebeband in zwei Hälften unterteilt hatte.

Die eine Hälfte hatte Bradys Territorium markiert. Die andere hatte er scherzhaft Niemandsland genannt.

Und wie oft hatte sie gehört, dass Brendon mit der Faust an die Wand zwischen seinem und ihrem Zimmer gehämmert und ihnen befohlen hatte, leiser zu sein, bis ihm der Kragen geplatzt war und er sie eigenhändig zur Vernunft gebracht hatte?

Als sie an Sarahs Zimmer vorbeikam, sah sie ihre Mutter mit einem roten Pullover auf dem Schoß, den sie streichelte, auf dem Bett sitzen.

„Ma?"

„Oh." Adelia schaute auf. Ihre Augen waren feucht, dennoch lächelte sie. „Du hast mich erschreckt. Es ist so verdammt still in diesem Haus."

Keeley trat ein. Das Zimmer hatte leuchtend blaue Wände. Dieser kühne Farbton wiederholte sich in den Vorhängen und der Tagesdecke und wurde durch grüne Streifen ergänzt, die nicht minder kühn waren. Komisch, dass es nicht absolut scheußlich aussieht, überlegte Keeley auch jetzt wieder einmal wie so oft. Aber es passte irgendwie zusammen.

Und es war typisch Sarah.

„Komisch, aber Dad hat heute Morgen dasselbe zu mir gesagt." Keeley setzte sich zu ihrer Mutter aufs Bett. „Er war genau aus demselben Grund traurig."

„Vielleicht fängt man ja dieselben Schwingungen auf, wenn man so viele Jahre zusammen ist. Außerdem hat Sarah vorhin angerufen. Sie braucht unbedingt diesen roten Pullover und versteht gar nicht, wie sie ihn vergessen konnte. Sie klang so glücklich und geschäftig und erwachsen."

„Sie werden alle nächsten Monat zu Thanksgiving nach Hause kommen und dann wieder an Weihnachten."

„Ich weiß. Trotzdem, wenn ich wüsste, wie ich es anstellen soll, würde ich ihr den Pullover selbst bringen, statt ihn zu schicken. Oh Gott, ist es wirklich schon so spät? Ich muss mich vor dem Weggehen noch ein bisschen zurechtmachen. Und du auch."

„Ja." Keeley spitzte gedankenverloren die Lippen, während ihre Mutter den Pullover noch einmal glatt strich und aufstand. „Ich bin spät dran heute", begann sie. „Ich scheine in letzter Zeit oft spät dran zu sein."

„Das ist bei erfolgreichen Leuten meistens so."

„Wahrscheinlich. Und diese zusätzliche Klasse wird noch mehr von meiner Zeit und Energie beanspruchen."

„Du weißt, dass ich dir jederzeit gern helfe, wenn du mich brauchst, und dein Vater auch." Damit verließ Adelia Sarahs Zimmer und ging mit dem Pullover in ihr eigenes. Keeley folgte ihr.

„Ja, das weiß ich zu schätzen. Aber ich muss wahrscheinlich doch langsam daran denken, eine Assistentin einzustellen. Obwohl ich diesen Gedanken schrecklich finde. Ich meine, es würde mir bestimmt nicht leichtfallen, mich auf einen Fremden zu verlassen. Aber so wie es aussieht …"

Keeley ließ das Ende ihres Satzes in der Schwebe und registrierte überrascht, dass ihre Mutter – die meistens irgendetwas zu sagen hatte – schwieg.

„Ich nehme nicht an, dass du Lust hättest, regelmäßig halbtags für mich zu arbeiten?"

Adelia wandte überrascht den Kopf und begegnete Keeleys Blick im Spiegel der Frisierkommode. „Heißt das, du bietest mir einen Job an?"

„So wie du es sagst, klingt es schrecklich fremd, trotzdem stimmt es. Ich will aber nicht, dass du es nur machst, weil du dich verpflichtet fühlst. Bloß wenn du glaubst, Zeit und Lust dazu zu haben."

Jetzt wirbelte Adelia mit strahlendem Gesicht herum. „Warum, zum Teufel, fragst du mich erst jetzt? Ich werde sofort morgen anfangen."

„Ist das dein Ernst? Hast du wirklich Lust dazu?"

„Du kannst dir gar nicht vorstellen, wie! Ich musste meine ganze Willenskraft aufbringen, um mich davon abzuhalten, nicht jeden Tag zu dir runterzugehen, bis du es gar nicht mehr merkst, dass ich bei dir arbeite. Oh, ist das aufregend!" Sie ging eilig zu Keeley und umarmte sie. „Ich kann es gar nicht erwarten, es deinem Vater zu erzählen."

Adelia veranstaltete einen kleinen Freudentanz, wobei sie ihre Tochter immer noch fest umarmt hielt. „Ich bin wieder eine Pferdepflegerin."

„Wenn ich gewusst hätte, dass du Arbeit suchst, hätte ich dich schon längst eingestellt." Keith Logan lehnte sich in seinen Stuhl zurück und zwinkerte der Cousine seiner Frau zu.

„Wir behalten die Besten eben lieber selbst." Adelia zwinkerte über den Tisch des Restaurants zurück. Keith sah immer noch genauso gut und gefährlich aus wie vor zwanzig Jahren, als sie ihn kennengelernt hatte.

„Oh, da bin ich mir aber nicht so sicher." Keith ließ seine Hand zärtlich über die Schulter seiner Frau gleiten. „Auf jeden Fall haben wir auf der Three Aces die beste Buchhalterin."

„In diesem Fall verlange ich eine Gehaltserhöhung." Cathleen griff nach ihrem Weinglas und warf Keith einen herausfordernden Blick zu. „Und zwar eine saftige. Trevor?", wandte sie sich dann an ihren Sohn. Ihre Stimme, in der ein ganz schwacher irischer Akzent mitschwang, klang melodisch. „Hast du vor, dieses Schweinefleisch noch aufzuessen, oder benutzt du es nur als Dekoration?"

„Ich lese die *Racing Form*, Ma."

„Ganz der Vater", bemerkte Cathleen und nahm ihm die Rennzeitung weg. „Iss jetzt."

Er stieß einen so tiefen Seufzer aus, wie es nur ein Zwölfjähriger konnte. „Ich glaube, dass Topeka Dritter, Lonesome Fünfter und Hennessy Sechster wird. Dad sagt, Topeka hat Potenzial und ist ein sicherer Tipp."

Als seine Frau ihn auffordernd ansah, räusperte sich Keith

und sagte: „Los jetzt, Trev. Stopf dir dieses Stück Fleisch in den Mund. Wo steckt eigentlich Jena?"

„Sie hat wieder mal ein Problem mit ihren Haaren", verkündete Mo und stibitzte sich Pommes von Trevors Teller.

„Wie das gewöhnlich so ist", fügte sie mit der Weisheit der älteren Schwester hinzu, „hat sie mit Beendigung ihres vierzehnten Lebensjahrs entschieden, dass ihre Haare der Fluch ihrer Existenz sind. Du meine Güte! Als ob lange dichte schwarze Haare ein Problem wären. Die hier …", sie zerrte an einer Strähne der wilden roten Locken, von denen ihr Gesicht eingerahmt war, „… sind wirklich ein Problem. Falls man sich über etwas so Nebensächliches wie Haare aufregt, was ich nicht tue. Auf jeden Fall müsst ihr unbedingt rüberkommen und euch diesen Jährling ansehen. Er entwickelt sich wirklich prächtig. Und wenn Dad mir erlaubt, ihn zu trainieren …"

Sie zögerte und warf ihrem Vater über den Tisch einen Blick zu.

„Nächstes Jahr um diese Zeit bist du im College", erinnerte Keith sie.

„Wenn es nach mir geht, nicht", entgegnete Mo trotzig.

Cathleen, die den rebellischen Blick sah, wechselte schnell das Thema und sagte: „Keeley, Keith hat mir erzählt, dass euer neuer Trainer nicht nur für Pferde ein Händchen hat, sondern auch fürs Pokern und im Umgang mit Travis."

„Und ich habe gehört, dass er zu allem Überfluss auch noch umwerfend gut aussehen soll", fügte Mo hinzu.

„Woher weißt du denn das?", rutschte es Keeley heraus.

„Oh, so was spricht sich in unserer gemütlichen kleinen Welt rasend schnell herum", gab Mo großspurig zurück. „Und Shelley Mason … die nimmt doch bei dir Reitstunden, oder? Ihre Schwester Lorna ist bei mir im Geschichtskurs – übrigens das Langweiligste, was man sich nur vorstellen kann. Den Kurs, meine ich, nicht Lorna, obwohl die auch ziemlich langweilig ist. Auf jeden Fall hat sie Shelley letzte Woche vom Reitkurs abgeholt, und dabei hat sie diesen tollen Typ gesehen, von daher weiß ich es. Deshalb habe ich beschlossen, demnächst mal zu euch rüberzukommen, weil ich mir so ein Vergnügen schließlich nicht entgehen lassen will."

„Trevor, stopf deiner Schwester ein Stück Fleisch in den Mund, damit sie endlich still ist."

„Also echt, Dad." Kichernd stibitzte sich Mo noch Pommes. „Ich will ihn doch bloß mal sehen. Jetzt sag schon endlich, Keeley, ist er wirklich so toll? Gefällt er dir? Auf deine Meinung gebe ich nämlich wesentlich mehr als auf Lornas."

„Er ist zu alt für dich", sagte Keeley etwas schärfer als beabsichtigt, was Mo veranlasste, die Augen zu verdrehen.

„Oh, Mann! Ich will ihn doch nicht heiraten!"

Travis' Lachen bewahrte Keeley davor, irgendeine törichte Bemerkung von sich zu geben. „Gut so. Weil ich nämlich nicht vorhabe, ihn an die Three Aces zu verlieren, nachdem ich endlich einen würdigen Nachfolger für Paddy gefunden habe."

„Okay." Mo leckte sich das Salz von ihren Fingerspitzen. „Dann mache ich ihm eben nur schöne Augen."

Keeley rutschte verärgert mit ihrem Stuhl zurück und stand auf, obwohl sie ihre Reaktion selbst albern fand. „Ich schaue nur kurz nach Lonesome. Vor einem Rennen schmollt er immer ein bisschen."

„Au ja, cool." Mo sprang auf. „Ich komme mit."

Mo rannte so schnell aus dem Restaurant und an den Wettschaltern vorbei, dass Keeley Mühe hatte, Schritt zu halten. „Das wird bestimmt ganz toll für dich, wenn deine Mom bei dir mitarbeitet. Es geht nämlich nichts über einen Familienbetrieb. Davon träume ich. Und jetzt mal ehrlich, ich muss doch wirklich nicht extra aufs College, bloß um Trainerin zu werden. Ich meine, wofür soll das denn noch gut sein, wo ich doch sowieso schon weiß, was ich werden will, und zu Hause jeden Tag etwas Neues dazulerne?"

„Vielleicht um deine Gehirnkapazität ein bisschen zu erweitern?", regte Keeley an.

Mo überhörte es geflissentlich und lief eilig nach draußen, wo die Luft frisch geworden war. „Ich kenne mich mit Pferden aus, Keeley. Du weißt, was das heißt. Es ist Instinkt und Erfahrung und *Praxis*." Sie unterstrich ihre Worte mit lebhaften Handbewegungen. „Na ja, ein bisschen Zeit habe ich ja noch, um meine Eltern zu überzeugen."

„Das kann niemand besser als du."

Mit einem übermütigen Auflachen hakte sich Mo bei ihrer Cousine unter. „Es ist schön, dich endlich wieder mal zu sehen. Jetzt ist der Sommer schon fast vorbei, und wir hatten alle die ganze Zeit über so viel zu tun."

„Ich weiß."

Sie bogen zu den Reitställen ab.

Einige Pferde wurden auf das nächste Rennen vorbereitet. In den Boxen hüllten Stallburschen die langen schlanken Beine ein, die diese riesigen Körper so schnell tragen würden, dass sie nur noch vage zu erkennen waren. Trainer mit scharfen Augen und sanften Händen bewegten sich zwischen den Pferden hin und her, um hier ein nervöses Tier zu beruhigen und dort ein anderes ein bisschen auf Trab zu bringen.

Die Hotwalker kühlten die Pferde, die bereits gelaufen waren, ab. Beine wurden untersucht, mit Eisbeuteln gekühlt. Das Hufgetrappel, das durch den Wind herübergetragen wurde, signalisierte, dass wieder eine Gruppe vom Rennen zurückkehrte. Von den Pferderücken stieg Dampf auf.

„Ein Hoch auf alle Reitställe der Welt." Brendon kam grinsend aus einem Stall.

„Du bist zurück."

„Ja, eben." Er schlenderte herüber und fuhr Mo mit der Hand durchs Haar. „Ich habe vor zwei Stunden von unterwegs aus mit Ma telefoniert, und sie hat mir erzählt, dass ihr heute Abend alle hier seid. Deshalb haben wir beschlossen, auf dem Heimweg hier vorbeizufahren."

„Wir?"

„Ja. Brian ist bei Lonesome und feuert ihn ein bisschen an. Ist wirklich das launischste Pferd, das mir je untergekommen ist."

„Ich wollte auch eben kurz zu ihm." Keeley hörte erfreut, wie ruhig ihre Stimme klang, obwohl ihr Herz heftig klopfte.

„Er gehört ganz allein dir – und Brian. He, jetzt habe ich ja noch Zeit, etwas zu essen. Bis später."

Mo schloss sich Keeley an und sagte: „Dann kannst du mir den Typ ja jetzt vorstellen."

„Aber nur, wenn du dich anständig benimmst."

„Klar, was denn sonst, ich bin einfach nur neugierig. Keine Sorge, aber was Männer betrifft, nehme ich mir an dir ein Beispiel."

Keeley blieb vor der Stalltür stehen. „Was? Wie meinst du denn das?"

„Na ja, du sagst doch immer, dass ein Typ zwar manchmal ganz nett anzuschauen sein mag, aber dass es im Leben Wichtigeres gibt. Ich weiß jedenfalls, dass ich mich mit keinem Mann einlasse, bevor ich dreißig bin … mindestens."

Keeley wusste nicht, ob sie belustigt oder schockiert sein sollte. Und dann hörte sie Brians Stimme, den leise singenden Unterton, der in den Worten mitschwang. Und vergaß alles andere.

Er war bei Lonesome, einem temperamentvollen Rotgrauen, in der Box. Das Pferd war wie fast immer vor einem Rennen niedergeschlagen.

„Ich weiß, sie verlangen zu viel von dir, daran zweifle ich keine Sekunde", sagte Brian gerade, während er Lonesomes Bandagen überprüfte. „Es ist ein schweres Kreuz, das du da zu tragen hast, und du trägst es Tag für Tag mit großer Stärke und Fassung. Aber wenn du heute gewinnst, kann ich vielleicht oben ein gutes Wörtchen für dich einlegen. Du weißt schon, von extra Mohrrüben oder so etwas in der Art, abends vielleicht ein bisschen Zuckersirup. Und natürlich ein größeres Messingschild an deiner Box."

„Das ist Bestechung", murmelte Keeley.

Brian drehte sich um, und bei ihrem Anblick leuchteten seine Augen auf. „Das ist ein faires Geschäft", korrigierte er sie. „Aber ich könnte dir eine Bestechung anbieten", sagte er und öffnete die Tür, um Keeley für den lange ersehnten Begrüßungskuss in die Box zu ziehen.

Dabei wäre er fast über Mo gestolpert. „Oh, Verzeihung. Ich habe Sie gar nicht gesehen."

„Weil ich so klein bin. Das ist das Kreuz, das ich zu tragen habe. Ich bin Mo Logan." Sie streckte ihm mit einem freundlichen Lächeln die Hand hin. „Keeleys Cousine von der Three Aces."

„Freut mich. Haben Sie heute Abend ein Pferd im Rennen, Miss Logan?"

„Mo. Ja, Hennessy. Im sechsten Rennen. Und mein Gefühl sagt mir, dass er der strahlende Sieger sein wird."

„Ich werde daran denken, wenn ich zum Wettschalter gehe."

„Ich will noch einen Blick auf ihn werfen, bevor es losgeht. Kommen Sie doch später auch ins Restaurant. Außerdem ist die ganze Familie da."

„Vielen Dank. Niedliches Ding", murmelte Brian, als Mo davonstürmte.

„Und auf dich wollte sie auch einen Blick werfen. Weil sie gehört hat, dass du angeblich so ein toller Typ bist."

„Wirklich? Von wem?" Belustigt verlagerte Brian sein Gewicht. „Hast du ihr das erzählt?"

„Ich ganz bestimmt nicht. Ich habe viel zu viel Achtung vor dir, um in einer so sexistischen Weise über dich zu sprechen."

„Achtung ist eine feine Sache." Er zerrte sie in die Box und presste seinen Mund auf ihren, bevor sie lachen konnte. „Aber im Moment finde ich Leidenschaft wichtiger. Empfindest du Leidenschaft für mich, Keeley?", flüsterte er an ihrem Mund.

„Offensichtlich." Sie stöhnte vor Lust. „Oh Brian, ich will …" Als sie sich an ihn presste, prallten sie gegen das Pferd. „… dich. Jetzt. Irgendwo. Können wir nicht … es ist schon eine Ewigkeit her."

„Vier Tage." Er sehnte sich danach, ihr das lange, enge Kleid vom Leib zu reißen und sie zu nehmen, getrieben von blinder Leidenschaft und primitiver Begierde.

Er hatte sich eingeredet, dass er vernünftig bleiben, dass er sein Verlangen unter Kontrolle halten könnte. Doch ein einziger Blick auf sie hatte alle seine guten Vorsätze zunichtegemacht.

Es war genauso wie damals, als er sie zum ersten Mal gesehen hatte. Wie ein Blitz hatte es ihn getroffen und hatte sein Blut in Wallung gebracht.

„Keeley." Er bedeckte ihren Hals mit Küssen, barg sein Gesicht in ihrem Haar, dann erkundete er ihren Mund. „Ich kann es kaum noch ertragen, so sehr sehne ich mich nach dir. Ich habe das Gefühl, innerlich zu verbrennen. Lass uns nach draußen gehen, in den Anhänger."

„Ja." Im Augenblick wäre sie ihm überallhin gefolgt, ohne auch nur einen Sekundenbruchteil darüber nachzudenken. „Schnell, schnell."

Sie packte seine Hand und versuchte atemlos die Tür der Box aufzustoßen. Dabei stolperte sie, und wenn er sie nicht festgehalten hätte, wäre sie wahrscheinlich hingefallen. „Bring mir bei, wie man sich in einem verdammten Stall auf hohen Absätzen bewegt", sagte sie ungehalten. „Meine Beine zittern wie verrückt."

Mit einem nervösen Lachen drehte sie sich zu ihm um. Ihre Beine hörten auf zu zittern. Zumindest spürte sie es jetzt nicht mehr. Das Einzige, was sie spürte, war das heftige Pochen ihres Herzens.

Er schaute sie mit vor Leidenschaft glitzernden Augen an, berührte ihre Wange und flüsterte: „Gott, wie schön du bist."

Sie hätte es früher nie für möglich gehalten, dass ihr solche Worte je etwas bedeuten könnten. Meist wurden sie so schnell und achtlos dahingesagt. Aber ihm schienen sie nicht leicht über die Lippen zu kommen. Und in seinem Tonfall schwang kein Hauch von Gleichgültigkeit mit. Bevor sie etwas erwidern konnte, hörten sie schnelle Schritte, und gleich darauf stand Mo vor der Box.

„Keeley, du musst sofort mitkommen!", sagte sie atemlos, ohne die Intimität der Situation, in die sie hineingeplatzt war, wahrzunehmen, und packte Keeleys Hand. „Ich brauche Verstärkung. Dieser verdammte Schuft."

„Wer? Was ist passiert?"

„Wenn er glaubt, dass er damit durchkommt, wird er seine Meinung gleich ändern." Mo zerrte Keeley hinter sich her durch den Stall, dann bog sie rechts ab und steuerte auf eine der Boxen zu.

Keeley konnte bereits die lauten Stimmen hören. Dann sah sie den Mann. Sie kannte ihn. Peter Tarmack mit den fettigen Haaren und dem kleinen Buchmacherstand hatte sich angewöhnt, bei bestimmten Rennen Pferde günstig zu erstehen, um sie dann, ohne Rücksicht auf Verluste, so lange laufen zu lassen, bis sie elend zugrunde gingen.

Und den Jockey kannte sie auch. Er hatte seine beste Zeit hinter sich und war genauso wie Tarmack bekannt dafür, gelegentlich zu tief in die Flasche zu schauen. Trotzdem sprang er ab und zu bei Rennen ein, wenn ein anderer Jockey krank oder verhindert war.

„Ich sage es Ihnen, Tarmack. Den reite ich nicht. Und jemand anders werden Sie auch nicht dazu bringen. Er kann nicht antreten, er ist nicht in Form."

„Erzählen Sie mir nichts von Form. Sie werden ihn reiten und verdammt noch mal dafür sorgen, dass er auf einen guten Platz kommt. Sie sind bezahlt worden."

„Nicht dafür, dass ich ein krankes Pferd reite. Sie kriegen Ihr Geld zurück."

„Das Sie bereits in Schnaps umgesetzt haben."

Weil sie merkte, dass Mo zitternd tief Luft holte, um etwas zu sagen, drückte Keeley ihre Hand. „Gibt es ein Problem, Larry?"

„Miss Keeley." Der Jockey riss sich seine Mütze vom Kopf und wandte ihr aufgeregt sein zerknittertes Gesicht zu. „Ich versuche, Mr Tarmack begreiflich zu machen, dass sein Pferd heute nicht antreten kann. Es ist einfach nicht fit genug dafür."

„Was ich mache, geht Sie nichts an. Und dass sich jetzt auch noch eins von Grants Blagen in meine Angelegenheiten einmischt, hat mir gerade noch gefehlt."

Bevor Keeley etwas erwidern konnte, ergriff Brian die Initiative. Sie blinzelte überrascht, als sie sah, wie er Tarmack hart am Kragen packte und auf die Zehenspitzen zog. „So spricht man nicht mit einer Dame." Seine Stimme war ruhig, aber seine Augen blitzten gefährlich. „Sie werden sich entschuldigen, solange Sie noch Zähne haben, um Worte zu formen."

„Brian, lass gut sein, ich komme schon klar mit ihm."

„Tu, was du willst." Er hielt Tarmack immer noch am Kragen fest und schaute ihm in die hervorquellenden Augen. „Aber vorher wird er sich bei Gott mit seinem nächsten Atemzug bei dir entschuldigen."

„Ich denke ja gar nicht daran", keuchte Tarmack und schnappte nach Luft, sobald Brian seinen Griff ein bisschen lockerte. „Ich versuche nur, mich mit einem abgehalfterten Jockey zu einigen … den ich im Voraus bezahlt habe."

„Sie bekommen Ihr Geld zurück", beteuerte der Jockey erneut, dann wandte er sich an Keeley: „Auf dieses Pferd steige ich nicht, Miss Keeley. Es lahmt, und sogar ein Blinder kann sehen, dass es nicht antreten kann."

„Entschuldigung", sagte sie eisig, während sie Tarmack beiseiteschob und die Box betrat, um sich das Pferd anzusehen. Einen Moment später zitterten ihr vor Wut die Hände.

„Mr Tarmack, wenn Sie einen Jockey auf dieses Pferd setzen, werde ich Anzeige gegen Sie erstatten. Genau gesagt, sollte ich Sie in jedem Fall anzeigen. Dieser Wallach ist krank, verletzt und schwer vernachlässigt."

„Das können Sie nicht mir anhängen. Ich habe ihn schließlich erst seit zwei Wochen."

„Und in diesen zwei Wochen ist Ihnen nicht aufgefallen, in was für einem elenden Zustand er ist? Sie haben trotzdem mit ihm gearbeitet?"

„Jetzt hören Sie mir mal gut zu." Tarmack machte einen Schritt nach vorn und fand sich wieder Auge in Auge mit Brian. „Hören Sie", sagte er, jetzt mit einem winselnden Unterton. „Sentimentalität kann man sich nur leisten, wenn man genügend Geld hat. Ich verdiene mir mit Pferden meinen Lebensunterhalt. Wenn sie nicht laufen, komme ich in die roten Zahlen."

„Wie viel?" Keeley strich dem Wallach über den Kopf. In ihrem Herzen gehörte er bereits ihr. „Was haben Sie für ihn bezahlt?"

„Äh … zehn Riesen."

Brian tippte Tarmack nur mit einer Fingerspitze auf die Brust. „Versuchen Sie's mit einem anderen. Kann sein, dass es dann klingelt."

Tarmack zuckte die Schultern. „Na ja, vielleicht waren es auch nur fünf. Ich weiß es nicht genau, ich muss erst in meinen Büchern nachschauen."

„Sie bekommen morgen einen Scheck über fünftausend, und ich nehme das Pferd heute noch mit. Brian, kannst du mal herkommen und dir das hier ansehen, bitte?"

„Sofort."

„Seien Sie vernünftig", sagte Keeley zu Tarmack. „Nehmen Sie das Geld, weil ich dieses Pferd auf jeden Fall mitnehme, egal, was Sie tun."

„Das Knie muss behandelt werden", sagte Brian, nachdem er einen kurzen Blick auf den Wallach geworfen hatte. Es tat ihm in der Seele weh, zu sehen, wie vernachlässigt das Tier war. „Aber damit kommen wir klar, und nach allem, was ich bis jetzt sehen kann, wird er sich wieder erholen. Man muss ihn nur aufpäppeln."

„Er wird aufgepäppelt werden."

Keeley gönnte Tarmack kaum einen Blick, als sie – ganz die Prinzessin, die einen Untertan entlässt – zu ihm sagte: „Sie können jetzt gehen. Den Scheck bringt Ihnen morgen jemand vorbei."

Bei ihrem Ton lief Tarmack vor Wut rot an. Er ballte hilflos die Hand in der Tasche und versuchte, das Gesicht zu wahren. „Ich denke ja gar nicht daran, Ihnen das Pferd so einfach zu überlassen. Und dabei interessiert es mich einen feuchten Dreck, wer Sie sind."

Brian, der immer noch den Wallach untersuchte, richtete sich mit vor Wut glitzernden Augen wieder auf, aber Keeley hob nur ganz leicht die Hand. „Mo, würdest du Mr Tarmack ins Restaurant begleiten? Bitte meinen Vater, ihm einen Scheck über fünftausend Dollar auszustellen, und sag ihm, dass er das Geld morgen von mir zurückbekommt."

„Ich wüsste nicht, was ich lieber täte." Mo packte Keeley bei den Schultern und gab ihr einen begeisterten Kuss. „Ich wusste, dass du das tun würdest." Dann sagte sie zu Tarmack: „Los, kommen Sie, Tarmack. Sie werden Ihr Geld bekommen."

„Tut mir wirklich leid, Miss Keeley." Der Jockey drehte verlegen seine Mütze in den Händen. „Ich wusste nicht, wie schlimm es wirklich um das Pferd bestellt ist, bis ich es hier sah. Ich brauchte nicht erst im Sattel zu sitzen, um zu sehen, in was für einem Zustand er ist."

„Schon gut, Sie haben das Richtige getan."

„Es stimmt, dass er mich im Voraus bezahlt hat."

Sie nickte und verließ die Box. „Wie viel haben Sie davon noch?"

„Ungefähr zwanzig."

„Kommen Sie morgen zu mir, dann schauen wir, was ich für Sie tun kann."

„Danke, Miss Keeley. Aber dieses Pferd ist keine fünftausend wert, wissen Sie."

Sie musterte den Wallach. Sein Fell war schmutzig braun, der Kopf zu quadratisch, um elegant zu wirken, und die schmutzig weiße Blesse auf der Stirn verlieh ihm etwas Hausbackenes. Und seine Augen blickten unsäglich traurig drein.

„Doch, für mich schon, Larry."

Du brauchst mir nicht zu helfen." Brian erwiderte nichts, sondern fuhr fort, die Beine des Wallachs zu scheren. Dasselfliegen waren schon normalerweise ein Problem, besonders bei Pferden auf den Weiden. Aber dieses Pferd hier war schlimm vernachlässigt worden, und er zweifelte nicht daran, dass die Eier, die die Fliege gelegt hatte, bereits in den Magen gelangt waren.

„Wirklich, Brian", bekräftigte Keeley, während sie eine Mixtur für den Kniespat braute. „Du hast einen sehr langen und anstrengenden Tag hinter dir, und ich werde allein damit fertig."

„Natürlich wirst du das. Du wirst mit allem allein fertig, egal, ob es sich um einen Schwachkopf wie Tarmack oder einen abgehalfterten Jockey handelt. Niemand behauptet etwas anderes."

Da es nicht gerade wie ein Kompliment klang, runzelte Keeley die Stirn und drehte sich zu ihm um. „Was ist los mit dir?"

„Gar nichts. Ich verstehe bloß nicht, warum du unbedingt immer alles allein machen musst. Kannst du nicht einfach ein wenig Hilfe annehmen, wenn sie dir angeboten wird, und deinen verdammten Mund halten? Ich hätte dir gerne geholfen."

Sie hielt ihren verdammten Mund, zehn ganze Sekunden lang. „Ich bin nur davon ausgegangen, dass du nach der langen Fahrt müde bist."

„Wenn ich müde bin, sage ich es schon."

„Der Wallach hier scheint mir nicht der Einzige zu sein, der etwas Scheußliches in seinem Organismus hat. Kann das sein?"

„Nun, in meinem Organismus bist du, Prinzessin, und das fühlt sich im Moment in der Tat ziemlich scheußlich an."

Zuerst spürte sie einen scharfen Stich, so verletzt war sie, dann gewann ihr Stolz die Oberhand. „Wenn du willst, flöße ich dir gern ein Abführmittel ein, genau wie diesem Pferd hier."

„Wenn ich sicher wäre, dass es hilft, würde ich es selbst machen", brummelte er. „Aber du solltest mindestens bis morgen Mittag damit warten, weil du keine Ahnung hast, wann er zum letzten Mal gefressen hat."

„Vielen Dank für den Rat, aber ich weiß, wie man Magendasselfliegen behandelt." Behutsam begann sie, die Tinktur, die sie angerührt hatte, auf das verletzte Knie aufzutragen.

„Warte, du schmierst dir ja dein ganzes Kleid voll."

Verärgert schrak Keeley zurück, als er die Hand nach dem Gefäß mit der Mixtur ausstreckte. „Es ist mein Kleid."

„Dann solltest du besser darauf aufpassen. Es ist nicht nötig, in so einem Aufzug ein Pferd zu behandeln. In einem Seidenkleid, um Himmels willen."

„Ich habe einen ganzen Schrank voll davon. Das ist bei Prinzessinnen so üblich."

„Trotzdem." Er umklammerte den Rand der Blechschüssel, und dann kam es unter dem kranken Wallach zu einem kleinen Kampf. Brian wollte gerade auflachen, als er ihr ins Gesicht schaute und sah, dass in ihren Augen Tränen standen.

Er ließ die Schüssel so unvermittelt los, dass Keeley nach hinten gefallen wäre. „Was machst du denn?", fragte er.

„Ich behandle einen Kniespat mit einer milden Tinktur. Und jetzt verschwinde endlich und lass mich weitermachen."

„Es gibt keinen Grund zu weinen. Überhaupt keinen." Panik stieg in ihm auf, sodass ihm fast schwindlig wurde. „Dies ist kein Ort zum Weinen."

„Ich bin wütend. Das hier ist mein Stall. Ich weine, wann und wo es mir passt."

„Schon gut, schon gut." Verzweifelt kramte er in seinen Taschen nach einem Taschentuch. „Hier, dann putz dir wenigstens die Nase."

„Ach, scher dich doch zum Teufel." Sie übersah das Taschentuch, das er ihr hinhielt, und fuhr fort, die Tinktur aufzutragen.

„Keeley, es tut mir leid." Er wusste zwar nicht genau, was ihm leidtat, aber das spielte im Moment keine Rolle. „Wisch dir die Tränen ab, und dann machen wir es diesem Burschen hier für die Nacht bequem."

„Red nicht in diesem besänftigenden Ton mit mir. Ich bin kein Kind und auch kein krankes Pferd."

Brian seufzte. „Welchen Ton hättest du denn gern?"

„Einen ehrlichen." Zufrieden, dass die Tinktur aufgetragen war, richtete sie sich wieder auf. „Aber ich fürchte, der Spott, den du mit mir getrieben hast, zeigt sehr deutlich deine Einstellung mir gegenüber. In deinen Augen bin ich zu verwöhnt, zu dickköpfig und zu stolz, um Hilfe anzunehmen."

Obwohl ihre Tränen versiegt zu sein schienen, hielt er es für weiser, vorsichtig zu sein. „Das ist ziemlich nah an der Wahrheit", räumte er ein, während er sich aufrichtete. „Aber es ist eine interessante Mischung, und ich habe angefangen, Gefallen daran zu finden."

„Ich bin nicht verwöhnt."

Brian zog die Augenbrauen hoch und betrachtete sie mit leicht geneigtem Kopf. „Vielleicht bedeutet das Wort für dich ja etwas anderes. Mir scheint, dass nicht jeder seinen Vater bitten kann, mal eben für ein krankes Pferd einen Fünftausend-Dollar-Scheck auszustellen."

„Das Geld bekommt er morgen von mir zurück."

„Das bezweifle ich nicht."

Hilflos warf sie die Hände in die Luft. „Hätte ich ihn vielleicht bis morgen dort lassen und das Risiko eingehen sollen, dass dieser Narr am Ende doch noch einen Jockey findet, der ihn reitet?"

„Nein, du hast genau das Richtige getan. Trotzdem ist es eine Tatsache, dass Geld für dich offenbar keine Rolle spielt."

Brian ging nach vorn, um die Augen und die Zähne des Wallachs zu untersuchen. Jetzt fühlte er sich noch unbehaglicher. Er wünschte sich, dass es anders wäre, weil es nicht gerade schmeichelhaft für ihn war, dass ihn ihre Gleichgültigkeit Geld gegenüber in seinem Stolz verletzte.

Trotzdem hatte ihn dieser hitzige Moment auf der Rennbahn überdeutlich an die soziale Kluft erinnert, die sie trennte.

„Du bist eine großzügige Frau, Keeley."

„Aber ich kann es mir auch leisten", beendete sie seinen Satz.

„Stimmt." Er fuhr mit der Hand beruhigend über den Hals des Wallachs. „Was allerdings nichts an der Tatsache selbst ändert." Er begann, das Pferd langsam und gründlich abzutasten. „Du musst mir schon verzeihen, Keeley, aber in Irland sind die

Leute aus meiner sozialen Schicht auf die Reichen meistens nicht besonders gut zu sprechen. So ist das eben."

„Die Klassengesellschaft existiert nur in deinem Kopf, Brian."

Diese Bemerkung verdiente es seiner Meinung nach nicht einmal, kommentiert zu werden. Tatsachen blieben Tatsachen. Er fand ein Knötchen. „Hier ist ein kleiner Abszess. Wir werden ihn mit heißen Umschlägen behandeln müssen, damit er aufbricht."

Wir werden dafür sorgen müssen, dass etwas anderes aufbricht, überlegte sie, während sie um den Wallach herumging und Brian über den Pferderücken hinweg anschaute. „Dann erzähl mir, wie ein Mann aus deiner Schicht damit zurechtkommt, wenn er mit einer Frau aus meiner Schicht ins Bett geht."

Seine Augen blitzten wütend auf. „Wenn ich es könnte, würde ich die Finger von dir lassen."

„Soll ich mich jetzt geschmeichelt fühlen?"

„Nein. Es ist weder für dich noch für mich schmeichelhaft." Er verließ die Box, um heißes Wasser und ein Tuch zu holen.

Oh nein, dachte sie. So einfach kommst du mir nicht davon. „Ist das alles, Brian?", fragte sie, während sie ihm folgte. „Geht es nur um Sex?"

Er ließ Wasser in einen Eimer laufen, das so heiß war, dass er gerade noch die Hand eintauchen konnte, und hielt ein Flanelltuch unter den Wasserstrahl. „Nein", erwiderte er, ohne sich umzudrehen. „Du bedeutest mir etwas. Was es nur noch komplizierter macht."

„Dabei sollte es dadurch doch eigentlich einfacher werden."

„Wird es aber nicht."

„Ich begreife dich nicht. Würde es dich glücklicher machen, wenn wir ohne irgendwelche tieferen Gefühle übereinander herfallen würden?"

Er hievte den vollen Eimer aus dem Becken. „Unendlich viel glücklicher. Aber dafür ist es jetzt zu spät, nicht wahr?"

Verwirrt folgte sie ihm wieder in die Box. „Du bist wütend auf mich, weil du etwas für mich empfindest. Dieses Wasser ist zu heiß", sagte sie, nachdem sie die Temperatur überprüft hatte.

„Ist es nicht. Und ich bin überhaupt nicht wütend auf dich." Während er dem Wallach beruhigende Worte ins Ohr raunte, legte er das heiße Flanelltuch auf den Abszess. „Vielleicht bin ich ein bisschen zornig auf mich selbst, aber befriedigender ist es, diese Wut an dir auszulassen."

„Zumindest das kann ich verstehen. Warum kämpfen wir, Brian?" Sie legte eine Hand über seine, die das Tuch auf den Abszess presste. „Wir machen hier heute Abend das Richtige. Die Umstände, unter denen wir den Wallach hierhergebracht haben, sind längst nicht so wichtig wie das, was jetzt mit ihm geschieht."

„Hm, stimmt." Er studierte die Verschiedenheit ihrer Hände. Seine Hand war groß, schwielig und rau von der Arbeit und ihre zierlich und zart.

„Und die Frage, warum wir etwas füreinander empfinden, ist viel weniger wichtig als das, was wir daraus machen."

In diesem Punkt war er sich nicht so sicher, deshalb hüllte er sich in Schweigen, während sie ein zweites Flanelltuch aus dem Eimer fischte und auswrang.

Bei Tagesanbruch war es neblig und kalt. Keeley hatte schlecht geschlafen, und ihr Gehirn weigerte sich, in Gang zu kommen. Der Adrenalinstoß, den sie üblicherweise morgens verspürte, blieb heute aus, deshalb machte sie sich müde und mit einem dumpfen Gefühl im Kopf an ihre morgendlichen Arbeiten.

Daran ist bloß Brian schuld, dachte sie. Seine Widersprüchlichkeit, dieses Hin und Her zwischen Nähe und Distanz brachte sie ganz durcheinander. Sie hatte sich noch nie einem Problem gegenübergesehen, das sie nicht hätte lösen, noch keinem Hindernis, das sie nicht hätte überwinden können. Doch diesmal, bei diesem Mann, war alles irgendwie anders.

Er verletzte sie, und darauf war sie nicht vorbereitet gewesen. Konnte es wirklich sein, dass sie so viel Zeit miteinander verbracht hatten und intim miteinander geworden waren, ohne sich wirklich zu verstehen? Er empfand etwas für sie, und das war für ihn ein Problem. Wo war da die Logik? Sie verstand ihn einfach nicht.

Für jemand anders etwas zu empfinden veränderte alles. Sie hatte diesen nie versiegenden Quell von Mitgefühl, der in ihm sprudelte, gesehen. Den sie, wie sie zugeben musste, genauso anziehend fand wie diesen langen, harten Körper und diese ungebändigte dunkle Mähne.

Allein sein Äußeres, diese scharf geschnittenen Züge, die kühn blickenden grünen Augen, hätte ihr Blut durchaus in Wallung bringen können – und hatte es auch getan, worüber sie anfangs mehr verärgert als erfreut gewesen war. Und doch waren es sein Mitgefühl, seine Geduld und diese fürsorgliche Seite, die anzuerkennen er sich weigerte, die ihr Interesse und ihren Respekt geweckt hatten.

Für sie war es im Gegensatz zu ihm kein Problem, sondern die Lösung.

Wie konnte er, nachdem sie das alles miteinander geteilt hatten, in ihr nichts anderes als die verwöhnte Tochter privilegierter Eltern sehen?

Wie konnte er, wenn er dies glaubte, überhaupt irgendetwas für sie empfinden?

Es ist verwirrend, zu irritierend und macht mich fast wütend, wenn ich nicht so verdammt müde wäre, überlegte sie gähnend.

Als Mo energiegeladen in den Stall stürmte, wurde Keeley die Müdigkeit, mit der sie zu kämpfen hatte, noch deutlicher bewusst. „Ich wollte nur kurz reinschauen, bevor ich im Fegefeuer der Schule verbrenne." Sie platzte in die Box, in der Keeley das verletzte Knie des Wallachs untersuchte. „Wie geht es ihm?"

„Schon besser, glaube ich." Keeley hob den Vorderfuß des Tieres, beugte das Knie. Das Pferd schnaubte ungehalten und scheute zurück. „Obwohl er immer noch Schmerzen hat, wie man sieht."

„Armer Junge. Armer großer Junge." Mo tätschelte seine Flanke. „Das war gestern Abend wirklich echt heldenhaft von dir, Keeley. Ich meine, dass du da so einfach dazwischengegangen bist und diesem Kerl gezeigt hast, wo der Hammer hängt.

Ich hab ja gleich gewusst, dass du das tust."

Keeley zog die Augenbrauen zusammen. „Ich habe doch niemand gezeigt, wo der Hammer hängt."

„Na klar, das machst du doch immer. Fand ich echt cool. Und der Bursche hier wird dir bis in alle Ewigkeit dankbar sein, stimmt doch, alter Junge, oder? Oh, und dieser Kerl war auch nicht übel." Sie erschauerte gespielt. „Der Supertyp. Ich dachte schon, er verpasst diesem Blödmann von Tarmack einen saftigen Kinnhaken. Ein bisschen habe ich es fast gehofft. Auf jeden Fall wart ihr beide ein Spitzenteam."

„Vermutlich."

„Und was hatte es mit diesen feurigen Blicken auf sich?"

„Was denn für feurige Blicke?"

„Na hör mal." Mo wackelte belustigt mit den Augenbrauen. „Ich hab mich ja fast versengt, obwohl ich bloß ganz unschuldig danebenstand. Der Kerl hat dich angehimmelt, als wärst du der letzte Schokoriegel im Regal und als müsste er vergehen, wenn er nicht auf der Stelle 'nen Schokoschuss kriegt."

„Das ist ja völlig lächerlich."

„Von wegen! Um dir Genugtuung zu verschaffen, war er drauf und dran, Tarmack in den Staub zu werfen. Mann, war das vielleicht romantisch! Als er den Kerl am Kragen gepackt hat, wäre ich fast dahingeschmolzen."

„An einer Auseinandersetzung ist überhaupt nichts romantisch. Aber obwohl ich mit Tarmack natürlich auch allein fertig geworden wäre, war ich doch ganz froh, dass Brian sich eingemischt hat."

Verdammt! Und sie hatte sich nicht einmal bei ihm bedankt. Mit finsterer Miene verließ Keeley die Box, um eine Mistgabel zu holen.

„Ja, klar wärst du mit ihm fertig geworden. Du wirst doch mit allem fertig. Aber wenn man nicht wirklich gerettet werden muss, ist es noch viel aufregender, wenn man dann doch gerettet wird, findest du nicht?"

„Ach, was weiß denn ich", gab Keeley ungehalten zurück. „Los, geh jetzt in die Schule, Mo. Ich muss hier ausmisten."

„Ja, ja, ich bin ja schon weg. Du meine Güte. Dir scheint heute Morgen ein bisschen Koffein zu fehlen. Ich schau heute Nachmittag noch mal rein, um zu sehen, was der Wallach macht. Das ist nämlich mein gutes Recht, verstanden? Also dann, bis später."

„Ja, fein. Was für ein Recht auch immer", murmelte Keeley, während sie sich ans Ausmisten machte. Es war nichts Falsches daran, alles selbst zu machen. Und auch nicht, dass man es selbst machen wollte. Trotzdem wusste sie Brians Hilfe zu schätzen.

Und auf Koffein war sie ganz bestimmt nicht angewiesen.

„Ich liebe Koffein", sagte sie. „Ich genieße es, und das ist etwas ganz anderes, als es zu brauchen. Etwas völlig anderes. Ich könnte jederzeit darauf verzichten, wenn ich wollte, und würde es kaum vermissen."

Verärgert schnappte sie sich ihren Softdrink von dort, wo sie ihn abgestellt hatte, und trank einen großen Schluck.

Na schön, vielleicht würde sie es ja doch vermissen. Aber nur, weil sie den Geschmack mochte. Nicht, weil sie es unbedingt brauchte oder womöglich sogar süchtig danach war oder …

Keeley wusste nicht, warum sie plötzlich an Brian denken musste. Sie war sich sicher, dass er sich köstlich amüsiert hätte, wenn er beobachtet hätte, wie sie in einer Art stummen Entsetzens eine Softdrinkflasche anstarrte. Allerdings war fraglich, wie seine Reaktion ausgefallen wäre, wenn er gewusst hätte, dass sie gar nicht die Flasche, sondern sein Gesicht gesehen hatte.

Nein, das ist auch keine Sucht, dachte sie schnell. Sie brauchte Brian Donnelly nicht wirklich. Zugegeben, sie fühlte sich von ihm angezogen. Und verspürte Zuneigung. Er war ein Mann, der sie interessierte und den sie in gewisser Weise auch bewunderte. Aber sie brauchte ihn nicht. Bestimmt nicht.

„Oh Gott."

Es muss eine Überreaktion sein, entschied sie und stellte die Flasche so sorgfältig ab, als handelte es sich dabei um einen Behälter mit einer hochexplosiven Flüssigkeit. Sie legte in eine ganz normale Affäre viel zu viel hinein, das war alles. Obwohl es nur natürlich war, besonders, da es ihre erste war.

Sie wollte nicht in ihn verliebt sein. Jetzt begann sie so wild die Mistgabel zu schwingen, als müsste sie ein Fieber ausschwitzen. Schließlich hatte sie nicht *beschlossen*, sich in ihn zu verlieben. Das war sogar noch wichtiger. Als ihre Hände anfingen zu zittern, übersah sie es und arbeitete noch schneller.

Als sich ihre Mutter zu ihr gesellte, hatte sich Keeley wieder so weit im Griff, dass sie Adelia beiläufig bitten konnte, sich um die Büroarbeiten zu kümmern, damit sie Sam ein bisschen Bewegung verschaffen konnte.

Keeley Grant war in ihrem Leben noch nie vor einem Problem davongelaufen, und sie hatte auch jetzt nicht vor, damit anzufangen. Nachdem sie ihr Pferd gesattelt hatte, ritt sie aus, um den Kopf freizubekommen, bevor sie sich ihrem Problem stellte.

Die transportable Startmaschine stand auf der Trainingsbahn an ihrem Platz. Die Luft war kühl. Die Blätter der Bäume hatten bereits eine leichte Färbung angenommen, die ersten Vorboten des Herbstes. Obwohl Brian sich vorstellte, dass sie sich in zwei Wochen wahrscheinlich ganz verfärbt haben würden, war seine gesamte Aufmerksamkeit doch auf die Pferde gerichtet.

Er arbeitete in Fünfergruppen, immer mit zwei Jährlingen und drei erfahrenen Rennpferden. In dieser letzten Trainingsphase vor einem Rennen lernte er genauso viel dazu wie die Jährlinge.

Er musste ihren Stil beobachten, ihre Vorlieben, Eigenarten, Schwächen und Stärken herausfinden. Viele der Schlüsse, die er aus ihrem Verhalten zog, würden nur Vermutungen sein, die sich erst nach einigen Rennen bestätigen würden oder die man fallen lassen musste.

Obwohl Brian sich nur selten irrte.

„Ich will Tempest an der Schiene haben." Er kaute auf einer kalten Zigarre herum, als könnte er so besser denken. „Dann Brooder, dann Betty und Caramel und Giant an der Außenseite."

Als Hufschläge ertönten, drehte er sich um und verlor beim Anblick von Keeley, die herangeritten kam, für einen Moment den Faden. Verärgert wandte er sich sofort wieder ab.

„Ich will nicht, dass die Jährlinge zurückgehalten werden", erklärte er den Exerciseboys. „Aber gehetzt werden sollen sie auch nicht. Ein ganz kurzes Antippen mit der Peitsche als Signal genügt. Meine Pferde brauchen keine Peitsche zu spüren, um gut zu laufen."

Obwohl er sich auf seine Arbeit konzentrierte, wusste er genau, wann Keeley hinter ihm abstieg. Er nahm seine Stoppuhr heraus und drehte sie in den Händen, während die Pferde zu den Startboxen geführt wurden.

„Wie heißt denn der Jährling an der Schiene?", erkundigte sich Keeley beiläufig, während sie ihre Zügel um den obersten Querbalken des Zauns schlang.

„Dein Vater hat ihn Tempest in a Teacup – Sturm im Wasserglas – genannt, weil er so klein ist, aber Feuer hat. Du kommst morgens nicht oft hier vorbei."

„Nein, aber heute war ich neugierig. Außerdem kümmert sich meine neue Assistentin um das Büro."

Er warf ihr einen raschen Blick zu. Ihr Haar war offen und fiel ihr wild über die Schultern, aber ihr Gesichtsausdruck war kühl und ernst. „Du hast eine Assistentin? Seit wann?"

„Seit gestern. Meine Mutter arbeitet jetzt mit mir zusammen. Im Gegensatz zu dem, was manche glauben, habe ich nicht vor, alles ganz allein zu machen, wenn man mir Hilfe anbietet."

„Immer noch gereizt?"

„Offensichtlich."

„Schön, dann wirst du mich wohl später anfauchen müssen. Im Moment habe ich zu tun. Jim! Halt ihn ruhig!", rief Brian, als er sah, dass Tempest vor dem Tor der Startbox ein bisschen scheute. „Ihm scheint der Gedanke, eingesperrt zu werden, noch nicht ganz zu behagen. So, das war's", murmelte er, nachdem das hintere Gatter geschlossen worden war.

Er legte den Daumen auf den Knopf der Stoppuhr und drückte in dem Moment ab, in dem das vordere Gatter aufsprang.

Die Pferde stürmten los.

Er fragte sich, ob es irgendeine Situation gab, bei dem sein Herz stärker hämmerte als in diesen Minuten, in dem diese herrlichen Körper über die Rennbahn jagten.

Doch trotz der Erregung, die er verspürte, entging ihm keine Einzelheit. Er sah, wie sich diese langen Beine streckten, die aufwirbelnden Staubwolken, die Exerciseboys, die sich tief über die Hälse der Pferde duckten.

„Sie will die Führung, und zwar gleich von Anfang an", sagte er leise. „Sie will, dass die anderen ihren Staub schlucken."

Keeley beugte sich über den Querbalken und schaute gebannt zu, wie die Pferde zum ersten Mal kehrtmachten. Das Donnern der Hufe klang wie Musik in ihren Ohren. „Betty läuft sehr gut in einer Menge. Damit hattest du recht. Tempest ist ein bisschen nervös."

„Vielleicht sollten wir es bei ihm mit Scheuklappen versuchen. Er will außen laufen. Er ist ausdauernd. Je länger das Rennen dauert, desto mehr Spaß wird es ihm machen. Da kommt Betty. Sie will an die Schiene. Ja, sie wird sie umarmen wie einen Geliebten."

Ohne sich dessen bewusst zu sein, legte er eine Hand über Keeleys, die auf dem Querbalken lag. „Sieh sie dir an. Die geborene Siegerin. Nein, sie braucht keinen von uns. Sie weiß es einfach."

Mit seiner Hand, die warm und fest über ihrer lag, beobachtete Keeley, wie die Pferde in rasendem Tempo zurückgaloppierten, mit Betty, die mittlerweile um fast eine Kopfeslänge in Führung lag, an der Spitze. In Keeley stiegen Stolz und Freude auf.

Als Brian einen Schrei ausstieß und erneut auf die Stoppuhr drückte, wollte sie ihm vor lauter Begeisterung um den Hals fallen. Aber er hatte sich bereits abgewandt.

„Das ist eine gute Zeit, eine verdammt gute Zeit sogar. Und sie wird noch besser werden." Er nickte und schaute zu, wie sich die Exerciseboys in ihren Steigbügeln aufstellten und ihre Pferde zum Stehen brachten. „Ich werde das richtige Rennen für sie finden, damit sie einen ersten Vorgeschmack bekommt."

Nachdem er Keeley gedankenverloren auf die Schulter geklopft hatte, sprang er über den Zaun.

Sie beobachtete, wie er zu den Pferden ging, um Tempest zu streicheln und zu loben und einige Worte mit dem Exerciseboy zu wechseln, bevor er seine Aufmerksamkeit auf Betty richtete.

Das Fohlen bäumte sich kokett auf, dann senkte es den Kopf und knabberte zärtlich an Brians Schulter.

Du irrst dich, dachte Keeley. *Wie viel sie auch wissen und was sie auch sein mag, sie braucht dich.*

*Ebenso wie ich, verdammt noch mal.*

Nachdem er gestreichelt, getätschelt und ausgiebig gelobt hatte und die Pferde weggeführt worden waren, sprang Brian wieder über den Zaun und schnappte sich sein Klemmbrett.

„Ich hatte eigentlich gehofft, dass dein Vater vorbeikommt und sich ihr erstes Rennen ansieht."

„Er muss durch irgendetwas aufgehalten worden sein, sonst wäre er bestimmt gekommen."

Mit einem zustimmenden Brummen fuhr Brian fort, sich Notizen zu machen. „Na, macht nichts, er wird sie noch öfter sehen. Was macht der Wallach?"

„Es scheint ihm ganz gut zu gehen. Die Schwellung ist ein bisschen abgeklungen. Das Abführmittel werde ich ihm erst nach dem Kurs einflößen. Es ist eine ziemliche Prozedur, bei der ich kein halbes Dutzend Kinder um mich haben will."

„Du solltest damit sowieso bis zum Nachmittag warten. Zwischen der letzten Mahlzeit und der Einnahme sollten gute vierundzwanzig Stunden liegen. Wenn du keine Zeit hast, kann ich es ihm geben."

Die spontane Ablehnung lag ihr schon auf der Zunge. Sie verkniff sie sich schnell und holte tief Atem. „Offen gestanden hatte ich gehofft, dass du später mal einen Blick auf ihn wirfst."

„Kein Problem." Als er aufschaute, sah er, wie ernst ihr Gesicht war. „Was ist? Machst du dir Sorgen?"

„Nein." Sie atmete wieder tief durch, befahl sich zu entspannen. „Ich bin mir sicher, dass alles gut werden wird." Dafür würde sie schon sorgen. So oder so. „Ich fühle mich nur besser, wenn ich die Dinge unter Kontrolle habe, das ist alles."

Keeley arbeitete daran. Sie fühlte sich besser, wenn sie eine Lage klar erkannt und ein Ziel vor Augen hatte. Und diese Lage hier war in Wirklichkeit gar nicht so kompliziert, wie es auf den ersten Blick erschien. Sie wollte Brian. Und sie war sich ziemlich sicher, dass sie ihn liebte. Doch um wirklich Gewissheit zu bekommen, würde sie noch etwas mehr Zeit brauchen, musste sie noch einige Überlegungen anstellen.

Immerhin war das alles Neuland für sie, das sie umsichtig und gut vorbereitet betreten musste.

Aber ihre Gefühle für ihn waren stark und weitaus vielschichtiger als eine simple Anziehung.

Wenn es wirklich Liebe war, musste sie dafür sorgen, dass er sich ebenfalls in sie verliebte. Sie war wild entschlossen, alles dafür zu tun, dass sie das, was sie wollte, am Ende auch bekam.

Angenehm erschöpft nach einem langen Arbeitstag, fütterte sie ihre Pferde. Es war überhaupt keine Frage. Ihre Mutter nahm ihr durch ihre Mitarbeit eine große Last von den Schultern.

Lag es an ihrer Sturheit, dass sie so oft angebotene Hilfe ausgeschlagen hatte? Das glaubte sie nicht. Obwohl ihr Beweggrund kaum weniger töricht gewesen war. Sie wollte, dass die Menschen, die sie liebte und von denen sie geliebt wurde, stolz auf sie sein konnten. Und das hatte sie – törichterweise, wie sie sich jetzt eingestehen musste – mit dem Streben nach Perfektion gleichgesetzt.

Trotzdem zog sie es vor, es als das Übernehmen von Verantwortung zu betrachten.

Genauso wie jetzt bei Brian, überlegte sie. Wenn sie ihn liebte, war sie verantwortlich für ihre Gefühle. Und es lag in ihrer Verantwortung, zu versuchen, dieselben Gefühle in ihm zu wecken.

Doch wenn sie versagte … nein, daran würde sie jetzt nicht denken. Schon die Angst davor warf sie mindestens einen Schritt zurück.

Sie betrat die Box des Wallachs und brachte ihm sein Futter. „Heute Abend geht es dir schon besser, stimmt's?" Behutsam untersuchte sie die Schwellung an seinem Knie. Als sie Schritte auf dem Zementboden näher kommen hörte, lächelte sie in sich hinein.

„Du fütterst ihn?" Brian kam in die Box. „Tut mir leid, aber ich habe es nicht eher geschafft."

„Macht nichts. Er hat das Abführmittel anstandslos genommen. Und ich gebe dir mein Wort, dass es gewirkt hat." Sie richtete sich auf und lächelte. „Außerdem kannst du daran, wie er frisst, sehen, dass er sich schon viel besser fühlt."

„Er weiß ganz genau, dass er auf Rosen gebettet ist." Brian untersuchte die Knieverletzung und nickte. „Bei uns drüben hat ein Hengst die Drusen, das hat mich aufgehalten."

„Pferde sind äußerst zart besaitete Geschöpfe, nicht wahr?" Sie fuhr dem Wallach mit der Hand über den Widerrist. „Der äußere Schein trügt. Ihre Größe, ihre Kraft und Ausdauer, das alles ist sehr beeindruckend. Aber unter der Oberfläche ist Zartheit. Wenn man allein nach Äußerlichkeiten urteilt, kann man sich schwer täuschen."

„Wohl wahr."

„Ich bin nicht zerbrechlich, Brian. Ich bin hart im Nehmen."

Er sah sie an. „Ich weiß, dass du stark bist, Keeley. Trotzdem hast du eine Haut, die so zart ist wie eine Rosenknospe." Er fuhr ihr zärtlich mit dem Daumen über die Wange. „Ich habe große Hände, und sie sind kräftig, deshalb muss ich vorsichtig sein. Das bedeutet aber noch lange nicht, dass ich dich für zerbrechlich halte."

„Gut so."

Er drehte sich wieder zu dem Pferd um. „Hast du ihm schon einen Namen gegeben?"

„Ja. Als ich noch ein Kind war, hatten wir einen Hund. Meine Mutter hat ihn gefunden, einen Streuner, der es sich angewöhnt hatte, auf der Suche nach irgendetwas Essbarem ums Haus zu schleichen. Sie fütterte ihn und gewann sein Vertrauen. Und noch ehe mein Vater richtig wusste, was los war, hatte er einen großen verwahrlosten Köter im Haus. Wir nannten ihn Finnegan." Sie rieb ihre Wange am Hals des Wallachs. „Und jetzt heißt er auch so."

„Nach außen hin wirkst du oft so kühl und beherrscht, sodass man von dieser gefühlvollen Seite nichts ahnt, Keeley."

„Ja, das mag sein. Im Übrigen bin ich auch romantisch."

„Wirklich?", murmelte er, ein bisschen überrascht, als sie sich umdrehte und mit ihren Händen über seine Brust fuhr.

„Offensichtlich. Ich habe mich bei dir noch gar nicht dafür bedankt, dass du gestern Abend zu meiner Rettung herbeigeritten bist."

„Ich kann mich nicht entsinnen, gestern Abend irgendwo hingeritten zu sein." Seine Mundwinkel bogen sich nach oben, als sie ihn rückwärts aus der Box schob.

„Sozusagen. Du hast meinetwegen einen brutalen Kerl in die Schranken gewiesen. Ich war zu aufgebracht, um klar denken zu können. Aber später fiel mir ein, dass ich mich noch gar nicht bedankt habe, und das möchte ich jetzt nachholen. Also nochmals vielen Dank."

„Gern geschehen, keine Ursache."

„Ich bin noch nicht fertig." Sie biss ihm leicht in die Unterlippe und hörte, wie er schnell die Luft einzog.

„Wenn du das im Sinn hast, kannst du es mir in meinem Schlafzimmer zeigen", sagte er.

„Und warum kann ich es dir nicht gleich hier zeigen?"

Keeley hatte bereits sein Hemd aufgeknöpft, als er sich daran erinnerte, dass sie in einer leeren, mit frischem Stroh ausgelegten Box standen. „Hier?" Er lachte, griff nach ihren Händen und versuchte, Keeley wieder nach draußen zu ziehen. „Ich glaube nicht."

Sie drückte ihn gegen die Seitenwand. „Ich glaube schon."

„Mach dich nicht lächerlich." Ihm stockte der Atem. „Es könnte jemand vorbeikommen."

„Das Leben ist gefährlich." Sie zog die Tür der Box hinter ihnen zu.

„Ich lebe gefährlich, seit ich dir begegnet bin."

„Und warum hörst du dann jetzt damit auf? Los, verführ mich, Brian. Oder traust du dich nicht?"

„Ich fand es schon immer schwer, einer Herausforderung zu widerstehen." Er streckte die Hand aus, zog das Band aus ihrem Haar. „Du raubst mir den Verstand, Keeley. Und bevor ich es merke, gibt es nichts mehr außer dir." Er legte ihr die Hand in den Nacken und zog Keeley an sich. „Und es braucht auch nichts mehr zu geben."

Er berührte ihren Mund mit seinem, so sanft und geschmeidig, dass sie ganz weiche Knie bekam. Sie hatte ihn aufgefordert, sie zu verführen, ohne zu wissen, dass es gar nicht nötig sein würde.

„Ich begehre dich, Brian. Ich wollte dich schon heute Morgen beim Aufwachen. Küss mich."

Und die Art, wie sie einfach dahinschmolz, wie ihre Lippen anfingen zu beben und sich einladend öffneten, bewirkte, dass sein Verlangen nach ihr ihn beinahe schmerzte.

„Diesmal werde ich nicht behutsam sein." Er drehte sie um und schob sie gegen die Wand, an der er eben noch selbst gestanden hatte. Der Ausdruck seiner Augen, die dunkel geworden waren vor Begehren, hielt sie gefangen. „Nur dieses eine Mal will ich nicht behutsam sein."

Erregung erfasste sie. „Dann sei es nicht. Ich bin nicht zerbrechlich, Brian. Täusch dich nicht."

„Ich werde dir Angst machen", warnte er sie, aber ihre Antwort war nur eine weitere Herausforderung.

„Versuch's doch."

Brian riss so hastig ihr Hemd auf, dass die Knöpfe in alle Richtungen flogen. Er beobachtete, wie sie erschrocken die Augen aufriss. Daraufhin presste er seinen Mund hart auf ihren. Nach einer Weile löste er die Lippen von ihren und berührte ihre samtige Haut mit seinen schwieligen Händen. Er rechnete mit ihrer Gegenwehr, aber sie stöhnte lustvoll auf und ließ ihn gewähren.

Erregt zog er sie auf das Bett aus Stroh.

In einer Art primitiver Wut attackierte er sie mit Mund, Zähnen und Zunge. Die Hände ließ er über ihren Körper gleiten, rau, besitzergreifend und voller Ungeduld, sich endlich alles zu nehmen.

Ihre erstickten Schreie erschreckten die Pferde, die nervös in ihren Boxen stampften. Als er sie zum ersten Mal über den Rand katapultierte, krallten sich ihre Finger in sein Haar, als ob sie sich irgendwo festhalten müsste. Oder als ob sie ihn mit sich in die Tiefe ziehen wollte.

Beim ersten Mal war er zärtlich gewesen, er hatte sie geduldig und behutsam in die Kunst des Liebesspiels eingewiesen. Jetzt zeigte er ihr mit seinen rücksichtslosen Forderungen und seinen unsanften Händen dessen primitive Seite.

Und doch gab sie sich ihm ohne Vorbehalte hin. Trotz der hemmungslosen Begierde, die er auslebte, spürte er, wie sie gab. Haut wurde feucht, bis sie schweißbedeckt war, Herzen hämmerten, und sie wälzte sich voller Hingabe in ihrem Bett aus Stroh. Schenkte sich ihm.

Die Art, wie sie seinen Namen flüsterte, ließ ihn erbeben.

Als ihre Welt in Millionen winziger Teilchen zu zerbersten schien, stieß sie einen lauten Schrei aus und wölbte sich gegen seinen Mund. Es gab nichts, woran sie sich hätte festklammern können, keinen noch so dünnen Faden, der sie mit der Vernunft verband, und er trieb sie unbarmherzig immer noch weiter, bis sich ihr Atem in ein entfesseltes Keuchen verwandelte.

„Ich bin es, der dich hat." Begierig, sich mit ihr zu vereinen, packte er sie an den Hüften und riss sie hoch. „Ich bin es, der in dir ist." Und dann drang er so kraftvoll in sie ein, als ginge es um sein Leben.

Sie hörte einen Schrei, hoch, dünn, hilflos. Obwohl sie sich überhaupt nicht hilflos fühlte. Sie spürte Macht, eine erschreckende dunkle Macht, die wie eine Droge in ihrem Blut ihre Wirkung entfaltete. Trunken davon, bäumte sie sich unter ihm auf und schaute ihm tief in die Augen, während sie ihre Finger in sein Haar krallte.

Sie saugte sich an seinem Mund fest und biss in seine Lippen, während er sie hart und ungestüm ritt. Und sie passte sich seinen Stößen an, bis sie das Gefühl hatte, jeden Moment zu explodieren, bis sie spürte, wie ihn ein Beben durchlief.

„Ich bin es, die dich hat", sagte sie mit einem Aufschluchzen, bevor sie den Gipfel der Ekstase erreichte.

## 10. KAPITEL

*I*n Keeleys Augen war es perfekt. Sie hatte sich in einen Mann verliebt, der wunderbar zu ihr passte. Sie hatten viele Gemeinsamkeiten, liebten es, zusammen zu sein, und respektierten einander.

Natürlich hatte er auch Fehler. Er neigte gelegentlich zur Launenhaftigkeit, und sein Selbstbewusstsein grenzte an Arroganz. Aber diese Eigenschaften machten ihn zu dem, der er war.

Ihr Problem war, wie sie eine Affäre in eine feste Beziehung und eine feste Beziehung in eine Ehe verwandeln konnte. Sie war dazu erzogen worden, an Dauerhaftigkeit, Familie und eine Ehe, die das ganze Leben lang hielt, zu glauben.

Sie hatte wirklich keine andere Wahl, als Brian zu heiraten und sich ein Leben mit ihm aufzubauen. Und sie würde dafür sorgen, dass er ebenfalls keine andere Wahl hatte.

Wahrscheinlich war es ein bisschen so, wie ein Pferd zu trainieren. Um das gewünschte Ergebnis zu erzielen, bedurfte es vieler Wiederholungen, Belohnungen, Geduld und Zuneigung. Und einer starken Hand.

Sie entschied, dass es am vernünftigsten war, wenn sie sich an Weihnachten verloben und im Sommer heiraten würden. Und dann war es bestimmt am praktischsten, wenn sie in der Nähe von Royal Meadows wohnten, weil sie beide hier arbeiteten. Es war das Einfachste der Welt.

Jetzt musste sie nur noch dafür sorgen, dass Brian die Dinge genauso sah.

Vermutlich würde er den entscheidenden Schritt gern selber machen wollen. Das war zwar ein bisschen ärgerlich, aber sie liebte ihn genug, um warten zu können, bis er ihr einen Heiratsantrag machte. Bestimmt würde es keiner mit Blumen und romantischen Worten werden, überlegte sie, während sie Finnegan langsam auf der Koppel herumführte. So wie sie Brian kannte, würde es eine Mischung aus Leidenschaft, Herausforderung und sogar einer Spur Wut werden.

Darauf freute sie sich schon jetzt.

Sie blieb stehen, um zu überprüfen, ob das Knie des Wallachs beim Gehen heiß geworden oder gar angeschwollen war. Behutsam hob sie den Vorderfuß und beugte das Knie. Als Finnegan kein Anzeichen von Unbehagen erkennen ließ, tätschelte sie seinen Hals.

„Das ist schön", sagte sie zufrieden, als er an ihrer Schulter behaglich schnaubte. „Du fühlst dich inzwischen schon ziemlich gut, was? Dann können wir ja langsam anfangen, dich ein bisschen zu trainieren."

Beim Satteln registrierte sie, wie schön sein Fell wieder glänzte. Ihre Mühe hatte sich gelohnt. Auch wenn er wahrscheinlich nie eine Schönheit und ganz bestimmt kein Champion werden würde, hatte er doch einen guten Charakter und eine schöne Seele.

Das war mehr als genug.

Als sie sich in den Sattel schwang, warf Finnegan den Kopf zurück, dann trabte er würdevoll aus der Koppel.

Sie war noch eine ganze Weile vorsichtig und achtete darauf, dass er auch wirklich nicht hinkte. Es dauerte jedoch nicht lange, bis er in einen geschmeidigen Rhythmus verfiel, der es ihr erlaubte, sich zu entspannen und den Ausritt zu genießen.

Der Herbst hatte die Blätter der Bäume in leuchtende Rot-, Gold- und Orangetöne verfärbt. Die Zweige wiegten sich im Wind.

Die Felder erstrahlten immer noch im satten Grün des Hochsommers. Über die Weiden tollten langbeinige Jährlinge und versuchten, ihren eigenen Schatten zu fangen. Trächtige Stuten rupften träge Gras.

Auf dem braunen Oval galoppierten Hengst- und Stutenfohlen, während die Luft unter dem Donnern der Hufe erzitterte.

Dieses Bild hatte Keeley schon ihr ganzes Leben vor Augen. Und jede Saison erstand es wieder neu, zusammen mit der Gewissheit, dass es Jahr für Jahr so weitergehen würde.

Dies konnte und würde sie an ihre eigenen Kinder weitergeben, wenn die Zeit dafür gekommen war.

Plötzlich verspürte sie Dankbarkeit. Das war nicht einfach irgendein Ort, sondern ein ganz besonderes Fleckchen Erde. Ein Geschenk, mit dem ihre Eltern sorgsam umgegangen waren und das sie wie einen Schatz gehütet hatten. Und ihr eigener Anteil daran würde nie als selbstverständlich betrachtet werden.

Als sie Brian am Zaun lehnen und mit gespannter Aufmerksamkeit die Pferde beobachten sah, die mit donnernden Hufen die Rennbahn entlanggaloppierten, war ihr die Kehle wie zugeschnürt.

Einen Moment lang konnte sie nur wie betäubt blinzeln, weil sie eine solche Enge in der Brust fühlte, dass sie keine Luft mehr bekam. Ihre Haut kribbelte, als wäre sie elektrostatisch aufgeladen.

Ihr Herz hämmerte, während sie versuchte, wieder zu Atem zu kommen. Der Wallach unter ihr bäumte sich auf und machte übermütig eine halbe Drehung, bevor sie daran dachte, ihn zur Ordnung zu rufen.

Und ihre Hände zitterten.

Was passierte gerade mit ihr? Warum bekam sie plötzlich Angst? Sie hatte doch bereits akzeptiert, dass sie ihn liebte, oder nicht? Und es war ganz einfach gewesen, ein simpler Lernprozess. Sie hatte sich ihre Meinung gebildet, hatte sich ein Ziel gesetzt. Verdammt, sie freute sich, dass alles so gekommen war.

Und woher rührte dann diese schmerzliche Verwirrung, diese Panik, die in ihr den Wunsch weckte, auf der Stelle kehrtzumachen und so schnell wie möglich davonzureiten?

Doch noch während Keeley ihre zitternde Hand auf die Brust presste, erkannte sie, dass sie sich geirrt hatte. In Wahrheit hatte sie sich der Wirklichkeit nicht gestellt. Wie töricht von ihr, es sich eingebildet zu haben. Die Erkenntnis traf sie so unvermittelt, dass sie zusammenfuhr.

Es war ungefähr derselbe Schreck, den man verspürte, wenn man beim Sprung über eine Hürde aus dem Sattel flog und unsanft auf dem Boden landete.

Liebe ist ein Schock für den gesamten Organismus, überlegte sie. Ein Wunder, dass man es überhaupt überlebte.

Du bist eine Grant, ermahnte sie sich und setzte sich aufrechter in den Sattel. Sie wusste, wie es sich anfühlte, wenn man stürzte, aber sie wusste auch, wie man sich schnell wieder aufrappelte. Sie würde diese erschreckend intensiven Gefühle nicht einfach nur überleben. Sie würde sie für sich nutzen. Und wenn sie mit Brian Donnelly fertig war, würde er nicht wissen, wie ihm geschehen war.

Sie versuchte, sich genauso zu beruhigen, wie sie es vor jedem Turnier gemacht hatte. Sie atmete langsam und bewusst tief durch, bis sich ihr Puls verlangsamte, konzentrierte sich, bis ihr Geist ruhig war wie ein stiller See, dann ritt sie ihrem Ziel entgegen.

Als Brian den Hufschlag hörte, drehte er sich um. Der Ausdruck von Verärgerung, der angesichts der Störung auf seinem Gesicht erschien, verwandelte sich sofort in Interesse, als sein Blick auf Finnegan fiel. Er sagte etwas zu seinem Assistenten, drückte ihm sein Klemmbrett in die Hand und ging dann auf den Wallach zu.

„Na, du scheinst ja wieder fit zu sein, alter Junge." Er bückte sich und betastete das verletzte Knie. „Kein bisschen heiß. Prima. Wie lange bist du schon mit ihm unterwegs?", fragte er Keeley.

„Ungefähr eine Viertelstunde, im Schritt."

„Er könnte es vielleicht sogar schon im Handgalopp schaffen. Sein Knie ist wie neu, ohne das geringste Anzeichen einer Schwellung." Brian richtete sich wieder auf, die Augen leicht zusammengekniffen, weil die Sonne ihn blendete. „Und du? Bist du okay? Du wirkst ein bisschen blass."

„Findest du?" Kein Wunder, dachte sie, aber sie lächelte, während sie es genoss, ein Geheimnis vor ihm zu haben. „Obwohl ich mich gar nicht so fühle. Dafür siehst du …" Auf Entdeckungsreise gehend, beugte sie sich nach unten. „… absolut wundervoll aus. Verwildert und windzerzaust und sexy."

Fragend zog er die Brauen hoch, und als sie ihm mit der Hand über die Wange fuhr, trat er leicht verunsichert einen Schritt zurück. Hier liefen mindestens sechs Männer herum. Und jeder Einzelne von ihnen hatte Augen im Kopf.

„Ich musste heute schon früh in den Stall und hatte keine Zeit mehr, mich zu rasieren", erklärte er.

Sie beschloss, sein Zurückweichen nicht als Kränkung, sondern als Herausforderung aufzufassen. „Es gefällt mir. Du wirkst fast ein bisschen gefährlich. Falls du heute irgendwann Zeit hast, könntest du mir ein bisschen helfen."

„Wobei?"

„Die Pferde müssen bewegt werden."

„Schätze, das lässt sich einrichten."

„Prima. Gegen fünf?" Sie beugte sich wieder zu ihm hinunter, und diesmal packte sie ihn vorn am Hemd und zog ihn näher zu sich heran. „Und noch was, Brian. Rasier dich nicht."

Die Frau brachte ihn völlig aus dem Konzept, und ihm war es egal. Indem sie ihm am helllichten Tag diese leidenschaftlichen Blicke zuwarf und ihn dann auch noch zärtlich berührte, sodass er den ganzen Tag über nervös war.

Noch schlimmer aber war, dass ihr Vater sein Arbeitgeber war, der ihn bestimmt nicht dafür bezahlte, dass er sich von seinen Hormonen unterjochen ließ.

Was für eine vertrackte Situation, überlegte Brian. An der er nicht unschuldig war. Aber woher hätte er wissen sollen, wie sich die Sache entwickelte? Dass er sich in sie verliebt hatte, war ein harter Schlag gewesen, doch er konnte einiges einstecken. Man holt sich einige blaue Flecken und macht weiter, dachte er. Das war normal.

Dagegen, dass man sich von einer Frau angezogen fühlte, war nichts einzuwenden, ein kleiner Flirt war harmlos. Und das Risiko, das in diesem Fall damit verbunden war, hatte er in Wahrheit sogar irgendwie genossen. Zumindest bis zu einem gewissen Grad.

Aber über diesen Grad war er längst hinaus. Inzwischen nahm sie fast sein gesamtes Denken und Fühlen in Anspruch, und gleichzeitig hatte er ihre Familie irgendwie lieb gewonnen. Travis war nicht nur ein guter und fairer Boss, sondern fast schon so etwas wie ein Freund geworden.

Während er, Brian, Mittel und Wege zu finden versuchte,

um so oft wie nur möglich mit der Tochter seines Freundes zu schlafen.

Noch schlimmer aber ist, dass ich mich immer wieder beim Träumen ertappe, überlegte er, während er auf ihren Stall zuging. Das passierte ihm auch bei der Arbeit. So hatte er sich zum Beispiel ausgemalt, was wäre, wenn Keeley und er gesellschaftlich auf einer Stufe stünden. Und dann hatte er sich überlegt, dass er sich ein Leben nur mit ihr vorstellen konnte … falls er überhaupt jemals sesshaft werden würde.

Obwohl er diese Absicht natürlich gar nicht hatte. Schon allein deshalb, weil es nicht funktionieren würde. Sie gehörte ins Clubhaus und er in den Reitstall, so einfach war das.

Keeley kokettierte im Moment nur ein bisschen. Und weil er das gut verstand, konnte er es ihr auch nicht vorwerfen. Sie war privilegiert und behütet aufgewachsen und versuchte jetzt, ihre Grenzen auszuloten. Das hatte er als Junge auch gemacht, indem er so oft wie möglich die Schule geschwänzt hatte und auf die Rennbahn ausgebüxt war. Und nichts hatte ihn aufhalten können, weder die Auseinandersetzungen noch die Drohungen oder die Strafen.

Und dann war er so bald wie möglich von zu Hause fortgegangen und von Reitstall zu Reitstall, von Rennbahn zu Rennbahn gezogen. Er war frei und ungebunden gewesen. Und hatte nie zurückgeschaut. Seine Brüder und Schwestern hatten geheiratet, sich Häuser gebaut und Kinder bekommen und arbeiteten in festen Jobs. Sie hatten Besitz angehäuft, während ihm nur das gehörte, was er in eine Reisetasche packen oder wegwerfen konnte, wenn er sich wieder auf den Weg machte.

Um Dinge, die man besaß, musste man sich kümmern. Und ehe man sichs versah, drückte einen die Last der Verantwortung so nieder, dass man sich nicht mehr rühren konnte.

Er ließ den Blick über seine Unterkunft schweifen, bewunderte das schöne Steinhaus, das sich vor dem Abendhimmel abzeichnete. Vor der Garage waren Blumenbeete angelegt, in denen rostfarbene, blutrote und goldgelbe Blumen blühten, und daneben stand der Truck, den er Paddy abgekauft hatte.

Als er sich umdrehte und über das Land schaute, wurde ihm klar, dass man zu diesem Ort leicht eine Verbundenheit spüren konnte, wenn man nicht gut aufpasste. Die Weite täuschte und konnte einem vorgaukeln, dass das Fleckchen Erde unbegrenzt war, und dann würde man in Versuchung geraten, hier länger als woanders zu bleiben – bis man nicht mehr wegkam.

Es war klug, sich daran zu erinnern, dass ihm das Land nicht gehörte, genauso wenig wie die Pferde. Oder Keeley.

Doch während er auf ihre Koppel zuschlenderte, stahlen sich alle diese Fantasien wieder in seinen Kopf. Keeley, bekleidet mit Jeans und einem grünen Pullover, war gerade dabei, im weichen Abendlicht den gescheckten Wallach zu satteln, den sie, wie er wusste, Honey nannte. Das Haar hatte sie sich nachlässig hochgesteckt, was sehr sexy wirkte.

Sie sieht … erreichbar aus, erkannte Brian. Wie eine Frau, mit der ein Mann nach einem langen anstrengenden Tag gern zusammen war. Wie eine Frau, mit der man sich beim Abendessen und später im Bett über viele Dinge unterhalten konnte.

Mit so einer Frau würde ein Mann morgens aufwachen, ohne sich in der Falle zu fühlen und ohne sich Sorgen machen zu müssen, dass sie so fühlte.

Als Brian klar wurde, was er da gerade dachte, konnte er nur über sich selbst den Kopf schütteln. Was für ein Unfug.

Brian ging zum Zaun, lehnte sich dagegen und sah, dass sie bereits beide Pferde gesattelt hatte. „Du hast die ganze Arbeit ja schon allein gemacht."

„Nun, du hast mich an einem guten Tag erwischt." Keeley überprüfte den Sattelgurt, trat zurück. Sie wusste mittlerweile, welche Länge seine Steigbügel haben mussten und welches Zaumzeug er bevorzugte. „Mir war gar nicht klar, wie viel freie Zeit ich habe, wenn Ma mir regelmäßig hilft."

„Und was wirst du damit tun?"

„Sie genießen." Nachdem er das Tor geöffnet hatte, führten sie die Pferde hindurch. „Ich war in den letzten zwei Jahren dermaßen auf meine Arbeit fixiert, dass ich mir zu selten die Zeit genommen habe, einen Schritt zurückzutreten, um die Ergebnisse anzusehen." Sie reichte ihm die Zügel. „Dabei liebe ich Ergebnisse."

„Dann kommst du in deiner freien Zeit ja vielleicht ein bisschen öfter mit zu Rennen." Sobald sie auf dem Pferd saß, schwang er sich ebenfalls in den Sattel. „Da kannst du nämlich auch Ergebnisse sehen. Morgen startet Betty zum ersten Mal bei einem Zweijährigenrennen."

„Ihr Jungfernrennen? Das lasse ich mir ganz bestimmt nicht entgehen."

„In Charles Town. Um zwei."

„Ich werde meine Mutter bitten, meinen Nachmittagskurs zu übernehmen. Ich werde da sein."

Sie ritten im Schritt an der Koppel vorbei und auf die mit Bäumen bestandene Anhöhe zu, deren Blätterdach bunt in der Abendsonne leuchtete. Am Himmel über ihnen flog kreischend ein Schwarm Wildgänse.

„Zweimal am Tag gehen sie schreiend auf die Reise", sagte Brian, während er den Vögeln nachschaute. „Im Morgengrauen und in der Abenddämmerung."

„Ich liebe ihre Schreie." Keeley schaute zum Himmel, bis der letzte Ruf verklungen war.

„Onkel Paddy hat heute angerufen."

„Und wie geht es ihm?"

„Sehr gut. Er hat sich zwei junge Stuten gekauft, weil er beschlossen hat, es zur Abwechslung mal mit Züchten zu versuchen."

„Typisch. Ich hätte mir auch beim besten Willen nicht vorstellen können, dass er es schafft, seine Finger von Pferden zu lassen …"

„Dir würden sie doch sicher auch fehlen, oder? Ihr Geruch, ihre Geräusche. Hast du eigentlich nie daran gedacht, selbst zu züchten?"

„Nein, das ist nichts für mich. Ich bin froh, dass die Pferde, die ich trainiere, anderen gehören. Sobald man sie selbst besitzt, ist es ein Geschäft, oder nicht? Ein Unternehmen. Ich sehne mich nicht danach, Geschäftsmann zu sein."

„Es gibt auch Leute, die Pferde besitzen, weil sie sie lieben", erklärte Keeley. „Und daran ändert auch das Geschäft nichts."

„In seltenen Fällen." Brian schaute auf und ließ seinen Blick über die Außengebäude schweifen. Ja, dachte er. Dieser Ort hier war mit Liebe aufgebaut worden. „Dein Vater ist so ein seltener Fall, und in Cork kenne ich auch jemand. Trotzdem glaube ich, dass Besitz einen so auffressen kann, dass man schließlich für das, was man tut, das Gefühl verliert. Und dann geht es, ehe man sich's versieht, nur noch um Zahlen und Profit. Das klingt für mich nach Gefängnis."

Interessant, dachte sie. „Jemand, der Geld verdient, ist ein Gefangener?"

„Es ist die Gier, immer mehr zu wollen. Mein Vater ist in so eine Falle gegangen."

„Wirklich?", fragte sie überrascht. Brian sprach fast nie über seine Familie. „Was macht er denn beruflich?"

„Er arbeitet in einer Bank. Tag für Tag sitzt er in einem Glaskäfig und kümmert sich um das Geld fremder Leute. Was für ein Leben."

„Nun, für dich wäre es bestimmt nichts."

„Gott sei Dank. Diese Jungs hier wollen ein bisschen laufen", sagte er und drückte Honey die Absätze in die Flanken.

Keeley seufzte frustriert, aber dann schnalzte sie mit der Zunge, um ihr Pferd zu veranlassen, mit Brians Hengst Schritt zu halten. Nun, bei nächster Gelegenheit werde ich schon wieder darauf zurückkommen, nahm sie sich vor. Sie wusste noch nicht annähernd genug über den Mann, den sie heiraten wollte.

Sie ritten eine Stunde, bevor sie kehrtmachten und die Pferde versorgten. Insgeheim hoffte er auf eine Einladung zum Abendessen ins Haupthaus, doch nachdem sie den Stall verlassen hatten, fragte sie mit hochgezogenen Augenbrauen: „Warum lädst du mich nicht auf einen Drink zu dir ein?"

„Auf einen Drink? Ich habe zwar keine große Auswahl, aber du bist trotzdem herzlich willkommen."

„Es ist schön, ab und zu gefragt zu werden." Bevor er seine Hände sicher in seinen Taschen verstauen konnte, griff sie nach seiner Rechten und verschränkte ihre Finger mit seinen. „Du hast auch manchmal frei. Ich frage mich, ob du schon mal etwas von Verabredungen gehört hast", bemerkte sie beiläufig. „Essen gehen oder einen Film anschauen oder einfach nur ein bisschen spazieren fahren?"

„Einige Erfahrungen diesbezüglich habe ich." Er streifte seinen Pick-up mit einem kurzen Blick. „Wenn du Lust hast, ein bisschen herumzufahren, kannst du gern einsteigen, allerdings muss ich vorher erst noch den Beifahrersitz freischaufeln."

Sie stieß einen verächtlichen Laut aus. „Das ist wirklich die romantischste Einladung, die ich je bekommen habe, Donnelly."

„Vergammelte Pick-ups sind ziemlich selten romantisch, und ich habe dummerweise vergessen, wo ich meine gläserne Kutsche geparkt habe."

„Wenn das wieder so eine blöde Anspielung sein soll …" Sie sprach nicht weiter und biss die Zähne zusammen. Geduld, ermahnte sie sich. Sie würde jetzt nicht alles durch eine Auseinandersetzung kaputtmachen. „Macht nichts. Dann vergessen wir die Spazierfahrt eben." Sie öffnete ihre Tür selbst. „Und essen gleich."

Sobald er das Haus betreten hatte, stieg ihm der Duft in die Nase. Irgendetwas köstlich Aromatisches, Scharfes, das ihn daran erinnerte, dass er seit einer halben Ewigkeit nichts mehr gegessen hatte.

„Was ist das?"

„Was?" Dann lächelte sie und hob schnüffelnd die Nase. „Ach, das! Das ist Chili, eine Spezialität von mir. Ich habe es gemacht, bevor ich meine letzte Klasse hatte."

„Du hast gekocht?"

„Ja." Belustigt und voller Genugtuung über seine Fassungslosigkeit ging sie in die Küche. „Ich wusste, dass wir hungrig sein würden, wenn wir zurückkommen, und dachte mir, dass es dir bestimmt nichts ausmacht, wenn ich in deiner Küche koche."

Sie hob den Deckel von einem Topf, aus dem ein köstlicher Duft aufstieg, und rührte kurz einmal um. „Es ist eins von diesen Gerichten, die man kochen und stehen lassen kann, bis man

Zeit hat zu essen, das ist das Schöne daran. Oh, außerdem habe ich eine Flasche Merlot mitgebracht, obwohl zu Chili auch gut Bier passt, wenn dir das lieber ist."

„Ich versuche, mich zu erinnern, wann mir zum letzten Mal jemand etwas gekocht hat – außer meiner Mutter oder jemand aus meiner Familie, meine ich."

Überaus erfreut drehte sie sich zu ihm um und legte ihm die Arme um den Nacken. „Hat denn keine deiner vielen Frauen je für dich gekocht?"

„Wahrscheinlich schon, aber ich kann mich nicht mehr erinnern." Er legte ihr die Hände auf die Hüften und zog sie näher an sich. „Auf jeden Fall an nichts, was so köstlich geduftet hätte."

„Meinst du die Frau? Oder das Essen?"

„Beides." Er senkte den Kopf, presste seinen Mund auf ihren und küsste sie leidenschaftlich. Nach einer Weile hob er den Kopf und sagte: „Und es erinnert mich daran, dass ich fast am Verhungern bin."

„Was willst du zuerst?" Sie streifte mit den Zähnen seine Unterlippe. „Die Frau oder das Essen?"

„Die Frau. Und hinterher wahrscheinlich auch, nehme ich an."

„Das trifft sich gut, weil ich dich nämlich auch vorher will." Sie lehnte sich zurück. „Warum machen wir uns nicht ein bisschen frisch? Was hältst du von einer Dusche?" Lachend zog sie ihn aus der Küche ins Bad.

Kleider zum Wechseln hatte sie ebenfalls mitgebracht. Brian bekam einen leichten Schreck, als er beobachtete, wie sie mit der größten Selbstverständlichkeit in eine frische Jeans schlüpfte. Ihr Haar war noch nass vom Duschen, und ihre Haut war rosig. Und an bestimmten Stellen ein bisschen gerötet, wie er sah, weil er sich nicht rasiert hatte.

Aber ihr leidenschaftliches Liebesspiel unter der warmen Dusche war ihm nicht annähernd so persönlich erschienen wie der saubere Pullover, der ordentlich zusammengelegt am Fußende seines Betts lag.

Sie streckte die Hand danach aus, dann wandte sie den Blick und bemerkte, dass er sie beobachtete. „Was ist?"

Wortlos schüttelte er den Kopf. Er hätte wirklich nicht gewusst, wie er ihr diese seltsame Mischung aus Panik und Entzücken erklären sollte, die ihn bei ihrem Anblick beschlichen hatte. „Deine Haut ist ein bisschen gerötet." Er streckte die Hand aus und fuhr ihr mit den Fingerspitzen über das Schlüsselbein. „Ich hätte mich besser vorher rasieren sollen. Sie ist so weich", murmelte er und ließ seine Finger an ihrer Schulter nach oben wandern. „Ich verstehe gar nicht, wie ich das vergessen konnte."

Als sie erbebte, schaute er ihr ins Gesicht. Einen Moment lang sah sie seine Augen vor Begierde glitzern. „Du frierst", sagte er. „Zieh dir deinen Pullover über. Ich hole inzwischen eine Salbe."

Der Funke der Leidenschaft erlosch ebenso schnell, wie er aufgeblitzt war.

Während er suchend in einer Schublade kramte, überlegte sie, wie frustrierend es war, dass sie ihn nur beim Liebesakt dazu bringen konnte, seine Selbstkontrolle wirklich aufzugeben.

Er holte eine Tube heraus, und da Keeley den Pullover noch nicht übergezogen hatte, begann er zärtlich, die geröteten Stellen einzureiben. Der Geruch der Salbe kam ihr bekannt vor.

„Die ist für Pferde."

„So?"

Sie lachte und erlaubte ihm, sie zu versorgen. „Heißt das, dass ich jetzt deine Stute bin?"

„Nein, dafür bist du zu jung und zu zartknochig. Du bist noch ein Fohlen."

„Hast du vor, mich zu trainieren, Donnelly?"

„Oh, an dich komme ich nicht ran, Miss Grant." Er schaute auf und hob fragend die Augenbrauen, als er sah, dass sie schmunzelte. „Und worüber amüsierst du dich so?"

„Du bist machtlos dagegen, stimmt's? Du musst dich einfach kümmern."

„Es ist schließlich meine Schuld, dass du diese geröteten Stellen hast", brummelte er, während er noch etwas Salbe aus der

Tube drückte und auf ihrer Haut verrieb. „Daraus folgt, dass ich auch etwas dagegen tun muss."

Sie hob eine Hand und berührte sein feuchtes Haar. „Ich mag es, wenn sich ein Mann mit einem harten Kopf und einem weichen Herzen um mich kümmert."

Betont locker meinte er: „So eine herrlich weiche Haut wie deine einzucremen ist weiß Gott keine Zumutung." Ohne den Blick von ihr zu wenden, verteilte er die Salbe mit der Daumenkuppe auf der sanften Wölbung ihrer Brust. „Vor allem, wenn du auch noch so einladend halb nackt vor mir stehst."

„Sollte ich nervös werden und verlegen zu Boden schauen?"

„Du gehörst nicht zu der nervösen Sorte. Das gefällt mir an dir." Zufrieden schraubte er die Tube zu, dann zog er ihr den Pullover selbst über den Kopf. „Aber ich kann es unmöglich zulassen, dass sich so ein Meisterwerk aus Gottes Hand einen Schnupfen holt. So, das war's." Er hob ihr Haar im Nacken hoch.

„Du hast keinen Föhn hier."

„Hier gibt's doch überall Luft."

Sie lachte und fuhr sich mit den Fingern durch die nassen Locken. „Es wird eben gehen müssen. Lass uns schon mal ein Glas Wein trinken, während ich das Essen abschmecke."

Er verstand nicht viel von Wein, aber er merkte sofort beim ersten Schluck, dass dieser hier um einiges besser war als Wein, den man normalerweise zu einem so bescheidenen Essen wie Chili trank.

Sie schien sich in seiner Küche besser auszukennen als er und fand Dinge in Schubladen, in die er noch nicht einmal einen Blick geworfen hatte. Als sie sich daranmachte, die Salatsoße zuzubereiten, stellte er sein Glas ab.

„Ich bin in einer Minute zurück."

„Mehr als eine Minute hast du auch nicht", rief sie ihm hinterher. „Ich stelle das Brot so lange warm."

Da seine Antwort nur in einem Türknallen bestand, zuckte sie die Schultern und zündete die Kerzen an, die sie auf den kleinen Küchentisch gestellt hatte. Gemütlich, fand sie. Und gerade romantisch genug, um zwei praktisch veranlagten Menschen zuzusagen, die keine Lust hatten, allzu viel Aufwand zu betreiben.

Es war eins dieser ganz normalen, schlichten Abendessen, die zwei Leute am Ende eines langen Arbeitstags noch bequem zusammen auf die Beine stellen konnten. Und sie hatte vor, dafür zu sorgen, dass es noch mehr davon gab, bis es dem Mann schließlich dämmerte, dass es auch in Zukunft nicht anders sein würde.

Zufrieden griff sie nach ihrem Weinglas und prostete sich selbst zu. „Auf einen starken Anfang“, sagte sie und trank.

Als die Tür hinter ihr wieder aufging, nahm sie das Brot aus dem Backofen. „Es ist alles fertig, und ich bin fast am Verhungern.“

Nachdem sie sich umgedreht hatte, um das Brot auf den Tisch zu stellen, sah sie, dass Brian mit einem Strauß aus blutroten, rostfarbenen und goldgelben Blumen hinter ihr stand.

„Die Situation schien danach zu verlangen“, erklärte er.

Sie schaute auf den bunten Strauß, dann in sein Gesicht. „Du hast mir Blumen gepflückt.“

Der ungläubige Unterton in ihrer Stimme veranlasste ihn, verlegen die Schultern zu zucken. „Na ja, du hast schließlich das Essen gemacht, mit Wein und Kerzen und allem. Davon abgesehen sind es ja sowieso deine.“

„Nein, sind sie nicht.“ Zutiefst gerührt stellte sie den Brotkorb ab und wartete. „Erst jetzt, nachdem du sie mir geschenkt hast.“

„Ich werde nie begreifen, warum Frauen so sentimental werden, wenn ihnen ein Mann ein Sträußchen in die Hand drückt.“ Er hielt ihr den Strauß hin.

„Danke.“ Sie schloss die Augen und steckte ihre Nase ganz tief in die Blumen, um sich den Duft und die Beschaffenheit der Blütenblätter genau einzuprägen. Dann ließ sie den Strauß wieder sinken und bot Brian den Mund für einen Kuss. Rieb wieder ihre Wange an seiner.

Er riss sie so heftig in die Arme, dass sie keuchte. „Brian? Was ist los?“

Diese Geste, diese süße schlichte Geste, brachte ihn fast um. „Nichts. Ich mag es nur, wie du dich in meinen Armen anfühlst.“

„Gleich erdrückst du mich."

„Verzeih." Er küsste sie auf die Stirn und versuchte, seine Fassung wiederzufinden. „Wenn ich kurz vorm Verhungern bin, vergesse ich leicht, wie stark ich bin."

„Dann setz dich hin und fang schon mal an. Ich stelle nur rasch noch die Blumen in eine Vase."

„Ich …" Irgendetwas musste er sagen, deshalb wählte er jetzt ein Gesprächsthema, bei dem keine Gefahr bestand, dass er stammeln oder einen von ihnen beiden in Verlegenheit bringen könnte. „Ich wollte es dir schon früher erzählen, aber ich habe mir Finnegans Unterlagen angesehen."

Gut, dachte er, während er sich setzte und ihnen beiden Salat auftat. Das war sicheres Terrain. „Obwohl er natürlich nicht unter dem Namen Finnegan, sondern unter Flight of Fancy registriert ist."

„Ja, ich weiß." Sie drapierte die Blumen in einer Vase, die sie auf den Tisch stellte, bevor sie sich zu Brian setzte. „Aber ich finde, Finnegan passt besser zu ihm."

„Er gehört dir, deshalb kannst du ihn nennen, wie du willst. In seinem ersten Rennjahr waren seine Leistungen ziemlich schwankend. Seine Abstammung ist sehr anständig, aber er hat sein Potenzial nie voll ausgeschöpft, deshalb hat sein Besitzer ihn mit drei Jahren verkauft."

„Gut, dass du es gemacht hast, ich wollte mir seine Ergebnisse nämlich auch schon ansehen." Sie brach ein Stück Brot in der Mitte durch und hielt ihm die Hälfte hin. „Er hat gute Anlagen, und seine Reaktionen sind auch gut. Obwohl man ihn sehr schlecht behandelt hat, hat er sich nicht grundsätzlich verändert."

„Interessanterweise hat er sich in seinem dritten Jahr erheblich verbessert. Seine Leistungen waren immer schwankend, und ich habe den starken Verdacht, dass man ihn zu oft ins Rennen geschickt hat. Ich hätte es von Anfang an anders gemacht."

„Du machst sowieso immer alles anders, Brian."

„Na ja. Auf jeden Fall hat Tarmack ihn dann bei irgendeinem Rennen in die Finger bekommen."

„Dieser Dreckskerl", sagte Keeley so kalt, dass Brian sie forschend musterte.

„Kein Widerspruch. Aber ich denke, dass Finnegans Talent in deiner Reitschule verschwendet wäre. Er ist für die Rennbahn geboren, und dort gehört er auch hin."

Überrascht runzelte sie die Stirn. „Du findest, er soll laufen?"

„Ich finde, du solltest es zumindest ernsthaft in Erwägung ziehen. Er ist ein Vollblut, Keeley, gezüchtet, um zu laufen. Es liegt ihm im Blut. Sein Problem ist nur, dass man ihn schlecht gemanagt und schlecht behandelt hat. Trotzdem steckt ein Läufer in ihm, und obwohl deine Reitschule eine prima Sache ist, ist sie für ihn doch nicht genug."

„Aber wenn er zu Kniespat neigt …"

„Das kann man nicht wissen. Erblich bedingt ist es jedenfalls nicht. Es war eine Verletzung, für die ein Mensch verantwortlich war. Aber wenn du glaubst, dass ich mich irre, kannst du ja deinen Vater bitten, ihn sich mal gründlich anzuschauen."

Sie dachte einen Moment darüber nach und trank einen Schluck Wein. „Natürlich vertraue ich deinem Urteil, Brian, das ist doch gar keine Frage. Ich zögere aus einem anderen Grund. Wir wissen beide, dass ein Pferd den Mut verlieren kann, wenn man es schlecht behandelt. Ich möchte ihn nur einfach nicht gern überfordern."

„Sicher, die Entscheidung liegt allein bei dir."

„Würdest du denn mit ihm arbeiten wollen?"

„Ich könnte es." Er füllte zwei Teller mit Chili. „Aber du könntest es auch selbst machen. Du weißt, was zu tun ist und worauf man achten muss."

Sie schüttelte nachdrücklich den Kopf. „Nicht bei Rennpferden. Ich kenne mich auf meinem Gebiet aus, und das ist nicht die Rennbahn. Wenn ich vorhätte, ihn wieder in Rennen zu schicken, würde ich wollen, dass er nur von dem Besten trainiert wird."

„Das wäre ich", sagte er so selbstverständlich, dass sie schmunzeln musste.

„Ist das ein Ja?"

„Sofern dein Vater einverstanden ist, dass ich nebenbei dein Pferd trainiere, auf jeden Fall. Wir werden es langsam angehen, dann sehen wir, wie er sich macht." Dabei wollte er es eigentlich bewenden lassen, doch weil er sich immer noch nicht ganz sicher war, dass sie ihn richtig verstanden hatte, fügte er noch hinzu: „Ich habe den Ausdruck in seinen Augen gesehen, als du heute Vormittag mit ihm auf die Rennbahn kamst. Es war Sehnsucht."

„Das ist mir gar nicht aufgefallen." Sie berührte leicht seine Hand. „Aber ich bin wirklich froh, dass du es gesehen hast."

„Das ist mein Job."

„Es ist deine Gabe", korrigierte sie ihn. „Deine Familie muss mächtig stolz auf dich sein." Sie sagte es beiläufig, während sie wieder zu essen begann, aber als er auflachte, schaute sie ihn erstaunt an. „Was ist daran so komisch?"

„Dass meine Familie stolz auf mich wäre, kann man nicht gerade behaupten."

„Warum?"

„Niemand ist auf etwas stolz, was er nicht versteht. Es geht nicht in allen Familien so nett und beschaulich zu wie in deiner, Keeley."

„Tut mir leid", sagte sie und meinte es auch so. Und zwar nicht nur, dass er als Kind und Jugendlicher einen Mangel erfahren hatte, sondern auch, dass sie so neugierig gewesen war.

„Es gibt Schlimmeres. Darüber kommt man hinweg."

Sie wollte das Thema eigentlich nicht vertiefen, aber seine Worte berührten sie. „Wenn sie nicht stolz auf dich sind, sind sie dumm." Als er überrascht mit dem Essen innehielt und sie anschaute, zuckte sie die Schultern. „Entschuldige, aber das sind sie wirklich."

Ohne sie aus den Augen zu lassen, begann er wieder zu essen. Ihre Augen funkelten, ihre Wangen brannten, ihre Kiefer waren entschlossen aufeinandergepresst. Keeley war sichtlich wütend. „Darling, es ist lieb von dir, das zu sagen, aber …"

„Es ist überhaupt nicht lieb, sondern unhöflich, doch es ist meine ehrliche Meinung." Sie griff nach der Weinflasche und schenkte ihnen nach. „Du hast ein echtes Talent, und du hast dir einen hervorragenden Ruf erworben, sonst wärst du jetzt nicht hier auf Royal Meadows. Warum sollte man darauf nicht stolz sein?", fragte sie, jetzt noch wütender. „Wenigstens dein Vater hätte es verstehen müssen."

„Warum?"

Sie schaute ihn verblüfft an. „Na, schließlich hat er dich doch auf Pferde gebracht, oder?"

„Auf die Rennbahn. Für meinen Vater waren die Pferde nie das Entscheidende", erklärte Brian. Er war so erstaunt über ihre heftige Reaktion, dass ihm völlig entging, wie weit er sich ihr öffnete. Das war etwas, das er normalerweise niemals tat.

„Sie waren für ihn nur eine Art Vehikel. Natürlich mochte er Pferde, aber im Grunde hat ihn immer nur die Atmosphäre auf der Rennbahn fasziniert, der Rausch des Spiels. Und wahrscheinlich ist es immer noch so. Das und die Gelegenheit, ohne die stumme Missbilligung meiner Mutter in Ruhe einige Schlucke aus seinem Flachmann trinken zu können. Ich habe dir erzählt, dass er ein kleiner Bankangestellter ist, Keeley."

„Na und?"

Nichts *na und*, dachte Brian, aber er hatte Mühe, es ihr zu erklären. „Er hat schon vor vielen Jahren aufgehört, durch die Gitterstäbe seines kleinen Käfigs zu schauen. Er und meine Mutter haben früh geheiratet, sie mussten heiraten, weil meine älteste Schwester unterwegs war."

„Das kann ein Problem sein, aber …"

„Nein, sie waren zufrieden. Ich glaube schon, dass sie sich auf ihre Weise irgendwie lieben." Er machte sich normalerweise nicht viele Gedanken über seine Eltern, aber da jetzt die Sprache auf sie gekommen war, tat er sein Bestes.

„Sie gründeten eine Familie und zogen ihre Kinder groß. Mein Vater brachte das Geld nach Hause. Obwohl er spielte und natürlich auch oft verlor, mussten wir nie hungern … und die Rechnungen wurden früher oder später auch immer bezahlt. Meine Mutter wusste, wie man einen Tisch ordentlich deckt, und unsere Kleider waren stets sauber. Trotzdem wurde ich nie das Gefühl los, dass irgendetwas fehlt."

Keeley erinnerte sich an einen Ausspruch ihrer Mutter. *Ein Kind kann vor einem vollen Teller verhungern.* Was heißen sollte, dass ohne Liebe, Zuneigung, Lachen die Seele verhungerte.

„Dass du deinen eigenen Weg gegangen bist, sollte sie nicht davon abhalten, sich für dich zu freuen."

„Mein Bruder und meine Schwestern sind alle ganz normale, ehrbare Leute mit Kindern und einem festen Job. Ich bin ihnen ein Rätsel, und wenn man es nicht schafft, ein Rätsel zu lösen, fängt man früher oder später an zu glauben, dass irgendetwas damit nicht stimmt. Oder dass mit einem selbst etwas nicht stimmt."

„Du bist davongelaufen", sagte sie leise.

Obwohl er sich nicht sicher war, dass ihm diese Umschreibung gefiel, nickte er. „In gewisser Weise wahrscheinlich schon, und zwar so schnell ich konnte. Was für einen Sinn hat es, zurückzuschauen?"

Und doch tut er es, dachte Keeley.

## 11. KAPITEL

*K*eeley gelangte zu dem Schluss, dass manche Männer einfach länger brauchten als andere, um zu erkennen, dass sie auch tatsächlich dorthin gehen wollten, wohin man sie führte.

Dennoch konnte sie sich nicht beklagen, weil sie eine herrliche Zeit hatte. Sie gewöhnte sich an, einmal wöchentlich zu einem Pferderennen zu gehen, ein Vergnügen, das sie sich versagt hatte, während ihre Reitschule noch im Aufbau gewesen war.

Trotzdem gab es immer noch viele Dinge, um die sie sich selbst kümmern musste – Meetings, Berichte schreiben und das Auswerten der Fortschritte, die jedes Kind machte. Für die Sommerferien plante sie eine Art offenes Haus für die Angehörigen und Pflegefamilien ihrer Schüler, sodass jeder Interessierte unangemeldet vorbeischauen, zwanglos mit den anderen plaudern und – natürlich in erster Linie – die Fortschritte der Kinder sehen konnte.

Doch nachdem sie den Unterricht inzwischen auf sieben Tage die Woche ausgedehnt hatte, war sie mehr als froh, ihrer Mutter einen Tag in der Woche die gesamte Verantwortung aufbürden zu können.

Sie fand es aufregend, Bettys Fortschritte zu beobachten und mit eigenen Augen zu sehen, dass Brian bei dem Stutenfohlen seine Ahnung nicht getrogen hatte. Betty bewies Tag für Tag und Woche für Woche, dass sie die geborene Siegerin war.

Doch noch mehr freute sich Keeley, dass Finnegan unter Brians geduldiger, ruhiger Hand regelrecht aufblühte.

Warm eingepackt, weil der Morgen kalt war, stand sie am Zaun der Trainingsbahn und wartete, während Brian Larry letzte Anweisungen gab.

„Bevor das Tor aufgeht, ist er nervös, aber dann stürmt er los. Sie werden ihn zurückhalten müssen, sonst geht ihm die Puste aus. Er läuft gern in der Menge, deshalb möchte ich, dass Sie ihn bis zur zweiten Runde nicht nach vorn lassen. Aber dann müssen Sie ihm unmissverständlich zu verstehen geben, dass

Sie mehr von ihm erwarten. Und er wird es Ihnen geben. Nur an der Spitze läuft er nicht gern, da fehlt ihm die Gesellschaft."

„Ich werde dafür sorgen, dass er das Ziel keine Sekunde aus den Augen verliert, Mr Donnelly. Ich bin Ihnen wirklich sehr dankbar, dass Sie mir diese Chance geben."

„Bedanken Sie sich bei Miss Grant. Aber wenn ich rieche, dass Sie eine Fahne haben, werden Sie keine weitere mehr bekommen."

„Ich trinke keinen Tropfen. Wir werden unser Bestes geben, schon allein, um diesem Schweinehund Tarmack zu zeigen, wie man ein Vollblut behandelt."

„Alles klar."

Brian ging zum Zaun zurück, wo Keeley stand und an ihrem Softdrink nuckelte. „Ich weiß nicht, ob das mit Larry wirklich so eine gute Idee war, aber immerhin ist er nüchtern und entschlossen, seine Sache wiedergutzumachen, von daher lohnt sich das Risiko vielleicht."

„Diesmal geht es nicht ums Gewinnen, Brian."

Er nahm ihr die Flasche aus der Hand, trank einen Schluck und verzog angewidert das Gesicht. Wie Keeley so etwas schon am frühen Morgen in sich hineinschütten konnte, war ihm absolut schleierhaft. „Es geht immer ums Gewinnen."

„Du hast deine Sache bei ihm wirklich prima gemacht."

„Das wissen wir erst morgen in Pimlico."

„Hör sofort auf damit", befahl sie, während er sich unter dem Querbalken des Zauns hindurchschlängelte. „Dieses Lob ist verdient, und du solltest es auch annehmen. Das ist ein Pferd, das seinen Stolz wiedergefunden hat", sagte sie mit Blick auf die Trainingsgruppe, die an die Schranke geführt wurde. „Und das hat es ganz allein dir zu verdanken."

„Um Himmels willen, Keeley. Er ist dein Pferd. Ich habe ihn nur daran erinnert, dass er laufen kann."

Du irrst dich, dachte sie. *Du hast ihm seinen Stolz zurückgegeben, deshalb fühlt er sich jetzt dir zugehörig.*

Aber Brians Interesse wurde bereits von dem Pferd in Anspruch genommen. Er zog seine Stoppuhr heraus. „Warten wir's ab, wie gut er sich heute Morgen daran erinnert, dass er laufen kann."

Dicht über dem Boden waberten Nebelschwaden. Der Raureif im Gras glitzerte, als die ersten zaghaften Sonnenstrahlen durch die Wolken brachen.

Es klingelte, dann sprang die Schranke vor den Startboxen auf. Und die Pferde stürmten los.

Die Nebelschwaden, die sich wie silberne Bänder über den Boden schlängelten, wurden von kraftstrotzenden Beinen zerfetzt. Pferdekörper, die von der feuchten Morgenluft glänzten, jagten vorbei.

„Genau so", murmelte Brian. „Halt ihn in der Mitte. So könnte es gehen."

„Sie sind wunderschön. Alle miteinander."

„Er bestimmt das Tempo selbst." Gespannt beobachtete Brian, wie die Pferde die erste Runde drehten. „Das ist gut. Siehst du, dass er sich mit dem Leitpferd zu messen versucht? Jetzt ist es ein Spiel für ihn. Er stellt sich einfach vor, dass er mit einigen Kumpels irgendwo auf der Weide herumtollt."

Keeley lachte und beugte sich vor, während ihr Herz anfing zu hämmern. „Woher weißt du, was er sich vorstellt?"

„Das hat er mir erzählt. Los jetzt, mach dich bereit! Jetzt! Ja, ganz genau … so ist es richtig. Er ist stark. Zwar wird er nie eine Schönheit werden, aber er ist stark. He, sieh doch nur, er holt auf!" Brian legte Keeley aufgeregt eine Hand auf die Schulter und drückte zu, ohne es zu merken. „Er hat mehr Herz als Verstand, und es ist sein Herz, das ihm befiehlt zu laufen."

Als Finnegan nur eine halbe Länge hinter dem Leitpferd durchs Ziel ging, drückte Brian auf die Stoppuhr. „Super. Absolut super. Ich möchte behaupten, dass er dir morgen alle Ehre macht, Miss Grant."

„Das ist nicht so wichtig."

Verständnislos schaute er sie an. „Wie kann man so etwas bloß sagen? Kannst du mir vielleicht mal verraten, wie uns das morgen Glück bringen soll?"

„Mir reicht es schon, ihn laufen zu sehen. Und noch mehr

Spaß macht es mir, dich zu beobachten, wie du ihm beim Laufen zuschaust, Brian." Gerührt legte sie ihm eine Hand auf die Brust. „Gib es zu, du hast dich in ihn verliebt."

„Ich liebe jedes Pferd, das ich trainiere."

„Ja, das weiß ich, weil es bei mir genauso ist. Aber in dieses hier hast du dich verliebt."

Verlegen, weil sie recht hatte, schwang Brian sich über den Zaun. „Typisch Frau, aus einem ganz normalen Job eine rührselige Angelegenheit zu machen."

Sie lächelte nur, als Brian hinüberschritt und seinem Pferd liebevoll den Kopf tätschelte.

„Na, das ist ja eine feine Sache. Da ziehen mir meine Tochter und mein Trainer doch tatsächlich einen Konkurrenten heran."

Keeley schaute über die Schulter, als sie die Stimme ihres Vaters hörte. „Hast du ihn laufen sehen?"

„Die letzten Sekunden. Du hast ihn wirklich prima aufgepäppelt." Travis drückte ihr einen Kuss auf den Scheitel. „Ich bin stolz auf dich."

Sie schloss die Augen. Wie leicht ihm das Lob über die Lippen kam und wie schön zu wissen, dass er es auch wirklich so meinte.

„Von dir habe ich gelernt, fürsorglich zu sein, von dir und Ma. Als ich dieses Pferd sah, hatte ich Mitleid, weil du es mir beigebracht hattest." Sie hob den Kopf und gab ihrem Vater einen Kuss auf die Wange. „Danke dafür."

Als er seinen Arm um sie legte, schmiegte sie sich an ihn und kostete es aus, wie warm und behaglich es sich anfühlte. „Brian hatte es richtig gesehen. Dieses Pferd muss laufen. Er ist dafür geboren. Ich wollte ihn retten, aber Brian wusste, dass das nicht reicht. Manchen reicht es eben nicht, einfach nur davonzukommen."

„Das habt ihr beide zusammen geschafft."

„Ja, du hast recht." Sie lachte ein bisschen, als ihr ein Licht aufging, so klar, dass sie sich fragte, warum sie es bisher nicht gesehen hatte. „Völlig recht."

Keeley hatte den Reitunterricht ausfallen lassen. Weil heute eine Art Feiertag war, wie Keeley sich sagte. Ein Tag, an dem Mitgefühl, Einfühlungsvermögen und harte Arbeit gefeiert werden sollten. Es war nicht nur Finnegans Rückkehr auf die Rennbahn, sondern auch Bettys erstes wichtiges Rennen.

Keeleys Eltern hatten vor, ebenfalls zu kommen, genauso wie Brendon.

Wenn es je einen Anlass gegeben hatte, die Schule zu schließen, dann diesen.

Sie machte sich bereits bei Sonnenaufgang auf den Weg zur Rennbahn, wo sie es auskostete, dem Morgentraining zuzuschauen, zu hören, was für Wetten abgeschlossen wurden, und zu spüren, wie sich die Spannung in ihr aufbaute.

„Man könnte fast glauben, es ginge um das Derby, so aufgeregt bist du", bemerkte Brendon, während er mit ihr zu den Reitställen zurückging.

„Er ist mein erstes Rennpferd. Aber ich bin mir ziemlich sicher, dass er auch mein letztes sein wird. Ich werde jeden Augenblick davon genießen, und trotzdem … meine Leidenschaft ist es nicht. Nicht so wie deine und Dads. Und sogar Mas."

„Du hast deine ganze Leidenschaft in deine Reitschule gesteckt. Ich hätte mir nie vorstellen können, dass du irgendwann aufhörst, an Turnieren teilzunehmen."

„Ich auch nicht. Genauso wenig wie ich mir je hätte vorstellen können, dass es etwas gibt, das ich als ebenso befriedigend und herausfordernd empfinde."

Sie blieben stehen und schauten den Pferden entgegen, die vom Morgentraining zurückgebracht wurden.

Die Pferderücken dampften ebenso wie die Wannen mit heißem Wasser, die man vor den Ställen aufgestellt hatte.

Hotwalker kamen herbeigeeilt, um die Pferde abzukühlen, Stalljungen und Pferdepfleger warteten auf ihren Einsatz. Irgendjemand spielte auf einer Mundharmonika ein wehmütiges Lied, zu dem der auf den Amboss niedersausende Hammer des Hufschmieds den Takt angab.

„Sie zum Sieg zu bringen ist deine Aufgabe", sagte Keeley ein bisschen später zu Brian, wobei sie auf Betty deutete, die eben vorbeigeführt wurde. „Ich bin glücklich, einfach nur zuschauen zu können."

„Ach ja? Und warum bist du dann schon so früh hier draußen?"

„Einer guten alten Familientradition folgend, werde ich mich heute während des Rennens um Finnegan kümmern."

Davon hatte Brian bis zu diesem Zeitpunkt nichts gewusst, und es gefiel ihm ganz und gar nicht. „Reitstallbesitzer kümmern sich nicht um die Pferde. Sie sitzen auf der Tribüne oder im Restaurant. Sie halten sich raus."

Keeley fuhr fort, Finnegan mit Stroh abzureiben. „Wie lange arbeitest du jetzt schon auf Royal Meadows?"

Seine Miene verfinsterte sich augenblicklich noch mehr. „Seit Mitte August."

„Nun, in dieser Zeit müsste dir eigentlich schon aufgegangen sein, dass sich die Grants nie raushalten."

„Das heißt noch lange nicht, dass ich es auch richtig finde." Er beobachtete genau, wie sie Finnegans Hals striegelte, entdeckte jedoch nichts, was daran auszusetzen gewesen wäre. Aber das war auch gar nicht wichtig. „Ein Pferd vor einer Ausstellung oder vor einem Training oder einem ganz normalen Ausritt fertig zu machen, ist etwas völlig anderes als vor einem Rennen."

Sie stieß einen tiefen Seufzer aus. „Hast du das Gefühl, ich wüsste nicht, was ich tue?"

„Seine Beine müssen eingepackt werden."

Wortlos deutete sie auf die Tücher auf der Leine und die zusätzlichen Wäscheklammern, die sie sich an ihre Jeans gesteckt hatte.

Immer noch nicht überzeugt, musterte er ihre Striegelbürsten und all die anderen Pflegeutensilien, die man so brauchte. Die Watte, die Decken, das Geschirr.

„Die Eisen müssen poliert werden."

Sie schaute auf den Sattel. „Ich weiß, wie man Eisen poliert."

Brian wiegte sich auf seinen Absätzen vor und zurück. Er sollte sich endlich um Betty kümmern. „Man muss mit ihm sprechen."

„Was du nicht sagst. Wie das geht, weiß ich auch."

Brian fluchte leise. „Er hat es aber lieber, wenn man singt."

„Wie bitte?"

„Ich sagte, er mag es, wenn man ihm etwas vorsingt."

„Oh." Keeley schmunzelte. „Und was? Ein ganz bestimmtes Lied? Warte, lass mich raten. *Finnegan's Wake* vielleicht?" Als sie Brians bösen Blick sah, lachte sie so sehr, dass sie sich gegen den Wallach lehnen musste. Das Pferd wandte den Kopf und schnüffelte auf der Suche nach Äpfeln an ihren Taschen.

„Es ist nur ein kurzes Lied", gab Brian unbeeindruckt zurück, „und er liebt es, seinen Namen zu hören."

„Den Refrain kenne ich." Keeley gab sich alle Mühe, das erneute Auflachen, das in ihr aufstieg, zu unterdrücken. „Aber ich bin mir nicht sicher, ob ich den ganzen übrigen Text kenne. Soweit ich mich erinnere, hat es mehrere Strophen."

„Tu dein Bestes", brummelte er, dann drehte er sich um und ging im Laufschritt davon. Als er hörte, wie sie anfing, den Song von dem Dubliner zu singen, der gern einen über den Durst trank, verzog er die Lippen zu einem Grinsen.

Als er an Bettys Box kam, schüttelte er den Kopf. „Das hätte ich mir denken können. Wenn die eine Grant nicht da ist, wo sie eigentlich hingehört, ist es der andere auch nicht."

Travis tätschelte Betty die Schulter. „Ist das Keeley, die da singt?"

„Sie macht sich über mich lustig, aber solange sie tut, was nötig ist, soll es mir recht sein. Sie besteht darauf, sich heute um Finnegan zu kümmern."

„Das ist normal bei ihr. Der Dickschädel ebenso wie die Geschicklichkeit."

„Mir saßen noch nie so viele Besitzer im Nacken. Die brauchen wir nicht, stimmt's, Darling?" Brian tätschelte Betty den Kopf, und sie nickte, dann knabberte sie an seinen Haaren.

„Das verdammte Pferd hat sich in Sie verknallt."

„Auch wenn sie Ihre Lady ist, Sir, ist sie doch meine große Liebe, oder was meinst du, meine Schöne?" Er streichelte sie, und als er ins Gälische verfiel, stellte Betty die Ohren auf und begann nervös hin und her zu tänzeln.

„Sie hat es gern, wenn man sie vor einem Rennen ein bisschen anstachelt", murmelte Brian. „Aufpumpt … nennen Sie das nicht bei Ihren Footballspielern so? Übrigens ein Sport, dessen Spielregeln mir ewig verborgen bleiben werden. Ich frage mich nur immer, warum die Spieler fast die ganze Zeit über auf dem Spielfeld herumstehen und sich die Köpfe heißreden, statt zu spielen."

„Trotzdem haben Sie am Montagabend gewonnen."

„Beim Wetten, ja. Das ist das Einzige, was ich mit dem Football anfangen kann." Brian griff nach den Zügeln. „Ich gehe noch ein bisschen mit ihr auf und ab, bevor wir sie runterbringen. Sie liebt es, sich zu zeigen. Sie und Ihre Frau sitzen ja sicher irgendwo in der Nähe des Siegertreppchens."

Travis grinste ihn an. „Wir schauen unten vom Zaun aus zu."

„Los, Betty. Gehen wir noch ein bisschen angeben." Daraufhin führte Brian Betty aus dem Stall.

Nachdem Keeley den Satteleisen den letzten Schliff gegeben hatte, rollte sie ihre schmerzenden Schultern und überlegte, dass ihr noch genug Zeit blieb, sich einen Softdrink zu holen, bevor sie Finnegan die letzten aufmunternden Worte ins Ohr flüsterte.

Als sie aus dem Stall trat, musste sie gegen die plötzliche Helligkeit anblinzeln. Sobald ihr Blick wieder scharf war, sah sie Brian, der in der Nähe der Stalltür auf einem umgestülpten Eimer hockte.

Sie erschrak. Die Hände vors Gesicht geschlagen, saß er wie versteinert da.

„Was ist? Stimmt irgendetwas nicht?" Mit einigen langen Schritten war sie bei ihm und kauerte sich vor ihn hin. „Ist was mit Betty?" Sie bekam vor Aufregung kaum Luft. „Ich dachte, sie läuft gerade."

„Sie ist bereits durchs Ziel gegangen. Als Erste."

„Großer Gott, Brian, und ich dachte schon, es ist was passiert."

Als er die Hände sinken ließ, sah sie, dass er völlig erschüttert war. „Mit zweieinhalb Längen Vorsprung", sagte er. „Sie hat mit zweieinhalb Längen Vorsprung gewonnen, und zwar mit größter Leichtigkeit. Nichts konnte sie berühren, verstehst du? Absolut nichts. So ein Pferd habe ich in meinem ganzen Leben noch nicht trainiert. Sie ist ein Wunder."

Keeley legte ihm die Hände auf die Knie und setzte sich auf ihre Fersen zurück. Das ist wahre Leidenschaft, dachte sie. Zu Brendon hatte sie davon gesprochen, aber jetzt sah sie sie. „Du hast sie so weit gebracht." Bevor er etwas sagen konnte, schüttelte sie den Kopf und fuhr fort: „Ohne ihren Willen zu brechen, allein mit Überredung."

„Ich kann es immer noch nicht fassen. Es war eine dermaßen starke Gruppe. Ich habe sie nur mitlaufen lassen, weil ich dachte, dass ihr ab und zu eine kleine Lektion in Demut nicht schaden könnte. Weil es Zeit wird, erwachsen zu werden, dachte ich … na, du weißt schon, was ich meine. Zeit, sich an echten Konkurrenten zu messen."

Immer noch völlig fassungslos, fuhr er sich durchs Haar, dann lachte er auf. „Nun, über Demut wird sie jedenfalls nichts mehr lernen."

„Warum bist du nicht bei ihr?"

„Das ist die Stunde deiner Eltern. Sie gehört schließlich ihnen."

„Du musst selbst noch viel lernen." Sie stand auf und klopfte sich den Staub von der Hose. „Jetzt ist Finnegan gleich dran. Willst du nicht reinkommen und einen Blick auf ihn werfen?"

Brian atmete mehrmals tief durch, dann stand er auf. „Er wird seine Sache anständig machen", sagte er zu Keeley, während er ihr in den Stall folgte. „Könnte nicht schaden, auf Platz zu setzen."

„Ich setze auf ihn." Während Brian in die Box ging, um Finnegan zu begutachten, holte sie aus der Tasche ihrer Jacke, die sie ausgezogen hatte, mehrere Papiere.

„Die Beine hast du gut eingepackt." Er fuhr mit einem Finger über die Steigbügel. „Und die Eisen sind auch gut poliert."

„Freut mich, dass es deinen Beifall findet. Nächstes Mal kannst du es selbst machen." Sie hielt einen Stapel Papiere hoch.

„Was ist das?"

„Papiere, aus denen hervorgeht, dass dir Flight of Fancy, auch Finnegan genannt, zur Hälfte gehört."

„Wovon redest du?"

„Er hat von Anfang an zur Hälfte dir gehört, Brian. Damit wird es nur amtlich."

Seine Handflächen wurden kalt und feucht. „Lass den Blödsinn. Das kann ich nicht annehmen."

Sie hatte damit gerechnet, dass er sich weigern würde, ihr Geschenk anzunehmen, aber sie hatte nicht damit gerechnet, dass er blass werden und sie anfahren würde. „Warum nicht? Du hast geholfen, ihn wieder auf die Rennbahn zu bringen. Du hast ihn trainiert."

„Zwei Wochen lang, in meiner Freizeit. Jetzt nimm das weg und hör auf mit dem Unsinn."

Als er versuchte, sich an ihr vorbeizumogeln, trat sie einen Schritt vor und verstellte ihm den Weg. „Erstens würde er ohne dich heute nicht antreten. Und zweitens hängst du genauso an ihm wie ich, vielleicht sogar noch mehr. Wenn es das Geld ist, was dir Kopfschmerzen …"

„Das ist es nicht." Obwohl es zu einem gewissen Teil stimmte. Weil es ihr Geld war.

„Was dann?"

„Ich will kein Rennpferd."

„Das ist sehr dumm, weil du nämlich leider eines hast. Ein halbes zumindest."

„Ich habe gesagt, dass ich es nicht annehme."

„Darüber streiten wir uns später."

„Da gibt es nichts zu streiten."

Sie lächelte ihn zuckersüß an, während sie aus der Box ging. „Weißt du, Brian, nur weil du es schaffst, ein Pferd zu überreden, das zu tun, was du willst, heißt das noch lange nicht, dass du es bei mir ebenso schaffst. Ich werde auf unser Pferd setzen. Um zu gewinnen."

„Er ist nicht unser …" Er sprach nicht weiter und fluchte, weil sie den Stall bereits im Laufschritt verlassen hatte. „Und du wettest auch nicht, um zu gewinnen", brummte er. „Es geht nicht gegen dich", sagte er zu Finnegan, der ihn mit sanft blickenden Augen melancholisch ansah. „Ich kann bloß nichts besitzen. Nicht, dass ich dich nicht lieben und respektieren würde, das tue ich wirklich. Aber was ist, wenn ich irgendwann weiterziehe? Und selbst wenn ich es nicht täte – was ich im Moment für nicht ganz ausgeschlossen halte –, kann ich von Keeley nicht einfach ein Pferd annehmen. Auch kein halbes. Doch keine Sorge, das klären wir später schon."

Brian hätte nicht so nervös sein dürfen. Es war jämmerlich. Dabei war es doch nur ein Pferd unter vielen, ein Rennen unter vielen. Finnegan war, anders als Betty, kein glänzendes Talent. Er war ein gutmütiger, Äpfel liebender Wallach, dessen Willen man gebrochen hatte und der in seiner kurzen Karriere weit mehr Rennen verloren als gewonnen hatte.

Obwohl Brian ihn natürlich mochte und ihm nur das Beste wünschte, wiegte er sich nicht in der Illusion, dass dieser Wallach hier ein potenzieller Champion sein könnte.

Er ermöglichte dem Pferd nur, das zu tun, was für es normal war. Was ihm im Blut lag. Und ihm lag es im Blut, möglichst schnell zu laufen.

Trotzdem hatte Brian vor Aufregung Schmetterlinge im Bauch.

„Die Bahn ist trocken", sagte er zu Larry, während sie über den hinteren Rasen gingen. „Das ist gut. Und die Gruppe ist groß, das mag er auch. Blue Devil, die Nummer sechs, hat gute Chancen. Und zwar aus mehreren Gründen."

„Ich kenne Blue Devil." Larry nickte und wälzte seinen Kaugummi im Mund herum. „Er schafft es, sich im dicksten Gewühl durchzuschlängeln. Dann geht er in Führung und pendelt sich bei einer hohen Geschwindigkeit ein."

„Ich gehe davon aus, dass er es heute genauso macht. Und dabei sollen Sie versuchen, herauszufinden, was in Finnegan steckt. Ich will nicht, dass Sie ihn überfordern, aber halten Sie ihn in der ersten Runde auch nicht zurück. Lassen Sie ihn seine Beine testen."

„Alles klar, Mr Donnelly, ich werde mich gut um ihn kümmern. Ah, da kommt ja Miss Grant. Er sieht gut aus, Miss Grant. Sie haben erstklassige Arbeit geleistet."

„Ja." Ein bisschen atemlos, weil sie vom Wettschalter zurückgerannt war, rubbelte sie Finnegan kräftig den Kopf. „Wir haben erstklassige Arbeit geleistet."

Als die Durchsage für die Jockeys kam, trat sie einen Schritt zurück. „Viel Glück."

„Und sprechen Sie mit ihm", schärfte Brian Larry noch einmal ein. „Vergessen Sie nicht, die ganze Zeit mit ihm zu reden. Erinnern Sie ihn daran, wozu er hier ist."

„Die beiden sehen gut aus", entschied Keeley. „Hier, nimm."

„Was ist das denn?"

„Ich habe fünfzig für dich gesetzt."

„Du … verdammt."

„Du kannst es mir dann ja aus unserem Gewinn zurückzahlen", schlug sie fröhlich vor. „Wir sollten jetzt besser nach vorn gehen. Sonst verpassen wir womöglich noch den Start. Hast du meine Familie gesehen?"

„Nein. Aber bestimmt entdeckst du sie bald. Ihr seid doch nicht zu übersehen." Weil sie sich anschickte, sich einen Weg durch die Menge zu bahnen, griff er nach ihrer Hand, aus Angst, sie könnte womöglich zerdrückt werden. „Ich weiß wirklich nicht, warum du nicht ins Restaurant gehst, dort ist es doch viel zivilisierter."

„Snob."

„Das hat nichts mit …" Er gab sich geschlagen. „Ich will, dass du diese Papiere zerreißt."

„Nein. Da, sie bringen sie in die Startboxen."

„Ich will auf keinen Fall eine Gewinnbeteiligung an deinem Pferd."

„An unserem Pferd. Wer ist die Nummer drei? Ich habe mein Formular verloren."

„Das ist Prime Target, 8:5, kommt meistens von hinten. Wirklich, Keeley, es ist ja gut gemeint, aber …"

„Nicht gut gemeint, sondern nur logisch. So, da wären wir."
Sie warf ihm ein strahlendes Lächeln zu. „Unser erstes Rennen."
Es klingelte.

Zehn muskulöse Pferde mit Reitern, die sich tief über ihre Hälse duckten, schossen aus den Startboxen. Innerhalb von Sekunden verschmolzen sie zu einer Einheit mit Dutzenden von langen, sich beugenden und streckenden Beinen, die durch die Luft flogen und nur ganz flüchtig den Boden antippten.

Rote, weiße, goldfarbene, grüne Seidenbänder flatterten bunt im Wind. Und der Donnerhall der Hufe war einfach herrlich.

Keeley tastete nach Brians Hand und umklammerte sie.

Vor lauter Aufregung blieb ihr die Luft weg, und ihr Kopf wurde so leer, dass sie keinen klaren Gedanken mehr fassen konnte.

Von der trockenen Bahn stiegen Staubwolken auf, Jockeys wurden wie Puppen nach vorn geschleudert, und nach der zweiten Runde begann die Einheit zu bröckeln.

„Er behauptet sich auf dem vierten Platz", schrie Keeley. „Er hält durch."

Das Leitpferd schob sich noch weiter nach vorn. Um eine Kopfeslänge, eine halbe Körperlänge. Finnegan holte auf, versuchte, sich an die dritte Stelle zu setzen. Keeley hörte die Menge toben, aber ihr Herz hämmerte im Rhythmus der Hufschläge.

Diese Beine beugten, streckten, hoben sich.

„Er holt immer noch auf." Sie begann zu lachen, obwohl ihre Hand Brians angespannt umklammerte. Sie verspürte eine so überwältigende Freude, als säße sie selbst auf dem Wallach. „Er holt auf. Er wird von Sekunde zu Sekunde schneller. Siehst du ihn?"

Brian sah ihn, und das Grinsen auf seinem Gesicht war breit. „Ich habe nicht genug an ihn geglaubt. Längst nicht genug. Er wird sich noch weiter nach vorn schieben."

Und das tat er tatsächlich, ein großes, nicht sehr ansehnliches Pferd mit einer Gewinnchance von 20:1 und einem abgehalfterten Jockey in den Steigbügeln. Finnegan schoss nach vorn, wobei seine Hufe kaum den Boden berührten, holte das in Führung liegende Pferd ein und galoppierte Kopf an Kopf mit ihm, umtost vom Geschrei der jubelnden Menge.

Sekunden bevor er die Ziellinie erreicht hatte, schob er sich um eine Nasenlänge nach vorn.

„Da! Er hat gewonnen." Keeley wirbelte zu Brian herum. Sie fragte sich, ob sein fassungsloser Gesichtsausdruck ihren eigenen widerspiegelte. „Mein Gott, Brian, er hat gewonnen!"

„Zwei Wunder an einem Tag." Ihm entfuhr ein kurzes, verblüfftes Auflachen, dann noch eins, ein längeres diesmal. Außer sich vor Freude, packte er Keeley und wirbelte sie im Kreis herum.

„Das hätte ich nie gedacht." Überglücklich reckte sie die Arme in die Luft, daraufhin legte sie sie Brian um den Nacken und küsste ihn. „Nie hätte ich erwartet, dass er gewinnt."

„Du hast auf ihn gesetzt."

„Das geschah aus Liebe, aber nicht, weil ich wirklich daran geglaubt habe. Mir wäre nicht mal im Traum eingefallen, dass er Erster werden könnte."

„Er ist es aber geworden." Brian schwenkte sie noch ein letztes Mal im Kreis, bevor er sie wieder absetzte. „Das ist alles, was zählt."

„Das müssen wir feiern. Das gibt ein Riesenfest!"

Während Bettys Sieg ihn durch diesen berauschenden Beigeschmack von Vorbestimmung bis ins Mark erschüttert hatte, war er über diesen Erfolg jetzt sprachlos vor Freude. Er packte Keeley erneut und tanzte mit ihr durch die Menge.

„Ich kaufe dir eine Flasche Champagner."

„Zwei", korrigierte sie ihn. „Eine für jeden von uns. Wir müssen zur Siegerehrung runtergehen."

„Du gehst. Ich bleibe hier."

Auch wenn er sich wie ein störrischer Maulesel benahm, war er doch ein Mann. Und sie wusste genau, welchen Knopf sie drücken musste. „Mir zuliebe musst du nicht mitkommen und dir zuliebe auch nicht. Aber ihm zuliebe musst du es tun." Sie streckte ihm eine Hand hin.

Er wollte fluchen, aber dann beschloss er, seinen Atem lieber zu sparen. „Na schön, ich begleite dich, als sein Trainer. Gehören tut er dir."

„Nur zur Hälfte", widersprach sie, während sie versuchte, mit ihm Schritt zu halten. „Die andere Hälfte gehört dir. Aber wir können gern darüber streiten, welche."

## 12. KAPITEL

*N*atürlich kümmere ich mich um ihn." Keeley bückte sich, um Finnegans rechten Vorderfuß auszupacken. „Du solltest raufgehen und feiern."

„Das hier gehört dazu." Behutsam fuhr sie dem Wallach mit der Hand über das Bein, bevor sie das Tuch an die Leine hängte. „Finnegan und ich gratulieren uns gegenseitig, während ich ihn zurechtmache. Aber du kannst mir einen Gefallen tun." Sie zog ihren Wettschein aus der Tasche. „Holst du mir meinen Gewinn ab?"

Brian schüttelte den Kopf. „Im Moment freue ich mich zu sehr, um mich über dich zu ärgern." Mit einer Hand auf dem Pferd beugte er sich vor, um sie zu küssen. „Doch das halbe Pferd nehme ich trotzdem nicht."

Keeley legte Finnegan einen Arm um den Hals. „Hast du das gehört? Er will dich nicht."

„Sag bitte nicht solche Sachen zu ihm. Du verletzt seine Gefühle."

Sie schmiegte ihre Wange gegen den Kopf des Wallachs. „Du verletzt seine Gefühle."

Als ihn zwei Augenpaare musterten, atmete Brian zischend aus. „Darüber unterhalten wir uns später unter vier Augen."

„Er braucht dich. Wir brauchen dich beide."

Sein Magen zog sich schmerzhaft zusammen. „Das ist unfair."

„Es ist eine Tatsache."

Er wirkt so unangenehm berührt, dachte sie innerlich aufseufzend.

Am liebsten hätte sie ihn gepackt und kräftig durchgeschüttelt. Aber jetzt war nicht der richtige Moment, um wütend zu werden und zu verlangen, dass er sich die Frau, die ihn liebte, genau ansehen sollte.

„Wir werden darüber reden." Wir müssen über viele Dinge reden, ergänzte sie in Gedanken. *Und zwar sehr bald.* „Im Moment werden wir einfach nur glücklich sein."

Er zögerte, während sie fortfuhr, Finnegans Beine auszuwickeln. „Ich war in den letzten Monaten so glücklich wie noch nie in meinem Leben."

„Daran braucht sich nichts zu ändern." Sie hängte die restlichen Tücher auch noch auf und griff dann nach einer Striegelbürste. „Wir sind ein gutes Team, Brian. Wir können viel zusammen machen."

Brian strich Finnegan über die Unterseite des Halses. „Heute haben wir einen sehr guten Anfang gemacht. Hast du vielleicht Lust, nachher mit mir irgendwo hübsch essen zu gehen?"

Keeley warf ihm einen vernichtenden Blick zu. „Ist das jetzt endlich die Verabredung, auf die ich schon so lange warte?"

„Unter den gegebenen Umständen scheint es angemessen." Grinsend befingerte er den Wettschein. „Außerdem sieht es ganz danach aus, als hätte ich nebenbei auch noch ein bisschen Geld verdient."

„Dann würde ich die Einladung sehr gern annehmen."

„Ich muss nur noch nach Betty sehen und dafür sorgen, dass sie gut nach Hause kommt."

„Wenn dir unterwegs jemand von meiner Familie über den Weg läuft, sag Bescheid, wo ich bin, okay?"

„Okay. Na, jetzt hast du deinen großen Moment gehabt, was?", sagte Brian leise zu Finnegan.

Keeley legte die Bürste weg und durchquerte die Box, während Brian ihr die Tür öffnete. „Du kannst dich auch nicht beklagen, Donnelly."

„Das tue ich ja gar nicht. Ich kann mich nicht erinnern, wann ich jemals so einen guten Tag hatte."

Sie legte ihm die Arme um den Nacken und lehnte den Kopf an seine Schulter. „Es wird noch mehr davon geben. Für uns alle." Sie blickte auf. „Wir werden dafür sorgen, dass es noch mehr gibt", versprach sie, während sie ihm den Mund bot.

Wenn er sie im Arm hielt, war es so einfach, sich aus der Realität davonzustehlen und zu träumen.

„Du vernachlässigst unser Pferd." Er schmiegte seine Wange an ihre und schloss die Augen. „Ich bin gleich zurück."

„Ich werde warten."

Aber er bewegte sich nicht, sondern stand einfach nur so mit ihr da, während das Verlangen in ihm pulsierte. Endlich vermochte er sich von ihr zu lösen, ergriff ihre Hände und zog sie an die Lippen. „Vergiss nicht, ihm Äpfel zu geben. Er frisst sie so gern."

„Ja, ich weiß. Brian …"

„Ich bin gleich zurück", wiederholte er und ging weg, bevor er sagte, was ihn so sehr bewegte.

„Irgendetwas hat sich verändert", flüsterte Keeley vor sich hin. „Ich spüre es ganz genau." Sie presste ihre Hände, die immer noch warm waren von seinen, an ihre Brust. Oh, das ist wirklich ein herrlicher Tag, dachte sie. *Und er ist noch nicht vorbei.* Sie wandte sich wieder zu Finnegan um, der sie geduldig beobachtete. „Er liebt mich. Er kann die Worte nur noch nicht aussprechen, aber ich weiß ganz genau, dass er mich liebt."

Sie griff wieder nach der Striegelbürste. „Bevor der Tag zu Ende ist, werden wir durch ein weiteres Ziel gehen. Ich muss mich schön machen. Bei Kerzenlicht, Wein und …"

Sie sprach nicht weiter, als sie hörte, dass die Tür der Box wieder geöffnet wurde. In der Annahme, dass Brian schon zurück sei, drehte sie sich um. Ihr strahlendes Lächeln verschwand, als sie Tarmack sah.

„Da haben Sie mich aber schön reingelegt, was?"

„Sie sind hier unerwünscht."

„Schnappt mir einfach dieses Pferd weg! Sie sind nicht besser als eine Pferdediebin. Und wahrscheinlich kommen Sie damit auch noch durch, nur weil Sie eine Grant sind."

„Ich habe den Preis, den Sie verlangt haben, bezahlt", sagte sie kalt. Sie roch seine Whiskeyfahne. Und Finnegan roch sie offenbar auch. Das Pferd begann zu zittern. Beruhigend legte sie eine Hand an sein Geschirr. „Wenn Sie eine Beschwerde haben, sollten Sie sich an die Rennkommission wenden."

„Die Ihr Vater schmiert?"

Sie riss den Kopf hoch. Empört funkelte sie Tarmack an. „Reden Sie nicht so über meinen Vater!"

„Ich sage, was mir passt." Er betrat die Box und blickte sie aus glasigen Augen hasserfüllt an. „Ihr seid doch alle Betrüger! Betrüger, die sich einbilden, besser zu sein als Leute wie ich, die sich irgendwie ihren Lebensunterhalt verdienen müssen. Sie haben mir dieses Pferd gestohlen." Er bohrte ihr einen Finger in die Schulter. „Und Sie haben behauptet, dass er nicht fit genug ist, um zu laufen."

„Das war er auch nicht." Sie hatte keine Angst. Hier waren überall Leute, und wenn er ihr zu nahe kam, brauchte sie nur zu schreien. Aber sie war eine Grant, und eine Grant ließ sich nicht so schnell einschüchtern. Sie wurde auch allein mit einem Trunkenbold fertig.

„Aber für Sie konnte er schon laufen, was? Und gewinnen. Dieser Pokal gehört mir und sonst niemandem."

Es geht ihm nur ums Geld, dachte sie. Genau wie Brian gesagt hatte, ging es für manche nur um Geld und nicht um Gefühle. „Sie haben Ihr Geld erhalten. Mehr bekommen Sie nicht. Und jetzt schlage ich vor, Sie verschwinden, bevor ich Anzeige gegen Sie erstatte."

„Wage es nicht, mir den Rücken zuzudrehen, du Luder."

Als er sie am Arm packte und herumzerrte, keuchte Keeley vor Schreck und vor Schmerz. Beim Versuch, sich von ihm loszumachen, zerriss ihr Hemd an der Schulter. Finnegan neben ihr wieherte erschrocken und scheute.

„Sieh mich gefälligst an, wenn ich mit dir rede. Du hältst dich wohl für was Besseres?" Als er ihr einen leichten Stoß versetzte, taumelte sie gegen den Wallach, und Tarmack riss sie wieder nach vorn. „Du glaubst wohl, du bist was Besonderes, bloß weil dein Daddy in Geld schwimmt."

„Ich glaube", erwiderte Keeley mit trügerischer Ruhe, „dass Sie mich loslassen sollten." Sie schob eine Hand in ihre Tasche und schloss ihre Finger fest um einen Hufreiniger.

Es passierte schnell, eine kaum wahrnehmbare Bewegung, ein Geräusch. In dem Moment, in dem sie ihre Waffe herauszog, riss Finnegan den Kopf herum und biss Tarmack in die Schulter.

Tarmack stieß sie zum zweiten Mal gegen Finnegan, und als er den Arm hochriss und ausholte, schrie sie auf und machte einen Satz auf ihn zu, um zu verhindern, dass er seine Faust auf Finnegans Kopf niedersausen ließ.

Die Faust streifte stattdessen ihre Schläfe, woraufhin ihr kurz schwarz vor Augen wurde. Noch während sie ihr Gleichgewicht wiederzufinden versuchte, erschien Brian wie ein Rachegott auf der Schwelle.

Um Finnegan zu beruhigen, drehte sich Keeley zu ihm um und packte seine Zügel. „Es ist gut. Alles ist gut."

Doch als sie draußen vor der Box ein schreckliches Krachen hörte, lief sie aus der Box.

„Brian, nicht!"

Sein Gesicht war maskenhaft starr. Er hatte Tarmack, den er gegen die Wand gedrängt hatte, im Würgegriff, während er mit der anderen Hand gerade ausholte, um erneut zuzuschlagen. Tarmacks Mund und Nase waren bereits blutverschmiert. Um Brian aufzuhalten, hängte sich Keeley an seinen Arm, der sich anfühlte wie heißer Stahl.

„Das reicht jetzt. Es ist gut."

Ohne ihr auch nur einen Blick zu gönnen, schüttelte Brian sie ab und rammte Tarmack seine Faust in den Magen. „Er hat dich angefasst."

„Hör sofort auf." Keuchend packte sie erneut seinen Arm und versuchte, ihn festzuhalten. „Er hat mir nichts getan. Lass ihn los, Brian." Sie hörte, dass Tarmack nach Atem rang, weil Brian ihm immer noch den Hals zudrückte. „Mir ist nichts passiert."

Sehr langsam wandte Brian den Kopf. Als sie den eiskalten Ausdruck in seinen Augen sah, begann sie zu zittern. „Er hat dich angefasst", wiederholte er leise. „Geh mir aus dem Weg."

„Nein." Sie hörte Schreie hinter sich und sah aus dem Augenwinkel, dass Leute herbeieilten. Und sie konnte das Blut riechen. „Es reicht. Lass ihn los."

„Es reicht nicht." Er versuchte wieder, sie abzuschütteln. Vergeblich.

Vor Tarmack hatte sie keine Angst gehabt, aber jetzt hatte sie welche.

„Was ist hier los?"

Als sie die Stimme ihres Vaters hörte, hätte sie am liebsten vor Erleichterung geweint. Die Umstehenden machten ihm Platz. Er schaute ihr lange und forschend ins Gesicht, dann glitt sein Blick über ihren zerrissenen Ärmel, und obwohl die Hand, die auf ihrer Schulter lag, sanft war, entging ihr nicht, dass er die Augen gefährlich zusammenkniff.

„Tritt zurück, Keeley", sagte er mit stählerner Stimme.

„Dad." Sie schüttelte den Kopf, während sie immer noch wie eine Klette an Brians Arm hing. „Sag Brian, dass er ihn loslassen soll. Auf mich hört er nicht."

Hasserfüllt stieß Brian Tarmacks Kopf gegen die Wand, während er wiederholte: „Er hat sie angefasst."

Travis' Augen glitzerten kalt. „Stimmt das?"

„Dad, um Gottes willen." Keeley senkte die Stimme. „Mach was. Er bringt ihn gleich um."

„Lassen Sie ihn los, Brian." Adelia, die herbeigeeilt war, hatte die Situation mit einem Blick erfasst. Sanft berührte sie Brian an der Schulter. „Sie sind mit ihm fertig geworden. Jetzt machen Sie Keeley nur noch Angst."

„Ihr Hemd ist zerrissen. Haben Sie gesehen, dass ihr Hemd zerrissen ist?" Er sprach immer noch so langsam, als hätte er Mühe, die Worte zu artikulieren. „Bringen Sie sie hier raus."

„Ja, ja. Aber lassen Sie erst diesen armseligen Mann los. Er ist es nicht wert."

Vielleicht war es ihre Stimme, der singende Tonfall, der schließlich zu ihm durchdrang.

Brian lockerte seinen Griff, und Tarmack schnappte gierig nach Luft.

„Er hat sie in der Box überfallen. Überfallen, verstehen Sie? Und er hat sie angefasst."

Adelia nickte. Ihr Blick glitt kurz zu ihrem Mann. Vor langer Zeit hatte er einen Betrunkenen überwältigt, der sie berührt hatte. Sie erkannte die nur mühsam im Zaum gehaltene Gewaltbereitschaft in Brians Augen und verstand ihn. „Jetzt ist alles in Ordnung. Dafür haben Sie gesorgt."

„Ich bin noch nicht fertig." Er sagte es so ruhig, dass Adelia nur verblüfft blinzeln konnte, als seine Faust wieder vorschoss und so hart zuschlug, dass Tarmack in die Knie ging.

„Hör auf." Keeley, die nicht wusste, was sie sonst hätte tun können, drängte sich zwischen die beiden Männer und versuchte, Brian mit den Händen wegzuschieben. Obwohl es ihr nicht gelang, ihn auch nur einen einzigen Zentimeter von der Stelle zu bewegen, zeigte die Geste doch Wirkung. „Das reicht. Es ist nur ein zerrissenes Hemd. Er ist betrunken und hat sich dumm benommen. Aber jetzt ist es genug, Brian."

„Du irrst. Es wird nie genug sein. Du hast eine zarte Haut, Keeley, und er hat mit Sicherheit seine Spuren darauf hinterlassen, deshalb wird es nie genug sein."

Tarmack kroch auf allen vieren ein Stück beiseite und übergab sich. Travis zog ihn in einer fast geistesabwesend wirkenden Geste auf die Füße. „Ich schlage vor, dass Sie sich bei meiner Tochter entschuldigen und dann verschwinden, sonst lasse ich diesen Burschen wieder auf Sie los."

Tarmacks Magen rebellierte vor Schmerz, und er konnte sein eigenes Blut schmecken, aber die Demütigung traf ihn nicht weniger hart. „Scheren Sie sich zum Teufel. Sie und alle anderen. Ich werde den Kerl wegen Körperverletzung anzeigen."

„Jetzt machen Sie aber mal halblang." Travis entblößte seine Zähne zu einem gefährlichen Lächeln. „Sie sind betrunken und haben sich dumm benommen, genau wie meine Tochter gesagt hat. Und Sie haben sie angefasst."

„Er hat sie angebrüllt, Mr Grant." Larry bahnte sich seinen Weg durch die Menge. „Ich habe gehört, wie er ihr gedroht hat, als ich in den Stall kam, um nach dem Pferd zu sehen."

Travis hielt Brian im letzten Moment davon ab, sich erneut auf Tarmack zu stürzen. „Nicht", sagte er leise, dann richtete er seine Aufmerksamkeit wieder auf Tarmack. „Sie halten sich in Zukunft von meiner Tochter fern, Tarmack. Wenn ich Sie noch ein einziges Mal in ihrer Nähe erwische, werden Sie Ihr blaues Wunder erleben."

Tarmack wischte sich mit dem Handrücken das Blut aus dem Gesicht und sagte aufsässig: „Und was ist so schlimm daran, dass ich sie am Arm angefasst habe? Ich wollte bloß, dass sie mir zuhört. Außerdem ist sie doch sonst nicht so wählerisch damit, wer sie begrapscht. Bei diesem miesen Schmalspurtrainer hier hatte sie jedenfalls nichts dagegen."

Brian sprang vor, um sich erneut auf ihn zu stürzen, aber Travis war näher dran und fast genauso schnell. Seine Faust krachte gegen Tarmacks Kiefer. Der Mann verdrehte die Augen, als er in die Knie ging.

„Adelia, bring Keeley nach Hause, ja?" Travis ließ den Blick über die Umstehenden schweifen und zog herausfordernd die Augenbrauen hoch, während er fragte: „Würde vielleicht jemand den Sicherheitsdienst rufen?"

„Wir hätten nicht gehen sollen." Keeley lief nervös in der Küche auf und ab und blieb jedes Mal, wenn sie am Fenster vorbeikam, davor stehen. „Warum sind sie bloß noch nicht zurück?"

„Darling, du zitterst ja. Setz dich doch jetzt endlich mal hin und trink deinen Tee."

„Ich kann nicht. Was ist los mit den Männern? Sie hätten diesen Narren zu Brei geschlagen. Was mich bei Brian nicht sonderlich überrascht, aber von Dad hätte ich so etwas nicht erwartet."

Adelia warf ihr einen überraschten Blick zu. „Warum nicht?"

Aufgewühlt fuhr sich Keeley mit der Hand durchs Haar. „Weil er sich normalerweise immer unter Kontrolle hat. Im Gegensatz zu dir ... bei dir könnte ich mir schon eher vorstellen, dass du mal zulangst ..." Sie zuckte zusammen. „Entschuldige, ich wollte dich nicht verletzen", sagte sie rasch, aber sie sah, dass ihre Mutter schmunzelte.

„Das habe ich auch nicht so aufgefasst. Gut möglich, dass mein Temperament ein bisschen ... na ja, sagen wir, hitziger ist als das deines Vaters. Aber wenn die Situation es verlangt, kann er auch ganz anders. Und hier war es so. Dieser Mann hat sein kleines Mädchen bedroht und ihm Angst gemacht."

„Sein kleines Mädchen war drauf und dran, diesen Mann mit einem Hufreiniger auszuweiden." Keeley atmete laut aus. „Ich habe nie gesehen, dass Dad jemand geschlagen hätte oder auch nur kurz davor war."

„Er benutzt seine Fäuste nicht allzu oft, weil es nicht nötig ist. Doch über diese Sache wird er außer sich sein, Keeley." Adelia zögerte, dann deutete sie auf einen Stuhl. „Setz dich einen Moment, ich will dir etwas erzählen."

Nachdem Keeley ihrer Aufforderung gefolgt war, begann sie: „Vor vielen Jahren, kurz nachdem ich hier angefangen hatte zu arbeiten, war ich spätabends noch unten im Stall. Einer der Stallburschen hatte getrunken. Er fiel in einer der Boxen über mich her. Ich kam nicht gegen ihn an."

„Oh Ma."

„Er fing gerade an, mir die Kleider vom Leib zu reißen, als dein Vater in den Stall kam und sah, was da vor sich ging. Er zerrte den Mann von mir weg und prügelte so auf ihn ein, dass ich Angst hatte, er schlägt ihn tot. Denselben kalten Zorn habe ich heute in Brians Gesicht gesehen." Behutsam berührte sie die schwache Verfärbung an Keeleys Schläfe. „Und ich kann es ihm nicht verdenken."

„Ich auch nicht." Keeley ergriff die Hand ihrer Mutter. „Trotzdem war diese Situation anders. Tarmack war wütend wegen des Pferdes und hat versucht, mich einzuschüchtern."

„Drohungen bleiben Drohungen. Wenn ich zuerst da gewesen wäre, hätte ich mich auch eingemischt. Mach dir doch nicht so viele Gedanken, Liebling."

„Ich werde mich bemühen." Keeley hob ihre Teetasse, stellte sie wieder ab. „Ma, was Tarmack über Brian gesagt hat … von wegen, dass er mich begrapscht hätte. Das war nicht so. So ist das nicht zwischen uns."

„Das weiß ich. Du liebst ihn."

„Ja." Es war schön, es auszusprechen. „Und er liebt mich. Er hat es nur bis jetzt noch nicht über die Lippen gebracht. Und jetzt mache ich mir Sorgen, dass Dad … na ja, jetzt ist er sowieso schon wütend, und wenn er das, was dieser Drecksterl gesagt hat, für bare Münze nimmt …" Sie sprach den Satz nicht zu Ende und stand wieder auf. „Warum sind sie bloß noch nicht zurück?"

Sie lief noch einmal einige Minuten auf und ab und nahm schließlich eine Tablette gegen die Kopfschmerzen. Danach trank sie eine Tasse Tee und versuchte sich einzureden, sie hätte sich beruhigt.

Und schoss in dem Moment, in dem sie draußen Reifen auf dem Kies knirschen hörte, blitzartig von ihrem Stuhl hoch. Sie kam gerade rechtzeitig an der Tür an, um Brians Truck vorbeifahren zu sehen, während ihr Vater seinen Wagen hinter dem Haus abstellte.

„Und ich habe die Show verpasst." Obwohl er es leicht dahinsagte, glitzerte in Brendons Augen dieselbe Wut, die sie bei ihrem Vater gesehen hatte. „Bist du okay?"

„Mir geht es gut." Keeley beobachtete, wie ihr Vater ausstieg. Sein Gesicht war ausdruckslos. „Ich bin völlig okay", versicherte sie noch einmal, während sie auf Travis zuging.

„Ich möchte, dass du mit ins Haus kommst."

Die Selbstbeherrschung in Person, dachte sie. Es war beeindruckend und fast ein wenig unheimlich, zu sehen, wie gut er sich trotz seiner Wut im Griff hatte. „Ja, aber vorher muss ich mit Brian reden." Flehend blickte sie ihren Vater an. „Ich bin gleich zurück."

Sie drückte kurz seinen Arm, dann eilte sie davon.

„Lass sie gehen, Travis", sagte Adelia von der Tür aus. „Sie muss das jetzt klären."

Travis schaute seiner Tochter mit zusammengekniffenen Augen nach. „Ich gebe ihr fünf Minuten."

Keeley holte Brian am Fuß der Treppe zu seinem Quartier ein. „Warte!", rief sie. „Ich habe mir solche Sorgen gemacht." Sie war drauf und dran, sich ihm in die Arme zu werfen, aber er wich einen Schritt zurück. Und sein Gesicht war maskenhaft starr. „Was ist passiert?"

„Nichts. Dein Vater hat alles geregelt. Dieser Mann wird dich nicht noch einmal belästigen."

„Das meine ich nicht", sagte sie kurz angebunden. „Was ist mit dir? Bist du okay? Ich hatte schon Angst, du würdest Probleme bekommen. Ich hätte bleiben und den Vorgang schildern sollen. Es war alles so ein Durcheinander."

„Es gibt nichts, worüber du dir Sorgen machen müsstest."

„Das ist gut. Brian, ich wollte dir sagen, dass ich … Oh Gott! Deine Hände." Sie griff danach, und als sie sich seine geschwollenen, aufgeschürften Knöchel genauer ansah, stiegen ihr die Tränen in die Augen. „Es tut mir so leid. Deine armen Hände. Lass uns nach oben gehen. Ich kümmere mich um sie."

„Das kann ich selbst."

„Sie müssen gesäubert, desinfiziert und …"

„Ich will nicht, dass du noch länger hierbleibst."

Er machte sich von ihr los und stieß einen Fluch aus, als er sah, dass ihr die erste Träne über die Wange rollte. „Verdammt, hör auf zu weinen. Ich bin jetzt wirklich nicht in der Stimmung, zu allem Überfluss auch noch Tränen abzuwischen."

„Warum tust du mir so weh?"

Er wurde von Schuldgefühlen und Traurigkeit überschwemmt. „Ich muss arbeiten." Er wandte sich ab, begann die Treppe hinaufzugehen. Dann aber gewann Wut die Oberhand, und er drehte sich noch einmal um und schleuderte ihr ins Gesicht: „Du wolltest nicht, dass ich dir helfe."

„Wovon redest du?"

„Für einen Quickie oder um dir mit den Pferden zu helfen, bin ich gut genug. Aber nicht, um mich für dich einzusetzen."

„Das ist absurd." Wieder stiegen ihr Tränen in die Augen. „Hätte ich denn tatenlos danebenstehen und zusehen sollen, wie du ihn totschlägst?"

„Ja." Er packte sie bei den Schultern und schüttelte sie. „Es ging ganz allein mich etwas an. Erst hast du dich eingemischt, und dann kam dein Vater und hat alles an sich gerissen. Und dabei hatte es doch ganz allein mit mir zu tun, von wegen Schmalspurtrainer und so."

„Was ist hier los?" Zum zweiten Mal an diesem Tag waren Travis und Adelia von lauten Stimmen herbeigelockt worden. Als Travis die Tränen seiner Tochter sah, fragte er wütend: „Was, zum Teufel, geht hier vor?"

„Ich weiß nicht genau." Keeley blinzelte die Tränen weg, während Brian sie losließ. „Dieser Narr hier scheint anzunehmen, dass ich Tarmacks Meinung über ihn teile, nur weil ich ihm nicht erlaubt habe, den Mann totzuschlagen. Offenbar habe ich seinen Stolz mit Füßen getreten." Sie warf ihrer Mutter einen erschöpften Blick zu. „Ich bin müde."

„Geh ins Haus", befahl Travis. „Ich möchte mit Brian reden."

„Ich weigere mich, mich wegschicken zu lassen wie ein Kind. Mischt euch bitte nicht ein. Das geht nur mich etwas an. Mich und …"

„Ich verbiete dir, in diesem Ton mit deinem Vater zu sprechen." Brians scharfer Befehl erzeugte vielfältige Reaktionen. Keeley sah ihn verblüfft an, Travis runzelte nachdenklich die Stirn, und Adelia verkniff sich ein Lächeln.

„Entschuldige, aber ich habe es wirklich satt, ständig unterbrochen und herumkommandiert zu werden wie ein aufsässiges Kind."

„Dann benimm dich auch nicht so", entgegnete Brian. „Auch wenn meine Familie nicht so reich ist wie deine, hat man uns doch Respekt beigebracht."

„Ich verstehe nicht, was das …"

„Halt den Mund."

Das machte sie sprachlos.

„Entschuldigen Sie, dass ich noch eine Szene verursacht habe", sagte er förmlich zu Travis. „Anscheinend habe ich mich immer noch nicht ganz beruhigt. Ich habe mich noch gar nicht bei Ihnen bedankt, dass Sie den Sicherheitsdienst besänftigt haben, sonst hätte ich womöglich noch Schwierigkeiten bekommen."

„Es gab genug Leute, die gesehen hatten, was passiert war. Sie hätten bestimmt keine Schwierigkeiten bekommen. Sie nicht."

„Eben warst du noch wütend darüber, dass sich mein Vater eingemischt hat."

Brian gönnte ihr nicht einmal einen Blick. „Ich bin über alles wütend."

„Oh ja!" Da Gewalttätigkeit heute an der Tagesordnung zu sein schien, bohrte sie ihm einen Finger in die Schulter. „Du bist einfach nur wütend. Punkt. Er glaubt nämlich, ich hielte ihn für nicht gut genug, um mich vor einem betrunkenen Großmaul zu beschützen. Nun, ich habe Neuigkeiten für dich, du sturer irischer Pferdenarr."

Jetzt ebenfalls wütend, trommelte sie ihm mit der Faust auf der Brust herum. „Ich kann mich nämlich ganz gut allein wehren."

„Er ist aber zweimal so groß und viermal so schwer wie du, du stures halbirisches Spatzenhirn."

„Ich wäre mit ihm zurechtgekommen, aber ich weiß deine Hilfe trotzdem zu schätzen."

„Gar nichts tust du! Es ist ständig dasselbe mit dir, alles musst du unbedingt selbst machen. Weil keiner so klug und so kompetent ist wie du. Trotzdem vielen Dank, dass du nach mir pfeifst, wenn du eine kleine Abwechslung brauchst."

„Glaubst du das wirklich?" Sie war so außer sich, dass sich ihre Stimme fast überschlug. „Du solltest für mich nur eine kleine Abwechslung sein? Du schändlicher, beleidigender, widerlicher Dreckskerl."

Sie ballte die Hände zu Fäusten und hätte sie vielleicht sogar benutzt, wenn Travis nicht Brian blitzschnell am Kragen gepackt und gefährlich leise gesagt hätte: „Ich sollte Sie zusammenschlagen."

„Oh Travis." Adelia presste ihre Finger an die Schläfen.

„Dad, wage es nicht!" Keeley, die mit ihrem Latein am Ende war, warf verzweifelt die Hände in die Luft. „Ich habe eine Idee. Warum schlagen wir uns nicht alle gegenseitig die Köpfe ein, damit wir es endlich hinter uns haben?"

„Du hast recht." Brian ließ Travis nicht aus den Augen.

„Du hörst jetzt sofort auf, Dad. Ich bin eine erwachsene Frau. Eine erwachsene Frau!", wiederholte Keeley und schlug ihrem Vater mit einer Faust auf den Arm. „Und ich habe mich ihm an den Hals geworfen."

Sie verspürte irgendwie Genugtuung, als ihr Vater diesen kalten Blick jetzt auf sie richtete. „Ja, es stimmt", bekräftigte sie. „Ich habe mich ihm an den Hals geworfen. Ich wollte ihn, deshalb bin ich zu ihm gegangen und habe ihn verführt. Na und?"

„Wie es dazu gekommen ist, spielt keine Rolle", mischte sich Brian ein. „Ich hatte Erfahrung und sie nicht. Ich hatte kein Recht, sie anzufassen, und das wusste ich auch. Ich an Ihrer Stelle würde mich zusammenschlagen."

„Hier wird überhaupt niemand zusammengeschlagen." Adelia trat einen Schritt vor und legte Travis eine Hand auf den Arm. „Was ist los mit dir, Liebling, bist du blind? Siehst du denn nicht, was zwischen den beiden ist? Lass den Jungen in Ruhe. Du weißt ganz genau, dass er sich nicht wehren würde, wenn du ihn verprügelst, und dass dir das gar keine Genugtuung wäre."

Nein, Travis war nicht blind. Beim Blick in Brians Augen erkannte er, dass sich sein, Travis', Leben verändert hatte. Aus seinem kleinen Mädchen war unversehens eine Frau geworden. Die ebenso unglücklich über den Verlauf dieser ganzen Geschichte zu sein schien wie er selbst. „Was haben Sie vor?"

„Ich kann in einer Stunde weg sein."

„Ach ja?", fragte Travis in beißendem Ton.

„Ja, Sir." Zum ersten Mal in seinem Leben würde Brian nicht alles, was er brauchte, zusammenpacken und in seiner Reisetasche verstauen können. „Reivers ist fähig genug, um mich zu ersetzen, bis Sie einen neuen Trainer gefunden haben."

Sturer irischer Stolz, dachte Travis. Nun, im Umgang damit hatte er langjährige Erfahrungen. „Ich werde es Sie wissen lassen, wenn Sie gefeuert sind, Donnelly. Adelia, haben wir eigentlich noch diese Schrotflinte im Haus?"

„Selbstverständlich", gab sie, ohne mit der Wimper zu zucken, zurück. Und versuchte sich zu erinnern, wann sie auf den Mann, den sie geheiratet hatte, jemals stolzer gewesen war oder wann sie ihn mehr geliebt hatte. „Ich glaube, ich weiß auch, wo sie ist."

Mit einem Gefühl bittersüßer Belustigung beobachtete Travis, wie Brian alle Farbe aus dem Gesicht wich. „Gut zu wissen. Es freut mich immer wieder, dass meine Kinder Qualität erkennen und zu schätzen wissen." Er ließ Brian los und wandte sich an Keeley: „Wir unterhalten uns später."

Während Keeley ihren Eltern nachschaute und sah, wie ihr Vater die Hand ihrer Mutter nahm, kamen ihr fast wieder die Tränen.

„Ich habe um vieles gekämpft", sagte sie leise, „für vieles gearbeitet und mir vieles gewünscht. Aber im Grunde wollte ich immer nur eins." Sie drehte sich um, als Brian mit unsicheren Schritten zur Treppe ging und sich setzte. „Er wird nicht auf dich schießen, wenn du endlich aufhörst davonzulaufen, Brian."

Das machte ihm auch keine Angst, sondern die Schlussfolgerungen, die sich daraus ergaben. „Ich glaube, ihr seid alle ein bisschen durcheinander. Es war ein aufregender Tag."

„Ja, das stimmt."

„Ich weiß, wer ich bin, Keeley. Ich bin der zweitälteste Sohn von Eltern, die es noch nicht ganz bis in die Mittelschicht geschafft haben und erst seit einer Generation der Armut entkommen sind. Mein Vater liebte den Alkohol und die Pferderennbahn ein bisschen zu sehr, und meine Mutter war fast immer todmüde. Über so etwas kommt man hinweg.

Und ich weiß auch, wer ich bin", fuhr er fort. „Ich bin ein verdammt guter Trainer für Rennpferde, den es nie länger als drei Jahre in einem Job gehalten hat. Obwohl es einem vielleicht Halt gibt. Aber ich wollte mich nie einsperren lassen."

„Und ich sperre dich ein."

Er schaute auf, die Augen blickten wachsam und erschöpft zugleich. „Du könntest es. Aber was würde dann aus dir?"

Sie seufzte, dann ging sie zu ihm hinüber. „Ich weiß auch, wer ich bin, Brian. Ich bin die älteste Tochter von großartigen Eltern. Ich bin in einer liebevollen Umgebung aufgewachsen. Und ich hatte Privilegien."

Da er nichts sagte, hob sie eine Hand und strich ihm eine Strähne aus dem Gesicht. „Und ich weiß auch, dass ich eine verdammt gute Reitlehrerin bin, die hier verwurzelt ist. Hier kann ich etwas bewirken, ich habe bereits etwas geschafft. Aber mir ist klar geworden, dass ich es nicht allein tun will. Ich will dich einsperren und dich nie wieder weglassen, Brian", sagte sie leise, während sie sein Gesicht umfasste. „Ich hämmere schon seit Wochen an diesem verdammten Zaun herum. Seit mir klar geworden ist, dass ich dich liebe."

Er umschloss ihre Handgelenke, drückte sie kurz, bevor er sich eilig erhob. „Du bringst da etwas durcheinander." Die Panik war wie ein Pfeil, der sich in sein Herz bohrte. „Ich habe dir gesagt, dass Sex die Dinge nur komplizierter macht."

„Ja, das hast du. Und woher soll ich den Unterschied zwischen Sex und Liebe kennen, wenn ich vor dir noch nie mit einem Mann zusammen war? Obwohl das außer Acht lässt, dass ich eine intelligente selbstbewusste Frau bin und weiß, dass du nur deshalb der einzige Mann bist, mit dem ich je zusammen war, weil du auch der einzige Mann bist, den ich je geliebt habe. Brian …"

Sie machte noch einen Schritt auf ihn zu, und ihre Augen blitzten belustigt auf, als er zurückwich. „Ich habe mich entschieden. Und du weißt, wie stur ich sein kann."

„Ich trainiere die Pferde deines Vaters."

„Na und? Meine Mutter hat sie früher gepflegt."

„Das ist etwas anderes."

„Warum? Oh, weil sie eine Frau ist, natürlich. Wie dumm von mir, nicht zu begreifen, dass wir uns nicht lieben, dass wir uns kein gemeinsames Leben aufbauen können. Aber wenn Royal Meadows dir gehören und ich hier arbeiten würde, wäre es selbstverständlich etwas anderes."

„Hör auf, dich über mich lustig zu machen."

„Ich kann nicht anders." Sie breitete die Hände aus. „Weil deine Argumente so lächerlich sind. Aber ich liebe dich trotzdem. Wirklich, ich habe versucht, die Sache ganz vernünftig zu sehen. Normalerweise überlege ich mir alles ganz genau und steuere dann ohne Umwege auf mein Ziel los. Aber in deinem Fall …"

Sie zuckte die Schultern und lächelte. „Bei dir hat es nicht funktioniert. Wenn ich dich anschaue, dann … na ja … dann besteht mein Herz darauf, das Kommando zu übernehmen. Ich liebe dich so sehr, Brian. Kannst du mir das nicht auch sagen? Kannst du mir nicht in die Augen schauen und es mir sagen?"

Behutsam strich er mit den Fingerspitzen über den blauen Fleck an ihrer Schläfe. Er wollte sich darum kümmern, wollte sich um sie kümmern. „Wenn ich es täte, gäbe es kein Zurück mehr."

„Feigling." Sie sah, dass seine Augen wütend aufblitzten, und überlegte, wie schön es doch war, dass sie ihn so gut kannte.

„Du schaffst es nicht, mich in die Enge zu treiben."

Jetzt lachte sie. „Pass auf", sagte sie und drängte ihn weiter die Treppe hinauf. „Mir ist heute vieles klar geworden, Brian. Du hast Angst vor mir – vor den Gefühlen, die du mir entgegenbringst. Du ziehst dich in der Öffentlichkeit vor mir zurück, weichst aus, wenn ich die Hand nach dir ausstrecke. Das tut mir weh."

Dieser Gedanke entsetzte ihn. „Ich hatte nie die Absicht, dir wehzutun."

„Nein, absichtlich könntest du das gar nicht. Und wie hätte ich dann verhindern können, dass ich mich in dich verliebe? Ein harter Kopf und ein weiches Herz. Das ist unwiderstehlich. Trotzdem hat es wehgetan. Ich dachte, dass es einfach nur der Snob in dir ist. Mir war nicht klar, dass es deine Nerven waren."

„Ich bin kein Snob, und ein Feigling bin ich auch nicht."

„Dann umarme mich. Küss mich. Sag es mir."

„Verdammt." Er legte ihr die Hände auf die Schultern und hielt sie einfach fest, außerstande, sie entweder wegzustoßen oder an sich zu ziehen. „Es ist im ersten Moment, in dem ich dich sah, passiert. Als du in den Raum kamst, blieb mir fast das Herz stehen. Ich fühlte mich wie vom Blitz getroffen. Bis dahin ging es mir gut."

Ihr wurden die Knie weich. Ein harter Kopf, ein weiches

Herz, und dann, ganz überraschend, ein schwindelerregender Schuss Romantik. „Warum hast du mir das nie gesagt? Weshalb hast du mich so lange zappeln lassen?"

„Ich habe geglaubt, dass ich darüber hinwegkomme."

„Darüber hinwegkommen?" Sie zog die Augenbrauen hoch. „Wie über eine Grippe?"

„Vielleicht." Er ließ sie los und wandte sich ab, um auf die Hügel zu schauen.

Keeley schloss die Augen, ließ sich vom Wind das Haar zerzausen, die Wangen kühlen. Als sie ganz ruhig geworden war, öffnete sie die Augen wieder und lächelte. „Eine richtig schwere Kopfgrippe wird man nicht so leicht wieder los."

„Das brauchst du mir nicht zu sagen. Ich wollte nie in meinem Leben irgendwelchen Besitz", begann er, immer noch mit dem Rücken zu ihr. „Es ging ums Prinzip. Aber wenn ein Mann beschließt, sesshaft zu werden, ändert sich manches."

Manches ändert sich tatsächlich, dachte er. Vielleicht hatte sie ja recht, und er war wirklich lange Zeit davongelaufen. Aber wenn er nicht davongelaufen wäre, wäre er auch nie hier gelandet.

Schicksal. Er war zu sehr Ire, um seinem Schicksal nicht dankbar zu sein, wenn es ihm einen Schlag verpasste. „Ich habe Geld gespart. Eine ganz anständige Summe, weil ich immer bescheiden gelebt habe. Es reicht, um ein Haus zu bauen oder zumindest damit anzufangen. Vermutlich möchtest du hier in der Nähe bleiben … wegen deiner Reitschule und deiner Familie und allem."

Sie musste wieder die Augen schließen. Tränen würden ihn nur in Verlegenheit bringen. „Auf diese Art von Einzelheiten achte ich normalerweise genau, aber im Moment sind sie mir nicht so wichtig. Sag es doch einfach, Brian. Ich muss es hören, dass du mich liebst."

„Dazu komme ich noch." Er drehte sich wieder zu ihr um. „Nie hätte ich gedacht, dass ich jemals eine Familie will. Aber mit dir wünsche ich mir Kinder, Keeley. Unsere eigenen Kinder. Bitte, wein jetzt nicht."

„Ich werde mir Mühe geben. Beeil dich."

„Bei so einer Gelegenheit kann ich mich nicht drängen lassen. Zwinkere sie weg, sonst verpatze ich es. Anders geht es nicht." Er ging auf sie zu. „Ich will keine Pferde besitzen, aber bei dem Geschenk heute könnte ich ja vielleicht eine Ausnahme machen. Als eine Art Symbol. Ich hatte kein Vertrauen zu ihm, kein wirkliches Vertrauen, ich konnte mir nicht vorstellen, dass er laufen würde, um zu gewinnen. Und zu dir hatte ich auch kein Vertrauen. Gib mir deine Hand."

Sie griff nach seiner und umschloss sie mit ihrer „Sag es mir."

„Ich habe diese Worte noch nie zu einer Frau gesagt. Du bist die erste, und du wirst die letzte sein. Ich habe dich vom ersten Augenblick an geliebt. Mit der Zeit aber ist diese Liebe noch stärker und tiefer geworden, sodass sie jetzt wie etwas Lebendiges in mir ist."

„Das ist alles, was ich hören wollte." Zärtlich berührte sie seine Wange. „Heirate mich, Brian."

„Verdammt noch mal, Keeley! Wirst du mich wohl fragen lassen?"

Sie musste sich auf die Lippen beißen, um ein leises Auflachen zu unterdrücken. „Entschuldige."

Lachend hob er sie hoch und schwenkte sie im Kreis. „Na, was denn sonst, zum Teufel! Natürlich werde ich dich heiraten."

„Auf der Stelle."

„Auf der Stelle." Er küsste sie leicht auf die Schläfe. „Ich liebe dich, Keeley, und da du Spatzenhirn bereit bist, einen sturen irischen Pferdenarr zu heiraten, werde ich jetzt ins Haupthaus gehen und bei deinem Vater um deine Hand anhalten."

„Frag einfach mich, Brian – wirklich."

„Ich will alles richtig machen. Aber vielleicht nehme ich dich ja mit, nur zur Sicherheit, falls er diese Schrotflinte gefunden hat."

Sie lachte und schmiegte ihre Wange an seine. „Ich werde dich beschützen."

Er stellte sie wieder auf die Füße. Und dann gingen sie Hand in Hand an den bunten Herbstblumen, den weißen Zäunen und den Weiden, auf denen Pferde grasten, vorüber.

Und Keeley, die Brians Hand ganz fest hielt, hatte nun alles, was sie sich gewünscht hatte.

– ENDE –

**Lesen Sie auch:**

*Susanne Schomann*

# Wilder Wacholder

Band-Nr. 25768
8,99 € (D)
ISBN: 978-3-95649-042-2

„Weißt du, ich habe jetzt wirklich lange genug den Mund gehalten. Du bist fast einen Monat wieder hier, und bisher haben wir es gerade mal zu zwei kleinen unschuldigen Abendessen und kurzen Gesprächen zwischen Tür und Angel geschafft!"

Julia war wütend. Die Hände in die Hüften gestemmt, stand sie vor ihm und funkelte ihn aus grünen Augen zornig an. „Seit Wochen schiebst du Arbeit vor, weichst mir aus und hältst mich ständig auf Abstand. Meinst du, ich würde das nicht merken? Meine Güte, Kjell, ich hätte erwartet, dass du mich sofort zu dir ins Bett holst, wenn wir endlich zusammen sein können. Stattdessen kümmerst du dich um Gott und die Welt, hast aber nicht einen einzigen Abend für mich allein übrig. Mir reicht das langsam, verflixt noch mal! Was ist eigentlich los mit dir?"

Er räusperte sich und hob kurz die Hände, nur um sie gleich wieder sinken zu lassen. „Hör zu, ich …" Entnervt brach er ab, weil ihm auf Anhieb nicht die richtigen Worte einfallen wollten.

Julias Augen füllten sich mit Tränen. „Ich kenne dich fast mein ganzes Leben lang, Kjell Loewenthal, und ich weiß, dass du dich mit derartigen Gesprächen schwertust, aber bitte … bitte, lass mich nicht weiterhin im Regen stehen. Ich werde sonst noch wahnsinnig."

Er machte einen Schritt auf sie zu, um sie wie gewohnt in den Arm zu nehmen, brachte es jedoch nicht fertig. „Du vergisst, dass wir bereits mehrmals solche Gespräche geführt haben. Du wolltest es nur niemals hören, wenn ich von meinen Zweifeln wegen unserer Beziehung gesprochen habe, Julia. Ich möchte dir nicht wehtun, verstehst du? Du bist einer der wichtigsten Menschen in meinem Leben, aber ich … ich weiß einfach nicht, ob wir beide … du und ich, ob das richtig ist. Ehrlich gesagt weiß ich das schon seit einigen Jahren nicht mehr."

Sekundenlang sah Julia ihn verständnislos an, dann strich sie sich mit beiden Händen durchs kurze dunkelbraune Haar und rang um Fassung. „Das ist … heftig."

Tief durchatmend unterdrückte sie einen Schluchzer, er hörte es trotzdem.

„Mir ist klar, dass mein Verhalten dir gegenüber nicht fair gewesen ist, Julia. Du hast die ganze Zeit auf mich gewartet. Allerdings musst du zugeben, dass ich dir schon vor Monaten gesagt habe, dass ich mir nicht mehr sicher bin, ob wir beide zusammenbleiben sollten."

„Du willst also wieder einmal eine Auszeit?", fragte sie tonlos. „Das hatten wir in der Vergangenheit doch oft genug, meinst du nicht?"

„Julia, ehrlich gesagt denke ich, dass es … dass es endgültig vorbei ist." Er hatte ebenfalls einen Kloß im Hals. Es fiel ihm schwer, ihr das zu sagen, gleichzeitig spürte er eine Art Erleichterung in sich aufkeimen.

Sie nickte, der Sinn seiner Worte schien ihr aber nicht wirklich klar zu sein.

„Wir bleiben vorerst bei einer Auszeit, wie üblich. Ich werde auch dieses Mal … die Hoffnung nicht aufgeben, dass du zur Vernunft kommst. Vielleicht war diese Geschichte mit der blöden Marine überhaupt nicht gut für dich, weißt du. Du musst dich erst einleben, ganz bestimmt ist das so, Kjell."

Ihre Stimme klang verzweifelt und hektisch, aber er hörte auch die Hoffnung in ihren Worten. Weil er ihr nicht noch mehr seelischen Schmerz zufügen wollte, nickte er. Er betrachtete die Sache inzwischen mit anderen Augen, dennoch schaffte er es nicht, sie klar und deutlich mit seiner Realität zu konfrontieren. Vielleicht brauchte sie einfach etwas länger, bis sie begriff, wie er wirklich empfand.

Die Wahrheit war, dass er sich in den vergangenen Jahren nicht einen einzigen Tag nach ihr gesehnt hatte. Zumindest nicht nach ihr persönlich, noch nicht einmal nach ihren Zärtlichkeiten oder danach, allein mit ihr zu sein. Alles, wonach er verlangt hatte, war sein Zuhause und das Gefühl von Sicherheit gewesen. Der Glaube an eine Liebe, die ein Leben lang Bestand haben könnte, war ihm schon vor vielen Jahren verloren gegangen. Julia bedeutete ihm etwas, keine Frage, aber er liebte sie nicht so, wie es sein sollte, sondern sah in ihr eher eine gute und verlässliche Freundin.

Er hatte genug Kameraden erlebt, die an manchen Tagen und in noch mehr Nächten vor Sehnsucht nach ihren Frauen fast durchgedreht waren. Ihm war so etwas nie passiert, und im Grunde war er froh darüber, denn denselben Männern war es nicht selten widerfahren, dass sie nach Hause kamen und vor den Trümmern ihrer Beziehung standen. Dumm war nur, dass er sich Julia noch immer verpflichtet fühlte. Gut, sie war nie ein Engel gewesen, aber schließlich hatte sie auf ihn gewartet. Jahrelang! Und er hatte den großen Fehler begangen, es hinzunehmen. Die Schuld an ihrer vertrackten Situation lag auch bei ihm.

„Ich werde uns nicht aufgeben, Kjell", bekräftigte sie noch einmal und unterbrach damit seine Überlegungen. „Neben meinem Bruder bist du der einzige Mann, der mir wirklich etwas bedeutet. Und seit Rafael von hier weggegangen ist …" Sie brach ab und wischte sich mit einer fast zornigen Geste die Tränen von den Wangen.

„Hast du in der letzten Zeit mal von ihm gehört?", fragte er und war erleichtert, das Thema wechseln zu können, auch wenn es vielleicht nur für einen Moment des Durchatmens reichte.

„Wir telefonieren ab und zu, doch nicht sehr oft. Alle paar Monate fahre ich nach Hamburg, um ihn zu treffen. Seit zwei Jahren arbeitet er dort in einer Werbeagentur."

„Grüß ihn von mir, wenn du mit ihm sprichst, und gib mir bei Gelegenheit mal seine aktuelle Nummer. Vor einiger Zeit habe ich versucht ihn anzurufen, aber unter der alten Telefonnummer war er nicht zu erreichen."

„Ja … Rafael weiß gar nicht, dass du wieder hier bist. Er war auf einer längeren Geschäftsreise in Übersee, wir haben seitdem noch nicht miteinander gesprochen. Frag deine Mutter, wenn du seine Nummer haben willst. Er hat zu ihr mehr Kontakt als zu mir." Sie schniefte. „Ich denke, ich gehe jetzt wohl besser, Kjell. Du weißt ja, wo du mich findest."

Er brachte nur ein Nicken zustande.


Isabell freute sich auf Kjells regelmäßige Besuche. In den letzten vier Tagen hatte er mehrmals nach ihr gesehen. Ihr ging es deutlich besser, aber er hatte sie gebeten, trotzdem noch im Bett zu bleiben, damit sich ihr Körper richtig erholen konnte. Inzwischen erkannte sie seine Schritte auf der Treppe. So war es auch jetzt. Erst vernahm sie das vertraute Geräusch und kurz darauf das Klopfen an der Tür.

„Komm nur herein", rief sie. Sie ließ das Buch sinken, in dem sie gelesen hatte, und legte es beiseite, als er ihrer Aufforderung folgte.

„Na, wie geht es meiner Patientin heute?"

Eine Weile plauderten sie über dies und das. So erzählte er ihr auch von den Fortschritten bei der Einrichtung seiner Praxis und von zwei Bewerbungsgesprächen, die er unterdessen geführt hatte. Isabell fand das alles interessant und hörte ihm gerne zu, wenn er über diese alltäglichen Dinge mit ihr sprach.

Üblicherweise ging Kjell zwischendurch mit dem Hund raus, brachte ihn dann aber wieder zu ihr zurück, so machte er es auch an diesem Tag. Seit dem Morgen nach ihrer Fiebernacht war Siggi bei ihr geblieben. Sie genoss die Anwesenheit des süßen Vierbeiners beinahe so sehr wie die Besuche seines Besitzers. Die Befangenheit, die sie anfangs in Kjells Nähe gespürt hatte, war zwar nicht vollständig gewichen, hatte sich jedoch zu einem Gefühl gewandelt, das sie noch nicht genau einordnen konnte. Seine Attraktivität, besonders sein Lächeln, raubte ihr manchmal den Atem, und seine männliche Präsenz wirkte zuweilen sogar einschüchternd auf sie, dennoch stellte sich allmählich auch Vertrauen zu ihm ein, was sie vorwiegend auf die ärztliche Zuwendung schob, die er ihr entgegenbrachte.

Natürlich hatte sie bereits bei ihrer ersten Begegnung festgestellt, dass Kjell ein sehr gut aussehender Mann war. Seine Augen waren von einem tiefdunklen Blau, so dunkel, dass man sie auf den ersten Blick für braun halten konnte. Das dunkelblonde Haar mit den sonnengebleichten Strähnen war auffallend dicht und stand ihm immer ein wenig struppig vom Kopf ab, was seine Attraktivität nur noch verstärkte. Hinzu kam, dass der Mann vor Kraft nur so strotzte. Sie kannte ihn natürlich nur bekleidet, aber sein Körper wirkte durchtrainiert bis in die kleinste Faser.

Was sie allerdings durcheinanderbrachte, war ihre Reaktion, wenn er sie berührte. Selbst als es ihr richtig schlecht ging, war ihr jede einzelne seiner Berührungen unter die Haut gegangen und hatte ein tiefes Sehnen nach mehr davon bei ihr ausgelöst. Das machte ihr ein bisschen Kopfzerbrechen, zumindest, wenn sie den Gedanken daran zuließ. Kjell gehörte einer anderen Frau, das durfte sie nicht vergessen. Außerdem war sie weit davon entfernt, für eine neue Beziehung bereit zu sein. Sie fand ihn sexy, na und? Das würde vorbeigehen, sobald sie sich an seinen Anblick gewöhnt hatte. Mit diesen Gedanken versuchte sie, sich zu beruhigen.

Als Kjell nun von seinem kurzen Spaziergang mit dem Hund zurückkam, trug er ein voll beladenes Tablett vor sich her. "Meine Mutter hat uns Kaffee gemacht. Sie meinte, ihr Schokokuchen sei zwar bei Weitem nicht so gut wie deiner, aber sie hat uns ein Stück davon genehmigt und hofft auf deine Nachsicht."

Er schenkte ihr ein umwerfendes Lächeln, stellte das Tablett auf dem Nachtisch ab, zog den Sessel näher zu ihr ans Bett und setzte sich.

"Oh, Kaffee! Wie wundervoll! Ich kann wirklich keinen Salbeitee mehr sehen."

"Ich bin froh, dass wir deinen Infekt auch ohne stärkere Medikamente in den Griff bekommen haben. Die strenge Bettruhe war offenbar genau das Richtige für dich. Allerdings würde ich vorschlagen, dass du ab Morgen mal ein paar Stunden aufstehst. Aber gearbeitet wird noch nicht, verstanden?", sagte er, während er den Kaffee einschenkte und ihr einen der beiden Becher reichte. "Ein bisschen frische Luft würde dir guttun. Was hältst du davon, Siggi und mich auf unserem Nachmittagsspaziergang zu begleiten?"

"Sehr gerne, Kjell. Seit es mir besser geht, habe ich schon zwei Taschenbücher durchgelesen. Ein wenig Abwechslung und frische Luft wären tatsächlich herrlich."

"Dann ist es abgemacht. Morgen Nachmittag gehen wir zusammen spazieren. Ich hole dich gegen vierzehn Uhr ab."

Es ist nur ein Spaziergang, dachte sie, aber sein Lächeln machte sie atemlos.

Wie versprochen holte Kjell sie am nächsten Tag zur verabredeten Zeit ab. Da es windig war, hatte Isabell sich einen leichten Baumwollschal um den Hals geschlungen und war in eine winddichte Jacke geschlüpft.

„Endlich hast du wieder etwas Farbe im Gesicht", stellte er lächelnd fest, als sie auf einen schmalen Feldweg zusteuerten, den Siggi offenbar sehr gut kannte, denn er war ihnen weit voraus.

„Ja, mir geht es auch gut", antwortete sie. „Ich fühle mich noch ein bisschen wackelig in den Knien, aber das wird schon", fügte sie hinzu.

„Das Schwächegefühl ist nach so einem schweren Infekt völlig normal. Das kann ein paar Tage anhalten. Wenn es zum Ende der Woche nicht deutlich besser ist, sag mir ruhig Bescheid. Ich kann dir ein homöopathisches Mittel aufschreiben, das deine Kräfte mobilisiert und die Genesung unterstützt."

„Das ist lieb von dir, Kjell. Danke."

„Immer gerne."

Er bot ihr seinen Arm an und sie hakte sich bei ihm ein. Amüsiert sahen sie dem Hund hinterher, der lebhaft durch die Gegend tobte und sich nur dann und wann zu ihnen umdrehte, um sich zu vergewissern, dass sie sich in Sichtweite befanden. So gingen sie eine ganze Weile schweigend nebeneinander her und genossen die Ruhe und Schönheit der Heidelandschaft, durch die sie mit gemächlichem Schritt spazierten. Für die Heideblüte war es noch zu früh, aber der würzige Duft des Wacholders belebte die Sinne, und das wildromantische Terrain war auch in den verschiedenen Grün- und Brauntönen ein Erlebnis.

„Es ist so schön und friedlich." Sie seufzte. „Hier sieht es fast aus wie an einigen Orten bei mir zu Hause."

Kjell blieb stehen und sah sie an. „Du sagtest, du kommst aus Cornwall?"

„Ja, dort bin ich aufgewachsen. Geboren bin ich allerdings in

Irland. Mein Vater ist Ire, weißt du."

„Warum bist du fortgegangen, ich meine von Cornwall?"

Sie spürte, wie bei seiner Frage ihr Herz heftig zu pochen begann. Für einen Moment überlegte sie, dass es wahrscheinlich sehr befreiend wäre, ihm alles zu erzählen, was ihr im vergangenen Jahr widerfahren war, verwarf den Gedanken jedoch. Auch wenn sie sich ihm so seltsam nahe fühlte, war er fast ein Fremder für sie. „Es war besser so. Ich hatte Schwierigkeiten mit … mit meiner Familie."

„Oh, das tut mir leid", erwiderte er mitfühlend. „Hast du dich mit deinen Eltern überworfen? Das ist schlimm, aber es lässt sich doch bestimmt wieder einrenken."

„Nein, nein, das ist nicht so einfach … ich …" Zu ihrem Schrecken spürte sie, wie ihr der Hals eng wurde und sich Tränen in ihren Augen sammelten.

„Mütter sind normalerweise …" Kjell brach ab, als er Isabells Tränen bemerkte, und fing eine davon mit der Rückseite seines Zeigefingers auf. „Hey, was ist denn los?" Er zog sie an sich. Sie ließ es sich nicht nur gefallen, sondern kuschelte sich in seine starken Arme und hielt auch ihre Tränen nicht zurück. Eine ganze Weile weinte sie hemmungslos. Kjell ließ sie gewähren und strich ihr dann und wann über den Rücken. Er tat das so lange, bis sie sich wieder beruhigt hatte.

Ihr Gefühlsausbruch überraschte ihn, vielleicht fühlte er sich sogar ein bisschen überfordert, aber er konnte nichts dagegen tun, dass er es genoss, sie in den Armen zu halten. Sie wirkte schutzbedürftig und aufgelöst, wie sie sich so an ihn klammerte und ihr Gesicht an seine Brust drückte. Als ihre Tränen langsam versiegten, legte er ihr einen Finger unter das Kinn und hob es an, damit er sie ansehen konnte. „Willst du mir nicht erzählen, was dich so unglücklich macht, Isabell?"

Sie holte tief Luft und schüttelte den Kopf. „Ich kann nicht. Noch nicht."

„Okay, aber der Onkel Doktor ist da, falls du reden möchtest." Er hatte vorgehabt, sie mit dieser albernen Bemerkung ein wenig aufzumuntern, doch ihre Miene blieb ernst und traurig, während sie zu ihm aufschaute. Als er ihr in die Augen sah, fühlte er deutlich einen Sog, eine Sehnsucht, die ihn tief in seinem Inneren berührte.

Ihre Augen waren von einer kristallenen Klarheit, die ihn immer aufs Neue in Staunen versetzte. Sanft ließ er den Daumen über ihr Kinn gleiten, streifte dabei ihre Unterlippe und hörte Isabell leise seufzen. Alles in ihm verlangte danach, diesen rosigen Mund zu küssen, und er beugte sich zu ihr hinunter, bis sein Gesicht nur noch wenige Zentimeter von ihrem entfernt war. „Du bist … so unfassbar schön", hörte er sich flüstern und war verblüfft über sich selbst, denn so ein Satz passte normalerweise nicht zu ihm.

Ihr unglaublicher Aquamarinblick senkte sich auf seinen Mund. „Kjell, nein, bitte nicht."

Es war bereits zu spät, im nächsten Augenblick berührten seine Lippen ihre, zart zuerst, doch es verlangte ihn nach mehr, und so nahm er sich mehr, sie waren weich, süß und öffneten sich ihm bereitwillig. Isabell stöhnte leise und ließ sich in seine Arme sinken, als er mit seiner Zunge ihre Lippen teilte. Diese Reaktion war ihm Antwort genug.

Begehren schien wie ein Pfeil durch ihn hindurchzuschießen und setzte seinen Körper so heftig in Brand, wie er es noch niemals zuvor erfahren hatte. Verlangend zog er sie an sich, küsste sie mit einer Zärtlichkeit, die ihm selbst fremd war, und Isabell antwortete ihm in gleicher Weise. Er umfasste ihr Gesicht, leckte über ihre Lippen und genoss ihren herrlichen Geschmack, ihre Zungen trafen sich zu einem süßen Tanz. Langsam ließ er eine Hand über ihren Hals, die Schulter, bis hinunter zu ihrem Po gleiten, presste ihren Körper an sich. Er vertiefte den Kuss, ließ ihn leidenschaftlicher, wilder, feuchter werden. Sie schob ihre Finger in sein Haar, packte zu. Wieder ein Stöhnen, lauter dieses Mal, und gleich darauf durchlief sie ein Zittern, das ihn fast den Verstand kostete, weil es sein eigenes Verlangen ungeahnt anheizte. Nach einer berauschenden Ewigkeit löste sie sich zögernd von ihm, strich zittrig über seine Wange und legte einen Zeigefinger über seinen Mund.

„Bitte … Kjell, hör … auf", brachte sie mühsam und schwer atmend hervor.

Er versuchte sich an einem Nicken, keuchte dabei, wie er erstaunt feststellte. Es dauerte eine ganze Weile, bis sie beide wieder zu einem annähernd normalen Atemrhythmus zurückfanden. „Entschuldige mich kurz", stieß er aus und trat einen Schritt von ihr zurück, um sich für einen Augenblick abzuwenden. Er legte den Kopf in den Nacken und wartete darauf, dass das heftige Verlangen ein wenig abebbte, damit er in der Lage war, sie anzusehen. Schließlich drehte er sich zu ihr um. „Na, das war ja mal ein Kuss, was?"

Ihr Lächeln machte einiges an Frustration wett.

„Oh ja, das war ein Kuss."

Sie lachten, auch vor Verlegenheit.

„Hör zu, ich … ich finde dich unglaublich anziehend, Isabell."

„Ich denke, das habe ich gerade gemerkt." Wieder lachten sie beide. „Aber, Kjell, das ist falsch. Wir hätten das nicht tun dürfen. Du bist …"

„Ich habe mich von Julia getrennt", warf er schnell ein, bevor sie den Satz zu Ende brachte. „Ich habe mich getrennt", wiederholte er nachdrücklich.

Ihr Gesichtsausdruck wurde ernst, sehr ernst.

„Es geht nicht allein um Julia. Auch ich bin … ich meine, ich bin nicht bereit für … so was."

„Für so was? Wie meinst du denn das? Wir sind erwachsen, wir …"

„Nein, ich kann das nicht. Und ich will das auch nicht", unterbrach sie ihn.

Eine kleine Ewigkeit sahen sie sich an. „Ist es wegen Jamie?", fragte er schließlich.

Sie zuckte zusammen und trat einen großen Schritt zurück. „Jamie?", flüsterte sie atemlos. „Wie kommst du auf Jamie?"

„Als dein Fieber so hoch war, hast du seinen Namen gesagt. Du dachtest wohl, ich wäre er. Jedenfalls machte das den Eindruck auf mich."

„Oh."

„Wartet dieser Jamie in Cornwall auf dich, Isabell?"

Stumm schüttelte sie den Kopf, kam aber wieder zu ihm und legte ihm die Hände auf die Brust. „Jamie war mein Ehemann. Er lebt nicht mehr. Ich habe … ich habe ihn im vergangenen Jahr verloren."

Er schloss kurz die Augen, umfasste dann ihre Schultern. „Oh Gott, das tut mir sehr leid. War er krank?"

Wieder schüttelte sie den Kopf. „Nein, James ist ertrunken. Ein schrecklicher Unfall während einer Segeltour. Offenbar ist er mitten in der Nacht über Bord gegangen, aber ich … entschuldige, ich möchte wirklich nicht darüber reden."

Kjell strich ihr eine goldglänzende Haarlocke aus der Stirn. Sie hatte ihren Mann verloren, das rückte in seinem Kopf so einiges zurecht. „Okay, du sollst nur wissen, dass ich für dich da bin, falls du … ich meine, falls du vielleicht doch irgendwann darüber sprechen möchtest – mit einem Freund."

Ein lauter Knall ließ sie beide zusammenfahren. Gleich darauf hörten sie ein helles Jaulen, das an Kreischen erinnerte und sekundenlang anhielt, bevor es erstarb. Er hatte praktisch sofort reagiert, Isabell zu Boden gedrückt und sie mit seinem Körper abgeschirmt. Fluchend sah er sich um. „Das war ein Schuss. Bist du okay?"

„Ja, ich bin nur zu Tode erschrocken."

Isabell atmete schnell. Nachdem eine Weile alles ruhig geblieben war, drängte er sie Stück für Stück zwischen zwei niedrige Wacholderbüsche, die in ihrer Nähe wuchsen.

„Verdammt noch mal, wer ballert denn hier um diese Zeit durch die Gegend?"

„Wer auch immer da geschossen hat, muss ein Tier getroffen haben", flüsterte sie. „Hast du den furchtbaren Schrei gehört? Der kam eindeutig von einem Tier, das verwundet wurde."

# „In Touch" mit MIRA!

→ Das **Verlagsprogramm**
elektronisch abrufbar

→ Interaktiv dabei sein.
**Buchbesprechungen, Gewinnspiele,
Aktionen, Leseproben** und vieles mehr.

→ Folgen Sie uns auf **Twitter, Facebook,
Instagram, Pinterest** und **google+**

→ www.mira-taschenbuch.de

**MIRA
TASCHENBUCH**

*Nora Roberts*
Sweet Affairs
Band-Nr. 25770
9,99 € (D)
ISBN: 978-3-95649-044-6
416 Seiten

*Nora Roberts*
Golden Hearts
Band-Nr. 25743
9,99 € (D)
ISBN: 978-3-95649-005-7
352 Seiten

*Nora Roberts*
Dance of Love
Band-Nr. 25682
8,99 € (D)
ISBN: 978-3-86278-744-9
416 Seiten

Deutsche Erstveröffentlichung

*Sheila Roberts*
Was Frauen wirklich
wollen … für Anfänger

Was wollen Frauen wirklich?
Jonathan und seine Freunde
haben keinen blassen Schimmer.
Bis Jonathan einen Liebesroman
kauft. Erst lachen seine Freunde
noch über die neue Lektüre – bis
Jonathan Erfolge verzeichnet …

Band-Nr. 25804
8,99 € (D)
ISBN: 978-3-95649-094-1
eBook: 978-3-95649-375-1
368 Seiten

*Christie Ridgway*
Strandhaus Nr. 9:
Ein Sommer wie ein Leben

Diese sexy Schönheit soll Layla
Parker sein? Als der Sanitäter
Vance Smith seinem sterbenden
Patienten verspricht, sich im
Sommer um seine Tochter zu
kümmern, hat er ein kleines
Mädchen im Sinn –
keine erwachsene Frau …

Band-Nr. 25800
8,99 € (D)
ISBN: 978-3-95649-087-3
eBook: 978-3-95649-377-5
432 Seiten

Deutsche Erstveröffentlichung

**"Eine berührende Geschichte über die erlösende Kraft der Liebe, voller Spannung und Humor."**
*Romantic Times Book Reviews*

Deutsche Erstveröffentlichung

*Molly O'Keefe*
Liebe, Yoga und
andere Katastrophen

Victoria hat große Pläne mit der Crooked Creek Ranch. Auf dem Land ihres verstorbenen Vaters soll etwas ganz Besonderes entstehen, eine Wellnessoase, ein Ort der Ruhe! Doch es gibt ein Hindernis: Eli Turnbull, der raubeinige, unverschämt attraktive Gutsverwalter, lässt nichts unversucht, um ihre Pläne zu sabotieren.

Band-Nr. 25799
8,99 € (D)
ISBN: 978-3-95649-086-6
384 Seiten

Wenn Victoria Ärger will, kann sie ihn haben! Eli hat sein ganzes bisherige Leben auf der Ranch verbracht. Da sieht er doch nicht tatenlos zu, wie eine verwöhnte Städterin ein albernes Beautyspa daraus macht. Wenn er nur nicht immer dieses seltsame Herzklopfen verspüren würde, wenn sie in seiner Nähe ist …